Harper
Collins

Amy Meyerson

Ein Himmel voller Bücher

Roman

Aus dem Amerikanischen von
Edith Beleites

HarperCollins

HarperCollins®
Band 100123

FSC MIX Papier FSC® C014496

1. Auflage: Juni 2018
Deutsche Erstausgabe

Originaltitel: „The Bookshop of Yesterdays“
Erschienen bei: Park Row Books, New York

Umschlaggestaltung: bürosüd, Müchen
Umschlagabbildung: www.buerosued.de
Lektorat: Eva Wallbaum
Satz: GGP Media GmbH, Pößneck
Printed in Germany
Dieses Buch wurde auf FSC®-zertifiziertem Papier gedruckt.
ISBN 978-3-95967-162-0

www.harpercollins.de

Alles Vergangene ist nur ein Prolog.
Shakespeare, Der Sturm

EINS

Das letzte Mal, als mein Onkel mich besuchte, schenkte er mir einen Golden Retriever mit traurigen Augen und herzförmiger Nase. Ich hatte den Welpen nicht lange genug, um ihm einen Namen zu geben. Den einen Moment lief er noch kreuz und quer durchs Wohnzimmer und ließ mich auf die vielen Abenteuer hoffen, die wir gemeinsam erleben würden, den nächsten war er verschwunden. Genauso war es mit Onkel Billy. Eben hat er mir noch zum Abschied zugewinkt, während er im Rückwärtsgang aus der Einfahrt fuhr, dann sah ich ihn nie wieder.

Meine Mutter wollte nie einen Hund haben. Ich hatte sie angefleht und versprochen, jeden Tag mit ihm rauszugehen und sogar den Teppich zu reinigen, falls ein Malheur passierte, aber sie ließ sich nicht erweichen. Das hatte nichts mit dem Teppich oder den Schuhen zu tun, die der Hund auf dem Gewissen hatte. Und an der fehlenden Liebe lag es auch nicht. Mutter bezweifelte nicht, dass ich den Hund lieben würde. Sicher hätte sie ihn sogar selbst geliebt. Vielmehr ging es ihr bei einem Haustier, und das galt für sie in jeder Beziehung, um Verantwortung, nicht um Liebe. Ich war damals ein junger Teenager. Jungs und Freundinnen waren mir wichtiger als Taschengeld, wichtiger als Hunde und Familie. Immer wieder führten wir das gleiche Gespräch. Kein Hund. Ich wusste es.

Onkel Billy wusste es auch.

Der Hund war ein Geburtstagsgeschenk. Für meinen zwölften Geburtstag hatten meine Eltern eine Spielhalle gemietet, wo man sogar Baseballschläge üben konnte. Das war Anfang 1998 in Culver City. Wir feierten immer erst im Januar, weil ich kurz vor Silvester geboren worden bin.

Meine Freunde hatten sich hinter der Endbase versammelt und mich angefeuert, während ich noch mit dem Helm kämpfte und ängstlich den Schlagkäfig betrat. Mein Vater gab mir in letzter Minute noch ein paar Ratschläge – die Füße schulterbreit auseinanderstellen, den rechten Ellenbogen anheben –, und bestimmt hätte meine Mutter noch ihre übliche Warnung zum Besten gegeben, doch bitte vorsichtig zu sein, wenn sie nicht an den Servicetresen gegangen wäre, um zu telefonieren.

»Macht nichts, Miranda, du schaffst das«, sagte mein Vater, als ich beim ersten Schlag den Ball nicht getroffen hatte. Meine Mutter kam zurück und stellte sich an seine Seite, um ihm etwas ins Ohr zu flüstern. Zum nächsten Schlag holte ich erst aus, als der Ball bereits an mir vorbeigeflogen war. »Inzwischen solltest du doch wissen, wie unzuverlässig er ist«, sagte mein Vater zu meiner Mutter. Dann rief er mir zu: »Du musst besser aufpassen, Miranda!«

»Er hat versprochen, zu kommen«, hörte ich meine Mutter flüstern.

»Lass uns jetzt nicht weiter darüber sprechen«, gab mein Vater leise zurück.

»Er sollte nichts versprechen, was er nicht halten kann.«

»Nicht jetzt, Suze.«

Ich versuchte, mich darauf zu konzentrieren, den Ellenbogen richtig zu halten und die Knie so zu lockern, wie mein Vater es mir beigebracht hatte, aber ihre tonlosen Stimmen lenkten mich ab.

Es gab nur einen Menschen, der meine Eltern zum Flüstern brachte.

Ich konnte es nicht ausstehen, wenn sie über Billy sprachen, als müssten sie mich vor ihm beschützen oder von ihm fernhalten. Ich wandte mich von der Maschine ab, die mir automatisch die Bälle entgegenschleuderte, und sah meine Eltern an, die am Käfig lehnten und sich böse anfunkelten.

Ich hörte den Aufprall, bevor ich ihn merkte.

Es knallte, und dann schien meine Schulter zu explodieren.

Schreiend brach ich zusammen. Zwei weitere Bälle zischten an meinem Kopf vorbei. Mein Vater brüllte, jemand solle doch das Gerät ausschalten, als er und meine Mutter auch schon in den Käfig gerannt kamen.

»Alles in Ordnung, Süße?« Meine Mutter nahm mir den Helm ab und wischte mir die verschwitzten Haare aus der Stirn. Der Schmerz hatte mir den Atem verschlagen. Keuchend lag ich auf dem kalten Betonfußboden und konnte nicht antworten. »Miranda, sprich mit mir«, sagte sie eine Spur zu panisch.

»Alles in Ordnung«, presste ich hervor. »Wahrscheinlich brauche ich nur ein Stück Kuchen.«

Normalerweise hätten sie darüber gelacht, doch jetzt warfen sie einander nur besorgte und enttäuschte Blicke zu, als wäre allein Billy dafür verantwortlich, dass ich mir die Schulter geprellt hatte. Mit einem wütenden Schnauben, das sie an Vater richtete, stürmte meine Mutter an den Servicetresen, um den Geburtstagskuchen zu holen.

»Ist mit Mom etwas nicht in Ordnung?«, fragte ich meinen Vater, als wir sie am Tresen mit einem Teenager sprechen sahen.

»Nichts, was ein Stück Kuchen nicht richten kann«, sagte er und tätschelte mir den Kopf.

Nachdem der Kuchen verschlungen und der Eisbeutel, den ich mir meiner Mutter zuliebe an die Schulter drückte, geschmolzen war, sodass mir das Wasser vorne übers T-Shirt lief, ging ich mit meinen Freunden zu den Spielautomaten und ignorierte den stechenden Schmerz in meiner Schulter, während ich kleine Bowlingkugeln in eine Minibahn warf. Zwischen den Würfen sah ich zu meinen Eltern hinüber. Sie wischten gerade die letzten Krümel meines Geburtstagskuchens vom Tisch, wobei meine Mutter wie eine Furie über die Plastiktischdecke schrubbte, bis mein Vater sie an sich zog und in die Arme nahm. Er strich ihr übers Haar und flüsterte ihr etwas ins Ohr.

Ich konnte nicht verstehen, warum sie sich so aufregte. Schließlich blieb Billy oft weg, wenn er gesagt hatte, dass er kommen würde. Ich konnte mich nicht einmal erinnern, wann er zuletzt meinen Geburtstag mitgefeiert hatte. Wenn es in Japan oder Italien ein Erdbeben gab, saß er im erstbesten Flugzeug, zusammen mit anderen Seismologen, Ingenieuren und Soziologen. Meist hatte er nicht einmal die Zeit, uns über seine Abreise zu informieren. Doch statt enttäuscht zu sein, war ich stolz. Mein Onkel war ein wichtiger Mann. Er rettete Leben. Meine Mutter hatte mir beigebracht, ihn so zu sehen. Bei einem sonntäglichen Grillen, zu dem Billy nicht erschienen war, sagte sie: »Dein Onkel wollte kommen, aber es ist sein Job, die Welt in einen sicheren Ort zu verwandeln.«

Er war mein Superheld. Captain Billy, der die Welt nicht mit übermenschlichen Kräften rettete, sondern mit seinem Superhirn. Auch als ich schon zu alt war, um noch an Superhelden zu glauben, glaubte ich immer noch an Billy. Ich hatte angenommen, meine Mutter würde ebenfalls an ihn glauben, aber jetzt stand sie da und weinte, bloß weil er eine Geburtstagsparty verpasst hatte.

***

Meine beste Freundin Joanie, die an diesem Abend bei mir übernachten durfte, und ich gingen an diesem Abend früh zu Bett. Ich war schon fast eingeschlafen und in meine Traumwelt abgetaucht, als ich es an der Tür klingeln hörte. Es folgten leise Schritte und flüsternde Stimmen, die von unten im Haus nach oben drangen. Ich schälte mich aus dem Bett und huschte in den Flur. Von dort konnte ich meine Mutter an der Haustür stehen sehen, wie sie sich ihren Bademantel aus schimmerndem Satin um den schmalen Körper zog.

Vor der Tür stand Billy auf der Veranda.

Ich war im Begriff, die Treppe hinunterzulaufen und ihm in die Arme zu fallen. Eigentlich war ich schon zu groß dafür, aber wahrscheinlich würde ich ihn auch als erwachsene Frau noch so begrüßen und vor lauter Liebe praktisch erdrücken. Als ich die ersten Stufen genommen hatte, ließen mich die Worte meiner Mutter erstarren.

»Verdammt, was soll das? Es ist drei Uhr nachts.«

Ich blieb wie eingefroren stehen. Meine Mutter wurde nur selten laut. Fluchen kam für sie nicht infrage. »Du hast vielleicht Nerven, hier mitten in der Nacht aufzukreuzen und mir Vorwürfe zu machen. Du willst es echt wissen.«

Wie gelähmt stand ich oben am Treppengeländer. Die Wut meiner Mutter machte mir Angst. So hatte ich sie noch nie erlebt.

»Es war deine Entscheidung.« Sie versuchte, die Stimme zu dämpfen. »Hast du das kapiert? Ganz allein deine Entscheidung. Wage es ja nicht, das auf mich abzuwälzen.«

Billy wandte sich ab, während meine Mutter ihn erneut anschrie, zu welcher Uhrzeit er sich hier blicken ließ, bevor sie ihn Arschloch nannte und ihn dann mit »Narzisst« und einigen anderen Ausdrücken bedachte, die ich noch nicht kannte.

Als er mich oben an der Treppe entdeckte, waren seine Wangen gerötet, seine Augen glasig. Meine Mutter folgte seinem Blick. Als ich in ihr blasses Gesicht sah, wirkte sie plötzlich viel älter. Abwechselnd schaute ich zu ihr und meinem Onkel. Bei dem Streit ging es nicht um meinen Geburtstag. Etwas anderes musste passiert sein.

»Geh wieder zu Bett, Süße«, rief meine Mutter zu mir hoch. Als ich nicht gleich reagierte, bat sie mich erneut darum.

Blitzartig zog ich mich in mein Zimmer zurück, verstört und auf eine unerklärliche Weise auch peinlich berührt von dem, was ich gesehen hatte.

Joanie drehte sich um, als sie mich neben ihr ins Bett kriechen hörte.

»Wie spät ist es?«

»Nach drei.«

»Warum kommt jemand noch so spät?«

»Keine Ahnung.«

Sie rollte sich zusammen und murmelte etwas Unverständliches. Ich konnte nicht wieder einschlafen. Immer wieder gingen mir die Worte meiner Mutter durch den Kopf.

Verdammt.

Arschloch.

Du hast vielleicht Nerven.

Wage es ja nicht, das auf mich abzuwälzen.

Es war deine Entscheidung.

Die Sonne schien durch die Vorhänge, als die Dämmerung der Morgenröte wich. Ich hatte die ganze Nacht wach gelegen, ohne zu verstehen, für welche Entscheidung mein Onkel meine Mutter verantwortlich machen wollte und was es mit dem Streit an der Haustür auf sich hatte.

Später an diesem Morgen führte mein Vater meine Freundin Joanie und mich zum Pfannkuchenessen aus.

»Wo ist Mom?«, fragte ich, als wir ins Auto stiegen.

»Sie schläft noch.« Meine Mutter stand immer spätestens um sieben auf, aber mein Vater hatte in einem Ton gesprochen, der mich davon abhielt, weiter nachzuhaken.

Als wir vom Frühstück zurückkehrten, trug meine Mutter noch immer ihren schimmernden Bademantel aus Satin. Die rotbraunen Haare hingen ihr strähnig ins Gesicht, und sie rührte Schokochips in einen Keksteig. Normalerweise war ihr Gesang eine unverzichtbare Zutat bei allem, was sie kochte oder backte. Ihre wohlklingende Stimme drang in jeden Kuchen, in jede Lasagne und machte die Kirschen oder Tomaten noch eine Spur süßer, doch jetzt war es schrecklich still in der Küche, während sie den Keksteig rührte und rührte.

Sie schaute auf, als sie mich an der Tür hörte. Ihre Lider waren geschwollen, ihre Wangen immer noch blass. »Wie war das Frühstück?«

»Dad hat uns drei Sorten Pfannkuchen probieren lassen.«

»Ach, wirklich?« Sie wandte sich wieder dem Keksteig zu. »Wie nett von ihm.« Ich wünschte mir so sehr, dass sie singen und aus ihrer Trance erwachen würde, aber sie starrte nur mit leeren Augen auf den Teig in der Rührschüssel, und ich fragte mich, ob die Kekse ohne ihre Geheimzutat so gut schmecken würden wie sonst.

Nachdem wir ein paar Wochen nichts mehr von Billy gehört hatten, schaute er bei uns vorbei, um mit mir einen Ausflug zu machen und meinen Geburtstag nachzuholen. Ich wusste nicht, was er vorhatte. Das war das Schöne an einem Tag mit Billy. Was immer ich vorgeschlagen hätte – ein Trip zum Rummelplatz am Pier oder zu einem Freizeitpark –, es konnte nicht halb so aufregend wie das Abenteuer sein, das ihm vorschwebte.

Das angestrengte Schnaufen seines alten BMWs hallte bis ins Haus, und ich rechnete mit dem vertrauten Geräusch der zufallenden Autotür, mit den hektischen Schritten meiner Mutter zur Haustür, wo sie ihn mit ihren Fragen bombardieren würde. Wo würden wir hinfahren? Kamen noch andere Kinder mit? Waren kantige Klippen oder tiefe Schluchten im Spiel, die mir gefährlich werden könnten? Gab es Sicherheitsgurte? Schwimmwesten? Und was immer er antwortete, er konnte es ihr nicht recht machen.

An diesem Nachmittag hupte er bloß. »Bill ist da«, rief meine Mutter aus ihrem geschlossenen Schlafzimmer.

»Willst du ihn nicht begrüßen?«, rief ich zurück.

»Heute nicht.«

Ich zögerte, bevor ich das Haus verließ, doch die Schlafzimmertür blieb zu. Es war aber sowieso egal, denn Billy kam nicht an die Haustür, sondern wartete mit laufendem Motor in der Einfahrt auf mich.

»Da ist ja mein Lieblingskind«, sagte er, als ich in den Wagen hüpfte. So nannte er mich immer: sein Lieblingskind. Hätten meine Eltern mich so genannt, wäre es mir peinlich gewesen. Bei Billy hatte es aber den Effekt, dass ich mich wie das Kind fühlte, das ich immer noch sein wollte, obwohl das für eine Zwölfjährige völlig uncool war.

Wir bogen aus der Einfahrt, und unser Haus rückte in die Ferne. Ich fragte mich, ob meine Mutter uns aus ihrem Schlafzimmerfenster hinterherschaute.

»Ich habe eine Riesenüberraschung für dich.« Billy sah mich an und schenkte mir sein breitestes Grinsen. Ich suchte in seinem Gesicht nach Spuren des Streits, den er mit meiner Mutter gehabt hatte. Aber er sah sehr gut gelaunt aus. Beinahe übermütig.

»Eine Überraschung?« Auch wenn ich es vor Joanie niemals zugegeben hätte, fand ich Billys Überraschungen aufregender, als in einer Drogerie einen Lippenstift zu klauen. Sie berauschten mich mehr, als mit ihren älteren Schwestern das Tempolimit auf dem Highway 1 zu knacken.

»Fass da mal rein.« Billy zeigte aufs Handschuhfach, in dem ich einen schwarzen Umschlag entdeckte, der auf seinen Fahrzeugpapieren lag. Seiner Größe nach zu urteilen, hätten darin Tickets für die Universal Studios oder für ein Konzert in der Hollywood Bowl stecken können, aber niemals hätte Billy mir sein Geschenk so direkt präsentiert. Das wäre witzlos. Ich musste mir seine Geschenke verdienen, indem ich Rätsel löste.

Ich riss den Umschlag auf und las das Rätsel laut vor.

Meine Flagge ist rot, weiß und blau, aber ich bin kein Land, das dir Heimat ist. Andererseits bin ich kein Lozh – ich hatte keine Ahnung, wie man dieses Wort aussprach –, *denn an einer Stelle bin ich nur fünf Kilometer von amerikanischem Grund und Boden entfernt.*

»Frankreich?«, tippte ich. Billy sah mich zweifelnd an. »Kanada?«

»Die kanadische Flagge ist rot-weiß. Aber es wird schon wärmer, oder sollte ich sagen kälter? Viel, viel kälter.«

»Russland?«

»Vernvy!«, sagte er mit russischem Akzent.

»Du fährst mit mir nach Russland? Gab es da ein Erdbeben?« Ich stellte mir Billy und mich mit Fellmützen vor, wie wir durch tiefen Schnee stapften und das Ausmaß der Zerstörung in einem abgelegenen Dorf begutachteten.

»Dafür würde deine Mom mir den Kopf abreißen«, sagte Billy.

Bei der Erwähnung meiner Mutter verstummten wir beide. Ich wusste, dass er jetzt wie ich an den Blick denken musste, den wir einander zugeworfen hatten, als er sich mitten in der Nacht mit ihr gestritten hatte.

»Ist alles in Ordnung mit dir und Mom?«

»Nichts, worüber du dir Sorgen machen müsstest.« Billy brach ab, wollte dann noch etwas sagen, behielt es aber für sich und parkte den Wagen vor einem verwahrlosten Haus am Venice Boulevard. »Zurück zu unserem Rätsel.«

»Hier wolltest du mit mir hin?«, fragte ich und zählte die Fenster, die mit Brettern vernagelt waren. Für gewöhnlich fanden unsere Abenteuer in Nationalparks, auf Berggipfeln oder an naturgeschützten Stränden statt. »Hat dieses Haus etwas mit Russland zu tun?«

»Vernvy!« Billy stieg aus und geleitete mich mit einer Verbeugung zu der metallenen Haustür. Sie war nicht verschlossen, als Billy sie für mich öffnete.

»Dürfen wir hier denn überhaupt rein?« Ich zögerte und blinzelte an ihm vorbei in das dunkle Haus. »Ich glaube, Besucher sind gerade nicht erwünscht.«

»Richtig. Aber der Museumsdirektor schuldet mir einen Gefallen. Ein Museum ganz für sich allein zu haben macht doch viel mehr Spaß, oder?« Er ging hinein und gab mir mit einer Geste zu verstehen, dass ich ihm folgen sollte. »Vertrau mir«, rief er.

»Vertrau mir« war sein ewiges Mantra.

Und ich vertraute ihm. Immer.

Der erste Raum war schwach beleuchtet. Glasvitrinen säumten die kargen Wände. Aus versteckten Lautsprechern tönte leise eine Oper. In der Vitrine neben der Tür waren ausgestopfte Fledermäuse, Maulwürfe und andere kleine Nagetiere ausgestellt. In der nächsten schimmernde Edelsteine.

»Es ist den Kuriositätenkabinetten des neunzehnten Jahrhunderts nachempfunden«, erklärte Billy. »Objekte aus Wissenschaft, Kunst und Natur wurden nebeneinander ausgestellt, um dem Betrachter eine ganzheitliche Wahrnehmung der Welt zu ermöglichen. Eine Wunderkammer sozusagen.«

Mein Onkel hatte das deutsche Wort benutzt. Wunderkammer. Ich sprach es probeweise nach und hoffte, von seinem Zauber durchdrungen zu werden. Billys Blick wanderte zu einer Vitrine in der hintersten Ecke des Raums. Sie steckte voller kleiner Porzellanfiguren: bemalte Elefanten, Clowns, ein Zirkusdirektor, Akrobaten. Auf dem Schild vor der Vitrine stand: *Russischer Zirkus*.

Ich beugte mich darüber und versuchte, etwas zu finden, das fehl am Platz war und nicht hierher gehörte, vielleicht ein Rätsel, das er auf die Kuppel des Zirkuszelts gekritzelt hatte. Ganz bestimmt würde ich den nächsten Hinweis auf einem Zettel an der Rückseite der Vitrine finden.

Billy lachte, als er mein verdutztes Gesicht sah. Er tätschelte meinen Kopf und führte mich in den nächsten Raum. Er war so überladen, wie der erste karg gewesen war. Die Wände waren über und über mit Hundebildern behangen, die in protzige Rahmen gefasst waren. Ein Menschenporträt war auch darunter. Es war schon ganz verblasst und zeigte einen bärtigen Mann mit Zylinder. Einen gewissen Baron Tweedmouth. Neben dem Porträt hing eine Tafel mit der Kurzbiografie des Adligen, der angeblich ein schottischer Geschäftsmann und Parlamentsmitglied gewesen war.

»Gerüchten zufolge besuchte Lord Tweedmouth im Jahre 1858 einen russischen Zirkus, der eine fantastische Nummer mit russischen Hirtenhunden aufführte«, sagte mein Onkel. »Nach der Vorstellung wollte der Baron zwei dieser Hunde kaufen, aber der Zirkusdirektor weigerte sich, das Rudel zu trennen. Folglich, so heißt es, habe Tweedmouth das ganze Rudel gekauft und durch kontinuierliche Züchtung den Retriever erschaffen.« Billy zeigte auf einen Aktenschrank neben der Vitrine. »Mach ihn auf. Er gehört zur Ausstellung.«

Ich blätterte durch die Kopien der Zuchtunterlagen des Barons und ahnte bereits, worauf es hinauslaufen würde. Dafür liebte ich unsere Abenteuer besonders. Selbst wenn ich den nächsten Schritt längst erraten hatte, durfte ich keinen seiner Hinweise überspringen. Deshalb unterbrach er mich auch, als ich eines der Papiere zur Seite legen wollte. »Historiker haben diese Dokumente in den 1950er-Jahren gefunden und festgestellt, dass der Russische Zirkus ein Mythos war.« Billy zeigte auf die Beschreibung einer Retriever-Schnauze. »Siehst du das? Retriever wurden schon vor 1858 zum Aufspüren von Wild benutzt. Das bedeutet, Lord Tweedmouth kann den Retriever nicht aus russischen Hirtenhunden gezüchtet haben.« Er fuhr mit dem Finger über die Seite und verfolgte den Stammbaum der Hunde. »Stattdessen hat er sein Zuchtprogramm mit den

Retrievern begonnen, die er bereits besaß, und nach und nach den perfekten Jagdgefährten geschaffen.«

»Bedeutet das, was ich glaube, was es bedeutet?« Ich führte einen Tanz auf, als müsste ich dringend die Toilette besuchen.

»Kommt drauf an, was du glaubst, was es bedeutet.«

Ich drehte das Dokument um und fand den nächsten Hinweis auf der Rückseite.

Nenn mich nicht Schönheit, Göttin, die Schönste der Welt. Mögen die Namen der Tiere einerlei sein für dich. Am Ende trifft doch nur einer den richtigen Ton.

Ich betrachtete die abgebildeten Hundeporträts eines nach dem anderen, bis ich zu einem bräunlichen Water Spaniel namens Belle kam. Auf einer Tafel neben dem Bild stand, Belle sei mit Nous, einem Gelben Retriever gekreuzt worden, um den Golden Retriever hervorzubringen.

»Unmöglich«, rief ich. »Das kann doch überhaupt nicht wahr sein.« Ich hüpfte auf und ab, umarmte Billy und kreischte vor Glück.

»Nicht so schnell.« Billy bremste mich. »Erst musst du sie finden.«

Ich durchsuchte den Raum nach einem Umschlag, in dem sich der nächste Hinweis versteckte. An der gegenüberliegenden Wand hing das Foto eines modernen Golden Retrievers zwischen seinen Vorfahren. Der schlichte schwarze Rahmen stand ein wenig von der Wand ab. Ich fuhr mit der Hand in den Spalt und zog eine Karteikarte hervor. Darauf stand eine Adresse auf dem Culver Boulevard.

Vor dem Museum wartete ich nicht erst ab, bis sich meine Augen ans Tageslicht gewöhnt hatten, sondern rannte gleich los, den Venice Boulevard mit weiteren vernagelten Fassaden und Autolackierereien hinunter.

»Nicht so schnell, Miranda!«, rief Billy und versuchte keuchend, mit mir Schritt zu halten.

An der Kreuzung zum Culver Boulevard trat ich vor der roten Fußgängerampel auf der Stelle wie ein Jogger, der sein Pulstempo halten will. »Ein Hund, ein Hund, ein Hund, ein Hund«, sagte ich. Sobald es grün wurde, sprintete ich über die Straße.

Ich hörte Billy hinter mir lachen, als wir an dem alten Hotel und den Restaurants des Culver Boulevards vorbeiliefen. Die angegebene Adresse lag ein paar Querstraßen entfernt, eine Zoohandlung, in der eigentlich nur Wellensittiche und Papageien verkauft wurden.

»Der Besitzer züchtet Golden Retriever«, sagte Billy, als er wieder zu Atem gekommen war.

In dem Laden roch es nach Nüssen. Ein großer, fast glatzköpfiger Mann stand hinterm Tresen und las Zeitung. Als er uns sah, tauchte er unter die Kasse und kam mit einem Welpen wieder hoch. Vorsichtig nahm ich ihm den Hund aus den Händen. Der Golden Retriever war ganz warm und roch nach Bauernhof. Zuerst war die Kleine ganz verschlafen. Aber als ich sie an meine Brust drückte und mit der Wange über ihr seidiges Fell fuhr, wurde sie munter und gab mir feuchte Küsse. Ich versuchte, sie festzuhalten, aber sie war zu aufgeregt, um einfach nur zu schmusen. Der Zoohändler sagte, ich sollte sie ein wenig im Laden herumlaufen lassen. Nachdem ich sie auf dem Boden abgesetzt hatte, schauten wir zu, wie sie die staubigen Ecken beschnüffelte und die Vogelkäfige ansprang. Billy legte mir einen Arm auf die Schulter, und ich wollte ihm sagen, dass er mein absoluter Lieblingsmensch auf der Welt war, aber dann musste ich an meine Mutter denken.

»Hast du mit meiner Mom gesprochen? Ist es okay für sie?«

Billy hob das Hündchen hoch und lachte, als es ihm übers Gesicht leckte. »Was könnte deine Mom gegen so etwas Süßes einwenden?«

»Ernsthaft, Onkel Billy. Sie verbietet mir einen Hund.«

»Aber du wünschst dir doch einen, oder?«

»Mehr als alles andere.«

Billy setzte den Hund wieder auf den Boden und legte wieder den Arm um mich. »Manchmal braucht deine Mom Hilfe, um die Dinge zu sehen, wie sie sind. Sobald sie begreift, wie sehr du diesen Hund liebst, kann und will sie nicht Nein sagen. Vertrau mir, okay?«

Ich wusste, dass ich ihm dieses Mal nicht vertrauen sollte. Meine Mutter würde mir niemals erlauben, den Hund zu behalten. Aber ich wollte an meinen Onkel und seine Überzeugungskraft glauben, an die magische Fähigkeit, mit der er Dinge wahr machen konnte, nur weil er sie versprochen hatte. Und ich wollte, dass auch meine Mutter daran glaubte.

»Joanie wird platzen vor Neid«, feixte ich auf der Heimfahrt. »Ein Hundebaby. Ein echtes Hundebaby. Das ist das beste Geburtstagsgeschenk aller Zeiten, Onkel Billy.«

Wir hielten vor unserem Haus. Billy hielt den Hund in den Armen, während ich das Körbchen und das andere Zubehör von der Rückbank holte. Danach wollte ich ihm den Hund abnehmen, er ließ ihn aber nicht los, sondern kraulte ihn hinter den Ohren, ehe er plötzlich ernst wurde. »Tut mir leid, dass du diese Sache zwischen deiner Mom und mir mit ansehen musstest.«

»Nicht so schlimm«, sagte ich unsicher.

»Doch, das ist es«, insistierte er. Der Hund wand sich in seinen Armen. »Aber du sollst wissen, was immer zwischen deiner Mom und mir passiert, ist nicht deine Schuld.« Ich wollte den Hund nehmen und schnell ins Haus laufen, damit Billy aufhörte zu reden, aber er hatte den kleinen Welpen fest im Griff. Bevor er es ausgesprochen hatte, war ich noch gar nicht auf den Gedanken gekommen, irgendetwas könnte meine Schuld sein. »Lass den Hund nur nicht an die Schuhe deiner Mom kommen, dann wird sie ihm nicht widerstehen können.« Billy gab mir den Hund. »Ich komme euch bald wieder besuchen.« Auf Letzteres vertraute ich mehr als auf das, was er davor gesagt hatte. Wir würden Billy bald wiedersehen. Alles würde gut werden.

»Mom«, schrie ich, als ich ins Haus rannte. »Mom, komm schnell her. Du wirst nicht glauben, was Billy mir geschenkt hat.«

Meine Mutter riss ihre Schlafzimmertür auf und trat schnell ans Treppengeländer über der Diele. Immer noch trug sie ihren Bademantel. Dunkle Ringe umrahmten ihre Augen. »Herrje, Miranda.« Sie legte die Hände an die Brust. »Du hast mir vielleicht einen Schreck eingejagt. Ich dachte schon, es ist was Schlimmes passiert.«

»Guck mal!« Ich hielt den Hund in die Höhe.

Mit versteinerter Miene schaute sie zwischen mir und dem jaulenden Welpen hin und her. »Den kannst du nicht behalten.« Sie kam die Treppe heruntergerannt und nahm mir den Hund weg. »Wir bringen ihn auf der Stelle zurück.«

»Aber du kennst sie doch noch gar nicht.« Der Hund leckte ihr übers Gesicht. »Ist sie nicht süß?«

»Du weißt ganz genau, dass es nicht darum geht«, sagte meine Mutter, worauf der Welpe zu kläffen begann.

»Ich dachte, du würdest es dir anders überlegen, wenn du sie erst gesehen hast.«

»Wir haben das ausführlich besprochen, Miranda. Wir haben alle zu viel um die Ohren, um uns um einen Hund zu kümmern.«

»Ich kümmere mich ganz alleine um sie. Du brauchst nichts zu tun. Gar nichts.«

»Das ist eine viel zu große Verantwortung«, sagte sie.

»Ich bin kein Kind mehr. Ich muss mir von dir nicht anhören, was Verantwortung bedeutet.« Mein Ton schockierte uns beide. Mutter wartete ab, bis ich mich beruhigt hatte. Als mir klar wurde, dass sie nicht nachgeben würde, trampelte ich schreiend die Treppe hinauf. »Du erlaubst mir aber auch gar nichts.« Mir war völlig klar, dass ich die Nummer mit dem übellaunigen Teenager überzog, schließlich war ich noch gar nicht richtig in der Pubertät, aber ich knallte meine Zimmertür so laut hinter mir zu, dass der Boden unter meinen Füßen bebte.

Meine Mutter stieß die Tür auf. »Hier wird nicht mit Türen geknallt.« Ihre Stimme war ganz ruhig, aber ihre Augen waren eiskalt und funkelten wütend. »Du hältst dich nicht an unsere Abmachung, obwohl du genau wusstest, dass du keinen Hund haben darfst. Es gibt keinen Grund, sich jetzt so aufzuführen.«

Ich wusste, dass sie recht hatte, aber ich war in dem Alter, wo es einem egal ist, wer recht hat – Hauptsache, man bekommt seinen Willen.

»Wo ist der Hund?«, fragte ich stattdessen, denn sie hatte ihn nicht dabei.

»Verdammt!« Mutter rannte die Treppe hinunter und machte lockende Geräusche. »Miranda«, rief sie zu mir hinauf. »Wo habt ihr diesen Hund gekauft?«

»Sag ich nicht«, schrie ich zurück, ruderte aber zurück, nachdem sie nicht darauf einging. »Eine Zoohandlung am Culver Boulevard.« Dass dort nur Vögel verkauft wurden, sagte ich nicht.

Als meine Mutter mit dem Welpen das Haus verlassen hatte, rief ich Billy an, um ihm alles zu erzählen. Das Telefon in seinem Wagen hob er nicht ab, also rief ich ihn zu Hause an. »Du wirst es nicht glauben«, schrie ich auf seinen Anrufbeantworter. »Meine Mom gibt den Hund zurück. Dieses Miststück!« Als ich aufgelegt hatte, fühlte ich mich, als hätte mir jemand in den Magen geboxt. Noch nie hatte ich meine Mutter als Miststück bezeichnet. Jetzt wiederholte ich es in unserem stillen Haus.

»Du bist so ein Miststück!« Immer wieder sagte ich es und hoffte, dass es sich beim nächsten Mal angemessener anhören würde. Das tat es aber nicht.

Den ganzen Nachmittag blieb ich in meinem Zimmer, bis ich meine Mutter heimkommen hörte, gefolgt von meinem Vater, der aus dem Tennisclub kam. Ich hörte beide in der Küche reden. Natürlich erzählte sie ihm, was passiert war, und es war offensichtlich, dass mein Vater bald zu mir heraufkommen und versuchen würde, zwischen meiner Mutter und mir zu vermitteln.

Um halb sieben klopfte er an meine Tür.

»Ich habe keinen Hunger«, sagte ich.

Er kam herein und setzte sich neben mich auf das Bett. »Ich weiß, dass du wütend bist. Aber wir haben das alles schon besprochen. Es ist nicht die richtige Zeit für einen Hund.«

»Das ist doch eine verdammte ...« Mein Vater sah mich warnend an. »Die richtige Zeit wird nie kommen.«

»Schon möglich. Aber das musst du akzeptieren, Mimi. Wir sind eine Familie und treffen unsere Entscheidungen gemeinsam. Willst du nicht runterkommen und mit uns essen? Ich glaube, es wäre für uns alle das Beste.« Er nickte mir aufmunternd zu. Eine Geste, die ich nur zu gut kannte. Sie bedeutete, dass ich mich für das Richtige entscheiden und ihn nicht enttäuschen würde.

Am Küchentisch stocherte meine Mutter in einer Hähnchenbrust herum, ohne auch nur einen Bissen zu sich zu nehmen. Ich wusste nicht, was ich zu ihr sagen sollte. Ich wollte mich dafür entschuldigen, dass ich sie als Miststück beschimpft hatte, obwohl sie es gar nicht gehört hatte.

Stattdessen brach sie das Schweigen. »Es tut mir leid, dass wir gestritten haben. Billy hätte dich nicht in diese Lage bringen dürfen. Das war nicht fair von ihm.«

Ich spießte ein Stück Hähnchen auf und schob es mir in den

Mund. Dann kaute ich wie wild darauf herum. So wollte sie die Sache also drehen. Es war nicht meine Schuld. Und ebenso wenig ihre. Nein, das ganze Theater hatten wir natürlich Billy zu verdanken. Er war es, der mir einen Hund gekauft und was auch immer getan hatte, das sie ihm am Abend meines Geburtstags vorgeworfen hatte.

»Ach! Also ist Onkel Billy mal wieder schuld? Und ich soll bloß nicht auf die Idee kommen, das auf dich abzuwälzen?« Ich werde nie vergessen, wie gekränkt meine Mutter aussah, als sie begriff, dass ich mich auf ihren Streit mit Billy bezog, den ich mitbekommen hatte. Sie musste bemerkt haben, wie ich ihre eigenen Worte als Waffe gegen sie richtete.

»Es geht doch nicht darum, einen Schuldigen zu finden«, sagte mein Vater beschwichtigend. »Wir alle sind für unsere Handlungen verantwortlich.«

»Es tut mir leid, dass ich die Tür zugeknallt habe«, sagte ich, aber es war zu spät, um den Schaden zu verhindern. Meine Mutter akzeptierte die Entschuldigung mit einem Nicken, aber sie akzeptierte auch etwas anderes: dass dieses Abendessen etwas zwischen uns verändert hatte.

Später an diesem Abend rief ich Billy noch einmal an.

»Meine Mom ist für mich gestorben«, schrie ich auf seinen Anrufbeantworter. »Ich werde ihr nie-niemals verzeihen.«

Billy rief nicht zurück. Weil ich vermutete, dass er nicht riskieren wollte, meine Mutter am Telefon zu erwischen, versuchte ich es am nächsten Tag noch einmal. Wieder nahm er nicht ab. »Morgen rufe ich genau um Viertel nach vier bei dir an«, sprach ich auf seinen Anrufbeantworter. »Bitte sei dann zu Hause, damit wir reden können.«

Aber auch am nächsten Nachmittag war er nicht da.

Es gab nur einen einzigen Ort, von dem ich wusste, dass ich ihn dort erreichen könnte: Prospero Books.

Mein Onkel hatte beruflich nicht nur mit Erdbeben zu tun, sondern war Inhaber eines Buchladens, der sich in Silver Lake befand, obwohl Billy selbst in Pasadena wohnte.

Die Seismologie bezeichnete er als seinen richtigen Job, die Arbeit im Buchladen als seine Leidenschaft. Einmal habe ich ihn gefragt, warum er den Beruf, der ihn begeisterte, nicht zu seinem richtigen Beruf machte. Er sei dafür verantwortlich, Menschen zu helfen, hatte er geantwortet. Denn anders als die meisten wisse er, was man von Erdbeben lernen könne.

Wenn er nachmittags keine Schatzsuche für mich vorbereitet hatte, brachte er mich in den Laden, in dem es immer abenteuerlich zuging. Während wir durch das Labyrinth der Regale streiften, forderte er mich auf, ein Buch auszusuchen, egal welches. Dennoch sollte ich eine kluge Wahl treffen, weil ich an diesem Tag nur dieses eine Buch zu lesen bekommen würde. Auf diese Weise habe ich *Anne auf Green Gables* kennengelernt, Mary Lennox aus dem Buch *Der geheime Garten* sowie etwas später Kristy, Claudia, Stacey und ihre Freundinnen vom *Babysitter-Club*.

Nachdem ich die Nummer des Ladens gewählt hatte, meldete sich eine männliche Stimme, die nicht die meines Onkels war. »Prospero Books, wo Bücher wertvoller sind als Herzogtümer.«

Wahrscheinlich war es der Geschäftsführer, ein Mann namens Lee, aber ich wollte mich nicht schon wieder in ein Gespräch darüber verwickeln lassen, warum ich immer noch nicht *Bist du da, Gott? Ich bin's, Margaret* gelesen hätte.

»Ist Billy da?«

»Ich glaube, er ist im Labor, aber am Sonntag wollte er vorbeikommen. Kann ich ihm etwas ausrichten?«

Ich legte auf, bevor Lee merkte, dass ich es war.

Bis Sonntag waren es noch fünf Tage. So lange konnte ich nicht warten. Kaum hatte meine Mutter sich schlafen gelegt und mein Vater sich für die Spätnachrichten ins Wohnzimmer zurückgezogen, versuchte ich es an diesem Abend noch mal auf Billys Festnetzanschluss. »Billy? Hier ist dein Lieblingskind«, vertraute ich mich pathetisch dem Anrufbeantworter an. »Hast du meine Nachrichten gehört? Ich muss dringend mit dir sprechen.«

Nachdem ich noch mehrere Nachrichten aufs Band gesprochen hatte, kroch eine Panik in mir hoch.

»Ich wollte den Hund behalten«, verteidigte ich mich gegenüber dem Anrufbeantworter. »Das musst du mir glauben. Ich habe alles getan, was ich konnte. Du kennst meine Mom. Du weißt, wie sie ist. Bitte sei mir nicht böse. Ruf mich an.« Aber er rief nicht an, und als das Wochenende kam, hatte ich begriffen, dass es sinnlos war, ihn noch einmal anzurufen. Das Schweigen meines Onkels sagte mehr als Worte. Er würde am Sonntag nicht zum Grillen vorbeischauen. Zumindest rechnete ich nicht damit. Er würde mich auch nicht zu neuen Abenteuern abholen.

Ich musste persönlich mit ihm sprechen. Schließlich konnte er mich nicht aus seinem Leben verbannen, wenn wir uns von Angesicht zu Angesicht gegenübersaßen, und von Lee wusste ich ja, was er am Sonntag vorhatte.

Bei Prospero Books würde ich ihn finden.

Joanie half mir, die beste Route quer durch die Stadt zu planen. Die Strecke war so lang, dass es mir vorkam wie eine Reise nach San Francisco. Der Bus fuhr auf direktem Weg durch Wohngebiete, den ganzen Santa Monica Boulevard hinab, bis zum Sunset Boulevard. Wenn alles glattging, würde ich eineinhalb Stunden brauchen.

Meiner Mutter erzählte ich, ich würde bei Joanie übernachten, wo deren ältere Schwestern, die sich eigentlich ständig nur in ihren Zimmern verbarrikadierten, auf mich aufpassen würden. Ich war schon oft dort gewesen, ohne dass mir etwas zugestoßen war, und meine Mutter hatte inzwischen aufgehört, sich bei Joanies Eltern abzusichern, ob sie während meines Besuchs auch zu Hause sein würden.

Bevor ich in den Bus kletterte, umarmte Joanie mich, so fest sie konnte. »Bist du dir sicher, dass du klarkommst? Denk dran, dass du an der zweiten Haltestelle hinterm Vermont-Bahnhof aussteigen musst.«

»Danke, Mom«, sagte ich sarkastisch, und sie streckte mir die Zunge heraus.

Der Bus war nicht so voll, wie ich befürchtet hatte. Ich fand eine freie Reihe und setzte mich ans Fenster. Es herrschte stockender Verkehr auf dem Santa Monica Boulevard, als wir von Beverly Hills nach West Hollywood fuhren und den schäbigeren Teil Hollywoods erreichten. An der Hyperion Avenue stieg ich aus, ging auf das Schild an der Sunset-Kreuzung zu und mimte die Tochter eines Künstlers oder Musikers, die hier in Silver Lake aufgewachsen war. Auf dem Schild über der Buchhandlung prangte eine Figur des Namensgebers der Buchhandlung: Prospero, einen Stab in der rechten, ein Buch in der linken Hand, mit rotem Umhang und weißem, vom Wind zerzaustem Haar. Vor dem Schaufenster blieb ich stehen und schaute auf die Unmengen von Büchern dahinter. Mir wurde ganz kribbelig im Bauch, wie immer, wenn ich vor den lindgrünen Wänden stand. Ich fühlte mich diesem Laden ganz besonders verbunden. Selbst wenn andere Menschen mehr Zeit in dem Geschäft verbrachten, es jede Woche oder sogar jeden Tag besuchten, durfte doch niemand außer mir sich ein Buch aussuchen, irgendeins, kostenlos, das die ganze Zeit über nur darauf gewartet hatte, von mir aus dem Regal gezogen zu werden. Ich stieß die Tür auf und dachte, wenn ich meinen Onkel gleich sähe, würde alles gut.

Prospero Books war kein großer Laden, aber mit seinen

hohen Decken und den geschickt verteilten Regalen wirkte er riesig. Er hatte einen ganz eigenen Geruch, anders als der von Billys Wohnung in Pasadena oder der irgendeiner anderen Buchhandlung. Das Erdige von frisch geschnittenem Papier mischte sich mit dem Moschusparfüm der hübschen jungen Mädchen, die oft hierherkamen, und einer Spur Kaffee, die beinahe blumig roch.

»Miranda?« Lee sah mich hereinkommen. »Was für eine nette Überraschung. Hast du Billy mitgebracht?«

»Ich dachte, er wollte heute hier sein.« Sein Lederranzen war nicht unter seinem Schreibtischstuhl, und sein Becher mit einem Bild der San-Andreas-Verwerfung, die Kalifornien wie eine hässliche Narbe zeichnete, stand auf keinem der Tische des kleinen Cafés.

Ich spürte, dass Lee mich beobachtete. Ich wollte ihn aber nicht anschauen, denn ich wusste, was er als Nächstes sagen würde.

»Bestimmt ist er auf dem Weg hierher«, sagte er. »Ich rufe ihn mal an.«

Lee sagte zu der Frau, die das Café führte, sie solle mir bringen, was ich wollte. Augenzwinkernd gab sie mir einen riesigen Cookie mit Schokochips, als sei es unser kleines Geheimnis. Ich ging mit dem Cookie zu einem Tisch in der hintersten Ecke und beobachtete Lee, der hinter dem Ladentresen telefonierte. Er schaute auf, entdeckte mich, und als er sah, dass ich ihn beobachtete, verzog er das Gesicht.

»Billy kann heute nicht kommen«, sagte er, als er sich zu mir setzte. »Er wollte, dass ich deine Mutter anrufe. Sie ist schon auf dem Weg.«

»Du hast meine Mom angerufen?«

Eine mögliche Lüge nach der anderen schoss mir durch den Kopf. Ich wollte mir den neuesten Band der *Babysitter-Club*-Serie holen. Dad hätte es mir erlaubt. Aber diese Lügen wären so offensichtlich, dass meine Mutter nur noch wütender geworden wäre.

Ich durfte mich nicht einmal in der unmittelbaren Nachbarschaft alleine in den Bus setzen. Ich war zu meinem Onkel gefahren, obwohl die beiden Streit hatten.

Ich hatte nicht gehorcht, und zwar ganz und gar nicht.

Sie würde mir den Kopf abreißen. Hausarrest bis in alle Ewigkeit. Aber das war noch nicht einmal das Schlimmste. Dass Billy mich nicht sehen wollte, verstörte mich am meisten. Ich kämpfte mit den Tränen, dabei war ich zwölf, also fast schon ein Teenager, und ein Teenager war fast schon erwachsen. Ich war zu groß, um zu weinen.

»Hey, hey«, sagte Lee, als er meine Tränen sah. »Sollen wir uns ein Buch holen?«

»Okay«, sagte ich, obwohl ich keine Lust dazu hatte. Ich wollte kein Buch lesen, nicht mit Lee. Ich folgte ihm zu der Abteilung mit den bunten Buchrücken der Jugendbücher, deren Titel hinter meinem Tränenschleier verschwammen. Lee machte mich auf Thriller von R. L. Stine und Christopher Pike aufmerksam – Bücher, die ganz anders waren als seine üblichen Empfehlungen. Ich schüttelte den Kopf, ganz egal was er vorschlug. Eigentlich hatte ich mir vorgenommen, bis zum Abschluss der Highschool das ganze Sortiment des Buchladens zu lesen, aber jetzt würde ich damit aufhören.

Lee musste einen Kunden abkassieren, und ich widmete mich wieder meinem Cookie – ohne Buch in der Hand. Ich brach den Cookie in mehrere Stücke, dann die Stücke in Stücke und war zu aufgewühlt, um etwas zu essen.

Die Leute an den anderen Tischen gingen und neue kamen. Lee blieb hinterm Tresen. Ab und zu schaute er zu mir herüber, um sich zu vergewissern, dass ich noch da war. Langsam wurde es draußen dunkel, und ich begann, mir Sorgen zu machen, ob meine Mutter möglicherweise zu wütend war, um mich überhaupt abzuholen.

Nach gefühlten Stunden klingelte die Ladenglocke. Ich schaute auf und sah meine Mutter, die sich zwischen den Tischen umsah. Als sie mich entdeckte, war sie sichtlich erleichtert. Und als sich unsere Blicke trafen, vergaß ich, wie wütend ich auf sie war, lief auf sie zu und umarmte sie. Ihre Wärme und der süßliche Fliederduft ihrer Haut taten mir gut. Ich fühlte mich wie ein Kind, und es war mir egal, ob jemand mich so sah.

»Es tut mir so leid.«

Sie küsste mich auf die Stirn. »Ich bin froh, dass dir nichts passiert ist.«

Ich begriff, dass mein Plan von Anfang an Schwachsinn gewesen war. Selbst wenn Billy in seinem Laden gewesen wäre, hätte es nichts daran geändert, dass er mich all die Tage nicht zurückgerufen hatte. Und ich Idiotin tat so, als sei meine Mutter die Böse, dabei war nicht Billy, sondern sie gekommen, um alles in Ordnung zu bringen.

Auf dem Heimweg rechnete ich damit, dass meine Mutter mir einen langen Sermon hielt, wie dumm ich gewesen und wie gefährlich Silver Lake war und dass mein Ausflug ein schlimmes Ende hätte nehmen können. »Was, glaubst du, wäre Großartiges passiert, wenn Billy da gewesen wäre?«, fragte sie stattdessen. Sie klang nicht wütend, sondern einfach nur neugierig.

»Keine Ahnung«, gab ich zu. »Ich möchte, dass ihr euch vertragt.«

»Das ist für Erwachsene manchmal nicht so einfach.«

»Warum nicht?«

Sie umklammerte das Steuerrad fester. »Billy und ich haben eine komplizierte Beziehung.«

»Warum? Was ist denn passiert, als ich euch streiten gesehen habe?«

Ihre Gesichtszüge wurden weicher, als sie den Blick von der Straße abwandte und mich ansah. »Es ist zu schwer zu erklären.«

»Kannst du es wenigstens versuchen?« Ich hielt den Atem an. Das war ihre Chance, mir ihre Sicht der Vorfälle zu schildern. Ich war bereit, alles zu glauben, was sie über Billy sagen würde, egal wie schrecklich es sein würde.

Sie kniff die Augen zusammen, als könne sie den Verkehr vor ihr schlecht erkennen.

»Du bist zu jung, um es zu verstehen.« Sie sagte das ganz sanft, aber es wäre mir lieber gewesen, sie hätte es strenger gesagt, um mich zu kränken, statt mich zu schonen. Denn ich wollte nicht geschont werden.

»Vertragt ihr euch wieder?«, fragte ich.

»Ich weiß es nicht, wirklich nicht«, sagte sie.

Sie wusste es also nicht. Was immer zwischen ihr und Billy lag, war zu schwerwiegend, um verziehen zu werden. Sie hatten Dinge gesagt, die sie nicht zurücknehmen konnten, und hatten einander bei dem Streit verloren. Für immer oder für viele Jahre. Ich fühlte mich ratlos, aber mir wurde schmerzlich bewusst, dass Billy nun auch mich verloren hatte. Ich wollte nicht mehr sein Lieblingskind sein. Ich wollte auch nicht wissen, warum er meine Mutter in seinen Laden geschickt hatte, statt selbst zu kommen. Selbst wenn er uns am nächsten Sonntag besuchen würde, unsere Beziehung würde nie wieder die alte sein.

Es sollte sich herausstellen, dass es keine Rolle spielte, was ich wollte, denn Billy besuchte uns weder am nächsten Sonntag noch an dem danach. Er holte mich auch nicht ab, um mit ihm einen Nachmittag bei Prospero Books zu verbringen oder ein neues Abenteuer zu bestehen.

Noch Monate nach seinem Verschwinden suchte ich nach Hinweisen auf seine baldige Rückkehr. Doch anstelle von Spuren, die mich zu ihm führen würden, fand ich nur immer mehr

Spuren seiner Abwesenheit. Die emaillierten Teller, die er uns aus Bejing mitgebracht hatte, zierten das Wohnzimmer nicht mehr. Das Foto von Billy und mir im Unterwasserzoo wurde durch eins ersetzt, auf dem mein Vater mir beim Schaukeln Anschwung gab. Wir aßen nach dem sonntäglichen Grillen auch nicht mehr die Cupcakes, die er aus der kubanischen Bäckerei in Glendale mitgebracht hatte.

Als ich auf die Highschool kam, hörte ich auf, meinen Onkel zu suchen. Er wurde zu einer Figur meiner Familiengeschichte, die ich quasi vergessen hatte. Als er eines Tages zurückkehrte, hatte ich schon über zehn Jahre lang nicht an ihn gedacht.

Außerdem war er zu diesem Zeitpunkt bereits tot.

Aber Billys Tod war nicht das Ende unserer Geschichte, sondern nur der Anfang.

ZWEI

Ich wusste immer, dass Billy in Gestalt eines Rätsels zu mir zurückkehren würde. Allerdings hatte ich nicht damit gerechnet, dass mich der erste Hinweis erst nach sechzehn Jahren erreichen würde.

Zu dem Zeitpunkt war ich gerade bei meinem Freund in Philadelphia eingezogen. Ich war siebenundzwanzig – eine engagierte bis übereifrige Geschichtslehrerin der achten Klasse –, und ich hatte es zum ersten Mal seit dem Auszug bei meinen Eltern gewagt, mein Zuhause mit jemandem zu teilen. Das Schuljahr war gerade zu Ende. Die Referate der Schüler über die Emanzipationserklärung zur Abschaffung der Sklaverei und die Bewegung *Underground Railroad* waren durchgesehen und zurückgegeben. Die Zeugnisnoten waren erteilt worden, und abgesehen von vereinzelten Protesten aus den Reihen der Eltern, mit denen wir Lehrer uns auseinandersetzen mussten, hatten die Sommerferien offiziell begonnen. Jay bestand darauf, das zu feiern. Es sollte eine Art Einweihungsparty sein, obwohl er selbst schon seit fünf Jahren in dieser Wohnung lebte. Das einzig Neue war die Tatsache, dass ich jetzt auch hier wohnte.

Jay war losgefahren, um Alkohol für den großen Abend zu kaufen. Ein paar Straßen weiter gab es eine staatlich lizensierte Spirituosenhandlung, aber er wollte unbedingt die halbstündige Fahrt nach Delaware auf sich nehmen, wo er einen Laden kannte, der billigen Whisky und steuerfreien Wodka verkaufte.

»Dir ist schon klar, dass du genauso viel für Benzin ausgibst, wie du beim Einkaufen sparst?«, argumentierte ich, während er auf der Suche nach seinen Schlüsseln wie ein Derwisch durch unser Wohnzimmer wirbelte.

»Es geht ums Prinzip.« Jay grub die Hände in die Ritzen zwischen den Couchpolstern. Außer zerkrümelten Kartoffelchips und Fusseln förderte er aber nichts zutage. Krümel und Fussel entsorgte er auf dem Couchtisch.

»Das ist ja widerlich!«, sagte ich mit Blick auf den Tisch. Jay warf mir einen Luftkuss zu und durchsuchte weiter das Innenleben der Couch, bis er seine Schlüssel tatsächlich fand und triumphierend damit rasselte. »Gleich neben der Wohnungstür haben wir einen Haken für genau diesen Zweck.« Ich zeigte auf den mit einem Vogel verzierten Messinghaken, der mein bislang einziger Beitrag zum Mobiliar war.

»Das soll ein Schlüsselhaken sein? Das wusste ich ja gar nicht«, zog Jay mich auf und zog mich auf die Couch. Er küsste mich auf Hals und Wangen und hievte mich auf seinen Schoß. Ich stellte mir vor, wie er in dem Spritladen in Delaware einen ganzen Einkaufswagen mit Flaschen belud, von deren Inhalt unseren Gästen furchtbar schlecht werden würde.

»Wir könnten übers Wochenende auch der Stadt enfliehen, eine Hütte in Vermont mieten und tief durchatmen.«

Jay ließ mich los, aber ich blieb auf seinem Schoß sitzen. »Ich dachte, du wolltest diese Party«, sagte er.

Ich zuckte mit den Schultern. Es war Jay, der diese Party wollte. Ich wünschte, dass ich etwas dafür übrig gehabt hätte, aber ich ging nur selten auf Veranstaltungen, die im Grunde nur darin bestanden, sich bis zum Morgengrauen zu betrinken. Und organisieren wollte ich sie schon gar nicht. »Ach, das war nur so ein Gedanke.«

Jay hob mich von seinem Schoß, stand auf und steckte sich Portemonnaie und Schlüssel in die Hosentaschen. »Es wird bestimmt lustig«, versprach er, küsste mich kurz auf die Wange und zog los.

Obwohl ich schon seit drei Monaten bei Jay wohnte, fühlte ich mich hier genauso wenig heimisch wie zu der Zeit, als meine Kleidung noch nicht zusammengefaltet in den Kommoden gelegen und mein Joghurt und Grillhähnchen noch nicht seinen sonst leeren Kühlschrank gefüllt hatten. Die Wohnungseinrichtung war das, was sich seine Mutter unter dem Wohnstil eines alleinstehenden Mittzwanzigers vorgestellt hatte. Eine dunkle Couch, auf der die Flecken nicht besonders auffielen, Ledersessel, deren Lehnen man glücklicherweise nicht auf Liegeposition stellen konnte, ein Fernseher, der fast eine ganze Wand bedeckte, während die anderen Wände von abstrakter Kunst der seichten Art geziert wurden. Die wenigen Dinge, die mir gehörten, befanden sich in einem kleinen Abteil einer Lagerhalle. Eine antike Kommode, die ich als einziges Schlafzimmermöbel nicht verkauft hatte. Ein steinerner Couchtisch, den meine Mutter in den 70er-Jahren in New York gekauft hatte. Ein paar gerahmte Drucke aus dem Kunstmuseum, für die sich der Kampf um einen freien Platz an der Wand nicht gelohnt hatte. Jay hatte zwar keinen besonderen Bezug zu den Bildern, die seine Mutter einem befreundeten Künstler abgekauft hatte, aber es wäre ein Affront gewesen, wenn wir sie abgenommen hätten. Jay sagte, es sei einfacher, alles so zu lassen, wie es war, und über Wichtigeres zu streiten. Ich fragte mich damals, wie es sich wohl anfühlte, in ständiger Angst vor einem Streit mit der eigenen Mutter zu leben.

Ich ging in die Küche, um die Arbeitsplatte für die Getränkekisten freizuräumen, die Jay anschleppen würde. Meine Post lag in einem unordentlichen Haufen neben dem Kühlschrank, hauptsächlich Rechnungen und Werbung für Yogakurse, zwei Karten von Schülern, die mir in ihren Sauklauen versicherten, dass ich ihre Lieblingslehrerin sei und sie niemals den Ausflug zu der historischen Druckerei von Benjamin Franklin vergessen würden. Obenauf ein Luftpolsterumschlag, auf den jemand sorgsam meinen Namen aufgemalt hatte – *Miranda Brooks* –, viel ansehnlicher, als ich ihn jemals hätte schreiben können. Der Brief trug keinen Absender, aber der Stempel auf der Briefmarke stammte aus Los Angeles. Vorsichtig versuchte ich, den Inhalt zu ertasten. Etwas Hartes, Viereckiges befand sich darin, offenbar ein Buch. Vielleicht war es eines der kleinen Geschenke, mit denen mich meine Mutter manchmal überraschte. Andererseits trug die Adresse nicht ihre Handschrift. Sie schickte mir ständig irgendwelche Dinge, um ihren Schmerz darüber zu lindern, dass ihr einziges Kind beschlossen hatte, an die Ostküste zu ziehen, einen kompletten Kontinent entfernt. Ein Kochbuch mit so komplizierten Rezepten, dass ich mich gar nicht erst heranwagte. Ein Bildband mit preisgünstigen Einrichtungsideen, weil sie vernünftigerweise davon ausging, dass wir Jays Wohnung umdekorieren würden, sobald sie zu unserer gemeinsamen Wohnung wurde.

Ich öffnete den Umschlag und holte ein Taschenbuch heraus, das in schimmerndes smaragdgrünes Seidenpapier eingewickelt war. Jemand hatte eine Grußkarte daraufgeklebt. Ich riss das Papier von dem Buch. Es war der Text eines Dramas, das ich auswendig kannte. *Der Sturm*. Meine Mutter hatte mir den Namen Miranda nach einer der Figuren gegeben, die für sie die reinste und schönste junge Frau war, welche die Literatur je hervorgebracht hatte. Das Buchcover zeigte eine mächtige Meereswelle, die ein Schiff zu versenken drohte, auf dem der König und seine Entourage – inklusive Prosperos Bruder Antonio – von der Hochzeit der Prinzessin nach Hause segelten. Meine Mutter hatte mir schon die verschiedensten Ausgaben dieses Stücks über meine Namenspatronin geschickt, immer wenn sie eine davon in Haushaltsauflösungen oder Antiquariaten entdeckte. Eine Rarität mit Goldschnitt. Eine illustrierte Ausgabe aus den 50er-Jahren. Eine Miniaturausgabe, die zu einem Kettenanhänger oder einer Brosche verarbeitet worden war. Doch dieses hier war ein schlichtes Taschenbuch mit einer Auflage von Tausenden Exemplaren und zählte eigentlich nicht zu der Art Geschenk, die meiner Mutter vorschwebte. Aber wenn es nicht von ihr kam, hatte ich keine Ahnung, wer es sonst geschickt haben sollte.

Ich zog eine Grußkarte aus einem kleinen Umschlag. Die Vorderseite zeigte eine sonnenbadende Blondine an einem Strand, die dem Betrachter zulächelte. Ihre Augen versteckten sich hinter einer geschwungenen Sonnenbrille, eine Meeresbrise hatte einige Strähnen ihres kurzen Pixie-Haarschnitts aufgewirbelt. *Malibu, Kalifornien* stand auf dem wolkenlosen Himmel über ihr. Die Buchstaben waren so glänzend weiß wie die Zähne der Frau.

Der Text im Inneren der Karte war wenig aufschlussreich.

Wissen rüstet uns für die Zukunft.

Das war alles. Kein »Gruß von einer alten Freundin, die du vergessen zu haben scheinst«. Kein »Wann immer ich von diesem Stück höre, muss ich an dich denken. Dein heimlicher Verehrer«. Der Satz bezog sich auch nicht auf das dem Untergang geweihte Schiff des Königs, das auf dem Cover abgebildet war, auf Prospero oder seine verzauberte Insel. Nur ein paar gewichtige Worte in pechschwarzer Tinte.

Wissen rüstet uns für die Zukunft. Irgendwo hatte ich den Satz schon einmal gehört. Von meinem Vater? Ihm hätte ich es zumindest zugetraut, seine Unterschrift zu vergessen. Wenn es sich um ein Lob der fleißigen Arbeit oder um ein Roosevelt-Zitat gehandelt hätte, wäre der Absender ganz klar mein Vater gewesen. Nur ähnelte das hier nicht den Ratschlägen, die ich von ihm gewohnt war. Vielleicht handelte es sich um eine Liedzeile oder die Weisheit aus einem Glückskeks, oder es war der Leitsatz eines dieser New-Age-Bücher, die Joanie manchmal scherzhaft zitierte. Nur erinnerte ich mich nicht daran, das Wort *Zukunft* jemals in Joanies verrauchter Stimme gehört zu haben, es hatte in meinen Ohren eher wie ein sanftes Wiegenlied geklungen, gesungen mit einer tiefen, verträumten Stimme, die mich eigentlich hätte trösten sollen, mich stattdessen aber in eine tiefe Sehnsucht gestürzt hatte.

Vielleicht stammte der Satz von Prospero, obwohl er nicht Shakespeares Versmaß entsprach. Trotzdem klang es wie etwas, das Prospero bei seiner Abschiedsrede ins Publikum gesprochen haben könnte. Ich blätterte in dem Buch herum. Der Epilog war nicht angestrichen, aber in der zweiten Szene des Stücks, wo Prospero Miranda erklärt, wie sein Bruder sie aus Mailand vertrieben hat, waren einige von Prosperos Worten mit einem Marker angestrichen.

Es ist Zeit, dass ich dir mehr entdecke. Leih mir deine Hand und ziehe mir dieses magische Gewand aus; so!
Liege hier, meine Kunst.
Setze dich nieder, denn du musst nun noch mehr wissen.

Du musst mehr wissen. Wissen rüstet uns für die Zukunft. Wären sich die beiden Sätze nicht so ähnlich gewesen, hätte ich angenommen, dass die Markierung von einem früheren Besitzer des Buches stammte. Aber Prosperos Worte und die Zeile auf der Karte … sie waren verbunden. Nur wusste ich nicht genau, wie sie verbunden waren.

Ich gab die Zeile von der Karte in mein Smartphone ein und startete einen Suchlauf. Hunderte Beiträge über Bildung und Religion wurden mir angeboten. Keine direkten Zitate des Satzes. Aus *Der Sturm* konnte er also nicht stammen. Es schien nicht einmal ein Sprichwort zu sein. Trotzdem war ich mir sicher, genau diesen Satz schon einmal gehört zu haben.

Ich stopfte das Buch in meine Kommode, klebte die Karte an den Kühlschrank und hoffte, die Strandszene würde meiner Erinnerung auf die Sprünge helfen. Das strahlende Gesicht der Blondine folgte meinen Bewegungen, als ich die Arbeitsplatte sauber wischte. Obwohl ich ihre Augen hinter der Sonnenbrille nicht sah, fühlte ich mich auf Schritt und Tritt verfolgt. Immer wenn ich zu dem Gesicht aufschaute, erwartete ich einen anderen Ausdruck darin. Natürlich war dies nicht der Fall, obwohl ich nach einem längeren Blick auf die zerzausten Haare und das nichtssagende Lächeln allmählich das Gefühl bekam, dass diese Frau mehr wusste als ich.

Bis zum Abend war unsere Wohnung für die Feier hergerichtet. Eine Handvoll Kollegen, Jays Fußballkumpel und meine Collegefreunde trafen zeitig ein und brachten Salate, Couscous, Hähnchen und Kuchen mit.

Wir saßen auf dem Fußboden im Wohnzimmer, die Weingläser hatten wir neben uns gestellt, die Pappteller auf den Schoß gelegt. Alle unterhielten sich lebhaft miteinander. Es war eine Party, wie sie mir am liebsten war: nur gute Freunde, bei denen man sich nicht fragen musste, wie sie einem ins Haus geschneit sind. Ich saß zwischen Jay und der Kunstlehrerin. Jay trainierte die Fußballmannschaft der Highschool und war neben mir der zweite Geschichtslehrer für die achten Klassen, seit meine Kollegin Anne vor einigen Monaten beschlossen hatte, nicht aus dem Mutterschaftsurlaub zurückzukehren. Bevor er ihren Job übernommen hatte, hatte ich ihn an der Schule nur aus der Ferne gesehen, seine muskulösen Waden unter der knielangen Sporthose bemerkt und wie durchdringend er in seine Pfeife pusten konnte, wenn er seine Jungs auf sich aufmerksam machen wollte. Er sah gut aus und wirkte etwas spießig, was mich normalerweise nicht besonders anzog, aber er hatte eine besondere Ausstrahlung, die sowohl seine jüngeren als auch seine älteren Kolleginnen zum Kichern brachte, wenn er sie mit einem Hallo begrüßte. Sein Charisma war so überwältigend, dass die Schule ihn unbedingt halten wollte. Also bot sie ihm die Stelle als Lehrer für Amerikanische Geschichte in den achten Klassen an, obwohl er am College Volkswirtschaft studiert und noch nie unterrichtet hatte. Mir fiel die Aufgabe zu, ihm das nötige Know-how zu vermitteln, wofür mehr Geschichtsstunden nötig gewesen waren, als ich dachte. Wir trafen uns meist abends und an den Wochenenden, um die Föderalisten, die Demokratisch-Republikanische Partei unter Jefferson, die umstrittene Wahl von 1800 oder das Duell zwischen Hamilton und Burr zu besprechen. Er grinste dümmlich, als ich ihm erklärte, dass Präsidentschaftskandidaten als Einzelpersonen zur Wahl standen und derjenige mit den zweitmeisten Stimmen ungeachtet seiner Parteizugehörigkeit Vizepräsident wurde. Ich rügte ihn, dass er nicht zuhöre, worauf er erwiderte: »Du bist so engagiert. Das ist bewundernswert.« Dann grinste auch ich dümmlich, und so dauerte es nicht lange, bis aus der Grinserei mehr wurde.

Ich betrachtete es als eine unverbindliche Affäre. In den Schulfluren begrüßten wir uns als Kollegin Miranda und Kollege Jay, als hätten wir einander nie nackt gesehen. Aber nach einer Weile empfand ich diese Heimlichtuerei als verlogen. Es stellte sich nämlich heraus, dass Jay mehr zu bieten hatte als durchtrainierte Beine und ein einladendes Lächeln. Er sprach über Fußball, als handelte es sich dabei um Kunst oder eine Metapher für das Leben an sich. Er kannte jeden in seiner – jetzt unserer – Nachbarschaft mit Namen, half der alten Mrs. Peters, ihre Einkäufe in den dritten Stock zu tragen, und ging mit dem Hund seines Freundes Trevor Gassi, wenn Trevor einmal länger arbeiten musste. Er stand seinen Eltern sehr nahe, hatte eine Engelsgeduld mit seiner Mutter und tat so, als gefielen ihm die feinen Hemden, die sie ihm kaufte, obwohl sie nur als Staubfänger in seinem Schrank hingen. Und er brachte ihre uninspirierten Bilder an allen Wänden seiner – jetzt unserer – Wohnung an. Auch zu seiner Schwester hatte er ein gutes Verhältnis. Sie wohnte ein paar Straßen weiter, und jetzt saß sie uns gegenüber, flirtete mit einem alten Collegefreund von mir und schaute immer wieder verstohlen zu Jay und mir herüber. Sie hatte sich noch nicht recht daran gewöhnt, dass wir zusammen waren.

»Wie war dein letzter Tag?«, fragte ich Jay. Eigentlich wollte ich nicht über die Schule sprechen, aber ich musste noch lernen, wie ich mich an seiner Seite verhalten sollte, wenn wir beide in Gesellschaft waren. Wir waren so oft miteinander allein, dass ich mir gedanklich auf die Finger hauen musste, um nicht über ihn herzufallen oder ihm Gefühlsregungen zu entlocken, die ihn im Beisein anderer erröten ließen.

Jay berichtete also von seinem letzten Schultag. Er hatte mit seinen Schülern eine geschickt inszenierte Mörderjagd veranstaltet, die ihnen wahrscheinlich mehr Spaß gemacht hatte als meiner Klasse die letzte Stunde über Abraham Lincoln. Genau das war der Unterschied zwischen Jay und mir. Er wusste, wie er Schüler für sich gewinnen konnte. Ich wusste, wie ich ihnen etwas beibringen konnte, das ihnen heute vielleicht nicht wichtig war, in einigen Jahren aber Früchte tragen würde. Wenigstens hoffte ich das. Es gibt nicht wenige Lehrer, die sich über diese vage Hoffnung definieren. Jay begann, mit einer meiner Locken zu spielen, ich küsste ihn und probierte aus, wie es sich anfühlte, meine Zuneigung vor Freunden und Kollegen zur Schau zu stellen. Dieser Kuss war die körperliche Entsprechung eines Wechsels im Beziehungsstatus auf Facebook, ein Statement, das zwar nicht gänzlich irreversibel, aber nicht mehr aus der Welt zu schaffen war.

Gegen elf trudelten die uneingeladenen Gäste ein, Freunde von Freunden von Freunden, und Jay begrüßte sie alle. Ein paar Typen mit Baseballkappen hielt er die Hand zum High five hin, Frauen in engen grellen Tanktops umarmte er. Keinen von ihnen hatte ich je zuvor gesehen. Ich konnte mir die Fachsimpeleien über Fußball, Vereine und Spieler denken, die Jay mit den großen muskulösen Kerlen anstellte. Worüber er mit den Frauen sprach, überstieg jedoch meine Fantasie. Hoffentlich fiel nicht auf, dass ich ihr Gespräch belauschte. Jays Schwester erwischte mich aber dabei und grinste vielsagend.

Immer mehr Leute bevölkerten unsere Wohnung, und nach kurzer Zeit war es im Wohnzimmer unerträglich warm. Jemand drehte die Stereoanlage so laut, dass man sich nicht mehr unterhalten oder einen klaren Gedanken fassen konnte. Man konnte nur noch tanzen. Ich lehnte mit Jay an der Wand und beobachtete, wie mühelos sich die in schreienden Farben gekleideten Frauen zu dem elektronischen Beat bewegten. Tanzende Paare rempelten einander an und verschütteten Bier auf unseren Parkettboden. Jay wirkte wie aufgeladen, und ich wollte mich in ihm verlieren, diese Ecke unseres Wohnzimmers in unser Liebesnest verwandeln. Er tippte rhythmisch mit dem Fuß und fragte mich, ob ich tanzen wollte.

Wir schoben uns an den Frauen vorbei. Ich wollte in den gleichen fließenden Bewegungen tanzen wie sie, aber wie immer beim Tanzen merkte ich, dass meine Beine nicht taten, was mein Gehirn ihnen befahl. Auch Jay war kein guter Tänzer, und wir lachten über unsere Ungeschicklichkeit, während wir uns immer weiter aufeinander zubewegten, bis wir den Rhythmus der Musik verinnerlicht hatten und in Gleichklang kamen.

Mein Telefon vibrierte in meiner Tasche. Normalerweise hätte ich es ignoriert, aber unsere Haustürklingel funktionierte – trotz zahlloser Bitten um Reparatur beim Hausmeister – nur manchmal, und ich wollte nicht, dass einer meiner Freunde unbemerkt vor der Tür stand. Als ich den Namen meiner Mutter auf dem Display sah, wusste ich sofort, dass etwas nicht stimmte. Wir hatten erst am Morgen miteinander gesprochen. Sie hatte mir ihr Rezept für Cocktails mit frisch gepressten Limetten durchgegeben, und ich hatte es nicht über mich gebracht, ihr zu gestehen, dass ich und meine biertrinkenden Gäste es niemals zu schätzen wüssten. Es kam öfter vor, dass wir mehr als einmal pro Tag miteinander sprachen, aber niemals hätte sie mich mitten auf meiner Party angerufen, wenn nichts Ernstes passiert wäre.

Ich hielt das Telefon Jay hin, damit er sehen konnte, dass meine Mutter dran war. Dann tauschten wir ein paar Gesten aus. Er zuckte mit den Schultern, wie um mich zu fragen, ob alles okay sei. Ich überspielte meine Sorge und gab ihm ein Zeichen, dass ich kurz mal rausgehen würde, ehe ich mich zwischen all den Menschen aus der Wohnung drängte.

»Was ist passiert?«, fragte ich meine Mutter, als ich in den Hausflur trat und die Treppe hinunterging.

»Tut mir leid, dass ich dich auf deiner Party störe.«

»Ist alles in Ordnung?« Ich setzte mich auf die unterste Treppenstufe.

»Ich dachte, du willst es bestimmt wissen, und zwar sofort, weil ich glaube …«

»Mom, was ist passiert? Du machst mir Angst.«

»Ich habe gerade einen Anruf bekommen. Es betrifft Billy.« Der Alkohol in meinen Adern verstärkte den Effekt dieses Namens. Billy. Onkel Bill. Mir wurde schwindelig. Ich konnte mich nicht erinnern, wann meine Mutter zuletzt von ihm gesprochen hatte. Oder wann ich zuletzt an ihn gedacht hatte. Mir war klar, was sie als Nächstes sagen würde, aber ich wartete, bis sie es aussprach.

»Er … ist gestorben. Heute Nachmittag«, sagte sie so emotionslos, als hätte sie eine Beruhigungspille genommen, was sie möglicherweise tatsächlich getan hatte. Jedenfalls klang ihre Stimme unnatürlich ruhig.

Ein Bild kam mir in den vernebelten Kopf: Billy, wie er am Steuer seines Wagens saß, als er mich zum letzten Mal nach Hause gebracht hatte. Er hatte gelächelt dabei, aber dieses Lächeln wirkte aufgesetzt, unsicher. Ich versuchte, mir einen glücklicheren Moment vor Augen zu führen, etwa seine zufriedene Miene etwas früher an jenem Tag, als er mir den Hund gekauft hatte, oder seinen Gesichtsausdruck, nachdem ich eins seiner Rätsel gelöst hatte. Stattdessen sah ich nur dieses gezwungene Lächeln auf seinen Lippen, als er mir das letzte Mal zum Abschied zuwinkte. Es war ihm nicht gelungen, seine Traurigkeit vor mir zu verbergen.

»Oh, Mom!« Ich wusste nicht, was ich sagen sollte, und konnte mir nicht vorstellen, wie es ihr gerade ging. Obwohl sie sechzehn Jahre lang nicht miteinander gesprochen hatten, musste sie zutiefst getroffen sein.

»Ich sollte dich jetzt weiterfeiern lassen.«

»Nein, Mom. Es ist nur eine Party.«

»Ich wünsche dir viel Spaß. Wir hören bald wieder voneinander, okay?«

»Mom«, sagte ich, bevor sie auflegte. »Es tut mir so leid.«

»Mir tut es auch leid«, sagte sie.

Ich blieb auf der Treppe sitzen und schaute auf das Display meines Telefons, bis die Nummer meiner Mutter verschwand.

Es war eine schweißtreibende Nacht. Nach neun Jahren in Philadelphia hatte ich mich immer noch nicht an die hohe Luftfeuchtigkeit gewöhnt, die auch nachts kaum nachließ. Ich dachte an das letzte Gespräch über Billy, das ich mit meiner Mutter geführt hatte. Damals hatte sie gesagt, sie sei sich nicht sicher, ob sie sich jemals mit ihm versöhnen würde. Und tatsächlich war es dazu nie gekommen. In der Zwischenzeit hatte ich meine Mutter öfter einmal auf Billy angesprochen, aber für sie schien er nicht mehr zu existieren, denn sie ließ ihn sogar aus den Geschichten ihrer gemeinsamen Kindheit verschwinden. Auch der Temescal Canyon, wo wir zu dritt eine Wanderung unternommen hatten, und die fantastischen Strände von Malibu, die mein Onkel so geliebt hatte, wurden nicht mehr erwähnt. Irgendwann muss ich dann aufgehört haben, nach ihm zu fragen. Jetzt war er tot, aber in unserem Leben hatte er schon seit Jahren keine Rolle mehr gespielt. Trotzdem traf mich der Verlust tief. Und ich war überzeugt, meiner Mutter ging es genauso.

Der Fußboden bebte, als Jay an die Wohnungstür kam. Ich freute mich, dass er nach mir sah, war aber nicht bereit, mich ihm mitzuteilen.

»Hey, da bist du ja«, sagte er und schenkte mir dieses Lächeln, das mich immer ganz schwindelig machte. Aber noch schwindeliger war mir von dem, was meine Mutter erzählt hatte, von den Erinnerungen an Billy nach so langer Zeit.

Jay hörte auf zu lächeln. Er lehnte sich an den Türrahmen, als posierte er für einen Modekatalog. »Was ist los?«

»Mein Onkel ist gestorben.«

»Scheiße.« Jay setzte sich zu mir auf die Treppe und nahm mich in den Arm. »Sollen wir die ganze Bande rausschmeißen?«

»Nein. Das muss keiner wissen. Ich bin bloß … Ich habe ihn seit sechzehn Jahren nicht gesehen und kann gar nicht glauben, dass er tot ist.« Selbst als ich es aussprach, kam es mir nicht ganz real vor.

»Ich kann ein brennendes Streichholz unter die Sprinkleranlage halten und das Ding in Gang setzen. Das wird sie alle vertreiben.«

Ich zwang mich zu lachen. »Wir haben keine Sprinkleranlage.«

»Okay. Wie wäre es dann mit einem brennenden Mülleimer? Nichts Großes, Gefährliches.«

Ein amüsiertes Gesicht zu machen begann anstrengend zu werden. »Bitte kein Wohnungsbrand! Ich möchte nur meine Ruhe haben und jetzt nicht darüber nachdenken.«

Das schien Jay nicht zu überzeugen, aber er half mir aufzustehen und führte mich die Treppe hoch. Bevor wir hineingingen, umarmte er mich.

»Ein Wort von dir, und alle fliegen raus«, versprach er.

Doch kaum hatten wir die Wohnung betreten, ließ er sich von einem Freund in ein Grüppchen führen, das gerade einen

Joint rauchen wollte. Inzwischen waren die Wände beschlagen. Couch und Couchtisch waren an eine Wand gerückt worden, um die Tanzfläche zu vergrößern. Meine ehemalige Mitbewohnerin erspähte mich von der anderen Seite des Zimmers und zerrte mich auf die Tanzfläche, wo sich Körper an Körper schmiegte und sich alle im Rhythmus der Musik wiegten.

Ich konnte nicht aufhören, an Billy zu denken. Wie wir im Garten nach verlorenen Schätzen gesucht hatten, unsere Abenteuer in den Parks und an den Stränden von Los Angeles, die Geschenke, die er mir aus dem Ausland mitgebracht hatte – Perlenschmuck aus Südamerika, Elektroartikel aus Japan. Ich fragte mich, was aus all diesen Geschenken geworden war. Hatte meine Mutter sie längst weggeworfen?

Ich spürte, wie Jay meine Taille umfasste und mich beinahe im Takt der Musik drehte. Ich versuchte, mich synchron mit ihm zu bewegen, aber etwas, das meine Mutter gesagt hatte, lenkte mich ab. *Mir tut es auch leid.* Und die Erinnerung daran, wie schnell sie dann das Telefonat beendet hatte, ohne mich wissen zu lassen, welcher Art und wie tief ihre Trauer war.

So plötzlich Jay auf der Tanzfläche erschienen war, so plötzlich verschwand er auch wieder in eine Ecke, wo große Aufregung herrschte, weil offenbar etwas zu Bruch gegangen war. Meine Glieder wurden immer schwerer, während ich versuchte, die Bewegungen der anderen Tänzer zu imitieren. Jay bückte sich, um aufzuheben, was immer heruntergefallen war, und trug es vorsichtig ins Schlafzimmer. Die Musik endete, aber die Leute um mich herum tanzten weiter, offenbar im Rhythmus ihrer alkoholisierten Gespräche, während sie auf den nächsten Song warteten.

Ich schloss die Augen und sah Billy vor mir. Sein angestrengtes Lächeln. Wie hatte er mich als Kind immer genannt? Meine Kleine? Nein, mein Lieblingskind.

Die Musik setzte wieder ein. Ich versuchte, die allgemeine Stimmung aufzusaugen, aber ich konnte immer nur an Billy denken, sein Wissen über Geologie, Biologie und die Evolution, das er mir in Form unserer verschiedenen Abenteuer näherbrachte. Er hatte mir fast alles beigebracht, was ich über die Erde wusste, wie sie entstanden war und wie unser Leben auf ihr und durch sie geformt wurde.

Ich hielt still und schlug die Augen auf.

Natürlich. Wie hatte ich das nur übersehen können?

Meine Beine waren wie Blei, aber ich zwang sie, mir zu gehorchen, bis ich mir einen Weg durch die Tänzer in die Küche gebahnt hatte. Die blonde Frau auf der Grußkarte lächelte immer noch vom Kühlschrank herab, aber jetzt wusste ich genauso viel wie sie.

Wissen rüstet uns für die Zukunft.

Das hatte Billy gesagt, nachdem ich mein erstes Erdbeben erlebt hatte.

DREI

Die Überreste der Party am nächsten Morgen ähnelten einem sorgsam komponierten Bühnenbild: Trinkbecher lagen auf dem Fußboden verstreut, ein Filzhut auf der Armlehne der Couch. Im Hintergrund rauschte ein Lautsprecher, der nicht ausgeschaltet worden war, nachdem niemand mehr Musik abgespielt hatte. Schon um diese Uhrzeit war es heiß, und die feuchte Luft stank nach verschüttetem Bier und ausgedrückten Zigaretten.

»Hier riecht's ja wie im Partyraum eines Studentenwohnheims«, sagte Jay genervt und hustete.

»Keine Ahnung, wie es da riecht.« Rund um die Penn University gab es viele Studentenwohnheime, aber wenn ich abends mit Kommilitonen zusammen gewesen war, hatte es Wein aus Krügen und Partyspiele gegeben, bei denen wir die Namen der amerikanischen Präsidenten und die Hauptstädte der einzelnen Staaten hatten aufsagen müssen. »Du bist so ein Nerd«, hatte Jay verkündet, als ich ihm davon erzählt hatte.

»Okay, du Nerd«, sagte er auch jetzt und zwinkerte mir zu. »Ich lade dich zum Brunch ein.«

Wir gingen in ein Lokal, das binnen kürzester Zeit zu unserem zweiten Wohnzimmer geworden war. Die Tische auf dem Bürgersteig waren alle besetzt, aber im schummrigen, kühlen Gastraum saß kaum jemand.

Jay bestellte zwei Bloody Marys. Schon der Anblick der roten Flüssigkeit, in der Pfefferkrümel schwammen, war wie ein Schlag in die Magengrube. Jay stürzte seinen Drink binnen Sekunden hinunter und erhob keinen Einspruch, als ich ihm meinen hinschob. Trotz der Nachricht von Billys Tod und der hämmernden Kopfschmerzen nach zu viel Bier und zu wenig Schlaf spürte ich eine Art freudiger Erregung. Es konnte kein Zufall sein, dass Billy mir kurz vor seinem Tod dieses Buch geschickt hatte. Und wenn Billy einen Hinweis preisgab, mussten weitere folgen. Ich fand seine Karte in meiner Handtasche und schob sie über den Tisch. Jay wischte sich die Hände sauber, bevor er die Karte vorsichtig aus dem Umschlag zog.

»Das kam gestern von meinem Onkel«, erklärte ich.

»Und was soll es bedeuten?«, fragte er, als er die Karte gelesen hatte.

»Das hat er nach meinem ersten Erdbeben zu mir gesagt.«

Dieser Abend gehörte zu meinen lebhaftesten Erinnerungen. Meine Eltern waren ausgegangen und hatten meinen Onkel als Babysitter eingeladen. Wir blieben lange auf und schauten uns *Oz – Eine fantastische Welt* an. Eigentlich durfte ich den Film nicht sehen, aber das sagte ich Billy nicht. Er hatte auch gar nicht erst darüber nachgedacht, ob Schocktherapien und ein dämonischer Oz der geeignete Stoff für ein vierjähriges Mädchen waren. Ich ahnte schon kurz nach dem Filmbeginn, dass ich eine schlaflose Nacht vor mir hatte. Als Billy mich dann zu Bett brachte, bat ich nicht darum, die Nachttischlampe anzulassen, obwohl das Licht vom Fenster her den monströsen Schatten des Zwergenkönigs an meine Wände warf. Ich wälzte mich in den Laken, als der Boden zu beben begann. Die Pokale in meinem Regal schepperten. Der Zwergenkönig hatte die Herrschaft über mein Zimmer übernommen. Die Wände verformten sich in steinerne Gargoyles und Kobolde, die mich fressen wollten. Ich schrie. Das Zimmer bebte immer noch. Als Billy endlich die Tür öffnete, wackelten die Bücherregale nicht mehr, aber die Untergebenen des Zwergenkönigs verharrten in den Schatten an den Wänden.

Billy setzte sich auf mein Bett und streichelte mir über den Rücken. »Das war nur ein schwaches Erdbeben«, sagte er. Er wollte Licht machen, aber es gab keinen Strom. Er wollte aus dem Zimmer gehen, aber ich schrie, dass er bleiben sollte. »Ich bin gleich wieder da. Ich hole nur eine Taschenlampe.«

Ich flehte ihn an, nicht wegzugehen, also verzichtete er auf die Taschenlampe und legte sich in meinem schmalen Doppelbett neben mich. Jedes Mal wenn ich beinahe eingeschlafen war, merkte ich, dass er aufstehen wollte. Ich bat ihn, liegen zu bleiben. Irgendwann gab er es auf und schlief neben mir ein.

Am nächsten Morgen war das Zimmer sonnendurchflutet und Billy verschwunden. Ich suchte nach den Schäden, die das Erdbeben hinterlassen hatte, und mein Onkel hatte die Wahrheit gesagt. Es war nur ein schwaches gewesen. Nichts war so schwer erschüttert worden, dass es sich jetzt an einem anderen Platz befunden hätte oder zerbrochen wäre.

Ein süßlicher Duft lockte mich in die Küche, wo Billy Teig in eine Pfanne goss, während meine Mutter Pfannkuchen wendete.

»Jetzt gib schon zu, dass mein Pfannkuchen wie ein Vogel aussieht«, sagte Billy mit Blick auf seinen Pfannkuchenteig zu ihr.

»Ich meine ja nur, du solltest für dieses Talent nicht deinen Job an den Nagel hängen«, sagte meine Mutter scherzhaft.

»Glaubst du etwa, dass du es besser kannst?«

»Das ist ein Wettbewerb, auf den du dich lieber nicht einlassen solltest.«

»Dann lass mal sehen, Schwesterchen.«

Meine Mutter goss Teig in eine Pfanne, und Billy lachte, als er ihre Kreation sah.

»Was macht ihr da?«, fragte ich. Beide drehten sich gleichzeitig zu mir um und grinsten.

»Frühstück für unser Lieblingskind«, sagte Billy, hob mich hoch und trug mich zum Tisch.

»Tapferes Mädchen«, sagte meine Mutter. »Dein erstes Erdbeben.« Sie küsste mich mitten auf den Kopf und stellte einen Teller Pfannkuchen an meinen Platz. Aus einem hatte sie das Wort *GEWINNERIN* aus Teig geformt.

Später an diesem Tag klopfte Billy an meine Zimmertür, um mich zu einem Ausflug abzuholen, der mit einem Rätsel begann.

»Ich bin ein Ort und ein spezielles Freizeitvergnügen. Es gibt mich national und in jeder Nachbarschaft«, las er von einem Zettel ab, den er langsam aufrollte.

»Was ist es?«, fragte ich viel zu schnell.

»Du kriegst es bestimmt heraus, wenn du gut nachdenkst.«

Während der ganzen Fahrt versuchte ich, ihm die Auflösung zu entlocken.

»Wo waren wir an deinem Geburtstag?«, fragte er schließlich und schaute mich im Rückspiegel an.

»Disneyland.«

»Und was ist Disneyland? Ein Vergnügungs… Das Wort geht mit einem *P* weiter. Kommst du drauf? *Parrr…*«

»Park«, rief ich.

Billy fuhr auf den Parkplatz des Malibu Bluffs Parks, wo ein Umschlag mit meinem Namen am Eingangsschild befestigt war. Darin befand sich das nächste Rätsel.

Was ist sowohl eine Frucht als auch eine Farbe?

»Was?«, fragte ich Billy.

»Eine Zitrone?«

»Nein!«

»Eine Weintraube?«

»Nein!«

»Was denn?«

»Eine Orange!«, rief ich und entdeckte die Frucht auf dem nächstgelegenen Picknicktisch. Darunter fand ich ein Obstmesser und die Anweisung, die Schale in großen Stücken abzuschneiden. Billy führte mir die Hand, als ich nach dem Messer griff, und zusammen schnitten wir Stücke aus der Orangenschale, als zerlegten wir sie in Puzzleteile.

»Stell dir vor, jedes Stück Schale sei eine Platte.« Billy hielt mir ein merkwürdig geformtes Stück Schale hin. »Keine Platte, auf der Essen serviert wird, sondern ein Stück Erdrinde, eine sogenannte tektonische Platte. Das hier ist die Hülle, der Erdmantel.« Er drehte die geschälte Orange in der rechten Hand. »Der untere Erdmantel. Er besteht aus Flüssigkeit, genau wie die Orange. Hey, schau mal!« Billy zog einen zerknitterten Zettel aus der Orange, auf dem der nächste Hinweis stand.

Manche benutzen meinen Namen für Geld. Wäre ich eine Tätigkeit, würdest du mit mir Kuchenteig bearbeiten. Aber am liebsten spielst du wahrscheinlich mit mir.

Ich folgte Billys Blick zum hinteren Teil der Picknickzone und entdeckte eine Schachtel Knete unter einer Sitzbank. Zusammen nahmen wir den Deckel ab und fanden eine Bastelanleitung auf einem blauen Kneteklumpen:

1. *Forme eine flache runde Platte aus der Knete.*
2. *Wickle sie um die Orange.*

Als wir es taten, wurde die Orange zu einem blauen Ball.

»Das ist jetzt der äußere Erdmantel«, erklärte Billy.

3. *Wickle die Schale um die Knete.*

Wir drückten die Puzzleteile auf die Knete, bis sie den blauen Ball mehr oder weniger bedeckten. Billy rückte zwei Schalenstücke enger zusammen. »Die Erdplatten sind ständig in Bewegung, wenn auch sehr, sehr langsam. Nur bei einem Erdbeben merken wir, dass sie sich überhaupt bewegen.« Als sich die beiden Schalenstücke berührten, quoll etwas von der blauen Knete zwischen ihren Rändern hervor. »Wenn Erdplatten aufeinanderstoßen, bilden sich Berge und Vulkane.« Er schob die Schalenstücke wieder auseinander, und die blaue Knete dazwischen ebnete sich. »Wenn sich Erdplatten voneinander wegbewegen, bilden sich Gräben. Zu Lande entstehen dann Seen und Flüsse.« Billy führte zwei Schalenstücke Rand an Rand zusammen, bis sie sich nicht enger zusammenschieben ließen. »Die Plattenränder sind zackig, und manchmal verkanten sie sich. Diese Verkantungen bezeichnet man als Bruchlinien. Wenn sie sich so ineinander verhaken wie hier, stehen sie enorm unter Druck.« Er drückte sie so lange aneinander, bis sich ein Schalenstück unter das andere schob. »Wenn der Druck zu groß wird, kommen die Platten ins Rutschen, und das ist eine Ursache für Erdbeben.«

Der vierte und letzte Punkt verlangte von uns, die höchste Erhebung zu erklimmen, die wir finden konnten. Ich folgte Billy einen steilen Hügel hinauf. Oben angekommen sahen wir hinter dem Highway entlang der Pazifikküste die Pepperdine University. Mit dem Finger zeichnete Billy die Umrisse der Gebäude nach, die sich von unserem Blickwinkel aus gesehen mit der Zeit immer weiter nach oben und Westen verlagert hatten.

»Hat hier das Erdbeben stattgefunden?«, fragte ich.

»Entlang der Bruchlinie.«

»Dann könnte hier jederzeit wieder ein Erdbeben stattfinden?« Ich machte mich schon mal auf ein Beben gefasst. Billy lachte.

»In den nächsten Tagen kann es zu einem kleinen Nachbeben kommen. Aber wenn das passiert, musst du daran denken, dass es viel schwächer sein wird als das Beben letzte Nacht.« Billy hielt meine Schultern und sah mir direkt in die Augen. »Man kann Erdbeben nicht verhindern, aber du brauchst keine Angst zu haben. Nach jedem Beben analysieren Wissenschaftler wie ich die angerichteten Schäden, und wir nutzen diese Erkenntnisse, um Häuser und Brücken sicherer zu machen, sodass von Mal zu Mal weniger Schäden entstehen.«

»Dann brauchen wir also Erdbeben?«, fragte ich.

»So könnte man es sehen. Wir brauchen Erdbeben, um von ihnen zu lernen. Wissen rüstet uns für die Zukunft. Das musst du dir merken. Es ist die einzige Möglichkeit, unsere Sicherheit zu erhöhen.«

»Ich weiß noch, dass ich die ganze Woche auf ein Nachbeben gehofft hatte, aber ich konnte keins spüren«, sagte ich zu Jay. »Das war typisch Billy: Alles und jedes konnte er zu einem Abenteuer machen.«

Jay gab mir die Karte zurück. »Trotzdem verstehe ich nicht, warum er dich an diese Sache erinnert, wenn er tot ist.« Jay wischte sich den Mund ab und schaute auf meinen kaum angerührten Teller. Dann zeigte er auf meine Eier. Ich nickte und tauschte meinen fast vollen Teller gegen seinen leeren.

»Es ist wieder eins seiner Abenteuer.« Ich holte mein Exemplar von *Der Sturm* aus meiner Handtasche und blätterte zu der Seite in der zweiten Szene des ersten Akts, wo Prospero Miranda über seine Vergangenheit informiert. Ich fuhr mit dem Finger unter der markierten Textstelle entlang. *Setze dich nieder, denn du musst nun noch mehr wissen.* »Es ist die einzige markierte Stelle.« Ich erklärte Jay, worüber Prospero sprach: dass sein grausamer Bruder Antonio ihn betrogen und Prosperos Reich übernommen hatte, während er selbst, also Prospero, sich dem Studium der Magie widmete. Mithilfe des Königs hatte Antonio dann Prospero und die junge Miranda vertrieben und aufs Meer hinausgeschickt.

»Dann wurdest du nach Shakespeare benannt?«, fragte Jay.

»Wusstest du das nicht?«

»Ich kenne das Stück nicht gerade auswendig.« Er blätterte darin herum, als könnte er auf diese Weise etwas über mich herausfinden. »Was will dein Onkel denn nun von dir?«

»Als ich zwölf war, hat er sich fürchterlich mit meiner Mom

gestritten. Sie hatte ihm irgendetwas angetan, oder wenigstens sah er es so. Ich weiß nicht, was vorgefallen war. Ich glaube, er benutzt Prospero, um es mir mitzuteilen.«

»Miranda«, sagte Jay beschwichtigend. »Es kann sehr verwirrend sein, einen nahestehenden Menschen zu verlieren.«

»Was soll das heißen?«, fragte ich und wünschte, es hätte nicht so defensiv geklungen.

»Kann es sein, dass du versuchst, dem Tod deines Onkels einen Sinn abzugewinnen?« Jay streckte die Hand aus und strich mir über die Wange. Er presste den Mund zusammen und sah mich voller Mitleid an.

»Ich kenne meinen Onkel«, sagte ich nachdrücklich. Aber stimmte das wirklich? Ich hatte ihn seit sechzehn Jahren nicht gesehen und wusste nichts über das Leben, das er geführt hatte, nachdem er aus unserem verschwunden war. Womöglich hatte er selbst eine Familie gegründet und schon längst nicht mehr in Pasadena gewohnt. Andererseits hatte er mir diese Karte und *Der Sturm* geschickt … Ich war mir ganz sicher, dass es Hinweise waren, denen ich folgen sollte.

Die Kellnerin brachte unsere Rechnung, und Jay kramte aus seiner Hosentasche genügend zerknitterte Geldscheine hervor, um sie zu begleichen.

Als wir wieder ins Freie kamen, erschlug uns die hohe Luftfeuchtigkeit. Wir blieben einen Moment an der Tür stehen, um uns an die blendende Nachmittagssonne zu gewöhnen.

»Worüber haben deine Mom und dein Onkel denn gestritten?«, fragte Jay.

»Mein Onkel hatte meine Geburtstagsparty verpasst, aber das war nicht alles. Ich habe keine Ahnung, worum es noch ging.«

»Deine Mom hat es dir nie erzählt?«

»Wir sprachen nicht mehr über Billy. Es war, als hätte er nie existiert.«

»Das ist aber traurig.«

»So war es nun mal.« In jeder Familie gibt es unerzählte Geschichten. Billy war unsere. Dass es eine traurige war, spielte keine Rolle.

»Hast du deiner Mom von der Karte erzählt?« Jays herablassender Ton gefiel mir nicht.

»Sie würde sich nur aufregen«, sagte ich.

»Du solltest es ihr aber sagen«, insistierte er.

»Du brauchst mir nicht zu sagen, wie ich mit meiner Mutter umzugehen habe«, schnappte ich. »Du hast sie ja erst einmal gesehen.«

Beim letzten Besuch meiner Eltern in Philadelphia waren wir zu viert essen gegangen. Während wir uns über die kleinen Portionen hermachten, sprach Jay mit meinem Vater über Baseball und mit meiner Mutter über ihre Mädchenband, mit der sie in den 70er-Jahren in der South Street aufgetreten war. Als wir nach dem Essen über das Kopfsteinpflaster der Altstadt spazierten, schmetterte meine Mutter den bekanntesten Song ihrer damaligen Band – ein seltener Ausbruch, zu dem sie wohl von den zwei Bourbons ermutigt worden war, die sie sich wahrscheinlich nur bestellt hatte, um Jay zu beeindrucken. Ihre Stimme klang von dem Whisky noch ganz belegt, aber immer noch samten genug, um mir eine Gänsehaut über die Haut zu schicken. Wir – und diverse Passanten – blieben stehen und applaudierten. Seither hielt Jay meine Mutter für eine impulsive Frau, die Whisky trank und lauthals sang, wann und wo sie wollte. Aber so war sie nicht. An jenem Abend hatte sie nur eine Rolle gespielt, weil sie wusste, dass Jay sie in dieser Rolle mögen würde.

Jay trat gegen den Bürgersteig, weil es ihn aufregte, was ich gesagt hatte.

»So habe ich das nicht gemeint.«

Er zog mich an sich, und ich drückte ihn. Die Enttäuschung

darüber, dass wir uns nicht weiterstreiten würden, versuchte ich zu ignorieren.

Ich folgte Jay zu unserem Häuserblock, aber ich war noch nicht bereit für unsere stinkende, verdreckte Wohnung. Ich sagte Jay, ich wolle einen Spaziergang machen, und er tat so, als kränkte ihn nicht, dass ich allein sein wollte.

An der Walnut Avenue bog ich Richtung Fluss ab. Die feuchtheiße Luft ließ mir den Schweiß die Beine herunterlaufen, bis er sich in meinen Kniekehlen sammelte. Von den Stufen der Great Plaza aus beobachtete ich die Jogger und Rollschuhläufer, die auf dem Pfad am Ufer des Delaware entlanghetzten. Ich kramte mein Telefon aus der Handtasche und googelte »Billy Silver, Los Angeles, Seismologe, Nachruf«. Mehr konkretisierende Suchbegriffe fielen mir nicht ein. Es reichte aber für den *Los Feliz Ledger*, der am Morgen einen kurzen Nachruf auf Billy veröffentlicht hatte. Es ging um das Ableben von Billy Silver, geboren in Los Angeles, Seismologe und Erdbebenjäger, Besitzer der Buchhandlung Prospero Books. Der Nachruf enthielt die niedergeschlagene Zusicherung des Geschäftsführers von Prospero Books, Billys Vermächtnis zu pflegen und die Buchhandlung am Leben zu erhalten. Außerdem stand dort, die Beerdigung fände Dienstagnachmittag auf dem Friedhof von Forest Lawn statt.

Prospero Books. Darauf hätte ich kommen können, als mir klar wurde, dass Billy mir das Buch geschickt hatte. Natürlich war *Der Sturm* immer ein Verweis auf Billys Buchhandlung.

Ich holte das Buch aus meiner Handtasche und las noch einmal nach, was Prospero Miranda erklärte. Prospero wollte Miranda klarmachen, dass sein Bruder sie verraten hatte, denn nur so konnte sie verstehen, warum er den Sturm heraufbeschworen hatte, der Antonio auf die Insel gespült hatte. Es war Jahre her, dass Billy mir eins seiner Rätsel geschickt hatte, aber ich erfasste seine kodierten Botschaften immer noch. *Du musst nun noch mehr wissen* – das waren Prosperos Worte. *Wissen rüstet uns für die Zukunft* – das waren Billys. Genau wie Prospero wollte Billy mir von dem Verrat erzählen, der ihn von unserer Familie entfernt hatte. Und genau wie Prospero hatte er eine Rückkehr geplant, die ohne Zaubersprüche und Hexerei auskam, sondern von der Magie seiner Ratespiele und Abenteuer getragen wurde. Ich war kein Kind mehr, aber wieder schaffte er es, mich genauso aufzuwühlen wie damals bei seinem ersten Rätsel, das wie alle anderen von einem zum anderen Hinweis führte. Dieses Mal war es aber anders, und mein Aufruhr hatte etwas Bittersüßes. Schließlich war es das letzte Mal, dass Billy mit mir in Kontakt getreten war. Meine letzte Chance, die Geschichte zu entdecken, die meine Mutter mir niemals erzählen würde, die Wahrheit darüber, was Billy und sie entzweit hatte.

Die nächsten zweieinhalb Monate würde ich viel Zeit haben, also buchte ich einen Flug für Montag, damit ich rechtzeitig zu Billys Beerdigung zu Hause sein würde. Ich musste hingehen. Nicht nur, um den nächsten Hinweis zu finden. Ich schuldete es ihm einfach. Als Kind hatte ich ihn so geliebt. Ich musste bei seiner Beerdigung dabei sein, um zu würdigen, was wir einander einst bedeutet hatten.

Jay lag quer auf unserem Bett und sah zu, wie ich fast meine ganze Sommergarderobe packte.

»Musst du das wirklich alles mitnehmen?«

Ich zog den Reißverschluss des Koffers zu und hüpfte zu Jay aufs Bett. »Wenn ich es nicht besser wüsste, könnte ich denken, dass du mich vermissen wirst.«

»Natürlich werde ich dich vermissen.« Er drehte mich um und legte sich auf mich. Sein Gesicht war meinem so nah, dass ich die winzigen Bartstoppeln sah, die rund um sein Kinn zu sprießen begannen.

»Ich bin doch bloß ein paar Tage weg.« Ich hatte keinen Rückflug gebucht, aber seit ich L. A. zum Collegestudium verlassen hatte, war ich dort nicht mehr als fünf Tage am Stück geblieben. Wenn Billy mir tatsächlich den nächsten Hinweis zugespielt hatte, würde ich nur ein paar Tage brauchen, um hinter die Geheimnisse zu kommen, die er mir preisgeben wollte.

»Willst du mich bei der Beerdigung wirklich nicht dabeihaben?«

»Du leitest nächste Woche doch das Sommercamp.«

»Aber es ist nur Fußball.«

»Nur Fußball? Wer bist du, und was hast du mit meinem Partner gemacht?« Das Wort fühlte sich in meinem Mund immer noch wie ein Fremdkörper an.

Jay strich mir durch die Haare, was mich störte, weil er meine Locken dabei glättete. »Du brauchst nicht allein hinzufahren.«

»Es sind doch nur ein paar Tage.« Ich schüttelte den Kopf, damit er seine Hand von meinen Haaren löste.

Jay bestand darauf, mich zum Flughafen zu bringen, obwohl er sich dafür extra per Carsharing einen Wagen besorgen musste und ein Taxi billiger gewesen wäre. Er hielt vorm Abfluggebäude und lud meinen Rollkoffer aus.

»Rufst du mich an, wenn du gelandet bist?« Er stellte den Koffer auf den Gehweg. Ich dachte, als Nächstes würde er mich drängen, möglichst bald zurückzukommen, doch er sagte: »Nimm dir so viel Zeit, wie du brauchst. Du würdest es bereuen, wenn du zu schnell wieder wegfährst und nicht für deine Familie da bist.«

»Seit wann bist du so sentimental?« Jay wandte sich von mir ab, offenbar hatte ich ihn gekränkt. Ich war in Versuchung, noch einen draufzusetzen, aber stattdessen küsste ich ihn leidenschaftlich, um ihm etwas zu geben, woran er sich in den Tagen unserer Trennung erinnern konnte.

Auf dem Flug quer über den Kontinent überlegte ich, wie viel ich meiner Mutter über *Der Sturm* und Billys neues Rätsel erzählen sollte. Als ich ihr gesagt hatte, dass ich zur Beerdigung nach Hause kommen würde, fragte sie: »Warum, um alles in der Welt?« Dabei klang sie so ungläubig und überrascht, dass ich nicht wusste, was ich darauf erwidern sollte.

»Willst du bei Billys Beerdigung denn nicht dabei sein?«, hatte ich sie gefragt.

»Warum sollte ich?«

»Weil er dein Bruder ist, hatte ich gedacht. Dann gehe ich eben allein hin.«

»Wenn du meinst«, sagte sie so desinteressiert wie meine Schüler manchmal.

Wie sollte ich ihr beibringen, dass Billy mich kontaktiert hatte, während sie ihm nicht einmal nach seinem Tod vergeben hatte und sich offenbar nicht daran erinnern wollte, wie nahe sie sich einst gestanden hatten? Noch schlimmer war, dass er mir offenbar etwas hatte mitteilen wollen, das meine Mutter vor mir geheim hielt. Ich hoffte inständig, die rechten Worte zu finden, wenn sie leibhaftig vor mir stand.

Mein Vater wartete hinter der Gepäckausgabe auf mich und hielt ein gedrucktes Schild mit der Aufschrift *Lehrerin Miranda* hoch. So wurde das gesamte Lehrpersonal meiner Schule angeredet: Lehrerin Anne, Lehrer Tom, Lehrer Jay. *Jay*. Ich hatte ihm geschrieben, dass ich gelandet war, und er hatte einen Emoji-Kuss zurückgeschickt. Obwohl ich diese vorfabrizierten, mit einem Klick verfügbaren Piktogramme hasste, freute ich mich über die erotische Botschaft.

Mein Vater war kein Freund inniger Umarmungen, und ich hatte gelernt, es nicht persönlich zu nehmen. Meine Mutter war die Einzige, der er körperliche Zuneigung zeigen konnte. Manchmal erwischte ich die beiden, wie sie eng umschlungen in der Küche zu einem alten Folksong tanzten, den meine Mutter sang, oder ich sah meinen Vater selbstvergessen ihre Füße massieren, während sie sich einen Nora-Ephron-Film ansahen. Den meisten anderen reichte mein Vater nur die Hand. Mich umarmte er zwar, aber immer war zu spüren, dass er sich dabei nicht ganz wohlfühlte.

»Wo ist Mom?«, fragte ich, als er seine halbherzige Umarmung löste. Jedes Mal wenn ich nach Hause kam, waren seine Haare stärker ergraut, seine olivfarbene Haut ledriger, seine blauen Augen blasser. Am liebsten würde ich dann immer seine Hand nehmen und ihn anflehen, mit dem Älterwerden aufzuhören.

»Sie ist früh zu Bett gegangen. Aber ihr seht euch dann ja morgen.« Bislang hatte meine Mutter es sich nie entgehen lassen, mich vom Flughafen abzuholen. Dann drängelte sie sich durch die Menge der Chauffeure und Großfamilien, die hinter der Gepäckausgabe warteten, denn wenn ich ankam, sollte ich als Erstes ihr Gesicht sehen.

»Wie geht es ihr?«

Mein Vater nahm meinen Koffer und rollte ihn gen Ausgang. »Du weißt ja, wie sie ist. Sie lässt sich nichts anmerken, aber es hat sie schwer getroffen, schwerer, als sie gedacht hätte.«

Vor dem Ankunftsterminal stank es nach Abgasen und Zigarettenqualm. Bei dem Versuch, sich in die reglose Blechlawine ein- oder auszufädeln, kamen die Autos einander gefährlich nah. Nur einige Palmen in der Ferne deuteten an, dass ich in Los Angeles war und nicht an einem vernachlässigten Flughafen in irgendeinem Entwicklungsland.

Mein Vater verließ den Parkplatz für Kurzparker und fuhr auf den äußeren Straßenring. »Wie sind Stantons Worte dieses Mal angekommen?«

Ich beendete jedes Schuljahr mit dem gleichen Ritual – an Lincolns Sterbebett. Sekunden nachdem der Präsident gestorben war, kommentierte sein Freund und Kriegsminister, Edwin

Stanton: *Nun ruht er in der Ewigkeit.* Oder sagte er: *Nun ruht er bei den Engeln?* Diese Frage stellte ich meinen Schülern. Lincolns Arzt hatte Stanton »Ewigkeit« sagen hören, sein anwesender Sekretär »Engel«. Welches Zitat war also richtig? Wollte Stanton Lincolns Platz in der Geschichte oder im Nachleben benennen? Die Schüler erörterten dann beide Möglichkeiten und diskutierten, was Stanton tatsächlich gesagt hatte. Am Ende war es aber keine lösbare Frage.

»Stantons Worte bleiben ein Rätsel«, sagte ich zu meinem Vater. Meinen Schülern sagte ich: *Wir müssen von widersprüchlichen Erfahrungen ausgehen, die Menschen zu einem gegebenen historischen Zeitpunkt gemacht haben. Erst dann können wir die Vergangenheit interpretieren und überlegen, was für uns heute den meisten Sinn ergibt.* »Ich glaube, einige haben es verstanden. Oder wenigstens hoffe ich das.«

»Du kannst dein Bestes geben, aber es liegt an ihnen, ob sie ein Interesse für die Vergangenheit entwickeln.« Mein Vater stieg auf die Bremsen, als der Flughafenbus plötzlich vor uns einscherte.

»Weißt du noch, wie Billy einmal mitten in der Nacht bei uns auftauchte?«

»Natürlich.« Mein Vater konzentrierte sich auf den Bus, der sich in eine viel zu kleine Lücke zwischen zwei Autos vor uns quetschen wollte.

»Bestimmt hat Mom es mir erzählt, aber ich kann mich nicht daran erinnern, worüber sie gestritten haben.«

»Keine Ahnung.« Mein Vater hupte, als ein Geländewagen unsere Fahrspur kreuzte, und schrie: »Was soll das?«

»Du weißt nicht, was passiert ist?«

»Ich weiß nur, dass Billy betrunken vor der Tür stand und zu deiner Mom sagte, dass er nie wieder mit ihr reden wollte.« Er fädelte sich in die Abbiegerspur zum Sepulveda Boulevard ein, wo die Straße breiter wurde. »Und dann hat er dir diesen vermaledeiten Hund gekauft.«

»Billy war nicht betrunken.« Ich dachte an sein gerötetes Gesicht, seine glasigen Augen. »Oder doch?«

Mein Vater bog in den Ocean Park Boulevard ein. Hier war die Luft kühler und salziger, denn das Meer war nicht mehr weit. Ich ließ das Fenster herunter und atmete tief ein. Mit jedem Mal, wenn ich nach Los Angeles zurückkehrte, erschien mir die Stadt ein Stück mehr als die Stadt meiner Eltern. Zwar konnte ich mich für eine längere Zeit dort aufhalten, würde mich dort aber nicht niederlassen. Das konnte ich meiner Mutter jedoch nicht sagen. Sie wartete darauf, dass ich – genau wie sie – nach Südkalifornien zurückkehren würde. Aber das würde nicht passieren. Ich wollte nicht die Kinder von Filmstars und Musikern unterrichten. Von Regisseuren und Fernsehmagnaten. Ich wollte Amerikanische Geschichte nicht in einem Bundesstaat unterrichten, der erst durch den Kompromiss von 1850 Teil der Staatengemeinschaft geworden war. Ich war keine Angelino und trug Kalifornien nicht im Herzen. Die Sehnsucht nach der salzigen Luft war die äußerste Anwandlung von Heimweh, die man mir nachsagen konnte.

»Hör mal«, sagte mein Vater, als wir an einer roten Ampel hielten. »Ich will deine Erinnerung an Billy nicht trüben, aber er hatte auch eine andere Seite an sich, die du nicht erkennen konntest, weil du noch zu jung warst.«

»Was meinst du damit?«

»Nichts. Ich hätte das nicht sagen sollen.«

»Lass das! Welche Seiten?«

Mein Vater bog in unser Wohnviertel ein. Der vertraute Anblick unserer ruhigen Straße. Ich kannte die Farben aller Häuser, an denen wir vorbeifuhren, obwohl sie in der Abenddämmerung alle anthrazit aussahen. In Los Angeles wurde es nie richtig dunkel, nicht einmal mitten in der Nacht.

»Ich verstehe, dass Billys Tod eine Menge Fragen aufwirft, aber ich möchte nicht im Namen deiner Mom sprechen.«

»Darum habe ich dich auch nicht gebeten.«

»Es gehört der Vergangenheit an«, sagte er.

»Unserer Vergangenheit«, korrigierte ich. Kieselsteine knisterten unter den Reifen, als mein Vater in unsere Einfahrt fuhr. Das Haus lag im Dunkeln, nur das Verandalicht brannte und wurde von Motten umschwirrt.

»Deine Mom muss selbst entscheiden, was sie dir erzählen will.« Er stieg aus und holte meinen Koffer aus dem Kofferraum. Ich beobachtete ihn im Rückspiegel, bis die Kofferraumhaube die Sicht versperrte. Kurz bevor das geschah, sah ich einen Ausdruck über sein Gesicht huschen, den ich noch nie gesehen hatte. Wenn ich mich nicht sehr täuschte, hatte er Angst.

VIER

Meine Mutter war schon in der Küche, als ich kaffeedurstig herunterkam. Blaubeermuffins kühlten auf dem Küchenblock ab, der die Küche vom Ess- und Wohnzimmer trennte. Ich wusste, dass der Kühlschrank voller Dinge war, die ich als Teenager gemocht hatte. Erdbeeren, Schlagsahne, Mortadella, Kakao – alles Lebensmittel, falls man sie so bezeichnen konnte, die ich seit Jahren nicht gegessen hatte.

»Wo sind die anderen zwanzig Gäste?«

»Miranda.« Sie legte die Topfhandschuhe beiseite und eilte mir entgegen. Es war erst sieben Uhr morgens, aber sie trug schon eine schwarze Hose und eine korallenrote Bluse. Ihre lockigen Haare waren so frisiert, dass sie ihr Gesicht umrahmten. Ihre Augen hatte sie durch Mascara und braunen Lidschatten in Szene gesetzt.

»Es tut mir so leid, Mom.« So zurückhaltend mein Vater mit Umarmungen war, so großzügig war meine Mutter damit. Wann immer sie mich umarmte, wollte sie mich am liebsten gar nicht mehr loslassen.

»Mir geht's gut«, sagte sie, als wünschte sie, dass es wahr wäre.

»Kann ich irgendwas für dich tun?«

Sie zeigte auf den Tisch. »Setz dich.«

Sie brachte mir einen Muffin und eine Tasse Kaffee, als sei sie meine Kellnerin. Dann setzte sie sich mir gegenüber und sah zu, wie ich den Muffin mit den Fingern aufbrach. Es dampfte aus seinem Inneren.

»Schön, dich wieder zu Hause zu haben.« Sie langte über den Tisch und strich mir eine Haarsträhne aus der Stirn.

»Hast du noch mal darüber nachgedacht, ob du heute mit zur Beerdigung kommst?«, fragte ich wie nebensächlich und brach ein Stückchen Muffin ab.

»Ich habe schon vor Jahren mit Billy abgeschlossen.« Sie stand auf, ging ans Spülbecken und begann, das Muffinblech zu schrubben.

Ich aß das Gebäck und brachte meinen leeren Teller zum Spülbecken. Ganz nah neben meiner Mutter blieb ich stehen, weil ich wusste, dass sie es so gern hatte. »Ich mache mir nur Sorgen, dass du es später bereust, wenn du nicht hingehst.«

Sie drehte den Wasserhahn zu und legte ihre kalte, nasse Hand an meine Wange. »Mir geht's gut, Süße. Wirklich.«

Der Forest Lawn lag eine halbe Autostunde von meinem Elternhaus entfernt. Zur Sicherheit kalkulierte ich eine Dreiviertelstunde ein. Meine Eltern hatten mir ihren Wagen geliehen und winkten mir aus der Einfahrt nach.

Ich ließ das Fenster herunter, bevor ich losfuhr. »Kann ich euch wirklich nicht umstimmen?«

»Fahr einfach los, Miranda!«, sagte mein Vater im Befehlston.

»Wir sehen uns, wenn du zurückkommst«, fügte meine Mutter hinzu.

Ich behielt sie im Blick, als ich rückwärts aus der Einfahrt fuhr, und suchte nach einem Hinweis auf den Schmerz, den sie so sorgfältig mit Abdeckstift und Rouge übertüncht hatte. Sie drängte mich so aufgekratzt, mich zu beeilen, als sei ich auf dem Weg zu einem rauschenden Schulball statt der Beerdigung ihres Bruders.

Am Forest Lawn angekommen, erinnerte das schmiedeeiserne Friedhofsgitter an den eleganten Zaun eines exklusiven Country Clubs an der Ostküste. Obwohl ich rechtzeitig losgefahren war, waren die Straßen so verstopft gewesen, dass ich zu spät kam. Genau zweiundzwanzig Minuten, was selbst für Los Angeles, wo grundsätzlich alles zehn Minuten nach der angekündigten Zeit anfing, reichlich spät war.

»Die Silver-Beerdigung?«, fragte ich den Friedhofswärter. Er zeigte in Richtung Cathedral Drive und dann auf einen Hügel auf der anderen Seite des Geländes, weit weg von den schöner gelegenen Grabsteinen berühmter Verstorbener.

Etwa vierzig Menschen umstanden das offene Grab. Sie waren jünger, hipper und bunter zusammengewürfelt, als ich erwartet hätte, einige trugen schwarze Jeans und T-Shirts oder eng anliegende dunkle Jerseykleider. Ich zupfte am Kragen meines knielangen schwarzen Kleides und kam mir furchtbar konservativ vor. Typisch Ostküste.

Ich stellte mich hinter den Kreis, der das Grab umstand, um nach einem vertrauten Gesicht Ausschau zu halten. Wen ich zu sehen erwartete, wusste ich nicht. Meine Großeltern waren entweder vor meiner Geburt gestorben oder als ich noch so klein war, dass ich mich nicht daran erinnern konnte. Meine Mutter und Billy hatten keine anderen Geschwister. Ihre Onkel waren an den umkämpften Stränden der Normandie und im Pazifik gefallen. Ich hatte auch keine Cousins, Cousinen und auch sonst eigentlich niemanden, den man zur erweiterten Familie zählen konnte. Auch keine langjährigen Freunde, die schon immer dazugehört hatten. Als ich in die jungen Gesichter blickte, hoffte ich trotz allem auf ein bekanntes, vielleicht eine frühere Freundin von Billy, die ich längst vergessen hatte, oder Lee, den Geschäftsführer, oder eine der hübschen jungen Frauen, die im Café von Prospero Books gekellnert hatten und jetzt in den Vierzigern sein musste. Nur wenige Trauergäste schienen älter zu sein als ich. Eine füllige Frau in den Sechzigern mit einer Plastikbrille und ein drahtiger Mann mit Spitzbart und Gleitsichtbrille. Und dann war da noch jemand, der sich von den anderen unterschied. Er trug einen Nadelstreifenanzug und schien, genau wie ich, nicht die Nachricht bekommen zu haben, dass legere Trauerkleidung angesagt war.

Die Menschen drehten sich um, als ein Typ mit Kapuzenpullover und ausgewaschenen schwarzen Jeans auf das Mikrofon hinter dem Grab zuging. Er strich sich die wirren Haare aus dem Gesicht, griff sich mit gesenktem Blick in die hintere Tasche und holte einen Zettel heraus.

»Das hier ist ein Gedicht von Dylan Thomas, das Billy besonders schätzte.« Er räusperte sich, bevor er »Geh nicht gelassen in die gute Nacht« vorlas. Als er von dem Kampf gegen das schwindende Licht las, inspizierte ich Billys Grabstein. Auf dem dunklen Granit stand sein Name, *Billy Silver*, sein Geburtsdatum im Jahr 1949 und das Sterbedatum vor drei Tagen. Thomas Jefferson hat einmal geschrieben, das Leben und die Seele der Geschichte blieben immer unbekannt. Nur Fakten – die ewigen Fakten, wie er es ausdrückte – würden den nachfolgenden Generationen überliefert. Das hier waren also die ewigen Fakten bezüglich Billys Leben, ohne jeglichen Hinweis darauf, was Billy zu einem erinnerungswürdigen Menschen machte. Warum wurde er nicht neben meinen Großeltern an der Westside beerdigt? Warum wollte er hier begraben werden, zwischen den genauso nichtssagenden Gräbern einer Evelyn Weston und eines Richard Cullen? Hier in einem Teil des Friedhofs, der offenbar Singles vorbehalten war, Mauerblümchen bis in den Tod.

Billys Freund war mit dem Thomas-Gedicht fertig und schaute mit ernster Miene auf die Trauernden. Sein Blick wanderte vom einen zum anderen, bis er mich entdeckte. Seine Augen waren so klar und unnatürlich blau, dass ich die Luft anhielt. Es waren faszinierende, aber kalte Augen, und sie gaben mir noch mehr das Gefühl, hier fehl am Platze zu sein. Was hatte ich hier zu suchen? Ich hatte mir vorgemacht, ich sei aus Pflichtgefühl, Anstand und Trauer nach Hause gekommen. Aber eigentlich war ich wegen der Karte gekommen, die mein Onkel mir geschickt hatte, wegen der Aussicht auf eine seiner

Schatzsuchen. Ich gehörte nicht hierher. Ich hatte es nicht verdient, unter den wunderbaren traurigen Menschen zu stehen, die sich im Gedenken einer von mir praktisch vergessenen Person versammelt hatten.

»Möchtest du einen?« Die junge Frau neben mir hielt mir einen Plastikbecher hin. Sie war jünger als ich, eine Latina. Ihre sehnigen Arme waren mit Tintenzeichnungen und spanischer Kalligrafie übersät. »Es gibt Whisky oder Whisky. Ich würde dir den Whisky empfehlen.« Ich nahm den Becher entgegen, und sie schenkte mir mehr als großzügig ein.

Der ältere Mann mit dem Spitzbart trat ans Mikrofon und prostete der Trauergemeinde mit seinem Plastikbecher zu. Dann schloss er die Augen und sang »Oh Danny Boy«.

Die füllige Frau in den Sechzigern stellte sich neben den Spitzbärtigen und legte ihm einen sommersprossigen Arm um die Schulter, begann zu schunkeln und zwang den Mann durch Körperberührung zum Mitschunkeln, während sie mitzusingen begann. Nach dem Lied richtete der Mann den bebrillten Blick aufs offene Grab, dann gen Himmel, bevor er den Plastikbecher zum Mund führte.

»›Auf die Abende, an die wir uns niemals erinnern werden, und die Freunde, die wir niemals vergessen werden‹, wie Billy zu sagen pflegte«, sagte die junge Frau neben mir und stieß mit mir an. »Wohnst du hier?«

»Wo – hier?«

»In Silver Lake. Du bist mir noch nie über den Weg gelaufen.«

»Nein, ich bin Billys Nichte.« Es klang wie ein Fremdwort – *Nichte* – affektiert und distanzlos zugleich. Aber ich war nun einmal Billys Nichte. Und er hatte mir ein Lebenszeichen geschickt, bevor er gestorben war. Er hatte an mich gedacht. Wir bedeuteten einander noch etwas. »Woher kennst du meinen Onkel?«, fragte ich und nutzte schamlos die Tatsache aus, dass ich im Gegensatz zu allen anderen hier Versammelten ein Familienmitglied war.

»Ich arbeite bei Prospero Books.«

Sehnsüchtig wiederholte ich den Namen und konnte mich nicht erinnern, wann ich ihn zum letzten Mal ausgesprochen hatte. Immer noch löste er die gleiche Faszination aus, die ich als Kind empfunden hatte, wenn ich an die Magie all der Bücher dachte.

Der Whisky veränderte die allgemeine Stimmung, und die Leute unterhielten sich immer lauter miteinander. Hier und da wurde gelacht. Der Mann im Nadelstreifenanzug verkündete: »Wer weiter in Erinnerungen schwelgen will … Wir treffen uns gleich bei Prospero Books.«

»Schön, dich kennengelernt zu haben.« Ich hoffte, die junge Frau hätte gesagt: *Bis gleich im Laden*, aber sie nickte nur zum Abschied und ging auf den Mann mit den wirren Haaren zu, der das Gedicht vorgelesen hatte. Sie flüsterte ihm etwas zu, und dann drehten sich beide mit undurchdringlichen Mienen zu mir um. Vielleicht waren ihre Mienen aber gar nicht so undurchdringlich, und ich war nur nicht bereit, die bittere Wahrheit anzuerkennen, die in ihren Blicken lag.

Ich nippte noch an meinem Whisky, als der Becher schon leer war, und beobachtete, wie alle auf die Wagen zugingen, die am Straßenrand geparkt waren.

»Sie sind nicht zufällig Miranda?« Der Nadelstreifenmann streckte mir die Hand entgegen, während er mich ansprach. Er war älter, als er mir aus der Ferne vorgekommen war, und seine Haare verdankten ihre jugendliche Sandfarbe offensichtlich einem Färbemittel. »Ich hatte gehofft, dass ich Sie hier treffen würde. Ich bin Elijah Greenberg, Billys Anwalt.«

Ich wollte ihn fragen, woher er wusste, dass ich kommen würde. Billy musste ihm von mir erzählt haben. Vermutlich wusste er sogar von *Der Sturm* und der neuen Schatzsuche.

»Es tut mir so leid um Billy.« Er führte mich zu den beiden Wagen, die noch am Straßenrand standen. »Kommen Sie zur Feier?«

»Welche Feier?«

»Wir feiern Billys Leben. Ich weiß, dass es ein etwas unpassendes Wort ist, aber Billy wollte es so. ›Bloß nichts Trauriges‹«, sagte er eine Oktave tiefer, offenbar um Billys Stimme zu imitieren. »›Das Letzte, was euch an mich erinnert, darf nichts Trauriges sein.‹«

Ich hätte mich der Feier sehr gern angeschlossen, wenn ich nicht noch das »Schön, dich kennengelernt zu haben« der jungen Frau im Ohr gehabt hätte, das klang, als erwartete sie nicht, mich jemals wiederzusehen. Ich sah auch noch ihren Gesichtsausdruck und die Miene des verwuschelten Mannes vor mir, in der Unverständnis darüber lag, dass das einzige Familienmitglied, das sich überhaupt zu Billys Beerdigung bequemt hatte, zu spät gekommen war. Die Vorstellung, noch mehr Ablehnung zu erfahren, konnte ich nicht ertragen, obwohl ich nur zu gern zu Prospero Books gehen würde.

»Meine Eltern erwarten mich zurück«, sagte ich.

»Dann kommen Sie doch morgen in mein Büro.« Er überreichte mir seine Visitenkarte. »Es geht um Billys Testament.«

»Billys Testament?«

»Er hat Ihnen etwas vererbt.«

Elijah schloss seinen Wagen auf und öffnete die Fahrertür. »Passt es Ihnen um zehn?«

Ich nickte und war sprachlos. Neugier erfasste mich wie ein plötzliches Fieber. Eine Art Delirium. Pure Euphorie. Die Summe meiner Gefühle für Billy. Mein Instinkt hatte mich nicht getäuscht. Zuerst hatte Billy mich mit der Karte und *Der Sturm* heimgerufen, und nun wartete der nächste Hinweis in Elijah Greenbergs Büro auf mich – in Gestalt eines Erbes.

Als ich endlich die Auffahrt zur Interstate 5 gefunden hatte, musste es an der Ostküste schon nach sieben sein. Jay war also entweder zu Hause und machte sich einen ruhigen Abend, bevor er am nächsten Morgen wieder ins Sommercamp fahren musste, oder er hing noch in der Bar an der Ecke unseres Wohnblocks ab und trank sich acht Stunden Arbeit mit energiegeladenen Teenagern aus dem Pelz. Ich konnte es wenigstens versuchen.

»Hey, Babe!«, sagte er beim vierten Klingeln. Noch nie hatte er mich *Babe* genannt. Manchmal nannte er mich M oder Mimi, nachdem er gehört hatte, wie mein Vater mich anredete. Aber niemals *Babe, Schatz* oder andere Kosenamen für die Massen.

»Selber hey«, sagte ich.

»Ich habe gerade die Küche geputzt. Wenn du heimkommst, sollte sie deinen Sauberkeitsstandards genügen.« Die Wohnung war deutlich sauberer geworden, seit ich eingezogen war. Jay fand, dass ich unter Putzwahn litt. Meine Mutter habe mich darauf gedrillt, die Wohnung grundsätzlich in einen Zustand zu versetzen, dass jederzeit Besuch vorbeikommen könnte.

Jay seufzte, und ich hörte, wie er sich auf die Couch fallen ließ. Dann schaltete er hörbar den Fernseher ein, und ich musste mir auf die Zunge beißen, um nicht wieder den gleichen Streit anzufangen. Was immer Jay tat – der Fernseher lief und zeigte ein Fußballspiel. Wenn gerade kein Spiel stattfand, schaltete er um auf Football, Baseball, Basketball oder sogar Eishockey, wenn es denn gar nichts anderes gab. Nur wenn wir miteinander schliefen, blieb der Fernseher aus.

»Passt es dir gerade nicht so gut?«, fragte ich kühl.

Falls Jay spürte, dass ich genervt war, unternahm er jedenfalls nichts dagegen. Der Fernseher plärrte weiter. »Trevor hatte sich heute krankgemeldet, deswegen musste ich mit den Jungs allein klarkommen. Wer wird denn gleich am zweiten Tag im neuen Job krank? Ich wollte ihm an der Schule eine Stelle als Assistenztrainer verschaffen, aber wenn er so einen Scheiß baut, sinken seine Einstellungschancen auf null.«

Ich hatte keine Lust, über Jays Freund Trevor zu sprechen.

»Solange das Team dank deiner Aufstellung gewinnt, tun sie alles, um dir zu gefallen.« In Höhe der Innenstadt, einen knappen Kilometer vor der Einmündung in die Interstate 5, wurde der Verkehr wieder dichter und langsamer. Ich hätte nicht anrufen sollen. Jay war im Nach-einem-langen-Tag-will-ich-nur-noch-relaxen-Modus, und darin kam ich schon kaum vor, wenn ich zu Hause war, und schon gar nicht, wenn ich einen Anruf entfernt war. Es war etwas, woran wir arbeiteten – ihm die Gewohnheiten seines und mir die meines Singledaseins abzugewöhnen, obwohl die meisten von meinen in einer Lagerhalle irgendwo im Süden Philadelphias verstaut waren.

»Sorry, ich bin ein Idiot! Heute war die Beerdigung, oder?«

»Da komme ich gerade her. Kein einziger Bekannter war da.«

»Hattest du das erwartet?«

»Nein. Trotzdem frisst es mich an.«

»Komm schon! Es hätte an ein Wunder gegrenzt, wenn du jemanden gekannt hättest. Davon brauchst du dich doch nicht anfressen zu lassen!« Fußballfans brüllten über das Telefon in meinen Wagen.

»Jedenfalls hatte ich recht: Mein Onkel hat mir etwas vererbt.«

»Dann kommst du morgen noch nicht nach Hause?«

»Wer sagt denn, dass ich morgen nach Hause kommen wollte?« Ich ruckelte am Lenkrad, als könnte das den stockenden Verkehr beschleunigen, aber immer noch steckte ich auf dem Freeway fest und war unserem Telefonat ausgeliefert.

»Ich dachte, du kämst gleich nach der Beerdigung zurück.«

»Du hast doch selbst gesagt, dass ich mir Zeit lassen soll.«

»Das soll ich gesagt haben?«

»Ich glaube, deine genauen Worte waren: ›Nimm dir so viel Zeit, wie du brauchst.‹«

»Worauf du mich sentimental genannt hast«, konterte er.

»Touché«, sagte ich, und er lachte. »Ich brauche noch ein paar Tage. Billys Anwalt gibt mir morgen den nächsten Hinweis. Dann finde ich heraus, was Billy verraten wollte, und bevor du auch nur anfangen kannst, mich zu vermissen, bin ich zurück.«

»Ich vermisse dich jetzt schon.«

»Okay, dann bin ich zurück, bevor du dich nicht mehr um meine Sauberkeitsstandards kümmerst. Spätestens Ende der Woche«, versprach ich.

Meine Mutter bestand darauf, mit zu Elijah zu kommen.

»Ich kann doch allein hingehen«, sagte ich, als sie mir ein perfekt gegartes Rührei reichte. Ich hatte ihr erzählt, dass Billy mir etwas in seinem Testament hinterlassen hatte. Von dem Hinweis, den er mir bereits gegeben hatte, und der bevorstehenden Schatzsuche sagte ich nichts. »Wenn es schwierig für dich ist, komme ich bestens allein zurecht.«

»Ich komme mit«, sagte sie. »Basta.«

Sie zog die Schürze aus und verschwand nach oben, um sich fertig zu machen. Als ich ihr hinterhersah, kam ich mir wie ein Teenager vor, der auf eine verbotene Party gehen oder sich ein Tattoo machen lassen wollte. Jay hatte recht. Ich hätte meiner Mutter von Billys Rätsel erzählen sollen, bevor ich heimgekommen und es zu etwas geworden war, das ich vor ihr geheim hielt.

Elijahs Büro lag am Larchmont Boulevard, deswegen schmorten meine Mutter und ich im zäh fließenden Verkehr der Interstate 10, der uns zentimeterweise in Richtung Osten schleppte. Sie saß am Steuer, und ich sah ihren Blick ständig zwischen dem Rück- und dem Seitenspiegel hin- und hergleiten, wo sich die Autos Stoßstange an Stoßstange fortbewegten.

Sie rieb sich die Wangen, genau wie bei spannenden Szenen, wenn sie sich einen Film ansah.

»Hör bitte auf, mich anzustarren, Miranda! Es geht mir gut.«

Von jetzt an beobachtete ich sie unauffälliger, mit Seitenblicken, derer sie sich wahrscheinlich nur zu bewusst war. Sie gab sich alle Mühe, aber es ging ihr nicht gut. Ich konnte nicht verstehen, warum sie ihre Gefühle verbergen wollte. Schließlich sah ich sie wieder ganz unverhohlen an und dachte nicht zum ersten Mal, dass ich sie eigentlich nicht kannte.

Sie verließ den Highway und fuhr auf La Brea in nördlicher Richtung, vorbei an Möbel- und Lampenläden.

»Die Beerdigung gestern war ziemlich merkwürdig«, sagte ich, wobei mir plötzlich klar wurde, dass sie nicht danach gefragt hatte.

»Billy war nun mal ein Exzentriker«, sagte sie leichthin.

»Mir kommen immer mehr Erinnerungen an ihn hoch«, versuchte ich, das Thema einzukreisen, das ich mit ihr besprechen wollte. Ich musste ihr von *Der Sturm* erzählen, bevor wir in Elijahs Büro saßen und er es tun würde. »Weißt du noch, wie er einmal einen Windkanal in unserem Garten aufgestellt hat, um mir zu zeigen, wie ein Hurrikan entsteht? Oder als er eine Fontäne hochgehen ließ, um einen Regenbogen zu erzeugen?«

»Er war immer gut zu dir«, sagte sie und klang ganz verloren. Fast als vermisste sie ihn.

»Wir haben uns so nahegestanden, und dann verschwand er plötzlich aus unserem Leben.«

»Wir haben uns wirklich nahegestanden.« Sie machte eine Pause, um ihre Gedanken zu sammeln. Die riesigen Warenhäuser wurden kleiner, bis die Straße von Boutiquen, Cafés und Läden für Frozen Joghurt gesäumt war. Als sie an einer roten Ampel hielt, fügte sie hinzu: »Aber man konnte sich nicht auf ihn verlassen. Er war immer schnell wieder weg, und ich wusste oft nicht einmal, ob er überhaupt noch am Leben war. Ganz zu schweigen davon, ob er zum Essen kommen würde oder schon wieder auf Reisen war. Andauernd habe ich mir Sorgen um ihn gemacht. Irgendwann wurde es mir einfach zu viel.«

»Was soll das heißen, es wurde dir zu viel?«

Sie beugte sich zu mir rüber, um die Namen der Straßen zu lesen, die Larchmont kreuzten. »Halte bitte nach der Rosewood Avenue Ausschau.«

Ich wollte ihr sagen, dass sie sich nicht so einfach vor dem Thema drücken konnte. Sie an Prosperos Worte erinnern: *Du musst mehr wissen.* Sie wissen lassen, dass Billy mir mitteilen wollte, was damals passiert war, und dass ich es lieber zuerst von ihr erfahren würde. Meine Mutter war noch nie auf etwas eingegangen, das ihr auch nur entfernt wie eine Drohung vorkam. Wenn sie mir nicht sagen wollte, was sie und Billy entzweit hatte, gab es nichts, womit ich sie dazu bringen konnte, nicht einmal wenn ich ihr erzählte, dass Billy etwas für mich vorbereitet hatte.

Ein paar Kreuzungen später fanden wir die Rosewood Avenue und parkten vor Elijah Greenbergs Kanzlei. Graue und düstere Juniwolken hingen schwer am Himmel. Im Juni hält man den Morgennebel von Los Angeles meist für das Vorzeichen eines wolkenverhangenen Tages, aber die Sonnenhitze vertreibt ihn fast immer, und wenn es dann einen sonnigen Nachmittag gibt, erscheint er angesichts des trüben Morgens umso spektakulärer. Als ich heute jedoch in den Himmel schaute, deutete nichts auf einen schönen Tag hin.

Elijah führte uns in sein Büro, wo wir auf steifen Lederstühlen Platz nahmen und darauf warteten, dass er die richtige Akte aus einem großen Stapel auf seinem Schreibtisch herausfischte. Meine Mutter wippte mit einem Fuß und schien in Gedanken ganz woanders zu sein. Ihr Bein zitterte so sehr, dass ich die Vibration an meinem Stuhl spüren konnte. Ich legte ihr eine

Hand aufs Knie, um sie zu beruhigen. Sie zuckte zusammen und drehte sich zu mir um. In ihrem Gesicht lag eine Angst, die ich nicht erwartet hatte.

Langsam und demonstrativ öffnete Elijah eine Dokumentenmappe. »Wie Sie wissen, war Billy der alleinige Besitzer von Prospero Books.« Ich horchte auf. Vor lauter Neugier rutschte ich ganz vorne an die Stuhlkante. Elijah räusperte sich und las aus Billys Testament vor. »›Hiermit vermache ich, Billy Silver, Miranda Brooks meinen Grundbesitz am Sunset Boulevard 4001 in Los Angeles, Kalifornien, Hypothekentilgung und Kreditbedienung inklusive.‹« Elijah überreichte mir einen Schlüsselbund. »Der Grundbesitz umfasst die Buchhandlung und eine Wohnung im ersten Stock. Ich habe alles für Sie vorbereiten lassen.«

Die Schlüssel waren kalt und glatt, die Einkerbungen abgenutzt. Ich hatte eine Landkarte oder ein weiteres von Billys Rätseln erwartet – aber die Schlüssel zu Prospero Books? Ich war doch Geschichtslehrerin an einer Mittelschule und hatte keine Ahnung, wie man ein Unternehmen führte, schon gar keines, das so anspruchsvoll und wichtig wie eine Buchhandlung war.

Trotzdem konnte ich mich mit der praktischen Seite dieses Erbes jetzt nicht befassen. Prospero Books. Ich hatte noch den süßlich-muffigen Geruch des Ladens in der Nase und wusste, dass es sich in seinen vier Wänden anfühlte, als sei das ganze Jahr über Frühling. Nach all den Jahren würde ich zu diesem Geruch und diesem Gefühl zurückkehren.

Ich sah meine Mutter an. Stocksteif und aufrecht saß sie neben mir, aufmerksam wie ein Beutetier, das nicht gejagt werden will. Sie überflog das Testament und versuchte, es über Kopf zu lesen. Sie saß so still, dass ich dachte, sie würde in tausend Stücke bersten, wenn ich sie berührte.

»Mom?«

Sie schüttelte den Kopf. »Alles gut. Lass uns weitermachen.«

Elijah klappte die Mappe zu und öffnete eine Schreibtischschublade unter seinem Computer. »Außer dem Laden wollte Billy, dass Sie das hier bekommen.« Er überreichte mir eine Ausgabe von *Jane Eyre*.

Auf dem Cover zeichnete sich Janes Silhouette dunkel gegen einen beigefarbenen Hintergrund ab. Ich zog mit dem Finger die Konturen ihres Gesichts nach. In der Highschool hatte ich den Roman gelesen, dann noch einmal im College, und die Liebesgeschichte zwischen Jane und Mr. Rochester gehörte für mich zu den besten der Literatur, obwohl Mr. Rochester nach heutigen Standards ein ziemlicher Macho war. Wäre es *The Westing Game* oder eines der anderen Kinderbücher gewesen, hätte ich sofort an den heißen Kakao in den übergroßen Bechern gedacht, daran, dass Billy mir vorlas und wir zusammen die Rätsel zu knacken versuchten, die Mr. Westing den Bewohnern der Sunset Towers stellte. Aber *Jane Eyre*? Das hatte ich nie mit Billy gelesen. Ich hatte nicht die geringste Ahnung, warum er mir jetzt gerade dieses Buch zuspielte.

Ich hielt es meiner Mutter hin, und sie beugte sich vor, um den Titel zu entziffern. Ihr Gesicht verriet nichts. Ich konnte nicht erkennen, ob es irgendeine Bedeutung für sie hatte.

Der Buchrücken war mehrfach gebrochen, und in der Mitte wölbte sich das Buch von einem alten Schlüssel, der zwischen den Seiten steckte. Auf der Seite unter dem Schlüssel waren einige Zeilen angestrichen:

> *Man springt nicht in die Luft und ruft Hurra!, wenn man erfährt, dass man ein Vermögen besitzt, sondern wird sich seiner Verantwortung bewusst und denkt darüber nach, welchen Geschäften man nachgehen sollte; wiewohl es stete Sorglosigkeit verspricht, gibt es Anlass zu großer Sorgfalt, sodass man sich mäßigt und für das Glück auch mal die Stirn runzelt.*

Wusste Billy, wie glücklich mich sein Erbe machen würde und dass ich am liebsten in die Luft gesprungen wäre? *Vermögen. Verantwortung. Große Sorgfalt. Stirn runzelt.* Wollte er mir bewusst machen, dass ich durch seinen Tod ein Vermögen gewonnen hatte?

Ich überflog die Zeilen vor und nach der markierten Stelle und erinnerte mich, dass Jane nicht in die Luft gesprungen war und Hurra gerufen hatte, als sie erfuhr, dass sie von ihrem Onkel ein Vermögen geerbt hatte.

Jane Eyre. Ihr Onkel!

Der Bruder ihres Vaters, den sie nie kennengelernt hatte. Statt sich zu freuen, drückte sie ihr Bedauern darüber aus, dass der Preis für ihr Vermögen der Tod des Onkels war und sie ihn nie hatte kennenlernen können. Dabei hatte ihr Onkel nach ihr gesucht. Es war ihm nicht gelungen, sie vor seinem Tod zu finden.

Billy dagegen hatte erst nach mir gesucht, als er bereits tot war. Hätte er es früher getan, wäre es im Zeitalter von Internet und Facebook leicht gewesen, mich zu finden. Wenn er an mich gedacht hatte – warum hatte er mich dann nicht gesucht? Warum hatte er gewartet, bis es unmöglich war, persönlich in Kontakt zu treten?

»Ist das alles?«, fragte meine Mutter mit der Ungeduld eines Schülers, den ich nach dem Unterricht zu einem Gespräch gebeten hatte.

»Nun, es gibt etliches zu besprechen, was die Buchhandlung betrifft. Wenn Sie in Eile sind, kann ich mit Miranda ein weiteres Treffen vereinbaren.«

»Das wäre wunderbar.« Sie machte eine Handbewegung, als wollte sie mich zur Tür scheuchen.

»Ich rufe Sie an«, sagte ich zu Elijah. Als ich aufstand, klappte der Buchdeckel von Jane Eyre auf. Ich sah, dass jemand etwas auf die innere Umschlagseite geschrieben hatte. Es war schon verblasst. *Evelyn Weston.* Ich dachte daran, dass ich diesen

Namen in Großbuchstaben auf dem Grabstein neben Billys Grab gesehen hatte.

Dann war Billy also doch nicht ganz allein begraben worden.

Nur, wer war diese Frau?

Auf der Interstate 10 Richtung Westen fuhr meine Mutter mit acht Stundenkilometern unter dem Tempolimit auf der äußersten Überholspur. Ein Wagen nach dem anderen überholte uns rechts, die Fahrer hupten und schwangen die Fäuste in unsere Richtung.

»Soll ich nicht lieber fahren?«, fragte ich, obwohl ich wusste, dass sie mich nicht ans Steuer lassen würde.

»Mir geht's gut.« Sie drückte das Gaspedal durch, und der Wagen machte einen Satz vorwärts.

»Ich kann gar nicht glauben, dass Billy mir seine Buchhandlung vererbt hat.«

»Es ist unverzeihlich«, sagte meine Mutter und fuhr rechts rüber, um die Ausfahrt zum Bundy Drive zu nehmen. »Dir so eine Bürde aufzuhalsen.«

»Es ist keine Bürde. Ich liebe Prospero Books.«

»Etwas zu lieben und die Verantwortung dafür zu übernehmen, sind zwei Paar Schuhe.« Sie umklammerte den Lenker so fest, dass ihre Fingerknöchel weiß hervortraten.

»Warum, glaubst du, hat er mir *Jane Eyre* hinterlassen?«

»Keine Ahnung.« Ob sie es wusste oder nicht – es ärgerte sie so oder so.

»Hat ihm dieses Buch viel bedeutet?«

»Ich sage doch, dass ich keine Ahnung habe.« Sie schaltete das Radio ein und suchte den Sender mit den Charts. Ich wusste, dass sie diese Art von Musik nicht mochte. Trotzdem hörten wir uns nun zuckersüße Gesänge und eingängige Rhythmen an, bis meine Mutter in die Einfahrt unseres im spanischen Stil gebauten Hauses einbog.

»Entschuldige bitte, ich wollte dich nicht anblaffen«, sagte sie, als sie den Wagen zum Stehen brachte. »Ich glaube nicht, dass Billy darüber nachgedacht hat, wie sehr mich das kränken würde.«

Ich drehte den alten Schlüssel, den ich in dem Buch gefunden hatte, zwischen den Fingern. Er war so stark angelaufen, dass er fast vollkommen schwarz war. Wahrscheinlich gehörte er zu einem alten Safe oder einer Schmuckschatulle, die sich irgendwo gut versteckt in den Räumlichkeiten der Buchhandlung befand. Und er musste etwas mit dem Namen zu tun haben, der vorne im Buch stand.

»Weißt du, wer Evelyn Weston ist?«

Meine Mutter zuckte zusammen. »Woher kennst du diesen Namen?«

»Vom Friedhof. Billy ist neben ihr begraben worden.«

»Du hast Evelyns Grab gesehen?« Schon die ganze Zeit über hatte meine Mutter einen nervösen Eindruck auf mich gemacht, aber jetzt wirkte sie regelrecht panisch.

»War sie seine Frau?« Es wäre die einzig logische Erklärung dafür.

»Ja«, hauchte meine Mutter und starrte auf unser weißes Haus, als hätte sie es noch nie gesehen. Die Schatten um ihre Augen waren tiefer als das letzte Mal, als ich sie gesehen hatte. Die Leute sagten immer, ich sähe aus wie sie. Wir hatten das gleiche lockige Haar, die gleiche schmale Statur. Ihr Gesicht war aber länger und schmaler als meins, ihre gesprenkelten braunen Augen goldener als meine. So hübsch wie sie würde ich nie sein.

»Hat er sie kennengelernt, nachdem er sich von uns abgewendet hatte?«

Verwirrt drehte meine Mutter sich zu mir um. »Du sagst, du hast ihr Grab gesehen?«

»Ich habe nicht so genau hingesehen. Und auf der Beerdigung hat sie auch niemand erwähnt, glaube ich.«

»Er war schon vor deiner Geburt mit ihr verheiratet. Sie ist schon lange tot.«

»Und Billy hat nie wieder geheiratet? Er hatte keine eigene Familie?«

»Er wollte nur Evelyn.«

»Warum hat er seine Buchhandlung Prospero Books genannt? Hatte es etwas mit mir zu tun?« Als Kind dachte ich, der Laden hieße meinetwegen so, als Homage an meine Namensschwester. Mir war immer, als lebte und atmete Prospero Books durch mich und existierte gar nicht, wenn ich nicht da war.

»Den Laden gab es schon vor deiner Geburt.« Sie sprach fast tonlos.

»Dann habt ihr mich nach dem Laden genannt?«

»Ich habe dich nach Shakespeare genannt.«

»Du und Billy ... ihr habt die Namen zufällig demselben Stück entnommen?«

»Es war Evelyns Lieblingsstück.« Meine Mutter lächelte und schüttelte ihre Traurigkeit ab. »Was glaubst du, in welchem Zustand dein Vater die Küche hinterlassen hat, nachdem er dort die ganze Zeit allein herumgewirtschaftet hat?« Sie tätschelte mein Bein und stieg aus. Es war ein strahlend schöner Nachmittag.

Ich sah ihr auf dem Weg zur Haustür nach und setzte die Puzzleteilchen zusammen, die ich gerade entdeckt hatte. Billy war verheiratet, bevor ich geboren war. Seine Frau hieß Evelyn Weston. Sie liebte *Der Sturm*. Ich war nach Shakespeares und Evelyns Miranda benannt worden. Evelyn Weston musste auch *Jane Eyre* geliebt haben. Meine Mutter musste das wissen. Obwohl Evelyns Name in dem Roman nicht vorkam, hatte sie eine Vorstellung davon, warum Billy mir das Buch vermacht hatte.

Es hätte mir schon vorher klar sein sollen, dass sie mir etwas verheimlichte.

»Erwarte nicht das Kochtalent deiner Mom«, warnte mein Vater, als er einen Auberginen-Parmesan-Auflauf in den Ofen schob. »Sagst du ihr Bescheid, dass wir bald essen können?«

Ich fand sie draußen mit einer Gartenschere und überlegte, welche Blumen sie für den Esstisch schneiden sollte. Der Himmel war glühend orange mit pinkfarbenen Rändern. Die untergehende Sonne konnte ich nicht sehen, aber ihr Vermächtnis brachte den ganzen Himmel zum Strahlen.

»Amarantrot«, sagte sie mit Blick auf den Himmel. »Nein, nicht amarant.«

»Karminrot. Und ein bisschen Kirsch«, sagte ich. Da sie mich aufgezogen hatte, konnte ich Farben benennen, die andere Menschen nicht einmal kannten. Als Tochter einer Dekorateurin hatte ich das zwar mitbekommen, aber ich wollte jetzt nicht über Nuancen von Pink und das fantastische Farbenspiel eines südkalifornischen Sonnenuntergangs sprechen. »Dad sagt, das Essen ist bald fertig.« Ich warf ihr einen verstohlenen Blick zu und versuchte, mich zu erinnern, wann sie angefangen hatte zu zögern, bevor sie auf jemanden reagierte, wann sie sich angewöhnt hatte, den Mund mit der Hand zu verdecken, wenn sie lachte, seit wann sie farblosen Nagellack statt roten benutzte, eine Vitamin-E-Salbe statt purpurfarbenen Lippenstift. Sie hörte noch Jefferson Airplane und Fleetwood Mac und meditierte jeden Morgen zehn Minuten lang, aber seit einiger Zeit hatten all ihre Eigenarten einen verblassten Pinkton angenommen.

Als meine Eltern sich kennenlernten, wohnten beide in New York und pflegten einen Lebensstil, den sie sich bereits vor meiner Geburt abgewöhnt hatten. Meine Mutter war zwanzig, bügelte sich die Haare und trug grelle Miniröcke. Sie war Leadsängerin der Lady Loves, einer Frauenband, die in einem Club im East Village auftrat, wo mein Vater manchmal den Besitzer vertrat. Als eben dieser sie miteinander bekannt machte, sah meine Mutter die ausgestreckte Hand meines Vaters an, als hätte er in Schlamm gefasst. Sein Blick folgte dem ihren, seinen Anzug und seine Krawatte hinab bis zu seinen Halbschuhen.

»Dein Auftritt hat mir gefallen«, hatte mein Vater gesagt und seine Hand zurückgezogen.

»Du magst Rockmusik?«, fragte sie so herablassend, wie man es nur mit zwanzig kann.

»Herrje, Suzy, der Typ versucht, dir ein Kompliment zu machen. Gib ihm eine verfickte Chance«, sagte der Besitzer.

»Du kannst mich mal, Harry.« Meine Mutter schnappte sich einen Verstärker und stürmte von der Bühne.

»Nimm's nicht persönlich«, sagte der Besitzer zu meinem Vater. »Suzy glaubt, als Musikerin muss sie sich gelegentlich wie ein Arschloch aufführen.«

Mein Vater war seit dieser ersten Begegnung hin und weg von meiner Mutter. Jeden Freitagabend hörte er sich die Lady Loves an. Er sah meine Mutter gern singen und wartete stets auf den Moment, wenn sie vergaß, dass sie auf einer Bühne stand und eine raue Schale zeigen wollte, und ihre Gesichtszüge weicher wurden, weil sie dem Zauber ihrer eigenen Stimme erlag. Das passierte bei jedem einzelnen Auftritt. In diesen Momenten erkannte er, dass sie noch ganz jung und noch nicht vom Leben gestählt war.

Es war kein bemerkenswerter Abend, als sie sich zum ersten Mal an seinen Tisch setzte. Sie zog sich einen Stuhl heran und band sich die Haare aus dem Gesicht. Alles an ihr wirkte klein und mädchenhaft. Sie lächelte nicht, aber mein Vater wusste, dass sie es am liebsten getan hätte.

»Wie viele Krawatten besitzt du eigentlich?«, fragte sie meinen Vater.

Die Frage überforderte ihn. Er besaß so viele Krawatten, dass er kaum eine zweimal trug. Noch nie hatte jemand nach seiner Krawattensammlung gefragt. Soviel er wusste, war noch niemandem aufgefallen, dass er Unmengen davon besaß.

»Um die zweihundert«, gab er zu.

»Wer braucht denn zweihundert Krawatten?«

»Keiner.«

»Und warum hast du dann so viele?«

Er wusste nicht, wie er es ihr erklären sollte. Seine Eltern und sein jüngerer Bruder waren gestorben, als er aufs College ging. Seine Onkel waren vor seiner Geburt im Krieg umgekommen. Auch seine Großeltern lebten schon lange nicht mehr. Er hatte Freunde aus der Schulzeit, neben den anderen Jurastudenten, den Mitarbeitern in seiner Ausbildungskanzlei sowie den ständig wechselnden Freundinnen, aber bei keinem und keiner konnte er sich sicher sein, dass sie ihm etwas zum Geburtstag schenken oder ihn in ihre Pläne für Thanksgiving einbeziehen würden. Deswegen kaufte er sich Krawatten zu Weihnachten und ähnlichen Anlässen – als Beweis dafür, dass er allein zurechtkam.

»Wenn ich zweihundert Paar Schuhe besäße, fände ich es bedenklicher«, sagte er.

Meine Mutter kicherte, stand auf und half ihrer Band, das Equipment einzupacken. Und seit dieser Begegnung war sie von meinem Vater hin und weg.

Als ich wieder ins Haus kam, saß mein Vater am Esstisch und versuchte, Leinenservietten so kunstvoll zu falten wie meine Mutter.

»Hier«, sagte ich und nahm ihm die Servietten aus der Hand. Ich zeigte ihm, wie er sie in drei lange Bahnen falten, erst die eine Seite und dann die andere anheben und unterstecken musste.

»Bei dir sieht es so einfach aus«, sagte er und ging in die Küche. Er wühlte in den Schränken herum und räumte scheppernd Töpfe und Pfannen ein.

Ich griff nach meinem Smartphone und gab »Evelyn Weston« ein. Leider fiel mir nicht ein, wie ich die Suche präzisieren könnte. Mehrere Evelyn Westons wurden mir bei LinkedIn, Twitter und auf den aktuellen Seiten der Internet Movie Data Base angeboten. Meine Evelyn Weston war aber schon gestorben, als es noch keine sozialen Netzwerke und Live-Nachrichten gegeben hatte. Ich würde auf altmodische Art nach ihr forschen und Menschen statt Suchmaschinen befragen müssen.

Mein Vater kam mit zwei hölzernen Leuchtern zurück, in denen die Kerzen schief und krumm steckten.

»Es hat sich herausgestellt, dass Holzschnitzen nicht meins ist.« Er brauchte ein Hobby, seit er in Rente gegangen war. Allerdings war er nie besonders geschickt gewesen und ließ für alles, was komplizierter war, als eine Glühbirne zu wechseln, Handwerker kommen. Mit Mitte sechzig hatte er dann plötzlich beschlossen, selbst Kunsthandwerker zu werden. Meine Mutter hatte ihm geraten, erst einmal entsprechende Kurse zu belegen, aber er behauptete, es zeichnete einen Kunsthandwerker ja gerade aus, dass er sich alles selbst beibrachte. Er kaufte Bücher und Zeitschriften und schaute sich YouTube-Videos an. Sein erstes Projekt war ein Schaukelstuhl, aber dann senkte er den Schwierigkeitsgrad und fertigte eine Kiste an. »Habe ich dir schon das Bücherregal gezeigt, das ich gebaut habe? Ich bin gerade dabei, es zu beizen. Wenn man nicht wüsste, dass es selbst gemacht ist, würde man es für ein gekauftes halten.«

»Kanntest du Billys Frau, Evelyn?« Ich stellte die Frage überfallartiger, als ich es beabsichtigt hatte.

»Deine Mom hat dir von Evelyn erzählt?« Er klang überrascht, aber nicht alarmiert. Andererseits konnte er seine Gefühle meisterlich verbergen. Das hatte er in all den Jahren als Anwalt gelernt.

»Sie sagt, sie hat mich Miranda genannt, weil Evelyn *Der Sturm* so sehr liebte.« Das stimmte natürlich nicht ganz. Aber wenn mein Vater dachte, meine Mutter hätte mir mehr erzählt, als es tatsächlich der Fall war, würde er mir jetzt vielleicht auch mehr erzählen. »Haben sie und Mom sich gut gekannt?«

Er fuhr mit dem Daumen über das Holz seines Kerzenleuchters. »Sie sind schon zusammen in den Kindergarten gegangen.«

»Sie sind zusammen groß geworden?« Mein Vater nickte und konzentrierte sich immer noch auf die wackeligen Leuchter. »Wie ist sie gestorben?«

Er blinzelte zu mir herüber. »Warum fragst du?«

»Ich wusste nicht, dass Billy verheiratet war. Den Namen Evelyn Weston habe ich heute zum ersten Mal gehört. Also weißt du nun, wie sie gestorben ist?«

»Sie hatte einen schweren Anfall.«

»War sie Epileptikerin?«

»Ich glaube nicht.« Mein Vater schaute durch die Terrassentür in den Garten, wo meine Mutter gerade den Boden unter ihren Rosenbüschen betastete. »Schau doch mal nach, warum deine Mom nicht reinkommt.«

»Sie hat gesagt, dass sie gleich kommt. Was fehlte Evelyn?«

Der Küchenwecker am Herd klingelte, und mein Vater sprang sofort los. Natürlich würde er mir nichts über Evelyn erzählen. Er und meine Mutter bildeten eine Einheit, die nichts und niemand sprengen konnte. Manchmal hat es mich eifersüchtig gemacht, sie so verbunden zu erleben. Wenn meine Mutter also ein Geheimnis hatte, würde mein Vater es genauso bewahren wie sie.

FÜNF

Die Backsteinfassade der Buchhandlung sah genauso aus, wie ich sie in Erinnerung hatte, dabei hatte sich die Umgebung vollkommen geändert. Das kleine Viertel Sunset Junction, einst kaum mehr als ein Überbleibsel der alten Straßenbahnhaltestellen, war zu einer angesagten Location in Silver Lake geworden, mit Cafés, einer Kaffeebar, einem Käseladen und Boutiquen. Es gab kein Fleckchen Erde entlang des Sunset Boulevards, das nicht bebaut war. Auf den Bürgersteigen saßen Leute unter Markisen an zahllosen Tischen und frühstückten. Paare mit Kinderwagen gingen an ihnen vorbei.

Ich stand vor der Buchhandlung und schaute auf das alte Ladenschild. Die Farben waren aufgefrischt worden, aber sonst war es gleich. Prospero – einen Stab in der rechten, ein Buch in der linken Hand, mit purpurrotem Umhang und windzerzausten weißen Haaren – thronte über der Glasscheibe der Ladentür. Auch das Schaufenster sah aus wie eh und je, nur dass jetzt statt der Neuerscheinungen von vor vielen Jahren neue Bücher von Lionel Shriver, Isabel Allende und Michael Pollan ausgestellt waren.

Der Geruch überwältigte mich, sobald ich eintrat. Frisch geschnittenes Papier. Weißer Moschus. Jasmin. Schwarzer Pfeffer. Kaffeebohnen. Ich hatte den Klang der Messingglocke über der Tür vergessen, die Pinnwand aus Kork im Eingangsbereich, an der jetzt Werbung für Fitnesstrainer und Pilateskurse hing. Der Laden als solcher war kleiner, als ich ihn in Erinnerung hatte, die Decke niedriger. Auch die Gänge zwischen den Regalen, die in Genres und Subgenres unterteilt waren, wirkten schmaler. Alle Romane waren noch einmal sortiert in Literatur, Bestseller, Indiziert, Historisch, Klassiker, Feministisch, LGBTQ, Science-Fiction und Fantasy, Thriller, Noir, Fremdsprachige Literatur und Bücher aus unabhängigen Kleinverlagen. Das

Gelbgrün – Limettengrün, um genau zu sein – der Backsteinwände sah immer noch frisch aus. Die Mosaiktische des Cafés glitzerten blau und golden im Schein der hellen Lampen. Lee konnte ich nirgendwo entdecken. Auch keine Poeten in schäbigen Allwettermänteln, die an ihren Espressos nippten, oder hübsche junge Frauen in Overalls, die suchend zwischen den Regalen umhergingen. Hübsche junge Frauen gab es jedoch immer noch. Heute waren sie aber schlanker und malten sich keine dicken Lidstriche unter die Augen. Alle Tische des Cafés waren besetzt, aber die Leute tippten konzentriert auf ihren Laptops herum, statt sich handschriftliche Notizen zu machen. Wie früher war der Raum erfüllt von einer Lebendigkeit und von den grenzenlosen Möglichkeiten, die in den Büchern steckten.

An der hinteren Wand inspizierte der Mann mit den verwuschelten Haaren, der auf Billys Beerdigung das Dylan-Thomas-Gedicht vorgetragen hatte, ein Regal und hakte die Titel auf einer Liste ab. Auf seinem T-Shirt stand: *Bitte lächeln! Kamera läuft*.

»Sie waren doch auf Billys Beerdigung?«, fragte ich, als ich auf ihn zuging. Er schaute von seinem Klemmbrett auf. In seinen kristallklaren Augen konnte ich sehen, dass er mich nicht wiedererkannte. »Sie haben ein Gedicht von Dylan Thomas vorgelesen. Ich bin Miranda.«

Er musterte mich mit diesen Augen, die an kandierte Früchte erinnerten, und als er begriff, wer ich war, wurde sein Blick eher prüfend als erfreut. »Die verlorene Nichte.«

»Genau.« Ich lächelte freundlich, was Fremde für gewöhnlich süß fanden – nicht sexy, einfach nur süß –, aber er lächelte nicht zurück. Ich hielt ihm meine Hand hin. Er schüttelte sie höflich.

»Malcolm«, sagte er, als hätte ich längst wissen sollen, wie er hieß.

Das Telefon klingelte, und er ließ meine Hand los, um zum Tresen zu gehen.

»Prospero«, meldete er sich, das Telefon am Ohr. Sein Ton veränderte sich in dem Moment, als er über Bücher zu sprechen begann. »*Zähne zeigen* haben wir nicht auf Lager, aber ich kann es für Sie bestellen.« Er klemmte das Telefon in die Halsbeuge und tippte etwas in den Uraltcomputer hinter dem Tresen. Dieser Tresen war zu prominent im Laden platziert, um so unordentlich auszusehen, wie er es tat. Ein überquellender Korb mit Vorabdrucken, unausgepackte Bücherpakete, ein Kalender, in den an diversen Daten Vor- und Verlagsnamen eingetragen waren. »Es müsste übermorgen hier sein. Haben Sie schon *Von der Schönheit* gelesen? Es ist ähnlich wie *Zähne zeigen*, anders als *London NW*, aber ich glaube, Sie würden … Ja, das haben wir vorrätig … Ja, klar. Ich lege es für Sie zurück.«

Ich sah mich in der Literaturabteilung um, während ich Malcolms Verkaufsgespräch über Bücher von Zadie Smith lauschte, von der ich noch nichts gelesen hatte. Auch die Bücher in den Regalen, an denen ich entlangging, hatte ich alle noch nicht gelesen, und von vielen kannte ich nicht einmal die Titel. Ich entdeckte Unterkategorien, von denen ich nicht einmal gewusst hatte, dass man sie von anderen unterscheiden muss. Nach welchem Ordnungsprinzip die Bücher in meiner Kindheit aufgestellt waren, daran konnte ich mich nicht erinnern. Damals hatte ich die Bücher für Erwachsene kaum beachtet. Malcolm sprach jetzt über die stilistischen Unterschiede zwischen früheren Romanen von Smith und ihrem neuesten Buch. Ich schaute mich weiter um und fragte mich, ob Malcolm nur so getan hatte, als würde er mich nicht kennen. Auf der Beerdigung hatte er mich doch ganz genau gesehen, als sich unsere Blicke ineinander verhakten. Die Bücher für Teenager standen jetzt in einer Abteilung für junge Erwachsene. Sie war doppelt so groß wie früher und umfasste ein komplettes Längsregal. Früher hatte ich geglaubt, all die Bücher in dieser Ecke seien speziell für mich ausgewählt worden, aber als ich jetzt die Titel las, erkannte ich nur eine Handvoll wieder.

»Liest du viel?«, fragte Malcolm und stand plötzlich neben mir.

»Hauptsächlich Sachbücher. Ich bin Geschichtslehrerin.« Ich wartete, dass er fragen würde, welche Jahrgänge ich unterrichtete oder welchen Teil der Geschichte – Fragen, die normalerweise bei gepflegten Gesprächen gestellt wurden, wenn ich sagte, ich sei Geschichtslehrerin. »Wo Bücher wertvoller sind als Herzogtümer«, sagte ich, als er nichts fragte. Es schien ihn zu verwirren. »So haben wir uns in meiner Kindheit am Telefon gemeldet. ›Prospero Books, wo Bücher wertvoller sind als Herzogtümer.‹« Warum ich *wir* sagte, weiß ich nicht. Ich hatte das Telefon von Prospero Books nie abgehoben.

»Ich habe noch nie gehört, dass jemand sich am Telefon so gemeldet hätte.« Malcolm bückte sich und zog *Vielleicht lieber morgen* aus einem Regal, weil es unter *T* eingeordnet worden war. Das Cover war so limettengrün wie die Wände.

»Als wäre es hier fotografiert worden.« Ich stellte mich vor die nächste Wand und versuchte, wie eine der jungen Schauspielerinnen auf dem Cover zu gucken. Keine Reaktion bei Malcolm. Ich dachte an meine wenig empathischen Schüler, die mir zumindest den Gefallen taten, die Augen zu verdrehen, oder es sich wenigstens anmerken ließen, dass sie meine Bemühungen zur Kenntnis nahmen.

»Ich hasse Buchcover, die ein Foto aus der Verfilmung benutzen.« Malcolm sortierte das Buch zwischen die *C*s ein, wo es hingehörte.

»Ich habe nicht die Absicht, den Laden zu schließen, falls es das ist, was Sie befürchten.« Es war der naheliegende Grund für seine abweisende Haltung.

»Wer sagt denn, dass ich irgendetwas befürchte?«, fragte er indigniert, und ich konnte ihn mir als pubertierenden Jungen vorstellen, widerspenstig, stur und wahrscheinlich klüger, als gut für ihn war.

»Billy war oft mit mir hier, als ich Kind war. Ich weiß, wie wichtig dieser Laden ist«, sagte ich. Wieder reagierte er nicht, sondern betrachtete die schmutzige Zehenpartie seiner Sneakers, die er in den abgeschabten Holzfußboden bohrte. Die Bohlen knarrten unter seinem Gewicht. »Hat Billy Ihnen gesagt, dass er mir den Laden vererben würde?«

»Sein Anwalt. Ich wusste nicht mal, dass Billy Angehörige hatte, die noch leben.« Er schaute auf das Regal vor ihm und kreuzte die Arme vor der Brust – eine Geste, die jemand, der oft mit Teenagern zusammen ist, nur zu gut kennt und weiß, was sie zu bedeuten hat: ausweichen, abtauchen. Der drahtige Mann mit der Gleitsichtbrille, der auf Billys Beerdigung gesungen hatte, winkte ihm von einem der hinteren Tische zu. »Entschuldigen Sie mich bitte«, sagte Malcolm und ging zum Café hinüber.

»Kannten Sie Angehörige von Billy, die *nicht* leben?«, rief ich ihm nach. Er warf mir einen so schrägen Blick zu, als hätte ich gefragt, ob er im Stehen schläft.

Er wandte mir den Rücken zu, während er sich zu dem drahtigen Mann hinunterbeugte und sich einem der aufgeschlagenen Bücher widmete. Ich begann, mich wieder mit dem Buchladen vertraut zu machen, indem ich mir die unterschiedlichen Themen ansah, auf die ich früher nie geachtet hatte, die Titel, die ich nicht kannte, die farbenfrohen Einbände der Bücher, die es gar nicht abwarten konnten, gelesen zu werden. In der Unterkategorie Noir lächelte eine Karikatur von Malcolm aus einem Regal. In der Zeichnung traten seine Wangenknochen stärker hervor als in Wirklichkeit, sein wirres Haar war weniger wirr, seine Augen freundlicher, weniger argwöhnisch. Über seinem Gesicht schwebte eine Sprechblase. Darin wurde Noir als der Lebenssaft von Los Angeles bezeichnet, Chandler als ihr Homer, Philip Marlowe als ihr Odysseus. Ich schaute mir das Porträt genau an und fragte mich, was es mir alles verschwieg. Er hatte Billy nahe genug gestanden, um auf seiner Beerdigung etwas vorzulesen. Er hatte auf meine Frage, ob er schon von mir gehört hatte, den Blickkontakt mit mir gemieden. Er wusste mehr über Billys lebende Angehörige, als er zugab, und wahrscheinlich auch über die verstorbenen.

In einem anderen Regal waren die Geschichtsbücher in Weltgeschichte, Amerika und Kalifornien unterteilt. Und nicht nur das. Sie waren auch thematisch sortiert und in alphabetischer statt chronologischer Reihenfolge aufgestellt. Die meisten Buchhandlungen präsentierten ihre Geschichtsbücher auf diese Weise, als sei Geschichte eine Anhäufung in sich abgeschlossener Episoden ohne fließende Übergänge. Auf die gleiche unsinnige Weise wurde Geschichte oft unterrichtet und willkürlich in Epochen eingeteilt. Jay hatte mich häufiger als hoffnungslose Romantikerin bezeichnet, wenn es um Geschichte ging. Was sollte ich sonst sein? Es war unsere Vergangenheit – in jedem Fall war es etwas, das man nicht alphabetisch sortieren sollte.

Ich bückte mich zum untersten Regal der Geschichte Kaliforniens hinunter, wo ich die Unterkategorien Seismologie und Erdbeben entdeckte, darunter Bücher über das Erdbeben von 1906, die San-Andreas-Spalte, über Vorhersagen und Prognosen. In diesem bescheidenen, knöchelhohen Regal steckte der Billy meiner Jugend. Ich griff nach einem Buch über das Northridge-Erdbeben. Es war eine dieser Nächte, an die sich jeder Südkalifornier erinnern konnte. Joanie und ich waren aus dem Schlaf gerissen worden, als Bücher aus dem Regal gefallen waren. Kaum hatte mein Zimmer aufgehört zu beben, war meine Mutter angelaufen gekommen, um nachzusehen, ob wir verletzt worden waren, und dann hatte das Zimmer wieder angefangen zu rumpeln. Nach dem ersten Nachbeben schrie mein Vater, dass wir das Haus verlassen müssten, woraufhin wir ihm die Treppe hinab folgten, wo lauter Glassplitter auf unserem Holzfußboden lagen. Joanie und ich hatten keine Schuhe an, deswegen trug mein Vater uns durchs Wohnzimmer. In unserem Garten verdeckte der Zaun die Schäden der umliegenden Grundstücke – eingestürzte Schornsteine und abgerissene Stromkabel, die auf die Straße gefallen waren. Im Auto schaltete mein Vater das Radio ein, und wir lauschten den Reportern, die unsere Informationslücken schlossen. Der Morgen begann zu dämmern, und die Zahl der Toten stieg. Meine Mutter bat meinen Vater, das Radio auszuschalten. Joanie klammerte sich an mich und zitterte, als wütete das Erdbeben in ihrem Körper, aber mir war wohlig warm, und ich konnte nicht leugnen, dass ich das Ganze auf angenehme Art aufregend fand. Die Erde hatte sich bewegt, direkt unter meinen Füßen. Das bedeutete, mein Onkel musste nicht in ein fernes Land reisen, um die Schäden zu begutachten. Er würde bei uns bleiben. Das Wissen über Erdbeben war eines der schönsten Geschenke, die Billy mir als Kind gegeben hatte. Jedes Mal wenn sich das erste Chaos nach einem Beben gelegt hatte, erfasste mich dieselbe angenehme Aufregung. Irgendwann hatte ich dann aufgehört, dieses Gefühl mit Billy in Verbindung zu bringen, aber es ließ nie nach. Sogar als Erwachsene überkam mich diese schöne Erregung, wenn die Erde zitterte, obwohl ich deswegen immer auch ein schlechtes Gewissen hatte.

Auf einem Eichentisch in der Mitte des Ladens lagen die von den Mitarbeitern empfohlenen Bücher. Malcolms Buchtipps waren *Fiesta, Unendlicher Spaß, Der Malteser Falke* und *In den Staub geschrieben*. Eine gewisse Lucia empfahl Roberto Bolaño, Gabriel García Márquez, Julia Alvarez und Junot Diaz. Ein gewisser Charlie hatte *James und der Riesenpfirsich* und *Hugo Cabret* hingelegt, zwei Bücher von Lemony Snicket und ein Bilderbuch von Edward Gorey. Billys Empfehlungen waren lauter Klassiker: *Bildnis einer Dame, Früchte des Zorns, Zärtlich ist die Nacht, Zeit der Unschuld.*

Ich hätte damit gerechnet, dass mein Onkel Klassiker empfahl, aber ich hätte andere erwartet, etwa *Robinson Crusoe, Die drei Musketiere, Sherlock Holmes.* Ich überlegte, welche Bücher über amerikanische Geschichte ich empfohlen und mit welchen appetitmachenden Texten ich die Frauen in der Revolution und Lincolns standhaftes Kabinett angepriesen hätte.

Ich blätterte in den Büchern, die Billy ausgelegt hatte, wusste aber nicht, wonach ich suchte. Der alte Schlüssel meines Onkels, den Elijah mir gegeben hatte, steckte noch in meiner Tasche. Er sollte zu irgendetwas in diesem Laden gehören, aber ich sah keine Safes oder antike Vitrinen, die er öffnen könnte. Trotzdem musste sich das passende Schloss hier befinden. Abgesehen von einigen Ziffern, die jemand mit Bleistift innen auf den Buchdeckel von *Früchte des Zorns* notiert hatte, waren die Bücher, die mein Onkel empfohlen hatte, in makellosem Zustand.

Ich merkte, dass Malcolm sich zu mir herüberbeugte und in das aufgeschlagene Buch sah.

»Billys Geheimcode für Bücher, die er in Secondhandläden des Roten Kreuzes erstanden hatte.« Er nahm mir das Buch aus der Hand und hielt es sich direkt vors Gesicht. Dann erklärte er mir, dass die beiden Ziffern vor dem Punkt den Zustand des Buches bewerteten, die vier dahinter das Kaufdatum. Allerdings ergab sich daraus keine eindeutige Jahreszahl, da der nachfolgende Buchstabe nur den Monat markierte. Die nächsten Ziffern beschrieben verschiedene Aspekte des Buchs – Ausgabe, Verlag, Schriftart – und der Buchstabe ganz hinten bezeichnete den Zeitpunkt, wann der Preis des Buchs heruntergesetzt werden sollte, wenn es bis dahin nicht verkauft worden war.

»Warum so kompliziert?«

Malcolm klappte das Buch zu und legte es auf den Tisch zurück. »So hat Billy es nun einmal gehandhabt.«

Ich fuhr mit dem Finger über die Karte, auf der die Bücher drapiert waren. Eine Skizze seines mittelalten Gesichts war darauf zu sehen. Schmale Nase, breites Lächeln, perfekt frisierte Haare. Obwohl Billy darauf grinste, hatte die Aufnahme doch etwas Melancholisches.

»Ich bin nicht der Feind«, sagte ich.

»Das wird sich zeigen.« Zum ersten Mal huschte ein Lächeln über Malcolms Gesicht und verschwand wieder so schnell, wie es gekommen war. Wenn er mir keine finsteren Blicke zuwarf, war er beinahe süß. »Komm mit, ich spendiere dir einen Kaffee.«

Ich wartete an einem der Mosaiktische, während Malcolm hinter den Tresen des Cafés verschwand, und ich begann, eine SMS an Jay zu schreiben. Wegen des Zeitunterschieds von drei Stunden war es nicht leicht, ihn direkt zu kontaktieren. Er musste wegen des Fußballcamps früh aufstehen und ging deswegen zu Bett, wenn ich noch mit meinen Eltern beim Abendessen saß. Außer unserem Telefonat nach Billys Beerdigung hatten wir uns nur Textnachrichten geschickt. Ich hatte ihm von meinem unerwarteten Erbe berichtet, dem nächsten Hinweis für die Schatzsuche und von meinen Erinnerungen an die Buchhandlung. *Scheint ein cooler Laden zu sein*, hatte er geschrieben und dann von seinem Camp erzählt. Er schickte mir ein Video, auf dem seine Fußballer schrien, dass sie mich vermissten, und Knutschmünder machten. Seine anderen Nachrichten waren genauso überschwänglich bis nichtssagend. Mir war klar, dass er sich ziemlich weit vorgewagt hatte, als er seine Jungs dazu gebracht hatte, unsere Beziehung zu unterstützen, aber mir wäre lieber gewesen, er hätte nach *Jane Eyre* gefragt und ob es mich nervös machte, den Buchladen nach der langen Zeit wieder zu betreten. Ich schickte ihm einen Schnappschuss von dem Laden mit der Bildunterschrift *Willkommen bei Prospero Books*. Er antwortete mit einem Smiley, und es wäre besser gewesen, er hätte gar nicht geantwortet.

Hinter dem Tresen des Cafés beendete Malcolm sein Gespräch mit der Latina, die ich auf Billys Beerdigung kennengelernt hatte. Sie hatte die Haare zu einem Knoten zusammengebunden, und ihre kurze weiße Schürze trug Spuren von Kaffeepulver. Als sie sah, dass ich sie beobachtete, winkte sie mir ganz enthusiastisch zu. Auch Malcolm schaute herüber, aber seine Miene war skeptischer als die der jungen Frau. Er schenkte zwei Becher Kaffee ein und brachte sie an meinen Tisch.

Ich nahm einen und trank einen Schluck. Der Kaffee war schwarz und stark, aber ich trank ihn trotzdem. Milch oder Zucker hineinzurühren wäre mir womöglich als Schwäche ausgelegt worden.

»Ist das nicht gefährlich?« Ich zeigte auf einen Schlüssel, der unbewacht an der Kasse hing, während die junge Frau die Espressomaschine sauber machte. Es war ein moderner Schlüssel aus Nickel oder einer anderen Legierung. Dem alten Schlüssel, den Billy mir vermacht hatte, ähnelte er jedenfalls nicht im Geringsten.

»Dafür haben wir ein Heer von Freiwilligen. Sie bestellen sich nicht unbedingt einen Kaffee, aber sie halten Augen und Ohren offen.«

»Gibt es irgendwo einen Safe?« Ich sah nirgendwo ein Schloss, in das der alte Schlüssel passen könnte.

»Ja, aber es ist kein Geld drin. Ich war heute Morgen auf der Bank.«

»Nach Geld hatte ich nicht gefragt«, sagte ich.

»Oben, im Lagerraum.« Malcolm zeigte auf eine Tür hinten im Café. Dann zeigte er auf die junge Frau hinterm Tresen. »Das ist Lucia. Sie hat die Nachmittagsschicht, Charlie die

Frühschicht. Du musst dich also nicht erschrecken, wenn du ihn morgens hier unten hantieren hörst. Er kommt immer sehr früh und schließt den Laden auf.« Ich wollte fragen, warum er glaubte, ich würde hier sein, bevor der Laden öffnete, aber dann fiel mir Billys Wohnung ein.

»Ich ziehe hier nicht ein«, sagte ich. »Meine Eltern leben in der Westside.«

»Wie du meinst.«

»Wann ist Billy eigentlich da oben eingezogen? Seine letzte mir bekannte Adresse war in Pasadena.« Es war ein großes Haus mit Säulen, die mich damals ans Weiße Haus erinnerten, nur dass keine Präsidentenfamilie und Regierungsbedienstete in den viel zu vielen Zimmern lebten, sondern nur Billy.

»Er hat dort gewohnt, so lange ich ihn kannte«, sagte Malcolm.

»Und wie lange ist das?«

Malcolm sah mich mit zusammengekniffenen Augen an. »Warum habe ich das Gefühl, ein Bewerbungsgespräch zu führen?«

»Was glaubst du, wie schlägst du dich bis jetzt?«

»Schwer zu sagen.« Wieder huschte eine Andeutung von beinahe amüsierter Unbekümmertheit über sein Gesicht, bevor er wieder ernst wurde. Ich konnte mir bei arroganten vierzehnjährigen Mädchen Respekt verschaffen, die Push-up-BHs und mehr Make-up als ich trugen. Ich hatte den Klassenclown motiviert, ein sechsseitiges Referat darüber zu schreiben, wie die Erfindung der Egreniermaschine zum Trennen von Baumwollfasern und klebrigen Samen die Abhängigkeit der Südstaaten von Sklavenarbeit verstärkt hatte. Ich hatte ganze achte Klassen dazu gebracht, während einer kompletten Schulstunde die Hände von den Handys zu lassen und stattdessen dem Unterricht zu folgen. Da sollte es mir doch wohl gelingen, einen paarunddreißigjährigen Buchhändler aus der Reserve zu locken.

»Malcolm!« Der Mann am Nachbartisch hatte aufgeschaut und realisiert, wer da neben ihm saß.

Malcolm stellte mich einem Drehbuchschreiber namens Ray vor. »Ray hat versprochen, uns nicht zu vergessen, wenn er einen Oscar gewonnen hat.«

»Ob es dazu je kommt?« Ray strahlte, als hätte er schon eine genaue Vorstellung davon. Dann wurde er ernst. »Sie sehen ihm sehr ähnlich«, sagte er zu mir.

Unwillkürlich glättete ich meine Haare. Sie hatten das gleiche Rotbraun wie die meiner Mutter und meines Onkels. Ich spürte, wie Malcolm sich versteifte.

Lucia wischte den Nebentisch und setzte sich dann auf einen Kaffee zu uns. Ihr eng anliegendes Tanktop verhüllte ihre diversen Tattoos an den Schultern und über dem Brustbein nicht. Als sie sah, dass ich einen spanischen Schriftzug auf ihrem Unterarm betrachtete, sagte sie, es sei ein Zitat aus *Hundert Jahre Einsamkeit*.

»Sie liest nur Sachbücher«, sagte Malcolm zu Lucia.

»Nun mach aber mal 'nen Punkt, Malcolm! *Hundert Jahre Einsamkeit* kennt doch jeder.« Entschuldigend lächelte Lucia mich an.

»Die Mutter meines Partners hat es mir geschenkt.« *Partner*. Immer noch hörte es sich aus meinem Mund komisch an. Malcolm musste meine Irritation gespürt haben, denn er sah mich mit unverhohlener Neugier an. »Ich liebe Márquez.« Das war maßlos übertrieben. Jays Mutter hatte das Buch in unserem Wohnzimmer liegen lassen, als sie unangekündigt bei uns aufgetaucht war, um eine Stunde Wartezeit zu überbrücken, bis sie sich mit einer Freundin in einer nahen Galerie getroffen hatte. Der Roman lag dann eine Woche lang auf unserem Couchtisch, bevor ich ihn im Bücherregal neben die anderen Romane stellte, die Jay nie gelesen hatte.

Eine junge Frau mit einem Arm voller Bücher ging Richtung

Kasse, und Malcolm stand schnell auf, um sie zu bedienen. Lucia und ich schauten zu, wie er sie abkassierte. Er sagte etwas, das sie zum Lachen brachte, und als er dann auch lachte, erkannte ich die freundlichen Augen von seinem Porträt in der Noir-Abteilung wieder.

»Lass dich bloß nicht von ihm einschüchtern«, sagte Lucia. »Er hängt an dem Laden. Genau wie wir alle.« Sie sprach warmherziger als Malcolm, aber in ihren Worten lag die gleiche unausgesprochene Androhung, dass ich die Folgen zu tragen hätte, sollte ich Prospero Books in den Ruin treiben.

Ich musste an *Jane Eyre* denken, als ich die enge Treppe zu der gespenstisch stillen Wohnung hinaufging. Während ich mich an jede staubige Ecke und jede Geruchsnuance des Ladens erinnern konnte, hatte ich keinerlei Erinnerung an die Wohnung darüber. Wahrscheinlich hatte ich sie niemals betreten. Es gab zwei Türen, eine links, eine rechts am Ende des Flurs. Zuerst versuchte ich es mit der rechten. Es war der Lagerraum, von dem Malcolm gesprochen hatte, denn er war vollgestellt mit Bücherregalen, Bücherpaketen und Putzutensilien. Hinter den Büchern entdeckte ich den Safe. Er hatte ein Zahlenschloss. Auch unter den Holzbohlen gab es keine versteckten Verliese, keine Schlüssellöcher, in die Billys alter Schlüssel gepasst hätte. Blieb also nur noch Billys Wohnung.

Knarrend öffnete ich die Tür und erwartete, dass jemand kommen und mir sagen würde, dass Unbefugte hier nichts zu suchen hätten und keinesfalls in die Privatsphäre meines Onkels eindringen dürften. Doch als das nicht geschah, ging ich hinein und schloss die Tür hinter mir.

Staubkörnchen glitzerten in den Sonnenstrahlen, die das großzügige Wohnzimmer durchdrangen, und erinnerten mich an ein Foto in einer Zeitschrift für Inneneinrichtungen. Ein braunes Ledersofa mit einer alten Truhe als Couchtisch, ein antiker Schminktisch mit drei nicht zusammenpassenden Vasen neben der Tür. In der Truhe entdeckte ich ein Schlüsselloch und versuchte, den alten Schlüssel hineinzustecken. Er passte nicht. Außerdem war das Schloss schon offen. In der Truhe lagen lauter ordentlich zusammengefaltete Kleidungsstücke: Leinenhemden, wasserabweisende Khakihosen – typisch für Billys Kleidungsstil, wie ich ihn kannte. Ich faltete ein olivgrünes Herrenhemd auseinander und schnupperte daran. Es roch wohlig frisch wie Babypuder, aber dieser Geruch erinnerte mich nicht an Billy.

Ich schaute mich nach einem anderen Schlüsselloch um. Die Küche hatte keine Tür und roch nach Desinfektionsmittel. Die gefliesten Oberflächen und der Herd waren gründlich gereinigt worden. Der Kühlschrank war leer, in der Gefriertruhe stand ein einsamer Eiswürfelbehälter. Elijah hatte gesagt, dass er die Wohnung für mich vorbereitet habe, und obwohl das verständlich war, hätte ich so viel erfahren können, wäre der Kühlschrank mit Billys Lebensmitteln, der Mülleimer mit seinem Abfall gefüllt gewesen.

Die Schlafzimmertür hatte kein Schloss. Es war genauso altmodisch und farblos eingerichtet wie der Rest der Wohnung. Weiße Rattanmöbel, ein bescheidenes Bücherregal neben der Tür, gebundene Buchrücken, die durch die Sonne verblasst waren. Auf einer Kommode ein Strauß getrockneter Wildblumen neben dem Foto einer blonden Frau. Ich hob das gerahmte Foto hoch und blies den Staub vom Glas. Die Frau lehnte an einem Felsen an einem schmalen Strandstreifen unter aufragenden Klippen. Ihre dünnen weißblonden Haare hatte sie über ihre rechte Schulter gekämmt. Ihre Haut schimmerte fast durchsichtig, und ihre ernsten grünen Augen hatten die gleiche Farbe wie ihre Ohrringe. Aber vielleicht bildete ich mir nur ein, dass die Frau ernst dreinschaute, weil ich wusste, dass sie tot war.

Ich nahm das Foto aus dem Rahmen, um zu sehen, ob etwas

auf der Rückseite stand. Das Kodakzeichen war zu sehen, aber nichts Handschriftliches, kein Datum, kein Name. Es musste Evelyn sein. Meine Mutter hatte mir nichts über ihr Aussehen gesagt, aber genauso hatte ich sie mir vorgestellt. Jung, Ende zwanzig oder Anfang dreißig. Blond. Und so schön, dass es beinahe unheimlich war.

Ich schaute mir das Foto genauer an und suchte nach einem Hinweis darauf, wo oder wann es aufgenommen worden war. Die Felsküste sah aus wie die von Malibu, aber in Malibu gab es zahllose Strandbuchten, und die hier abgebildete kannte ich nicht. Evelyn trug kein Make-up. Ihre Haare waren lang und glatt, ihre Smaragdohrringe antik. Ihr weißes T-Shirt konnte zu jedem beliebigen Zeitpunkt in der zweiten Hälfte des zwanzigsten Jahrhunderts hergestellt worden sein.

Ich steckte das Foto in den Rahmen zurück und stellte es genauso auf die Kommode wie vorher. Sein Anblick machte mich zutiefst traurig. Es war das einzige in Billys gesamter Wohnung. Es musste tröstlich für ihn gewesen sein, Evelyn jeden Abend auf diesem Foto sehen zu können, und zugleich unterstrich es die Leere seines Privatlebens. Ich bekam eine Gänsehaut. Meine Rückenmuskeln spannten sich an. Mich ängstigte der Gedanke an das einsame Leben, das er geführt haben musste. Auf der Suche nach einem Schlüsselloch ließ ich meinen Blick ein letztes Mal durchs Schlafzimmer schweifen, und als ich keins fand, ging ich schnell hinaus, denn ich hatte das Bedürfnis, mich so weit wie möglich von dem Foto zu entfernen.

Im Wohnzimmer stand keine alte Geldkassette auf dem Tisch neben der Tür. Keine Schmuckschatulle auf dem Mahagonischreibtisch an der Wand nahe der Küche. Der Schreibtisch ähnelte dem meiner Eltern im oberen Flur, ein schmuckes Familienerbstück, das einmal der Großmutter meines Vaters gehört hatte. Ich fuhr mit der Hand über das glatte Holz und fragte mich, ob Billy die Ähnlichkeit unserer Schreibtische aufgefallen war und ob er manchmal an uns gedacht hatte, wenn er an seinem saß. Die Vorderseite des Tisches konnte man herunterziehen, und ich versuchte es, aber sie war abgeschlossen. Ich folgte mit dem Finger dem geschnitzten Efeumuster, bis ich eine Messingplatte ertastete, die ein Schlüsselloch verdeckte. Als ich den alten Schlüssel hineinsteckte, passte er wie angegossen. Ich drehte ihn nach rechts, und das Schloss ging auf.

Als Erstes schlug mir der stechend modrige Geruch von altem Holz entgegen. Der Schreibtisch quoll über von Quittungen und losen Blättern eines cremefarbenen Briefpapiers. Ich wühlte mich durch zerknitterte Stromrechnungen und vergilbte Seiten der *Los Angeles Times*. Dabei überflog ich die einzelnen Artikel nach dem nächsten Hinweis, bis ich zu dem Schluss kam, dass es einfach nur alte Zeitungsausschnitte waren, die längst an Bedeutung verloren hatten. Unter den Überbleibseln von Billys Alltagsleben fand ich eine Mappe mit Dingen, die er für mich aufbewahrt hatte.

Es waren Fotos, das Programmheft eines Theaterstücks, in dem ich an der Mittelschule aufgetreten war, Flugblätter mit Ankündigungen für Wettbewerbe meines Debattierclubs. Ich ordnete alles chronologisch, bis vor meinen Augen ein Abbild meiner Kindheit entstand. Den frühesten Zeitpunkt markierte ein Foto, auf dem Billy mich im Arm hielt. Ich war in ein lavendelfarbenes Baumwolltuch eingewickelt, und mein Onkel sah mich mit einer Mischung aus Faszination und Panik an. Zwei Jahre später ein Schnappschuss aus einem schummrigen Restaurant, in dem Billy und ich je ein Ende ein und derselben Spaghetti im Mund haben, wie in *Susi und Strolch*. Dann ein Foto aus dem Jahr 1991, auf dem ich in einem Glitzerbikini durchs Bild renne. Das nächste Foto war im Januar 1993 an meinem siebten Geburtstag entstanden. Es war meines Wissens die einzige meiner Geburtstagspartys, die Billy besucht hatte, und das Foto zeigte ihn und mich mit einer Ziege. Ich hatte meine

Mutter gebeten, unseren Garten in einen Streichelzoo zu verwandeln. »Ich weiß nicht recht, Miranda. Dabei entsteht doch eine Menge Dreck«, hatte sie gesagt. Daraufhin hatte ich mich an Billy gewandt, um mit ihm eine Strategie zu entwickeln, wie wir meine Mutter überzeugen könnten. Wir sammelten Informationen über die Nigerianische Zwergziege, die ganzjährig empfängnisbereit war und bis zu fünfzehn Jahre alt werden konnte. Und über den Zebresel, auch Zesel oder Zebrule, der trotz seiner vielen Namen extrem selten war. Wir beschrieben die Vorkehrungen, die wir treffen würden, um alles sauber zu halten: Wir würden für eine Waschgelegenheit sorgen und jede Menge Feuchttücher bereithalten. Wir referierten auch wissenschaftliche Untersuchungen, nach denen die Nigerianische Zwergziege Südkaliforniens praktisch keine Krankheiten überträgt. Auf dem Foto umarmte Billy die Ziege wie eine Trophäe.

Das nächste Foto war bei der Aufführung eines Theaterstücks in der sechsten Klasse entstanden. Billy hatte die Arme um Joanie und mich gelegt. Wir Mädchen waren als Puritanerinnen kostümiert, mit identischen Hauben und blauen Kleidern, aber unsere Posen verrieten, wer von uns Abigail Williams darstellte und wer die Nebenrolle der Frau spielte, die Abigail als Hexe denunziert hatte.

Das letzte Foto zeigte die Zoohandlung, und sie sah genauso aus, wie ich sie in Erinnerung hatte. Gesprenkelter Linoleumfußboden, Metallkäfige mit bunten Vögeln. Billy zog mich an sich, während ich den Welpen in die Kamera hielt. Beide grinsten wir von einem Ohr bis zum anderen. Wir schienen glücklich zu sein. Aber wie schnell sich danach alles geändert hatte.

Ich kramte weiter in dem Schreibtisch herum, um zu sehen, ob noch mehr darin zu finden war. Zwischen Werbeprospekten für Kreditkarten und Tankquittungen fand ich einen zusammengefalteten linierten Zettel. Der Text darauf war in meiner Handschrift geschrieben, aber er war mir neu.

Hallo, Onkel Billy,

bestimmt überrascht es Dich, von mir zu hören. Wir haben uns ewig nicht gesehen. Gestern habe ich die Highschool beendet. Kannst Du Dir das vorstellen? An der Abschlussfeier haben tonnenweise Familienmitglieder mitgemacht, und ich war als Einzige bloß mit meinen Eltern da. Deswegen musste ich an Dich denken und daran, dass es mal eine Zeit gab, in der auch Du gekommen wärst.

Denkst Du manchmal noch an mich? Ich denke manchmal daran, wie viel Spaß wir immer miteinander hatten. Na ja, ich wollte bloß mal Hallo sagen. Es wäre cool, wenn Du mir zurückschreiben könntest. Und keine Sorge. Ich verrate Mom sicher nichts. Haha!

Alles Liebe,
Miranda

Ich las den Brief noch einmal und versuchte, mir vorzustellen, wie mein Onkel darauf reagiert hatte. Er hatte nie zurückgeschrieben, sonst hätte ich mich daran erinnert. Bestimmt hätte ich ihm geantwortet, und Briefe wären zwischen uns hin- und hergegangen, bis eine regelrechte Korrespondenz und womöglich mehr daraus geworden wäre. Bestimmt hätte er gern zurückgeschrieben, warum hätte er diesen Brief sonst aufbewahrt? Aus Gründen, die mir immer noch unklar waren, muss er gewusst haben, dass er es nicht konnte oder durfte.

Langsam faltete ich den Brief wieder zusammen. War es das? Hatte Billy mich zu seinem Schreibtisch geführt, um mir zu zeigen, dass er mich nie vergessen hatte? Ein wenig aufschlussreiches Ende unserer letzten Schatzsuche.

Als ich den Brief auf den Schreibtisch fallen ließ, sah ich etwas in einer winzigen akkuraten Schrift, das jemand an den

Rand geschrieben hatte: *Hinab*. Ich dachte mir nichts dabei, bis ich die Fotos wieder in die Mappe legte und dasselbe Wort auf jeder einzelnen Rückseite sah: *hinab, hinab, hinab, hinab, hinab*. Und auf dem Foto von der Zoohandlung stand sogar ein ganzer Satz: *Hinab ging Alice*. Ein Texthinweis.

Auf der Suche nach einem Bücherregal, einem Bücherstapel oder irgendeiner zerfledderten Ausgabe von *Alice im Wunderland* rannte ich durch das Wohnzimmer, doch es ließ sich kein einziges Buch in diesem Raum finden.

Ich atmete tief durch, bevor ich ins Schlafzimmer zurückging. Ich hatte keine andere Wahl. Die Buchrücken im Bücherregal waren so ausgeblichen, dass ich die Titel kaum entziffern konnte. *Little Women, Tod auf dem Nil, Die Farbe Lila* und *Sissy, Schicksalsjahre einer Tramperin* – alles Romane, von denen ich mir nicht vorstellen konnte, dass Billy sie gelesen hatte. Zwischen Sylvia Plath und Colette fiel mein Blick auf einen schmalen Buchrücken, dessen einst karminrote Farbe man nur noch erahnen konnte. In bröckelnden Goldbuchstaben stand darauf: *Lewis Carroll.*

Das Cover war sehr dezent. Rot mit einem kleinen goldenen Porträt von Alice in der Mitte. Ich fuhr mit der Hand über den Prägedruck von Alices Haaren, über das Rüschenkleid, das als Vorbild für mein Halloweenkostüm aus billigem Polyester gedient hatte, bis ich es nach drei Jahren nicht mehr zubekommen hatte. Hatte Billy mich in dem blauen Kleid gesehen? Hatte er sich daran erinnert, dass ich mir ein Kaninchen gewünscht hatte, dem ich eine Weste anziehen konnte? Ich schlug das Buch auf.

Alice fiel hinab, hinab, hinab, hinab, auf Stöcke und Blätter, unverletzt und neugierig. Sie probierte mehrere Türen. Alle waren abgeschlossen. Dann fand sie einen goldenen Schlüssel, der zu groß für manche Schlösser, zu klein für andere war, bis sie hinter einen Vorhang lugte. Der Schlüssel passte, aber der

Durchgang war zu schmal, sodass Alice nicht in den Garten gelangen konnte. An dieser Stelle waren Carrolls Worte in grellem Gelb markiert:

So viele absonderliche Dinge waren in letzter Zeit geschehen, dass Alice zu glauben begann, nur wenige Dinge seien wirklich unmöglich.

Folglich dachte Alice pragmatisch oder wenigstens so pragmatisch wie möglich, nachdem sie einem sprechenden Kaninchen durch einen langen dunklen Tunnel gefolgt war. Sie suchte ein Buch, in dem die Regeln dieser absonderlichen Welt niedergeschrieben waren, und fand stattdessen eine Flasche, auf der *TRINK MICH* stand.

Ich blätterte weiter und fand einen Umschlag.

LIES MICH stand darauf.

In dem Umschlag befanden sich mehrere Blatt Papier. Unter dem Logo des Cedars-Sinai-Hospitals auf dem ersten Blatt hatte ein Dr. Nazario an Billy geschrieben.

Hiermit informiere ich Sie über Ihre Testergebnisse. Unser Sekretariat wird Sie kontaktieren, um einen Termin für eine Folgeuntersuchung zu vereinbaren.

Dr. Nazarios Name war rot eingekreist. Die folgenden Blätter gaben Auskunft über die Tests, denen Billy sich unterzogen hatte. Es ging um Atemnot und Schmerzen in der Brust, die den Verdacht auf eine Aortenstenose nahelegten. Die Tests waren im März vor zwei Jahren vorgenommen worden.

Ich las noch einmal die markierte Passage aus *Alice im Wunderland. Nur wenige Dinge seien wirklich unmöglich*. Ich dachte an die illustrierte Ausgabe des Romans, die ich als Kind besessen hatte. Alice in ihrem blauen Kleid, inmitten von

Herz-, Pik-, Karo- und Kreuzkarten, die um sie herumschwirrten. Ich wünschte, ich hätte das Buch von Billy geschenkt bekommen und dass es aus seinem Buchladen stammte, aber meine Mutter hatte es in einem Kinderbuchladen in der Westside gekauft. Mein Onkel und ich hatten es nie zusammen gelesen, wenn er mich zu Bett brachte und mir das Gefühl gab, dass wirklich nichts unmöglich war. Aber er hatte gewusst, dass ich ihm hinab, hinab, hinab folgen würde, genau wie Alice, bis es nicht mehr tiefer ging.

SECHS

Neben dem Krankenhaus betrieb das Cedars-Sinai überall in der Stadt Praxen. Als ich mich nach Dr. Nazario erkundigte, war er drei verschiedenen zugeteilt und hatte erst in sechs Wochen einen Termin für mich. Ich versuchte, der Sprechstundenhilfe am Telefon zu erklären, dass ich keine ärztliche Untersuchung brauchte, sondern lediglich über meinen Onkel sprechen wollte, und sie begann ausführlich zu erklären, was ärztliche Schweigepflicht bedeutete.

»Kann ich irgendwie mit Dr. Nazario in Verbindung treten?«, fragte ich.

»Sie können ihm eine E-Mail schreiben.«

»Liest er seine E-Mails denn?«

»Ich bin nicht seine Sekretärin. Wollen Sie seine Mailadresse nun haben oder nicht?«

Ich schrieb ihm eine kurze Nachricht, schickte sie ins Nirwana und hoffte wider alle Vernunft, dass er sie nicht nur lesen, sondern auch beantworten würde.

Im morgendlichen Berufsverkehr brauchte ich für die Fahrt von meinem Elternhaus zu Prospero Books über eine Stunde. Interstate 10, 110 und 101, durch die Innenstadt, wo irgendwie auch noch die Interstate 5 ins Spiel kam und der Verkehr sich derart staute, wie es für Los Angeles bekannt war. Als ich den Laden erreichte, hoffte ich, Billys Kaffeebecher mit der San-Andreas-Spalte neben dem Computer zu sehen, seinen zerschlissenen Lederranzen auf dem Boden neben dem Schreibtischstuhl. Ich hoffte, Lee ans Telefon eilen zu sehen, um allen Anrufern zu versichern, dass Bücher bei Prospero Books mehr galten als alles andere. Stattdessen sah ich Malcolm hinterm Tresen lesen. Als er die Hintertür aufgehen hörte, schaute er erwartungsvoll auf, um dann zu seufzen. Offenbar hatte er nicht damit gerechnet, dass ich wiederkommen würde.

Morgens war weniger Betrieb als nachmittags. Um neun saßen eine Handvoll Schreibwütige im Café, und einige wenige warteten auf ihren Kaffee, während Charlie, der Dritte im Prospero-Clan, die Milch aufschäumte und Kaffeebohnen mahlte.

Charlie war Anfang zwanzig und hatte den Riesen aus *Sophiechen und der Riese* auf dem linken Unterarm und ein Monster aus *Wo die wilden Kerle wohnen* auf der rechten Schulter. Er setzte sich zu mir, krempelte sein Hosenbein hoch und legte seine ebenso blasse wie sommersprossige Wade frei.

»Da will ich mir Willy Wonka stechen lassen oder vielleicht den freigebigen Baum. Ich bin mir noch nicht sicher«, sagte er.

»Billy hat mir *Der freigebige Baum* geschenkt, als ich in die Vorschule kam«, fiel mir ein. Eine Woche vorher musste Billy nach Nordkalifornien, wo sich ein schwaches Erdbeben in den Santa-Cruz-Bergen ereignet hatte. Billy wusste, wie aufgeregt ich war. Zum ersten Mal zur Schule. Lauter Kinder, die ich nicht kannte, die bestimmt schon alle Freundschaft miteinander geschlossen hatten. Es tat ihm leid, dass er nicht dabei sein konnte. Vielleicht hatte er mir dieses Buch ausgesucht, um mir etwas über Freundschaft beizubringen oder dass er für immer und ewig mein freigebiger Baum sein würde, egal was in der Schule passierte.

»Billy hat Kindern immer gern vorgelesen«, sagte Charlie und krempelte seine Jeans wieder hinunter.

»Hat er auch *Alice im Wunderland* vorgelesen?«, fragte ich.

»Er hatte eine alte Ausgabe, die geknarzt hat, wenn er sie aufschlug, und alle Kinder in der Nachbarschaft schienen einen sechsten Sinn für dieses Geräusch zu haben, denn sie kamen alle sofort angerannt.« Diese Ausgabe befand sich jetzt in meiner Handtasche, und ich gab sie Charlie. »Genau«, sagte er. »Das ist sie.« Er starrte auf den Bucheinband, und mit der Leichtigkeit, die er sonst ausstrahlte, war es vorbei.

»Arbeiten Sie hier schon lange?« Ich steckte das Buch in meine Handtasche zurück.

»Seit drei Jahren. Ich hätte nie gedacht, dass ich so lange bleiben würde. Aber so geht es uns allen hier.«

»Warum sind Sie geblieben?«

Charlie setzte sich bequemer auf seinem Stuhl hin. »Damals las ich gerade Ken Kesey, Henry Miller und so. Eines Tages nahm Billy mir *Uhrwerk Orange* aus der Hand und gab mir stattdessen *Charlie und die Schokoladenfabrik*. Ich hatte den Film gesehen, aber das Buch nie gelesen. Und ich hatte ganz vergessen, wie verstörend die Geschichte war. Düster, aber nicht wütend. Billy wusste immer, welches Buch man gerade brauchte. Er hatte diese Gabe, als wären Bücher Medizin und er ein Bücherarzt.«

»Oder als wären sie Magie«, sagte ich. Charlie zwinkerte mir zu und stand auf, um einen Teenager zu bedienen, der an den Tresen getreten war.

Ich saß an einem Tisch ganz hinten und beobachtete das morgendliche Geschehen. Ray, der Drehbuchautor, arbeitete am Tisch neben mir. Ich winkte ihm zu.

»Miranda, nicht wahr?«, sagte er und nahm seine Kopfhörer aus den Ohren. Ich nickte, als sei mein Name ein würdevoller Titel. »Wohnen Sie hier im Viertel?«

»Nein, in Philadelphia. Ich bin nur für ein paar Wochen hier.«

»Deshalb haben wir Sie hier noch nie gesehen.«

»Kommen Sie schon lange her?«

»Seit vier Jahren jeden Tag. Es tut mir so leid wegen Billy. Er war ein Guter. Durch ihn habe ich meinen Agenten kennengelernt, Jordan. Ohne Billy wäre es mir nie gelungen, in den Beruf einzusteigen.«

Ich schaute zu den anderen Tischen, an denen Menschen arbeiteten, und fragte mich, wie mein Onkel ihr Leben verändert hatte, ob sie Billy genauso erlebt hatten wie Charlie und Ray, der Drehbuchautor, einen Billy, der ihr Leben durch kleine Freundschaftsdienste bereichert hatte.

Mein Handy summte und kündigte eine neue E-Mail an. Dr. Nazario las seine Mails also tatsächlich. Und ich hatte Glück. Ein Patient hatte abgesagt. Ob ich gleich heute Nachmittag vorbeischauen könne. Ich schrieb schnell zurück: *Ja!*

Dann ging ich los. Erst als ich auf dem Beverly Boulevard im Stau stand, wurde mir bewusst, dass ich Malcolm gar nicht begrüßt hatte.

Dr. Nazario war groß und hatte ein kantiges Kinn, das wie gemeißelt war, und wahrscheinlich tat man sich daran weh, wenn man ihn küsste. Er wirkte wie ein Arzt aus einer Fernsehserie und nicht wie einer, der tatsächlich Medizin studiert hatte. Aber schließlich waren wir in L. A., wo viele wie die prominentere Version ihrer selbst aussahen. Sogar Malcolm mit seinen hellen Augen und den vorstehenden Wangenknochen war attraktiver als der ungepflegte Buchhändler, den ich erwartet hatte.

Dr. Nazario zeigte mir eine Vollmacht. »Billy hat mir erlaubt, mit Ihnen über seine Krankengeschichte zu sprechen.«

Die Vollmacht war ein Jahr vor Billys Tod von Elijah beglaubigt worden.

Dr. Nazario griff nach einem Modellherz aus Plastik und klappte es auf. »Bei der Aortenstenose handelt es sich um eine Verengung der Aortenklappe. Wenn diese Verengung so stark ist, dass sie den Blutfluss aus der linken Herzkammer in die Arterie verhindert, können verschiedene Herzbeschwerden auftreten. Man kann eine neue Herzklappe einsetzen, aber Billy hat mich erst konsultiert, als er schon starke Schmerzen hatte und ein chirurgischer Eingriff zu riskant gewesen wäre. Wir haben ihm Diuretika verschrieben, um den Druck auf der Lunge zu mindern, und ihn weiter im Auge behalten. Es grenzt an ein Wunder, dass Billy trotz der starken Verengung noch zwei Jahre am Leben blieb.« Ich betrachtete das komplizierte Innenleben des Plastikherzens, bis Dr. Nazario es wieder zuklappte. Er blätterte durch Billys Krankenakte, holte einen Umschlag heraus und reichte ihn mir herüber. »Er hat mich gebeten, Ihnen das hier zu geben.«

Dann stand er auf und zeigte mir den Weg nach draußen.

»Warum bekommt ein gesunder Mensch, der nicht an Epilepsie leidet, plötzlich Anfälle?«, fragte ich, als ich ihm durch den Korridor folgte und Billys nächsten Hinweis noch ungeöffnet in der Hand hielt.

»Hatten Sie einen?«

»Nein, Billys Frau. Sie starb daran. Ich würde gern verstehen, wie eine junge Frau an einem Anfall sterben kann.«

»Nun, es gibt viele Gründe für nicht epileptische Anfälle. Sie können beispielsweise auch psychische Ursachen haben. Oder jemand hat eine Überdosis Drogen zu sich genommen oder einen Hirntumor, Gefäßfehlbildungen im Gehirn, eine Kopfverletzung … Es ist schwer zu sagen, ohne ihre Krankenakte einzusehen.«

»Die habe ich nicht. Können Sie sagen, welche dieser Gründe Sie für wahrscheinlich halten?«

Dr. Nazario runzelte die Stirn. »Tut mir leid. Ohne nähere Informationen kann ich guten Gewissens keine Diagnose stellen.«

Ich dankte ihm und verabschiedete mich. Obwohl er mir nicht sagen konnte, welcher Art Evelyns Anfall gewesen war, bestätigte seine Erklärung meinen Verdacht, dass meine Eltern mir etwas verheimlichten. Falls Evelyns Tod etwas mit Drogen zu tun hatte, hätte mein Vater ein Drogenproblem erwähnt. Hätte sie einen Tumor gehabt, hätte er ihre Krankheit sicher auch so bezeichnet. Und wenn sie eine Kopfverletzung erlitten hätte, wäre er sicher auf den Unfall zu sprechen gekommen.

Anfälle konnten aber auch andere, tiefer gehende Gründe haben. Wenn Evelyn an einem schweren Anfall gestorben war, musste sie ein entsprechendes Problem gehabt haben. Aber was immer es war – mein Vater wollte nicht, dass ich etwas davon erfuhr.

Vor der automatischen Tür des Hospitals riss ich den Umschlag auf, den Dr. Nazario mir gegeben hatte.

Alles Leben ist Wissenschaft, mein Leben aber ganz besonders. Ich bestehe aus Fibern, Muskeln und Hirn, bin fast zweieinhalb Meter groß und stark. Meine Haare sind schimmernd schwarz, meine Zähne perlweiß. Doch trotz all dieser Vorzüge findet man mich nicht attraktiv.

Es musste ein Zitat sein, das ich aber nicht zuordnen konnte. Als ich es in mein Smartphone tippte, listete Google mehrere Texte über Nerven und Muskelzellen auf, Webseiten für Kinder, auf denen sie lernen konnten, wie der Körper funktioniert. Nirgendwo fand sich eine passgenaue Erwähnung von schwarz schimmernden Haaren oder perlweißen Zähnen. Offenbar war es doch kein Zitat aus einem Buch, sondern ein Rätsel.

Einiges fiel mir sofort auf: *Fibern* statt Fasern, eine außergewöhnliche Körpergröße, Wissenschaft. Führte Billy mich zu den Memoiren eines großen Wissenschaftlers? Zur Philosophie Platos oder Aristoteles'? Oder zu einem literarischen Werk? Ich war nicht mehr in Übung und kam nicht auf die Lösung.

Ich steckte das Rätsel in meine hintere Hosentasche und schaute mir die Vollmacht an, dank der Dr. Nazario mit mir über Billys Krankheit hatte sprechen dürfen, und suchte hier nach einem Hinweis, der mir helfen konnte, das Rätsel zu lösen. Das Einzige, was mir ins Auge sprang, war die Unterschrift, mit der Elijah das Dokument beglaubigt hatte. Wie gut hatte Elijah meinen Onkel gekannt? Immerhin gut genug, um sein

Testamentsvollstrecker zu sein. Um *Jane Eyre* für mich aufzubewahren. Gut genug, um eine Vollmacht zu beglaubigen, die es mir erlaubte, mit Billys Arzt zu sprechen. Gut genug, um zu wissen, was Billy mit mir vorhatte – zumindest hoffte ich das.

Zu Elijahs Kanzlei war es vom Cedars-Sinai nicht weit.

»Miranda.« Er kratzte sich am Kopf, als er mich in sein Büro führte, wobei er sein ohnehin schon zerzaustes Haar noch mehr durcheinanderbrachte. Wieder trug er einen grauen Nadelstreifenanzug, und ich fragte mich, ob es derselbe war wie letztes Mal oder ob er mehrere davon besaß. »Haben wir einen Termin?«

»Ist es gerade ungünstig?«, fragte ich.

»Nein, ganz und gar nicht.« Er bedeutete mir mit einer Geste, Platz zu nehmen. »Ich bin immer für Sie da.«

Nachdem ich mich auf einen seiner steifen Lederstühle gesetzt hatte, überreichte ich ihm die Vollmacht.

»Er war schon eine ganze Weile sehr krank. An eine notarielle Beglaubigung kann ich mich nicht erinnern.« Elijah gab mir das Dokument zurück.

Dann zeigte ich ihm Billys Rätsel. »Das hier hat Dr. Nazario ebenfalls von Billy für mich aufbewahrt.«

Er überflog es. »Clever«, sagte er, bevor er es mir zurückgab.

»Kennen Sie die Lösung?«

»Wenn er es Ihnen hinterlassen hat, will er wohl, dass sie es allein lösen.«

Ich sah ihn argwöhnisch an, genau wie er mich. »Hat Billy Ihnen gesagt, dass er eine Schatzsuche für mich plante?«

»Nein, nichts dergleichen.«

»Hat er Ihnen gesagt, warum er mir den Laden vermachen wollte?«

»Haben Sie den Brief denn nicht bekommen?«, fragte er überrascht.

»Welchen Brief?«

»Ich habe ihn persönlich abgeschickt, als Billy gestorben war.« Er meinte wohl das Päckchen mit *Der Sturm*.

»Seit wann arbeiten Sie eigentlich für Billy?«

»Ursprünglich war mein Vater sein Anwalt. Ich habe Billy vor etwa fünfzehn Jahren als Klienten übernommen, als mein Vater sich zur Ruhe setzte.« Elijahs Sekretärin kam hereingeschlurft und gab uns beiden einen lauwarmen Kaffee. Elijah nahm einen Schluck und verzog das Gesicht. »Madeline«, rief er der Frau nach. »Ist der von gestern? Können Sie uns keinen frischen machen?« Er griff nach meiner Tasse. »Das kann ich Sie nicht trinken lassen.«

»Was hat Ihr Vater denn für Billy getan?«, fragte ich und gab ihm die Tasse.

»Er half ihm bei einem Rechtsstreit über das treuhändische Vermächtnis seiner Frau. Danach hat Billy sich immer an ihn gewandt, wenn er einen Anwalt brauchte.«

»Ein Rechtsstreit?«

»Mit dem Vater seiner Frau, glaube ich. Sie hat die Buchhandlung mit Geldern aus einem Fonds gekauft, den er für sie eingerichtet hatte. Nach ihrem Tod versuchte er, die Vollmacht über diesen Fonds zurückzuerlangen.«

»Prospero Books gehörte Evelyn?« Es war so offensichtlich, dass ich es gar nicht fassen konnte. Warum hatte ich das nicht früher erkannt? Es war immer merkwürdig gewesen, dass Billy eine Buchhandlung hatte, aber andererseits war alles an meinem Onkel merkwürdig gewesen, erstaunlich und einzigartig.

Elijah nickte. »Billy hatte mit dem Laden eigentlich gar nichts zu tun. Deswegen wollte Evelyns Vater auch nicht, dass er in Billys Hände übergeht. Hätte Evelyn ein Testament aufgesetzt, wäre die Sache unstrittig gewesen, aber junge Leute meinen ja immer, sie brauchen kein Testament, es sei denn, sie sind ungewöhnlich reich. Haben Sie schon ein Testament gemacht?«

»Ich bin nicht besonders reich«, sagte ich.

»Trotzdem sollten Sie eins machen, vor allem, da Sie jetzt über Eigentum verfügen.« Elijah verschwand mit den beiden Tassen und sagte, er sei gleich zurück. Während ich auf ihn wartete, las ich noch einmal Billys Rätsel. *Alles Leben ist Wissenschaft, aber meines ganz besonders. Ich bestehe aus Fibern, Muskeln und Hirn* ... Fibern. Ein altmodisches Wort, das man kaum noch verwendete. Vielleicht stammte es aus den Schriften eines Wissenschaftlers früherer Zeit. Huxley? Bacon? Darwin? Keiner von denen kam mir richtig vor. Und wenn Elijah das Rätsel so schnell gelöst hatte, musste ich etwas sehr Offensichtliches übersehen. Das war immer so bei Rätseln. Eigentlich waren sie ganz einfach. Schwierig wurden sie nur, wenn sie ihre Einfachheit verbergen konnten. Ich starrte auf das Wort *Fibern*, bis es nur noch eine zufällige Ansammlung von Buchstaben war. Je öfter ich das Rätsel las, desto unlösbarer kam es mir vor, also steckte ich es wieder ein und versuchte, nicht mehr daran zu denken. Ich konnte es ohnehin nur lösen, wenn ich einen unverstellten Blick darauf warf.

Elijah kam mit einer Mappe und zwei neuen Tassen zurück. »Der Kaffee schmeckt immer noch wie Kerosin, aber wenigstens ist er frisch gekocht«, sagte er und gab mir eine Tasse. Er setzte sich auf den Stuhl neben mir und schlug die Mappe so auf, dass ich gut sehen konnte. »Am besten zeige ich Ihnen gleich mal, woran Sie sind.« Er hatte Tabellen mit den Betriebskosten von Prospero Books, die Verkaufserlöse, Lohn- und Versandkosten der letzten zwei Jahre ausgedruckt. Lucia und Charlie bekamen nur dreizehn Dollar die Stunde. Malcolm bekam ein reguläres Gehalt, aber es war nicht höher als meins an einer Privatschule. »Die gute Nachricht ist, dass der Wert der Immobilie im Vergleich zur Kaufsumme in den Achtzigerjahren beträchtlich gestiegen ist. Die Hypothek ist in zweieinhalb Jahren abbezahlt, und die monatlichen Raten sind nicht hoch.

Außerdem hat Billy die antiquarischen Bücher seines Sortiments nicht erfasst, sodass die Zahlen nicht so dürftig sind, wie sie auf den ersten Blick scheinen.«

»Und die schlechte Nachricht?«

»Während der Rezession hat Billy sein Haus in Pasadena verkauft, um die Buchhandlung erhalten zu können. Ich hatte ihm davon abgeraten. Das Geld aus dem Hausverkauf hat nur für ein paar Jahre gereicht, woraufhin er Kredite aufnehmen musste. Ich fürchte, die ausstehende Schuldentilgung ist erheblich, und die Verkaufserlöse des Ladens sind nicht, was sie einst waren.« Er blätterte zu einer Tabelle für Einnahmen und Ausgaben. Die Haupteinnahmen stammten aus dem Dezember und dem Frühsommer, aber sie überstiegen nicht die Kosten. In den verkaufsschwächeren Monaten, vor allem im August, sackte die Kurve der Verkaufszahlen bedenklich ab. »Buchhandlungen funktionieren anders als der übliche Einzelhandel. Man kann die Buchpreise nicht anheben, wenn man mehr Profit machen möchte. Seltene Bücher können profitabel sein, aber die meisten Bücher sind nicht selten. Wann immer ich Billy das erklärt habe, wollte er es nicht hören.« Elijah fuhr mit dem Finger über eine andere Kurve. »Das Café wirft zwar Profit ab, aber man kann nur eine begrenzte Menge Cappuccinos und Cupcakes verkaufen.«

»Was wollen Sie damit sagen?«

»Ich fürchte, die Aussichten, Prospero Books als Unternehmen zu erhalten, sind eher trüb. Wenn Sie das Gebäude verkaufen und Billys Schulden beglichen haben, bleibt Ihnen zumindest noch ein Rest.«

»Aber Prospero Books gibt es doch schon seit … Seit wann eigentlich?«

»Etwa dreißig Jahren. Ich wünschte, ich könnte Ihnen etwas Erfreulicheres sagen.« Ich muss so niedergeschlagen dreingeblickt haben, wie mir zumute war, denn er fügte hinzu: »Keiner wird es Ihnen übel nehmen, wenn Sie verkaufen. Sie können mit dem Geld dann mit bestem Dank an Ihren Onkel eine schöne Reise machen, zum Beispiel nach Hawaii.« Wenn Elijah mir nahelegen wollte, nach Hawaii zu jetten, um mich an den Strand zu setzen, Drinks mit kleinen Sonnenschirmen zu schlürfen und mich darüber zu freuen, dass jemand anderes meine Reisekosten trug, kannte er Billy nicht so gut, wie ich angenommen hatte. Er begriff nicht, dass Billy mir die Buchhandlung vererbt hatte, weil er wusste, dass ich sie nicht verkaufen würde. Er wusste, dass ich sie nicht für einen Smoothie-Laden oder eine dieser Boutiquen aufgeben würde, von denen es in Silver Lake schon mehr als genug gab.

»Ich verkaufe nicht«, sagte ich. »Es sei denn, ich finde einen Käufer, der die Buchhandlung weiterführt.«

Elijah übergab mir die Mappe. »In dem Fall lassen Sie sich etwas einfallen, um die Profite zu steigern. Es ist genug Geld vorhanden, um Sie durch den September zu bringen. Danach allerdings …« Es war nicht nötig, den Satz zu beenden.

Elijah begleitete mich nach draußen. »Wie ist der Rechtsstreit über Evelyns Fonds eigentlich ausgegangen?«, fragte ich.

»Evelyns Vater hatte keine Chance. Obwohl Evelyn den Laden finanzierte, führten die beiden eine Gütergemeinschaft, und so ging der Besitz rechtmäßig an Billy. Wer ein Testament anficht, steht meist auf verlorenem Posten, und meist geht es dabei nicht allein ums Geld. Deshalb ist es ein dankbarer Job, wenn man sich als Anwalt darauf spezialisiert. Und auf Ehescheidungen.« Er winkte mir zum Abschied, als ich auf die Straße trat.

Ich ging zum Wagen meiner Eltern und kickte die Blütenblätter von Immergrün aus dem Weg, die überall auf dem Bürgersteig lagen. Ich hatte keine Ahnung von Finanzangelegenheiten, aber selbst ich kapierte, dass Billy unverantwortlich hohe Schulden angehäuft hatte.

Als ich den Wagen erreichte, wurde mir klar, dass ich die

oberste Regel für Jacarandabäume nicht beachtet hatte: Niemals darunter parken, wenn sie in Blüte stehen! Die Windschutzscheibe war von einer undurchdringlichen klebrigen Masse aus lila Blüten bedeckt. Ich schaltete die Scheibenwischer ein. Sie schwenkten hin und her und verteilten das Ganze zu einem gleichmäßigen Belag, durch den man aber immer noch nichts sehen konnte. Ich betätigte den Sprüher und versuchte, mich daran zu erinnern, was meine Mutter gesagt hatte, als ich sie fragte, warum Billys Buchhandlung den Namen Prospero Books trug. Sie hatte davon gesprochen, dass Evelyn *Der Sturm* liebte, nicht dass Evelyn den Laden danach benannt hatte. Das war kein Versehen. Sie wollte vor mir verbergen, dass es Evelyns Laden war. Genau wie mein Vater ihre wahre Todesursache vor mir verbergen wollte.

Ich holte mein Handy heraus und rief die Webseite von der Buchhandlung auf. Es gab eine Homepage, aber kein »Über uns«, keine Suchfunktion, keine Buchempfehlungen. Ein Foto von der Ladenfassade war alles, dazu die Öffnungszeiten – täglich 8:00 bis 19:00 Uhr –, eine Telefonnummer und das Gründungsjahr, 1984.

Gab es eine Verbindung zwischen Prospero Books und Evelyns Tod? Und welche Rolle spielte der Rechtsstreit, den Evelyns Vater gegen Billy angezettelt hatte? Was bedeutete das Rätsel, das Elijah so mühelos gelöst hatte? Ich brauchte einen Mitstreiter, eine Person, die sich neben Sportsendungen auch hin und wieder gern Krimis im Fernsehen ansah.

»Ich habe nur eine Minute«, sagte Jay, als er den Anruf entgegennahm. Im Hintergrund schrien pubertierende Jungen, als seien ihre Bemerkungen umso witziger, je lauter sie sie von sich gaben. »Die Jungs sind gleich mit ihrem Dauerlauf fertig. Aber schön, deine Stimme zu hören.«

»Du hast meine Stimme doch noch gar nicht gehört«, sagte ich.

»Okay, aber es ist schön, sie jetzt zu hören. Was treibst du so?«

»Ich habe mich gerade mit Billys Anwalt getroffen. Wir haben uns seine Finanzen angesehen und …«

»Tyler!«, schrie Jay. »Lass das!« Dann sprach er wieder normal. »Was hast du gesagt?«

»Der Laden ist hoch verschuldet. Es ist ganz furchtbar.«

»Tyler, soll ich dich vor aller Augen zur Schnecke machen? Ich sagte: Lass das!«, schrie Jay. »Sorry, Miranda. Tyler benimmt sich gerade wie ein Arsch.«

»Das tut er doch immer, wie ein cleverer Arsch.« Ich kannte Tyler aus dem Geschichtsunterricht. Er saß ganz hinten in der Klasse und machte unanständige Witze, aber er schrieb immer die besten Arbeiten.

»Ich weiß nicht, was ich tun soll. Den Laden zu schließen würde mir das Herz brechen.«

»Dann kommst du Ende der Woche doch noch nicht nach Hause?«

»Hast du verstanden, was ich gesagt habe? Vielleicht muss ich den Laden meines Onkels schließen.«

»Vielleicht ist es höchste Zeit.« Ich hörte Jay dreimal mit den Fingern schnipsen.

»Wie kannst du das sagen?«

»Miranda, ich bin hier mitten im Fußballtraining. Können wir später darüber sprechen?«

»Verstehst du wenigstens, warum mir das wichtig ist?«

»Ich glaube schon. Lass uns heute Abend reden. Ich rufe dich an, wenn ich zu Hause bin.«

»Nein. Ich will jetzt hören, was du dazu zu sagen hast«, insistierte ich.

»Als ich … Du hast nie von dieser Buchhandlung gesprochen.« Seine Worte trafen mich wie ein Schlag. Eine schallende Ohrfeige. Oder ein kraftvoll geschossener Fußball in der

Magengrube. »Hör mal, die Jungs beenden gleich die letzte Runde ums Stadion. Ich rufe dich später an, okay?« Abrupt legte er auf.

Die Scheibenwischer liefen noch und quietschten auf dem trockenen Glas. Ein schreckliches Geräusch. Wie Fingernägel auf einer Schultafel. Ich schaltete sie nicht aus und lauschte auf das Gequietsche. Jay hatte die Wahrheit gesagt. Ich hatte Prospero Books nie erwähnt. Nicht einmal als ich *Der Sturm* geschickt bekam, hatte ich daran gedacht. Ich hatte meine Mutter nie gefragt, warum sie das Stück so sehr schätzte, und meinen Namen nie mit Billys Laden in Verbindung gebracht. Ich hatte Billy nicht einmal gut genug gekannt, um zu merken, dass er die ganze Zeit, als wir Kontakt miteinander gehabt hatten, getrauert haben musste. Meine Eltern hatten Evelyn vor mir verschwiegen, genau wie sie über Prospero Books nicht offen sprachen. Aber welches Recht hatte ich, ihnen ihr Geheimnis zu entreißen, wenn es mir bis heute vollkommen egal gewesen war?

Was mich betraf, mochte Jay recht haben, aber was Prospero Books betraf, lag er vollkommen daneben. Ich konnte nicht einfach mit den Schultern zucken und denken: *Auch das Gute muss einmal ein Ende haben.* Jay verstand mich nicht und würde auch künftig nicht dazu in der Lage sein. Aber er war ja auch nicht derjenige, der mir helfen konnte, Prospero Books zu retten.

SIEBEN

Das Café hatte sich geleert und wieder gefüllt, während ich bei Elijah war. Ray, der Drehbuchautor, war noch da und absolvierte gewissenhaft seinen Arbeitstag, der den üblichen Bürozeiten eines Angestellten angepasst war. An den anderen Tischen, an denen geschrieben worden war, saßen jetzt Teenager, die sich lauthals miteinander unterhielten und Mokka-Lattes tranken. Bei 5,50 Dollar pro Person überschlug ich, wie viel wir an den schwatzhaften Mädels und der Laufkundschaft verdienten, die ihren nachmittäglichen Koffeinkick zum Mitnehmen orderten. Das Café warf tatsächlich Profit ab, aber Elijah hatte recht damit, dass man nur eine begrenzte Menge Lattes und Blaubeermuffins verkaufen konnte.

Ich setzte mich an einen freien Tisch und schlug die Mappe mit den Tabellen auf, die Elijah mir gegeben hatte. Ich wusste nicht, was ich suchte. Wahrscheinlich ein Fünkchen Hoffnung und eine Idee, wie wir den Profit erhöhen könnten. Aber jedes Blatt bilanzierte nur Verluste, rote Zahlen zwischen zweitausend Dollar in der Weihnachtszeit und achttausend im August. Selbst während der Hauptsaison sah Prospero Books also kein Land.

Mein Handy summte. Ich öffnete eine Nachricht von Jay: ein Foto von einem Esel mit einer Sprechblase, in der *Was für ein Arsch!* stand. Als ich nicht schnell genug antwortete, schickte er *Kannst du mir je vergeben?* hinterher.

Ich schrieb: *Wer würde da schon widerstehen, wo du dir doch so viel Mühe mit dem Foto gegeben hast.* Ich war mir nicht sicher, ob er die Textbotschaft richtig verstehen würde. Würde er die Ironie erkennen, mit der ich seine Entschuldigung akzeptierte? Also fügte ich schnell noch hinzu: *Vergeben und vergessen.*

Der ältere Mann von Billys Beerdigung saß am Nebentisch und summte vor sich hin, während er seine Gleitsichtbrille mit einem Taschentuch putzte. Es war eine heitere Melodie, und seine Stimme klang nicht so verloren wie bei dem Lied, das er auf der Beerdigung gesungen hatte. Mit seinem weißen Spitzbart, der Drahtbrille und den aufgeplatzten Äderchen in den Wangen war er der Prototyp eines alternden exzentrischen Intellektuellen und genau der Typ, der ein Freund von Billy war.

Ich stellte mich als Miranda, Billys Nichte, vor. Er sich als Dr. Howard.

»Ihre Hymne auf der Beerdigung hat mir sehr gefallen.«

»Ich fürchte, mir fehlt die Erinnerung daran. Wenn es Whisky gibt, bleibt mein Glas nie trocken.« Dr. Howard tippte sich an den Kopf und schrieb etwas in sein Notizbuch.

»Haben Sie meinem Onkel nahegestanden?«

»Er hat mich die Kunst der Wissenschaft gelehrt, ich ihn die Kunst des Dichtens. Keiner von uns hat das Metier des anderen recht verstanden, aber wir teilten die gleiche Leidenschaft.«

Ich klappte die Mappe mit den Tabellen zu. »Wissen Sie noch, welche wissenschaftlichen Bücher Billy besonders schätzte? Vielleicht etwas über Muskeln oder Muskelfasern? Oder Anatomie?«

»Anatomie war viel zu gewöhnlich für unseren Billy. Einmal hat er mir eine Biografie über Charles Richter zu lesen gegeben, die ich furchtbar langweilig fand.« Das hatte nichts mit Muskeln oder außergewöhnlicher Körpergröße zu tun. Es passte nicht zu *Der Sturm*, *Jane Eyre* oder *Alice im Wunderland*. Letztere zählten zur großen Literatur. Das waren Klassiker, die fast jeder kannte, und keine Biografie über einen Seismologen, der sich durch die Skalierung von Zerstörungsgraden einen Namen gemacht hatte.

»Seit wann kommen Sie schon hierher?«, fragte ich.

Er benutzte die Finger zum Zählen. »Mindestens zehn Jahre.«

»Dann haben Sie die Person nie getroffen, die den Laden früher geführt hat?«

»Lee?«

»Nein. Evelyn, Billys Frau.«

»Ich wusste nicht einmal, dass er verheiratet war.« Dr. Howard schien diesem Gedanken nachzuhängen und zupfte an seinem langen Spitzbart. »›Kein Mondstrahl erglüht, der mir keine Träume bringt / Von der lieblichen Annabel Lee / Und keine Sterne sich erheben, in denen ihre Augen nicht stehen / Der lieblichen Annabel Lee.‹«

»Wie schön«, sagte ich. »Haben Sie das geschrieben?«

»Sie schmeicheln mir. Und ich fürchte, Sie haben noch nie geliebt, wenn Sie Annabel Lee nicht kennen. Aber keine Sorge. Sie sind ja noch jung.« Als er sah, dass es mir peinlich war, schmunzelte er. »Es ist von Poe, meine Liebe«, erklärte er. »Edgar Allan Poe. Er hat seine Frau, die liebliche Annabel Lee, sehr geliebt.«

Die liebliche Annabel Lee. Die liebliche Evelyn Weston. Selbst wenn Dr. Howard Evelyn nicht gekannt hatte, wusste er, dass Billys größte Leidenschaft nicht der Wissenschaft gegolten hatte.

Es gab aber noch eine andere Person bei Prospero Books, die Billy nahe genug gestanden hatte, um auf seiner Beerdigung zu sprechen. Jemand, der wusste, welche Gedichte Billy mochte. Jemand, der vielleicht etwas über die Frau wusste, neben der Billy in Forest Lawn begraben worden war.

Malcolm stand fast in der gleichen lesenden Pose wie am Morgen, als ich den Laden verlassen hatte. Mein Stuhl kratzte über den Boden, als ich aufstand. Ich winkte Dr. Howard zum Abschied zu, und er winkte zurück, bevor er zu einem der aufgeschlagenen Bücher auf seinem Tisch griff. Ich nahm die Mappe mit den Tabellen und ging auf den Tresen zu. Es war Zeit herauszufinden, was Malcolm vor mir verbarg.

Er zuckte zusammen, als ich die Mappe vor ihm auf den Tresen fallen ließ, als hätte ich mich angeschlichen.

»Wenn du den nächsten zehn Menschen, die den Laden betreten, jeweils ein Buch verkaufst, erhöhe ich dein Gehalt.« Ich grinste. Malcolm hustete mehr, als dass er über meinen Versuch einer Charmeoffensive lachte, und sah mich auf jene verhaltene Art an, die ich inzwischen schon von ihm kannte. »Bist du gegenüber allen Menschen so misstrauisch, oder liegt es an mir?«

»Es muss wohl an dir liegen«, sagte er, und es klang weder freundlich noch unfreundlich. Er klappte das Buch zu, in dem er gerade gelesen hatte, ein vorzeitiges Leseexemplar für Buchhändler, und legte es unter den Tresen. Dann faltete er die Hände, lehnte sich an den Verkaufstresen und wappnete sich ganz offensichtlich für das, womit ich ihn konfrontieren würde.

»Hat Billy je mit dir über Evelyn gesprochen?«, fragte ich.

»Welche Evelyn?« Emotionslos sah er mich an. Oder er verstand es, ein Pokerface aufzusetzen.

»Evelyn Weston.«

Er zuckte mit den Schultern. Der Name schien ihm nichts zu sagen. Vielleicht hatte er wirklich noch nie von ihr gehört. Dr. Howard war wohl der älteste Stammkunde, und nicht einmal er wusste, wer sie war. Aber die Art, wie Malcolm nervös mit den Fingern spielte und jedes Mal erschrak, wenn er mich sah, verriet mir, dass er etwas vor mir verbarg, auch wenn es nicht unbedingt etwas mit Evelyn zu tun haben musste.

»Hat Billy hier im Laden manchmal Spiele organisiert? Vielleicht so etwas wie eine Schnitzeljagd oder eine Schatzsuche? Irgendwas Interaktives? Etwas, wobei man Rätsel lösen oder Puzzleteile finden musste?«

»Nicht dass ich wüsste. Warum?« Immer noch ruhte sein großäugiger, skeptischer Blick auf mir. Seine Iriden sahen wie Edelsteine aus, deren Facettenschliff das Licht einfing und schimmern ließ. Plötzlich sagte mir eine innere Stimme, dass ich ihm nichts von Billys letzter Schatzsuche sagen sollte.

»Nur so.« Ich schob ihm die Mappe mit den Bilanzen hin. Er blätterte durch die monatliche Bruttogewinnspanne von Prospero Books, die Instandhaltungskosten für das Gebäude, Betriebskosten und die roten Zahlen unten auf den Seiten, die das Nettoeinkommen – besser gesagt: den Nettoverlust – bezifferten.

»Hattest du eine Ahnung, wie schlimm es ist?«

Billy zog an einem losen Hautfetzen an seinem Daumen. »Billy hat mir nie Einblick in die Finanzen gegeben.«

»Ich dachte, du bist der Geschäftsführer?«

»Ich kümmere mich ums Tagesgeschäft, Buchbestellungen, Treffen mit Verlagsvertretern, Inventarlisten, dass die Hygienebestimmungen im Café eingehalten werden. Billy hat sich ums Geld gekümmert.« Er spielte weiter mit seinen Fingern und zog an einem kleinen Hautfetzen, bis er abriss und die Stelle zu bluten begann.

»Hat Billy dir ein bestimmtes Budget für die Bücherankäufe zugeteilt?«

»Wir kaufen immer nur ein paar Exemplare pro Titel. Wenn die ausverkauft sind, bestellen wir beim Großhändler nach.« Malcolm saugte an seinem Daumen, bis ihm bewusst wurde, dass ich ihn beobachtete. Dann versteckte er seine Hand unter dem Verkaufstresen, wo ich sie nicht sehen konnte.

»Wie konnte sich der Laden überhaupt neue Bücher leisten?«

»Man muss erst einen oder zwei Monate später bezahlen, manchmal erst drei. Bücher, die sich nicht verkaufen, schicken wir zurück.«

»Aber auch das Zurückschicken kostet doch Geld.«

»Das stimmt.« Malcolm zog die Mappe näher zu sich heran, um sich die Tabellen genauer anzusehen. »Hast du das von seinem Anwalt? Der Kerl hat Billy schon jahrelang gedrängt, den Laden aufzugeben. Dem kannst du nicht trauen.«

»Es ist sein Job, seine Klienten zu beraten.«

»Er ist ein Kunstbanause, der für echte Texte nichts übrig hat.«

»Die Juristerei basiert auf dem geschriebenen Wort. Weißt du, was die meisten Anwälte am liebsten wären? Schriftsteller!«

»Für Scheidungsanwälte gilt das nicht. Dieser Kerl nimmt die Leute bis aufs letzte Hemd aus.«

»Warum hat Billy ihm dann vertraut?«

»Weil es Billy sich nicht leicht dabei gemacht hat, Menschen fallen zu lassen.« Malcolms Miene wurde plötzlich ganz reuevoll. Er wusste zwar nichts von Evelyn, aber er wusste etwas über Menschen, die Billy fallen gelassen hatte. Er wusste von mir. »Es war einfacher, sich weiter von ihm vertreten zu lassen, als einen neuen Anwalt zu suchen. Du kannst dir ja denken, wie viele schwarze Schafe sich in diesem Metier tummeln«, versuchte er, davon abzulenken, was er gerade gesagt hatte.

»Ja, klar.«

Damit schien unser Gespräch für Malcolm beendet zu sein. Statt sich weiter mit mir zu beschäftigen, rief er im Computer die geschäftlichen E-Mails auf. Ich wusste nicht, warum er vorgab, weniger über Billys Vergangenheit zu wissen, als es tatsächlich der Fall war. Oder warum ihm das die Oberhand verschaffte. Ich wusste auch nicht, warum mir alles, was er tat, als der Schachzug eines Wettkampfs vorkam. Das Mindeste, was man als Lehrer lernte, war Zusammenarbeit und ein Teamplayer zu sein. Eine Buchhandlung musste doch der beste Ort dafür sein, insbesondere eine Buchhandlung, die wir beide liebten und nicht scheitern sehen wollten.

Ich überließ Malcolm die Mappe mit den Finanzen und hoffte, dass er sich die Zahlen näher ansehen würde, wenn ich nicht dabei war, und dass er dann ernst nahm, welche trüben Aussichten sich daraus ergaben. Ich kannte mich im Buchhandel nicht gut genug aus, um zu wissen, wie man den Laden retten könnte. Ich brauchte Malcolms Hilfe, aber als ich sah, wie er vor dem übergroßen Computerbildschirm saß und sich weigerte, einen Blick auf die immer noch aufgeschlagene Mappe mit den Zahlen zu werfen, war ich mir nicht sicher, ob eine Zusammenarbeit mit ihm möglich sein würde.

Obwohl der Verkehr in Richtung Westen fließend war, kam mir der Weg zu meinem Elternhaus aus irgendeinem Grund weiter vor. Als ich hineinging, lag meine Mutter auf der Couch und sah fern.

»Miranda«, sagte sie, als hätte sie mich nicht erwartet. Sie hielt den Film an, in dem sich eine attraktive Labortechnikerin gerade über ein Mikroskop beugte, und drückte mir den Arm, als sie an mir vorbei in die Küche ging. »Ich mache dir etwas zu essen.« Ob ich überhaupt Hunger hatte, spielte in solchen Momenten keine Rolle.

Ich setzte mich auf einen Barhocker vor dem Küchenblock und sah meiner Mutter zu, wie sie Paprika und Gurken schnitt.

»Wo ist Dad?«

»Was glaubst du denn?« Sie zeigte in Richtung Garage, die mittlerweile seine Holzwerkstatt war. Durch die geschlossene Tür konnte man ihn schleifen und schmirgeln hören.

Ich sah meine Mutter an, die sich in aller Ruhe auf die Messerklinge konzentrierte, mit der sie eine Gurke in Scheiben schnitt. Eine häusliche Idylle, unaufgeregt und so selbstverständlich, als sei ich aus keinem besonderen Grund hier und nicht etwa soeben aus der Buchhandlung eines verstorbenen Angehörigen gekommen.

»Warum hast du mir nie erzählt, dass Evelyn Prospero Books eröffnet hat?«

Ganz perplex schaute meine Mutter auf. »Darüber haben wir doch kürzlich gesprochen.«

»Du hast gesagt, dass sie dem Laden seinen Namen gegeben hat. Davon, dass sie ihn eröffnet hat, war nie die Rede.«

»Ich wollte dich nicht verwirren.« Sie arrangierte die Paprikastreifen und Gurkenscheiben auf einem Teller und holte eine Tupperdose mit einem Joghurtdip aus dem Kühlschrank. »Ich habe ihn mit Dill gemacht, wie du es magst.« Sie löffelte den Dip auf den Teller und schob ihn mir hin. Ich suchte nach einem Anzeichen von Verlogenheit in ihrem Gesicht, aber sie sah einfach nur wie meine Mutter aus, meine geduldige und liebevolle Mutter, die immer schon schöner gewesen war als ich. Ich wusste nicht, was ich davon halten sollte, genau wie bei Malcolm. Es war ein Ringen zwischen einem instinktiven Gefühl, dass etwas nicht stimmte, und dem Wunsch, meinem Gegenüber trauen zu können. Ich hatte meiner Mutter immer vertraut, aber jetzt hatte ich ihr immer noch nichts von Billys Schatzsuche erzählt. Ich spürte, wie sie mich mied, aber auch ich hatte begonnen, sie zu meiden.

»Das Geschäft steckt in großen Schwierigkeiten. Die Finanzlage ist katastrophal. Ich habe keine Ahnung, was ich tun soll.«

Überrascht sah sie mich an. »Willst du ihn denn nicht verkaufen?«

»Wie könnte ich? Billy hat ihn mir vermacht.«

»Nein, Schätzchen. Das kann er unmöglich von dir erwarten.«

»Ich will ja nicht meinen Job aufgeben oder so, aber ich kann den Laden nicht einfach bankrottgehen lassen.«

Sie drückte den Deckel auf die Tupperdose. »Du kannst doch nicht ausbügeln, was Billy verbockt hat!«, sagte sie in den Kühlschrank.

»Was soll das heißen?«

»Nichts.« Sie schloss den Kühlschrank und drehte sich zu mir um. »Es war ein langer Tag. Meine Assistentin hat für heute doppelt so viele Termine eingeplant, wie ich bewältigen kann. Ich war den ganzen Tag damit beschäftigt, Kunden zu vertrösten.« Sie griff nach der Fernbedienung und drückte auf Play. »Deswegen muss ich mich jetzt entspannen, okay?«

Der nächste Tag war allerdings genauso lang und zehrend – und auch am Tag danach behauptete sie, Kopfschmerzen zu haben, worauf wieder ein langer, stressiger Tag folgte. Nachdem ich viermal abends nach Hause gekommen war und meine Mutter mit leerem Blick vor dem Fernseher vorfand, konnte ich es nicht mehr aushalten. Ihre Heimlichtuerei nicht. Und meine ebenso wenig. Und ihre Traurigkeit auch nicht.

»Bist du dir sicher, dass du dich hier nicht wohler fühlst? Immerhin hast du hier dein eigenes Zimmer«, sagte meine Mutter, als ich meinen Eltern mitteilte, dass ich zu Joanie ziehen würde.

»Es ist zu anstrengend, jeden Tag in den Osten der Stadt zu fahren. Einfach in der Gegend zu bleiben ist praktischer«, sagte ich.

»Aber wohnt Joanie nicht mit ihrem Freund zusammen? Störst du da nicht?«

»Susan«, sagte mein Vater. »Sie hat es sich gut überlegt.«

»Zum Grillen am Sonntag komme ich natürlich«, versprach ich.

»Weißt du schon, wie lange du noch bleibst?«, fragte meine Mutter.

»Nein, noch nicht. Vielleicht eine oder zwei Wochen. Am vierten möchte ich zurück sein.« Manche Paare freuten sich auf ihren ersten gemeinsamen Valentinstag, andere auf ihr erstes gemeinsames Neujahr oder Weihnachten. Für mich war es der Nationalfeiertag am 4. Juli. Ich würde Jays Hand halten, wenn wir uns vom Rasen vor den Stufen des Kunstmuseums aus das Feuerwerk ansahen. Dann würden wir durch die laue Sommernacht nach Hause spazieren, vorbei an Menschen, die sich die

Bäuche mit amerikanischem Bier und Hotdogs vollgeschlagen hatten. Obwohl der 4. Juli willkürlich als Datum für die Geburt unserer Nation festgelegt worden war und der Kongress der Unabhängigkeitserklärung an diesem Tag lediglich zugestimmt, sie aber weder abgesegnet noch unterschrieben hatte, liebte ich diesen Tag, vor allem in Philadelphia.

»Nun gut.« Meine Mutter rang sich ein Lächeln ab. »Wir freuen uns jedenfalls, dich bei uns zu haben.«

Als ich meinen Koffer packte, erschien sie auf der Türschwelle meines ehemaligen Kinderzimmers und beobachtete, wie ich ein Sommerkleid faltete.

»Du weißt, dass du jederzeit zurückkommen kannst. Wenn du nicht mehr auf Joanies Couch schlafen willst, ist dein Zimmer immer für dich bereit.«

»Wenn ich nicht mehr auf Joanies Couch schlafen will, ziehe ich wahrscheinlich über dem Laden ein«, sagte ich und legte das Kleid vorsichtig auf meine bereits gepackten Sachen. »Da gibt es eine Wohnung, in der Billy gewohnt hat.«

»Billy hat über der Buchhandlung gewohnt? Und du willst da auch hinziehen?«

»Es ist praktisch.« Ich verriet ihr nicht, dass es mir immer kalt den Rücken herunterlief, wenn ich diese Wohnung betrat. Teils weil Billy dort bis zu seinem Tod gewohnt hatte, aber vor allem wegen Evelyns Foto, ihrer umwerfenden Schönheit und der Tatsache, dass sie mich mit einer Seite von Billy konfrontierte, die ich nicht wahrhaben wollte.

»Und du hast immer noch vor, den Laden zu behalten?«, fragte meine Mutter.

»Zumindest bis ich einen vertrauenswürdigen Nachfolger finde.«

»Vergiss nicht, dass du dein eigenes Leben hast. Es wäre doch schade, für eine unprofitable Buchhandlung alles aufs Spiel zu setzen, was du dir aufgebaut hast.« Sie klopfte an den Türrahmen, bevor sie sich davon abstieß und in den Flur zurückging. »Wir sehen dich dann Sonntagabend?« Sie lächelte, als wüsste sie nicht, welche Drohung ihre Worte enthielten.

Joanie und ihr Freund waren kürzlich in einen Bungalow gezogen, einen guten Kilometer von Prospero Books entfernt, ein Stück über dem Silver Lake Reservoir. Ein kleiner Feigenhain trennte ihr Haus von dem des Besitzers. Joanie hatte gesagt, ich könnte bei ihr wohnen, so lange ich wollte, und hätte sie noch in ihrer alten Wohnung in West Hollywood gelebt, hätte ich mich für den Rest meines Aufenthalts bei ihr einquartiert, aber ihr Haus hier hatte kein Gästezimmer und war für zwei Personen schon recht klein, ganz zu schweigen von drei. Außerdem waren die beiden noch im Flitterwochenmodus und küssten sich, wann immer sie ein Zimmer betraten oder verließen. Auch ihre jeweiligen Fernseh- und Abwaschgewohnheiten waren noch nicht in Streit ausgeartet.

Ich wäre selbst gern in diesem Flitterwochenmodus gewesen. Stattdessen war ich eine Kontinentalküste von Jay entfernt und konnte nur mit ihm kommunizieren, wenn wir gerade ein paar freie Minuten hatten, und selbst das meist nur schriftlich. Als wir es endlich wieder einmal schafften zu telefonieren – Jay im Halbschlaf, ich auf der Veranda von Joanie und Chris, mitten in der Nacht und vor Kälte zitternd –, sprachen wir über die Picknicks auf dem Rasen der Independence Hall und die Bocciapartie, die wir im Harbor Park an der Spruce Street spielen würden, über die Schlange vor dem kostenlosen Festtagskonzert, unseren ersten Sommer als Paar, der von schwülen Nächten und Glühwürmchen und lauter Dingen erfüllt sein würde, die sich später in schöne Erinnerungen verwandeln würden. Nach Prospero Books fragte Jay nicht. Auch nicht nach Billy. Umgekehrt fragte ich ihn nicht, was Muskelfasern und Hirn seiner Meinung nach in einem Rätsel zu suchen hatten. Ich sagte auch nichts von der Finanzlage des Ladens und zapfte sein nicht unbeträchtliches Wirtschaftswissen nicht an. Es war ohnehin schon Jahre her, dass er Mikroökonomie studiert hatte, und obwohl er jetzt an einer Schule arbeitete, hatte ihn das Studium selbst nicht begeistert. Als mir fröstelte, sagte er, wie gerne er mich aufwärmen würde. Ich antwortete, er würde bald die Gelegenheit dazu haben, auch wenn es sich in Philadelphia um diese Jahreszeit nicht einmal nachts abkühlte und ich seine Körperwärme nicht brauchte, um meine zu erhöhen.

Am Morgen bereitete Joanie sich für ein Casting vor, eine Theateraufführung von *Drei Schwestern*. Sie zog sich dicke schwarze Lidstriche auf die Oberlider und zog ein schwingendes Kleid aus beigefarbenen Naturfasern an.

»Willst du nicht lieber etwas Farbenfroheres anziehen?«, fragte ich, als sie ein Stück vom Spiegel zurücktrat, um sich zu betrachten.

»Das hier ist sinnlich und natürlich. Es soll nicht so aussehen, als hätte ich mich besonders aufgebrezelt, um die Rolle zu bekommen.« Joanie packte ihre Sachen ein. Wann immer sie aus dem Haus ging, nahm sie so viel mit, als wollte sie verreisen. Ich folgte ihr zu ihrem Wagen. Es war noch frisch, aber die Sonne begann schon, den Morgennebel zu vertreiben und Streifen von Licht und Schatten in die Rinden der Feigenbäume zu furchen. Am Morgen roch Los Angeles nach Blumen und Pfeffer. Ich hatte ganz vergessen, was für ein wunderbarer Duft es war.

»Ich könnte euch heute Abend doch zum Essen einladen, als kleines Dankeschön, dass ihr mich hier aufnehmt«, schlug ich vor. Von Billys Rätsel hatte ich ihr immer noch nichts erzählt.

»Ich muss Jenny helfen. Sie hat ein Bild verkauft oder so.« Joanies andere Schwester hieß Jackie. Joanie, Jenny und Jackie. Die Ähnlichkeit der Namen hatte aber nichts zu bedeuten. Ihre Mutter hatte lediglich keine Zeit oder Lust gehabt, sich drei unterscheidbare Namen auszudenken.

»Dann vielleicht morgen?«

»Chris hat am Abend frei und wir wollen uns einen romantischen Abend machen.« Sie drückte mir die Hand. »Keine Sorge, wir haben noch reichlich Gelegenheit zum Quatschen.« Ausgelassen hüpfte Joanie über die Baumwurzeln, dann blieb sie plötzlich stehen. »Ich hatte ganz vergessen … Klar, ich habe dir damals geholfen, die richtige Busverbindung zu finden, aber ich hatte ganz vergessen, dass sein Laden in Silver Lake ist.«

»Warst du schon mal da? Bei Prospero Books?«

Peinlich berührt schüttelte sie den Kopf. »Den Namen hatte ich auch vergessen.«

»Ist doch nicht schlimm, Joanie.«

Sie senkte den Kopf, dann verschwand ihre schmale Silhouette hinter den Feigenbäumen. Es war nicht von ihr zu erwarten, dass sie sich an Prospero Books oder an Billy erinnerte.

Der Dunst hatte sich jetzt ganz aufgelöst, und es wurde stetig wärmer. Ich packte meine Sachen und ging zu Fuß zum Laden. Am Fuße des Hügels glitzerte das Reservoir türkisfarben. Im angrenzenden Hundepark rauchten Männer mit geometrischen Tattoos Zigaretten, während ihre Promenadenmischungen im offenen Terrain herumtollten oder Revierkämpfe ausfochten. Eine Betonbarriere trennte den Verkehr auf dem Silver Lake Boulevard von dem Fußweg um das Reservoir. Ich lehnte mich dagegen, ließ mir vom Fahrtwind des vorbeirauschenden Verkehrs die Haare zerzausen.

Dann holte ich das Rätsel aus der Tasche.

Alles Leben ist Wissenschaft, mein Leben aber ganz besonders. Ich bestehe aus Fibern, Muskeln und Hirn, bin fast zweieinhalb Meter groß und stark. Meine Haare sind schimmernd schwarz, meine Zähne perlweiß. Doch trotz all dieser Vorzüge findet man mich nicht attraktiv.

Ich versuchte so zu tun, als läse ich diese Worte zum ersten Mal, und verzichtete auf vorschnelle Assoziationen. *Fibern, Muskeln und Hirn*. Das musste doch etwas zu bedeuten haben. Ich googelte berühmte Anatomen, und ein Name überstrahlte alle anderen: da Vinci. Wollte Billy mich zum *Da Vinci Code* führen? Berühmt genug war das Buch ja, aber es passte nicht zu denen, die bis jetzt ins Spiel gekommen waren.

Einer der Männer im Hundepark riss mich aus den Gedanken, als er schallend lachte und seinen Zigarettenstummel mit den Leinensneakers austrat. Ich bemühte mich, meinen Gedankengang zu rekonstruieren, ehe ich den Zettel in meine Tasche zurücksteckte und meinen Weg zu Prospero Books fortsetzte.

Nachdem ich eine Woche in der Buchhandlung verbracht hatte, begriff ich das System, nach dem die Dinge hier geordnet waren, aber auch das führte mich nicht zum nächsten Hinweis des Rätsels. Was im Laden vorging, entsprach der Sonne: wenig Betrieb in den dunstigen Morgenstunden, deutlich mehr in der Nachmittagshitze und wieder weniger in der Abenddämmerung, dann die Leere der Nacht, bis am nächsten Morgen alles wieder von vorn losging. Dieser geregelte Alltag entsprach so gar nicht dem Leben, das Billy in meiner Kindheit geführt hatte.

Inzwischen hatte Malcolm sich an mich gewöhnt wie an eine zugelaufene Katze, ein wildes, aber wahrscheinlich harmloses Tier, das einfach nicht wieder weggeht, sodass man ihm eines Tages dann doch ein Schälchen Milch hinstellt und hofft, von dem Vieh nicht mit Tollwut angesteckt zu werden. Er winkte mir zu, wenn er mich sah, blieb ansonsten aber auf Distanz und sprach mit mir in Sätzen, die kaum mehr als zwei Wörter enthielten: *Bis bald. Danke. Beeile mich.* Ich hatte angefangen, den Tresendienst zu übernehmen, wenn er in die Mittagspause ging oder eine Besprechung mit Verlagsvertretern führte. In den ruhigen Stunden ohne Malcolm stöberte ich in Booklog, unserer Organisationssoftware, und lernte, unser Inventar systematisch zu durchforsten, bis ich Memoiren finden konnte, die ich nicht einmal kannte, Romane, die ich nie gelesen hatte. Nach einigen Patzern mit dem Lesegerät für Kreditkarten konnte ich auch selbstständig Kunden abkassieren und bis zum Ende der Woche ganz souverän Geld in Papier- oder Plastikform in Empfang nehmen. Malcolm und ich hatten nicht wieder über die finanzielle Schräglage des Ladens gesprochen, und ich spürte, dass er das Thema lieber verdrängen wollte. Aber mit jedem Tag, an dem wir nicht darüber sprachen und der Laden geöffnet blieb, morgens das Licht eingeschaltet wurde, Gehälter überwiesen wurden, wuchs unser Minus weiter an, und jeden Tag rückte der Moment näher, da wir es zur Kenntnis nehmen müssten. Der September würde in dreieinhalb Monaten um sein, und das war nicht so lange hin, wie es im ersten Moment schien. Der Moment würde uns kalt erwischen, wie ein Attentäter auf der Lauer.

Jede Nacht lag ich auf Joanies weicher Couch wach, lauschte den Hubschraubern in der Ferne und hörte ab und an ein Auto, das sich ächzend den steilen Hügel hinaufquälte. Ich versuchte, mir die perlweißen Zähne vorzustellen, die schwarz schimmernden Haare. Joanie war abends meist in Privatclubs unterwegs oder besuchte Bars, in denen sie wegen der illustren Kundschaft kein Handy benutzen durfte. Sie lud mich immer ein, sie zu begleiten, aber ich war schon oft genug mit ihr in solchen netzwerkenden-Schrägstrich-geselligen-Schrägstrich-egozerstörenden Etablissements gewesen, um zu wissen, dass ich mich dort vollkommen fehl am Platze fühlen würde. Spät abends hörte ich Chris, ihren Freund, nach seiner Spätschicht in einer Bar auf Zehenspitzen hereinkommen und in der dunklen Küche etwas essen, weil ich sein Zimmer okkupierte. Ich wusste, dass ich länger geblieben war, als meine Gastgeber gedacht und gewollt hatten, aber ich wollte auf keinen Fall in mein Elternhaus mit all seinen Geheimnissen und verhinderten Aussprachen zurück. In Billys Wohnung wollte ich auch nicht, denn dort spukten eine Frau, die ich nie kennengelernt hatte, und ein Onkel herum, den ich so schlecht gekannt hatte, dass ich ein speziell für mich verfasstes Rätsel nicht lösen konnte.

Auch die Arbeit im Buchladen brachte mich nicht weiter. Ich ging an den Regalen auf und ab und fuhr mit den Fingern an Hunderten Titeln entlang, ohne ein Buch herauszuziehen. Als Malcolm zwei junge Mädchen zu überzeugen versuchte, dass sie *Die weiche Mitte* und *Durchgeknallt* kaufen sollten, hörte ich so gespannt zu, als könnte ihr Gespräch mir die Antworten geben, die ich brauchte. Die Mädels machten Kaugummiblasen, ließen sie platzen und sahen Malcolm an, als spräche er Altgriechisch.

»Haben Sie nichts Interessantes?«, fragte die eine.

Malcolm verteidigte Joan Didion tapfer – kamen in einem ihrer Essays nicht *Zähne* vor? Und lobte Susanna Kaysens fieberhaften Erzählstil – gab es auf ihrer Station nicht ein Mädchen, das *trotz seiner Vorzüge nicht attraktiv* war? Ich hangelte nach einem Strohhalm und wartete auf irgendetwas von Malcolm, aber die Mädels starrten ihn weiterhin wie einen Alien an, bis er ihnen *Die Tribute von Panem* gab.

»OMG! Ich liebe diesen Film!«, kreischte die andere.

»Dann wird dir das Buch noch besser gefallen«, versprach Malcolm.

»Ein Schritt nach dem anderen«, riet ich Malcolm, als die Mädels gegangen waren. »Du behandelst sie wie Erwachsene, dabei sind es Teenager.«

Als eine Bücherlieferung von mehreren Kisten kam, rief Malcolm mich an den Tresen. »Du kannst dich nützlich machen.«

Die Kiste war mit gebrauchten gebundenen Bücher gefüllt, die alle in gutem Zustand waren.

»Billy hat sie bestellt, bevor er … Wir erfassen die antiquarischen Bücher nicht im Computer, sondern sortieren sie einfach in den Bestand.« Er stellte die Kiste hinter den Tresen und ging mit mir in die Abteilung mit Büchern über Kunst. »Billy hatte einen Riecher für wertvolle Bücher.« Er blätterte in einem Band über Art déco in Los Angeles. »Das hier hat er für drei Dollar bekommen.« Bei uns kostete es jetzt fünfundzwanzig. Als Malcolm über Billys Geschäftssinn sprach, hatte ich das Gefühl, dass er mir zu vertrauen begann. Zumindest vertraute er mir etwas – wenn auch Triviales – über Billy an.

In einem anderen Regal griff er nach einer gebrauchten Ausgabe von *Die Nackten und die Toten*. »Manchmal kaufte er aber auch Bücher, weil ihm der Titel oder der Verkäufer gefiel. Um bei uns zu landen, müssen die Bücher so gut wie neu sein, aber sie dürfen nicht so perfekt sein, dass sie aus einer anderen Buchhandlung gestohlen worden sein könnten. Es gibt Läden, die auch mit so was handeln. Für Prospero Books kommt das nicht infrage«, sagte er stolz.

Ich blätterte in dem Roman von Norman Mailer, wahrscheinlich auf der Suche nach einem zweieinhalb Meter großen Kerl. Auf der Seite mit dem Impressum stand unser Verkaufspreis.

»Über zehn Dollar für ein gebrauchtes Buch?«, fragte ich.

»11,10 mit Umsatzsteuer. Das ist Mailers Sterbedatum, der zehnte November. Ginge es in dem Buch um Religion, hätte Billy den Preis eher bei 6,66 angesetzt. Etwas Politisches würde 9,11 kosten. Wenn der Käufer den Zusammenhang erkannte, schenkte Billy es ihm.«

Wir kehrten zum Tresen zurück, wo Malcolm fünf der neuen gebrauchten Bücher aus der Kiste holte. Dann gab er mir die Kiste. »Die meisten gebrauchten Bücher kommen nach oben.

Wenn du etwas tun willst, kannst du nachsehen, ob oben Titel stehen, die hier unten ausverkauft sind, und sie herunterbringen.«

»Dauert das nicht ewig?«

»Das tut's.« Er grinste. Immerhin zeigte die Tatsache, dass er mir unbezahlte Aufgaben zuwies, eine gewisse Bereitschaft, mit mir zusammenzuarbeiten. Aber wahrscheinlich wollte er mich nur mit Arbeit eindecken, damit ich ihn nicht belästigte.

»Von jetzt an verschenken wir keine Bücher mehr«, sagte ich, als ich die Kiste die Treppe hinauftrug.

Ich ordnete die gebrauchten Bücher im Lagerraum zwischen den anderen Duplikaten ein, von denen in meiner Woche bei Prospero Books kein einziges nach unten geholt worden war. Es war nicht so einfach, noch mehr überflüssige Bücher in die schon dicht bestückten Regale zu quetschen. Bücher über Wissenschaftler fand ich dabei nicht. Nichts, was mich *Eureka!* hätte rufen lassen.

Dabei hätte ich den nächsten Hinweis längst finden sollen. Längst verstehen sollen, was Fibern und zweieinhalb Meter große Kerle zu bedeuten hatten. Die Lösung von Billys Rätsel musste bei Prospero Books zu finden sein. Aber das Problem dieses Ladens war, dass es einfach zu viele unverkaufte Bücher gab, zu viele Titel, die den nächsten Hinweis enthalten konnten.

Es war Zeit, Joanie und Chris wieder ihren vier Wänden zu überlassen. Joanie hätte mich zwar niemals gebeten, auszuziehen, aber ich spürte, dass zwischen Chris und ihr Spannungen herrschten, und hörte sie hinter geschlossenen Türen flüstern. Wenn ich Billys Wohnung betrat, hatte ich immer noch das Gefühl, beobachtet zu werden. Als würde mich plötzlich etwas anspringen. Oder jemand. Ich sagte mir immer wieder, die Vergangenheit meines Onkels besser erfassen zu können, wenn ich in seine Wohnung zöge. Vielleicht könnte ich dort sogar das Rätsel lösen. Wenigstens hoffte ich das, denn sonst fiel mir nichts mehr ein.

Joanie half mir, meinen Koffer die knarrende Treppe zu Billys Wohnung hinaufzutragen. Dann standen wir vor der Tür und versuchten, wieder zu Atem zu kommen.

»Bist du bereit?«, fragte Joanie.

Ich öffnete die Tür. Die Deckenlampe summte und schien in dem großzügigen Wohnzimmer sogar ein Echo zu haben.

»Was für eine tolle Wohnung!« Joanies Blick huschte über die Ledercouch und den Mahagonischreibtisch. »Du hast sie ja wie eine Gruft beschrieben.«

»Kannst du heute Nacht bei mir bleiben? Ich weiß, es ist albern, aber ich glaube, ich schaffe das nicht allein.« Ich biss mir auf die Unterlippe und wartete darauf, dass sie Ja sagte.

Joanie drückte meinen Arm. »Tja, wie der Zufall so will, habe ich sogar eine Tasche mit meinen Schlafsachen im Auto liegen.« Sie lief die Treppe hinunter und kehrte kurz darauf mit einer Häkeldecke zurück, die ihre Großmutter einmal für sie gemacht hatte, einer Reisetasche und einer Dose der vulkanischen Schlammpackung, die wir ihrer Mutter immer geklaut hatten, als wir auf der Highschool gewesen waren.

Ich umarmte sie. »Habe ich dir eigentlich schon gesagt, dass du der liebste, beste, tollste Mensch auf der Welt bist?«

»Schon seit ich denken kann.« Joanie breitete die Häkeldecke auf Billys Ledercouch aus. Die grünlichen Farben gaben dem Zimmer etwas Ruhiges. Es sah immer noch nicht wie meins aus, aber weniger wie Billys.

Wir saßen in unseren Pyjamas auf der Couch und aßen thailändisches Essen aus einer Plastikbox. Es war wie in alten Zeiten, bevor sie bei Chris und ich bei Jay eingezogen war. Damals waren wir ganze Nächte lang wach geblieben und hatten über die Ungerechtigkeiten, die unsere Jobs mit sich brachten, geredet, wie unsere Körper uns im Stich ließen und es immer schlimmer werden würde, über ehemalige Mitschüler, die unfassbar erfolgreich geworden waren, über weit entfernte Länder, die wir zusammen bereisen wollten. Es war so schön, dass ich beinahe das Schlafzimmer vergaß, das sich hinter der geschlossenen Tür verbarg. Und das Foto auf der Kommode. Beinahe.

Joanie summte eine Melodie und fischte die Hähnchenstücke aus ihrer Box.

»Ist dir denn kein bisschen mulmig?«, fragte ich sie.

»Wovon? Den teuren Möbeln? Für meinen Geschmack ist es hier etwas zu ordentlich, aber Gespenster gibt es hier nicht. Das spüre ich genau.«

»Ach! Bist du unter die Spiritisten gegangen?«

»Ich bin einfach nur unbefangen.« Sie grinste breit und war so glücklich, wie ich sie lange nicht gesehen hatte. »Übrigens habe ich die Rolle bekommen. Irina.« Strahlend und in einem unentwirrbaren Durcheinander erzählte sie mir von den bekannten Schauspielerinnen, die Irinas ältere Schwestern, Olga und Mascha, in *Drei Schwestern* zum Besten gaben, und von dem Regisseur, der ihrer Meinung nach ein Visionär war. »Es wird eine ganz große Show.«

»Das freut mich, Joanie.« Ich klang nicht so enthusiastisch, wie ich sollte. Also versuchte ich es noch einmal. »Vor allem freue ich mich für dich.« Es klang immer noch nicht richtig. Ich hatte das gleiche Gefühl wie immer, wenn Joanie mir gute Neuigkeiten erzählte – wie sie von der Schauspielschule angenommen wurde, Chris kennenlernte, sie zusammenzogen, sie ihren Schwestern näherkam und wieder mehr Zeit mit ihnen verbrachte. Es war ein Gefühl, von dem ich lange nicht zugeben konnte, dass es Eifersucht war. Doch ich war eifersüchtig, weil ihr Leben auch ohne mich weiterging.

Sie ließ sich die Nudeln in den Mund baumeln und war in Gedanken noch bei den Prosorows und Tschechow, schloss mich also ausgerechnet in dem Moment aus, wo ich sie am meisten brauchte: in Billys Wohnung, bei seiner Schatzsuche, um die Dinge zu verstehen, die ich erst jetzt über ihn erfuhr. Ich ging auf die geschlossene Schlafzimmertür zu. Meine Hand zögerte vor der Tür, doch ich holte tief Luft und öffnete sie.

Das Zimmer war eine Woche lang verschlossen gewesen und roch muffiger, als ich es in Erinnerung hatte. Als ich die Augen öffnete, erhellten die Straßenlaternen des Sunset Boulevards schwach die Umrisse der Möbel. Im Halbdunkel sah es wie ein ganz normales Schlafzimmer aus, unpersönlich und vollkommen harmlos. Und doch lief es mir kalt den Rücken hinunter. Ich nahm all meinen Mut zusammen, ging zu der Kommode und griff nach dem Foto.

»Das ist Evelyn«, sagte ich zu Joanie, zeigte ihr das Foto und erzählte ihr das Wenige, was ich über sie wusste: dass sie Billy geheiratet hatte, bevor ich geboren war, dass sie bereits tot und eine Kindheitsfreundin meiner Mutter gewesen war.

»Sie ist wunderschön«, sagte Joanie. »Warum hast du das noch nie erwähnt?« Ein Vorwurf schwang in ihrer Stimme mit. Es ging mir also nicht alleine so. Auch Joanie fürchtete, mich zu verlieren. Der Unterschied war nur, dass ich mich in meiner eigenen Welt nicht so eingeigelt hatte wie sie. Jedenfalls hoffte ich das.

Ich suchte meine Handtasche und reichte Joanie das Rätsel. Sie faltete den Zettel auf, als packte sie ein Geschenk aus, und achtete darauf, das Papier dabei nicht zu beschädigen.

»›Alles Leben ist Wissenschaft, mein Leben aber ganz besonders. Ich bestehe aus Fibern, Muskeln und Hirn, bin fast zweieinhalb Meter groß und stark. Meine Haare sind schimmernd schwarz, meine Zähne perlweiß. Doch trotz all dieser Vorzüge findet man mich nicht attraktiv.‹« Fragend sah sie mich an.

»Billys Arzt hat es mir gegeben.« Ich erwartete, dass sie wieder fragen würde, warum ich sie nicht eher um Hilfe gebeten hatte, aber sie dachte über das Rätsel nach.

Sie tigerte durchs Wohnzimmer, eine Hand ans Kinn gelegt, als stünde sie auf der Bühne und spiele die junge Frau beim Nachdenken. »Perlweiß muss etwas zu bedeuten haben. Und zweieinhalb Meter.« Sie streckte die Arme über den Kopf. »Sind das zweieinhalb Meter? So groß ist doch kein Mensch!« Mit erhobenen Armen taumelte sie durchs Zimmer und imitierte einen unglaublich großen Menschen. Mit steifen Beinen, als hätte sie keine Knie, und als ich ihr zusah, ging mir plötzlich ein Licht auf – ein überdimensionierter Mensch mit Superkräften, ein Wesen der Wissenschaft oder besser ein durch Wissenschaft erschaffenes Wesen.

Ich rannte nach unten und tastete nach dem Lichtschalter. Joanie folgte mir. Bei Nacht sah der Laden anders aus, neongrün. Ich suchte bei den Klassikern unter *S*. Nichts. Auch nicht in der Literaturabteilung.

»Was ist denn, Miranda?«, fragte Joanie. »Hast du etwas herausgefunden?«

Ich lief hinter den Tresen und wartete, bis der alte Computer ratternd und knatternd hochfuhr und der Bildschirm aus seinem Schlummer erwachte. Hastig tippte ich den Buchtitel in die Datenbank ein, vertippte mich, musste den Suchbegriff löschen und neu eingeben.

»Frankenstein«, rief ich Joanie zu. »Bei Science-Fiction.« Sie lief hin und zog ein schwarz schimmerndes Buch aus dem Regal. *Frankenstein oder Der moderne Prometheus* und *Mary Wollstonecraft Shelley* stand in weißen Buchstaben auf dem Cover. Joanie beugte sich über mich, als ich den Roman aufschlug.

ACHT

Die Technische Universität Caltech war zwanzig Minuten Fahrt von Silver Lake entfernt. Zwei Studenten saßen im Flur vor dem Büro von Dr. Cook und lasen in Lehrbüchern.

»Ist Dr. Cook da?«, fragte ich den Studenten, der am nächsten an der Tür saß.

»Stellen Sie sich an«, sagte er, ohne von seinem Buch aufzusehen.

Ich setzte mich hinter die ernsthaften, frisch rasierten Jungs und las noch einmal Shelleys Meisterwerk, während ich darauf wartete, Dr. Cook sprechen zu können. *Frankenstein* hatte ich seit der Highschool nicht mehr gelesen und in der Zwischenzeit ganz vergessen, wie sehr der Roman von den landläufigen Vorstellungen über Frankenstein abwich. Wir halten die künstlich erschaffene Kreatur für Frankenstein, und vielleicht passt das sogar, denn Viktor Frankenstein ist das wahre Monster in der Geschichte. Dabei war Frankenstein in erster Linie ein Sohn. Ein Bruder. Ein gebrochener Mann, der den Tod seiner Mutter betrauerte, bis eine Vorlesung über die Wunder der modernen Chemie den jungen Wissenschaftler inspirierte – nein, verleitete –, mit dem Kreislauf des Lebens zu experimentieren.

Auf Dr. Cook war ich durch einen Flyer gekommen, der im fünften Kapitel an der Stelle zwischen den Seiten steckte, wo Viktor Frankenstein zum ersten Mal das Ergebnis seiner Bemühungen in Augenschein nimmt und sieht, dass er nicht die wunderbare Kreatur erschaffen hat, die er sich vorgestellt hatte, sondern das Grauen in Person. Billy hatte Viktor Frankensteins Worte markiert.

Dafür hatte ich nun jeglicher Ruhe entsagt. Ich hatte diese Kreatur mit einer Inbrunst herbeigesehnt, die kein Maß kannte; doch nun, da sie fertig war, schwand die Schönheit meines Traums dahin, und atemloser Schrecken und Abscheu erfüllten mein Herz.

Der Flyer kündigte den Vortrag eines Dr. John Cook im Zentrum für Physik in Aspen im Rahmen einer Tagung *Zur jüngeren Entwicklung der String Theorie* vom 17. bis 20. Februar im Jahr 1986 an. Ich hatte noch nie von diesem Dr. John Cook gehört, aber Google kannte ihn. Sein Name erzielte über fünfundsechzig Millionen Suchergebnisse. Seit den späten Achtzigern lehrte er an der Caltech Teilchenphysik und hatte sein Studium 1971 abgeschlossen, also im selben Jahr wie Billy. Etwas an seinem Vortrag musste Billy inspiriert haben, etwas anderes ihm zum Verhängnis geworden sein.

Ein Student nach dem anderen verschwand in Dr. Cooks Büro, bis nur noch ich vor seiner Tür im Flur saß. Ich hatte mich so lange an die kalte Betonwand gelehnt, dass mir der Rücken wehtat. Nach einem Blick auf meine Handyuhr stellte ich fest, dass ich über eine Stunde gewartet hatte. Jay musste inzwischen mit dem Fußballcamp fertig sein und kurvte mit dem alten Volvo seiner Mutter durch irgendwelche obskuren Straßen im westlichen Philadelphia, wie immer auf dem Weg zur und von der Schule, obwohl er dabei nicht schneller ans Ziel kam als auf den Schnellstraßen. Seit wir zusammen zur Arbeit fuhren, warf ich ihm vor, sich zu verfahren. »Dass ich nicht weiß, wo ich gerade bin, heißt noch lange nicht, dass ich mich verfahren habe«, sagte er dann und fuhr ein Stück die Straße zurück, aus der wir kurz zuvor abgebogen waren. »Das könnte auf einem T-Shirt stehen«, sagte ich, und er erwiderte: »Klingt wie ein Geschäftsmodell. Wollen wir die Produktion gleich heute starten?«

Ich dachte, es gäbe nichts, was ich nicht gern mit ihm unternehmen würde, aber damals waren wir erst seit ein paar Monaten zusammen. Es war zu früh, um große Versprechungen zu machen. Den Rest des Schuljahrs genoss ich es, mich mit

Jay zu verfahren. Es war nur noch ein lieb gewordener Witz, wenn ich ihm vorwarf, er wisse nicht, wo er gerade sei, worauf er stets behauptete, das wisse er sehr wohl. Sogar wenn er einmal merkte, dass er in die falsche Richtung fuhr, weigerte er sich, sein Handy zum Navigieren zu Hilfe zu nehmen. Lieber mäanderte er weiter durch die Straßen, bis wir auf wundersame Weise am Ende doch immer zu Hause ankamen.

»Hast du dich schon verfahren?«, fragte ich, als er sich meldete.

»Wieso sollte ich?«

»Du bist doch auf dem Rückweg von der Schule. Ich habe mich gerade gefragt, ob du wohl schon wieder in die Gegenrichtung fährst.«

»Warum denkst du immer, ich hätte einen schlechten Orientierungssinn?«

»Tu ich doch gar nicht. Ich wollte nur etwas Persönliches sagen, weil ich dich doch immer damit aufziehe, dass du dich verfährst.« Ich konnte nicht glauben, dass ich es ihm erklären musste.

»Aha«, sagte er. Dann blieb es in der Leitung eine Weile still, und plötzlich wusste ich nicht mehr, warum ich Jay angerufen hatte. Ich wollte ihm sagen, dass ich an der Caltech war, aber dann hätte er gefragt, warum, und dann hätte ich die Sache mit dem Flyer erklären müssen und dass ich glaubte, Dr. Cook könnte mir etwas Wichtiges über Billy erzählen, und dann hätte Jay gefragt, ob ich es nicht verrückt fände, den Spuren eines verstorbenen Onkels zu folgen, den ich nie erwähnt hatte. Und dieses Fass wollte ich jetzt nicht aufmachen.

»Wie war das Camp?«, fragte ich.

»Ziemlich gut. Ein Schüler, der ab Herbst in die Schule geht, war auch dabei, und er ist richtig gut.« Ich wartete darauf, dass Jay mich nach dem Laden fragen würde. »Wie geht es deiner Mutter?«

»Gut.«

»Bist du nett zu ihr?«

»Das bin ich doch immer.« Jay unterdrückte ein Lachen.

Dr. Cooks Bürotür ging auf, und der junge Student, der vor zwanzig Minuten hineingegangen war, trat heraus. Leichtfüßig schlenderte er den Flur entlang.

»Ich muss auflegen«, flüsterte ich.

»Rufst du später noch mal an?«, fragte er, ohne zu fragen, warum ich auflegen musste.

»Mach ich«, sagte ich und beendete das Gespräch.

Dr. Cook beugte sich in den Flur, um zu sehen, ob noch jemand vor seinem Büro wartete. Er hatte ordentlich zugelegt, seit das Foto gemacht worden war, das ich online gesehen hatte, denn er hatte kaum noch Ähnlichkeit mit dem spitzmäusigen bärtigen Mann auf dem Flyer.

»Dr. Cook?«, fragte ich, als er mich sah.

»Sie sind in keinem meiner Seminare«, sagte er.

Ich stand vom Fußboden auf und klopfte meine Hose hinten ab. »Ich bin die Nichte von Billy Silver.«

Dr. Cook reagierte betroffen und wurde ganz ernst. »Es hat mir sehr leidgetan, von seinem Tod zu hören.«

»Haben Sie meinem Onkel nahegestanden?«

»Als Kind.« Dr. Cook winkte mich in sein Büro. Überall standen Bücher herum, viele davon hatte er sogar selbst geschrieben.

»Ich dachte, Sie hätten zusammen das College besucht«, sagte ich.

»Das stimmt, aber wir waren schon seit der Grundschule befreundet.«

»Dann müssen Sie ja auch meine Mutter kennen.«

»Sie sehen ihr sehr ähnlich.« Ich wurde rot. Wenn jemand zu mir sagte, ich sähe wie meine Mutter aus, klang es immer so, als wollte er sagen, ich sei hübsch.

Er sah mich an, als hätte er mich vorher noch gar nicht richtig wahrgenommen. »Sie heißen nicht zufällig Miranda?«

»Woher wissen Sie das?«

Er ging durch sein Büro und öffnete einen Aktenschrank, aus dem er einen Stapel Briefe holte, dann legte er sie einen nach dem anderen zurück. »Er muss hier irgendwo sein. Weggeworfen habe ich ihn bestimmt nicht.« Auf einem Bücherregal entdeckte er einen weiteren Stapel Briefe. »Ah!« Er kam mit einem Briefumschlag auf mich zu, auf dem stand: *Für Miranda, falls sie vorbeikommt. B. S.*

»Meine Frau bezeichnet mein Büro als ein einziges Durcheinander, aber ich sehe es als eine ungeordnete Ordnung. Alle großen Wissenschaftler sind Messies.« Bei dem letzten Wort malte er Anführungszeichen in die Luft. »Ich würde sogar sagen, dass man skeptisch sein sollte, wenn ein Wissenschaftler nicht wenigstens ein bisschen zerstreut ist.«

Ich versuchte, mich daran zu erinnern, ob Billy ein Messie war. In seinem Büro war ich nie gewesen. Dass Prospero Books ein aufgeräumter Laden war, lag wahrscheinlich nicht an Billy. Ich öffnete den Umschlag, und Dr. Cook sah mir zu.

Was immer passierte, ich wusste, ich würde überleben. Vor allem wusste ich, dass ich weiterarbeiten würde. Zu überleben bedeutet, immer wieder neu geboren zu werden. Es war nicht einfach und immer schmerzhaft. Aber die Alternative war der Tod.

»Billy hat Ihnen das geschickt?«, fragte ich.

»Vor einigen Tagen«, sagte Dr. Cook. »Zuerst hielt ich es für einen Streich, aber selbst für unsere Verhältnisse wäre das ein wenig makaber gewesen. Letzte Woche haben meine Studenten der höheren Semester den Parkplatz umgemalt. Als ich am nächsten Tag zur Arbeit kam, war der für mich reservierte

Platz wie durch Zauberhand verschwunden. Aber ein Brief von einem Toten …« Mitfühlend schüttelte Dr. Cook den Kopf. »In der guten alten Zeit war Ihr Onkel der Meister der Streiche.«

»Billy?« Natürlich war er das. Ein Streich war schließlich nicht sooo viel anders als eine Schatzsuche.

»Überall auf dem Universitätsgelände wuchsen Orangenbäume. Billy hat die Früchte auch als nachhaltige Munition bezeichnet. Sie waren speibitter. Er baute eine Art Kanone und schoss die Orangen jeden Mittag quer übers Gelände des Pasadena Community College. Meist war ich seine Zielscheibe. Zweimal hat er die Tür im Studentenwohnheim zugegipst, einmal alle meine Sachen in die Racquetballkabinen gebracht und alles genauso aufgebaut wie in meinem Zimmer. Aber keine Sorge, ich hab's ihm heimgezahlt.«

»Klingt, als hätten Sie sich wirklich nahegestanden.«

»Das haben wir«, sagte er ganz verloren. »Über eine lange Zeit haben wir uns sehr nahegestanden.«

Ich gab ihm den Flyer für seinen Vortrag in Aspen. »Billy hat mir das hier hinterlassen.«

Dr. Cook drehte den Flyer um, sodass mich sein jugendliches Konterfei anstarrte. »Kaum zu glauben, dass dieser hässliche Kerl noch hässlicher geworden ist.«

»Ist bei dieser Tagung etwas Besonderes passiert?« Genauso gut hätte Billy mir ein Foto von ihnen als Kinder oder als Studienanfänger im College hinterlassen können. Die Liste der Studienabgänger von 1971 oder die Broschüre über einen Workshop für physikalische Experimente. Stattdessen hatte er mir wie zufällig diesen Flyer über eine Tagung für Teilchenphysik zugespielt, und ich wusste, dass es keineswegs ein Zufall war. »War Billy auf dieser Tagung?«

Cook schnippte mit den Fingern und zeigte auf mich. »Das war er.« Seine Züge glätteten sich, als er den Blick in die Ferne schweifen ließ. »Das war er.« Ich konnte sehen, dass er in seine Erinnerungen abtauchte.

»Dr. Cook?« Er drehte sich wieder zu mir. »Was ist passiert?«

Es war ihm anzusehen, dass er im Zwiespalt war, was er mir sagen sollte. Mir wurde klar, es würde nichts Schmeichelhaftes sein. »Wenn wir uns über Aspen unterhalten sollen, müssen Sie mich John nennen.«

»Was ist in Aspen passiert, John?« Ich hoffte, dass er sich entspannte, wenn ich ihn beim Vornamen nannte. »Ich möchte es wissen, egal was es ist.« Dr. Cook – John – war noch nicht überzeugt. Ich nickte, um ihm zu signalisieren, dass ich der Sache gewachsen war.

»Zuerst dachte ich, er sei gekommen, um mich zu unterstützen.« Er suchte ein Bücherregal ab, bis er ein schmales rotes Buch fand. Dann blätterte er darin herum, reichte es mir und zeigte auf den aufgeschlagenen Artikel über »Die Auslöschung von Anomalien«, den er mitverfasst hatte. »Mein Doktorvater und ich hatten diesen Artikel gerade veröffentlicht.« Ich blätterte darin herum und verstand so wenig, als wäre er in Runen geschrieben. »Er konnte nicht an der Tagung teilnehmen, also bin ich allein hingefahren. Es war mein erster eigener Vortrag, und entsprechend nervös war ich.«

Er beschrieb mir genau, wie seine Hände und seine Stimme bebten, wie er kaum in der Lage gewesen sei, seine akribisch erarbeiteten Ergebnisse vernünftig zu präsentieren.

Hallo allerseits seien seine ersten Worte gewesen, wobei er sein Mikrofon eingestellt und sich einen Überblick über die nicht sehr zahlreiche Zuhörerschaft verschafft habe. *Heute möchte ich Ihnen die jüngsten Fortschritte unserer Forschung im Bereich der Modifizierung von Reaktionsmustern in einem Quantenfeld vorstellen.* Sein Herz habe so stark geklopft, als wollte es ihm aus der Brust springen. Ganz ruhig, hatte er sich ermahnt. Ganz ruhig!

»Und dann hab ich Billy gesehen.«

Hätte er darüber nachgedacht, warum Billy da war, hätte er erkannt, dass es keinen Sinn ergab. Billys Forschungsgebiet waren Erdbeben und die Schäden, die sie verursachten, während es bei Johns Vortrag um die Stringtheorie ging, um einen Bereich der Teilchenphysik, der von den wenigsten verstanden und schon gar nicht für wahr gehalten wurde. Aber John war zu nervös, um über all das nachzudenken. Er fuhr fort, die 496 Dimensionen der Symmetriegruppe zu beschreiben, und schaute dabei nur Billy an, als befänden sie sich in Johns Studentenbude und nicht in einem spärlich besuchten Tagungssaal. Wenn ihre Blicke sich trafen, lächelte John, aber Billy lächelte nicht zurück. Seine Wangen waren eingefallen, der Tod schien direkt aus seinen roten Augen zu blicken. Er beeilte sich mit seinem Vortrag, erklärte, wie nicht triviale Elemente so konfiguriert werden konnten, dass sie trivialisiert wurden, bis ihn die Panik erfasste. Vielleicht war etwas Furchtbares passiert, das womöglich etwas mit ihm zu tun hatte.

Deshalb sei Billy überhaupt gekommen.

Traurig schüttelte er den Kopf und sah mich an. »Ich hätte es wissen müssen. Ich hätte sofort wissen müssen, dass es um Evelyn ging.«

»Um Evelyn?«

»Sie war *immer* die einzige Person für Billy, die ihm wirklich wichtig war.« Er sagte *immer*, als wollte er es beschwören.

»Wie meinen Sie das?«

»Der Ärmste! Er war seit der Grundschule in sie verliebt.«

John sagte, als Kind habe Billy sein höhlenähnliches Zimmer kaum verlassen. Manchmal lud er John zu sich ein, um seine elektrische Eisenbahn zu tunen, damit sie schneller fuhr, oder um Billys Haustier, eine Schlange, dabei zu beobachten, wie sie ganze Mäuse verspeiste. Stundenlang saßen sie in Billys dunklem, übel riechendem Zimmer und schauten zu, wie die Schlange sich ein- und entrollte und die gefangenen Mäuse malträtierte.

John lachte. »Er hatte die Schlange Kleopatra genannt. Das werde ich nie vergessen. Ich habe immer zu ihm gesagt, Kleopatra sei wahrscheinlich das einzige weibliche Wesen, das sein Zimmer je betreten würde.«

»Und Evelyn? Hat sie mit Kleopatra Bekanntschaft gemacht?«

»Billy hatte zwar keine Ahnung von gar nichts, aber er war klug genug, das Mädchen, das er anbetete, nicht mit seiner Schlange bekannt zu machen. Nein, sie spielte draußen mit Ihrer Mom Softball, wie die anderen normalen Kinder.«

Manchmal hörten sie einen Schläger gegen einen Ball schlagen oder eine vergnügt kreischende Mädchenstimme, die sie daran erinnerte, dass da draußen etwas vorging, das weder Billy noch John interessierte. Und trotzdem zog Billy die Vorhänge einen Spalt weit auf, um zu beobachten, wie Evelyn unten im Garten von Base zu Base rannte und ihre weißblonden Haare hinter ihr herflatterten.

»Eines Tages werde ich sie heiraten«, sagte er dann zu John.

Genauso gut hätte er sagen können, eines Tages würde er Marilyn Monroe heiraten oder als erster Mensch den Mond betreten. »Da wünsche ich dir aber viel Glück«, hatte John da nur erwidert.

»Aber Billy wusste, was er wollte. Er hat nie von ihr abgelassen«, sagte John jetzt.

Als die beiden Jungen in die zwölfte Klasse gingen, war Evelyn das begehrteste Mädchen der Schule. Sie hatte diese lockere Art, auf die die männlichen Teenager standen. Sie war die einzige Elftklässlerin unter den Cheerleadern, Homecoming Queen und besuchte den Kurs für Hochbegabte, und sie grüßte John, wann immer er ihr in den Schulfluren über den Weg lief, sogar wenn sie von Freundinnen umgeben war. Andere schöne Mädchen schienen nicht einmal wahrzunehmen, dass es ihn gab. Wenn Evelyn ihn mit »Hi!« begrüßte, gaffte John sie sprachlos an und brachte alle ihre schönen Freundinnen, inklusive Suzy, zum Kichern.

»Suzy ist Ihre Mutter«, erklärte John, als hätte ich mir das nicht denken können. Aber damals war sie tatsächlich eine andere gewesen: jung, beliebt und schön, eine, die nichts mit mir zu tun hatte. »Evelyn und Ihre Mutter waren ein bemerkenswertes Gespann. So süß Evelyn war, so Furcht einflößend war Ihre Mutter.«

»Meine Mom? Sind Sie sich sicher, dass Sie sie meinen?«

John nickte. »Sie hat jeden zur Schnecke gemacht, der sie zu lange angesehen hat, sogar die Lehrer.«

John sagte, Suzy und er seien zusammen in einer Jazzband gewesen. John versteckte sich im Hintergrund hinter seinem Bass. Suzy sprang überall herum, schwang die Hüften, wenn sie sang, und ließ John vergessen, an welcher Stelle eines Songs sie sich gerade befanden. »Dann habe ich mich verspielt, und sie schaute mich an, als hätte ich an etwas viel Schmutzigeres gedacht, als es tatsächlich der Fall war. Ich hatte wirklich Angst vor ihr.« Er schüttelte sich, aber mir wurde ganz warm. Ich liebte diese alten Geschichten über Suzy. Beinahe wehmütig dachte ich an diese Seite meiner Mutter, die ich nie kennengelernt hatte.

»Wie sind Billy und Evelyn dann zusammengekommen?«, fragte ich.

»Er hat einfach ausgenutzt, dass sie andauernd bei ihm zu Hause war.« John erzählte, Evelyns Vater sei oft nicht da gewesen, und auch ihre Mutter wusste, warum auch immer, nicht darüber Bescheid. Obwohl Billys Zimmer noch immer voll von Modellflugzeugen und Postern von Einstein und Newton war, hatte sich etwas Entscheidendes geändert. Billy war über dreißig Zentimeter gewachsen, hatte einen ansehnlichen Bizeps und Rückenmuskeln bekommen. Den anderen Mädchen an der Schule fiel es nicht auf, es sei denn, er rempelte sie im Schulflur an, weil seine Nase wieder mal in einem Buch steckte. Sonst hatte Billy kaum Kontakt mit Mädchen. Evelyn dagegen war praktisch täglich bei ihm zu Hause. »Außerdem spielte ihm in die Karten, dass sie in den naturwissenschaftlichen Fächern nicht gut war.«

Eines Tages saß Evelyn angeblich ganz allein im Esszimmer und starrte in ein Biologiebuch. Suzy musste nachsitzen oder probte mit ihrer Jazzband. Evelyn hielt sich oft im Esszimmer der Silvers auf und las, wenn sie auf Suzy wartete. Billy stand an der Tür und sah, wie sie frustriert den Kopf schüttelte.

»Kann ich dir helfen?«, fragte er.

Sie schlug sich die Hand an die Brust. »Gott, hast du mich erschreckt!«

»Tut mir leid.« Er traute sich einen Schritt ins Esszimmer. »Ich weiß nicht, ob du es weißt, aber ich bin ziemlich gut in Biologie.«

»Natürlich weiß ich das.« Obwohl sie es nicht ganz ernst zu meinen schien, erstaunte es ihn, dass sie überhaupt etwas über ihn wusste.

Er setzte sich nahe genug zu ihr, um ihr Kamillenshampoo riechen zu können – »Woher weißt du überhaupt, wie Kamille riecht?«, hatte John ihn damals gefragt, als er ihm von diesem Nachmittag erzählte –, und seine Schulter berührte ihre ganz leicht, als er sich vorbeugte, um das aufgeschlagene Kapitel zu lesen. Es ging um Mitochondrien. Er nahm ihr den Bleistift aus der Hand, zeichnete ein Oval auf einen Zettel und markierte die innere und äußere Membran, die Matrix.

Von da an klopfte sie immer an Billys Tür, wenn sie Hilfe in Biologie brauchte, und er verbrachte Stunden damit, ihr die Fotosynthese oder DNA-Replikationen zu erklären, während er seine eigenen Hausaufgaben vernachlässigte. »Du bist ein

Genie«, sagte sie zu ihm, und er erzählte es John. »Ein Genie! Ist es zu fassen, dass sie mich als ein Genie bezeichnet?« John hat es nie über sich gebracht, ihm zu sagen, dass es ihre Art war, das arme Würstchen bei Laune zu halten, das ihr bei den Hausaufgaben half.

»Am Ende war ich der Dumme«, sagte John. »Nie im Leben hätten wir gedacht, dass Evelyn sich in einen von uns Chemie-Freaks verlieben könnte.« Nicht mal in einen Chemie-Freak, der aussah wie Billy.

Bei einem Abendessen fing es an. Wenn Evelyn Kummer hatte, war sie noch hübscher als sonst.

»Er sagt, er lässt mich durchfallen, wenn ich dieses Experiment nicht zu Ende führe«, sagte sie zu Suzys und Billys Eltern. »Aber ich kann das nicht. Wissen Sie eigentlich, dass die Frösche noch leben, wenn sie auf den Labortisch kommen? Das ist so was von unmenschlich!«

»Wir können ganz offiziell dagegen protestieren«, sagte Suzy.

»Langsam, Susan«, sagte mein Großvater. »Du hast es nicht nötig, dich da einzumischen. Du hast schon Probleme genug.« Billy lachte verstohlen, und Suzy warf eine Scheibe Baguette nach ihm.

»Hast du schon versucht, es deinem Biologielehrer zu erzählen?«, fragten meine Großeltern.

»Er hat kein Verständnis dafür. Er sagt, der Tod sei nun mal Teil der Biologie, und Wissenschaftler müssten sich mit dem Kreislauf des Lebens abfinden. Dabei will ich doch gar keine Biologin werden! Ich will mich nicht an den Tod gewöhnen.« Sie warf den Kopf in die Hände, und für Billy war es eine Geste tief empfundener Verzweiflung.

»Billy erkannte darin seine große Chance.« John gestikulierte so wild mit den Händen, als wollte er jemanden oder etwas mit einem Zauber belegen. »Er beschloss, sie auf eine Art für sich zu gewinnen, wie es kein Basketballer oder Footballer gekonnt hätte.«

Es kostete ihn ein schlafloses Wochenende. Eingeigelt in sein Zimmer, mit lauter Plastikteilen von Modellflugzeugen auf dem Fußboden, einem Topf grüner Farbe und Formen, die er maßstabsgetreu gezeichnet hatte. Er hatte nicht genug Zeit, um ein 3-D-Modell des Körperinneren zu bauen, also zeichnete er alle Organe und den Blutkreislauf auf Millimeterpapier und klebte die Teile in den Plastikfrosch, den er gebastelt hatte.

Am Montagmorgen wartete er vor der ersten Stunde vor dem Biologieraum mit hochgezogenen Schultern und von einem Fuß auf den anderen tretend. Dann sah er Evelyn und ihre Entourage durch den Korridor auf ihn zukommen. Glücklicherweise war Suzy nicht dabei. Er hatte zu John gesagt, er sei sich nicht sicher, ob er die Sache durchziehen könne, wenn seine Schwester dabei wäre.

Während die anderen Mädchen in ihre Klassenzimmer gingen, ging Evelyn auf ihn zu und winkte ihm, nachdem sie ihn erkannt hatte.

»Bist du gekommen, um mir für die Hinrichtung Glück zu wünschen?«, fragte sie. »Ich glaube nicht, dass ich es schaffe.«

»Brauchst du auch gar nicht.« Billy überreichte ihr den Frosch.

»Hast du das gebastelt?« Evelyn setzte den Frosch auf ihre linke Handfläche und hakte die Kapuze aus, die Billy an der Unterseite des Frosches befestigt hatte. »Er hat ja eine Lunge und alles!«

»Man braucht sich als Wissenschaftler nicht an den Tod zu gewöhnen«, war Billys Antwort.

»Evelyn ist zwar durchgefallen, aber es war das Beste, was Billy passieren konnte«, sagte John.

»Ich kann mir gar nicht vorstellen, dass einer meiner Schüler so viel für einen anderen tun würde.« Ich konnte mir nicht einmal vorstellen, dass mein Freund etwas so Romantisches für mich tun würde.

»Ihr Onkel konnte der perfekte Gentleman sein, wenn er wollte.«

»Ist Billy zu der Tagung gekommen, um Ihnen zu sagen, dass Evelyn gestorben war?«

»Wir hatten seit Jahren nur losen Kontakt, aber ich war dabei, als er Evelyn das erste Mal verlor. Deswegen dachte er wohl, dass ich es am ehesten verstehen würde.«

»Wie kann man jemanden denn *das erste Mal* verlieren?«

»Billy benahm sich, als sei er der einzige Mensch auf Erden, der je verlassen worden war. Dabei hatte er wenigstens eine Freundin gehabt. Ich dagegen bin erst im letzten Collegejahr zum ersten Mal mit einem Mädchen ausgegangen.«

John erzählte, dass Evelyn und Billy in den letzten beiden Highschooljahren zusammen gewesen waren. Caltech lag weniger als eine Stunde entfernt. Evelyn hatte ihn regelmäßig besucht, war an seiner Seite über den Campus spaziert, wo er ihr die Orangenbäume zeigte, deren Früchte vor der Reife abgeerntet worden waren, und die herumliegenden Farbeimer und Backsteine, die er unter der Woche für seine Streiche benötigte. Mit seinen zweiundzwanzig Jahren waren die beiden ihm, wie John betonte, wie ein Bildnis ewiger Liebe erschienen.

»Aber so ist die junge Liebe nun mal«, sagte er jetzt. »Zu intensiv, und wenn man auseinandergeht, ist das nicht schön.« Oder – wie in Billys Fall – sogar richtig schlimm.

Als Evelyn am Vassar College aufgenommen wurde, versprach sie, Billy in den kurzen Semesterferien zu besuchen und die Sommerferien in Los Angeles zu verbringen. Und was waren schon vier Jahre Fernbeziehung, wenn sie ein ganzes gemeinsames Leben vor sich hatten? Zuerst hatten sie einmal pro

Woche telefoniert. Dann kamen die Winterferien, und Evelyns Kommilitoninnen fuhren zum Skilaufen nach Vermont. Evelyn sagte, sie sei noch nie Ski gelaufen. Nur dieses eine Mal würde sie die Ferien an der Ostküste verbringen. Im Frühjahr sei sie dann ja wieder in Los Angeles. Doch dann sagte sie ihre L.-A.-Besuche wegen Demonstrationen und Protestmärschen in New York und Washington ab oder weil sie einen Sommerjob im Osten ergattert hatte.

Es dauerte nicht mehr lange, bis sowohl die Ausflüchte als auch die Telefonate aufhörten. Niemand sei daran schuld, meinte Evelyn. Sie hätten sich eben auseinanderentwickelt.

In dem Sommer war Johns Vater gestorben. Das letzte Studienjahr trat er deprimiert und mutlos an, und es gelang ihm kaum, sich zu konzentrieren. Er konnte das Geräusch der letzten Atemzüge seines Vaters einfach nicht vergessen. Dabei hatte er sich aufs College gefreut, weil er dachte, es würde ihn auf andere Gedanken bringen und ihn daran erinnern, dass das Leben lediglich aus Teilchen bestand, die den Gesetzen der Mathematik gehorchten und sich in Gleichungen fassen ließen, die vielleicht selbst seine Trauer erklärten. Die Emotionslosigkeit der Teilchenphysik hatte John immer gefallen, aber nach dem Tod seines Vaters bekam er Zweifel an alledem.

Ein Blick hatte genügt, um John zu zeigen, dass auch Billy in diesem Sommer etwas Schreckliches passiert war. Es hatte den Anschein, als sei Billys Knochengerüst plötzlich zu groß für seinen Körper. Sein Gang sah aus, als sei jeder Schritt eine Qual. Weil er von seinen eigenen Erfahrungen ausging, nahm John an, Evelyn sei gestorben. Doch sie hatte sich lediglich von Billy getrennt.

»Zum ersten Mal den Menschen zu verlieren, den man liebt, fühlt sich natürlich wie das Ende der Welt an. Nach dem, was ich gerade durchgemacht hatte, war ich wohl nicht so mitfühlend, wie Billy es sich gewünscht hatte.«

Billy blieb meist in seinem Zimmer und hielt seine Tür verschlossen. Wenn jemand klopfte, reagierte er manchmal, manchmal aber auch nicht.

»Ich hätte wohl mehr Geduld mit ihm haben sollen, aber Ihr Onkel interessierte sich immer mehr für sich selbst als für andere. Oh, das hätte ich jetzt nicht sagen sollen.« Ich unterdrückte den Impuls, Billy zu verteidigen, und gab John zu verstehen, dass alles in Ordnung war. »Vielleicht wusste er nicht, wie er mich auf meinen Vater ansprechen sollte. Jedenfalls war ich unsere einseitigen Gespräche irgendwann leid. Unsere Freundschaft wurde aber eher undramatisch auf Eis gelegt. Er saß im Institut für Geologie, ich in dem für Physik. Für das Graduiertenstudium ging ich dann in den Osten, während Billy hierblieb. Wir hielten sporadisch Kontakt, aber es gab kaum Gelegenheiten, uns zu treffen. Als er bei meinem Vortrag auftauchte, sah ich ihn, glaube ich, zum ersten Mal seit dem College wieder.«

»Dann ist er also gekommen, um mit Ihnen über Evelyn zu sprechen?«, fragte ich und versuchte, das Gespräch auf ihren Tod zurückzuführen.

John nickte und fuhr fort. Er sagte, er wisse gar nicht, ob er seinen Vortrag überhaupt beendet hatte. Er könne sich auch nicht daran erinnern, händeschüttelnd die Glückwünsche von Kollegen entgegengenommen zu haben. Er war ganz und gar auf Billy und die Schreckensnachricht fokussiert, die er ihm gleich überbringen würde.

Als die Zuhörer den Saal verließen, ging John auf Billy zu. »Was ist passiert?«

»Können wir uns irgendwo ungestört unterhalten?«, fragte Billy.

»Du machst mir richtig Angst, Billy!«

»Es geht um Evelyn.« Billy brach in Tränen aus, und dieses Mal wusste John ganz sicher, dass Evelyn gestorben war. Er erinnerte sich an die Weihnachtskarten, die er von den beiden all die Jahre bekommen hatte, mit Fotos, auf denen Billy und Evelyn am Strand saßen oder mit Skistiefeln zwischen verschneiten Bergen posierten.

»Du musst mir helfen«, sagte Billy.

Sie gingen in die Main Street und fanden ein pinkfarbenes viktorianisches Wohnhaus, das zu einem Café umgebaut worden war, und setzten sich an einen Tisch auf der hinteren Terrasse. Billy gab John ein Blatt Papier, auf dem jemand allerlei Berechnungen angestellt hatte.

»Ich brauche deine fachmännische Meinung. Wenn sie nicht gerade ein Schwarzes Loch bilden, können sich Teilchen doch nur in einer bestimmten Anzahl von Mustern anordnen, oder? Das würde bedeuten, dass sich diese Muster wiederholen.«

»Das stimmt«, sagte John und wusste nicht, was sein alter Freund eigentlich von ihm wollte.

John erklärte mir: »Es waren Berechnungen über Distanzen zu Paralleluniversen. Theorien über die Existenz mehrerer Universen machten schon seit einer Weile die Runde. Aber ich verstand nicht, warum Billy mich damit konfrontierte. Ich erinnere mich, wie sehr mich die Oberflächlichkeit seiner Berechnungen überraschte. Jeder Oberschüler mit einem vernünftigen Physiklehrer hätte sie anstellen können.«

John hatte an seinem Kaffee genippt und darauf gewartet, dass sein Freund ihm erklärte, zu welchem Zweck er diese eher profanen Überlegungen anstellte.

»Man muss wohl annehmen, dass sich die Teilchenmuster überallhin verteilen. Es gibt keinen Grund, warum sich unser Universum häufiger duplizieren sollte als alle anderen.« Billy zeigte auf die ersten Zahlen auf dem zerknitterten Blatt. »Man kann also annehmen, dass es in diesem kosmischen Bereich hier einen Ort gibt, der mit unserer Erde identisch ist und wo sich das Leben exakt so entwickelt hat wie bei uns.« Billy deutete auf andere Zahlen. »Und hier finden wir wahrscheinlich einen Bereich, der unserer Erde sehr, sehr ähnlich, aber kein identischer Doppelgänger ist.« Sein Finger wanderte weiter. »Und hier befindet sich ein Ort, der unserer Erde ebenfalls ähnlich ist, aber seine Teilchen haben sich in einem etwas anderen Muster angeordnet, sodass sich andere Szenarien, andere Schicksale ergeben.« Er ließ seine Finger auf den letzten Zahlen ruhen.

»Theoretisch ist das möglich«, sagte John. »Wie gesagt: theoretisch. Die Annahme, dass es Paralleluniversen gibt, ist höchst spekulativ. Sie lägen außerhalb unserer kosmischen Reichweite, sodass wir keinerlei Beweise dafür finden können.«

Billy ließ seinen Finger, wo er war. »Eine Welt wie unsere, die aber andere Ergebnisse produziert.«

John starrte auf Billys Fingerspitze und fragte sich, ob er das Blatt durchbohren und seine Berechnungen durchlöchern würde.

»Dasselbe Prinzip gilt für das Inflationsmodell.« Billy grinste breit.

John wollte aufstehen und gehen beziehungsweise Billy dafür bestrafen, dass er den bedeutendsten Tag in seiner noch jungen Wissenschaftskarriere torpediert hatte, indem er ihm fragwürdige Theorien auftischte. Doch dann erinnerte er sich daran, dass Billy in Trauer war, und mahnte sich zur Geduld.

»Nun mal langsam, Billy. Worauf willst du hinaus?«

»Irgendwo in unserem Multiversum ist sie noch am Leben.«

»Billy«, sagte John sanft. »Wir wissen nicht, was hinter unserem kosmischen Horizont liegt. Das weißt du doch selbst. Selbst wenn es ähnliche Welten wie unsere gibt, Welten, in denen unsere Toten nicht tot sind, können wir es nicht sicher wissen. Unsere Realität ist die einzige, die wir kennen dürfen.«

»Ich weiß«, sagte Billy. John faltete das Blatt mit Billys Berechnungen und steckte es Billy vorsichtig in die Brusttasche.

»Aber zu wissen, dass wir irgendwo da draußen noch glücklich sind, ist hilfreich.«

John wusste nicht, was er sagen sollte. Er hätte Billy gern gefragt, was mit Evelyn passiert war, aber er wusste ja bereits alles, was zählte. Evelyn war tot, und Billy versuchte, einen Weg zu finden, wie er weiter mit ihr zusammen sein konnte. Er wollte, dass John seine Berechnungen und sein Verständnis des Inflationsmodells bestätigte. Er hatte sich an ihn gewandt, weil sie alte Freunde waren, weil sie schon immer durch die Wissenschaft miteinander kommuniziert hatten, und hinter seinen verzweifelten Berechnungen steckte eine Trauer, die er nicht in Worte fassen konnte. John legte ein paar Dollarscheine auf den Tisch und legte Billy die Hand auf die Schulter. »Komm«, sagte er. »Ich lade dich auf einen Drink ein.«

»Lassen Sie sich bloß niemals auf ein *tête-à-tête* mit einem trauernden Mann ein«, riet John mir. »Hinterher ist er noch trauriger, und Sie sind betrunkener als je zuvor in Ihrem Leben.«

Wie Viktor Frankenstein hatte Billy die Wissenschaft benutzt, um seine Trauer zu bewältigen. Und während Frankenstein einen Freund gebraucht hätte, der ihn davon abgehalten hätte, mit dem Kreislauf des Lebens zu spielen – vielleicht seinen Kindheitsfreund Henry Clerval –, hatte Billy John Cook, der ihn daran erinnerte, dass er der Wissenschaft nicht vorauseilen konnte. Mathematische Berechnungen würden Evelyn nicht ins Leben zurückholen. Und selbst wenn sie es könnten, gab es da diese wohlbekannte Geschichte über eine Kreatur und ihren wohlmeinenden Erschaffer Viktor Frankenstein.

»Wir sind beruflich in Kontakt geblieben, haben uns aber nie wiedergesehen.« John nahm ein paar Bücher und einen Apfel von seinem Schreibtisch und steckte alles in seinen Aktenkoffer. »Es hat mir sehr leidgetan, vom Tod Ihres Onkels zu hören.«

Er hängte sich den Riemen des Aktenkoffers über die Schulter, und ich folgte ihm in den Flur. Wir gingen die Treppe hinunter und auf den Hauptausgang zu.

»Aber warum ist er extra zu Ihrer Tagung gefahren? Warum wollte er ausgerechnet dort mit Ihnen sprechen?«

»Kurz zuvor war in der Zeitschrift der Universität ein Feature über mich erschienen. Das muss er wohl gelesen und erfahren haben, womit ich mich wissenschaftlich beschäftigte und wovon mein Vortrag handeln würde. Und er dachte, dass ich ihm damit helfen könnte«, spekulierte John. Ich folgte ihm durch die Glastür in den schattigen Eingangsbereich.

»Glauben Sie, Ihr Treffen hat Billy geholfen, seine Trauer zu bewältigen?«

»Trauer ist wie ein Irrgarten. Ab und zu biegt man falsch ab, aber schließlich und endlich findet man heraus.«

Wir erreichten den Bürgersteig, und ich zeigte nach rechts, wo ich den Wagen meiner Eltern geparkt hatte. John musste nach links.

»Vielen Dank, dass Sie mit mir über meinen Onkel gesprochen haben«, sagte ich und schüttelte ihm die Hand.

»Er war ein guter Mensch, aber er lebte in seiner eigenen Welt.« John winkte mir zum Abschied zu, und wir gingen in entgegengesetzten Richtungen auseinander.

Als ich den Wagen erreichte, las ich das letzte Rätsel noch einmal.

Was immer passierte, ich wusste, ich würde überleben. Vor allem wusste ich, dass ich weiterarbeiten würde. Zu überleben bedeutet, immer wieder neu geboren zu werden. Es war nicht einfach und immer schmerzhaft. Aber die Alternative war der Tod.

Ich versuchte mir vorzustellen, wie Billy diese Worte sprach, doch stattdessen hörte ich sie mit einer weiblichen Stimme, die meiner ähnelte. *Ich würde überleben. Es war nicht einfach. Die Alternative war der Tod.* Die Worte passten zur sanften Stimme meiner Mutter. Ich schaute noch einmal auf den Flyer. 17.-20. Februar 1986, gut zwei Monate nach meiner Geburt. Evelyn musste irgendwann zwischen der Eröffnung von Prospero Books im Jahr 1984 und Dr. Cooks Tagung gestorben sein. Meine Mutter musste während meiner ersten zwei Lebensjahre also in Trauer gewesen sein, und auch danach hatte sie diesen Schmerz vor mir verborgen.

Warum hatte sie mit mir nie über Evelyn gesprochen? Warum stand Evelyns Foto nicht im Bücherregal unseres Wohnzimmers, neben denen der anderen toten, aber nicht vergessenen Familienmitglieder und Freunde – der Eltern meiner Mutter und meines Vaters, seines Bruders. Warum gedachten wir Evelyns nicht auf dieselbe Weise?

NEUN

Schon seit ich mich erinnern konnte, marinierten meine Eltern jeden Sonntag einen Haufen Fleisch, schmissen den Grill an und beendeten das Wochenende mit der Brooks'schen Kochorgie. Bei jedem Wetter. Auch wenn jemand krank war. Ob ich mich gerade zu Hause oder am anderen Ende des Kontinents aufhielt, jeder Sonntag folgte der gleichen Routine.

Ich wartete im Garten auf meine Mutter. An den Beeten, die das Grundstück begrenzten, standen ihre Rosen in voller Blüte. Zehn verschiedene Nuancen von Pink thronten über dem grünen Rasen. Ende Juni begann der Avocadobaum, Früchte auszubilden, grüne Kugeln, nicht größer als Oliven.

Die Locken streiften ihre Schultern, als meine Mutter mit zwei Gläsern Wein auf mich zukam. Sie trug ein altes Poloshirt meines Vaters und Khakishorts, ihre Gärtnerinnenkluft. Ich versuchte, mir vorzustellen, wie sie früher ausgesehen hatte: Suzy mit den geglätteten Haaren, die Leadsängerin der Lady Loves, die meinen Vater mit ihrer rauen Schale bezaubert hatte und John hatte vergessen lassen, an welcher Stelle eines Songs sie sich gerade befanden. Suzy, deren bloße Anwesenheit im Korridor vor dem Biologieraum Billy dazu gebracht hätte, sich den Frosch, den er für Evelyn gebastelt hatte, in die Tasche zu stecken und vor Evelyn wegzulaufen, möglicherweise für immer. Als sie mit den zwei Gläsern Rosé auf mich zukam, sah ich in ihr aber nur meine Mutter, deren weiche Locken von dem Hut, den sie bei der Gartenarbeit getragen hatte, etwas platt gedrückt und deren Wangen von der gnadenlosen Sonne gerötet waren.

»Die Ananaslilien sind dieses Jahr besonders schön«, sagte ich, als sie mir eins der Gläser reichte. Die Pflanze wuchs hinter den Rosenbüschen am Gartenzaun in die Höhe und verdeckte die Holzlatten mit ihren pergamentartigen rosafarbenen Blütenblättern.

»Ich wusste gar nicht, dass du Ananaslilien erkennst«, sagte sie.

»Ich glaube, ich bin schon lange genug deine Tochter, um Ananaslilien von Teerosen unterscheiden zu können.«

Unangenehm betroffen verzog sie das Gesicht. Unser derzeitiges Verhältnis erlaubte keine Ironie. Ich wünschte, sie würde mir eine Haarsträhne aus dem Gesicht streichen, aber sie blieb auf Distanz.

Die Sonne brannte auch in den frühen Abendstunden noch unbeirrt auf die Stadt hinunter. Ich ging auf die schattige Veranda, und wir setzten uns an den Tisch, der dort stand.

»Wie gefällt es dir bei Joanie?«, fragte meine Mutter.

»Ich bin in Billys Wohnung umgezogen. Joanies Haus ist zu klein für Gäste.«

»Ist das nicht merkwürdig, in seiner Wohnung zu sein?«

»Ein bisschen«, gab ich zu.

»Du weißt, dass du jederzeit heimkommen kannst.«

»Ich weiß.«

Wir schauten in den wolkenlosen Himmel, tranken unseren Wein, wobei wir jeglichen Blickkontakt vermieden. Ich dachte noch darüber nach, was John Cook mir erzählt und wie er bei der Erinnerung an meine Mutter gezittert hatte. Er und Billy hatten sich beide vor ihr gefürchtet. Ich erinnerte mich an sein eingeschüchtertes Gesicht, als meine Mutter ihn in der Nacht nach meinem zwölften Geburtstag angeschrien hatte. Sogar als Erwachsener hatte er noch Angst vor ihr gehabt. Mir war es nie so gegangen.

»Warum sprichst du nie über Evelyn?«

Sie schaute, wie voll ihr Glas noch war. In der Abendsonne glitzerte der Wein beinahe rubinrot. »Es gibt keinen Grund, mit dir über sie zu sprechen.«

»Aber sie war deine beste Freundin.«

»Sie war meine beste Freundin«, wiederholte sie.

»Und Billys Frau.«

»Und Billys Frau«, wiederholte sie auch das.

»Findest du es nicht komisch, dass ich vor Billys Tod nichts von ihr wusste?«

Nachdenklich nippte meine Mutter an ihrem Wein. »Vielleicht«, gab sie zu. Dann schaute sie auf die Uhr und stand auf, um ins Haus zu gehen. »Was soll ich sagen? Ich konnte nicht darüber sprechen. Ich musste mein Leben weiterleben.«

Sie runzelte die Stirn und ging durch die Verandatür ins Haus zurück.

Ich folgte ihr in die Küche. »Wie ging es Billy nach ihrem Tod? Ich weiß noch, dass er immer etwas Trauriges an sich hatte.«

»Für dich war er ein Magier.« Meine Mutter öffnete den Backofen und stellte ein Kartoffelgratin auf den obersten Rost.

»Lag das an Evelyn? War er ihretwegen traurig?«

»Alles, was Billy je war oder getan hat, hatte mit ihr zu tun.« Die Ofentür versperrte mir den Blick auf sie, sodass ich nicht sehen konnte, welche Gefühle sie bei dieser Aussage preisgab. Als sie die Tür schloss, war ihr Gesicht von der Ofenhitze gerötet. Sie stellte den Küchenwecker auf vierzig Minuten. »Ich nehme vorm Abendessen ein Bad. Sagst du deinem Vater bitte, dass er in zehn Minuten anfangen soll, sich um das Fleisch zu kümmern?« Sie schaute in Richtung Garage, wo die Schleifmaschine dröhnte.

Ich folgte ihr zur Treppe. »Warum willst du nicht mit mir reden?«

Von halber Höhe schaute sie zu mir herab. »Ich habe den ganzen Nachmittag im Garten gearbeitet, Süße. Ich möchte mich vor dem Essen gerne frisch machen.«

»Wir sind doch unter uns. Mir macht es nichts aus, wenn dein Gesicht schmutzig ist. Meinetwegen kannst du dich auch in Gartenklamotten an den Tisch setzen. Oder nackt sein. Wir können alle Nudisten werden.« Normalerweise hätte sie darüber gelacht.

»Gib mir ein wenig Freiraum«, sagte sie ernst und lief die letzten Stufen hinauf, wo sie in ihrem Schlafzimmer verschwand.

Wenig später hörte ich die Rohre in der Wand rauschen, als Wasser durch sie geleitet wurde, um meiner Mutter die Badewanne zu füllen. Ich stellte mir vor, wie sie den großen Zeh ins Wasser tauchte, um die Temperatur zu prüfen, und fragte mich, ob sie in diesem Moment auch an mich dachte. Oder an Evelyn. Überlebt hatte sie Evelyns Tod zwar, verwunden aber noch lange nicht.

»Dad!«, schrie ich und klopfte an die Garagentür. »Dad!« Die Schleifmaschine dröhnte weiter. Ich öffnete die Tür. Mein Vater stand an der Rückwand und schliff ein Bücherregal ab. Ich winkte, bis er mich sah. Er schaltete die Maschine aus und schob sich die Schutzbrille auf den Kopf. »Mom sagt, du sollst dich um das Fleisch kümmern. Sie nimmt ein *Bad.*« Er warf mir einen enttäuschten Blick zu. Sogar ich konnte hören, wie gereizt mein Ton war. »Ich habe nichts falsch gemacht«, setzte ich nach, um nicht den Schwarzen Peter zugeschoben zu bekommen.

»Es geht nicht ums Falschmachen.« Mein Vater zog den Stecker der Schleifmaschine heraus und legte sie auf die Werkbank. Ich folgte ihm durch Küche und Wohnzimmer auf die hintere Terrasse. »Du bist rücksichtslos.«

»Weil ich mit ihr reden möchte? Weil ich eingeweiht werden möchte?«

»Manchmal ist es besser, die Vergangenheit ruhen zu lassen.« Er schaltete den Grill ein. Es klickte, bis die Brenner Feuer fingen.

»Das glaubst du doch nicht wirklich«, widersprach ich. In unserer Beziehung drehte sich vieles um die Vergangenheit. Das erste Buch, das er mir geschenkt hatte, waren die illustrierten

Biografien unserer Präsidenten gewesen. Jeden Abend, wenn er mich zu Bett gebracht hatte, hatten wir über das Leben eines Präsidenten gesprochen, angefangen mit Washington, seinem Lieblingspräsidenten, und dann die Reihe durch bis Bush senior, der zu dem Zeitpunkt die Präsidentschaft innegehabt hatte.

»Holst du bitte das Fleisch?« Er reckte das Kinn in Richtung Küche.

Ich holte die Steaks in ihrer Marinierschüssel vom Küchenblock.

Als ich sie ihm reichte, sagte er: »Du kannst dich glücklich schätzen, Eltern zu haben, die noch leben und sogar noch zusammen. Die meisten haben das nicht.« Er sprach selten über seine Eltern, obwohl ihr Tod ihn offenbar immer noch schmerzte. »Ich glaube nicht, dass Billy deine Mom bewusst verletzen wollte, indem er dir seinen Laden vermacht hat.« Er stach mit einer großen Grillgabel ins Fleisch und holte es aus der Schüssel, ließ die Marinade abtropfen, bevor er es auf den Grill warf und ein heimeliges Zischen ertönte. »Billy war einfach unfähig, auf die Gefühle anderer Rücksicht zu nehmen. Er dachte immer nur an sich selbst.«

»Und an Evelyn.«

»Das war nur eine andere Form von Selbstbezogenheit.«

»Warum sehen du und Mom immer nur das Schlechte in ihm?«

»Weil wir ihn kannten.« Mein Vater schloss die Grillhaube und setzte sich mir gegenüber an den Terrassentisch. Es roch süßlich nach Sojasoße. »Du warst ja noch ein Kind, als du ihn zum letzten Mal gesehen hast.«

»Ich habe begriffen, dass er nicht so unfehlbar war, wie ich dachte. Ich bin jeden Tag von Jugendlichen umgeben. Sie sehen mehr, als man meint. Billy hatte immer eine merkwürdige Niedergeschlagenheit. Erst jetzt weiß ich, dass es wegen Evelyn war.« Mein Vater und ich belauerten einander wie zwei Anwälte, die einen Deal aushandelten. »Als ich ankam, sagtest du, Evelyn sei an einem Anfall gestorben.«

Mein Vater hüstelte und versuchte zu kaschieren, dass er sich überrumpelt fühlte. »Habe ich das gesagt?«

»Hatte der Streit zwischen Mom und Billy etwas mit ihrem Tod zu tun?« Er schaute durch die Terrassentür ins Wohnzimmer und schien meine Mutter jeden Moment zu erwarten. »Bitte, Dad! Hilf mir zu verstehen, warum Mom nicht mit mir reden will.«

»Wegen Evelyn gab es immer Spannungen zwischen deiner Mom und Billy«, sagte er nach einer Weile.

»Sie war aber doch schon seit der Highschool mit Billy zusammen.« Hätte er mich gefragt, woher ich das wusste, hätte ich ihm von John Cook und Billys letzter Schatzsuche erzählt, von den Rätseln, die ich bereits gelöst hatte, und von der Geschichte, die sich langsam daraus ergab. Alles hätte ich ihm erzählt.

»Das war vor meiner Zeit«, sagte er.

»Aber Mom hat dir doch sicher davon erzählt?«

»Hat sie. Sie hielt die Beziehung von Anfang an für einen Fehler, aber die beiden wollten nicht auf sie hören.«

»Sie hatte doch gar kein Recht, die beiden voneinander fernzuhalten«, sagte ich.

Ich erwartete so etwas wie ein enttäuschtes *Nun mach aber mal 'nen Punkt, Mimi.* Stattdessen stimmte er mir zu. »Richtig, das hatte sie nicht.«

»Wie sind Evelyn und Billy dann doch wieder zusammengekommen?« Wieder erwartete ich, dass er fragen würde, woher ich wusste, dass die zwei sich getrennt hatten.

»Durch deine Mom«, sagte er. Er ging zum Grill und hob die Haube an, um nach dem Fleisch zu sehen. Es musste aber noch nicht gewendet werden, also schloss er die Haube wieder. »Nicht dass sie es beabsichtigt hätte. Als wir nach L. A. gezogen sind, haben Evelyn und deine Mom wieder Kontakt aufgenommen.«

»Wann war das?«

»75, 76. Evelyn kreuzte bei der Cocktailparty eines Kollegen auf, die ich besuchen musste. Deine Mom hasste diese Partys und ich, ehrlich gesagt, auch.«

Er beschrieb mir, wie meine Mutter gleich wieder gehen wollte, kurz nachdem sie angekommen waren.

»Nur dieser eine Drink«, hatte sie ihm zugeflüstert, als er in der Schlange vor dem Getränketisch stand, um sich ein Ginger Ale zu holen. »Das ist mein Ernst. Ich will nach Hause.«

Er willigte ein, und meine Mutter machte sich auf die Suche nach den Toiletten. Mein Vater schlenderte mit seinem Ginger Ale durch die Menge, die sich im Wohnzimmer versammelt hatte. Die meisten waren schon bei ihrem dritten Martini. Die Anwälte wurden schon lauter, ihre Frauen hatten sich die High Heels ausgezogen. Und dann tauchte plötzlich Jerry Holdsbrook auf.

»Er hielt sich für unwiderstehlich.« Mein Vater setzte sich und lehnte sich zurück, die Hände hinter dem Kopf verschränkt. Er war der geborene Geschichtenerzähler, machte an den richtigen Stellen Pausen und würzte trockene Passagen mit pikanten Details. Nur zu gern schwelgte er in Erinnerungen, vor allem an meine Mutter, und zum Glück schien er vor lauter Erzählfreude zu vergessen, dass es um etwas ging, was meine Mutter mich nicht wissen lassen wollte. Ich war dankbar, dass sie sich mit ihrem Bad Zeit ließ und noch nicht wieder die Treppe heruntergekommen war, um meinen Vater zu unterbrechen.

»Diese künstlich gebräunte Haut und die blendend weißen Zähne«, fuhr er fort. Es sei typisch für Jerry Holdsbrook gewesen, dass er auftauchte, wenn die Anwälte und ihre Frauen betrunken genug waren und der gezwungene Small Talk einem lockeren Geschwätz gewichen war. Genauso typisch war es für

Jerry Holdsbrook, eine überirdische Schönheit im Arm zu halten, eine Frau, die viel zu schön für ihn war. Sie war groß und blond, ihr weißer Overall ein krasser Gegensatz zu den dunklen Cocktailkleidern der Ehefrauen.

Meinem Vater war es vorgekommen, als schwebte Evelyn durch das Zimmer. Er suchte Jerrys Blick. Jerry prostete ihm mit seinem Drink zu. Mein Vater erwiderte die Geste mit seiner Limo. Was für ein Arsch, hatte mein Vater gedacht.

Auf der Suche nach meiner Mutter ging er auf die Veranda. Als er sie draußen nicht finden konnte, sah er im Esszimmer und in der Küche nach, bevor er in Richtung des Schlafzimmers lief, vor dem er plötzlich Frauenstimmen in einem lebhaften Gespräch hörte.

Meine Mutter und Evelyn drehten sich gleichzeitig zu ihm um.

»Darling, das ist Evelyn. Ich kenne sie schon seit der Highschool«, sagte meine Mutter, während sie Evelyns Hand hielt.

»Von da an waren Evelyn und deine Mom wieder die dicksten Freundinnen«, erklärte mein Vater mir.

In der Woche nach der Cocktailparty lud Evelyn meine Eltern zu einer Lesung in die Buchhandlung in Pasadena ein, in der sie arbeitete. Die Samstagabende waren eigentlich für traute Zweisamkeit reserviert – nichts Aufregendes, nur essen gehen, dann ins Kino –, aber meine Mutter sagte: »Lass uns doch ruhig mal in Kultur machen.«

Er ließ sich breitschlagen, obwohl er sich schon seit Wochen auf die Premiere von *Die Unbestechlichen* gefreut hatte.

Groß und blond und mit ihrem tief ausgeschnittenen roten Kleid war Evelyn leicht auszumachen gewesen. Der ganze Raum schien sich um sie zu drehen.

»Wie schön, dass ihr gekommen seid«, sagte sie und umarmte beide. Dann hakte sie sich bei beiden ein und führte sie zu einem der Autoren des Abends.

Im Kreis umstanden alle den Schriftsteller und hörten zu, als er über seine literarischen Lehrmeister sprach – Thomas Pynchon, James Joyce, Bertolt Brecht und andere Theoretiker, die mein Vater nicht kannte. Als er fertig war, sprachen die anderen Autoren über ihre literarischen Vorbilder. Sie nannten Neuerscheinungen, die nicht die verdiente Aufmerksamkeit bekommen hätten, und prangerten andere an, die unverdienten Erfolg hätten. Mein Vater trank wieder Ginger Ale und fragte sich, ob er Partys womöglich generell nicht ausstehen konnte, nicht nur die seiner Arbeitskollegen.

Am nächsten Morgen gab meine Mutter ihm einen Abschiedskuss, als sie aus dem Haus eilte, um sich mit Evelyn zu treffen.

»Wird das jetzt zur Gewohnheit? Muss ich dich mit ihr teilen?«, fragte er scherzhaft. Meine Mutter lachte aber nicht. Er hatte einen Stapel Akten auf dem Schoß liegen. Jeden Sonntag stapelten sich die Unterlagen auf dem Wohnzimmerfußboden. Was sollte meine Mutter also tun? Herumsitzen, während er arbeitete? Ihm Kaffee bringen? »Grüß Evelyn bitte von mir«, sagte er also und gab meiner Mutter einen Abschiedskuss.

»Mochtest du Evelyn nicht?«, fragte ich.

»Es war unmöglich, sie nicht zu mögen. Bei jeder Lesung und jedem Essen mit Autoren, zu denen sie uns schleppte, war sie die Einzige, die über etwas anderes als sich selbst sprach.« Mein Vater ging wieder zum Grill hinüber. Jetzt war er mit der Kruste zufrieden, die sich auf dem Fleisch gebildet hatte, und drehte die Steaks um. »Um ehrlich zu sein, habe ich die beiden um ihre Freundschaft beneidet, denn deine Mom schien lieber mit Evelyn zusammen zu sein als mit mir.« Das stimmte natürlich nicht. Aber mein Vater wusste, dass es ein Fehler gewesen wäre, meine Mutter darum zu bitten, sich von Evelyn fernzuhalten.

»Dann sind Evelyn und Billy also durch Mom wieder zusammengekommen?«

»Deine Mom hatte es leider vorgezogen, Billy nichts von Evelyns Rückkehr zu erzählen.«

Wenn sie und Billy sich im Haus meiner Großeltern zum Essen trafen, nahm meine Mutter ihm gegenüber Platz und redete über *Interview mit einem Vampir*, *Eine ganz normale Familie* oder *Salomons Lied*, je nachdem, was sie gerade las, wobei sie grundsätzlich unerwähnt ließ, wer ihr das Buch empfohlen und ihr einen Rabatt in einer ganz neuartigen Buchhandlung in Pasadena gewährt hatte.

»Solltest du ihm nicht erzählen, dass ihr wieder befreundet seid?«, fragte mein Vater meine Mutter, als sie nach Hause fuhren.

»Du warst damals nicht dabei. Du verstehst das nicht«, antwortete sie.

»Früher oder später wird er es herausbekommen«, sagte mein Vater.

»Ich will nicht, dass er wieder verletzt wird.«

»Es wäre aber besser, wenn er es von dir erführe.«

»Man braucht keine Kristallkugel, um abzusehen, was dann passierte«, sagte mein Vater und setzte sich zum Weitererzählen zurecht, den Oberkörper zurückgelehnt, die Ellenbogen durchgestreckt.

Meine Mutter hatte einen Gig in einem Club nahe dem Sunset Strip. Es war ihr erster Auftritt, seit sie eineinhalb Jahre zuvor nach Los Angeles gezogen war. Sie hatte bei zahllosen Bands vorgesungen und war danach mal ganz optimistisch, mal ernüchtert gewesen. Warum war es in Los Angeles so viel schwerer als in New York? Es waren eben nicht mehr die frühen Siebziger. Suzys Sound und ihr Look kamen nicht mehr an – was immer sowohl das eine als auch das andere bedeuten mochte. Einen Look konnte man verändern. Eine gute Stimme war eine gute Stimme, aber die Bands sahen das anders. Dann bekam sie plötzlich wie aus dem Nichts einen Anruf. Eine Backgroundsängerin hatte eine Lebensmittelvergiftung und der Leadsänger Schrägstrich Bandmanager fragte, ob sie an diesem Abend Zeit hätte.

Sie hatte es ihren Eltern und Evelyn erzählt, nicht weil sie erwartete, sie würden zu ihrem Auftritt kommen, sondern weil sich endlich etwas bewegte. Evelyn würde natürlich da sein, ihre Eltern natürlich nicht. Sie freuten sich zwar für sie, dass endlich etwas geklappt hatte, aber es hatte nicht überzeugend geklungen, sondern eher verhalten. Meine Mutter konnte ihrer Reaktion anhören, wie enttäuscht sie darüber waren, dass sie immer noch an dieser Singerei hing, obwohl sie inzwischen doch mit einem erfolgreichen Mann verheiratet war.

Meine Mutter wurde in die hinterste Ecke der kleinen Bühne gestellt, neben die andere Backgroundsängerin, die größer und älter als sie gewesen war. Tagsüber hatte die Ältere der Jüngeren die Refrains der Bandsongs beigebracht, und meine Mutter versuchte, optimistisch zu bleiben, obwohl ihr klar wurde, wie uninspiriert und wie wenig originell die Musik dieser Band war. Ein Gig war ein Gig, und man konnte nie wissen, wer im Publikum saß, nicht mal in einem Club wie diesem. Dass ihre Eltern Billy von ihrem Auftritt erzählt haben könnten und dass ihr Bruder nach einer Möglichkeit gesucht hatte, seine Freundin an diesem Abend zu unterhalten, war ihr nicht in den Sinn gekommen.

Nach dem Auftritt warteten alle auf meine Mutter. Billy strahlte, als Evelyn mit ihm sprach. Meinem Vater tat Billys Freundin leid, die neben Billy stand und ihn und Evelyn beobachten musste. Er sah meine Mutter aus dem Club kommen und wie sie erschrak, als sie das Grüppchen auf dem Bürgersteig stehen sah.

»Suze«, rief Evelyn und winkte, lief dann auf meine Mutter zu und umarmte sie. Als sie Billy den Rücken kehrte, legte Billy den Arm um seine Freundin und küsste sie auf die Wange. Als Evelyn sich von meiner Mutter löste und zu Billy umdrehte, sah mein Vater, dass Billy seine Freundin schnell wieder losließ.

»War sie nicht fantastisch?«, sagte Evelyn zu den anderen.

»Mein Mikro war zu tief. Ihr konntet mich doch nicht mal hören«, sagte meine Mutter.

»Du warst großartig«, sagte Billy. Mein Vater konnte nicht heraushören, wie ehrlich er es meinte. »Und was für eine schöne Überraschung, dass Evelyn gekommen ist.«

Meiner Mutter entgleisten die Gesichtszüge. »Wo ist Jerry?«, fragte sie Evelyn. Mein Vater schoss ihr einen bösen Blick zu, aber sie zuckte nur mit den Schultern, als sei es eine vollkommen unschuldige Frage gewesen.

»Keine Ahnung«, sagte Evelyn und sah Billy an. »Wahrscheinlich bei der Arbeit.«

Es folgte ein bemühtes Geplänkel, bis Billys Freundin verkündete, sie sei müde. Billy schüttelte meinem Vater die Hand, gab meiner Mutter einen halbherzigen Kuss auf die Wange und umarmte Evelyn. Es war jedoch eine etwas schiefe Umarmung. Billy versuchte, so viel von Evelyn zu fassen zu bekommen wie irgend möglich, während sie ihm lediglich auf den Rücken klopfte.

»Wir sollten jetzt wirklich los, Bill«, sagte die Freundin, als er Evelyn entschieden zu lange festgehalten hatte.

»Du nennst dich jetzt Bill?«, fragte Evelyn amüsiert.

»Irgendwann muss jeder erwachsen werden«, antwortete Billy und entlockte Evelyn ein Lächeln. Mein Vater war nicht sicher, was Evelyn in seine Worte hineininterpretierte, aber genauso glasklar wie seine Freundin erkannte er, dass es zwischen den beiden gefunkt hatte.

»Dein Bruder sieht gut aus«, sagte Evelyn, als sie Billy und seiner Freundin hinterherschauten. Einmal drehte Billy sich noch um und lächelte Evelyn schüchtern zu. »Glücklich, meinte ich. Er sieht glücklich aus.«

»Dann lass ihn einfach glücklich bleiben«, sagte meine Mutter.

»Suze, ich bin doch mit Jerry Holdsbrook zusammen.« Aber das stimmte nicht. Jedenfalls nicht mehr lange.

»Sobald Billy erfahren hatte, dass Evelyn wieder in der Stadt war, konnte seine Freundin natürlich einpacken.« Mein Vater holte die Steaks vom Grill und hielt sie über eine Glasschüssel, während er sie in die Küche trug.

Ich folgte ihm. Er legte das Fleisch zum Abkühlen auf einen Porzellanteller. Ich schaute auf den Timer am Ofen. Die Kartoffeln brauchten noch sieben Minuten. Mir lief die Zeit davon.

»Wo war ich stehen geblieben?«, fragte er.

»Evelyn und Billy sind gerade wieder zusammengekommen.«

»Genau.«

Zum nächsten Familiendinner sei Billy allein erschienen. Während des ganzen Essens versuchte meine Mutter angeblich, mit Billy ins Gespräch zu kommen, aber er mied ihren Blick und reagierte nicht auf ihre Fragen.

Sie bat ihn, ihr mit dem Nachtisch zu helfen, und widerstrebend folgte er ihr in die Küche.

»Ein Jahr?«, fragte Billy. »Du hast schon seit einem Jahr wieder Kontakt mit Evelyn, und in der ganzen Zeit hast du nichts davon gesagt? Nicht ein einziges Mal?«

»Ich wollte dich beschützen«, sagte meine Mutter.

»Ich brauche keinen Schutz. Du musst endlich aufhören zu glauben, du wüsstest, was das Beste für mich ist.«

Mit diesen Worten war er aus der Küche gestürmt.

»Hat Mom denn sonst auch versucht, ihn zu beschützen?«, fragte ich meinen Vater.

»Deine Mutter hat immer die besten Absichten, aber niemand möchte von der eigenen Schwester bemuttert werden.« Mein Vater reichte mir drei Bestecke.

»Man möchte ja nicht mal von der eigenen Mutter bemuttert werden«, sagte ich scherzhaft. Mein Vater hob die Augenbrauen, um anzudeuten, dass ich es nicht zu weit treiben sollte. »Jedenfalls waren Billy und Evelyn dann wieder zusammen?«

»Ein paar Wochen später brachte Billy Evelyn mit zum Abendessen.«

Sie hatte Billys Mutter einen Blumenstrauß und seinem Vater eine Flasche Scotch mitgebracht. Sie versuchten, sich nicht anmerken zu lassen, wie überrascht sie waren, als sie sich für die Geschenke bedankten. Noch am Vortag hatte meine Mutter Evelyn getroffen, aber sie hatte nichts davon gesagt, dass sie zum Essen kommen würde.

Sie nahm Evelyn beiseite, als sie Billy ein Bier holte. »Warum hast du mir nicht gesagt, dass du kommst?«

»Es war nicht geplant.« Evelyn sagte, sie hätten am Nachmittag eine Spazierfahrt gemacht, und da Billy diese Fahrt nicht enden lassen wollte, habe er sie mitgenommen.

»Dann seid ihr also wieder zusammen?«

»Ich bin mir nicht sicher.«

Doch meine Mutter sah ihr an, dass sie sich ganz sicher war. »Und was ist mit deinem Freund?«

»Jerry war nie mein Freund in diesem Sinne«, hatte Evelyn meiner Mutter geantwortet.

Ich deckte den Tisch mit drei Tellern ein. »Armer Jerry Holdsbrook«, sagte ich.

»Wenn du ihn gekannt hättest, würdest du das nicht sagen.« Mein Vater warf mir drei Servietten und ein Taschenmesser zu. Ich versuchte, die meisterhafte Falttechnik meiner Mutter zu kopieren, und strich jeden Knick mit dem Taschenmesser nach.

»Ich verstehe nicht, warum sie überhaupt ein Problem mit ihrer Beziehung hatte. Hatte sie Angst, Evelyn würde ihm wieder das Herz brechen?« Ich legte die Servietten neben die Teller und drapierte die Bestecke darauf. Mein Vater setzte sich mir gegenüber.

Er schüttelte den Kopf. »Es ging wohl mehr um die Energie, die Billy und Evelyn als Paar ausstrahlten. Sie waren wie ein Kraftfeld, neben dem niemand anderes von Bedeutung war. Ich glaube, deine Mom fürchtete, ausgeschlossen zu werden.«

Gewiss, sie sah Billy und Evelyn regelmäßig bei den Familiendinners und den Lesungen, die Evelyn organisierte. Wo meine Mutter sonst unbekümmert von ihren Klavier-, dann Gitarren-, dann Bassstunden erzählt hatte, bestimmten nun Billys Geschichten das Gespräch, wie mein Vater ausführte.

Evelyn legte ihre Hand auf seine. »Erzähle ihnen von Peru.«

»Das mit Peru wollen sie doch gar nicht hören«, erwiderte Billy so amüsiert, als sei das ganze Land, die ganze Andenregion ein Insiderjoke zwischen ihm und Evelyn.

»Doch, natürlich«, insistierte Evelyn. »Ihr wollt doch hören, was in Peru passiert ist, oder?« Sie lächelte und war sich nicht bewusst, dass Billy bereits die Vorspeise mit einer Geschichte aus seinem Labor, den Schwierigkeiten kurzfristiger Vorhersagen und anderen Themen dominiert hatte, an die sich mein Vater heute nicht mehr erinnern konnte.

»Aber natürlich«, hatte mein Vater geantwortet. Er legte einen Arm um meine Mutter, und sie grinste ihn schief an, als wollte sie sagen: Nicht schon wieder!

Billy brauchte den ganzen Hauptgang und das Dessert für eine lange, komplexe Geschichte über einen amerikanischen Seismologen, der ein unmittelbar bevorstehendes Erdbeben in

Peru vorausgesagt hatte und damit eine ebenso ungerechtfertigte wie globale Panik ausgelöst hatte.

»Dieser Kerl ist so was von rücksichtslos«, sagte Billy und gestikulierte so wild, dass er ein Weinglas umwarf.

»Aber so was von«, sagte meine Mutter süffisant. Billy war zu sehr mit dem Weinglas beschäftigt, um ihren provozierenden Unterton zu bemerken. Und falls Evelyn der Sarkasmus ihrer besten Freundin aufgefallen war, ließ sie es sich nicht anmerken.

Bei diesen Abendessen fragte Billy meinen Vater niemals nach seiner Kanzlei und seinen Kollegen. Meine Mutter fragte er niemals nach dem Kurs für Liedermacher, den sie inzwischen besuchte, oder nach der potenziellen Agentin, mit der sie gesprochen hatte. Dennoch sah man einander regelmäßig, denn die Vorstellung, ihre beste Freundin samstagabends gar nicht mehr zu treffen, war für meine Mutter noch schlimmer.

Was mein Vater mir erzählte, bekräftigte, was John Cook gesagt hatte: dass andere Menschen für Billy nie so real waren wie er für sich selbst.

»Er nahm deiner Mom ziemlich übel, dass sie ihm Evelyns Rückkehr verschwiegen hatte«, sagte mein Vater.

»Was man ja verstehen kann.« Ich wollte Billy verteidigen. »Selbst wenn Mom ihn beschützen wollte, hatte er ein Recht darauf, es zu erfahren.« Und jetzt wollte meine Mutter auch mich beschützen. »Niemand wird gern belogen.«

»Das ist wahr«, antwortete er. Über uns knackte der Fußboden, und wir schauten beide auf. »Aber bei Billy entwickelte es sich zu einer tief sitzenden Abneigung.«

»Haben sie deswegen aufgehört, miteinander zu reden?« Ich konnte es mir nicht vorstellen. Selbst wenn Billy auf meine Mutter wütend war und eine Abneigung gegen sie hatte, waren Evelyn und er doch wieder zusammen. Der Timer piepste, und ich ging schnell in die Küche, um die Kartoffeln aus dem Ofen zu holen. Sie waren schön gebräunt, ohne verbrannt zu sein. Ich musste das Gratin nicht probieren, um zu wissen, dass es perfekt war.

Oben wurde die Schlafzimmertür geschlossen, zwar ohne einen demonstrativen Knall, aber laut genug, um uns wissen zu lassen, wer jetzt gleich herunterkommen würde.

»Was hatte Evelyn damit zu tun, dass die beiden sich so entfremdet haben?« Ich setzte mich wieder meinem Vater gegenüber.

»So direkt kann man das gar nicht sagen. Ich hab dir ja schon erzählt, dass die Stimmung zwischen den beiden schon immer gespannt war.« Er schaute zur Treppe hinüber und wartete darauf, dass meine Mutter erschien. »Dieses Gespräch sollte unter uns bleiben.«

»Klar. Es ist unser Geheimnis«, versprach ich und fühlte mich meinem Vater ferner als vor dem Gespräch. Obwohl er mir viel erzählt hatte, konnte ich noch nicht nachvollziehen, was die beiden wirklich entzweit hatte. Mit den Hinweisen, die Billy mir hinterlassen hatte, würde ich es aber herausbekommen, mit oder ohne die Hilfe meiner Eltern.

»Da ist sie ja.« Mein Vater drehte sich zur Treppe, um meine Mutter zu bewundern. Sie hatte sich abgeschminkt. Mir war gar nicht klar gewesen, wie viel Make-up sie getragen hatte, bis ich den leichten Sonnenbrand auf ihren Wangen und ihre blass pfirsichfarbenen Lippen sah. Sie zog sich ihren Bademantel aus Satin eng um den Körper und setzte ihre Schritte auf der Treppe mit Bedacht.

»Ich weiß, dass Billys Tod viele Fragen für dich aufwirft«, sagte sie, nachdem sie sich mir gegenüber an den Tisch gesetzt hatte. »Und hätte ich hilfreiche Antworten, würde ich sie dir geben. Aber die Vergangenheit mit Billy ist schmerzhaft. Es hat mir unglaublich wehgetan, als er aufhörte, mit mir zu reden. Das hatte ich nie gewollt. Er hat eine Kluft zwischen uns geschaffen, und ich habe mich geweigert, sie dadurch anzuerkennen, dass ich darüber spreche.«

»Du willst lieber so tun, als hätte er nie existiert? Als hätte Evelyn nie existiert?«

»Wer tut denn so, als hätten sie nie existiert?«, brauste mein Vater auf, und ich konnte verstehen, warum er sich so aufregte. Er hatte die letzten zwanzig Minuten damit verbracht, Evelyn und Billy zum Leben zu erwecken. Aber eine einzige Bemerkung meiner Mutter genügte, um Gespräche über Billy und Evelyn wieder zu verbieten.

»Was willst du eigentlich damit bezwecken?«, fragte meine Mutter.

»Es ist doch ganz natürlich, dass man mehr über seine eigenen Wurzeln wissen möchte«, sagte ich.

»Du weißt, woher du kommst«, sagte sie, und mein Vater legte seine Hand auf ihre. Von der anderen Seite des Tisches sahen sie mich an – zwei gegen einen, immer ein ungleicher Kampf.

»Was haltet ihr davon, heute Abend das Spiel der Dodgers anzusehen?«, unterbrach mein Vater das Schweigen. Über Baseball oder Geschichte zu sprechen war seine Art, Spannungen zu lösen. Über Geschichte zu sprechen verbot sich heute. »Es wäre doch schön, wenn wir uns das Spiel zu dritt ansehen.«

»Finde ich gut«, sagte ich, obwohl ich mich nicht mehr besonders für Baseball interessierte, seit ich in den Osten gezogen war. Aber mit meinen Eltern zu streiten würde sie auch nicht gerade motivieren, mich ins Vertrauen zu ziehen und uns alle drei als ein Team zu sehen.

»Ich auch«, sagte meine Mutter, obwohl sie sich früher nie mit uns ein Spiel im Fernsehen angesehen oder die lange Fahrt quer durch die Stadt zum Stadion der Dodgers mitgemacht hatte.

Als wir fertig gegessen hatten, ließen wir unsere Teller auf dem Tisch stehen – etwas Unerhörtes im Hause Brook – und setzten uns auf die Couch. Ich zwischen meinen Eltern.

Mein Vater schaltete das Spiel ein. Es war ein Kantersieg. Der Pitcher der Dodgers warf einen Strike nach dem anderen. Im achten Inning fiel meinem Vater der Kopf nach hinten. Sein gleichmäßiger Atem wurde zum Schnarchen. Meine Mutter schreckte bei einem besonders lauten Schnarchen auf, dann lachten wir.

Es war ein schönes Gefühl, zusammen zu lachen.

Ich hätte ihr gern den Kopf auf die Schulter gelegt und gesagt, dass es mir leidtat. Dass ich aufhören würde, nach Billy zu fragen und ihr wehzutun. Und ich wollte sie sagen hören, dass es ihr auch leidtat. Dass sie mir alles über meinen Onkel erzählen und aufhören würde, mir ihrerseits wehzutun. Aber das konnte sie nicht. Genauso wenig wie ich. Ich verstand allerdings immer noch nicht, warum. Und ich würde es nicht verstehen, bis ich wusste, was meine Mutter vor mir verbarg.

Als das Spiel kurz vor elf zu Ende war, stand meine Mutter auf und reichte mir die Hand, um mir aufzuhelfen. »Möchtest du heute hier schlafen?«, fragte sie hoffnungsvoll.

»Ich fahre lieber zurück.« Ich sagte nicht, dass *zurück* Billys Wohnung bedeutete. Ich half also, Billys Namen zu löschen und jegliches Gespräch über ihn ins Reich des Unaussprechlichen zu verbannen. »Der Berufsverkehr morgen früh ist mörderisch.«

»Sicher.« Meine Mutter ließ meine Hand los. »Verstehe.«

Ich folgte ihr in die Diele. Vor der Haustür zog sie mich in eine ihrer übertriebenen Umarmungen.

»Ich will mich nicht mit dir streiten«, flüsterte sie mir ins Ohr.

»Ich auch nicht«, flüsterte ich zurück und drückte sie fester. Das änderte aber nichts daran, dass wir uns mitten im Streit befanden. Nicht dass wir uns anschrien, nach dem Motto *Du bist eine schreckliche Mutter* und *Du bist eine undankbare Tochter*. Der Streit bestand in dem, was wir einander nicht mitteilten, er lag in der Art, wie wir uns umarmten, in der Tatsache, dass wir uns irgendwann wieder loslassen mussten.

Wir mussten einander gehen lassen.

ZEHN

Kaffeeduft lockte mich nach unten, wo Charlie für den Tagesbedarf Tomaten in Scheiben schnitt und Salatköpfe wusch. Er summte einen Bob-Dylan-Song mit und spülte eine Plastikschüssel für die Zwiebeln.

»Ich liebe diesen Song«, sagte er. »Wenn sie den spielen, schmecken die Zwiebeln süßer.«

Charlie summte weiter, als er Muffins in die Auslage stellte. Die ganze Szenerie erinnerte mich an meine Mutter, die immer singen musste, wenn sie das Kochbuch aufschlug, und erst wieder aufhörte, wenn sie das Essen servierte. Wenn ich sie fragte, was sie da eigentlich sang, verstummte sie und war überrascht, dass die Musik nicht nur in ihrem Kopf existierte. Ich hatte aufgehört, sie darauf hinzuweisen, denn es war meine einzige Möglichkeit, sie singen zu hören.

Charlie zerriss einen leeren Karton der Bäckerei, die uns morgens belieferte. Dann gab er mir einen Muffin. »Feige mit Ziegenkäse. Zuerst klang das in meinen Ohren scheußlich, aber sie sind grandios.«

Ich brach einen Bissen von der gezuckerten Oberseite und steckte ihn in den Mund. Es schmeckte wirklich grandios. Charlie warf die zerrissene Pappe in den Mülleimer und wischte sich die Hände an der wie für ihn geschnittenen Jeans ab.

»Es war Billys Lieblingssorte. ›Ich brauche nur zwei Dinge im Leben‹, hat er immer gesagt. ›Ein gutes Buch und Tiffanys Feigenmuffins.‹« Charlie wischte den Tresen und stellte Thermoskannen mit Kaffee bereit.

»Wer ist Tiffany?«, fragte ich.

»Die Bäckerin in Atwater. Billy meinte öfters zu ihr, sie verstünde es, das Herz eines Mannes zu erobern.« Charlie lachte. »Worauf sie dann immer geantwortet hat: ›Schade, dass ich auf Frauen stehe.‹«

»Hatte Billy Freundinnen?« Ich knabberte weiter an dem Muffin und genoss jeden Krümel.

»Nicht dass ich wüsste. Billy interessierte sich nur für Bücher. Bücher und Erdbeben. Das mit den Erdbeben kam aber erst heraus, als es eins gab, über das die Medien groß berichteten.«

»Und Feigenmuffins«, ergänzte ich. »Bücher, Erdbeben und Feigenmuffins.« Charlie zwinkerte mir zu, als er an mir vorbeiging, um im Gastraum die Stühle von den Tischen zu nehmen und auf den Boden zu stellen. »Hat Billy jemals über seine Frau gesprochen?«

Charlie fiel beinahe der Stuhl aus den Händen. »Er war verheiratet?«

»Mit Evelyn Weston. Ihr hat Prospero Books ursprünglich gehört.«

»Sicher?« Als ich nickte, sagte Charlie: »Ha, das wusste ich nicht.« Die Neuigkeit schien ihn aber nicht weiter zu erschüttern.

Um neun schlossen wir den Laden auf, und drei Frauen warteten schon darauf, sich als Erste auf die Muffins zu stürzen.

»Wo ist Malcolm?«, fragte ich. Normalerweise hatte er sich um diese Uhrzeit längst seinen Herrschaftsbereich am Kassentresen gesichert.

»Er hat geschrieben, dass er sich mit einem Verlagsvertreter zum Frühstück trifft. Ich soll ausrichten, dass er heute später kommt.« Charlie gab jeder Kundin einen Muffin.

»Ich komme allein zurecht«, sagte ich defensiv. Ich hätte nicht erwartet, dass Malcolm mir schrieb – er hatte ja nicht einmal meine Nummer –, aber es wurmte mich doch, dass er nur im Nachgang an mich dachte, als sei ich für das Geschäft nicht relevant.

»Das habe ich nie bezweifelt«, sagte Charlie.

Das Vormittagsgeschäft brauste auf und ebbte ab. Charlie hatte es leichter im Café, wenn ich ihm nicht im Weg stand, also beschäftigte ich mich mit dem nächsten Hinweis.

> *Was immer passierte, ich wusste, ich würde überleben. Vor allem wusste ich, dass ich weiterarbeiten würde. Zu überleben bedeutet, immer wieder neu geboren zu werden. Es war nicht einfach und immer schmerzhaft. Aber die Alternative war der Tod.*

Es war ein Zitat aus *Angst vorm Fliegen* von Erica Jong. Ich hatte von dem Roman noch nicht gehört, aber weltweit waren davon über zwanzig Millionen Exemplare verkauft worden. Ein Exemplar stand in der Literaturabteilung, eins in den Regalen für feministische Bücher. Ich blätterte in beiden. In keinem steckte ein Hinweis zwischen den Seiten. Laut Inventurliste hatten wir auch keine weiteren Exemplare im Lager. Trotzdem vermutete ich, dass Billy mich durch dieses Buch zu jemandem führen wollte, mit dem ich sprechen sollte. Ich machte es mir an Malcolms Platz bequem und begann zu lesen.

Zuerst schockierte mich Isadora Wings offenherziger Ton. 1973 sprach sie so unverblümt über ihre sexuellen Vorlieben, dass ich noch vierzig Jahre später beim Lesen errötete. Der Text wimmelte von literarischen Referenzen, denn Isadora definierte ihr Leben durch die Romane, die sie gelesen hatte, und durch die Figuren, die sie darin kennengelernt hatte. Da Billy mir nichts in den Büchern hinterlassen und auch keine Passagen markiert hatte, musste der nächste Hinweis in einem der Bücher stecken, die Isadora erwähnte. Aber es waren zu viele.

Ich brauchte eine Ablenkung, aber der fast menschenleere Laden bot keine. Die einfallslos alphabetische Anordnung der Geschichtsbücher hatte mich jedes Mal gestört, wenn ich an den Regalen vorbeiging. Ich holte die Bücher heraus und machte

Stapel nach Jahrhunderten, von unseren Vorfahren – die Geschichte der amerikanischen Ureinwohner war am anderen Ende des Ladens untergebracht, in einer Unterabteilung für marginalisierte Völker und Gruppierungen – bis in die Gegenwart. Von der Prohibition über den größten Korruptionsskandal der 1920er-Jahre und Charles Lindberghs Transatlantikflug zum Börsencrash. Das war gar nicht so einfach. Ich konnte mich nicht entscheiden, ob ich Bücher über Roosevelt in einer Reihe vor dem Zweiten Weltkrieg oder verstreut einordnen sollte. Oder sollten die Biografien historischer Persönlichkeiten neben den anderen Biografien stehen? Ich gab mein Bestes. Es war nicht perfekt, aber besser als eine alphabetische Anordnung.

Die Türglocke läutete, und ich brauchte einen Moment, um Elijah ohne seinen Nadelstreifenanzug zu erkennen. Er trug T-Shirt und eine langbeinige Badehose, passend zu seiner Surferfrisur. Als er mich in der Geschichtsabteilung am Boden hocken sah, kam er zu mir herüber.

»Ich war gerade in der Nähe«, behauptete er. Wir führten einen quälenden Small Talk darüber, ob ich mich schon gut eingelebt hätte und wie der Sommer dieses Jahr war.

»Kann ich Ihnen einen Kaffee anbieten?«, fragte ich.

»Nein danke. Ich bin mit einem Freund beim Observatorium verabredet. Wir wollen wandern gehen.« Er lehnte sich an die Geschichtsregale, die ich schon neu sortiert hatte. Dann bückte er sich, um sich eine Socke hochzuziehen. »Sie haben meine Anrufe nicht beantwortet.«

»Sie haben angerufen?« Ich zog einige Bücher ein Stück vor, um sie in eine Linie mit den anderen zu bringen. Die chronologische Ordnung war definitiv besser.

»Mindestens ein halbes Dutzend Mal. Ich habe mit Malcolm gesprochen. Ein Restaurant war auf der Suche nach einem neuen Standort und hatte Interesse an dem Laden. Inzwischen haben sie aber einen anderen Standort gefunden.«

»Wieso dachten sie denn, Prospero Books sei zu verkaufen?«

»Es handelt sich um den Freund eines Freundes.«

»Und Sie haben ihm gesagt, wir wollen verkaufen?« Ich wusste nicht, auf wen ich wütender war – auf Elijah, der hinter meinem Rücken agierte, oder auf Malcolm, der sich Entscheidungen anmaßte, die mir zustanden. »Ich habe keine Absicht, zu verkaufen, es sei denn, ich finde jemanden, der Prospero Books als Prospero Books erhält.«

Elijah zog die Stirn in Falten. »Es wäre besser, in die Offensive zu gehen. Sobald die Bank eine Zwangsversteigerung anordnet, erzielen wir einen deutlich schlechteren Preis.« *Wir*, als wären wir ein Team. Als hätten wir dasselbe Interesse.

»Ich weiß Ihr Bemühen zu schätzen.« Ich legte ihm die Hand auf den Rücken und wollte ihn sanft Richtung Ausgang schieben. Er war größer als ich und blieb entschieden stehen. So schnell würde er nirgendwohin gehen. »Aber ersparen Sie mir die Freunde von Freunden. Wenn die rechte Zeit kommt, finden wir einen Käufer, der die Buchhandlung weiterführt.«

»So einen Käufer gibt es nicht. Jedenfalls keinen, der bei Verstand ist.«

»Dann nehme ich einen ohne.« Einen Nostalgiker. Einen Bibliophilen. Einen Philanthropen. »Hauptsache, er erhält den Laden als Buchhandlung. Immerhin handelt es sich um Billys Erbe.«

»Miranda.« Er sprach meinen Namen aus, als versuchte er, mich aus einem Versteck hervorzulocken. »Ich glaube, Sie erfassen die Situation nicht ganz richtig. Wenn der Laden bankrottgeht, sind Sie dafür verantwortlich.«

Wieder läutete die Ladenglocke, und ohne mich umzudrehen, wusste ich, dass es Malcolm war, der uns mit seinen glasklaren Augen beobachtete, überrascht und wütend. Wie hatte er Elijah bezeichnet? Als einen Kunstbanausen? Was war ich dann in seinen Augen, wenn ich Elijah ausgerechnet an dem

Morgen herbat, an dem Malcolm außer Haus war? Und was war Malcolm, wenn er mich nicht über die Anrufe des Kunstbanausen informierte?

»Elijah«, sagte er, und Elijah begrüßte ihn. Mir nickte Malcolm nur kühl zu. Ich setzte den gleichen Blick auf. Dann verschwand er hinterm Verkaufstresen, wo er unser Gespräch belauschen konnte, ohne von uns gesehen zu werden.

»Das Problem wird sich nicht von allein erledigen«, sagte Elijah und ging auf die Tür zu. »Ich rufe Sie in Kürze an. Dieses Mal sollten Sie den Anruf annehmen.« Seine Sneakers quietschen auf dem Holzfußboden.

Nachdem er gegangen war, näherte ich mich dem Schreibtisch, wo Malcolm sich im Computer einen Bücherkatalog ansah.

»Irgendwelche Anrufe, über die du mich nicht informiert hast? Unter Umständen von dem Anwalt, der gerade den Laden verlassen hat?«

»Steht alles im Heft«, sagte Malcolm, während er einen Mausklick tätigte.

»Welches Heft?«

Er reichte mir ein Notizbuch mit Spiralheftung, in dem Telefonate notiert wurden. Ich fand acht Nachrichten innerhalb der letzten zehn Tage, über denen in Malcolms Handschrift mein Name stand. Die Nachrichten selbst hatten immer den gleichen Inhalt: *Der Aasgeier.* »Das meinst du nicht ernst!« Ich wedelte mit dem Heft in seine Richtung.

Malcolm lachte. »Das ist doch eine treffende Beschreibung.«

»Findest du das wirklich lustig, Malcolm?«

»Ein bisschen schon.« Er zuckte mit den Schultern und fuhr fort, in dem Katalog zu lesen und sich darüber Notizen zu machen.

»Wenn du die Bücher, die du bestellt hast, zurückschicken musst, weil wir bankrott sind, ist es wahrscheinlich nicht mehr so lustig.« Ich merkte gar nicht, wie laut ich sprach, bis Malcolm zu grinsen aufhörte. Er kniff die Schultern zusammen. Offenbar war er getroffen.

Er blickte sich im Laden nach Leuten um, die mich gehört haben könnten. Die Gänge zwischen den Regalen waren so leer wie üblich um diese Morgenstunde, die Schriftsteller im Café steckten tief in ihren eigenen Gedankenwelten, und Charlie war glücklicherweise damit beschäftigt, die Bagels zu belegen.

»Nach oben«, sagte Malcolm, als sei ich ein Kind.

Ich folgte ihm in den dunklen Flur vor Billys Wohnung.

»Willst du mir etwa eine Predigt halten?«, fragte ich.

»Ich streite nicht vor unseren Kunden«, erwiderte er.

»Warum? Weil sie nicht wissen, dass wir fast pleite sind? Es dürfte kein besonders großes Geheimnis sein, dass eine verschlafene Buchhandlung wie diese früher oder später eingeht.«

»Wir sind keine verschlafene Buchhandlung.« Es war zu dunkel, um zu sehen, was für ein Gesicht Malcolm machte.

»Wie viele Bücher hast du denn gestern verkauft? Zehn?«

»Siebzehn«, sagte er, abweisend wie immer.

»Das ist ungefähr die Anzahl, die wir pro Stunde verkaufen müssten.«

»Es ist mitten im Sommer, Miranda.« Ich verabscheute die Art, wie er meinen Namen aussprach, genauso wie Elijahs.

»Nein, es ist Anfang Sommer. Die Verkaufszahlen sollten erst Ende Juli in den Keller gehen.«

»Und für so etwas bist du plötzlich Expertin?«

»Ich habe die Verkaufsstatistiken gelesen, offenbar im Gegensatz zu dir.«

»Die stimmen doch nicht. Die erfassen ja nicht einmal die gebrauchten Bücher.« Die Holzdielen knirschten unter seinen Füßen, als er vor und zurück wippte, um seinem Ärger Luft zu machen.

»Willst du etwa behaupten, unsere Haupteinnahmequelle

seien gebrauchte Bücher?« Auch meine Frustration brauchte langsam ein Ventil.

»Jedenfalls sind sie mehr als nichts.«

Ich verlangsamte meinen Atem und versuchte, ruhiger zu werden. »Schau mal, Malcolm, ich kann dich ja verstehen. Plötzlich tauche ich hier auf, eine wildfremde Frau, aber als Kind habe ich hier viel Zeit verbracht. Der Buchladen ist etwas ganz Besonderes für mich, und ich möchte ihn genauso ungern schließen müssen wie du.« Meine Augen hatten sich ans Halbdunkel gewöhnt, sodass ich Malcolm besser sehen konnte. Er kreuzte die Arme vor der Brust und wandte sich von mir ab. Obwohl wir uns nicht gut sehen konnten, brachte er es nicht über sich, mich anzuschauen. »Wir können nicht weiter so tun, als sei alles in Ordnung. Es muss sich etwas ändern, wenn wir jemanden finden wollen, der Prospero Books weiterführt.«

»Ich dachte, du willst nicht verkaufen.« Er klang überrascht und enttäuscht zugleich.

»Ich habe gesagt, dass ich den Laden nicht schließen will, und das will ich wirklich nicht, aber ich bin Lehrerin und habe ungefähr achthundert Dollar auf dem Konto. Ich verfüge nicht über die Mittel, den Laden zu finanzieren.« Als Malcolm nicht reagierte, fügte ich hinzu: »Du weißt hoffentlich, dass ich Elijahs Angebot nicht akzeptiert hätte, oder?«

»Ja, ich weiß.« Es klang ehrlich und ohne Hintergedanken, und das war ein Fortschritt. Immerhin glaubte er nicht, dass ich den Laden hinter seinem Rücken verkaufen würde. Er drehte sich zu mir um. Immer noch sah ich ihn nur schemenhaft, ein verschwommenes Etwas im ansonsten dunklen Flur. Als wir uns ins Gesicht sahen, so gut es ging, war ich mir aber immer noch nicht sicher, ob wir es fertigbrachten, miteinander auszukommen. Wir wollten dasselbe, waren aber keine Verbündeten. Das konnten wir auch nicht sein, solange wir Geheimnisse voreinander hatten.

»Er ist unmöglich«, sagte ich zu Jay, kaum hatte er den Hörer abgehoben, während ich im Flur vor Billys Wohnung auf und ab lief. Wut überschwemmte mich wie Adrenalin, und ich fühlte mich so lebendig, dass ich dieses Gefühl regelrecht genoss, obwohl ich nicht einmal wusste, warum ich so wütend war.

»Wer?«, fragte Jay und klang ganz verschlafen.

»Schläfst du gerade?«

»Hmm. Nein. Ich mache nur ein Nickerchen. Ich treffe mich noch mit den Jungs.« Ich hasste es, wenn Jay seine Freunde »die Jungs« nannte. Es erinnerte mich daran, dass er ein Kumpeltyp war, der Fußball spielte und Cargoshorts trug. Er gähnte in den Hörer. »Wer ist unmöglich?«

»Was?«

»Du hast dich über jemanden beschwert.« Bei ihm klang es, als würde ich das ständig tun.

»Der Typ, der den Laden hier am Laufen hält«, sagte ich genervt. Plötzlich hatte ich keine Lust mehr, über Malcolm zu sprechen.

»Malcolm?« Ich blieb stehen. Hatte ich Jay gegenüber Malcolms Namen erwähnt? Vielleicht ganz nebenbei und nicht so, dass Jay sich den Namen merken würde.

»Ich verstehe nicht, wie Billy mit ihm klarkommen konnte.«

»Warum? Was hat er denn getan?«

»Er ... er ...« Was hatte Malcolm eigentlich getan? »Er ist einfach ein Trottel.«

»Hältst du jeden, der nicht scharf auf dich ist, für einen Trottel?«

»Die wenigsten sind auf mich scharf.«

»Erstens stimmt das nicht, und zweitens hältst du die meisten Kerle sowieso für Trottel.« Jay mochte ein Kumpeltyp sein, aber er brachte mich zum Lachen.

Ich setzte mich auf den staubigen Boden und lehnte mich an Billys Wohnungstür.

»Du fehlst mir.« Jay schätzte mich falsch ein. Ich war keine Frau, die in Bars alle Augen auf sich zog. Joanie war eine. Und ich legte Wert darauf, in jedem Menschen das Gute zu sehen; das musste ich, wenn ich weiter als Lehrerin arbeiten wollte. Einen zynischen Blick auf die Zukunft Amerikas zu bekommen wäre der Anfang vom Ende.

»Wir sehen uns ja bald wieder. Weißt du schon, wann genau?«

Woher soll ich das wissen? hätte ich beinahe gefragt. Dann fiel mir der Nationalfeiertag ein, der 4. Juli. Ich hatte gesagt, ich würde da sein, und in dem Moment hatte ich mich sogar danach gesehnt. »Ich habe noch kein Ticket.«

»Aber es ist doch schon nächste Woche.«

»Vielleicht ist dir entgangen, dass ich hier ziemlich viel um die Ohren habe.«

Jay sagte nichts. Wahrscheinlich wartete er auf eine Entschuldigung dafür, dass ich so barsch war. Als die nicht kam, sagte er: »Ich muss noch duschen, bevor ich die Jungs treffe. Ich rufe dich später an.«

Nach dem Telefonat blieb ich noch eine Weile auf dem Fußboden sitzen. Im umgekehrten Fall wäre ich fuchsteufelswild geworden, hätte er sein Ticket noch nicht gekauft. Ich hätte ihm vorgeworfen, mich nicht ernst zu nehmen und mich hinzuhalten. Trotzdem tat es mir nicht leid. Ich hatte tatsächlich so viel um die Ohren, dass ich es einfach vergessen hatte. Das müsste Jay doch verstehen.

Bis Mittag hielt Malcolm sich von mir fern. Er saß am Schreibtisch hinter dem Kassentresen und unterbrach seine Lektüre nur, wenn ein Kunde etwas fragte oder bezahlen wollte oder ein Lieferant seine Unterschrift auf einem Lieferschein benötigte. Um eins übernahm Lucia im Café für Charlie. Ich saß an einem der hinteren Tische, las *Angst vorm Fliegen* und beobachtete das stille Treiben des Ladens. Es war zu still – und das musste sich ändern, wenn wir auch nur den Hauch einer Chance haben sollten, Prospero Books zu erhalten.

Ein Schriftsteller nach dem anderen verließ das Café, bis nur noch ein Pärchen, das sein erstes Date zu haben schien, und Dr. Howard da waren. Malcolm sagte Lucia, sie könne früher Feierabend machen, woraufhin sie schnell die unbesetzten Tische abwischte und aus dem Laden stürmte, bevor Malcolm es sich anders überlegte. Ich las weiter in Isadora Wings sexuellen Abenteuern. Was mich aber mehr beeindruckte, waren Passagen über Isadoras Beziehung zu ihrer Mutter, die sie gleichermaßen bewunderte und beschuldigte. Sie sagte, sie habe zwei Mütter: eine, die sie liebte und die ihr das Gefühl von Sicherheit gab, und eine andere, die Künstlerin geworden wäre, hätte sie nicht Isadora und deren Schwestern bekommen. Vielleicht waren alle Mütter ein wenig wie Isadoras. Meine auf jeden Fall. Sie war zwei Personen, eine, die ich immer gekannt hatte, und eine andere, die ich niemals kennenlernen würde.

»Der Spontanfick?«, sagte Dr. Howard. Schnell klappte ich das Buch zu und verdeckte das Cover mit den Händen. »Ach du liebe Zeit! Ich habe Sie in Verlegenheit gebracht.«

»Ich sollte das wohl lieber nicht in der Öffentlichkeit lesen«, gestand ich ihm zu.

»Seien Sie nicht albern! Dieser Roman hat Generationen von Frauen befreit. Er hat sie zur Masturbation ermutigt, zur Erkenntnis ihrer sexuellen Bedürfnisse, zum sogenannten Spontanfick. Er war die Initialzündung zur Emanzipation. Sie sollten ihn so oft lesen, bis der Buchrücken bricht und Isadora Wing aus den Seiten fliegt.«

Obwohl in Hörweite, war das Pärchen zu sehr mit sich selbst beschäftigt, um Dr. Howards Monolog mitzubekommen. Trotzdem wäre ich am liebsten unter den Tisch gesunken.

»Männer schreiben seit Jahrhunderten über die sexuellen Bedürfnisse der Frau. Da ist es nur recht und billig, dass eine Frau ganz offen darüber spricht. Es ist nur recht und billig, dass Sie es zu würdigen wissen.« Dr. Howard stand auf und reckte die Faust. »›Unsere ganze Geschichte hindurch wurden Bücher mit Sperma geschrieben, nicht mit Menstruationsblut‹«, deklamierte er Jongs Worte wie ein Mantra.

Die Turteltauben unterdrückten ein Lachen und schauten einander tief in die Augen. Malcolm kicherte beim Staubwischen der Regale. Ich zupfte Dr. Howard am Hemd, damit er sich wieder hinsetzte. Sex war mir immer peinlich, vor allem wenn ein Mann, der mein Vater sein könnte, über Ejakulate und Menstruationsblutungen sprach. Ich nahm mir fest vor, *Angst vorm Fliegen* nie wieder in Dr. Howards Gegenwart zu lesen, es sei denn, ich brauchte einen Cheerleader für mein sexuelles Erwachen. Außerdem würde es nirgendwohin führen, wenn ich das Buch wieder und wieder las. Ich hätte längst über einen Hinweis oder einen Gegenstand stolpern müssen, wenn es einen gegeben hätte, also versuchte ich, meine wachsende Angst zu ignorieren, dass Billy meine detektivischen Fähigkeiten überschätzte.

Das Pärchen trank seinen Kaffee aus und ging. Dr. Howard stapelte die Bücher auf seinem Tisch ordentlich, was darauf hinwies, dass auch er sich zum Gehen bereit machte. Alle seine Bücher waren so oft gelesen worden, dass die Buchrücken gebrochen waren. Als ich das sah, ging mir ein Licht auf. Gebrochene Buchrücken. Wir hatten Hunderte gebrauchter Bücher bei Prospero Books: Ausgaben, von denen Elijah gesagt hatte, dass sie von unserem Computersystem nicht erfasst wurden, Exemplare, von denen Malcom behauptete, sie würden unsere Schuldenlast leichter werden lassen. Es musste noch ein anderes Exemplar von *Angst vorm Fliegen* geben, ein gebrauchtes, das ich übersehen hatte.

»Teure Freunde und Mitbürger, lebt nun wohl.« Dr. Howard verbeugte sich und schlenderte zur Tür. Jetzt war ich mit Malcolm allein.

»Wenn Dr. Howard da ist, wird es nicht langweilig«, sagte Malcolm.

»Hast du es gelesen?« Ich zeigte Malcolm das Cover.

Er schüttelte sich. »Es war das Lieblingsbuch meiner Mom. Stell dir mein Entsetzen als Teenager vor, als mir klar wurde, worum es darin geht.«

»Dann muss deine Mutter eine Freidenkerin gewesen sein.«

Wieder schüttelte Malcolm sich. »Verwende die Wörter *Freidenkerin* und *meine Mom* nie wieder im selben Satz.«

Er legte den Staubwedel beiseite und deutete an, dass er gleich zurück sein würde, bevor er in die Küche verschwand. Ich nutzte die Zeit, um in den Abteilungen *Literatur* und *Feminismus* nach einem weiteren Exemplar von Jongs Buch zu suchen, aber gebrauchte Bücher waren dort nicht zu finden.

»Suchst du etwas?«, fragte Malcolm, als er mit zwei Gläsern zurückkam.

»Nichts Bestimmtes«, sagte ich. Er reichte mir ein Glas, in dem sich ein paar Fingerbreit einer bernsteinfarbenen Flüssigkeit befanden.

»Ich brauche einen Drink, wenn wir über meine Mutter sprechen.« Er setzte sich an einen der Tische im Café. »Für die Nachmittage, an denen nichts los war, hatte Billy immer eine Flasche Scotch in der Küche.«

Ich hob mein Glas in seine Richtung. »Ihre Gesetze interessieren mich nicht, Hugo, aber dieser Bourbon ist verdammt gut.« Malcolm starrte mich verständnislos an. »Es ist ein Truman-Zitat. Diese Worte hat er einst an Hugo Black gerichtet.« Immer noch schaute er so verdattert drein wie einer meiner Schüler, dem die Geschichte so abstrakt vorkam wie eine komplizierte Rechenart, so langweilig wie Grammatik und so irrelevant wie Latein. »Der Richter des Obersten Gerichtshofs? Der Vereinigten Staaten von Amerika?« Ich gab auf und vergrub das Gesicht in den Händen.

»Was bist du bloß für ein eigenartiger Mensch«, sagte Malcolm nicht ganz ernst.

»Das muss man sein, wenn man an einer Mittelschule unterrichten will.«

»Als Buchhändler auch.« Malcolm stellte sein Glas ab und legte die Hände auf den Tisch. »Ich glaube, wir haben uns auf dem falschen Fuß erwischt, als wir uns kennengelernt haben. Es ist mein Fehler. Aber ich … Als du hier im Laden aufgetaucht bist, wurde plötzlich alles so real. Oder wenigstens realer.« Es klang ehrlich. Offenbar glaubte er tatsächlich, mich zum ersten Mal hier im Laden gesehen zu haben, und hatte vergessen, dass wir uns auf Billys Beerdigung einen vielsagenden Blick zugeworfen hatten. Andererseits zuckte sein Mund, und er spannte die Schultern an, als zöge er sich in sich zurück. Immer noch baute er eine Mauer um sich. Und wenn er hinter dieser Mauer nicht etwas versteckte, konnte ich mir nicht vorstellen, wozu sie gut sein sollte.

Mein Telefon summte, und Malcolm und ich sahen beide, wie Jays Name im Display aufleuchtete. Ich schaltete es stumm. Der Scotch war stark, und ich hätte beinahe gehustet. Malcolm behielt ihn eine Weile im Mund, bevor er ihn herunterschluckte. »Dein Freund wartet bestimmt schon ungeduldig auf deine Rückkehr?«

»Ein wenig Zeit für sich tut ihm gut.« Ich wusste nicht, warum ich das sagte, warum ich Malcolm nicht wissen lassen wollte, wie ernst es mit Jay und mir war. »Wie hast du es geschafft, von dem Mutterthema abzulenken?«

»Ich hatte gehofft, du hättest es bereits vergessen.«

»Ich vergesse nichts«, sagte ich und wusste selbst nicht, was es bedeuten sollte. Malcolm wandte sich ab und schien mich trotzdem zu verstehen. »Deine Mom wohnt in L. A.?«

»Nein, in der Bay Area, wo ich aufgewachsen bin. Mein Dad arbeitet an der Universität von Berkeley. Sie haben sich getrennt, als ich noch klein war, aber beide sind in der Gegend geblieben. Meine Mom wollte, dass meine Beziehung zu meinem Vater erhalten blieb. Jedenfalls hat sie es versucht.« Das roch nach einer großen Geschichte, die Malcolm aber nicht erzählen wollte. Trotzdem war es mehr, als er mir bislang anvertraut hatte. Vielleicht war das, was ich für Heimlichtuerei hielt, bloß der Tatsache geschuldet, dass wir einander nicht kannten.

»Was hat dich hierher verschlagen? Ich dachte immer, Menschen aus Nordkalifornien hassen L. A.«, sagte ich.

»Ich mag den Osten der Stadt, der Rest ist mir egal.«

»Und Prospero Books?«

»Seit dem College komme ich hierher, nächsten Monat sind es zehn Jahre.« Malcolm trank zügig seinen Whisky. »Es erscheint mir so unwirklich, dass wir schließen könnten, aber wir wären nicht der erste alteingesessene Laden in der Nachbarschaft, dem das passiert.« Er nannte den alten Hamburgerstand, aus dem eine Pizzeria geworden war, den seinerzeit für seine Schachturniere bekannten Donutbäcker, der jetzt leer stand, die Schwulenbar, die einst für Schwulenrechte gekämpft hatte und jetzt eine Cocktail-Bar war, in der man auch edle Häppchen bekam. »Aber gegen Veränderungen ist man machtlos.«

»Unsinn!«, sagte ich, und in Malcolms klaren, hellen Augen lag eine Mischung aus Skepsis und Hoffnung. »Ich meine es ernst, Malcolm. Wenn wir den Laden nicht halten können, möchte ich nicht, dass er geschlossen wird. Bis Ende September kann uns nichts passieren. Das gibt uns ein wenig Zeit.« Bis dahin würde ich schon einen Monat lang an der Schule sein, aber mit Malcolms und Elijahs Hilfe könnte ich einen Verkauf vom anderen Ende des Kontinents aus bewerkstelligen.

»Wenn unsere Verkaufszahlen steigen, könnte ich ein paar Leute ansprechen, Leute, denen auch Billy getraut hätte …«

Mit brüchiger Stimme brach er ab, biss sich auf die Unterlippe und starrte in sein inzwischen leeres Glas. »Er war mein bester Freund. Ganz schön sentimental, ich weiß.« Er versuchte, seinen Atem zu kontrollieren, und ich fragte mich, wie seine Augen aussahen, wenn sie mit Tränen gefüllt waren, ob sie zu großen blauen Seen wurden, so warm, dass man darin baden konnte. »Ich wusste, dass er krank war. Er hat nie darüber gesprochen, aber wenn man jeden Tag mit jemandem zusammen ist, bekommt man mit, wenn etwas nicht stimmt.«

Wenn man jeden Tag mit jemandem zusammen ist, bekommt man auch mit, wenn er auf Schritt und Tritt die Vergangenheit mitschleppt.

»Hat Billy mich wirklich nie erwähnt?« Ich saß ganz ruhig da, während ich auf seine Antwort wartete.

Kaum merklich schüttelte er den Kopf, und es war wie ein Schlag in die Magengrube. Wir hatten über Malcolms Mutter und die Trennung seiner Eltern gesprochen, aber immer noch wollte er sich mir gegenüber nicht öffnen, wenn es um Billy ging. Aber ich hatte ja auch gelogen, was Jay betraf. Und ich hatte Malcolm nichts von der Schatzsuche erzählt. Vielleicht vermied ich es, weil ich fürchtete, er könnte denken, das sei der wahre Grund, warum ich den Laden retten wollte. Oder dass er mir helfen wollte, das Rätsel zu lösen, und mir so einen Teil des Abenteuers streitig machen würde. Vielleicht lag es aber auch daran, dass er eine echte Beziehung zu Billy gehabt hatte und Dinge über sein Leben wusste, die ich nie erfahren würde. Vielleicht wollte ich etwas mit Billy teilen, das Malcolm auf die gleiche Art ausschließ.

Ich griff zur Flasche und schenkte ihm Whisky nach.

»Prospero Books wird nicht schließen«, versprach ich ihm. »Das lassen wir nicht zu.« Wir saßen noch eine Weile da, tranken und machten einander Versprechen, die wir nicht würden halten können, und verschwiegen einander weiterhin Dinge, die wir längst hätten aussprechen sollen.

Draußen war es schon dunkel, als Malcolm ging, und im Kontrast dazu wirkte der hell erleuchtete Laden wie ein Standbild in Technicolor. Nachts, wenn hier keine Geschäfte und auch keine Verluste gemacht wurden, verwandelte er sich in den Laden, den ich als Kind gekannt hatte. Eine Bücherei. Eine Ansammlung von Geschichten und endlosen Möglichkeiten, die nur mir vorbehalten waren.

Da keine gebrauchten Exemplare von *Angst vorm Fliegen* unter *Feminismus* und *Literatur* zu finden waren, schaute ich in der Lyrik nach. Sowohl Isadora Wing als auch Erica Jong waren Dichterinnen. Vielleicht hatte jemand angenommen, das Buch gehörte ebenfalls zu den Titeln der Autoren, die sich mit den Rhythmen von Zeilen quälten. Aber auch da keine Jong. Als Nächstes durchsuchte ich die *Verbotene Literatur*. Doch trotz der Kontroverse, die der Roman ausgelöst hatte, stand er nicht zwischen *Wendekreis des Krebses* und *Lolita*. Dann suchte ich unter den Sachbüchern, falls jemand vergessen hatte, dass Isadora Wing trotz ihres erfüllten Lebens keine reale Figur war. Die einzigen beiden Exemplare des Romans waren und blieben die, die ich bereits gefunden hatte, eins unter *Literatur*, eins unter *Feminismus*. Aber die Regale im Laden waren ja nicht der einzige Ort, wo wir Bücher aufbewahrten.

Der modrige Geruch im fensterlosen Lagerraum war so intensiv, dass ich ihn als Erinnerung an Prospero Books mitnehmen würde, wenn ich fortging. Feministische Literatur steckte im hinteren Teil des Kabuffs. Und tatsächlich stand dort ein gebrauchtes Exemplar von *Angst vorm Fliegen* zwischen *Das andere Geschlecht* und *Das goldene Notizbuch*.

Das Cover zeigte den Ausschnitt eines nackten Frauenkörpers, und zwar den unteren Teil üppiger Brüste. Sie hatten etwas Suggestives, ohne aufdringlich oder ordinär zu sein. Ich sah an meinem T-Shirt hinab, das sich in Brusthöhe eher dellte als wölbte. Auf diese opulent feminine Art würde ich niemals sexy sein.

Ins hintere Cover geklemmt lag ein Umschlag mit mehreren in verblasster blauer Tinte beschriebenen Seiten.

6. Juni 1986

Billy,
ich war gestern bei dir, um mich zu entschuldigen. Du warst zu Hause. Durchs Küchenfenster habe ich dich gesehen, am Herd über eine Bratpfanne mit Spiegeleiern gebeugt. Du hattest immer Angst, deine Spiegeleier könnten anbrennen. Folglich waren sie nie ganz durch. Ich finde, das ist ein gutes Bild für unsere gemeinsame Zeit, aber ich widerstehe meinem schriftstellerischen Drang, deinen Kochfehlern ein literarisches Denkmal zu setzen. Ich habe dich zweiundzwanzig Minuten lang beobachtet. Das weiß ich, weil ich auf die Uhr geschaut habe. Jedes Mal wenn der Minutenzeiger die Zwölf passierte, sagte ich mir: Das nächste Mal gehst du an die Tür, klopfst und entschuldigst dich. Aber ich habe den Wagen nicht verlassen.

Ich glaube, ich sollte mich für alles entschuldigen. Was wir getan haben, war falsch. Ich wusste es seit dem ersten Mal, als wir auf deinem Wohnzimmerfußboden gevögelt haben, vielleicht schon eher, nämlich als ich zum ersten Mal Lust auf dich verspürte. Die Lust war real, aber nicht mehr. Sehnsucht. Sehnsucht nach dir, Sehnsucht nach Daniel, Sehnsucht danach, unseren Schmerz zu teilen. Die Trauer aber trägt jeder für sich. Sie wird uns niemals vereinen.

Obwohl wir das Falsche getan haben, war etwas fundamental Richtiges daran. Du hast mir geholfen, die nötigen Schritte zu unternehmen, nicht nur in meinen Memoiren, sondern für die Bewältigung von Daniels Tod. Habe ich dir eigentlich erzählt, dass Daniel Selbstmord begangen hat? Wir haben uns zusammengetan, weil wir beide einen geliebten Menschen verloren hatten, aber wir haben einander nie erzählt, wie sie gestorben sind und warum wir uns selbst die Schuld daran gaben. Ich habe Daniel gefunden. Ich hatte nicht gewusst, dass er eine Waffe besaß. Wir hatten zehn Jahre lang zusammengewohnt, und irgendwo – unterm Bett, in einer Schachtel im Schrank, in seinem Schreibtisch – war diese Kugel die ganze Zeit bei uns. Ich war nicht schuld an seinem Tod. Das verstehe ich jetzt. Das glaube ich jetzt. Du warst auch nicht an Evelyns Tod schuld. Das musst du glauben, wenn du je darüber hinwegkommen willst.

Dich kennenzulernen hat mein Leben bereichert. Du wirst es überleben. Wir beide werden es überleben. Und wenn wir wieder mit uns im Reinen sind, sehen wir uns bestimmt wieder.

Deine Freundin
Sheila

Genauer gesagt: die Freundin, die du gevögelt hast, Sheila. Es hätte mich nicht überraschen sollen, dass es nach Evelyn andere Frauen gegeben hatte. Billy war ja noch jung, als Evelyn starb, sah gut aus und war bei Kräften. Natürlich hatte es andere Frauen gegeben. Er war in Trauer, aber am Leben. Trotz der Frauen, trotz Sheila und ihrer Affäre, ließ seine Trauer nicht nach und wurde mit der Zeit zu Schuldgefühlen. *Du warst nicht schuld an Evelyns Tod.* Obwohl es nicht ungewöhnlich war, dass Menschen sich die Verantwortung für den Tod des Lebenspartners gaben, fand ich Sheilas Worte extrem. *Das musst du glauben.* Als sei Billy von seiner Schuld an Evelyns Tod überzeugt gewesen.

In dem Brief stand »schriftstellerisch«, also lief ich schnell nach unten und hoffte, Sheila in unserem Autorenverzeichnis zu finden. Mein Telefon klingelte, als ich noch auf der Treppe war, und als ich sah, wer es war, schwappte eine Welle von Schuldgefühlen über mir zusammen.

»Ich bin gerade beschäftigt«, sagte ich, als ich das Telefonat annahm.

»Dir auch einen schönen Abend«, lallte Jay.

»Ist es bei dir nicht zwei Uhr nachts oder so?« Ich lief durch den Laden in Richtung Schreibtisch und griff nach der Maus, um den Computer aus dem Koma zu wecken.

»Bist du neuerdings meine Mutter?« Er sprach in einem Ton, den ich nicht von ihm kannte. Es war ein Ton, den ich nie wieder hören wollte.

»Lass uns morgen reden. Ich rufe dich an, wenn ich aufstehe.« Ich öffnete Booklog und gab »Sheila« in die Autorenspalte ein. Dann wartete ich.

»Ich will aber jetzt reden. Nicht alles muss nach deiner Pfeife tanzen«, spuckte Jay.

»Du bist betrunken, Jay.« Der Computer grunzte leise, als wollte er nicht zum Arbeiten genötigt werden.

»Und?«

»Und das ist der Grund, warum wir morgen reden sollten, wenn du wieder nüchtern bist.« Ich machte mehrere Mausklicks, um die Sache zu beschleunigen.

»Hast du inzwischen dein Flugticket gekauft?«

»In den sieben Stunden, seit wir das letzte Mal telefoniert haben?« Glücklicherweise war Sheila kein häufiger Name, wenigstens nicht für eine Schriftstellerin. Booklog bot mir eine Handvoll an. Ich begann, die Liste hinunterzuscrollen.

»Warum willst du nicht nach Hause kommen?«

»Warum bist du so versessen darauf? Du gehst doch jetzt jeden Abend mit *den Jungs* einen trinken.« Ich scrollte weiter.

»Muss ich etwa zu Hause bleiben, damit du weißt, dass ich dich vermisse?«

»Ja, ich bin wirklich gerade beschäf…«

»Vögelst du ihn?«

Ich wandte mich vom Bildschirm ab. »Was? Wen?«

»Diesen Malcolm.« Eigentlich war Jay zu betrunken, um sich an Malcolms Namen zu erinnern, und doch tat er es. Und er hatte den Namen deutlicher ausgesprochen als alles andere in diesem hirnlosen Gespräch.

»Sei nicht kindisch.«

»Es muss doch einen Grund haben, dass du so lange wegbleibst.«

»Was ist bloß mit dir los, Jay? Ich bleibe so lange weg, weil ich das Erbe meines Onkels ordnen muss. Was verstehst du daran nicht?« Ich legte auf, bevor er antworten konnte. Ein Teil von mir wollte, dass er zurückrief, damit wir über Billy und Malcolm streiten konnten, aber er war wahrscheinlich schon schnarchend ins Bett gefallen, die Jeans an den Fußgelenken. Vielleicht waren alle Kerle so, wenn sie betrunken und eifersüchtig waren, aber Malcolm konnte ich mir nicht mit schlotternden Jeans vorstellen. Wenigstens nicht, weil er betrunken umgefallen war.

Draußen brachen die dunkelsten Abendstunden an, und in den schläfrigen Laden drang das Geplapper von Amüsierwütigen, die zwischen den Bars auf dem Sunset Strip flanierten. Ich hatte immer noch im Ohr, wie Jay *Malcolm* gesagt und jede Silbe so deutlich ausgesprochen hatte, als hätte er es gründlich geübt. Ich hätte schreien mögen, um die Stimmen zu übertönen, die in den stillen Laden drangen. Stattdessen zwang ich mich, nicht mehr an Jay oder Malcolm zu denken, sondern mich auf meine Recherche zu konzentrieren. Ich schaute nach Daten für die neun Sheilas, Geburtsdatum und Biografie, und fand zwei, die im richtigen Alter waren, um mit Billy 1986 eine

Affäre gehabt zu haben. Der Brief war ein paar Monate nach John Cooks Tagung geschrieben worden, zu einem Zeitpunkt also, als Evelyn seit wenigstens drei Monaten, höchstens seit zwei Jahren tot war. Wie lange hatte Billy dann schon um sie getrauert? Es gab zwei Sheilas, die es vielleicht wussten. Nur eine davon hatte Memoiren mit dem Titel *Daniel* geschrieben.

Sheila Crowleys Bücher standen in den Abteilungen *Literatur* und *Memoiren*. *Daniel* handelte von ihrem Ehemann und seiner bipolaren Depression. Ihr Stil war aufrüttelnd und hypnotisch. Aber ich konnte ihren Optimismus weder teilen, als Daniel anfing, sich medikamentös behandeln zu lassen, noch als der unvermeidliche Tag kam, als er die Pillen absetzte. Trotzdem konnte ich nicht aufhören zu lesen. Ich las, bis sich die Bürgersteige leerten und die Dunkelheit dem Morgengrauen wich. Restaurants und Cafés waren noch nicht geöffnet. Draußen war alles still.

Sheila fand Daniel auf dem Fußboden ihres gemeinsamen Badezimmers, eine Pistole in der Hand.

Auf der anderen Straßenseite wurde am Sunset Junction das Gitter hochgezogen. Baristas wischten die Tische entlang des Bürgersteigs.

Sheila stand an Daniels Grab, abseits der Menschen, die nur an dieser Stelle ihrer Memoiren vorkamen. Sie stellte sich vor, dass ihre Isolation der Einsamkeit glich, die Daniel immer empfunden hatte, sogar mit ihr.

Auf dem hinteren Cover war Sheila auf einem Schwarz-Weiß-Foto abgebildet, das schmale Gesicht von langen Haaren eingerahmt. Herausfordernd schaute sie in die Kamera, als wollte sie sagen: *Das bin ich. Sie müssen mich nicht mögen.* Damit konnte ich mich identifizieren, und irgendwie erschien sie mir vertraut.

Ich legte die Memoiren auf den Schreibtisch und googelte Sheilas Webseite. Danach hatte sie sieben Romane und drei

Memoiren geschrieben, eine davon war gerade erschienen. Dort fand ich auch ein neueres Foto. Sheila war jetzt pummeliger und älter, und ich erkannte, dass sie sich im wahren Leben nicht mehr so gut gehalten hatte wie auf dem Bild. Ich hatte sie auf Billys Beerdigung gesehen, den Arm um Dr. Howard gelegt und zu einer lauthals gesungenen irischen Hymne schunkelnd.

Ich las noch einmal den Text, den John Cook mir gegeben und der mich zu Sheila geführt hatte. *Was immer passierte, ich wusste, ich würde überleben.* Irgendwann, irgendwie hatte Billy gelernt, seine Trauer zu überstehen, seine Schuldgefühle zu zügeln. Und Sheila musste wissen, wie es ihm gelungen war. Sie musste auch wissen, was mit Evelyn passiert war.

ELF

»Kennst du Sheila Crowley?«, fragte ich Malcolm, als er später an diesem Morgen Bücher aus einer neuen Lieferung in die Regale ordnete.

»Ja, sicher.« Er wischte sich den Staub aus dem Bücherkarton von den Händen. Als er zu mir aufschaute, fuhr ich mir nervös mit der Hand durch die Haare. Dass ich ihn mir mit heruntergezogener Hose vorgestellt und mich seinetwegen mit Jay gestritten hatte, war mir so peinlich, als wüsste er von alledem.

»Weißt du, wie ich mit ihr Kontakt aufnehmen kann?«

»Sie ist gerade in New York.« Malcolm fasste in seine Hosentasche und holte ein Schablonenmesser heraus, drehte den Karton um und zerschnitt den Klebestreifen, der ihn unten zusammenhielt. »Oder in San Francisco, ich bin mir nicht sicher. Sie ist auf Lesereise. Am vierzehnten kommt sie zurück. Dann findet bei uns ihre Buchvorstellung statt.«

»Am vierzehnten Juli?« Das war erst in zweieinhalb Wochen. »Vorher ist sie nicht in der Stadt?«

»Es ist Sommer. Da treiben sich die Menschen sonst wo herum.«

Das stimmte. Ray, der Drehbuchautor, hatte sich seit über einer Woche nicht blicken lassen. Nicht einmal Dr. Howard war an diesem Vormittag erschienen. Seine Bücher lagen noch säuberlich gestapelt auf seinem Tisch, aber er selbst gab mir keine Gelegenheit, ihn nach Sheila Crowley auszufragen.

»Warum willst du denn so dringend mit ihr sprechen?«, fragte Malcolm.

Ich zupfte am Saum meiner Bluse. »Aus keinem besonderen Grund.«

Malcolm zerkleinerte den Karton und ließ sich von meinem Ausweichmanöver nicht aus der Ruhe bringen. Es war ein ungleicher Kampf: Mein Bedürfnis, hinter seine Geheimnisse zu kommen, stand gegen sein Desinteresse an mir. Mein Telefon summte, und ich ging schnell nach draußen, bevor ich antwortete.

Mein »Hallo« klang wie das eines Telefonverkäufers. Der Morgen war noch kühl, die Bürgersteige allein von Eltern und Kindern bevölkert, da es für Kinderlose noch zu früh war.

»Es muss ja schlimm gewesen sein, wenn du dich so meldest«, sagte Jay.

»Soll das etwa eine Entschuldigung sein?« Ich war wütender, als mir bewusst gewesen war.

»Komm schon! So schlimm war es doch gar nicht.«

»Ich dachte, du könntest dich nicht dran erinnern.« Ich wich zwei Frauen aus, die einen Powerwalk mit ihrem Kinderwagen unternahmen.

»Natürlich erinnere ich mich. Du hast einfach aufgelegt.«

»Weil du dich wie der letzte Arsch aufgeführt hast.« Eine der Frauen drehte sich zu mir um und warf mir einen tadelnden Blick zu, als fürchtete sie, ihr Kind könnte mich hören. Ich schaute tadelnd zurück. Mit Sicherheit hatte ihr Kind schon Schlimmeres zu Ohren bekommen.

»Interessant! Ich war also der letzte Arsch, ja?« Jay sprach mit seiner verführerischsten Stimme, aber darauf fiel ich nicht herein.

»Du hast mich beschuldigt, mit dem Geschäftsführer der Buchhandlung zu schlafen.« Ich war mir nicht sicher, ob Jay etwas in meinen Ton hineininterpretieren würde, wenn ich Malcolm beim Namen nannte.

»Ist es nicht süß, dass ich eifersüchtig bin?« Wieder diese verführerische Stimme.

»Es wäre süßer, wenn du nett zu mir sein könntest.« Ich trat gegen den Bürgersteig.

»Ich habe mal nach Tickets für nächste Woche geschaut. Die sind ziemlich teuer, aber ich habe Meilen angesammelt, die du übernehmen kannst.«

»Jay …« Es klang, als wollte ich mit ihm Schluss machen. »Ich muss mich um so viele Sachen kümmern, ich brauche noch ein paar Wochen.«

»Und wenn ich zu dir komme?«

»Was?« Es klang überraschter, als ich es beabsichtigt hatte. Lauter Ausreden schwirrten mir durch den Kopf. Es sei zu teuer. Er werde L. A. hassen. Sein Camp sei doch noch gar nicht beendet. Seine Mutter wäre enttäuscht, wenn er sich nicht zum traditionellen Feiertagsgrillen blicken ließe, und wir wüssten ja beide, wie sehr er es hasste, den Erwartungen seiner Mutter nicht zu genügen. Aber es gab keinen echten Grund für ihn, mich hier nicht zu besuchen, außer der ebenso schlichten wie unschönen Tatsache, dass ich ihn hier nicht sehen wollte. Und das Schlimmste war, dass ich nicht einmal wusste, warum.

»Nur so ein Gedanke«, antwortete er auf mein Schweigen. »Dann lege ich jetzt mal auf.«

»Jay«, sagte ich noch schnell, bevor er auflegte. »Ich würde dich wirklich gern sehen.« Ich wünschte, ich hätte nicht *wirklich* gesagt, denn es klang, als müsste ich mich selbst davon überzeugen.

Nach dem Telefonat lehnte ich mich ans Schaufenster der Buchhandlung und beobachtete ein Pärchen an der nächsten Straßenampel. Bestimmt gab es ein Emoji, mit dem gleichgültige Freundinnen ihr Bedauern ausdrücken konnten. Eine Katze oder ein Affe mit Träne im Auge, eine Kaskade von Herzen, die das ganze Display des Düpierten besprenkelte, oder vielleicht ein Selfie, auf dem ich wie ein Welpe dreinschaute.

Aber Jay hatte mich immer noch nicht nach Billy gefragt. Auch nicht nach Prospero Books. Warum sollte ich ihn hier haben wollen, wenn er sich nicht dafür interessierte, was hier vor sich ging? Außer für Malcolm und ob ich womöglich mit ihm ins Bett ging. Es kam mir beinahe vor, als wollte Jay, dass ich es tat.

Die Zeit schien immer langsamer zu vergehen, als ich auf Sheila wartete. Jede Stunde, jeder Tag lungerte vor sich hin wie ein Kunde, der nicht gehen wollte, obwohl er keine Absicht hatte, ein Buch zu kaufen. Auch ohne den nächsten Hinweis wollte ich während der Wartezeit aber nicht tatenlos herumsitzen und Däumchen drehen. Wenn ich es richtig verstand, hatte Sheilas Brief mir etwas Wichtiges offenbart: Billy gab sich die Schuld an Evelyns Tod. War er auf einer dunklen Straße betrunken Auto gefahren und hatte einen Unfall verursacht? Hatte er ihr eingeredet, ihre Kopfschmerzen hätten nichts zu bedeuten, obwohl sie das erste Anzeichen für ein Aneurysma waren?

Ich ergänzte meine Google-Suche um die dürftigen Informationen, die ich inzwischen über Evelyn gesammelt hatte: Evelyn Weston, Los Angeles, verstorben, Prospero Books, 1980er. Das genügte dem Internet aber nicht. Die Zentralbibliothek in der Innenstadt hatte die *LA Times* und *LA Weekly* seit ihrem Erscheinen digitalisiert. Auch wenn Evelyns Tod eine Tragödie gewesen war, konnte er nicht so grauenvoll oder ungewöhnlich gewesen sein, dass er es in die Presse geschafft hätte. Ich durchsuchte den Jahrgang 1984 nach der Eröffnung von Prospero Books oder einer Anzeige, die Evelyn aus diesem Anlass geschaltet haben könnte. Das Wort »Prospero« tauchte einmal auf, und zwar in einer Theaterkritik des *LA Weekly* über *Der Sturm* im Ahmanson-Theater. Das Lokalblatt *Los Feliz Ledger* gab es erst seit kurz nach der Jahrtausendwende, also konnte ich dort nichts über Evelyn finden.

Als sich auch die Bibliothek als Sackgasse herausstellte, nahm ich mir Billys Wohnung vor. Doch ich fand keine Evelyn, die sich in Billys Schrank verkrochen hatte. Sie steckte auch nicht im truhenähnlichen Couchtisch oder in der Besteckschublade neben den Einweg-Essstäbchen. Bei Prospero Books trieb sie sich auch nicht herum, auch nicht in den Bilanzen, die den stetigen Niedergang dokumentierten, oder in einem Hefter auf dem Schreibtisch.

»Suchst du etwas?«, fragte Malcolm, als er mich auf dem Fußboden hinter dem Kassentresen entdeckte, inmitten der Unterlagen aus sämtlichen Ablageordnern.

»Warum gibt es keine Unterlagen für die Zeit von der Geschäftsgründung bis kurz nach der Jahrtausendwende?« Ich hielt eine Bücherbestellung von 2002 in die Höhe, das älteste Dokument, das ich gefunden hatte.

»Wir haben nicht genug Platz.« Malcolm nahm mir das Blatt aus der Hand und inspizierte es. »Und wozu wir das hier aufbewahrt haben, kann ich dir auch nicht sagen.« Er zerknüllte die Bestellung und warf sie in den Papierkorb.

»Hey!« Ich holte sie wieder heraus und glättete sie, so gut es ging. »Das könnte wichtig sein.«

»Wozu? Steuerprüfungen können nur für die letzten sechs Jahre vorgenommen werden.«

»Es ist doch ein Stück Geschichte des Ladens.« Mehr sagte ich nicht.

»Die Geschichte des Ladens?« Malcolm nahm mir die Bestellung wieder aus der Hand. »Was hat die Bestellung von zwanzig Exemplaren *In meinem Himmel* denn mit dem Laden zu tun?«

Dass der Laden, genau wie der Roman, vor Tragödien nur so wimmelte. Auch wenn Susie Salmon vielleicht nicht aus dem Himmel davon erzählte, schwebte doch der Tod über dem Laden.

Stattdessen sagte ich: »Gerade die unwichtigen Dokumente enthüllen der Nachwelt den größten Teil über das Alltagsleben einer Zeit: Wie es sich angefühlt hat, konkrete Einzelheiten, die offizielle Dokumente übersehen. Dokumente wie dieses hier«, ich zeigte auf das zerknitterte Blatt, das Malcolm immer noch in der Hand hielt, »geben sehr viel über die Vergangenheit preis.«

»Soll ich dir für deine Predigt ein Podest holen?«

»Soll ich dir für deine Einstellung eine runterhauen?« Ich ballte eine Faust. Malcolm verdrehte die Augen und warf die Bestellung wie einen Basketball in den Papierkorb.

Nach diesem Gespräch änderte sich das Verhältnis zwischen Malcolm und mir. Wenn ich morgens die Treppe herunterkam, brachte er mir einen Kaffee. Er behauptete weiter seine Position am Verkaufstresen, aber er rief mich herbei, wenn ein Kunde eine besondere Bestellung aufgeben wollte, und schaute mir über die Schulter, wenn ich die Bestellung bei Booklog eingab, wobei er mir so nah kam, dass ich sein zimtiges Deodorant riechen konnte, in das sich eine moschusartige Note von Schweiß mischte. Als wir drei Vorabexemplare von Büchern über die Ermordung John F. Kennedys bekamen, bat er mich zu entscheiden, welches wir für den bevorstehenden Jahrestag des Ereignisses bestellen sollten.

Bevor er sich mit einigen Verlagsvertretern zum Mittagessen traf, setzten wir uns gemeinsam an den Schreibtisch und gingen die Verlagskataloge durch. Er zeigte mir, wie ich mich nach einzelnen Titeln erkundigen konnte und wo ich die Anzahl der gewünschten Exemplare eingeben musste. Später druckten wir auch die letzten Quartalszahlen aus, um zu sehen, was sich nicht verkauft hatte, bevor wir die betreffenden Bücher aussortierten und ihnen die letzte Ehre erwiesen, ehe wir sie an die Verlage zurückschickten.

Wenn Lucia abends nach Hause gegangen war, drehten wir das Türschild von *Geöffnet* auf *Geschlossen* und tranken dann einen Scotch. Ich versuchte, das scharfe Zeug zu genießen, während wir uns Strategien zurechtlegten, wie wir den Laden vor dem Bankrott bewahren konnten. Von den Webseiten verschiedener Buchhandlungen hatte ich gelernt, dass sie ständig Aktionen starteten, um neue Kunden zu gewinnen. Lesungen. Open-Mike-Veranstaltungen. Lesezirkel. Schreibwerkstätten. Treueprämien.

»Kein Offenes Mikro!«, protestierte Malcolm. »Ich schneide mir ein Ohr ab, wenn ich mir noch einen Slam-Poeten anhören muss.«

»Schade, dass wir keinen Alkohol ausschenken dürfen. Sonst könnten wir mit schlechter Literatur ein Vermögen verdienen«, sagte ich.

»Treueprämien finde ich in Ordnung«, sagte Malcolm. »Aber für die *Twilight Saga* gibt es keine Punkte.«

»Du bist so ein Snob!«

»Danke.« Er grinste. Aber elf Bücher für den Preis von zehn, Rabatte für die russischen Klassiker, Roald Dahl und unsere Bestseller würden nicht reichten, um den Laden zu retten.

»Wir könnten Kundenkarten in der Kaffeebar gegenüber auslegen«, schlug ich vor.

»Wollen wir denn mit einem Laden in Verbindung gebracht werden, der für seinen künstlich aromatisierten Kaffee bekannt ist?«

Meine Ideen abzulehnen fiel ihm leichter, als selbst welche beizutragen. Außer Lesungen und Lesezirkeln kam für ihn nichts infrage. Er weigerte sich sogar, Streichholzschachteln oder Leinenbeutel mit literarischen Motiven zu verkaufen, weil es die Klassiker angeblich verkitschte. Er rückte auch nicht von dem regional gerösteten Kaffee ab, der doppelt so teuer wie die Massenware war, und auf die Krankenversicherung unserer paar Mitarbeiter wollte er nicht verzichten, obwohl auch ich nicht wollte, dass Lucia und Charlie ihre Brille und den Zahnarzt ganz aus eigener Tasche zahlten. Malcolm begründete sein Veto in jedem einzelnen Punkt hochintellektuell, aber es waren bloß Ausreden. Ich schimpfte ihn elitär und anmaßend, was er beinahe als Kompliment auffasste, und beide umschifften wir das eigentliche Problem. Den Laden zu verändern bedeutete, Billy posthum zu verändern. Deswegen machten wir einen großen Bogen um den Billy, mit dem Malcolm tagtäglich zusammengearbeitet hatte, den Billy, der meine Kindheit mit seinen wilden Abenteuern bereichert hatte, den Billy, der mich noch als Erwachsene auf Schatzsuche schickte. Dieser Billy hätte Malcolm und mich verbinden können. Doch stattdessen teilten wir ein anderes Interesse, eins, über das sich leichter sprechen ließ und das nicht so geheimnisvoll war.

Wir hatten Prospero Books.

Eine weitere Sache, über die Malcolm und ich uns einigen konnten, war, uns helfen zu lassen. Das bedeutete, dass wir Lucia und Charlie einbezogen. Ich hoffte, dass sie Malcolm zur Vernunft bringen und ihm klarmachen konnten, dass Veränderungen nicht hießen, Billy zu vergessen, sondern uns im Gegenteil in die Lage versetzen würden, sein Werk weiterzuführen und zu ehren. Der Nationalfeiertag am 4. Juli war der einzige Tag in diesem Sommer, an dem der Laden geschlossen blieb und alle Zeit für ein Treffen hatten.

Am Morgen weckte mich ein Emoji-Feuerwerk von Jay. Es war das erste Mal in dieser Woche, dass die Kontaktaufnahme von ihm ausging. Er ging zwar ans Telefon, wenn ich ihn anrief, was täglich der Fall war, aber er hatte aufgehört, über die Picknicks, die Bocciapartien und Strandbesuche zu sprechen, die wir für diesen Sommer geplant hatten. Ich verstand, warum er sich verletzt fühlte, aber ich wusste auch, wie eng seine Familienbande waren. Er ließ alles stehen und liegen – eine Essensverabredung mit mir, einen Film, einen Kinobesuch, für den wir bereits Karten hatten, einen Spaziergang am Ufer des Schuylkill, einfach alles außer Fußball –, wenn seine Schwester seine Hilfe beim Aufbauen eines Schranks brauchte oder seine Mutter mit ihm essen gehen oder eine Vernissage besuchen wollte. Folglich hätte er verstehen müssen, dass ich gerade in meiner eigenen familiären Verpflichtung steckte und einer anderen Art von Heimwerkerhilfe und Galeriebegleitung nachgehen musste. Als das Feuerwerk auf meinem Display beendet war, warf ich das Telefon irgendwo in Billys Bett und versuchte, weiterzuschlafen.

Gerade war ich wieder eingedöst, als das Telefon piepte. Die Textnachrichten meines Vaters waren stets Befehle ohne vollständige Sätze oder Großbuchstaben: *ruf mich an*, *schau in deine mails*, *erzähl mir von schule*, *streng dich an*. Es hätte mich nicht überraschen sollen, als ich sah, dass seine letzte Nachricht nur kurz und knapp lautete: *wann heute abend*. Natürlich war es eine Frage des Alters, mit den Feinheiten moderner Kommunikationsmittel umzugehen, und doch fand ich es bemerkenswert, dass ihm die Aussicht, mich zu sehen, nicht die geringsten Gefühle abtrotzte.

Jedes Jahr luden meine Eltern ihre Nachbarn und ältesten Freunde, die Conrads, zum Grillen ein, bevor man gemeinsam an den Strand spazierte, um sich das Feuerwerk anzusehen. Ich konnte mich nicht erinnern, von meiner Mutter dazu eingeladen worden zu sein. Sie hatte es wohl für selbstverständlich gehalten, dass ich den Feiertag mit ihnen verbringen würde, da ich ja in der Stadt war. Seit dem Abend, als mein Vater beim Spiel der Dodgers auf der Couch eingeschlafen war, hatten wir nicht miteinander gesprochen, und das war elf Tage her. Ich hatte nicht angerufen, um zu sagen, dass ich nicht zum sonntäglichen Grillen kommen würde, und sie hatte nicht angerufen, um mich zu fragen, warum ich nicht gekommen war.

Kann heute Abend nicht … habe im Laden zu tun, schrieb ich meinem Vater.

Okay, schrieb er zurück. Nichts davon, dass wir uns bald sehen sollten oder ob ich am Sonntag kommen würde. Einfach nur okay. Es fühlte sich an wie das Anfangsstadium einer Trennung, nur schlimmer, weil Familienbande nicht an Bedingungen geknüpft sein sollten. Aber kein Grillen am Sonntag, kein

Baseballspiel konnte uns wieder in die Menschen verwandeln, die wir einmal waren. Das konnte nur durch eine Aussprache geschehen, die eine Sache, die wir nicht hinbekamen. Also akzeptierte ich die weitgehende Funkstille mit meinen Eltern und Jay und konzentrierte mich auf Prospero Books und das Treffen für den Mittag des 4. Juli.

Lucia und Charlie hatten dieser Verabredung zum Lunch widerstrebend und nur unter der Voraussetzung zugestimmt, dass sie nicht länger als drei Uhr ging. Zur Vorbereitung druckte ich Booklog-Statistiken aus, nicht nur unsere Tageseinnahmen, sondern auch Durchschnittseinnahmen anderer vergleichbarer Buchhandlungen, die erfolgreicher waren als wir. Ich stellte Tabellen mit unseren Betriebskosten und Zielvorgaben zusammen, die es uns ermöglichen würden, schwarze Zahlen zu schreiben. Daraus ergab sich: Wenn wir nur mit gebundenen Büchern handelten, müssten wir pro Tag fünfundsechzig Stück verkaufen, beim reinen Taschenbuchverkauf wäre alle dreieinhalb Minuten ein Verkauf fällig. Ich wollte gar nicht erst daran denken, wie viele Tassen Kaffee wir hierfür über den Tresen schieben müssten.

Im Käseladen der Sunset Junction kaufte ich Sandwiches und ein Sixpack von einem nordkalifornischen Bier, das Malcolm gern trank. Malcolm kam vor den anderen und pflanzte sich vor den Computer, um das Treffen vorzubereiten. Ich öffnete ein Bier und brachte es ihm.

»Oh, mein Lieblingsbier.« Er starrte auf das Etikett, als sähe er es zum ersten Mal. »Glaubst du, dass wir es schaffen?«

»Wir müssen es wenigstens versuchen«, sagte ich.

Die Ladenglocke läutete, und Lucia kam hereingestürmt. »Ich brauche was zu essen, um freundlich zu sein.«

»Unglaublich, womit sie durchkommt, wenn sie behauptet, unterzuckert zu sein«, sagte Charlie, der gleich hinter ihr hereinspaziert kam. Lucia sah die Sandwiches auf dem Tisch liegen, packte eins aus und verschlang es, bevor sie sich setzte. »Irgendwas stimmt mit dir nicht«, sagte Charlie, als Lucia sich den letzten Bissen in den Mund steckte.

Lucia wischte sich über den Mund. »Bringen wir es hinter uns. Charlie und ich wollen noch zu einem Lagerfeuer.«

»Bis dahin sind noch vier Stunden Zeit.«

»Mir fallen tausendundeins Sachen ein, die ich lieber tun würde als das hier. Ist nicht böse gemeint«, ergänzte Lucia mit Blick auf mich. Ich zuckte mit den Schultern und tat so, als machte es mir nichts aus.

»Ich werde mich beeilen«, sagte ich und wusste, dass sie es nicht mehr so eilig haben würde, zu ihrem Lagerfeuer am Strand zu gehen, sobald ihr klar wurde, vielleicht schon bald keinen Job mehr zu haben.

»Ist irgendwas im Busch?«, fragte Charlie. »Ihr beide wart in letzter Zeit ein Herz und eine Seele.« Ich schaute unauffällig zu Malcolm hinüber und sah, wie er errötete. Ich war mir ziemlich sicher, dass auch ich rubinrot glühte. »Ihr habt uns doch wohl nicht für eine Reality Show angemeldet oder so?«

»Charlie«, sagte Malcolm angeekelt. »Ich habe jeden Filmfuzzi persönlich aus dem Laden gejagt, der hier drehen wollte. Glaubst du wirklich, ich würde mich dazu herablassen, Prospero Books zur Kulisse einer Reality Show zu machen?«

»Ich hoffe, nicht«, sagte Charlie.

»Filmleute wollen hier drehen?«, fragte ich Malcolm.

»Ja, aber es wäre nicht richtig.«

»Denk nur mal daran, wie viel Geld es uns bringen würde.«

»Wir müssten den Laden an den Drehtagen schließen. Das ist es doch nicht wert. Außerdem können wir das unseren Kunden nicht antun.«

»Die können doch mal ein, zwei Tage auf uns verzichten.«

»Nein und noch mal nein, Miranda.« Charlie und Lucia schauten zwischen Malcolm und mir hin und her wie Kinder, die nicht wussten, ob sie sich auf die Seite von Mutter oder Vater schlagen sollten.

»Jedenfalls müssen wir etwas unternehmen, wenn der Laden nicht untergehen soll«, sagte ich viel zu laut und so gereizt, dass Lucia erschrocken Luft holte. Dann schwiegen alle eine Weile. »Ich wollte es euch nicht auf diese Weise beibringen«, sagte ich zu Lucia und Charlie. »Aber wir stecken in der Krise.«

Ich erklärte den beiden die Zahlen und Tabellen und hielt meine vorbereitete Rede über Stammkunden und welche Schlüsselfunktion sie hatten. Nur dass wir ihre Anzahl verdoppeln beziehungsweise verdreifachen sollten. Dass wir Menschen für Prospero Books gewinnen mussten, die in dem Laden nicht viel mehr als eine coole Location sahen, in der sie auf ihre überteuerten Lattes warteten. Lucia nickte eifrig. Ich wiederholte die Ideen, die ich bereits Malcolm vorgetragen hatte. Lesungen. Open-Mike-Runden. Lesezirkel. Schreibwerkstätten. Treueprämien. Ich war so überzeugend wie ein Anwalt beim Plädoyer. Wir könnten E-Books verkaufen. Leselampen. Kalender. Wenn wir Prospero Books als Buchhandlung erhalten wollten, müssten wir jeden Tag ein Stück vorankommen, bis zu unserem Schicksalstag, dem 1. Oktober.

Nach meiner Rede gab ich den anderen ein paar Minuten Zeit, die Neuigkeiten zu verdauen. Charlie kratzte an der Fuge zwischen zwei Kacheln, bis Lucia ihn stoppte. Malcolm trank sein Bier aus und öffnete zwei weitere, von denen er eins Lucia reichte. Auch dieses jeweils zweite Bier stürzten sie so schnell hinunter, und mir war klar, dass das Sixpack nicht reichen würde.

»Kann es wirklich sein, dass wir schließen?«, fragte Charlie nach einer Weile. Ich brachte es nicht übers Herz zu antworten. Malcolm offenbar auch nicht. Er pulte an seinem verschorften Daumen.

»Okay«, sagte Lucia plötzlich, als hätte sie eine zündende Idee. »Selbst wenn wir untergehen, kämpfen wir bis zum Schluss.«

»Das klingt ja, als hätten wir den Kampf bereits verloren«, sagte Malcolm.

»Es wird bestimmt nicht einfach«, dämpfte ich seinen Optimismus und unterstrich die Anzahl der Minuten, in denen wir von jetzt an jeweils ein Kinderbuch verkaufen mussten.

»Du kannst die verschiedenen Einnahmequellen nicht isoliert betrachten«, protestierte Malcolm.

»Es ist nur ein Beispiel.« Ich zeigte auf die Vergleichszahlen zwischen unseren Einnahmen und denen vergleichbarer Buchhandlungen im ganzen Land.

»Der Vergleich hinkt doch«, sagte Malcolm.

»Warum willst du es nicht verstehen?«, fragte ich ihn.

»Weil unser Laden eben nicht eins zu eins mit anderen vergleichbar ist.«

»Warum verkaufen wir denn nicht so viel wie andere?«, fragte Lucia. »Unser Standort ist super. Wir haben Stammkunden und ein hervorragendes Sortiment. Was machen wir falsch?«

Charlie sah sich die Tabellen an. »Hat Billy davon gewusst?« Er klang wie ein hintergangener Liebhaber.

»Nun mach aber mal 'nen Punkt«, sagte Malcolm. »Billy trifft keine Schuld.«

Billy mochte tatsächlich schuld daran sein, aber es half nicht weiter, darauf herumzureiten. »Wir haben noch genug Geld, um unsere Ausgaben bis Ende September zu begleichen. Aber wenn der Laden auch im Herbst noch geöffnet sein soll, müssen wir etwas ändern«, sagte ich.

»Soll das heißen, dass Sie hierbleiben?«, fragte Charlie.

»Ich muss Ende August nach Philly zurück.« Kaum hatte ich es ausgesprochen, wurde mir klar, dass ich bereits beschlossen hatte, den ganzen Sommer über zu bleiben. Ich versuchte, mich nicht schuldig zu fühlen und nicht an das fällige Gespräch mit Jay und die Belastung zu denken, die ich unserer Beziehung zumutete.

»Aber Sie müssen nicht verkaufen. Wenn es uns gelingt, den Profit zu steigern, kann der Laden in der Familie bleiben.« Charlies Stimme zitterte, und ich hätte ihn am liebsten dafür umarmt, dass er mich als Teil des Clans betrachtete und für eine bessere Chefin als irgendeine fremde Person hielt, selbst wenn diese den Laden vielleicht weitergeführt hätte.

»Ich kann kein Unternehmen vom anderen Ende des Kontinents aus führen«, sagte ich.

»Das kann Malcom doch tun. Er macht es ja schon seit Jahren.«

»Charlie«, sagte Malcolm tadelnd. »Wir werden schon den richtigen Käufer finden.«

»Wenn wir genug Zeit haben, um uns jemanden auszusuchen, kommt der Laden bestimmt in die richtigen Hände«, sagte ich. »Es tut mir leid, dass es nicht meine sind.«

Einen Moment lang schwiegen alle. Lucia verschwand und sagte, sie sei gleich wieder da. Ein paar Minuten später kam sie mit einer Kiste Bier, einer Flasche Tequila und vier Schnapsgläsern zurück. Ich muss wohl angewidert das Gesicht verzogen haben, als sie mir ein Schnapsglas reichte. »Mitgefangen, mitgehangen.«

Wir stießen alle an und kippten unseren Tequila herunter.

Auf der anderen Seite des Sunset Strips schlossen der Käseladen, die Kaffeebar und das Restaurant ihre Türen. Lucia sah auf die Uhr, sagte aber nichts. Zusammen listeten wir auf, wie die Menschen auf Prospero Books aufmerksam wurden: weil sie zufällig vorbeikamen, bei gelegentlichen Lesungen und Buchvorstellungen, durch Mundpropaganda, über Bewertungsportale im Internet. Lucia schenkte die nächste Runde Tequila aus.

Die Flasche war halb leer. Wir listeten andere Möglichkeiten auf, Prospero Books unter die Leute zu bringen: Anzeigen in regionalen Zeitungen, wöchentliche Veranstaltungen, Lesezirkel, Schreibwerkstätten, Diskussionsveranstaltungen zu interessanten Artikeln in Literaturzeitschriften, monatliche Veranstaltungen, ein Blog.

»Wir brauchen eine vernünftige Webseite«, sagte ich. »Eine schlichte Homepage genügt nicht. Und einen Facebook-Account. Und einen bei Instagram.«

Ich erwartete Malcolms Widerspruch. Stattdessen gestand er uns: »Ich wollte schon immer einen Blog über Noir-Krimis schreiben.«

»Und ich einen übers Häkeln«, sagte Lucia hoffnungsvoll.

»Das führt zu weit«, sagte Malcolm zu ihr, und sie streckte ihm die Zunge raus.

»Sollten wir nicht auch was für Kinder anbieten? Ich könnte Kinderbuchtage organisieren«, sagte Charlie, und schon wieder hätte ich ihn am liebsten umarmt.

Wir stellten eine Liste von Veranstaltungen zusammen, die wir auf unserer neuen Webseite bewerben würden, angefangen mit Sheilas Buchvorstellung, gefolgt von Abenden zu Ehren Raymond Chandlers, Hemingways und anderer Lieblingsschriftsteller von uns vieren, jeweils rund um ihre Geburtstage.

»Wir dürfen nicht mehr als einen Geburtstag pro Monat feiern«, warnte Malcolm. »Wir graben uns selbst das Wasser ab, wenn wir zu viele Veranstaltungen anbieten.«

»Aber du hast doch selbst Chandler und Hemingway vorgeschlagen«, hielt ich dagegen. Die beiden hatten im Abstand von zwei Tagen Geburtstag.

»So etwas nennt man Brainstorming«, korrigierte Malcolm mich.

»So etwas nennt man Brainstorming«, äffte Lucia ihn nach, und der Alkohol schwappte schon durch ihre Stimme.

Malcolm sprang auf, aber Lucia war schneller. Er verfolgte sie, bis er ihr in der Literaturabteilung den Weg abschnitt. Als er sich auf sie stürzen wollte, entwischte sie ihm mit einem Schritt seitwärts. Keuchend standen sie sich gegenüber, und als Lucia grinsend in meine Richtung schaute, tauchte Malcolm schnell ab, packte sie und warf sie sich über die Schulter. Sie trat mit ihren dünnen Beinen in die Luft, bevor sie sich schlaff wie ein sterbender Fisch hängen ließ.

»Lass mich runter, Malcolm! Ich meine es ernst.« Er hielt sie über den Mülleimer, und sie kreischte. Nach einer Weile stellte er sie auf die Füße. Ohne großen Kraftaufwand boxte sie seinen Arm. »Du bist echt noch ein Kind.«

Immer noch keuchend nahm Malcolm wieder Platz. »Im August ist nie viel los.« Er zeigte auf die Geburtstagsliste – James Baldwin, Charles Bukowski, Dorothy Parker – und verwies auf die Abende, an denen wir Lesungen veranstalten wollten. »Wir sollten uns nicht zu viel vornehmen. Vielleicht eine Lesung. Und Bukowski.«

»Aber gerade im August müssen wir die Verkaufszahlen steigern. Wie soll das gehen, wenn das der umsatzschwächste Monat ist?«, sagte ich.

»Man kann die Leute nicht in den Laden locken, wenn sie überhaupt nicht in der Stadt sind«, sagte Malcolm.

»Wie bitte? Jeder in der Stadt ist verreist? Ganz L. A.?«

»So ziemlich.«

»Auf jeden Fall biete ich meine Häkelgruppe im August an«, sagte Lucia trotzig.

Wir planten unsere Veranstaltungen bis Ende September, mit nicht gar so vielen Terminen im August, umso mehr dafür im September. Dann würde es einen Roald-Dahl-Tag geben, inklusive Schokoladenbrunnen, den Charlie zu bezahlen versprach, falls er sich nicht von selbst amortisierte, einen Ken-Kesey-Abend, regelmäßige Lesezirkel und Schreibwerkstätten bis zum entscheidenden 1. Oktober, wenn die nächste Hypothekenrate und die Ablösung des Geschäftsdarlehens fällig waren. Am 30. September würde es ein rauschendes Fest geben. Eine Gala. Eine Würdigung für Prospero Books, egal ob wir es geschafft hatten oder gescheitert waren. In jedem Fall würde es meine Abschiedsparty sein.

Als unsere Mägen knurrten, machte Charlie in der minimalistisch ausgestatteten Küche unseres Cafés Putensandwiches. Während wir aßen, erzählten sich Lucia, Charlie und Malcolm ihre Lieblingserinnerungen an Prospero Books. Lucia gab zu, das Lesen gehasst zu haben, bis sie *Wie die Garcia-Girls ihren Akzent verloren* entdeckte. Sie hatte ein fotografisches Gedächtnis und konnte die Augenbrauen- und Lippenpiercings jedes einzelnen Kunden beschreiben, dem sie dieses Buch verkauft hatte, die Ringe und Stiefeletten, die sie trugen, wenn sie ein paar Wochen später wiederkamen und um weitere Buchempfehlungen baten.

Charlie berichtete von seinem ersten Tag im Laden. Er hatte einen Bagel im Toaster vergessen, worauf sich das ganze Café mit Rauchschwaden gefüllt hatte. Er war überzeugt gewesen, gleich wieder gefeuert zu werden, aber Billy hatte ihm den Küchenwecker gezeigt und ihm erklärt, wie er Missgeschicke dieser Art vermeiden konnte.

Malcolm erinnerte sich an einen Stammkunden, der ganz in der Nähe des Tisches, an dem wir saßen, seiner Freundin einen Heiratsantrag gemacht hatte. An den Drehbuchautor, der sich jetzt ein eigenes Büro leisten konnte und deswegen kaum noch ins Café kam. Als er sein erstes Skript verkauft hatte, hatte Billy eine Runde Champagner ausgegeben. Nachdem ein anderer Autor vom Tod seines Vaters erfahren hatte, hatte Billy das Café geschlossen, damit der Autor in aller Stille trauern konnte. Einmal war ein junger Mann in den Laden gestürmt und hatte in der Literaturabteilung eine Seite nach der anderen aus den Liebesromanen gerissen, die seine Freundin so gern las. Malcolm wollte einschreiten, aber Billy hielt ihn zurück. Der junge Mann schredderte zehn Bücher, bevor er sich beruhigte. Dann bezahlte er sie, ohne einen weiteren Wutanfall zu bekommen. Später, der Kunde hatte den Laden inzwischen verlassen, legte Billy die herausgerissenen Seiten in eine Schachtel, die er im Lagerraum verwahrte. Malcolm meinte, sie müsste immer noch dort liegen.

Ich erzählte, dass Billy in meiner Kindheit oft mit mir hergekommen war und ich mir jedes Mal ein Buch aussuchen durfte, irgendeins, aber nur eins, und dass diese Bücher für mich magischer waren als jedes Buch, das ich mir in einer anderen Buchhandlung hätte kaufen können. Ich berichtete, wie Billy und Lee sich am Telefon gemeldet hatten. *Wo Bücher mehr gelten als Herzogtümer.* Lucia wiederholte es wie einen Schlachtruf, reckte die Faust und rief es immer wieder, *Bücher und Herzogtümer*, worauf ihr Bier auf den Tisch schwappte, bis Malcolm irgendwann sagte, sie solle sich beruhigen.

Ich beschrieb Silver Lake in den 90ern, als es noch keine Cafés und Käseläden gegeben hatte, sondern ständig Autos geknackt worden und manchmal sogar Schüsse gefallen waren.

Malcolm beklagte die Gentrifizierung und die Abwanderung von Normalverdienern, bis Lucia theatralisch gähnte und mit ihrer Serviette nach ihm warf. »Du wohnst in Echo Park«, sagte sie. »Also spiel dich hier nicht wie der Retter der Enterbten auf.«

Wir gaben unsere Erinnerungen über den Laden zum Besten, bis es draußen dämmerte und die ersten illegalen Feuerwerke zu hören waren. Wir stiegen aufs Dach, wo wir einen unverstellten Blick auf Echo Park und die Innenstadt hatten. Den Geräuschen nach zu urteilen, befanden wir uns inmitten eines Kampfgebiets.

Lucia und ich ließen die Beine von der Dachkante baumeln. »Wie viele Feuerwerke wir wohl zu sehen bekommen werden.«

Sie zeigte Richtung Osten. »Das über dem Stadion der Dodgers bestimmt.« Ihr Finger wanderte nach Westen. Inzwischen lallte sie. »Vielleicht sogar das in Century City oder das in Santa Monica. Der Himmel ist klar heute Nacht.« Malcolm stand an der anderen Seite des Dachs und war in ein angeregtes Gespräch mit Charlie vertieft. »Geheimnisse sind sooo langweilig«, rief Lucia ihnen zu. »Es sei denn, ich bin eingeweiht.«

»Wenn du wissen willst, worüber wir reden, musst du herkommen«, rief Charlie.

»Ich kann mich nicht bewegen. Wirklich nicht. Ich spüre meine Beine nicht mehr.« Sie schlug sich auf die Schenkel. »Nichts.« Der Himmel wurde dunkler, aber ich wollte mich nicht von hier wegbewegen. »Hast du dir deinen 4. Juli so vorgestellt?«, fragte Lucia und trank noch einen Schluck aus der Tequilaflasche.

»Du meinst, ob ich dachte, dass ich an diesem Tag versuchen würde, den Laden eines Onkels zu retten, den ich seit sechzehn Jahren nicht gesehen habe? Nein, definitiv nicht.« Ich hatte zu viel getrunken, um zu merken, wie laut ich sprach. Lucia hielt sich die Ohren zu.

»Ich sitze doch genau neben dir. Du brauchst nicht zu schreien.« Wir lachten, bis Lucia plötzlich ernst wurde. »Du hast Billy seit sechzehn Jahren nicht gesehen?«

»So etwas würde ich doch nicht erfinden.«

»Wie traurig!« Sie lehnte den Kopf an meine Schulter.

»Ja, das ist es.« Ich legte meinen Kopf an ihren. »Furchtbar traurig.«

Charlie kam zu uns herübergewankt und setzte sich umständlich neben Lucia. Er legte den Arm um sie und nahm ihr die Flasche aus der Hand.

»Du kommst ja nur wegen der Flasche zu mir«, sagte sie.

Malcolm blieb an der anderen Seite des Dachs. Ich ging zu ihm hinüber und beobachtete die Feuerwerkskörper, die in der

Ferne leuchteten. Obwohl wir ein Team waren und zusammen Pläne schmiedeten, wusste ich immer noch nicht so recht, worüber ich mit ihm sprechen sollte, wenn es nicht um Prospero Books ging.

»Tut mir leid, wenn ich da unten so schwierig war«, sagte er.

»Du? Schwierig?«

»Ich habe Billy andauernd in den Ohren gelegen, dass er Dinge ändern müsste. Aber jetzt, wo er nicht mehr da ist …« Er blickte auf das ferne Feuerwerk.

»Schon gut. Das kann ich verstehen«, sagte ich.

»Aber mein Veto gegen Open-Mike-Lesungen steht. Nicht jeder sollte ermutigt werden, seinen inneren Künstler zur Schau zu stellen.«

Ich stupste ihn mit dem Ellenbogen an. »Billy konnte von Glück sagen, dass er dich hatte.«

Malcolm starrte mich an, als sähe er mich zum ersten Mal. »Du bist ganz anders, als ich dachte.«

»Wie anders?« Meine Stimme klang hoffnungsvoller, als mir lieb war.

»Du bist …« Hinter uns explodierte eine ganze Batterie von Raketen und ersparte es Malcolm, seinen Gedanken zu formulieren. Lucia sprang auf und kam uns entgegen. Um uns herum entflammte der Himmel in Pink und Blau, und wir drehten uns in alle Richtungen. Lucia legte die Arme um uns und schrie, so laut sie konnte.

»Warum bin ich anders?«, schrie ich über Lucias Schulter.

Malcolm zwinkerte mir zu, dann schaute er wieder in den Himmel. Ich wollte seine Hand nehmen und fragte mich, was wohl passieren würde, wenn ich mit ihm nach unten ging und ihn an ein Bücherregal drückte. Würde ich ihn küssen? Würde er mich küssen? Er war nicht so attraktiv wie Jay, hatte keinen Waschbrettbauch, und mit seinen eingezogenen Schultern wirkte er stets, als fühlte er sich nicht wohl in seiner Haut.

Aber irgendetwas an ihm ließ mich nicht los, und ich konnte nicht so tun, als sei da nichts. Nur warum sollte ich mir etwas vormachen? Ich würde niemals seine Hand nehmen und ihn garantiert nicht verführen. Und das nicht nur, weil ich mit Jay zusammen war. Ich war einfach nicht selbstsicher genug. Ich konnte lediglich herumfantasieren, wie es sich wohl anfühlte, jemand zu sein, der erst handelte und die Konsequenzen seines Handelns später bedachte.

»Da hinten!« Charlie zeigte nach Westen, wo drei verschiedene Feuerwerke in den Himmel schossen. Sie zündeten ungleichmäßig und malten konzentrische Farbkreise auf das Firmament. Wo sie abgefeuert worden waren, wirkten sie auf die Betrachter bestimmt genauso grandios wie das über dem nahen Stadion der Dodgers auf uns. Ich stellte mir meine Mutter vor, wie sie neben meinem Vater auf einer Decke am Strand saß, die Hand mit seiner verschränkt, und die verglühten weißen Leuchtfäden ins Meer fallen sah. Dachte sie beim Anblick des Feuerwerks an mich? Dachte sie an Evelyn und Billy, an die Dinge, die sie mir nie erzählen würde?

Wieder zündete eine neue Salve, und Lucia reckte ihr Bier in die Höhe. »Und weiter geht's!«, schrie sie. Gelbe Glühfäden ergossen sich wie Regen, ehe ein weiterer Feuerwerkskörper in patriotischem Blau explodierte. Bevor sich das Blau auflöste, gab es die nächste Explosion, dann ein weiteres Dutzend. Wir standen Schulter an Schulter und sahen mehr Feuerwerke, als wir zählen konnten. Neunzig Sekunden lang schien es, als würde sich der Himmel nie wieder verdunkeln. Als der letzte Feuerwerkskörper zu Staub verglühte, schrie Lucia wieder: »Verdammt, es geht weiter!«

In den Hinterhöfen unter uns applaudierten Menschen. Auch wir klatschten und fielen in ihr Gejohle mit ein, bis wir heiser wurden, aber das war uns egal.

Wir johlten, bis unsere Kehlen schmerzten.

Noch stundenlang erhellten einzelne Raketen den Nachthimmel, bevor wir irgendwann wieder nach unten in den schlummernden Laden stolperten, wo sich unser Gejohle noch lauter anhörte. Irgendwoher kamen neue Getränke. Ich hatte keine Ahnung, was es war und wie viel ich davon trank. Ich wusste auch nicht, wann und wie ich in Billys Wohnung gekommen war. Am nächsten Morgen lag ich jedenfalls auf Billys Bett, allein, und die Jeans, die ich am Vortag getragen hatte, klebte an meinen Schenkeln. Ich konnte mich vage daran erinnern, Jay angerufen zu haben und dass er ganz verschlafen gesagt hatte, er läge ganz allein in unserem Bett. Vage erinnerte ich mich auch daran, ihm angeboten zu haben, etwas zu unternehmen, damit er sich nicht so allein fühlte, während ich mich bemühte, Malcolms Namen nicht aus Versehen fallen zu lassen und nicht explizit darüber zu sprechen, dass ich beschlossen hatte, den ganzen Sommer über wegzubleiben. Er hatte über meinen Annäherungsversuch gelacht und gesagt, er vermisse mich. Dann hatten wir uns auf einen Waffenstillstand geeinigt, weil trotz aller Enttäuschung und der ewigen Streitereien diese gewisse Chemie zwischen uns herrschte.

In Billys Schlafzimmer wurde es hell, aber ich blieb im Bett und dachte an Jay. Wenn ich am Ende des Sommers nach Hause zurückkehrte, würde er mich mit einem Strauß vom Flughafen abholen, und wenn ich Jay mit den Blumen sah, würde ich wieder spüren, wie gern ich ihn hatte. Ich würde froh sein, meiner vorübergehenden Lust auf Malcolm nicht nachgegeben zu haben. Die Schule würde wieder anfangen, und wir würden unsere Stundenpläne koordinieren. Wir würden wieder auf Schleichwegen durch den Westen Philadelphias fahren, ohne dadurch Zeit zu gewinnen. In den Schulfluren würden wir uns wie Kollegen verhalten und erst zu Hause wieder ein Paar sein, und alles würde so sein, wie es sein sollte.

Doch während ich mir all das vorstellte und mich daran zu erinnern versuchte, wie glücklich ich in Philadelphia war, musste ich immer wieder an Prospero Books denken, an Malcolms undurchdringliche Miene, an Charlies Grübchen, an die chaotische Lucia, an Billys Schatzsuche. Konnte ich hier wirklich weg, ohne das Rätsel zu lösen? Ohne herauszufinden, was Evelyn zugestoßen war? Worüber Billy und meine Mutter gestritten hatten? Konnte ich wirklich an die Ostküste verschwinden, wenn meine Mutter und ich immer noch nicht wieder miteinander sprachen? Wenn unsere Beziehung nicht wiederhergestellt war? Und wie konnte ich dem Laden den Rücken kehren, wenn wir ihn tatsächlich retten konnten? Aber würden wir ihn retten? Waren unsere Pläne wirklich hilfreich? Die Lesezirkel, Aktionen, Lesungen?

Vielleicht war es schon zu spät. Vielleicht war Prospero Books einfach nur ein weiteres Relikt des alten, des vergangenen Silver Lake, ein unzeitgemäßer Laden, der den Sprung in die Moderne verpasst hatte. Ich versuchte, mir einzureden, dass ich nur wegen meines Katers so trüben Gedanken nachhing und mein Dopaminlevel nach all dem Tequila im Keller war. Dennoch kam es mir an diesem grauen Morgen danach so vor, als hätten wir uns etwas Unmögliches vorgenommen.

Wenig, sehr wenig ist unmöglich. Hatte ich Alices Worte so schnell vergessen? Billy hatte an diese Worte geglaubt. Er hatte gewollt, dass auch ich daran glaubte. Ich musste es versuchen. Ich musste alles tun, was ich konnte, um Prospero Books zu retten.

ZWÖLF

Binnen einer Woche hingen Flyer und Postkarten mit Zitaten und dem Logo von Prospero Books an jeder Pinnwand in jedem Café und in jeder Bibliothek von Los Feliz, Silver Lake und Echo Park:

Lesen zu lernen ist wie ein Licht anzuzünden. – Victor Hugo

Gute Freunde, gute Bücher und ein schlummerndes Gewissen: das ideale Leben. – Mark Twain

Wir lesen, um uns zu vergewissern, dass wir nicht allein sind. – C. S. Lewis

Ich habe mir das Paradies immer als eine Art Bibliothek vorgestellt. – Jorge Luis Borges

Sobald du lesen kannst, bist du frei. – Frederick Douglass

Ohne Bücher kann ich nicht leben. – Thomas Jefferson

Die letzten beiden hatte ich beigesteuert.

An unsere Ladentür hatte Malcolm ein Plakat mit den Terminen unserer vier neuen Lesezirkel geklebt. Einer sollte sich mit Kleinverlagen und Debütautoren beschäftigen, die wir für unseren Laden gewinnen wollten. Ein anderer befasste sich, auf Malcolms besonderen Wunsch, mit der Literatur der Stadt und ein anderer mit Weltliteratur, ebenfalls auf Lucias besonderen Wunsch. Der letzte stand unter dem Motto *Klassiker*, den alten wie den neuen, was selbstverständlich war für einen Laden, dessen Name auf Shakespeare zurückging.

Unsere Gala hatte Gestalt angenommen: Samstag, 28. September, die Gäste sollten sich als Figuren aus der Literatur kostümieren, zwanzig Dollar Eintritt, zweihundert Tickets insgesamt. Der Ticketverkauf würde die durchschnittlichen monatlichen Verluste nicht decken, aber es wäre ein Anfang. Den Rest sollte eine Stille Auktion einbringen. Malcolm rief einen Möbelladen, Friseure und Fahrradläden in der Nähe an, um Spenden zu erbitten. Ich entwarf eine Pressemitteilung für regionale Zeitungen und Blogs. Lucia und Charlie verdonnerten befreundete Barkeeper und Kellner im ganzen Osten der Stadt, ihre Arbeitgeber um kostenlose Beiträge zum Catering sowie Essensgutscheine für die Versteigerung zu bitten. Auf diese Spenden waren wir genauso angewiesen wie auf die Unterstützung aus der Nachbarschaft. Alle – vom Floristen bis zum Verkäufer im Baumarkt – sollten verbreiten, es nicht ertragen zu können, wenn wir schließen müssten.

Ein Freund von Malcolm, der beim Radiosender KCRW arbeitete, verschaffte uns einen Fünfzehn-Sekunden-Spot im morgendlichen Musikprogramm, um Sheilas Lesung anzukündigen. Im Gegenzug mussten wir uns an der Rabattaktion für regionale Einkäufe beteiligen, die der Sender seinen Hörern bot. Obwohl Malcolm Zustände bekam, als er die Worte *zehn Prozent Rabatt* hörte, war es ein gewinnbringendes Arrangement für uns, denn es machte Menschen auf Prospero Books aufmerksam, die wir sonst nicht erreicht hätten.

Natürlich fand Sheilas Lesung an einem Sonntag um 19 Uhr statt, also genau während des wöchentlichen Grillens der Familie Brook. Einige Tage vor dem Termin schickte mein Vater einen seiner Befehle, und dieser hier schien besonders ernst gemeint zu sein: *sonntag antreten*. Als ich *werde es versuchen* zurückschrieb, setzte er nach: *mach deine mutter glücklich*. Am liebsten hätte ich darauf geantwortet, dass auch sie mich glücklich machen sollte, doch stattdessen schrieb ich nur, dass ich mein Möglichstes tun würde, um zu kommen. Ich wollte mir lieber nicht vorstellen, welchen Befehl er mir zukommen lassen würde, wenn ich ihm demnächst schrieb, nun doch nicht zu kommen. Zumal ich mich ja gar nicht mit ihm, sondern mit meiner Mutter auseinandersetzen wollte.

Es war drei Wochen her, dass ich zuletzt mit ihr gesprochen hatte. Als ich einmal den Kurs von Zehntklässlern mit der zuständigen Kunstlehrerin auf eine Italienreise begleitet hatte und eine Woche lang nicht mit meiner Mutter hatte sprechen können, hatte ich ihr versprechen müssen, jeden Tag zu mailen, weil sie sonst die amerikanische Botschaft kontaktieren und nachfragen würde, ob ich entführt worden sei. Also berichtete ich täglich, welche Schüler Wein aufs Zimmer geschmuggelt und welche heimlich geraucht hatten, welche Pärchen sich praktisch täglich trafen beziehungsweise sich tränenreich – und einmal in Form eines Faustkampfs – trennten. Wenn ich in den Staaten war, wurde sie nach sechsunddreißig Stunden Funkstille nervös, nach achtundvierzig hysterisch. Es hatte mir nie etwas ausgemacht, weil es mir gezeigt hatte, wie verbunden wir einander waren. Auch als ich weit weg gezogen war, war sie ein wesentlicher Bestandteil meines Lebens gewesen. Jetzt, da ich ganz in der Nähe war, lockerten sich diese Bande. Und ich war diejenige, die etwas tun musste, wenn ich diese Bande wieder festigen wollte.

Sie ging beim ersten Klingelton ans Telefon. »Ich stehe gerade in der Gemüseabteilung, Miranda. Es gibt Rhabarber. Ich kaufe welchen für einen Kuchen am Sonntag. Soll ich ihn mit oder ohne Erdbeeren backen?«

Ich ging in Billys Wohnzimmer auf und ab und suchte nach den passenden Worten. »Es tut mir wirklich leid, Mom, aber ich kann am Sonntag nicht kommen.« Ich hörte, wie ihr Einkaufswagen quietschend zum Stehen kam. »Wir haben an dem Tag unsere erste Abendveranstaltung, und da darf ich nicht fehlen.«

»Klar. Verstehe.« Der Einkaufswagen rollte weiter.

»Ihr könntet doch kommen. Sheila Crowley stellt ihr neues Buch vor.« Es kam mir wie die perfekte Lösung vor. Meine Eltern würden bei Sheilas Lesung anwesend sein. Meine Mutter würde sich daran erinnern, wie der Laden unter Evelyns Leitung ausgesehen hatte. Sie würde mir zeigen, was sich verändert hatte und was gleich geblieben war. Ich würde ihr erzählen, wie wir Prospero Books beleben und retten wollten.

»Sheila Crowley?«, sagte sie, als hätte sie diesen Namen lange nicht gehört.

»Ihre neuen Memoiren sind gerade erschienen. In den Neunzigern hatte sie einen großen Bestseller.«

»Ich weiß, wer sie ist.« Es klang fast beleidigt, als hätte ich sie beschuldigt, unbelesen zu sein.

»Dann kommt ihr also?« Ich setzte mich ganz vorn auf die Kante von Billys Couch und hoffte, sie würde Ja sagen.

»Ich habe schon den Fisch fürs Grillen gekauft.«

»Den könnt ihr ja am Montag essen.«

»Am Montag sind wir bei den Conrads.«

»Dann esst ihn am Dienstag.« Das Geräusch des rollenden Einkaufswagens hallte durch den Hörer.

»Bis dahin ist er verdorben.«

»Du kannst ihn ja einfrieren.«

»Aufgetauten Fisch darf man nicht wieder einfrieren, sonst ruiniert man die Konsistenz«, sagte sie beinahe entsetzt über mein Ansinnen.

»Dann wirf ihn weg. Ich würde mich wirklich freuen, wenn ihr kommt.« Ich knüllte den Saum meiner Shorts zusammen und hoffte, dass ihr die Ausflüchte ausgingen und sie einfach Ja sagte.

»Ich möchte dieser Frau nie wieder begegnen.« Ganz ungewollt schien es aus ihr herauszuplatzen. Sie hatte die Contenance verloren, und das geschah höchst selten.

»Du kennst sie?«

»Wir sind uns vorgestellt worden.« Schon hatte sie sich wieder im Griff.

»Als sie mit Billy zusammen war?«

»Sie waren nicht …« Ich erwartete, dass sie mich fragen würde, woher ich das wusste. »Diese Frau hatte keinen guten Einfluss auf Billy.« Sie machte ein Geräusch, als risse sie sich gewaltsam aus den Erinnerungen, von denen sie überwältigt worden war. »Wir sehen uns dann am Sonntag drauf.«

»Alles klar. Am Sonntag darauf«, sagte ich, obwohl ich ahnte, dass auch am Sonntag darauf etwas dazwischenkommen würde. »Mom?«

»Ja?«

»Du fehlst mir.«

»Du mir auch.« Ihre Stimme brach. »Wir sehen uns dann Sonntag in einer Woche.« Ich legte auf und lehnte mich auf Billys Couch zurück.

Wie hatte es so weit kommen können?

Meiner Mutter war jeder Arzttermin bekannt gewesen, den ich je gehabt hatte, sie wusste, welche Filme ich gesehen und welche Bücher ich gelesen hatte. Sie war mein lebendes Tagebuch. Alles teilte ich ihr ungefiltert mit. Dass der Klassenkasper Sam, für den jeder Lehrer ein potenzielles Opfer war, einen mit roter Farbe getränkten Tampon auf mein Pult gelegt hatte. Dass ich in der Mittagspause zwei Mädchen in der Toilette dabei erwischt hatte, wie sie sich den Finger in den Hals steckten, um sich zu übergeben. Dass mein Lieblingsschüler ein Essay abgegeben hatte, das von vorne bis hinten aus dem Internet abgeschrieben war. Dass ich einen merkwürdigen Auswuchs am Arm hatte und dachte, ich würde sterben. Er stellte sich dann als eine gutartige Zyste heraus, aber meine Mutter flog trotzdem zu mir nach Philadelphia, als das Ding ambulant entfernt wurde. Ich erzählte ihr auch, dass unsere Zähne aneinandergestoßen waren, als Jay und ich uns zum ersten Mal richtig geküsst hatten, und dass ich mir nicht sicher sei, ob ich mit jemandem zusammen sein konnte, der im Grunde gar nicht mein Typ war. Meine Mutter war immer die Erste gewesen, der ich alles beichtete. Sie war meine Vertraute, meine Ratgeberin, mein größter Fan. Umgekehrt wusste ich, wann sie sich mit einem neuen Kunden traf, ein neues Restaurant ausprobierte und mit Dorothy Conrad nach Arizona fuhr, um Antiquitäten einzukaufen. Ich kannte den Preis und die Qualität jedes einzelnen Kronleuchters, jeder Kleidertruhe, jeder Vase, die sie gekauft hatte. Aber all diese Dinge waren keine gutartigen Zysten. Keine verunglückten ersten Küsse. Nichts, was auch nur annähernd beschämend gewesen wäre oder einem das Gefühl gab, dass man seinen Beruf verfehlt hatte. Sie erzählte mir Anekdoten. Ich offenbarte ihr meine Unsicherheiten. Vielleicht konnten wir unsere alte Beziehung nicht wiederherstellen, weil wir uns nie so nah gewesen waren, wie ich angenommen hatte.

Meine Mutter wusste alles über mich.

Über sie wusste ich kaum etwas.

Am Tag von Sheilas Buchvorstellung kam Joanie schon am Nachmittag zu mir. Es war das erste Mal, dass ich sie wiedersah, seit die Proben zu den *Drei Schwestern* begonnen hatten. Sie lehnte an der Kommode in Billys Schlafzimmer, lockerte sich die Haare mit Blick in den Spiegel und berichtete minutiös von einem Mittagessen mit den berühmten Schauspielerinnen, die Mascha und Olga spielten, und wie man sich fühlte, wenn man in einem voll besetzten Lokal saß und von allen heimlich beobachtet wurde.

»Mein Regisseur findet es gut, wenn ich das jetzt schon kennenlerne, weil so viele berühmt werden wollen, bis sie es dann tatsächlich sind.« Joanie genoss es, *mein Regisseur* zu sagen. *Mein Regisseur. Mein Stück. Meine Karriere. Meine Berühmt-*

heit. Ich hoffte für sie, dieses Stück würde sich als so bedeutend erweisen, wie sie annahm.

Sie holte einen Lippenstift aus ihrer Tasche und winkte mich zu sich. Ich setzte mich auf die Bettkante, und Joanie drehte mein Gesicht zum Licht.

»Diese Lesung ist eine gute Idee. Bestimmt kommen viele Leute«, sagte sie.

»Malcolm hatte schon alles organisiert, bevor ich eingestiegen bin.«

»Klingt so, als kämt ihr jetzt besser miteinander aus.« Joanie drückte mir den wächsernen Lippenstift an die Lippen.

»Offenbar habe ich ein paar Tests bestanden. Und begriffen, dass er doch kein Arschloch ist.« Sie trat einen Schritt zurück, um ihr Meisterwerk zu bewundern, und sah mich an, als verstünde sie mich besser als ich mich selbst. »Was?«

Mit dem Zeigefinger tupfte sie mehr Lippenstift auf meine Unterlippe. »Männer denken immer ans Küssen, wenn sie scharlachrote Lippen sehen.«

»Da liegst du falsch.« Sie lächelte weiter ihr Joanie-Lächeln, dem weder Logik noch Fakten etwas anhaben konnten. »Ich habe einen festen Freund, Joanie.«

»Wie geht es der Sportskanone? Welche Position spielt er eigentlich? Bestimmt ist er Stürmer. Aber ich kenne mich da nicht so gut aus. Solltet ihr euch nicht trennen, muss ich meine Fußballkenntnisse verbessern.« Sie schloss den Lippenstift und warf ihn in ihre übervolle Tasche.

»Er spielt in der Verteidigung. Keine Ahnung, wie er reagiert, wenn ich ihm sage, dass ich noch sechs Wochen bleibe.«

»Du fehlst ihm. Das ist alles.« Joanie hielt sich ihr Handy vors Gesicht und prüfte ihr Aussehen, bevor sie ein Selfie machte. »Es hat einen Grund, warum Fernbeziehungen meist scheitern.«

»Wir haben keine Fernbeziehung«, sagte ich.

Joanie machte den Eindruck, als wollte sie das ausdiskutieren, doch dann entschied sie sich dagegen. Ich hätte sie gern aufgefordert, etwas dazu zu sagen, aber ich wollte nicht hören, warum Jay und ich in ihren Augen keine Zukunft hatten.

»Dann hat Sheila also den nächsten Hinweis für Billys Rätsel?«, fragte sie stattdessen.

»Das hoffe ich.« Ich öffnete die oberste Schublade von Billys Kommode und reichte ihr Sheilas Brief.

Joanie ging im Zimmer auf und ab, während sie ihn las. *»Seit dem ersten Mal, als wir auf deinem Wohnzimmerfußboden gevögelt haben?* Jessas!« Joanie wischte sich die Stirn wie Scarlett O'Hara.

»Lies weiter. Das Wichtige steht ganz unten.«

»Dich kennenzulernen hat mein Leben bereichert. Du wirst es überleben. Wir beide werden es überleben. Und wenn wir wieder mit uns im Reinen sind, sehen wir uns bestimmt wieder.« Joanie kniff die Augen zusammen, als würde sie darüber nachdenken, was das mit Billys Rätsel zu tun hatte.

»Nicht das!« Ich nahm ihr den Brief aus der Hand. *»Du trägst auch keine Schuld an Evelyns Tod. Das musst du glauben, wenn du je darüber hinwegkommen willst.«* Joanie zuckte verständnislos mit den Schultern. »Billy dachte, er sei an Evelyns Tod schuld.«

»Klingt wie das Überlebensschuld-Syndrom.« Joanie ließ sich aufs Bett fallen. Unser Gespräch schien sie zu langweilen. »Und was hat das überhaupt mit dem Streit zu tun, den Billy mit deiner Mom hatte?«

»Keine Ahnung. Meine Mom macht jedes Mal dicht, wenn ich auf Evelyn oder Billy zu sprechen komme.«

»Was sagt sie denn zu der Schatzsuche?«

»Davon habe ich ihr noch nichts erzählt.« Joanie wurde hellhörig. »Unser Verhältnis ist zurzeit ziemlich gestört. Wir sprechen kaum miteinander.«

»Findest du das gut?«

»Nein, aber du kennst ja meine Mom. Wenn sie nicht reden will, kann nichts und niemand sie dazu bringen.«

»Dann solltest du aufhören, ihr Fragen zu stellen, die sie nicht beantworten möchte.« Ich sah meine Freundin beleidigt an, und sie imitierte meinen Blick ironisch. »Du hattest immer eine gute Beziehung zu deiner Mom. Ich verstehe nicht, warum du das wegen eines Onkels, den du fast vergessen hattest, aufs Spiel setzen willst.«

»Ist das dein Ernst?« Joanie kannte mich noch aus der Zeit, als Billy für mich Abenteuer und Schnitzeljagden erfunden hatte, und manchmal hatte sie sogar mitgemacht. Sie war auch da gewesen, als er verschwand. Sie hatte mir damals den Weg in die Buchhandlung gezeigt, wo ich ihn wiederfinden wollte. Wie konnte sie all das wissen und gleichzeitig denken, nur weil ich nicht weiterwusste und nicht mehr mit meiner Mutter sprach, würde ich die letzte Aufgabe, die Billy mir stellte, nicht lösen wollen? »Seit wann setzt du dich dafür ein, sich unterzuordnen?«

»Du brauchst dich ja nicht komplett zu verbiegen. Ich will nur sagen, du sollst dich freuen, dass deiner Mom etwas an dir liegt.« Als Kind hatte Joanie zahllose Wochenenden bei uns verbracht, während ihre Mutter mit ihrem neuesten Freund in Hawaii oder Santa Barbara gewesen war. Abends hatte sie oft bei uns gegessen, wenn ihre größeren Schwestern vergessen hatten, sie von der Schule abzuholen. Jedes Mal wenn Joanie bei einer Schulaufführung die Hauptrolle gespielt hatte, wartete ich auf dem Parkplatz mit Blumen auf sie. Meine Mutter und ich. »Du solltest wegen dieser Sache nicht die Beziehung zu deiner Mutter riskieren. Das ist es nicht wert.«

»Spiele dich bloß nicht als Expertin für Mutter-Tochter-Beziehungen auf, nur weil du ein beschissenes Verhältnis zu deiner Mutter hast.« Joanie zuckte zusammen, als hätte ich sie bloßgestellt. »So habe ich das nicht gemeint.« Ich setzte mich neben sie aufs Bett. Sie wandte sich von mir ab. »Plötzlich fühlt sich alles zwischen meiner Mom und mir falsch an. Ich möchte ja, dass alles in Ordnung ist, aber sie verheimlicht mir etwas.«

»Das sind eben *ihre* Geheimnisse«, sagte Joanie kühl. »Du hast kein Recht, sie aufzudecken, nur weil du neugierig bist.«

»Es sind Familiengeheimnisse.«

»Warum ist dir das so wichtig?« Joanies Stimme klang wieder ruhiger, aber sie wandte sich immer noch von mir ab.

»Nachdem Billy verschwunden war, gab es nur noch meine Eltern und mich. Ich hatte keine Geschwister, keine Großeltern, Cousins oder Cousinen. Ich hatte immer das Gefühl, etwas zu verpassen. Ich möchte verstehen, warum unsere Familie nicht größer war.«

»Und du glaubst, du fühlst dich vollständig, wenn du weißt, warum Billy verschwand? So funktioniert das Leben nicht, Miranda.«

»Wenigstens könnte ich dann meine Mom besser verstehen.« Joanie nickte und drehte die Knie ein Stück in meine Richtung. Ich drehte meine Beine zwischen ihre, bis sie sich berührten. »Es tut mir wirklich leid, was ich gesagt habe. Können wir unsere Mütter nicht einfach tauschen? Ich nehme deine, und du kannst meine haben. Sie sitzt dann garantiert bei jeder Aufführung der *Drei Schwestern* in der ersten Reihe.«

»Die Plätze sind für VIPs reserviert«, sagte sie, immer noch schmollend.

»Sie würde auch mit der letzten Reihe vorliebnehmen.« Reumütig schlug ich die Augen nieder. »Kannst du mir verzeihen?«

Joanie seufzte. »Du kannst von Glück sagen, dass du so süß bist.«

Wir schlossen das Café schon um fünf, um alles für die Lesung vorzubereiten. Charlie, Joanie und Lucia wischten die Tische, während Malcolm und ich eine improvisierte Bar aufbauten.

Wir boten Wein und Bier gegen eine verbindliche Spende an, denn wir hatten keine Lizenz zum Alkoholausschank und konnten nicht riskieren, dafür belangt zu werden. Wir stellten Plastikbecher und Flaschen auf und umtänzelten uns im Rhythmus der Musik, wenn wir einander im Weg standen oder unsere Wege sich kreuzten. Bei sieben Dollar pro Drink würde ein hübsches Sümmchen für den Laden zusammenkommen, aber angesichts unserer wachsenden Schulden war es ein Tropfen auf den heißen Stein, genau wie die Einnahmen aus den anderen geplanten Aktionen.

Sheilas Fans erschienen eine halbe Stunde vor Veranstaltungsbeginn. Jedes Mal wenn die Ladenglocke läutete, drehte ich mich um in der Hoffnung, dass meine Mutter es sich noch einmal überlegt hatte, aber dann war es immer nur eine weitere junge Frau, die eins von Sheilas Büchern erwartungsvoll an die Brust gedrückt hielt. Ich sagte mir, ich sollte die Hoffnung aufgeben, aber beim nächsten Glockenklang schaute ich wieder zur Tür.

Als Malcolm erklärte, wir könnten anfangen, waren alle Plätze besetzt, und viele Zuhörer standen entlang der Bücherregale und verrenkten sich die Hälse, um das Podium im hinteren Teil des Cafés sehen zu können. Alle Köpfe drehten sich um, als Sheila den Raum betrat. Sie trug eine dunkle Sonnenbrille und ein farbenfrohes Halstuch, winkte einigen Leuten zu, während sie sich den Weg durch die dichte Menge bahnte. Bevor ich Gelegenheit hatte, mich vorzustellen, klingelte mein Telefon. Ich gab Malcolm ein Zeichen, dass ich nach oben gehen würde, und er tippte sich demonstrativ aufs Handgelenk.

Ich beugte mich über die Treppe, als ich Jays Anruf annahm. »Hey, ich kann gerade nicht reden. Ich rufe dich später an, okay?«

»Ich treffe mich gleich mit Leuten«, sagte er kühl.

»Was gibt es denn? Aber ich habe nicht mehr als ein, zwei

Minuten.« Ich lehnte mich ans Treppengeländer. Unter meinem Gewicht gab es etwas nach.

»Meine Mom besorgt uns Karten für die Mumienausstellung im Franklin Institute. Die geht nur noch bis August, deswegen möchte sie die Karten kaufen, solange es noch welche gibt.«

Eine Mumienausstellung war natürlich genau mein Ding, aber selbst wenn ich in Philadelphia gewesen wäre, hätte ich versucht, mich davor zu drücken. Jays Mutter war zwar nie offen unhöflich zu mir gewesen, behandelte mich aber immer wie Luft. Ich bezweifelte, dass ihr irgendetwas Bestimmtes an mir missfiel. Ich stand ihr und ihrem Sohn einfach nur im Weg. Aber jetzt, da ich die perfekte Ausrede hatte, wünschte ich, sie nicht vorbringen zu müssen.

»Ich wollte dir sowieso etwas sagen. Ich glaube nicht, dass ich vor der Orientierungswoche zurück nach Philly komme.« Ich biss mir auf die Unterlippe, um keine Entschuldigung hinterherzuschieben.

Jay sagte viel zu lange nichts. Dann: »Ich finde, ich hatte viel Geduld.« Dummerweise musste ich an dieser Stelle husten. »Die meisten Männer würden nicht den ganzen Sommer auf ihre Freundinnen verzichten.«

»Ich wusste nicht, dass ich deine Erlaubnis brauche, um in meine Heimatstadt zu fahren«, schnappte ich.

»Ich weiß, dass du vorher noch keine feste Beziehung hattest.« Er sprach mit seiner Lehrerstimme, die suggerierte, alles wäre ganz einfach, wenn man es nur richtig anging. »Aber wenn man sich wirklich an einen Partner binden will …«

»Erzähle *du* mir nichts von Partnerbindung! Wie oft habe ich mir samstagmorgens den Arsch abgefroren, um dir beim Fußballspielen zuzuschauen? Wie oft haben wir unsere Pläne geändert, weil deine Mom nicht allein zu einer Dinnerparty oder einer Kunstausstellung gehen wollte? Sie brauchte einfach nur zu rufen, und – schwupps – sind wir zu ihr gerannt. Ist dir eigentlich klar, dass du mich nicht ein einziges Mal nach Billy oder Prospero Books gefragt hast? Wage also ja nicht, mir etwas von Partnerbindung zu erzählen.«

»Ich wusste nicht, dass es dir eine Last ist, an meinem Leben teilzuhaben«, sagte er mit seiner anderen Lehrerstimme, und zwar der für uneinsichtige Schüler.

»Ach, fick dich, Jay!«

Plötzlich erschien Malcolm an der Treppe. Ihm musste klar sein, dass ich mitten in einer unschönen Auseinandersetzung steckte, denn sein Gesichtsausdruck veränderte sich von Verärgerung zu Bedauern. »Es ist Zeit«, flüsterte er.

»Ich muss auflegen, Jay.«

»Du bist unmöglich. Weißt du das? Aber okay, dann leg auf. Und bleib den ganzen Sommer da. Du kannst auch ganz dableiben. Tu einfach, was du willst, Miranda. Für mich spielt es keine Rolle mehr.«

»Fein. Eine sehr erwachsene Reaktion, Jay. So was von verfickt erwachsen.« Ich legte auf und schaltete mein Telefon aus, bevor Jay zurückrufen konnte.

Malcolm war ein hervorragender Redner. Er verglich Sheilas Schreibstil mit einem Ballett und zitierte Rilke, ohne aufgesetzt zu wirken. Sheila ordnete er in die Nachfolge von Schriftstellerinnen wie Joan Didion und Susan Sontag ein. Ich versuchte, mich auf seine brillante Einführung zu konzentrieren und Blickkontakt mit Sheila aufzunehmen, damit sie mich später wiedererkennen konnte, aber ich war von zu viel Adrenalin überschwemmt. Glaubte Jay wirklich, dass ich es witzig fand, den ganzen Sommer über von ihm getrennt zu sein und die Verbindung zu meinem Onkel erst nach seinem Tod wieder aufbauen zu können? Dass ich es witzig fand, mich mit meiner Mutter überworfen zu haben und plötzlich für die Rettung von Prospero Books verantwortlich zu sein?

»Ihre Worte faszinieren, inspirieren und motivieren. Nun also ohne weitere Vorrede die unvergleichliche Sheila Crowley«, sagte Malcolm.

Alle applaudierten. Malcolm bedankte sich ernst und schaute einen Zuhörer nach dem anderen an, bis er mich sah. Als Sheila ihn auf die Wange küsste, sah er mich immer noch an. Ich lächelte ihm zu. Ich wollte mich doch gar nicht mit Jay streiten. Auch mit meiner Mutter wollte ich nicht streiten. Aber das hier wollte ich: Blickkontakt mit Malcolm, Sheila lesen hören und den richtigen Moment abpassen, um sie anzusprechen.

Ich wollte genau da sein, wo ich war.

Zwanzig Minuten lang las Sheila aus ihrem Buch über den Sommer, bevor ihre Mutter in eine Entzugsklinik gegangen war. Damals war Sheila zwölf gewesen und sie hatten auf einer Ranch in Altadena gewohnt, wo ihre Mutter Hütehunde züchtete. Eine Hündin war trächtig. Sheilas Mutter lag betrunken auf der Veranda, und Sheila musste die Geburt begleiten. Ihre Stimme erinnerte an die einer Jazzsängerin. Stundenlang hätte ich ihr zuhören können. Die Stimme meiner Mutter war die einer Folksängerin. Auch ihr hätte ich stundenlang zugehört, wenn sie denn mit mir gesprochen hätte.

Sheila beendete das Kapitel, nahm die Brille ab und verneigte sich vor ihren applaudierenden Fans. Sie beantwortete die ersten Fragen, als die Ladenglocke wieder läutete. Statt meiner Eltern winkte mir Elijah von der Tür her zu. Ich winkte zurück, sah mich suchend nach Malcolm um und hoffte, dass er mich nicht verdächtigte, mit dem *Aasgeier* zu paktieren. Doch er bereitete den Tisch vor, an dem Sheila später ihre Bücher signieren würde, und hatte Elija glücklicherweise noch nicht bemerkt.

»Die letzte Frage«, bestimmte er kurze Zeit später und zeigte auf eine große Brünette, die an einem Regal mit Jugendbüchern lehnte. Sie sah wie ein Model aus, und da wir uns in L. A. befanden, war sie wahrscheinlich genau das. Überraschend überkam mich ein Anflug von Eifersucht, als er der schönsten Frau im Laden zunickte. Sie fragte Sheila, wie sie ihren Schreibprozess organisierte. Die Autorin fasste sich kurz und sagte, es gebe keine Zauberformel, vielmehr müsse jeder Schriftsteller seine eigene Arbeitsweise entwickeln. Die Brünette war offensichtlich enttäuscht über die vage Antwort, und ich hatte ein schlechtes Gewissen, dass ich mich darüber freute. Ich schaute zu Malcolm hinüber. Er war schon wieder mit dem Signiertisch beschäftigt und stellte die Bücher in einer Reihe auf. Sheila packte ihre Sachen zusammen, holte ihre Tasche unterm Podium hervor, und ich bahnte mir einen Weg zwischen den Tischen, um sie auf ihrem Weg zum Signiertisch abzufangen.

»Miss Crowley?«, sagte ich.

»Stellen Sie sich bitte in die Schlange, die Malcolm dort an der Wand bildet«, sagte sie, ohne aufzuschauen.

»Ich bin Miranda Brooks, Billys Nichte.«

Sheila schenkte mir ein breites Lächeln, das eine Zahnlücke preisgab. »Miranda! Ich wusste gar nicht, dass Sie hier sind.« Ihr Lächeln verschwand. »Es tut mir so leid wegen Billy. Auf dem Weg hierher dachte ich plötzlich, ich würde ihn hier wiedersehen, und dann traf es mich zum zweiten Mal wie ein Schlag.«

»Ich weiß, was Sie meinen.«

»Ich habe Sie schon einmal gesehen, als Baby.« Sie klappte die Memoiren zu, aus denen sie gelesen hatte. Die Seiten waren voller Bleistiftmarkierungen, mit denen sie die bereits gedruckte Fassung offensichtlich geändert hatte.

»War das in der Zeit, als Billy und Sie ein Paar waren?« Ich versuchte, es so klingen zu lassen, als sei das keine große Sache, aber meine Stimme verriet mich.

»Ich würde nicht sagen, dass wir je ein Paar waren. Es tut mir leid, wenn Sie das nicht hören wollen.«

»Doch, doch. Ich möchte alles hören. Ich habe Billy seit Jahren nicht gesehen.« Sheila gab Malcolm ein Zeichen, dass sie noch einen Moment brauchen würde.

»Und ich erzähle Ihnen gern alles.« Sie tätschelte mir die Hand. »Was ich jetzt aber noch lieber täte, ist ein Glas Rotwein zu trinken. Das werde ich brauchen, falls mich noch jemand nach meinem *Schreibprozess* fragt.« Ich versprach, ihr ein Glas zu holen, und sie sagte: »Holen Sie doch lieber gleich die ganze Flasche.«

Ich brachte einen Plastikbecher und eine fast volle Flasche zum Büchertisch, wo Sheila hinter einem Stapel ihrer Memoiren und etlichen Kugelschreibern Platz genommen hatte. Die Schlange ihrer Fans zog sich über die gesamte Regalreihe der Belletristik, umkurvte die historischen Bücher und den Tisch mit den Buchempfehlungen in der Mitte des Ladens.

»Ich glaube, wir verstehen uns«, sagte Sheila, als ich ihr den Becher einschenkte.

»Ich würde mich mit Ihnen gern über Billy unterhalten«, sagte ich.

»Sind Sie bereit, Sheila?«, fragte Malcolm und brachte einen weiteren Stapel ihrer Memoiren zum Tisch.

»Wir können uns hier morgen auf einen Kaffee treffen«, schlug Sheila vor, und wir verabredeten uns für den nächsten Morgen.

»Miss Crowley?«, sagte ein junger Mann, als er mit einem Exemplar der Memoiren auf den Tisch zukam. Seine Haare wellten sich im Nacken, und seine Hornbrille ließ ihn seriös erscheinen, obwohl ich nicht glaubte, dass er diesen Eindruck erwecken wollte. Außer ihm waren nur wenige Männer zu der Lesung gekommen. »Ich möchte Sie bitten, das für meine Mutter zu signieren.«

»Ich glaube, wir brauchen eine zweite Flasche«, flüsterte Sheila mir zu.

Ich beobachtete sie, wie sie das Buch signierte und den

nächsten Fan herbeiwinkte. Sie ging effizient vor, ohne abweisend zu sein. Sie war eben ein Profi.

Elijah kam zu mir. »Eine gut besuchte Veranstaltung.«

»Die erste von hoffentlich vielen. Schön, dass Sie gekommen sind.«

»Das versteht sich doch von selbst«, sagte er und schien ehrlich überrascht zu sein, dass ich nicht mit ihm gerechnet hatte. Das machte mir umso schmerzlicher bewusst, wer tatsächlich nicht gekommen war. »Ich kann nicht sagen, dass ich mit Ihrer Entscheidung, den Laden weiterzuführen, einverstanden bin, aber schließlich sind Sie die Nichte Ihres Onkels. Billy hätte dasselbe getan.« Schulter an Schulter sahen wir die Schlange vorwärts rücken. »Was haben Sie denn sonst noch geplant?«

Elijah nickte, als ich ihm von den Lesezirkeln, den anderen Lesungen und unserer Werbung im *LA Weekly* erzählte. Ich erwartete einen Vortrag, weil er eine solche Anzeige mit Sicherheit für zu kostspielig hielt.

»Ich kenne einen der Redakteure der Zeitung. Bestimmt kriegt er einen Artikel über den Laden in seinem Blatt unter.« Er machte sich eine Notiz, dass seine Sekretärin sich darum kümmern sollte, bevor er mir zum Abschied die Hand schüttelte. »Viel Glück«, sagte er, als ob ich es brauchte.

Nachdem Elijah den Laden verlassen hatte, trat Malcolm zu mir an das Regal mit den Geschichtsbüchern, wo ich staunend beobachtete, wie viele Frauen noch auf Sheilas Autogramm warteten. »Was wollte der Aasgeier?«

»Er hat seine Hilfe angeboten.«

»Du hast einen Feind zum Verbündeten gemacht?«, sagte er beeindruckt.

»Das scheint meine Spezialität zu sein.«

Malcolm zwinkerte mir zu, bevor er wieder auf dem Weg zu Sheila an den Menschen vorbeieilte, die auf eine persönliche Widmung hofften.

Es war fast Mitternacht, bis wir die Stühle auf die Tische gestellt und den Boden gewischt hatten. Malcolm begleitete Sheila aus dem Laden, und sie winkte mir zum Abschied zu. Ich hoffte, dass die große Resonanz auf den Abend ihr Kraft gegeben hatte, nachdem der letzte Zuhörer mit ihrem signierten Buch abgezogen war, aber sie wandte sich mit ihren vom Rotwein geränderten Lippen an Malcolm und sagte, noch nie so müde gewesen zu sein. Wie zum Beweis sank sie Malcolm quasi in die Arme, als er ihr aus der Tür half.

Sobald ich allein war, schaltete ich mein Telefon wieder ein und war mir sicher, dass Jay sich in der Zwischenzeit gemeldet hatte. Entweder mit einem entschuldigenden Emoji, das ich noch nie gesehen hatte, oder er hatte eine Litanei auf den Anrufbeantworter gesprochen, die vor Beschimpfungen nur so strotzte, damit ich erkannte, wie sehr er sich nach mir sehnte. So tickte er nun einmal. Aber ich hatte nur eine Nachricht von Joanie empfangen: *Sorry, dass ich eher gehen musste. Sheila war toll. Erzähl mir, was sie über Billy sagt!*

Ich ging die Treppe zu Billys Wohnung hinauf und zog meinen Pullover eng um mich. Von der Hintertür, die den ganzen Abend lang offen gestanden hatte, war kalte Luft nach oben gezogen. Ich fand es wunderbar, wie frisch die Nächte in Los Angeles waren, egal welche Hitze tagsüber geherrscht hatte. Es erinnerte mich daran, dass die Stadt trotz ihrer gepflegten Rasenflächen, der mondänen Bebauung und des Wassers, das aus allen Hähnen floss, eigentlich mitten in einer trockenen, lebensfeindlichen Wüste lag. Beinahe hätte ich Joanie angerufen, um ihr von meinem Streit mit Jay zu berichten, aber ich wollte ihre Theorie über Fernbeziehungen nicht bestätigen und sie nicht sagen hören, dass etwas Irreparables geschehen war. Ich wollte auch nicht hören, dass ich überreagierte. Mein nächster Impuls war, meine Mutter anzurufen. Sie wäre ganz ernst und still geworden, wie immer, wenn sie der Meinung war, ich hätte einen

Fehler gemacht. Das aber sprach sie nie aus. In diesem Moment hatte ich große Sehnsucht nach ihr. Doch selbst wenn ich sie anriefe, würde ich nicht die Frau erreichen, die ich im Sinn hatte. Also stieg ich einfach weiter die Treppe rauf, hoch in die Wohnung meines toten Onkels, wo ich vor der Kälte geschützt sein würde. Für den Moment musste das reichen.

DREIZEHN

Sheila kam mit einer Stunde Verspätung zu unserer Verabredung zum Kaffee. Ich war schon im Morgengrauen aufgewacht, zu aufgeregt, um zu schlafen. Jay hatte immer noch nicht angerufen, aber ich dachte nicht an ihn. Während ich in Billys Bett wach lag und auf die vertrauten Geräusche wartete, wenn Charlie das Gitter hochschob und Kaffeebohnen mahlte, konnte ich nur daran denken, was Sheila mir wohl erzählen würde. Sie musste wissen, was mit Evelyn passiert war und ob ihr Tod in irgendeiner Weise mit meinem Onkel zu tun hatte.

Zehn Minuten nach der verabredeten Zeit deckte ich die Tische ein, um mich von der Vorstellung abzulenken, Sheila könnte mich vergessen haben. Nach weiteren zehn Minuten überzeugte ich eine junge Frau zum Kauf einer Biografie, von der ich noch nie etwas gehört hatte und deren metaphorischer Titel keinerlei Hinweis auf den Inhalt enthielt. Eine halbe Stunde nach der verabredeten Zeit fand ich mich damit ab, dass Sheila nicht kommen würde. Sie hatte zu viel Wein getrunken und lag, wie ich vermutete, wahrscheinlich noch im Bett. Doch eine halbe Stunde darauf kam sie in den Laden gestürmt.

»Ich musste mich heute Morgen dringend um etwas kümmern. Das ist keine Entschuldigung, aber der Grund für meine Verspätung.«

»Schon in Ordnung«, versicherte ich ihr erleichtert.

Ich holte ihr eine Tasse Tee, und wir setzten uns an der Rückwand des Cafés an den Tisch, der einem die größte Ruhe bot und bei unseren Kunden merkwürdigerweise der unbeliebteste war.

Sheila nahm meine Hand. »Nein, das ist nicht in Ordnung. Meine Mom kam immer und überall zu spät. Bei meiner Abschlussfeier an der Highschool kam sie angerauscht, als ich bereits das Zeugnis ausgehändigt bekommen hatte.« Sie ließ meine Hand los. »Bitte entschuldigen Sie. Ich stecke gerade so sehr in der Vergangenheit fest, dass ich Schwierigkeiten mit dem Hier und Jetzt habe.«

Meine Mutter hatte mich noch bei keiner Veranstaltung warten lassen, dafür hatte bei meiner Abschlussfeier jemand anderes gefehlt. Zu dem Zeitpunkt hatte ich Billy seit über sechs Jahren nicht gesehen, und noch jetzt wünschte ich, er hätte mich auf der Bühne der Schulaula gesehen. Ob meine Mutter ihn dort gern gesehen hätte? Hatte sie seine Abwesenheit überhaupt bemerkt? Nicht nur bei meinem Schulabschluss, sondern bei jedem anderen größeren Ereignis, das ohne ihn stattgefunden hatte, wie ihr fünfzigster Geburtstag, der Todestag ihrer Mutter und der Evelyns?

»Miranda, sind Sie noch da?«, fragte Sheila.

»Sorry. Ich musste gerade an meine Mom denken.«

»Wie geht es Susan?«

»Gut.« Meine Standardantwort auf diese Frage. »Ehrlich gesagt weiß ich das gar nicht so genau. Ich habe eine Weile nicht mehr mit ihr geredet.« Ich dachte, Sheila würde mir vielleicht einen guten Rat für den Umgang mit Müttern geben, obwohl ich sie ja kaum kannte. Als sie nichts sagte, fragte ich: »Sie waren ziemlich lange mit Billy befreundet, oder?«

»Wir haben uns Mitte der Achtziger bei einer Therapie zur Trauerbewältigung kennengelernt. Wir haben da aber nicht lange mitgemacht.« Sheila sagte, alles an der Therapiegruppe hätte sie angestrengt, sogar der Name – *Vereinte Trauer* –, als ob die Verluste, die jeder erlitten hatte, zu einem Gemeinschaftsgefühl führen könnten. »Die einzelnen Bestandteile von Trauer sind keine Puzzleteilchen.« Sie pustete auf ihren Jasmintee, der daraufhin feine Wellen bildete. »Doch sie lassen sich nicht zum großen Ganzen zusammensetzen. Zu wissen, dass andere, lauter Fremde, ebenfalls trauerten, hat mir das Gefühl der Einsamkeit nicht genommen.«

Sheila erzählte, dass niemand in der Lage gewesen war, ihr dieses Gefühl zu nehmen, weder ihre Schwester noch die Therapeutin und nicht einmal der alte Labrador, der auf der Suche nach Daniel durchs Haus getrottet war. Wenn Daniels Hund ihr nicht hatte helfen können, bezweifelte sie damals, dass eine Gruppe depressiver mittelalter Witwer es vermochte. Sie betrachtete ihre Trauer als etwas, das mit der Zeit kleiner werden, aber nie ganz verschwinden würde.

»Nachschenken?«, fragte Lucia, die Kaffeekanne in der Hand. Ich hielt ihr meine Tasse hin, ohne aufzuschauen. Sie beobachtete uns und schien sich über die Intensität unseres Gesprächs zu wundern. Leise ging sie zu einem anderen Tisch.

»Warum haben Sie diese Therapie denn angefangen, wenn Sie nicht dachten, dass es helfen würde?«, fragte ich.

»Aus demselben Grund wie Billy. Ich hatte es meiner Schwester versprochen.«

In der ersten Woche hatte sie in der Gruppe nur zugehört, ohne selbst etwas zu sagen. Die Gruppenleiterin, Pamela, hatte ihnen die Aufgabe gestellt, einen Ort zu besuchen, der dem geliebten Verstorbenen wichtig gewesen war. Als die Gruppe diese Lieblingsorte besprach, stellte Sheila sich vor, sie wäre zum Muscle Beach gegangen. Daniel liebte es, die durchtrainierten Kerle beim Bankdrücken zu beobachten. Es beruhigte ihn, weil es ihm zeigte, wie wenig er selbst darauf angewiesen war, seine Muskeln zu trainieren, um sich stark zu fühlen. Sheila fragte sich, ob er noch am Leben wäre, wenn er diese äußere Stärke angenommen hätte.

Sie hatte sich die Trauergruppe wie die Treffen der Anonymen Alkoholiker vorgestellt, die sie mit ihrer Mutter besucht hatte. Dass dort die Tage seit dem Todesfall gezählt würden und den Fortschritt der einzelnen Teilnehmer quantifizierten. Aber diese Gruppe hielt ihre Toten am Leben, statt sie in die Vergangenheit zu verbannen wie Süchtige ihren Stoff.

»Malcolm!«, rief Sheila plötzlich. »Der Tisch ist doch sauber.« Ich drehte mich um und sah, dass Malcolm den Nebentisch polierte und uns dabei heimlich belauschte. »Wir versuchen, uns zu unterhalten.« Malcom und sie sahen einander lange an, bis er nachgab und einen anderen Tisch reinigte, der es brauchen konnte. »Was für ein neugieriger Mensch«, sagte Sheila.

Nach meiner bisherigen Erfahrung hielt sich Malcolm eher zurück. Wenn er uns tatsächlich belauscht hatte, musste ihn mein Interesse an Sheila oder ihres an mir nervös gemacht haben. Vielleicht fürchtete er sogar, sie könnte mir etwas erzählen, das er mir verschwiegen hatte.

»Kommen Sie.« Sheila stand auf. »Zu viele Spione. Außerdem kann ich einen Spaziergang gebrauchen.«

Ich folgte ihr aus dem Laden. An der ersten Straßenecke blieben wir stehen und warteten darauf, dass die Fußgängerampel grün wurde. Ich drehte mich noch einmal nach dem Buchladen um. Malcolm stand am Schaufenster und schaute uns nach.

Die Ampel schaltete auf Grün. Ich folgte Sheila über die Straße und fragte mich, ob Malcolm uns immer noch beobachtete. Die Vorstellung, dass er mir nachschaute, bis ich nicht mehr zu sehen war, gefiel mir.

»Ich spiele mit dem Gedanken, mir einen dieser Laufband-Schreibtische zuzulegen«, sagte Sheila, als sie einen Prius aufschloss, der vor der Kaffeebar stand. »Hemingway hat im Stehen geschrieben, nur dass ich natürlich nicht Hemingway bin.« Sie öffnete die Fahrertür.

»Ich dachte, wir gehen spazieren«, sagte ich.

»Sie wissen doch, dass man in L. A. erst mal kilometerweit fahren muss, bevor man spazieren gehen kann.« Sheila lächelte böse.

Ich stieg auf der Beifahrerseite ein, und Sheila fädelte sich in den Verkehr des Sunset Boulevards ein. Wir kamen an einem

Restaurant vorbei, das seit seiner Renovierung wie die Imbissstube aussah, die es verdrängt hatte, an einer alten Kirche, der die Veränderungen der ganzen Umgebung nichts hatten anhaben können, an dem unansehnlichen Niemandsland zwischen Silver Lake und Echo Park.

»Eins muss ich der Leiterin der Trauergruppe aber lassen«, sagte Sheila und traktierte das Lenkrad, als spielte sie Autorennen an einer Konsole. »Pamelas Aufgaben waren gut durchdacht.«

Denn als Nächstes sollte die Gruppe etwas tun, das der Verstorbene immer tun wollte und nie getan hatte. Danach besuchten alle das Lieblingsmuseum des Verstorbenen, hörten seine Lieblingsmusik, lasen sein Lieblingsbuch. Obwohl das den Schmerz nicht linderte, freute Sheila sich auf die Sitzungen und die Möglichkeit, die Erinnerung an Daniel mit den anderen zu teilen.

Sie bog in die Park Avenue und parkte vor dem See. In der Mitte des Echo-Sees schossen Wasserfontänen himmelwärts und trennten die Silhouette der Innenstadt in zwei Teile. Gelbe Paddelboote dümpelten auf dem blauen Wasser und umschifften vorsichtig die Seerosen.

Ich staunte darüber, wie blau der See war, und folgte Sheila über den Rasen, der von Pärchen und Obdachlosen bevölkert war, zum Sandweg des Nordufers. Sheila erzählte, zwei Monate lang sei sie der letzte Neuzugang der Gruppe gewesen, und das habe ihr gefallen, weil es ihr besonderes Gewicht verlieh. Doch dann bekam die Gruppe Zuwachs von einem neuen Trauernden.

Sichtlich nervös betrat Billy den stickigen Saal, in dem die Gruppensitzungen stattfanden. Er trug ein schmutziges weißes Unterhemd und verblasste Jeans. Sheila hätte ihn für einen Obdachlosen gehalten, wäre da nicht seine Armbanduhr gewesen. Mattschwarzes Zifferblatt. Stahl. Rolex.

»Ich wohne bei meiner Schwester und ihrem Mann, seit es passiert ist«, teilte Billy der Gruppe mit, während er an seiner teuren Uhr herumfingerte. Die Gruppe hatte genug Erfahrung mit dem bedeutungsvollen *Es*, um nicht nachzufragen, wer gestorben oder wie *es* passiert war. »Langsam bekommen sie Angst vor mir. Und das Baby auch.«

»Das waren Sie, meine Liebe«, sagte Sheila. Es fühlte sich aber nicht an wie ich, weil ich damals noch zu klein war, um mich daran erinnern zu können, sodass ich auf die Erinnerungen meiner Mutter angewiesen war. Jetzt konnte Sheila ihre Version der Ereignisse dagegensetzen.

»Warum bekommen sie Angst vor Ihnen?«, fragte Pamela.

»Wenn ich ins Zimmer komme, hören sie auf zu reden. Und das Baby fängt an zu weinen, wenn ich mich ihm nähere.«

»Menschen, die uns lieben, wissen oft nicht, wie sie uns helfen können«, sagte Pamela. »Deswegen müssen wir uns zunächst einmal selbst helfen.«

»Ich weiß nicht, ob ich das kann«, sagte Billy.

»Sie müssen es versuchen«, sagte Pamela.

Wochenlang nahm Billy an den Sitzungen teil, ohne etwas zu sagen. Er saß nur da, die Hände im Schoß gefaltet und mit dem Fuß wippend, während die anderen über die Lieblingsworte ihrer Verstorbenen oder deren peinlichste Kleidungsstücke sprachen, die sie dann verschenkten, weil sie sie immer gehasst hatten. Es gehörte zu Pamelas Strategien, vergessene Momente wieder bewusst zu machen und Ballast abzuwerfen. »Weniger ist mehr«, sagte sie, und Sheila erinnerte das damals unwillkürlich an die Ratschläge, die man jungen Autoren an die Hand gab. Sitzung für Sitzung schwieg Billy und erwähnte die Person, um die er trauerte, mit keinem Wort. Sheila wusste nicht einmal, wen er betrauerte.

»Das klingt jetzt vielleicht komisch«, sagte sie. »Aber Pamela ging es immer nur um Erinnerungen. In der Gruppe erfuhren wir alle möglichen Einzelheiten über die Verstorbenen, wie ihre Füße rochen und wie sie beim Lachen manchmal schnaubten, aber wir sprachen nie darüber, wie sie gestorben waren. Ich war darüber sehr froh. Die Sitzungen hätten sich sonst womöglich zu einem grotesken Wettstreit entwickelt, wessen Ehemann auf schmerzvollere Art gestorben war als mein Daniel.« Keiner in der Gruppe sprach über Krebs, tödliche Autounfälle oder Herzinfarkte. Aber alle sprachen. Nur Billy saß stumm da. Innerlich distanziert.

»Ich finde das nicht richtig«, hörte Sheila eines Tages eine Frau zu den anderen sagen, als sie darauf warteten, dass Pamela ihnen die Tür aufschloss. »Jede Woche schütten wir uns das Herz aus, und er sitzt einfach nur da.«

»Mich macht er ganz nervös«, stimmte ein bierbäuchiger Mann zu. »Ich mag in seiner Gegenwart schon gar nichts mehr sagen.«

In dieser Sitzung beobachtete Sheila Billy und versuchte zu begreifen, was die Gruppe so an ihm störte. Als der bierbäuchige Mann einen löchrigen olivgrünen Schal hochhielt, schaute Billy nicht hin. Der Mann sagte, dieser Schal sei das Erste und Einzige, was seine Frau je gestrickt hatte. Billy lachte nicht. Er schaute weiter auf seine Uhr und zählte die Minuten, bis er gehen konnte. Da verstand Sheila, was die Gruppe an Billy störte: Pamela konnte ihn mit ihrer Methode nicht erreichen. Und daran würde sich auch in Zukunft nichts ändern.

Sheila beobachtete ihn von jetzt an immer. Warum kam er überhaupt noch? Sie sah auch den schnittigen Wagen, von dem er nach den Sitzungen abgeholt wurde, und wie er wie ein Schuljunge nach dem Unterricht auf den Beifahrersitz hüpfte. Klarer Fall. Die Macht von Schwestern. Die Angst davor, sie zu enttäuschen.

Sheila musterte ihn weiter, weil sie sich zu ihm hingezogen fühlte, aber es dauerte Wochen, bis ihr klar wurde, dass dieses Gefühl sexueller Natur war. Jedoch war es anders, als einen Fremden zu begehren und ihn aus einer Bar mit nach Hause zu schleppen oder als sich von einem Kollegen auf einer Schriftstellerkonferenz verführen zu lassen. Billy existierte für sie nur zwei Stunden pro Woche. Sie konnte seine schönen Augen und weichen Lippen bewundern und tat es ungehemmt, weil sie nicht beabsichtigte, ihre Fantasien jemals in die Tat umzusetzen.

Bis Billy eines Tages so erschüttert in die Gruppe kam, dass er reden musste.

»Er ficht das Testament an«, sagte er. »Dabei braucht er das Geld gar nicht. Warum tut er mir das an?«

»Die Menschen trauern auf ganz unterschiedliche Weise«, sagte Pamela, während Billy aufgebracht auf und ab ging. Die Gruppe wurde unruhig. Man war doch gekommen, um über das Lieblingsessen der Verstorbenen zu sprechen. Stattdessen hatte Billy die halbe Sitzung damit verplempert, atemlos über seinen Schwiegervater zu sprechen, der ihn aus dem Haus klagen und ihm seine Buchhandlung wegnehmen wollte.

»Er liest nicht«, schrie Billy. »Was will er da mit einer Buchhandlung?«

Ein Glatzkopf stand auf. »Wenn er so weitermacht, gehe ich.«

Billy sah ihn irritiert an. »Ich habe doch auch zugehört, als Sie über die Handarbeiten Ihrer Frau gesprochen haben. Über ihre Kalligrafie. Ihre selbst gemachte Marmelade. Ich denke, Sie schulden mir den gleichen Respekt und sollten mich ausreden lassen.«

»Das waren alles unsere Aufgaben. Was war denn das Lieblingsessen Ihrer Frau? Haben Sie es mitgebracht?«

»Wir sollten uns an den üblichen Ablauf halten«, sagte eine Frau, die von oben bis unten in Erdtönen gekleidet war.

»Und wie geht es Ihnen damit?«, fragte Billy. »Hilft Ihnen das alles etwa?«

»Immer mit der Ruhe«, ging Pamela dazwischen. »Wir sollten jetzt jemand anderen zu Wort kommen lassen, Billy.«

»Als mein Mann gestorben war, wollte seine Mom mir unseren Hund wegnehmen.« Sheila merkte erst, dass sie etwas sagte, als sich alle zu ihr umdrehten. »Dabei mochte sie keine Hunde. Sie wollte mir nur einen Teil ihres Schmerzes aufbürden. Dein Schwiegervater sollte dir leidtun, denn er hat Angst, sich seiner Trauer zu stellen.«

Billy schaute sie an. Zwischen ihnen flogen Funken. Der Saal verschwand. Die Zeit blieb stehen. In seinem Blick sah sie alles, was sie beide miteinander tun wollten.

»Möchte jemand ein Stück Kuchen?«, unterbrach eine in Kaschmir gekleidete Frau die Stille und drehte den Geburtstagskuchen auf ihrem Schoß.

»Gute Idee«, sagte Pamela.

»Danke«, sagte Billy zu Sheila, als sie die Sitzung verließen. »Du scheinst die Einzige zu sein, die ihren eigenen Kopf zum Denken benutzt.«

»Das ist nicht ganz fair«, erwiderte Sheila.

»Ich habe gerade keine Lust, fair zu sein«, sagte Billy.

Die folgende Sitzung würde Sheila nie vergessen. Die anderen wollten Billy nicht dabeihaben, aber als er die Therapie abbrach, war es ihnen auch nicht recht. Sie waren regelrecht neidisch, weil er selbstsicher genug war, um zu tun, was er wollte.

»Er besitzt die Frechheit, einfach nicht mehr zu kommen?«, sagte der Glatzkopf. »Erst beschimpft er mich und dann bleibt er einfach weg?«

»Wir können unsere Mitmenschen nicht beherrschen«, sagte Pamela. »Nur uns selbst.« Alle nickten. Sheila war dieser Lehrsatz vertraut erschienen, der bestimmt so ähnlich in der Kirche oder bei den Anonymen Alkoholikern verkündet wurde.

Nach dieser Sitzung stieg auch Sheila bei der Trauergruppe aus. Sie war sich nicht sicher, ob Billy die Gruppe für sie vergiftet hatte oder ob er ihr nur vor Augen geführt hatte, was sie eigentlich schon selbst wusste: dass Pamelas Methode bis zu einem gewissen Punkt hilfreich war, aber nicht weiterführte. Sie war bereit für die nächste Phase.

»Ich hatte nicht damit gerechnet, jemals wieder etwas von ihm zu hören«, sagte sie mir, als wir den See an der Stelle umrundeten, wo er dem Highway am nächsten war. Wir hörten den Verkehrslärm und rochen die Abgase. »Aber ein paar Wochen später hatte ich eine Nachricht von ihm auf dem Anrufbeantworter.«

Sie trafen sich in einem Café der Main Street in Santa Monica, in das Sheila oft zum Schreiben ging. Billy trug ein Oberhemd, das er in eine Khakihose gestopft hatte, Sheila eine schwarze Tunika und eine schwarze Hose. Ihre Haare waren unfrisiert und strähnig. Seit Daniels Tod hatte sie es nicht mehr gefärbt. Als sie Billy sah, wünschte sie, sie hätte eine getönte Feuchtigkeitscreme aufgetragen und sich die Augen geschminkt. Stattdessen sah sie garantiert müde und alt aus, Billy dagegen jung und gefasst.

»Heute Morgen musste ich eine eidesstattliche Erklärung abgeben«, sagte Billy. »So ein Schwachsinn! Aber mein Anwalt sagt, dass ich die Sache ernst nehmen muss. Je weniger ich kooperiere, desto mehr zieht sich alles in die Länge.« Billy erklärte, Evelyns Vater sei ein konservativer Mensch, der seine Tochter zu jemandem hatte machen wollen, der sie nicht gewesen war, und dass er über ihren Tod hinaus versuchte, sie zu beherrschen.

»Er kann das Haus und die Ferienhütte von mir aus haben, das ist mir überhaupt nicht wichtig. Aber die Buchhandlung? Er ist da nie gewesen. Ich weiß nicht, was ich tun soll, wenn ich diesen Teil von Evelyn auch noch verliere.«

»Das wirst du nicht.« Sheila legte ihre Hand auf seine, ohne nachzudenken. Als sie ihre Hand wieder wegziehen wollte, legte Billy seine andere Hand darauf. »Ich weiß, dass es schwer ist, aber du darfst nicht nachgeben. Wenn du ihm etwas von dem Leben abtrittst, das dir und deiner Frau gehörte, wertest du seine Wut nur auf.«

»Aber ich bin an ihrem Tod schuld«, insistierte Billy. »Er hat ja recht, wenn er mir die Schuld gibt.«

»Wieso war er an Evelyns Tod schuld?«, unterbrach ich Sheila.

»Das war er doch gar nicht. Seine Trauer hat ihn das nur denken lassen.«

»Bist du dir sicher?«

»Glaub mir. Wir alle suchen die Schuld bei uns.«

»Hat er dir erzählt, was genau passiert ist?« Mein Puls raste.

»Er hat nicht darüber gesprochen, und ich habe ihn nicht danach gefragt. Nur deswegen konnten wir uns überhaupt näherkommen. Wir brauchten nicht zu wissen, was passiert war.«

Sheila beschrieb ihr erstes Date, wenn man es als solches bezeichnen konnte, denn sie gingen einfach nur an den Strand, nachdem sie ihren Tee ausgetrunken hatten. Es war ein klarer Tag, und sie konnten die Küste bis Malibu überblicken. Kalte Wellen überspülten ihre nackten Füße. Als sie den Pier erreichten, nahm Billy Sheilas Hand.

»Evelyn hat gern Strandspaziergänge gemacht«, sagte er.

»Daniel hasste den Strand. Entspannung machte ihn nervös«, sagte Sheila.

Nach dem Spaziergang fuhren sie quer durch die Stadt zu Billys Haus in Pasadena. Ein weißes Haus im Kolonialstil, groß genug für eine Familie mit vier Kindern, aber Billy bewohnte es jetzt ganz allein. Er führte Sheila die Treppe in ein Gästezimmer hinauf.

»Bist du dir sicher, dass du hören willst, wie es weiterging?«, fragte Sheila und ging mit mir auf eine freie Grasfläche unter einer wuchtigen Palme zu.

»Natürlich, ich kann den persönlichen Teil der Erzählung später einfach abspalten.« Ich legte mich ins Gras und schaute in die Palmwedel über mir, die im Wind raschelten. Unten auf der Erde war die Luft ganz still.

Nach ihrer ersten Nacht trafen sich Sheila und Billy abwechselnd in ihren Häusern. Sie trafen sich auch in Hotels, auf Parkplätzen und Toiletten. Der Therapeutin erzählte Sheila davon nichts. Sie nahm an, dass auch Billy seinem Arzt nichts erzählte, falls er ihn noch konsultierte. Sicher war sie sich aber nicht. Je besser sie ihre Körper kennenlernten, desto weniger sprachen sie über ihr Leben.

Als Billy sie zum Essen bei seiner Schwester einlud, war Sheila überrascht.

»Hältst du das wirklich für eine gute Idee?«

»Was spricht denn dagegen?«

Sheila fielen ein Dutzend Gründe ein, warum es keine gute Idee war, aber sie nahm die Einladung an. Sie zog ein weißes Kleid an, das ihre Taille umspielte und ihr Bäuchlein versteckte. Aber weil Weiß die Farbe der Bräute und der Jugend war, zog sie sich wieder um und wählte ein schwarzes Kleid. Die Farbe der Trauer. Am Ende entschied sie sich für Hellgrün und hoffte, dass es ein guter Kompromiss war.

Es war keiner. Sheilas Kleid biss sich mit den vielen Nuancen von Pink, die in unserem Haus dominierten.

Susan umarmte Sheila und behauptete, schon viel von ihr gehört zu haben, obwohl Sheila wusste, dass er kaum etwas von ihr erzählt hatte.

»David muss jeden Moment wieder da sein. Er musste noch mal schnell ins Büro.« Nonchalant warf Susan die Hände in die Luft, aber Sheila konnte sich lebhaft vorstellen, wie meine Mutter und mein Vater miteinander streiten würden, sobald die Gäste gegangen waren und das Baby – »Du«, betonte sie – in der Wiege lag. »Ich weiß nicht, ob Billy es erzählt hat, aber ich bin ein großer Fan Ihrer Bücher.«

Susan bot Weinschorle an, und Billy trank zu schnell zu viel.

»Langsam, Billy. Keiner nimmt dir was weg«, sagte Susan.

»Das hier ist bloß Schorle.« Billy kippte sein Glas herunter. »Wie wäre es mit einem richtigen Drink?«

Sheila und Susan erwarteten eine Entschuldigung von Billy, doch stattdessen holte er einen Flachmann aus dem Blazer und goss eine klare Flüssigkeit in sein Weinglas.

Das Geräusch von Kies unter Wagenrädern holte die Frauen aus ihrer Schockstarre. David kam in einem teuren Anzug hereinspaziert, küsste erst Susan, dann begrüßte er Sheila.

»Miss Crowley, es tut mir leid, dass ich so spät komme.« Sheila erinnerte sich an seinen festen Handschlag.

Während des gesamten Essens redete Susan zu viel und fasste den Inhalt jedes Romans zusammen, den Sheila je geschrieben hatte. Sie sagte, sie hätte in New York ganz ähnliche Erfahrungen gemacht wie Sheilas Protagonistin in *Downtown Eleanor*. Als das Baby quengelte …

»Also du«, sagte Sheila. »Als du zu quengeln anfingst … Tut mir leid, meine Liebe. Ich kriege es nicht in den Kopf, dass die kultivierte junge Frau vor mir diese winzige Kreatur war, die aus Leibeskräften schrie. Ich hatte für Kinder nie viel übrig.«

»Ist schon gut«, versicherte ich ihr. Noch nie hatte mich jemand als kultiviert bezeichnet. Verkopft, ja. Übereifrig, ganz sicher. Aber kultiviert? Im Leben nicht. »Ich selbst kann mich ja auch nicht erinnern, je ein Baby gewesen zu sein.«

Als das Baby quengelte, unterbrach Susan sich kurz, um die Wiege zu schaukeln. Ansonsten spielte sie ihre Rolle als Hauptrednerin des Lesezirkels *Downtown Eleanor* weiter und sagte, der Club, in dem Eleanor zum ersten Mal gesungen hatte, erinnere sie stark an den Laden, in dem sie mit den Lady Loves aufgetreten war. Billy saß am anderen Ende des Tisches, schien aber abwesend zu sein.

Nach dem Essen zogen sich David und Billy in Davids Arbeitszimmer zurück.

»David hilft Billy bei seinem Erbschaftsstreit«, informierte Susan Sheila, als sie den Tisch abräumten. Das Baby begann zu schreien. Susan stellte den Teller ab, den sie in die Küche tragen wollte, und signalisierte Sheila, sie müsse sich kurz um das Baby kümmern.

»Dann ist das immer noch nicht geklärt?«, fragte Sheila und sammelte die Servietten ein. Susan setzte sich und öffnete ihren Still-BH.

»Darf ich?«, fragte sie Sheila, und Sheila nickte, worauf Susan das Baby anlegte. Sheila wusste, dass sie wegschauen sollte, aber das Kind wand sich in einem fort aus der Stillposition, und es faszinierte Sheila, dass die Kleine einerseits hungrig war und andererseits die Nahrungsaufnahme verweigerte.

Susan legte das Baby an die andere Brust und redete sanft darauf ein, bis es nachgab. »Evelyns Vater ist gnadenlos. Er hat Billy nie gemocht, schon seit der Highschool. Stell dir das bloß mal vor. Deine Frau stirbt bei einem schrecklichen Unfall, und dann musst du dieses Grauen in einer eidesstattlichen Erklärung nach der anderen noch einmal durchleben. Da müssen doch Rachegelüste im Spiel sein.«

Ich richtete mich zu schnell auf und sah nur noch rote Punkte. »Evelyn ist bei einem Unfall gestorben?«

»Das waren die Worte deiner Mutter: *ein schrecklicher Unfall.*«

Ich stellte mir vor, wie Billy und Evelyn in einer dunklen Nacht eine regennasse Straße entlangfuhren und einen entgegenkommenden Wagen oder Baum übersahen. »Meine Eltern haben mir erzählt, sie hätte einen Anfall erlitten und wäre daran gestorben. Ich kann nicht fassen, dass sie mich angelogen haben.«

»Bevor meine Memoiren veröffentlicht waren, habe ich den Leuten jahrelang erzählt, Daniel sei zu Hause gestorben. Wir alle erfinden solche Verharmlosungen, um uns dahinter zu verstecken«, verteidigte Sheila meine Eltern. »Ich weiß, wie aufgewühlt deine Mom war, wie sie dich im Arm gehalten und auf und ab gegangen war und dich so heftig geschaukelt hat, dass ich fürchtete, sie würde dich jeden Moment fallen lassen.«

»Ich wünschte, es wäre vorbei«, sagte Susan. »Aber David meint, es kann sich noch jahrelang hinziehen. Wie soll Billy denn über Evelyns Tod hinwegkommen, solange dieses Gerichtsverfahren läuft?«

Sheila kratzte die Essensreste auf einen Teller und stellte ihn auf die anderen.

»Wie, glaubst du, geht es ihm?«, fragte Susan und legte das Baby in die Wiege. Dann folgte sie Sheila in die Küche. »Ich versuche, mit ihm zu reden, aber er will nichts sagen.«

Sheila zögerte. »Vielleicht stellst du ihm nicht die richtigen Fragen.«

»Alles, was ich sage, ist falsch. Es kommt mir vor wie ein Training für Mirandas Pubertät.«

»Du möchtest, dass er darüber hinwegkommt, aber das ist nicht so einfach. Bei manchen dauert es länger als bei anderen.«

Gedankenverloren knüllte Susan ein Wischtuch zusammen. »Ich weiß nicht, was ich tun soll. Ich hätte Evelyn doch auch gern zurück.« Immer wieder wischte Susan ein und dasselbe Fleckchen des Küchentresens, und Sheila begriff in diesem Moment, was Billy nicht sehen konnte.

»Sie hat um Evelyn getrauert«, sagte Sheila.

Mir kam vor Augen, wie ich meine Mutter vorfand, als ich in L. A. angekommen war, wie sie den Küchentresen, das Muffinblech und alles in ihrer Reichweite sauber wischte. »Manchmal ist es nicht einfach, meine Mom zu durchschauen.«

»Nein, Billy wollte sie nicht verstehen. Er wollte der Einzige sein, der das Recht hatte, um Evelyn zu trauern.«

Sheila schaute zu, wie Susan mit ihrem Wischtuch immer weiter dasselbe Stück Küchentresen traktierte, bis Billy in die Küche gestürmt kam.

»Es geht mir nicht gut«, sagte er zu Sheila.

David stürmte hinter ihm her. »Lauf doch nicht weg, Bill! Ich will dir doch nur helfen.«

Ungestüm nahm Billy Sheila bei der Hand und zog sie zur Tür. Sheila versuchte, sich bei meinen Eltern für den netten Abend zu bedanken, aber Billy zerrte zu heftig an ihr.

Auf dem Heimweg sagte keiner etwas. Billy parkte den Wagen in seiner Einfahrt, löste den Sicherheitsgurt aber nicht.

»Jetzt schließt du mich also auch aus?«

»Ich muss allein sein.«

»Sie möchten für dich da sein, Billy. Gib ihnen eine Chance.«

»Du klingst schon wie sie«, schnaubte Billy verächtlich.

»Du musst Menschen an dich heranlassen, sonst hören sie eines Tages auf, sich um dich zu bemühen.«

Sheila erzählte mir von einigen Freunden, die sie monatelang nach Daniels Tod immer wieder angerufen hatten. Sie war nicht ans Telefon gegangen und hatte ihre Nachrichten gelöscht, bis die Anrufe weniger wurden und schließlich ganz ausblieben. Und dann war ihr das Ganze so peinlich gewesen, dass sie den Kontakt nicht wieder aufnahm.

»Billy und ich haben uns noch einige Male getroffen.« Sie bohrte die Absätze in den weichen Boden. »Aber es war nicht mehr wie früher. Ich kann nicht einmal sagen, wann es ganz aufhörte.«

Ich holte den Brief aus meiner Hosentasche und gab ihn ihr.

Sie las ihn. »Ich kann gar nicht glauben, dass er den aufbewahrt hat.« Sie wollte ihn mir zurückgeben.

»Du kannst ihn behalten.«

Einen Moment lang hielt sie ihn unschlüssig in der Hand, dann steckte sie ihn in ihre Handtasche. »Das bedeutet mir viel. Danke.« Sie schaute auf die Uhr. »Herrje, ich habe gar nicht auf die Zeit geachtet.« Sie sammelte ihre Sachen zusammen.

»Billy hat dir also nie erzählt, was mit Evelyn passiert ist? Nicht einmal, als ihr euch später wiedergetroffen habt?«

»Ich weiß, es klingt komisch, aber je weniger jemand über eine Tragödie spricht, desto schwerer leidet er darunter. Ich glaube, er wollte auch später auf keinen Fall danach gefragt werden.«

»Wie habt ihr wieder Kontakt aufgenommen?«

»Durch den Buchladen.« Sheila nahm meine Hand. »Ich bin so froh, dass du da bist.«

Ich folgte ihr zu ihrem Wagen.

»Fahr ruhig«, sagte ich. »Ich gehe zu Fuß.«

»Aber es sind über drei Kilometer!« Sie schüttelte über sich selbst den Kopf. »Wann bin ich so L. A. geworden?«

»Hat Billy dir etwas für mich gegeben?«, fragte ich, als sie einstieg.

»Was sollte das sein?«

»Keine Ahnung. Aber du wüsstest es, wenn er es getan hätte.«

Nachdenklich verzog Sheila das Gesicht und winkte mir zu, als sie den Prius in den Verkehr rund um den See einfädelte und aus meinem Blick verschwand.

Auf dem Weg zum Sunset Boulevard bog ich in die Hauptstraße von Echo Park ein. Es gab nur einen Grund, einen schrecklichen Unfall zu verheimlichen: wenn man daran schuld war. Was hatte Billy getan? War er betrunken gewesen? Hatte er fahrlässig gehandelt? Und warum wollte meine Mutter heute noch, dass ich nichts davon erfuhr?

Ich kam an dem alten Kino vorbei, das jetzt ein veganes Restaurant war. Eigentlich hätte Sheila mir den nächsten Hinweis oder das nächste Rätsel geben müssen, denn ich konnte mir nicht vorstellen, dass mein Onkel das Muster seiner Schatzsuche durchbrochen hatte. Er musste angenommen haben, dass sie mir von dem Unfall erzählte und den nächsten Hinweis gab.

Inzwischen hatte ich den Teil des Sunset Boulevards erreicht, in dem es keine Geschäfte oder andere Fußgänger gab und an dem nur steile Sandhänge die Straße säumten. Ich dachte darüber nach, was Sheila gesagt hatte, dass wir Tragödien verharmlosten, um uns vor dem Schmerz zu schützen. Vielleicht wollte meine Mutter Billys Tun gar nicht vor mir geheim halten. Vielleicht konnte sie tatsächlich nicht an Evelyns Tod denken, ohne eine alte Wunde wieder zu öffnen, auf der sich mit der Zeit eine dicke Schorfschicht gebildet hatte. Laut Sheila hatte Billy sich geweigert, die Trauer meiner Mutter anzuerkennen. Machte ich gerade das Gleiche? Machte sie dicht, weil ich nicht bereit war, ihr ernsthaft zuzuhören?

»Meine Süße.« Meine Mutter beantwortete meinen Anruf in einem Ton, als telefonierten wir täglich miteinander, als hätte sie nie daran gezweifelt, dass ich sie heute anrufen würde. »Wir wollen gerade ins Kino gehen. Kann ich dich zurückrufen?«

»Tut mir leid. Ich wollte dir nur sagen … Es tut mir wirklich leid, dass ich auf deine Gefühle nicht mehr Rücksicht genommen habe. Ich kann nur ahnen, wie schwer es für dich gewesen sein muss.«

»Miranda, wir sind spät dran. Ich rufe dich zurück, ja?« Sie legte auf, bevor ich antworten konnte.

Weil ich dachte, sie würde gleich zurückrufen, behielt ich das Telefon in der Hand. Ich kam an dem alten Burger-Imbiss vorbei, der jetzt eine Steinofen-Pizzeria war, und an den unbesetzten Schachtischen hinter dem ehemaligen Donut-Shop, der jetzt leer stand. Malcolm hatte mir erzählt, dass diese Kombination aus Schach und Donuts einst eine Institution im Osten der Stadt gewesen war. Jeden Moment würde mein Telefon klingeln. Meine Mutter würde sich entschuldigen, dass sie mich abgewürgt hatte, und ich würde sagen: »Nein, ich bin diejenige, die sich entschuldigen muss.« Woraufhin sie sagen würde: »Nein, nein, ich.« Dann würden wir lachen, und dieses Lachen wäre der Anfang für den Neustart unserer Beziehung. Als ich den Buchladen erreichte, umklammerte ich mein Telefon immer noch, und meine Hand war so feucht, dass auch das Telefon ganz feucht geworden war. Meine Mutter hatte nicht zurückgerufen.

VIERZEHN

Sheila und ich sahen uns jetzt regelmäßig. Manchmal trafen wir uns morgens, bevor es heiß wurde, zu kleinen Wanderungen im Griffith Park. Obwohl ihr Haus in diesem Park lag und man hier wunderbar hätte spazieren gehen können, stiegen wir in ihren Prius und fuhren nach Ferndale oder Crystal Springs. So bestätigten wir ihre Theorie, dass man in L. A. erst einmal mit dem Auto fahren musste, bevor man irgendwo spazieren gehen konnte.

Immer wieder drängte ich sie bei diesen Treffen dazu, mit mir über Evelyns Tod zu sprechen. Sie hatte mir das wichtige Detail geliefert, dass Evelyn bei einem schrecklichen Unfall gestorben war, aber nichts, das mir weiterhalf.

»Bist du dir ganz sicher, dass Billy dir nichts für mich hinterlassen hat?«, fragte ich, als wir im Marschtempo über den Rasen neben dem alten, stillgelegten Zoogelände liefen. »Er hätte die Spielregeln befolgt. *Alice im Wunderland* hat mich zu Billys Arzt geführt, der mich auf *Frankenstein* gebracht hat, der mich zu einem Freund von Billy geleitet hat, der Physiker ist und mich wiederum zu *Angst vorm Fliegen* und zu dir geführt hat.«

Sheila grinste und versuchte, wieder zu Atem zu kommen. »Billy wusste, dass ich ein Fan von Erica Jong war.« Sie gab mir ein Zeichen, dass wir weitergehen sollten.

»Hast du kein merkwürdiges Paket mit der Post bekommen? Oder hast du versehentlich etwas weggeworfen? Vielleicht etwas von Billys Anwalt?«

»Hätte Billy mir den nächsten Hinweis gegeben, hätte er dafür gesorgt, dass ich ihn nicht wegwerfe.« Wir umrundeten die Ausläufer der sonnenverbrannten Hügel. Trotz ihrer Kurzatmigkeit gab Sheila ein zügiges Tempo vor.

»Kursieren bei Prospero Books denn keine Gerüchte über Evelyns Tod und wie sie gestorben ist?«

»Seit ihrem Tod hat es bei Prospero Books einen Generationswechsel gegeben. Ich glaube, nicht einmal die jetzigen Stammkunden wissen, dass der Laden einmal einer Evelyn gehört hat.«

»Außer dir.«

»Außer mir.«

»Und Malcolm?«

»Ich habe keine Ahnung, was Malcolm weiß.« Es klang ehrlich und geradeheraus. Was immer Malcolm vor mir verbarg, hatte nichts mit Sheila zu tun.

Wir stiegen zum Amir's Garden auf und fanden eine Bank mit Blick auf die in Reih und Glied stehenden Gebäude von Glendale. Um uns herum wucherten Kakteen, wo und wie sie wollten, streckten und wanden sich himmelwärts. Es fehlte nicht viel, und sie hätten den Blick auf die menschgemachten Bauten der Umgebung verstellt.

»Was für eine Aussicht.« Sheila wischte sich den Schweiß von der Stirn.

Wir setzten uns auf die Bank und hofften, uns etwas abkühlen zu können. Sobald ich wieder aufbrechen wollte, weigerte sich Sheila. »Lass mich noch eine Minute hier sitzen.« Also ließ ich mich wieder im dürftigen Schatten der Kakteen auf die Bank sinken und erzählte Sheila von den finanziellen Problemen der Buchhandlung. Dass Billy jeden Monat sein Erspartes in den Laden gepumpt hatte, um ihn liquide zu halten, was aber ungefähr den gleichen Effekt bewirkt hatte, wie wenn man einen Eimer Wasser aus einem sinkenden Schiff schöpfte. Ich berichtete ihr von den Veranstaltungen und Aktionen, die wir geplant hatten, mit jungen Autoren und solchen, die wir davon überzeugt hatten, lieber bei uns als in einer anderen Buchhandlung der Stadt zu lesen. Ich erzählte von unserer Treueaktion, der kleinen Umsatzsteigerung durch die Radiowerbung für Sheilas Lesung. Ich schilderte die Pläne für unsere Gala und erzählte, welche Spenden wir schon zugesagt bekommen und wie viele Tickets wir bis jetzt verkauft hatten. Ich versuchte, unser Programm für den nächsten Monat so optimistisch wie möglich darzustellen, aber in meiner Stimme schwang Skepsis mit. Es war meine Angst, Prospero Books könnte dennoch bankrottgehen.

»Prospero Books darf nicht schließen. Ich habe eine Menge Freunde mit Geld. Die sollten wir zu der Gala einladen.« Sheila bot an, ihnen persönliche Einladungen zu schicken und ihnen im privaten Kreis aus dem Roman vorzulesen, an dem sie gegenwärtig arbeitete – also etwas Unfertiges zu lesen, wovon sie anderen Autoren stets abriet. Außerdem könnten wir unter ihren reichen Freunden ein Essen mit ihr versteigern, obwohl es Leute waren, die jederzeit mit ihr essen konnten.

Ich erklärte ihr, dass ich Ende August nach Philadelphia zurückkehren würde, ob Prospero Books nun erhalten bliebe oder nicht, und dass ich mir nicht einmal sicher war, ob ich überhaupt zur Gala kommen könne.

»Ich hoffe, dass ich noch ein Dach über dem Kopf habe, wenn ich nach Philadelphia komme«, sagte ich. Seit unserem Streit hatten Jay und ich nicht miteinander gesprochen oder einander geschrieben.

Sheila legte ihre etwas feuchte Hand auf meine. »Ach, Schätzchen, du weißt doch, wie kindisch sich Männer benehmen, wenn ihr Ego angekratzt wird. Du brauchst ihn nur ein wenig zu umgarnen und ihm das Gefühl geben, er hätte alles unter Kontrolle. Das ist wirklich nicht schwer.«

»Solltest du mir nicht eher raten, stark zu sein und mich nicht unterbuttern zu lassen?«

»Alles zu seiner Zeit. Wenn du mit ihm zusammen sein willst, musst du ihm das Gefühl geben, im Recht zu sein. Es ist wichtig zu lernen, wie man jemanden ins Recht setzt, obwohl er eigentlich unrecht hat. Herrje, seit wann erteile ich

Leuten Ratschläge, wie sie ihr Leben zu führen haben?« Offensichtlich enttäuscht über sich selbst zog sie eine säuerliche Grimasse. Vielleicht war ihr Rat nicht schlecht, aber ich war nun einmal tatsächlich im Recht und hatte keine Lust, das zu verleugnen. Ich wollte keine Beziehung, in der ich mich klein machen musste.

»Also dann.« Sheila stand auf. »Dieser Spaziergang geht sich schließlich nicht von selbst.«

Wir liefen die Stufen hinab, die in den Hügel geschlagen worden waren. Ich redete weiter, jetzt aber über meine Mutter. Ich wollte ihr nicht vorbehaltlos zustimmen. Doch selbst wenn ich bereit war, ihr zuzuhören, bedeutete das nicht, dass sie mit mir reden wollte.

»So wie jetzt war es noch nie zwischen uns«, sagte ich. Inzwischen hatte ich sie seit fast einem Monat nicht gesehen.

»Irgendwann kommt man an den Punkt, wo man seine Eltern nicht als Eltern, sondern als eigenständige Persönlichkeiten sieht«, sagte Sheila, als wir die Straße zum Parkplatz überquerten. »Das ist schwer, weil wir ein bestimmtes Bild von ihnen haben und bestimmte Erwartungen an sie stellen.«

»Ich weiß nicht mehr, wer meine Mom ist. Vielleicht habe ich es nie gewusst.«

»Dann solltest du versuchen, sie kennenzulernen«, empfahl Sheila.

So nahe wir uns standen, gab es doch einen Teil meiner Mutter, den ich nie kennen würde. Dieser Teil betraf ihr früheres Leben, ihre Hoffnung auf Ruhm. Ich habe nie verstanden, warum sie all das aufgegeben hatte. Allerdings konnte ich auch nie verstehen, warum sie überhaupt danach gestrebt hatte. Ich nahm an, dass sie es immer bereut hatte, keine Karriere gemacht zu haben. Aber vielleicht waren die Schatten, die ihr folgten, gar nicht ihre geplatzten Träume. Vielleicht waren diese Schatten Billy und Evelyn.

Ende Juli waren die Verkaufszahlen zwar noch ungewöhnlich gut, ehe sie im August in den Keller fallen würden. Trotz der Mehreinnahmen steckte Prospero Books dank der täglich anfallenden Betriebskosten, der Löhne, Steuern und Nebenkosten, der Hypothek und des Bankkredits aber noch tief in den roten Zahlen.

Charlie hatte sich bereit erklärt, unseren ersten Lesezirkel zu moderieren. Er beschäftigte sich mit *Wo steckst du, Bernadette?*, das gerade als Taschenbuch erschienen war. Zusammen mit einigen Frauen Anfang zwanzig besprachen sie den ungewöhnlichen Aufbau des Romans, die Rolle von Technologie und E-Mails in zeitgenössischer Literatur. Mindestens drei der Frauen hatte ich vorher noch nie gesehen. Die Art, wie sie immer wieder den Blick von Charlie lösten, verriet, dass sie kaschieren wollten, warum sie sich diesem Lesekreis angeschlossen hatten. Aber ob es nun an Charlie oder an der Autorin Maria Semple lag, in jedem Fall verkauften wir drei Bücher, die wir sonst nicht verkauft hätten, und wir hatten drei neue Kundinnen, die auch am nächsten Lesezirkel teilnehmen würden – und sei es nur, um mehr Zeit mit seinem Leiter zu verbringen.

Nur weil Sheila nicht den nächsten Hinweis für mich parat hatte, schön verpackt und mit einem Schleifchen versehen, würde ich nicht die Zeit verschwenden, die mir blieb. Ich hatte noch einen Monat bis zur Orientierungswoche. Jedes Jahr fuhren wir in ein Motel in den Poconos, das den Schwiegereltern meines Schulleiters gehörte. Dort saßen wir am Lagerfeuer und erzählten uns Ferienerlebnisse. Ich konnte die Orte am Strand von New Jersey auswendig aufsagen, in denen meine Kollegen Ferienhäuser mieteten. Ich kannte jeden Sonnenbrand, jede Badestelle, die schwülen Nächte auf den Uferpromenaden. Was würde ich über meinen Sommer in Los Angeles erzählen? Wie friedlich die Nachmittage bei Prospero Books waren? Würde ich von den Tücken der täglichen Buchführung und Bestandsprüfungen berichten, die in einer Buchhandlung anfallen? Oder von Dr. Howard und seinem Talent im Rezitieren von Erica Jong und Edgar Allan Poe? Von meiner Freundschaft mit der legendären Sheila Crowley und unseren morgendlichen Wanderungen?

Allerdings wollte ich weder von der Englischlehrerin nach Buchtipps gefragt werden noch vom Mathelehrer hören, wie interessant das alles war, denn er gab ständig vor, alles interessant zu finden, selbst die falschen Antworten seiner Schüler.

Dann sagte ich mir, dass alles sicher ganz anders aussähe, wenn ich erst wieder dort war und Jay am Lagerfeuer den Arm um mich legte; sobald ich wieder das Leben lebte, für das ich mich entschieden hatte. Aber wenn ich an das Motel in den Bergen dachte, kam mir die Arbeit im Buchladen nicht wie ein belangloser Ferienjob vor.

Da Sheila mir nicht sagen konnte, was mit Evelyn geschehen war, sprach ich Stammkunden von Prospero Books an.

»Evelyn?«, fragte Ray, der Drehbuchautor. »Evelyn Ward?«

»Nein, Billys Frau, Evelyn Weston.«

»Billy war verheiratet?« Begierig auf Klatsch und Tratsch schob er sich die Brille auf die Nase zurück.

»Das ist lange her«, sagte ich. »Sie hat den Buchladen damals gegründet. Haben Sie noch nie von ihr gehört?«

»Ich habe Lee immer für den Besitzer gehalten.«

Die anderen Stammkunden konnten mir auch nicht weiterhelfen. Die Teenies, die nachmittags ihren Mokka tranken, sahen mich genauso ahnungslos an wie meine Schüler, wenn ich sie fragte, ob sie noch wüssten, wer Andrew Johnson war. »Sie meinen den alten Mann, der gestorben ist?«, ließen sich die Mokkatrinkerinnen zu einer Antwort herab, als ich sie nach dem früheren Besitzer des Ladens fragte. Junge Mütter waren zu sehr damit beschäftigt, die Milch wegzuwischen, die ihre Kleinkinder verschüttet hatten, um irgendetwas wahrzunehmen, das Prospero Books betraf. Die anwesenden Autoren trugen überdimensionale Kopfhörer, um sich von der Außenwelt abzuschotten. Sogar Lucia sah mich an, als hätte ich zu viele Schauerromane gelesen.

»Ein Unfall?«, fragte sie, als sie einen Tisch abräumte. »Hier, bei Prospero Books?«

»Ich weiß nicht, wo. Ich weiß nur, dass sie bei einem schrecklichen Unfall gestorben ist«, erklärte ich.

Lucia schüttelte mitfühlend den Kopf. »Wenn so etwas passiert wäre, wüsste ich es.« Sie packte die Plastikwanne mit dem schmutzigen Geschirr und trug sie in die Küche.

Ich hatte immer angenommen, eine Tragödie würde Spuren hinterlassen, wie schlechte Gerüche, die nie ganz verschwanden, aber keiner bei Prospero Books schien irgendetwas von Evelyn zu wissen. Keiner außer Sheila, die Billys Privatsphäre zu sehr respektiert hatte, um ihn zu fragen, was passiert war, und Malcolm, der sicher mehr wusste, als er zugeben wollte.

Schließlich wandte ich mich an ihn. Er saß mit einigen Männern zusammen. Eine offene Whiskyflasche stand zwischen ihnen, jeder hatte ein Exemplar von Hemingways *Die grünen Hügel Afrikas* auf dem Schoß liegen, und sie sprachen über Jagderlebnisse und Nahtoderfahrungen. Zwei Männer in Holzfällerhemden und Gürteln mit Messingschnalle kannte ich nicht. Während Charlies Lesezirkel kichernde Mädels anzog, versammelte Malcolm eine Reihe harter Kerle um sich. Pantomimisch legte er eine Waffe an und beschrieb, wie er einem Hirsch Auge in Auge gegenüberstand, bevor er seine Waffe abfeuerte. Es war eine grandiose Geschichte, angereichert mit Details, die nicht stimmen konnten. Das Fauchen des Tiers, seine malmenden Zähne, ein Schweißtropfen, der von Malcolms Stirn auf sein Jagdgewehr tropfte. Er war ein Scharlatan. Ein Angeber. Und er machte seine Sache so gut, dass gestandene Männer vor Spannung an ihre Stuhlkanten rutschten. Auch mich konnte er mit seinen Geschichten in seinen Bann ziehen, wenn er über Billys Talent für den Ankauf von Kunstbüchern sprach und mich mit Whisky und Kennedy-Biografien vom eigentlichen Thema ablenkte.

»Hast du wirklich schon mal einen Hirsch geschossen?«, fragte ich ihn, als die Holzfäller gegangen waren.

»Natürlich nicht«, sagte er und schraubte die Whiskyflasche zu.

»Dann hast du die Männer also angelogen?« Plötzlich sah er nicht mehr amüsiert aus. Es war keine sehr feinfühlige Methode, ihn zum Reden zu bringen, aber ich war frustriert, weil Sheila mir nicht den nächsten Hinweis geben konnte und Jay sich nicht gemeldet hatte, weil unsere Stammkunden sich nicht für die Geschichte der Buchhandlung interessierten und weil der Laden seine Geheimnisse offenbar ebenso gut hütete wie Malcolm. Billy war sein bester Freund gewesen, und alles, was Billy betraf, hatte etwas mit Evelyn zu tun. Malcolm musste von ihr wissen. Es konnte gar nicht anders sein.

»Das war doch bloß Männergeprahle«, sagte er wegwerfend. Er stellte die im Kreis aufgestellten Stühle an die Tische zurück. »Was ist mit dir los? Du benimmst dich so komisch. Komischer als sonst.«

»Du hast gesagt, du seist jeden Tag mit Billy zusammen gewesen?« Mit großen Augen wartete er darauf, dass ich endlich auf den Punkt kam. »Und während all der Zeit hat er dir nie etwas erzählt, das du an mich weitergeben möchtest?«

Er seufzte. »Was erwartest du von mir? Es tut mir leid für dich, aber Billy hat nie über dich gesprochen. Ich wusste nicht mal, dass es dich gibt, bevor du hier aufgetaucht bist.«

»Bis ich auf der Beerdigung aufgetaucht bin.« Ich stellte einen Stuhl gerade hin, den Malcolm schräg unter einen Tisch geschoben hatte. »Du hast mich gesehen.«

»Ich kann mich kaum an die Beerdigung erinnern.« Er umklammerte eine Stuhllehne und kippte sie vor und zurück.

»Zu viel Whisky?«, platzte es ungewollt aus mir heraus.

»Herrgott, Miranda! Ich habe gerade meinen Freund verloren.« Malcolm warf den Stuhl an den Tisch. »Nicht alles dreht sich um dich.« Er griff nach der Whiskyflasche und stürmte hinter den Verkaufstresen. Ich beobachtete ihn vom anderen Ende des Raums. Seine Augen wurden glasig, wenn er sich in sich selbst zurückzog. Ich kam mir wie der letzte Arsch vor. Herzlos und egoistisch. Jeden Tag, wenn Malcolm in den Laden kam, traf er auf mich statt auf Billy. Jeden Tag musste er aufs Neue der Tatsache ins Gesicht blicken, dass sein Freund tot war und dessen Buchladen vermutlich das gleiche Schicksal ereilen würde. Ich wusste nicht, warum ich so lange gebraucht hatte, das zu verstehen. Malcolm hatte keine Geheimnisse vor mir. Er trauerte.

Mein Erfolg beim Lösen von Billys Rätsel schien direkt proportional zu den Fortschritten zu sein, die wir mit unserer Gala machten. Ich hatte alle Stammkunden befragt, alle Lokalzeitungen durchforstet, alle Schubladen im Laden und in der Wohnung durchwühlt, ohne irgendeinen Hinweis auf Evelyn zu finden. Zeitgleich hatten wir drei weitere Autoren für unseren großen Tag gewonnen. Malcolm hatte den Autor eines Erstlingsromans, den er großartig fand, für eine Lesung angefragt. Obwohl er in San Francisco lebte, nahm er die Fahrt nach L. A. gern auf sich. Ein Freund von Lucia, ein recht bekannter DJ, hatte sich bereit erklärt, zwischen den Lesungen aufzulegen.

Malcolm und ich waren uns einig, dass Tanzmusik erst gespielt werden sollte, wenn der eigentliche Event vorbei war und Sheilas Freunde oder Gäste wie Dr. Howard, die genug Geld hatten, um bei der Stillen Auktion mitzubieten, nach Hause gegangen waren. Das war aber so ziemlich das Einzige, worauf wir uns einigen konnten. Malcolm sprach wieder in stakkatohaften Sätzen, und Letzteres auch nur, wenn es unbedingt nötig war. Ich vermisste unsere Gespräche, aber Malcolm hielt an seiner Kränkung fest, und es schien, als würde sie mit der Zeit noch schwerer wiegen. Seine einsilbigen Antworten waren spitz, und meist gab er vor, nichts zu hören, wenn ich ihn ansprach. Sein Verhalten nahm mir jede Chance, es wiedergutzumachen, obwohl ich begriffen hatte, dass es falsch von mir war, seine Trauer zu unterschätzen und stattdessen anzunehmen, er sei meinetwegen so reserviert.

Nachdem wir unseren Scotch-Abenden ein schnelles Ende gesetzt hatten, aber trotzdem noch zusammen arbeiteten, gingen wir uns so gut wie möglich aus dem Weg. Er stand am Verkaufstresen, kassierte die Kunden ab und nahm die Buchbestellungen entgegen. Ich kümmerte mich um die Regale und das Café, ordnete die neu eingetroffenen Bücher ein und sortierte Ladenhüter aus. Als ich ein Paket zusammenstellte, das zum Großhändler zurückgeschickt werden sollte, stürmte Sheila in den Laden und wedelte heftig mit einem Umschlag in ihrer Hand. Ich legte das Buch, das ich gerade in der Hand hatte, aufs Regal und lief ihr entgegen.

»Guck mal, was heute Morgen mit der Post gekommen ist!« Sie übergab mir den handelsüblichen Umschlag, dessen Absender ein Postfach war. Der Datumsstempel stammte vom Vortag, die Postleitzahl des Aufgabeorts, 90005, gehörte zu Los Angeles. Das war Hancock Park, wie mein Handy wusste, die Gegend, in der Elijah wohnte. Ich fragte mich, warum er Sheila erst so lange nach ihrer Lesung kontaktierte.

Ich riss den Umschlag auf, und Sheila beugte sich über meine Schulter, als wir das ausgedruckte Rätsel lasen.

Als Meisterin der Scharade sind die Namen, die sie sich gibt, immer mehr als das. Obwohl er kein Fitzwilliam ist, bleibt sein Wert bestehen, wenn er fort ist.

Sheila verzog das Gesicht. »Das ist grammatikalisch nicht korrekt. *Sie* ist doch die Meisterin der Scharade, nicht die Namen. So etwas wäre Billy nie passiert.«

»Wer ist *sie*?«

»Jane Austen. Sie ist bekannt für ihre Scharaden. Vor allem in *Emma*. Aber das hier bezieht sich nicht auf *Emma*.« Sie zeigte auf das Wort *Fitzwilliam*. »Weißt du, wer das ist?«

»Sollte ich?«

Sheila zog die Stirn kraus. »Du verlierst deine Mitgliedschaft im Austen-Fanclub, wenn du das nicht weißt.«

»Ich bin in keinem Austen-Fanclub.«

Sheila verdrehte die Augen. »Niemand steht über Jane Austen.« Sie zeigte noch vehementer auf Fitzwilliam. »Und niemand ist zu stolz für Mr. Darcy, Mr. Fitzwilliam Darcy.«

Sheila und ich lasen das Rätsel noch einmal durch.

»Siehst du das hier unten?« Ich fuhr mit dem Finger die letzte Zeile entlang.

»Wenn er fort ist, bleibt sein Wert bestehen. Wir suchen also nach einem Fitzwilliam?«

Wir beugten uns dichter über das Papier, als könnten wir das Rätsel dadurch lösen.

»Sein Wert.« Ich gab »Wert« im Thesaurus ein und las Sheila die Synonyme vor. »Verdienst, Kaufkraft, Nützlichkeit, Güte.«

Sheila schnippte mit den Fingern. »Güte«, sagte sie entschieden. »Und wie kann man anders ausdrücken, wenn jemand fort ist, vielleicht ganz schlicht im Präteritum?«

»Was bist du für ein Grammatikfreak!«

»Mit Grammatik sollte man nicht spaßen. Was ist also die Antwort?« Sheila würde nie eine gute Lehrerin werden.

Gehen. Gegangen. »Ging«, sagte ich, als hätte ich das größte Mysterium der Welt entschlüsselt.

Sheila nickte. »Jane Austen hat auf Englisch geschrieben und das Wort *went* benutzt. Captain Frederick *Went*worth.« Ich sah sie ungläubig an. Sie schüttelte den Kopf und sagte: »Du bist ein hoffnungsloser Fall.«

Sheila führte mich zu den Klassikern, suchte unter dem Buchstaben A und fand eine Klassikerausgabe von *Persuasion*. Das Buch klaffte auseinander, wo ein leeres Streichholzheft zwischen den ersten Seiten steckte. Austens Beschreibung des Patriarchen der Familie Elliot war angestrichen.

> *Walter Elliot war ein von Grund auf eitler Mensch, als Person und auch in seiner Stellung.*

Und ein Satz später:

> *Nur wenige Frauen gaben so viel auf ihre äußere Erscheinung wie er, und nicht einmal der Diener eines jüngst geadelten Herrn konnte stolzer auf seine gesellschaftliche Position sein.*

Das Streichholzheft stammte aus einem Steakhaus in Orange County. Laut Yelp hatte es 2002 seinen Besitzer gewechselt und firmierte seitdem unter anderem Namen, danach war es noch ein halbes Dutzend Mal in andere Hände übergegangen, bis es 2011 geschlossen wurde. Die letzten Besucher drückten ihre Sehnsucht nach dem ursprünglichen Restaurant aus. *Burt Weston mag ein geldgieriges A...loch gewesen sein*, schrieb ein Kritiker. *Aber wenigstens hatte er eine kompetente Küchencrew, die ein anständiges Steak braten konnte*. Ich zeigte Sheila das Display meines Telefons. Sie zuckte mit den Schultern und übersah das Schlüsselwort dieser Kritik. Jetzt durfte ich also die Expertin rauskehren.

»Weston«, sagte ich. »Wie Weston Komma Evelyn. Wahrscheinlich war Burt Weston ihr Vater.« Außerdem musste er eitel und überheblich gewesen sein. Ich wusste ja ohnehin schon, dass Billy ihn nicht mochte.

Was wir online über Burt Weston herausfanden, war ziemlich überwältigend. Er war der Eigentümer der Weston Family Farms, des größten Obstgroßhandels im San Joaquin Valley. Sein Gesicht hatte die Titelseite mehrerer Illustrierten geschmückt, darunter *Forbes*. In den 70ern und 80ern war sein Aufstieg vom Tellerwäscher zum Millionär ein beliebtes Thema in der Presse gewesen, während man ihn in den 90ern eher mit den brutalen Arbeitsbedingungen seiner Angestellten in Verbindung brachte, mit der Bestechung von Politikern und rücksichtslosen Massenkündigungen. Frühere Angestellte und Gewerkschaften sowie Exgattinnen prozessierten gegen ihn. Ende der 90er, als er Mitte sechzig war, hatte er sein Firmenimperium verkauft und sich zur Ruhe gesetzt.

Ich fragte mich, wie viel Geld seine Frauen nach der Scheidung bekommen hatten. Und welche von ihnen Evelyns Mutter war.

Menschen, die so reich und umstritten waren wie Burt Weston, waren in öffentlich zugänglichen Adressverzeichnissen nicht gelistet. Aber über den Umweg von Sir Walter hatte Billy mir Burt Westons Haupteigenschaft verraten: seine Eitelkeit. Ein eitler Mensch wollte überall gefunden werden. Auch nachdem er sein Unternehmen verkauft, sich zur Ruhe gesetzt und verkündet hatte, er werde nie wieder Interviews geben, musste er von dem Wunsch getrieben sein, aufgespürt zu werden. Und tatsächlich war seine Adresse als Teil einer bewachten Wohnanlage in Orange County gelistet, die etwa eine Stunde von Los Angeles entfernt lag.

Orange County hätte ich über den direkten Weg über die Interstate 5 erreichen können, aber ich nahm unwillkürlich eine Abfahrt in den westlichen Teil der Stadt. Meine Mutter war im

Garten und düngte die Rosen. Um sich vor der Sonne zu schützen, trug sie einen breitkrempigen Hut, sodass ihr Gesicht im Schatten lag und ich nicht erkennen konnte, was sie dachte.

»Miranda«, rief sie mir quer durch den Garten zu und richtete sich auf. »Was machst du denn hier?«

Am liebsten wäre ich wie ein Kind auf sie zugelaufen und hätte meine Arme viel zu fest um ihre Taille geworfen, aber ich wahrte Distanz und trauerte der Zeit nach, in der ich sie ganz unbekümmert hatte umarmen können. Nie hätte ich gedacht, dass mir das je abhandenkommen würde.

»Hallo«, sagte ich.

Sie nahm den Hut ab, und ich konnte ihr Gesicht sehen. Obwohl sie gärtnerte, trug sie mehrere Schichten Make-up. »Alles in Ordnung, Süße?«

»Natürlich nicht. Wie sollte es?«

»Ich weiß nicht.« Sie zog die Arbeitshandschuhe aus und klemmte sie sich unter den Arm. »Jedenfalls bin ich froh, dass du nach Hause gekommen bist.«

»Ich bin nicht nach Hause gekommen«, sagte ich barsch. »Ich wollte dir nur sagen, dass ich auf dem Weg zu Burt bin.«

»Burt?«, fragte sie und wirkte ganz unschuldig.

»Burt Weston.«

Meine Mutter ließ ihren Hut auf den Boden fallen. Auch die Handschuhe lösten sich unter ihrem Arm, als sie auf mich zuging, um mich am Arm zu packen. »Das kannst du nicht tun.«

»Du fragst nicht einmal, woher ich weiß, wer er ist?« Ich versuchte, ihre Hand abzuschütteln.

»Bitte, Miranda! Du darfst nicht mit ihm sprechen.« Sie griff nach meinem Unterarm und zog erst sanft, dann immer heftiger daran, als ich nicht nachgab. Ich war stärker als sie. Jünger. Sturer. »Lass uns ins Haus gehen und reden.«

»Reden? Ist das dein Ernst? Ich bin seit fast zwei Monaten hier. In diesen zwei Monaten hättest du jederzeit mit mir reden können. Jetzt will ich nicht mehr. Es ist nicht mehr nötig.« Meine Mutter ließ meinen Arm los und umarmte sich selbst. Sie zitterte am ganzen Körper und versuchte, ihre Gefühle unter Kontrolle zu bekommen.

»Burt Weston ist ein brutaler und egoistischer Kerl.« Sie wirkte klein, wie sie sich in den eigenen Armen wiegte und mich beschwörend ansah, doch ich ballte die Fäuste und tat nichts, um sie zu beruhigen.

»Wenigstens wird er mir die Wahrheit sagen.«

»Nein«, sagte sie ganz ruhig. »Das wird er nicht. Er hat immer nur das Schlechte in deinem Onkel gesehen.«

»Im Gegensatz zu dir, die immer das größte Verständnis für ihn hatte?«

Ihre Züge wurden härter, und sie löste die Arme und stützte die Hände in die Hüften. »Ich habe immer das Beste in ihm gesehen. Er war es, der … Billy hat mir die Schuld an allem gegeben.«

»Vielleicht war das gerechtfertigt.« Sie zuckte zusammen, als hätte ich sie geohrfeigt. Tränen schossen ihr in die Augen. Ich wollte ihr wehtun, und das war mir gelungen. Besser fühlte ich mich deswegen aber nicht.

»Bitte geh nicht zu Burt«, sagte sie so leise, dass ich es kaum hören konnte.

»Je öfter du mich bittest, desto mehr denke ich, dass er mir etwas erzählt, was du vor mir verbergen willst.« Ich begann, auf und ab zu gehen.

»Bitte, Süße, du darfst nicht zu ihm gehen.« Sie kam ein paar Schritte auf mich zu und wollte mir die Hände auf die Schultern legen. Ein durchdringender, säuerlicher Geruch von Schweiß und Dünger stieg mir in die Nase, von dem mir übel wurde.

»Du hörst mir nicht einmal zu. Ich sage, dass zwischen uns etwas nicht stimmt, und du sprichst nur von Burt.«

Vehement schüttelte sie den Kopf und rieb sich die Wangen. Sie war ganz weit weg – von mir, von unserem Gespräch, von jeglicher Möglichkeit, eine Verbindung herzustellen. Ich stürmte auf den Wagen zu.

»Komm zurück, Miranda, bitte!«, rief sie mir nach, aber jetzt war ich weg.

FÜNFZEHN

Auf der I-5 herrschte kaum Verkehr, und ich fuhr schneller als üblich. Der Tacho zeigte achtzig, fünfundachtzig, neunzig Meilen. Warmer Fahrtwind drang in die offenen Fenster und wirbelte meine Haare auf, sodass mir einzelne Strähnen den Blick auf die Straße vor mir nahmen. Mein Telefon summte in seiner Halterung. Als ich sah, dass es meine Mutter war, schaltete ich auf die Mailbox um. Ich stellte das Radio ein, weil mir nach lauter und wütender Musik zumute war. Ich wollte rücksichtslos sein. Waghalsig. Ich wollte jemand anderes sein, aber als der Tacho fünfundneunzig anzeigte, wurde mir die Brust eng und ich nahm den Fuß vom Gas. Der Wagen wurde langsamer, und ich pendelte mich bei Tempo siebzig ein. Ich stellte das Radio leiser und kurbelte die Fenster hoch. Ich war nicht jemand anderes, ich war ich, Miranda Brooks. Auch wenn ich die Anrufe meiner Mutter nicht annahm, hörte ich mir immerhin ihre Nachricht an.

»Hier ist deine Mutter, Miranda«, sagte sie, als wüsste ich sonst nicht, wer mich da angerufen hatte. »Bitte ruf zurück. Ich hätte dich nicht gehen lassen dürfen. Bitte komm wieder nach Hause.«

Ihre nächsten beiden Nachrichten waren noch drängender.

»Bitte, Süße! Es tut mir leid, dass ich nicht offener war. Das ist alles sehr schwierig für mich. Bitte ruf mich an.« Dann: »Schätzchen, die ganze Sache ist aus dem Ruder gelaufen. Wir sind doch eine Familie! Wir dürfen einander nicht im Stich lassen. Ich will dich nicht verlieren. Lass uns bitte, bitte darüber reden!«

Ich musste die Nachrichten sofort löschen, bevor ich ein schlechtes Gewissen bekam und zurückrief. Bei der vierten Nachricht schlug meine Mutter einen weniger freundlichen Ton an. »Das ist mein letzter Anruf. Ich behaupte ja nicht, dass ich perfekt bin oder alles richtig gemacht habe. Vielmehr versuche ich, dich zu schützen. Du musst mir vertrauen.« Aber sollte ich das jetzt noch können?

Ich fuhr weiter Richtung Orange County.

Der Orchard Estate von Burt Weston lag in einer Wohnanlage, in der jedes Haus einen Namen hatte. Der Wachmann beäugte den japanischen Wagen meiner Eltern. Der schwarze Lack war nach wochenlangem Parken im Freien grau gesprenkelt.

»Name?«, fragte er skeptisch.

»Miranda, Miranda Brooks. Ich glaube nicht, dass mein Name auf der …«, versuchte ich zu erklären, als er in sein Wachhäuschen verschwand, um die Besucherliste zu prüfen.

Er öffnete das Tor und zeigte auf die Straße rechts. »Immer da entlang, bis zur Kuppe.«

Ich wollte fragen, wie mein Name auf die Liste gekommen war, aber ich bestätigte nur seine Anweisung: »Immer da entlang zu Burt Westons Haus?«

»Wie gesagt: bis zur Hügelkuppe. Sie können es nicht verfehlen.«

Ich folgte der windigen Straße zum Orchard Estate und fand es beeindruckend, dass Billy an alles gedacht hatte.

Den Wagen parkte ich vor einem riesigen Stuckgebäude mit Ziegeldach und spürte meinen Puls in den Schläfen. Auf diesen Moment hatte ich gewartet. Endlich Antworten. Über meiner Oberlippe bildeten sich Schweißtropfen, als ich Burts mediterranes Haus betrachtete. Billy – vermittelt durch Jane Austen und Sir Walter – hatte kein gutes Wort für Burt übrig gehabt. Wenn mein Onkel mich also ausgerechnet zu einem Mann schickte, den er verabscheute, musste Burt mir etwas zu sagen haben, das kein anderer mir sagen konnte. Und wenn meine Mutter so verzweifelt zu verhindern versuchte, dass ich mit ihm sprach, musste es etwas Gewaltiges sein. Ich schnallte den

Sicherheitsgurt ab und stieg aus. Es war Nachmittag, und der heiße Wind raubte mir den Atem.

Eine philippinische Krankenschwester öffnete die Tür. Ich konnte hinter ihr in das Innere des Hauses blicken. Es war dunkel. Die klimatisierte Raumluft strömte nach draußen und streifte meinen Arm wie ein Seidentuch.

»Ich bin mir nicht sicher, ob Mr. Weston mich erwartet. Mein Name ist Miranda Brooks. Mein Onkel, Billy Silver, hat mich hergeschickt, um mit ihm zu sprechen«, sagte ich.

»Miranda! Kommen Sie herein, kommen Sie herein!« Die Frau machte die Tür weiter auf, und ich folgte ihr in ein hochwertig, aber unpersönlich eingerichtetes Wohnzimmer. Ich war etwas entsetzt darüber, wie schlicht alles war. »Er hat heute einen guten Tag, aber schonen Sie ihn. Wenn ihn die Erinnerung im Stich lässt, regt er sich furchtbar auf.«

Burt saß im Rollstuhl und schaute sich eine Telenovela an, die in dem Fernseher über einem marmornen Kamin lief. Ein antiker auf Hochglanz polierter Schrank reflektierte seine lange Nase und sein ausdrucksloses Gesicht.

»Er spricht kein Spanisch, deswegen ist der Ton ausgeschaltet. Die Geschichten zu dem, was er auf dem Bildschirm sieht, denkt er sich selbst aus.« Die Schwester schaltete das Licht ein. »Sie werden noch blind, wenn Sie im Dunklen fernsehen, Burt.«

Er drehte seinen Rollstuhl zu uns um. »Wieso sollte ich blind werden?«

»Nur ein Scherz«, sagte die Schwester.

»Ach so.« Er lachte. Dann schaute er mich an, als wollte er daran erinnert werden, wer ich war. »Hallo.«

»Burt, das ist Miranda. Erinnern Sie sich, dass ich gesagt habe, vielleicht käme sie demnächst vorbei? Sie ist Billy Silvers Nichte.«

»Nein, ist sie nicht«, sagte er wütend.

Die Schwester sagte zu mir: »Bis eben war es ein guter Tag.« Sie legte ihm die Hand auf die Schulter und beugte sich über ihn. »Das ist Miranda. Sie ist von weit hergekommen, um mit Ihnen zu sprechen. Ist es nicht schön, Besuch zu bekommen?«

»Ja, das ist schön.« Seine Stimme zitterte, und wie groß seine Eitelkeit auch immer gewesen sein mochte, jetzt im Alter schien nichts davon übrig geblieben. Tiefe Falten durchfurchten seine Wangen. Er war gebrechlich. Unbeweglich. Vielleicht hätte ich ihn zufrieden lassen sollen, aber der Blick, den er auf mich richtete, wurde immer unfreundlicher.

»Ich bin nebenan«, sagte die Schwester und zog sich zurück. »Rufen Sie mich, wenn er ausfällig wird.«

Als Burt und ich allein waren, drückte er einen Knopf seines Rollstuhls, fuhr los und schaltete das Licht wieder aus.

»Ich hasse es, bei offenem Fenster zu schlafen.« Er lachte. »Warum habe ich das jetzt gesagt?«

Ich setzte mich auf die Couch und sah Burt in die Ferne starren. Ich war noch nie mit einem so alten Menschen zusammen gewesen, ob nun krank oder gesund. Mein Großvater, der Vater von meiner Mutter und Billy, war der Einzige aus der Großelterngeneration, der noch gelebt hatte, als ich geboren wurde. Er war damals Anfang siebzig gewesen, hatte sein Leben lang geraucht und bereits in einer betreuten Seniorenanlage gewohnt. Bei einem unserer Besuche hatten meine Eltern ein Foto von uns gemacht. Ich konnte mich nicht daran erinnern, aber meine Mutter sagte, ich hätte schreckliche Angst vor ihm gehabt, worüber sie und ihr Vater sehr böse waren, weshalb sie mich danach nur selten zu ihm mitnahmen. Er starb, als ich zwei war. Trotz seiner langen Krankheit war er geistig topfit. Ich konnte mir gar nicht vorstellen, wie viel schwieriger es für meine Mutter gewesen wäre, hätte ihr Vater sich in einem Zustand wie Burt befunden. Schnell schlug ich mir den Gedanken an meine Mutter aus dem Kopf. Ich wollte nicht an sie denken. Ich wollte auch kein Mitleid mit ihr haben.

»Loretta?«, fragte Burt, als ihm klar wurde, dass ich immer noch da war. Er kam zu mir herübergerollt und blieb erst so dicht vor mir stehen, dass ich seinen zwiebeligen Atem riechen und die Schuppen in seinen ausgedünnten Haaren sehen konnte.

»Miranda. Ich heiße Miranda«, sagte ich und rückte ein Stück von ihm weg.

»Richtig. Natürlich.«

»Ich hatte gehofft, dass wir uns über Ihre Tochter Evelyn unterhalten könnten.«

»Sonntags hat sie immer Pfannkuchen gegessen. Ich hatte noch nie ein Kind gesehen, das so viele Pfannkuchen auf einmal verdrücken konnte.« Er unterbrach sich. »Worüber sprachen wir gerade?«

»Über Ihre Tochter Evelyn.«

»Loretta?« Er rollte ein Stück näher.

Ich legte meine Hand auf seine. Sie war eiskalt und leblos. »Miranda. Ich heiße Miranda«, rief ich, als könnte die Lautstärke ihm helfen, endlich zu begreifen, wer ich war. »Ich bin nicht Loretta. Ich bin Miranda.«

Seine Augen füllten sich mit Tränen. Ich hätte die Schwester rufen sollen. Selbst wenn Burt eitel war wie Sir Walter Elliot und selbst wenn Billy ihn zu Recht verabscheut hatte, seinen jetzigen Zustand hatte niemand verdient.

Er packte meinen Arm überraschend kräftig. »Warum hast du mich verlassen, Loretta?«

»Ich bin Miranda, und ich bin hier.« Dieses Gespräch begann, mich zu verwirren.

»Hast du denn gar nicht an Evelyn gedacht? Hast du nicht daran gedacht, was du deiner Tochter antust?«

»Was hat Loretta denn getan? War sie Evelyns Mutter?« Ich würde mich nicht für Loretta ausgeben, aber ich wollte weiter mit ihm reden. Er wollte über Loretta sprechen, ich wollte zuhören. »Was hat Loretta ihrer Tochter angetan, Burt?«

»Sie ist gestorben.«

»Ja, sie ist gestorben. Vor dreißig Jahren.« Er sah aus, als versuchte er zu ermessen, ob dreißig Jahre ein ganzes Menschenleben oder nur ein kurzer Moment waren. »Erinnern Sie sich daran, wie Evelyn gestorben ist?«

»Natürlich«, sagte er wütend. »Glaubst du, ich könnte vergessen, wie meine eigene Tochter gestorben ist?«

»Wie denn, Burt?« Ich drückte seine kalte Hand.

»Du solltest sie abholen.« Seine Stimme war ganz schwach, sein gequälter Gesichtsausdruck machte mir eine Gänsehaut.

»Was ist mit Evelyn passiert, Burt?«

»Hast du es vergessen?« Er umklammerte meinen Arm. »Wie konntest du es vergessen?«

»Was denn vergessen, Burt? Was habe ich vergessen?« Er sah mir direkt in die Augen, aber ich konnte nicht erkennen, wo er in Gedanken war, ob wir überhaupt noch über Evelyns Tod oder längst über etwas ganz anderes sprachen.

»Sie hat vor der Schule auf dich gewartet, aber du bist nicht gekommen.« Eine Träne rollte Burt über die rechte Wange.

»Ich weiß nicht, wovon Sie sprechen, Burt. Wer hat gewartet? Ist Evelyn bei einem Autounfall gestorben?«

»Ganz allein hat sie auf der Schultreppe gewartet. Du solltest sie abholen, Loretta. Warum hast du sie nicht mitgenommen? Warum hast du sie bei mir gelassen?«

»Hat Loretta Sie verlassen, Burt?« Er nickte. »Und sie hat Evelyn zurückgelassen?«

»Ja.« Er driftete zwischen den Realitäten hin und her. In einem Moment war er präsent, im nächsten schon Welten entfernt. Die Vergangenheit schien mitten unter uns zu sein, und Burt bewegte sich mühelos zwischen ihr und dem Hier und Jetzt.

»Was ist mit Evelyn passiert, Burt?« Ich beugte mich so über ihn, wie die Krankenschwester es getan hatte, um eine Nähe herzustellen, die ihm vielleicht in die Gegenwart zurückhelfen konnte.

»Sie sehen Evelyn so ähnlich. Und Loretta. Evelyn sah wie Loretta aus, als sie schwanger war. Ich wollte es ihr immer sagen, aber ich wusste nicht, wie.«

»Was soll das heißen?« Es war unmöglich zu entwirren, was die Versatzstücke der realen Vergangenheit waren und was er sich für seine Telenovela herbeifantasierte. »War Evelyn schwanger? Hatte sie ein Kind?«

»Bevor wir die Obstplantage verlassen haben. Sie wollte unser Kind dort nicht aufziehen. Wären wir dageblieben, hättest du mich vielleicht nicht verlassen.«

»Sie meinen Loretta«, entschied ich für ihn. »Loretta war schwanger, als Sie auf der Obstplantage wohnten. Nicht Evelyn.«

»Sag ich doch!«

»Erinnern Sie sich an Billy?«

»Billy?«, fragte er, als sei er sich nicht einmal sicher, dass es diesen Namen überhaupt gab.

»Evelyns Ehemann, Billy Silver.«

»Mörder!«, schrie Burt. »Mörder!«

»Pst!« Ich drehte mich zur Tür um und erwartete, dass die Schwester herbeieilen würde. Der Fernseher lief im Nebenzimmer so laut, dass ich jedes Wort verstehen konnte. Vielleicht hatte die Schwester Burts Geschrei nicht gehört, vielleicht hatte sie beschlossen, es zu ignorieren. »Pst, Burt. Beruhigen Sie sich.«

»Er hat sie umgebracht. Er hat meine Evelyn umgebracht. Ich habe versucht, es zu beweisen. Er hat sie nicht verdient. Er hat sie beide nicht verdient.« Burt schüttelte so heftig den Kopf, als könnte er so die Erinnerungen darin ändern.

»Beide? Wen?« Ich war endgültig verloren und wurde aus Burt nicht schlau.

»Evelyn und das Kind«, erklärte er.

»Welches Kind?« Welches Kind?

»Evelyn.«

»Evelyn ist Ihr Kind, Burt. Evelyn war Ihr Kind.«

»Evelyn war mein Kind«, sagte er.

»Evelyn hatte also kein Kind?«

»Evelyn hatte kein Kind.«

Mir wurde schwindelig, als hätte ich zu viel getrunken. Wenn Burt heute einen guten Tag hatte, wollte ich lieber nicht wissen, wie ein schlechter war.

Er wandte sich von mir ab und schaute auf den Fernseher über dem Kamin, wo eine große Frau mit blond gefärbten Haaren und künstlich wirkenden blauen Augen aufgebracht über den Bildschirm tigerte. Sie schimpfte tonlos und fuchtelte mit den Armen, als spräche sie eine Sprache, die außer ihr keiner verstand.

»Sie ist meine Lieblingsfigur, Esmeralda. Sie kann so wütend werden. Wunderschön!«

Ich hatte noch so viele Fragen, aber was immer Billy gedacht hatte, das Burt mir erzählen würde, der Mann war dazu nicht mehr in der Lage. Nur eins der anscheinend irrationalen Dinge, die er gesagt hatte, ging mir nicht aus dem Kopf.

Mörder! Mörder!

Billy war kein Mörder. Das war unmöglich.

Sein ganzes Berufsleben stand im Zeichen des Versuchs, die Welt zu einem sicheren Ort für die Menschen zu machen, das Risiko von Tod und Zerstörung zu minimieren. Er konnte seine Frau nicht umgebracht haben. Dennoch war Burts Ausbruch das Einzige, was aus seinem Lavieren zwischen Gegenwart und Vergangenheit, aus seinen bruchstückhaften Erinnerungen und Kümmernissen herausragte und für sich stand. Ganz real.

Mörder! Mörder!

Burt war sich offenbar ganz sicher, dass Billy Evelyn getötet hatte, auch wenn er es nicht beweisen konnte. Und ich wusste ja bereits, dass sich Billy selbst schuldig gefühlt hatte. Was, wenn Sheila sich irrte? Was, wenn aus Billy nicht die Trauer gesprochen hatte, als er sagte, Burt verurteile ihn zu Recht? Was, wenn Billy tatsächlich an Evelyns Tod schuld gewesen war?

Burt und ich schauten uns die Telenovela an, bis die Krankenschwester zurückkam. Inzwischen hatte er sich wieder beruhigt und schien mich nicht mehr wahrzunehmen.

»So, Burt«, sagte die Schwester und schaltete das Licht an. »Was halten Sie von einem Nickerchen? Verabschieden Sie sich von Miranda.«

Er schaute mich mit dem gleichen Ausdruck an wie in dem Moment, als er mich vorhin zum ersten Mal gesehen hatte. Er war kurz davor gewesen, mich zu erkennen.

Die beiden verließen das Wohnzimmer, und ich wartete darauf, dass die Schwester wiederkam. Nach einer Weile setzte sie sich zu mir. »Wie geht es Ihnen jetzt?«

»Gut. Er hat mich für Loretta gehalten.«

»Das macht er mit mir auch. Ich weiß, wie sich das anfühlt, aber Sie sollten ihn öfter besuchen. Es hilft ihm. Auch wenn er es nicht ausdrücken kann, hilft es seiner Erinnerung.«

»Spricht er manchmal über seine Tochter Evelyn? Sie war meine Tante.« War sie das überhaupt? Durfte ich sie als Teil meiner Familie bezeichnen?

Die Schwester nickte.

»Ich hatte gehofft, Burt würde mir etwas von ihr erzählen. Ich habe sie nie kennengelernt.«

Die Schwester ging an den polierten Schrank und kramte zwischen Fotoalben herum, bis sie ein stumpf gewordenes goldenes Buch fand, das sie mir gab. Es war ein Highschool-Jahrbuch, auf die rechte untere Ecke war die Jahreszahl 1969 geprägt. Das Jahr, in dem meine Mutter die Schule abgeschlossen hatte.

Und Evelyn vermutlich auch.

Ich schlug das Buch auf und sah mehrere handschriftliche Einträge für Evelyn. *Viel Glück in Vassar!* Und: *Ich werde den Theaterkurs mit dir vermissen! Ich finde immer noch, du solltest Schauspielerin statt Bühnenbildnerin werden!* Und: *Ich werde niemals vergessen, wie du den Arbeitstisch in Chemie abgefackelt hast.* Und: *Kämpfe weiter für die gute Sache!*

»Burt hat das all die Jahre aufbewahrt?«, fragte ich.

»Es ist erstaunlich, was ihn berührt«, sagte die Krankenschwester. »Und was nicht. Auch wenn er sich an vieles nicht erinnern kann, schaut er sich doch gern alte Fotos an.«

»Darf ich es mir näher ansehen?«

Sie überlegte einen Moment. »Ich muss Burts Abendessen vorbereiten. Lassen Sie sich Zeit.« Sie ließ mich in dem kalten Wohnzimmer allein.

Ich blätterte durch die ersten Seiten des Jahrbuchs, schaute mir die Porträtfotos der Schulleitung und Lehrer an, bis ich auf einer Seite innehielt, auf der es um die Schülerzeitung ging. Auf einem Foto der Zeitung war Evelyn zu sehen. Sie trug eine Häkelweste und beugte sich über einen Tisch. Eine Haarsträhne fiel ihr quer übers Gesicht. Sie sah ernst und nachdenklich drein und wirkte älter als achtzehn. Dem Artikel nach war sie eins von zwei weiblichen Mitgliedern des Debattierclubs, Vertrauensschülerin, gehörte der Schülerorganisation für potenzielle Führungskräfte und der National Honors Society an. Ich schaute nach, welchen Clubs meine Mutter angehört hatte, und fand den Jazzclub. Auf einem Foto tanzte sie lasziv hinter einem Mikrofon. Sie sah unangepasst, energisch und jung aus. Auf der Suche nach einer Verbindung zwischen ihr und meiner Mutter, die ihre enge Freundschaft erklärte, blätterte ich durch den Rest des Jahrbuchs. Auf ihrem Klassenfoto sahen sie aus wie alle anderen, die sich nur durch ihre Frisuren unterschieden. Evelyn trug die Haare lang und glatt, meine Mutter einen Pagenschnitt mit einem Pony, der bis unter die Augenbrauen und die Ohren reichte. Noch nie zuvor hatte ich sie mit so kurzen Haaren gesehen.

Erst auf der vorletzten Seite, die Fotos von allen möglichen Schulaktivitäten zeigte, sah ich sie zusammen. Evelyn und meine Mutter saßen auf dem Fußboden vor den Schülerspinden. Evelyn trug Jeans und ein gestreiftes ärmelloses Shirt, meine Mutter eine schwarze Strumpfhose und ein kurzes ausgestelltes Kleid. Evelyn hatte ihr den Kopf auf die Schulter gelegt und verzerrte vor lauter Lachen das Gesicht. Meine Mutter streckte die Zunge heraus und machte Schielaugen. Neben das Foto hatte meine Mutter etwas geschrieben: *Habe dich lieb, für immer – Suzy.*

Ich erinnerte mich an ihre verzweifelten Nachrichten auf meinem Anrufbeantworter. Darauf war deutlich zu hören gewesen, wie groß ihre Angst war, mich zu verlieren. Sie hatte bereits eine Person verloren, von der sie gedacht hatte, sie würde sie für immer lieben. Ich fotografierte das Foto von den beiden, klappte das Jahrbuch zu und legte es auf den Couchtisch.

Das Geräusch eines Mixers führte mich in die Küche, wo die Krankenschwester Suppe kochte. Als ich mich verabschieden wollte, signalisierte sie mir, dass ich noch bleiben sollte, und wischte sich die Hände an einem Lappen ab. Dann öffnete und schloss sie einige Schubladen, bevor sie einen Umschlag fand und ihn mir reichte.

»Das hier kam vor ungefähr zwei Monaten. Anscheinend ist er für Sie.« Sie begleitete mich zur Haustür, und als sie die schwere Tür öffnete, strömte helles Licht in das kalte, dunkle Haus. »Kommen Sie wieder. Auch wenn er es nicht ausdrücken kann, hat er gern Gesellschaft.«

Noch auf der Veranda riss ich den Umschlag auf.

Ein Bilderrätsel lag darin. Es bestand aus einem gezeichneten Baum und einigen Schlüsseln.

Baumschlüssel? Jahresringe?

Fichtenringe? Fichtenschlüssel?

Aber der Baum war offensichtlich keine Fichte, denn er hatte einen dicken Stamm und eine massive Krone aus Ästen, Zweigen und Blättern.

Ein Ahorn? Eine Birke? Eine Eiche? Eichenschlüssel?

Eiche = Oak, Schlüssel = Key.

Okies! So wurden die Einwohner von Oklahoma genannt. Sofort dachte ich an den passenden Roman. Ein bedeutendes Buch, das den Überlebenskampf der Farmer aus Oklahoma thematisierte, die nach anhaltenden Sandstürmen alles verloren und sich deshalb auf den Weg in den Westen gemacht hatten. Ich erinnerte mich, dass es auf dem Tisch der empfohlenen Bücher zwischen *Bildnis einer Dame, Zärtlich ist die Nacht* und *Zeit der Unschuld* lag, allesamt Klassiker, die ich nie zu Billys Lieblingsbüchern gezählt hätte.

Als ich die Buchhandlung erreichte, sagte das Schild an der Tür, dass der Laden geschlossen war. Es war erst sechs Uhr, und er sollte noch geöffnet sein. Ich schloss auf und ging hinein. Kein Mensch zwischen den Regalen, die Tische des Cafés unbesetzt.

»Malcolm«, rief ich.

»Toilette«, rief er.

Er wischte die Bodenfliesen, sein Hemd durchnässt, seine Haare verwuschelt.

»Du hast dir ja einen klasse Tag ausgesucht, um nicht in den Laden zu kommen.« Er klang verärgert. Immerhin hatte er einen vollständigen Satz gesagt, sogar mit Nebensatz. Das war mehr als seit Wochen.

»Was ist passiert?«

»Rate mal!« Er schien zu merken, wie zickig er war, denn er fügte hinzu: »Irgendein Idiot hat die Toilette verstopft, und dann ist ein Rohr geplatzt. Was für ein beschissener Tag!« Er wrang den Mopp über dem Eimer aus.

»Hast du es selbst repariert?«

»Ich verfüge über zahlreiche Talente, aber die Scheiße anderer Leute zu beseitigen gehört nicht dazu. Der Klempner war vor einer halben Stunde fertig.«

»Dann ist alles wieder heil?«

»Ja. Hat uns tausend Dollar gekostet, aber morgen können wir den Laden wieder öffnen.« Malcolm hob den Eimer hoch und goss das graue Wasser ins Waschbecken.

»Du hast dem Klempner tausend Dollar gezahlt?«

»Es musste schnell gehen.« Beim Ausschütten spritzte Malcolm das Schmutzwasser aus dem Waschbecken ins Gesicht. Wütend wischte er es ab.

»Hast du nicht herumtelefoniert und versucht, einen billigeren zu finden?«

Malcolm stellte den Eimer auf den Boden. »Weißt du, was? Wärst du hier gewesen, hättest du es auf deine Art regeln können.«

An mir vorbei stürmte er aus der Toilette. Am liebsten wäre ich ihm aus dem Laden gefolgt und hätte mich dafür entschuldigt, heute gefehlt zu haben, dass ich seine Worte angezweifelt und ihn verdächtigt hatte, mich zu belügen, während er in Wahrheit nur um Billy trauerte. Ich wollte ihn fragen, ob zwischen uns nicht alles wieder so sein könnte wie früher. Ich wollte ihn anschreien: *Was, zum Teufel, hast du dir dabei gedacht, tausend Dollar auszugeben?* Ich wollte ihm den Finger auf die Brust setzen und verkünden, dass es seine Schuld sein würde, wenn Prospero Books schließen musste. Ich wollte ihn als Boxsack benutzen, ihm den Streit mit meiner Mutter in die Schuhe schieben und dass Burt meinen Onkel als Mörder bezeichnet hatte – aber das durfte ich ihm nicht antun. Ich war nicht dagewesen. Und ich hatte nicht meinen besten Freund verloren.

Ich ging zum Tisch mit den Buchempfehlungen und schaute auf Billys Bild.

»Warum warst du nicht vorsichtiger?«, fragte ich sein verloren dreinblickendes Konterfei. Als Seismologe ging er stets methodisch vor. Jeder Schritt unserer früheren Schatzsuchen war präzise vorbereitet. »Wie konntest du ausgerechnet mit Prospero Books so leichtsinnig sein?«

Ich schaute mir die Bücher genauer an. *Bildnis einer Dame, Zärtlich ist die Nacht, Zeit der Unschuld.* Das Buch, das ich suchte, war nirgendwo zu sehen. Ich umrundete den Tisch, schob die Bücher hin und her. *Früchte des Zorns* lag auch nicht unter den ersten beiden Bänden von *Eine Reihe betrüblicher Ereignisse* oder zwischen verschiedenen Ausgaben von *Zeit der Schmetterlinge.* Ich ging an den Schreibtisch, wo die Datenbank mir verriet, dass wir ein Exemplar gegen Bargeld verkauft hatten. Das Kinoticket, die Restaurantrechnung oder was immer Billy für mich zwischen die Seiten des Buchs gesteckt hatte, hatte der Käufer vielleicht achtlos auf den Sunset Boulevard oder sonst wohin geworfen. Wer Billys letzte Schatzsuche ruiniert hatte, würde ich nie erfahren.

Ich starrte auf den Bildschirm. War es wirklich das Ende? Hatte Billy diese Gefahr wirklich übersehen? Billy, der so akribisch war? Er mochte die finanzielle Situation von Prospero Books willentlich ignoriert haben, aber bei einer Schnitzeljagd hätte er nichts dem Zufall überlassen. Er hätte nicht zugelassen, dass sie so einfach boykottiert würde.

Unter unseren Klassikern befanden sich noch drei Exemplare von *Früchte des Zorns*, die ich mir anschauen wollte. Keine Notiz in dem gebrauchten Exemplar. Kein Liebesbrief. Nicht einmal ein Kassenzettel. Auch nichts in der nachgedruckten Taschenbuchausgabe. Die Jubiläumsausgabe, die zum hundertsten Geburtstag von John Steinbeck erschienen war, klappte wie von selbst am Anfang des neunundzwanzigsten Kapitels auf.

Der Text beschrieb, wie der Meereswind die Wolken ins Land schob, die Bäume zum Leben erweckte und die Wolken immer weiter landeinwärts trieb. Dann wurde ein beginnender Regen beschrieben, tröpfelnd zuerst, bis er seinen Rhythmus fand. Die Sonne verschwand, und obwohl es noch Nachmittag war, hatte man das Gefühl, es sei plötzlich Abend geworden. Steinbeck fuhr fort, den Regen in Worte zu kleiden, wie er immer heftiger wurde und das Erdreich tränkte, bis es nichts mehr davon aufnehmen konnte. Dann überfluteten die Wassermassen die Obstplantagen, die Straßen, die Motoren der Autos und brachten Hunger und Krankheiten über die Wanderarbeiter, die nichts anderes tun konnten, als abzuwarten, bis es wieder trocken wurde. Zwei Seiten weiter war ein Wort in der Passage eingekreist, in der ein Gerichtsmediziner kommt, um die Leichen derjenigen abzuholen, die den Sturm nicht überlebt haben: *tot*. Eine Seite weiter war wieder ein Wort eingekreist: *gestorben*.

Dann hörte der Regen auf. Die Felder waren überflutet. Für die nächsten drei Monate würde es keine Jobs geben, und Angst machte sich breit. Bald verwandelte sich die Furcht der Männer in Wut, was den Frauen nur recht war, denn solange ihre Männer noch wütend werden konnten, gaben sie sich nicht geschlagen. Einige Tage darauf wurde das Land wieder grün.

In meiner Erinnerung ging es in *Früchte des Zorns* um die todbringende Trockenheit im Mittleren Westen, nicht um Überflutungen in Kalifornien und die Hoffnungsschimmer, die am Ende des Romans aufblitzten. Diese hoffnungsvollen Passagen hatte Billy aber nicht markiert. Auch sonst nichts, nur *tot* und *gestorben*. Ganz nüchtern. Ganz schnörkellos.

Ich blätterte durch den Rest des Romans. Nichts war markiert, kein Notizzettel, kein Umschlag zwischen den Seiten, nichts, was mich zur nächsten Person geführt hätte, die ich sprechen sollte. Aber Billy hatte die beiden Wörter nicht umsonst eingekreist.

Ich las das Kapitel noch einmal und war ergriffen von der schlichten Schönheit der Sprache, erschüttert vom geschilderten Sterben. Dann schaute ich mir noch einmal die anderen Ausgaben an, um sicherzugehen, dass ich nichts übersehen hatte. Es war aber nichts zu finden. Als ich das nachgedruckte Taschenbuch zuschlug, bemerkte ich Bleistiftspuren auf der Innenseite des Covers. Sie waren so blass, dass ich sie beinahe wieder übersehen hätte. Zwei Ziffern, dann ein Punkt, dann vier weitere Ziffern. Dann der Buchstabe *N*, gefolgt von zwei weiteren Ziffern, wieder ein Punkt, vier Ziffern und schließlich ein *W*. Ich schaute in das gebrauchte Exemplar und fand dort die gleiche Sequenz von Zahlen und Buchstaben. Es musste der Code sein, den ich in dem von Billy empfohlenen Exemplar gesehen hatte, die Geheimsprache, mit der Billy Bücher aus Billigankäufen auszeichnete, wie Malcolm mir erklärt hatte. Dass ich es mit Billys Geheimsprache zu tun hatte, war unverkennbar, und das betraf nicht nur die Innenseite der Buchcover.

Ich suchte nach den Ziffern in unserem System. Es handelte sich nicht um eine ISBN-Nummer. Nicht um eine Katalognummer. Nichts, was unser Inventarisierungssystem wiedererkannte. Also gab ich die Ziffern und Buchstaben bei Google ein. Kein Suchergebnis. Die Suchmaschine fragte mich, ob ich Gradzeichen hinter den Ziffern vergessen hätte. Wenn man es so betrachtete, stand das *N* vielleicht nicht für *neu*, sondern für *Norden*, und das *W* stand für *Westen*. Und die geografischen Koordinaten verwiesen auf Fawnskin am Nordufer des Großen Bärensees.

SECHZEHN

Big Bear City lag zwei Autostunden von L. A. entfernt, landeinwärts in östlicher Richtung. Auf Google Earth fand ich ein Haus in Fawnskin, das genau am Schnittpunkt der Koordinaten aus *Früchte des Zorns* lag, eine Blockhütte aus dunklem Holz, umgeben von braunen Gräsern, die auf den Regen warteten. Ich konnte mir aus dem Internet kein Bild machen, was ich in diesem Haus finden und was es mit schwersten Regenfällen oder dem Tod zu tun haben sollte.

Nach einer schlaflosen Nacht war ich im Morgengrauen losgefahren in der Hoffnung, dem morgendlichen Berufsverkehr zu entgehen. Aber bereits um sechs Uhr stauten sich die Autos, und der Verkehr auf der Autobahn ging nur schleichend voran. Ich sah Pasadena im Rückspiegel kleiner werden, dann dünnte der Verkehr bei Pomona aus, um bei San Bernadino wieder zuzunehmen. Um sieben musste Charlie mit drei Schachteln Muffins den Laden aufgeschlossen haben. Wenn er die Stühle von den Tischen genommen und Kaffee gekocht hätte, würde Malcolm in den Laden kommen, den Anrufbeantworter abhören und die E-Mails checken, bevor er nach oben in den Lagerraum ging und Wechselgeld fürs Tagesgeschäft aus dem Safe holte. Würde er meine Wohnungstür anschauen und sich fragen, warum ich entgegen meiner Gewohnheit noch nicht im Laden war? Würde er Charlie nach mir fragen, bevor er das Schild an der Ladentür umdrehte? Würde er daran denken, dass die Buchhandlung sich bald in eine Miranda-freie Zone verwandelte? Und würde diese Aussicht ihn erleichtern oder würde er es bedauern?

»Prospero«, meldete er sich am Telefon.

»Miranda hier.«

»Warum rufst du an? Du brauchst doch nur den Kopf aus der Tür zu stecken.«

Gerne hätte ich scherzhaft gesagt: *Da siehst du mal, wie faul ich bin*. Aber ich sagte: »Ich bin unterwegs und komme heute nicht mehr rein.«

»Willst du mich um Erlaubnis fragen?«

»Nein.«

»Gut, dann sehen wir uns, wenn du zurück bist.« Er sprach so gelassen und ohne jede Emotion, dass ich mich beinahe fragte, ob wir wirklich einen ebenso verbissenen wie unausgesprochenen Dauerstreit führten.

Hinter dem See erhob sich ein bei Skifahrern beliebter Berg, der jetzt allerdings schneefrei war. Tannen und Kiefern säumten die Pisten. Der Wald zog sich bis hinter den Ort, über das Gebirgsmassiv bis ans Seeufer. Motorboote zogen Bahnen über das stille Gewässer. Kajaks waren am Strand hinter der Straße des Nordufers aufgereiht. Touristen rangen auf knallbunten Paddelbrettern um Gleichgewicht. Die Saison ging bis Mitte Oktober, bis es kühler wurde und sich die Blätter verfärbten. Big Bear war einer der wenigen Orte im Süden Kaliforniens, wo sich die Bäume im Herbst bunt verfärbten und die Berge in Blutrot bis Siena getaucht waren. In Philadelphia war der Herbst genauso spektakulär. Leuchtende Farben an den Flussufern des Schuylkill. Leuchtende Blätter auch auf den Gehwegen des Universitätsgeländes. Wenn in diesem Jahr die Blätter fielen, würde ich bereits seit zwei Monaten im ersten Trimester des neuen Schuljahrs unterrichten. Wenn in diesem Jahr die Blätter fielen, würde Prospero Books einen anderen Besitzer haben – wenn der Laden überhaupt noch jemandem gehörte. Wenn die Bäume ihre Blätter verloren hätten, würde alles anders sein. Alles außer meinem Leben. Ich würde wieder bei Jay sein, in unserer Wohnung – vorausgesetzt, es war noch unsere. Ich würde wieder in mein Klassenzimmer zu den Porträts der Frauenrechtlerinnen Susan B. Anthony und Harriet Tubman an den Wänden zurückkehren, die dort seit Jahren hingen.

Ich erreichte Fawnskin und nahm Kurs auf den Ort, den mir die Koordinaten bestimmt hatten, während ich über den Herbst nachdachte, über Schüler, die rudelweise auf den Schieferbänken der Cafeteria im Freien zu Mittag aßen, über Lektionen, die ich schon so oft durchgenommen hatte, dass ich sie auswendig kannte. Unterrichten ist so ähnlich wie ein Lieblingswort immer wieder laut auszusprechen. *Fuchsia, aufbrausend* oder *brillant*. Zuerst fühlt es sich auf der Zunge an wie Butter, samt-und-seidig, aber wenn man es dann wiederholt, fängt es an, sperrig zu werden. Fuchsia verblasst. Aufbrausend wird schal. Brillant verliert seinen Glanz. Ich würde meinen Schülern Patrick Henrys berühmte Rede vor dem Abgeordnetenhaus von Virginia erklären und plötzlich nicht mehr verstehen, was daran so wichtig sein sollte. Hatte Henry seine Mitstreiter wirklich mit ein paar mickrigen Worten zur Revolution bewegen können? Niemand hatte sich je die Mühe gemacht, diese Worte aufzuschreiben, weshalb sie nur mündlich überliefert waren. Nie hätte ich gedacht, dass Geschichte für mich einmal so blass und fad werden könnte, dass sie ihr Leuchten verlor. Es lag am Unterrichten. Es gab wissbegierige Schüler und andere, denen ich hinterherlaufen musste. Wieder andere, die sich nur für ihre Noten – oder nicht einmal für diese – interessierten. Dann dachte ich an Prospero Books, wie viel wir noch einnehmen mussten, wie viele Tickets für die Gala noch nicht verkauft waren, welche Spenden uns zugesagt worden, aber noch nicht eingetroffen waren. Aber aus irgendeinem Grund deprimierte mich die Aussicht auf die Arbeit nicht, die noch vor uns lag.

Ich parkte den Wagen am Schnittpunkt der Koordinaten. In Wirklichkeit sah das Haus düsterer aus als im Internet. Am Verandageländer fehlten Latten. Der Vorgarten bestand hauptsächlich aus nacktem Erdboden, nur hier und da sprossen ein paar braune Gräser wie vereinzelte Haare heraus. Eine Frau mit Schürze öffnete mir die Tür. Hinter ihr hörte ich Kinder lärmen. Ihre Haare waren zerzaust, ihre Schürze mit Mehl besprenkelt.

»Ja?« Die lärmenden Kinder schrien schriller, und die Frau sah sich nach ihnen um. »Jonathan, fass den Ofen nicht an!« Mehrstimmiges Gekicher. Die Frau drehte sich wieder zu mir um und sah mich erwartungsvoll an.

»Ich weiß nicht, ob ich hier richtig bin. Ich heiße Miranda Brooks, und ich glaube, dass mein Onkel, Billy Silver, mich hergeschickt hat, um mit Ihnen zu sprechen.«

»Wer?« Sie drehte sich wieder um. »Was habe ich gerade gesagt, Jonathan?« Wieder kicherten die Kinder.

»Soll ich ein anderes Mal wiederkommen?«

»Ich weiß nicht, was Sie verkaufen, aber ich habe kein Interesse.« Sie wollte die Tür gerade schließen.

»Bitte! Kannten Sie meinen Onkel Billy Silver?«

Hinter ihr knallte es. »Tut mir leid, ich kann Ihnen nicht helfen.«

Ich lehnte mich ans Geländer und rekonstruierte, was mich hergeführt hatte. Ich musste den Code falsch gedeutet haben. Offenbar stand er nicht für geografische Koordinaten. Oder ich hatte beim Googeln einen Zahlendreher eingetippt. Ich gab sie noch einmal in mein Smartphone ein, und wieder führten sie mich hierher. Plötzlich stach ich mir einen Splitter des Geländers in den Finger, auf das ich mich gestützt hatte. Vor Schmerz zuckte ich zusammen, und ein Blutstropfen bildete sich auf der Fingerspitze. Ich drückte den Daumen darauf, um die Blutung zu stoppen. Splitter bedeckten das gesamte Geländer, die Farbe war abgeplatzt, und man sah, wie verrottet das Holz darunter war. Die Säule, die das Dach stützte, schien jeden Moment einstürzen zu wollen. Ihre Farbe war kaum noch erkennbar, aber das Herz, das jemand in das weiche Holz geritzt hatte, trat weiß hervor. In dem Herz befanden sich zwei gut lesbare Initiale: *B & E*.

Die Ungeduld der Frau wurde zu Verärgerung, als sie mich schon wieder an der Tür vorfand, nachdem ich erneut geklopft hatte.

»Es tut mir leid, wenn ich Sie belästige.« Ich zeigte auf das Herz. »Wissen Sie, wer das eingeritzt hat?«

»Was?« Sie machte sich nicht einmal die Mühe hinzuschauen.

»Ich suche die früheren Hausbesitzer. Kannten Sie sie?«

»Dieses Haus gehört seit fünfundzwanzig Jahren meinen Eltern.« Sie schickte sich an, die Tür wieder zu schließen.

»Bitte!«, sagte ich. »Ich muss unbedingt herausfinden, von wem sie es gekauft haben.«

Durch den Türspalt konnte ich noch das halbe Gesicht der Frau sehen. »Es stand eine ganze Weile zum Verkauf. Die Vorbesitzer sind bei dem großen Sturm ums Leben gekommen.«

»Ein Sturm?« Ich musste an Steinbecks Schilderung denken und konnte förmlich sehen, wie der Wind den Regen vor sich hertrieb. Die Überflutung. Der Tod. »Sie sind direkt während des Sturms gestorben?«

»Die Frau wohl. Meine Mom hat mir nie die ganze Geschichte erzählt. Und ehrlich gesagt wollte ich es auch gar nicht wissen.« Im Haus krachte etwas. Kinderstimmen stöhnten auf, dann unbändiges Gelächter. »Ich muss wieder rein.«

»Gibt es jemanden, der weiß, was aus den Vorbesitzern geworden ist?«

»Fragen Sie Dotty von der Bibliothek.« Die Frau schloss die Tür. »Wenn irgendjemand was weiß, dann Dotty.«

Die Bibliothek des Großen Bärensees lag inmitten verdorrter Gräser und Gestrüpp. Drinnen arbeiteten die Benutzer in Lesekabinen. Ein Mann mit Pferdeschwanz sortierte Bücher ein. Der große, stille Raum trug den modrigen Geruch aller Bibliotheken und roch ganz anders als Prospero Books.

Die Bibliothekarin saß an der Auskunftstheke. Sie hatte lockige weiße Haare und sah aus, als arbeitete sie hier schon lange genug, um sich an eine Tragödie von vor dreißig Jahren zu erinnern.

Ich erklärte ihr, dass ich an Informationen über einen Unfall interessiert sei, der Mitte der 80er-Jahre passiert war. Immer noch wusste ich nicht, wann genau Evelyn gestorben war, aber es musste zwischen 1984 und 1986 gewesen sein.

»Ich erinnere mich an niemanden, der in den Bergen gestorben wäre«, sagte die Bibliothekarin. »Aber natürlich gab es Unfälle. Nichts Ernstes. Haben Sie es schon im Krankenhaus versucht? Wahrscheinlich übergeben die Ihnen allerdings keine Dokumente, nicht einmal wenn jemand gestorben ist.«

»Nicht in den Bergen. In einem Haus. Wissen Sie von einer Frau, die bei einem Sturm ums Leben gekommen ist?«

Sie dachte kurz nach. »Ich erinnere mich.« Sie stützte sich mit beiden Armen ab, als sie aufstand. Dann führte sie mich zu einem Mikrofiche-Lesegerät. Ich wartete, während sie mehrere Archivkartons durchforstete. »Wir haben keine Zeitungen von vor so langer Zeit.« Sie überreichte mir eine Mappe mit Negativen. »Ich weiß nicht mehr, wann es genau passiert ist, aber es war während eines Schneesturms. Ein fürchterlicher Schneesturm. Es kann also nicht zwischen Mai und Oktober gewesen sein.« Sie wollte weggehen. »Das heißt, vielleicht schauen Sie lieber auch im Oktober nach, nur um sicherzugehen. Damals waren die Winter länger. Also schauen Sie lieber auch im Mai nach.«

Es hat gute Gründe, warum Mikrofiche-Technologie aus der Mode gekommen ist. Die Recherche damit gestaltete sich mühsam, wenn man nicht genau wusste, wonach man suchte. Ich musste mir die Ausgabe jedes Tages anschauen, eine nach der anderen. Glücklicherweise hatte die Zeitung nicht viele Seiten und bestand jeweils aus einer Handvoll lokaler Geschichten, die die Meldungen einer Nachrichtenagentur ergänzten. Ich begann mit Januar 1984. Es gab mehrere Schneestürme, aber niemand war darin ums Leben gekommen. Nichts im Februar und März. Auch den Rest des Jahres brachte ich zügig hinter mich, bis die nächste Ausgabe den Beginn der nächsten Skisaison Anfang 1985 beschrieb. Angeblich war es ein verschneiter Winter, ohne extreme Belastungen. Keine ungewöhnlichen Stürme. Nichts, was an Steinbecks Wolkenbrüche heranreichte. Im April hatte jemand bei einem Hagelguss einen tödlichen Autounfall erlitten, ein älterer Herr, der gegen einen Baum gefahren war. Juni, Juli, August und September übersprang ich. Als ich auch im Oktober nichts fand, wurde ich nervös und schaute mir doch die zurückliegenden trockenen Monate an. In *Früchte des Zorns* ging es schließlich um Regen, nicht um Schnee. Vielleicht irrte sich die Bibliothekarin, als sie sagte, eine Frau sei bei einem Schneesturm umgekommen. Aber in diesem Sommer hatte es keinen übermäßigen Regen gegeben. Die Dürre zog sich bis in den Herbst, und es war eine der schlimmsten seit Jahren. Auch im November, als es normalerweise zu schneien begann, blieb es trocken, und man fürchtete um eine lukrative Skisaison. Erst im Dezember kam Schnee. Jeder hinzukommende Zentimeter wurde mit hundert hoffnungsvollen Worten gewürdigt, welche die ersehnte Schneelandschaft heraufbeschworen. Es gab Stürme, aber sie waren moderat und zogen schnell vorüber. Ende des Monats fiel dann plötzlich zu viel Schnee. Das Skigebiet und die Zufahrtsstraße mussten gesperrt werden. In den frühen Morgenstunden des 30. Dezember 1985 – meines Geburtstags – tauchten Schneeflocken, die dick wie Murmeln waren, ausnahmslos alles in undurchdringliches Weiß.

An diesem Tag konnte die Zeitung wegen des Schneesturms nicht erscheinen. Dafür war die Ausgabe vom 31. umfangreicher als üblich und enthielt zahlreiche Fotos. Das Restaurant am Big Bear Boulevard mit einem Schild an der Tür:

Geschlossen. Dächer und Straßen, unter Schneemassen begraben. Eine verpixelte Familie, die ein Auto aus einer Schneewehe schob. Ein Mann auf einem Gehweg, der bis über die Knie im Schnee versank, das Gesicht mit einem Schal vermummt, der sich dunkel gegen das allgegenwärtige Weiß abhob. Die Bildunterschrift lautete: *Mann auf dem Big Bear Boulevard.*

Die Artikel beschrieben die Bemühungen der Feuerwehr, die Straßen zu räumen. Der Leitartikel war den Toten und Verletzten gewidmet. Sechs Menschen waren gestorben, viele weitere waren angeblich noch wegen Unterkühlung und mit Erfrierungen in ärztlicher Behandlung gewesen.

Jeder Tote wurde mit einem kurzen Absatz gewürdigt. Von einigen wurde das Alter genannt, von anderen Geschlecht oder Beruf. Ein Dreiundvierzigjähriger war gestorben, als ein Baum auf den Wohnwagen gefallen war, in dem er gelebt hatte. Ein pensionierter Lehrer hatte beim Schneeschippen einen Herzinfarkt erlitten. Ein Marathonläufer war von einem Auto angefahren worden. Ein Paar auf Hochzeitsreise war gestorben, als sein Wagen von der Straße abgekommen war. Eine Schwangere war an einer Kohlenmonoxidvergiftung gestorben. Ihr Mann und ein Säugling befanden sich in kritischem Zustand.

Im Rest des Artikels ging es um Autounfälle, deren Insassen überlebt hatten. Ein Polizist hatte sich ein Bein gebrochen, als sein Wagen mit einem LKW zusammengestoßen war. Ein Mädchen aus dem Ort war beim Rodeln von einem älteren Ehepaar, das schnell nach Hause kommen wollte, überfahren worden. Mein Blick wanderte zu dem Absatz über die Schwangere zurück.

Eine vierunddreißigjährige Frau starb mutmaßlich an einer Kohlenmonoxidvergiftung. Ihr Ehemann, ein Erdbebenforscher, und die kleine Tochter befinden sich in einem kritischen Zustand.

Ich hatte keinen Beweis, dass es sich bei der vierunddreißigjährigen Schwangeren um Evelyn handelte, aber ich war mir sicher, dass sie es war. Ich hatte auch keinen Beweis, dass ihr Ehemann Billy war, aber auch hier war ich mir sicher. Und ich hatte nicht den geringsten Grund anzunehmen, dass ich das Baby war, aber ich sah ja das Datum, und ich wusste, dass Burt »Evelyn und das Kind« gesagt und dabei mich gemeint hatte.

Er war nicht so verwirrt gewesen, wie ich gedacht hatte.

Wieder und wieder las ich den Absatz, auf der Suche nach Informationen, die er nicht enthielt. Oder hatte ich mich verlesen? Wies irgendetwas darauf hin, dass die Tote nicht Evelyn war? Dass ihr Ehemann älter war als Billy, dass er Ingenieur war und nicht Seismologe? Dass das Kleinkind ein Junge war? Dass auch er gestorben war? Aber nein. Das Wenige, was dort geschrieben stand, war eindeutig. Evelyn war damals vierunddreißig gewesen, genau wie meine Mutter bei meiner Geburt. Billy war Erdbebenforscher gewesen. Das Kleinkind war ein Mädchen und am selben Tag geboren wie ich.

Vor Angst und dunklen Vorahnungen war ich wie gelähmt, als ich meine Erinnerungen nach Hinweisen darauf abklopfte, ob ich etwas übersehen hatte.

Hatte ich je meine Geburtsurkunde gesehen?

War ich gar nicht im Klinikum der Universität von Kalifornien geboren worden? Hatte meine Mutter mir nicht erzählt, sie habe dreiunddreißig Stunden lang in den Wehen gelegen? Hatte sie nicht gesagt, sie hätte sich auf eine nie gekannte Weise »vollständig« gefühlt, als sie mich zum ersten Mal in die Arme genommen hatte? Ich wollte sie anrufen und nach meiner Geburtsurkunde fragen, nach dem Krankenhaus, in dem ich geboren worden war, nach meinen ersten Atemzügen, aber dann wurde ich plötzlich von einer anderen Wahrheit erschlagen. Meine Mutter war nicht meine Mutter.

Mein ganzes Leben war eine Lüge.

Wie in Trance verließ ich die Bibliothek, von einer unnatürlichen Ruhe erfasst, die nicht anhalten würde. Ich war nicht wütend auf meine Eltern. Nur traurig. Es war ein schwerer Verlust. Der Boden unter meinen Füßen schien sich aufzutun, und ich versuchte nicht, etwas dagegen zu unternehmen. Ich ließ mich einfach fallen.

»Junges Fräulein!«, rief die Bibliothekarin und lief mir mit einem Buch in der Hand nach. »Sind Sie Miranda?«

War ich Miranda? Stammte mein Name aus *Der Sturm*, dem Lieblingsstück Evelyns, meiner Mutter? Und wenn ich nicht Miranda war, wer war ich dann?

Die Bibliothekarin reichte mir *Brücke nach Terabithia*.

»Eine unserer Empfehlungen«, erklärte sie. »Katherine Paterson hat es geschrieben, um ihrem Sohn zu helfen, mit dem sinnlosen Tod seiner besten Freundin fertigzuwerden. Das arme Ding wurde vom Blitz erschlagen.«

»Das brauche ich nicht«. Ich wollte ihr das Buch wiedergeben.

Sie schüttelte den Kopf und verweigerte die Annahme. »Ich bewahre es schon seit über einem Jahr für Sie auf. Die Finanzierung unserer Empfehlungsaktionen war daran gebunden, dass ich Ihnen dieses Buch gebe.« Sie klopfte auf das Cover des Paterson-Romans. »Es ist eine wichtige Lektion über Trauer, für uns alle.«

Als sie in die Bibliothek zurückgegangen war, warf ich das Buch in den nächsten Mülleimer. Welchen Hinweis auch immer es enthielt, wo immer Billy mich hinführen würde – ich wollte ihm nicht mehr folgen.

Am späten Nachmittag war es immer noch sehr heiß. Ich wartete darauf, dass alles einen Sinn ergab: die merkwürdigen Blicke der Conrads, unserer Nachbarn und ältesten Freunde meiner Eltern, eine kryptische Bemerkung von Billy oder meiner Mutter, die Tatsache, dass ich mich in meiner Haut nie ganz wohlgefühlt hatte. Aber alles fühlte sich genauso an wie immer. Ich fühlte mich wie die Person, die ich immer gewesen war.

Ich wandte mich vom See ab, auf den Big Bear Boulevard zu. Auflandiger Wind trug die Geräusche von Jetskis und das unbeschwerte Geplapper von Urlaubern ans Ufer. Ich versuchte mir vorzustellen, wie es gewesen wäre, wenn es keine Vergiftung gegeben hätte, wenn Evelyn und Billy mich aufgezogen und wir unsere Sommerferien hier verbracht hätten. Billy hätte mir das Angeln beigebracht. Evelyn hätte mir die Haare geflochten, damit sie mir nicht ins Gesicht fielen, wenn mich der Wind über den See trug. Und was wäre mit Prospero Books? Hätte ich dort nachmittags meine Hausaufgaben gemacht? Hätte Evelyn mir dabei geholfen, wenn sie nicht gerade Kunden beriet? Ich holte mein Telefon aus der Tasche und öffnete das Foto von ihr und meiner Mutter, das ich aus dem Jahrbuch fotografiert hatte, das, auf dem sie die Zunge herausstreckte und Schielaugen machte und Evelyn die Augen geschlossen hielt, um nicht übermütig zu werden. Sie waren jung. Sie waren albern. Sie waren beste Freundinnen. Ich betrachtete Evelyns Nase, den perfekten Schwung ihrer Augenbrauen, die glatten Haare, die ihr ins Gesicht fielen. Ich kniff die Augen zusammen, dann riss ich sie weit auf. Doch ob ich Evelyn nun verschwommen oder glasklar sah, sie hatte keinerlei Ähnlichkeit mit mir. Dann konzentrierte ich mich auf meine Mutter. Ihre Augen hatten die gleiche Form wie meine, ihre Lippen waren so schmal wie meine. Auch Billy hatte schmale Lippen gehabt. Und unsere tief liegenden Augen. Ich hatte immer gedacht, ich sähe meiner Mutter ähnlich, aber jetzt wurde mir klar, dass ich auch Billy sehr ähnelte.

Vom Big Bear Boulevard bog ich nach rechts ab, kam an Wintersportgeschäften und dem Büro des Sheriffs vorbei. Ich wollte nicht Billys Tochter sein. Ich wollte nicht, dass meine beiden Eltern tot waren. Ich wollte die Eltern haben, die ich immer gehabt hatte. Ich betrat eine Bar. Es roch nach abgestandenem Bier. Die Gäste redeten zu laut. Ich ging wieder hinaus. Hinter der nächsten Kreuzung fand ich ein ruhiges Café mit Spitzengardinen an den Fenstern. Ich ging hinein und setzte mich an einen Tisch ganz hinten.

Ich hatte keinen Hunger. Oder vielleicht doch. Ich wusste gar nichts mehr, noch nicht einmal, was mein Körper brauchte. Als die Kellnerin mich mit »Schätzchen« anredete und fragte, was es sein dürfe, hörte ich mich *Kaffee* sagen, und ich fragte mich, ob ich Kaffee überhaupt mochte oder es mir nur einbildete. Die Kellnerin kam mit einem Keramikbecher und einer Schale portionierter Kaffeesahne zurück.

»Schätzchen«, sagte sie. Mit leerem Blick schaute ich zu ihr auf. »Du musst die Wahrheit akzeptieren.«

»Was?«, fragte ich.

»Ich habe gefragt, ob du etwas essen möchtest.« Sie sprach jedes Wort überkorrekt aus, als sei sie sich nicht sicher, ob wir die gleiche Sprache sprachen. »Hast du Hunger?«

»Nein danke.«

Sie zeigte auf den Tresen. »Ich bin da drüben, wenn du etwas brauchst.«

Der Kaffee war lauwarm und viel zu dünn. Ich trank ihn Schluck für Schluck und war froh über jede Minute, in der ich einfach nur Gast in einem Café war und nicht Tochter oder Nichte oder gar nichts. Ich sah zur Kellnerin hinüber. Als sich unsere Blicke trafen, schaute sie weg. Ich war froh, dass sie mich nicht in ein Gespräch verwickeln wollte. Hätte sie mich gefragt, ob mit mir alles in Ordnung sei, hätte ich die Tränen nicht länger zurückhalten können.

Du musst die Wahrheit akzeptieren. Ich hätte schwören können, dass sie das gesagt hatte, dabei hatte sie bloß gefragt, ob ich etwas essen wollte. *Du musst die Wahrheit akzeptieren.* Aber kannte ich die Wahrheit denn? Es gab Indizien, Berichte, Fotos.

Das war nicht unbedingt die Wahrheit, das Fleisch und Blut meiner Vergangenheit. Es erklärte nicht, warum ich von einer Tante und einem Onkel aufgezogen worden war und warum sie beschlossen hatten – nicht nur meine Mutter und mein Vater, sondern auch Billy –, dass ich mich als jemand sehen sollte, der ich nicht war. Ich legte Geld auf den Tisch und flüchtete aus dem Café. Ich rannte an den Wintersportgeschäften, dem Büro des Sheriffs, den Bars vorbei und über den Bibliotheksparkplatz zum Mülleimer an der Eingangstür. Ich musste mich dieser Herausforderung stellen.

Ich konnte nicht ignorieren, wer ich wirklich war.

Ziemlich weit hinten in dem Roman steckte ein Lesezeichen. Als ich das Buch auf den betreffenden Seiten aufschlug, sah ich auf der einen Seite eine markierte Passage und auf der anderen eine Schwarzweiß-Illustration, die einen Jungen mit einem leblosen Mädchen in den Armen zeigte. Ich las die markierte Passage.

Er rannte, bis er ins Stolpern kam, und fürchtete sich vorm Stehenbleiben. Irgendwie wusste er, dass Leslie nicht sterben konnte, solange er weiterrannte. Es kam auf ihn an. Er musste weiterrennen.

Die Bibliothekarin hatte von einem sinnlosen Tod gesprochen, von einer Parabel über einen sinnlosen Tod. Ich hatte *Brücke nach Terabithia* nie gelesen. Billy hatte es mir nie gegeben, meine Mutter auch nicht.

Das Lesezeichen war ganz schlicht aus Pappe ausgeschnitten. Darauf stand in so verschnörkelten Buchstaben Prospero Books, dass es kaum zu entziffern war. Ich brauchte eine Weile, bis sich mir diese eigenartige Schrifttype erschloss. Unten auf dem Lesezeichen stand der Name des Künstlers, der diese Schrift entworfen hatte: Lee Williams. An den Nachnamen konnte ich mich nicht erinnern, aber ich wusste natürlich noch, wer Lee war und wie er mich getröstet hatte, als ich Billy damals in der Buchhandlung gesucht hatte. Lee, der immer freundlich zu mir gewesen war, wenn auch ein wenig gekünstelt, so als wüsste er nicht, wie man mit Kindern umging. Aber vielleicht wusste er nur nicht, wie er mit mir umgehen sollte.

Ich fuhr auf direktem Weg zum Haus meiner Eltern, schaltete weder das Radio noch die Klimaanlage ein, sodass sich das Auto erhitzte und der Krach des überforderten Motors kaum zu ertragen war. Ich fuhr genau am Tempolimit und war mir nicht sicher, ob ich möglichst schnell oder möglichst spät ankommen wollte. Ich hatte auch keine Idee, was ich zu meiner Mutter sagen wollte, wenn ich sie sah, ob ich sie umarmen oder nie wieder mit ihr sprechen würde. Ich konzentrierte mich nur auf die Straße, darauf, ruhig zu bleiben und das Tempo einzuhalten.

Mein Telefon summte, und als ich Jays Namen im Display sah, jagte es mir einen kalten Schauer über den Rücken. Ich dachte so lange darüber nach, ob ich antworten sollte, bis sich die Mailbox einschaltete. Jay hinterließ aber keine Nachricht, und ich rief ihn nicht zurück. Ich wollte jetzt nicht an ihn denken. Nicht an Philadelphia. Ich konnte ja nicht einmal an Prospero Books denken. Das Einzige, woran ich denken konnte, war meine Mutter, die gar nicht meine Mutter, sondern meine Tante war. Ich hatte nie eine Tante gehabt und keine Ahnung, was für eine Beziehung man zu einer Tante hatte. War es jemand, den man zweimal im Jahr sah, in den Ferien und der Weihnachtszeit? War es jemand, der wie eine zweite Mutter oder eher wie eine Fremde war?

Meine Mutter stand in der Küche, als ich ins Haus kam, schnitt Pfirsiche und sang einen Song von Janis Joplin, der mit ihrer Stimme weicher und süßlicher klang, als er klingen sollte.

Aber so war meine Mutter eben. Sie machte alles ein wenig schöner und sicherer, sogar Songtexte, die aus Liebeskummer und Protest geschrieben worden waren. Hörbar warf ich meine Tasche auf den Küchentresen.

Meine Mutter sprang vor Schreck in die Höhe. »Ich habe dich gar nicht gehört, Süße.«

Das Messer in ihrer Hand schwebte ein paar Zentimeter über den Pfirsichen. Obstsaft tropfte vom Schneidebrett auf den Fußboden. Wie erstarrt stand sie da, umklammerte das Messer und sah mich an.

»Oh, Mom!« Meine Stimme versagte. Sie ließ das Messer fallen und lief auf mich zu. Ich ließ mich von ihr umarmen, barg das Gesicht in ihren lockigen Haaren und hielt sie ganz fest. Ich stellte mir zwei schmale, schlanke, gleich große Frauen vor, als sei ich ein Faksimile von ihr, ein Duplikat, das natürlich nicht so wertvoll war wie das Original. Ich drückte sie und fühlte mich klein wie ein Kind. Wie ihr Kind.

Sie küsste mich auf die Stirn. Ich wollte, dass sie alles zu einem großen Missverständnis erklärte. Dass sie die Welt wiederherstellte, wie ich sie mein Leben lang gekannt hatte.

»Wir wollten es dir ja erzählen«, flüsterte sie.

Genau das waren die Worte, die ich nicht hören wollte.

Ich stieß sie von mir. »Ich hätte nicht herkommen sollen.«

Ich ging zur Tür zurück, doch sie kam um mich herum geschossen und verstellte mir den Weg. »Geh nicht, Miranda. Lass uns reden.« Ihr Blick war flehend.

»Geh mir bitte aus dem Weg.« Es war aber keine Bitte, sondern ein Befehl. Die Alternative war, sie anzuschreien. Stattdessen fasste ich die schmerzhafte Wahrheit in Worte. »Sie ist meine Mutter, nicht du.«

»Wir wollten es dir doch erzählen.« Sie packte mich an beiden Schultern. »Ich wollte es dir unbedingt erzählen. Aber Billy ... Er wollte nicht, dass du es erfährst.«

»Wage ja nicht, Billy die Schuld zu geben!«, brüllte ich.

Sie ließ die Arme sinken. »Du hast recht. Es war mein Fehler.« Sie schlug sich die Hände vors Gesicht und fing an zu weinen.

»Du hast kein Recht, jetzt zu weinen.« Sie weinte nur noch heftiger. »Hör auf!«, schrie ich so laut, dass sie erschrak. Dann wurde es einen Moment lang ganz still. »Hör einfach auf.« Ich ging an ihr vorbei zur Tür.

»Wo gehst du hin?«

»Keine Ahnung, aber hier kann ich nicht bleiben. Nicht bei euch. Tut mir leid, aber ich kann nicht.« Ich stürmte nicht nach draußen. Knallte die Tür nicht zu. Ich warf ihr auch keine Gemeinheiten an den Kopf, obwohl ich es nur zu gern getan hätte. Ich ging einfach nur hinaus. Und noch schlimmer war, dass sie mich gehen ließ.

SIEBZEHN

Ich kam nur bis zur ersten Straßenecke. Als mein Elternhaus nicht mehr zu sehen war, konnte ich nicht weiterfahren. Nein, nicht mein Elternhaus. Das Haus meiner Tante und meines Onkels. Ich wusste nicht, wohin ich fahren sollte. Zum Flughafen und dann den erstbesten Flug nach Philadelphia nehmen? Den gewohnten Weg in den Osten von L. A.? Oder sollte ich einfach ziellos durch die Gegend fahren und einfach den nächsten Highway nehmen, bis ich irgendwo ankam, wo ich mich besser fühlte? Konnte jemand überhaupt verschwinden, der nie wirklich existiert hatte?

Es dauerte einen Moment, bis ich merkte, dass das Summen von meinem Telefon kam. Erleichtert registrierte ich, dass es weder meine Mutter noch Jay war.

»Wenn du nicht bald kommst«, sagte Sheila, »muss ich meinen dritten Martini bestellen, und du wirst schuld daran sein.«

»Wenn ich nicht bald wohin komme?« Es konnte doch nicht angehen, dass das Leben einfach weitergegangen war, dass es Martinis gab und Menschen Pläne hatten!

»Nach Westwood. Bitte sag, dass du schon ganz in der Nähe bist. Du weißt, wie sehr ich es hasse, allein zu trinken.«

Westwood. Ich schaute im Kalender meines Telefons nach.

»Joanies Auftritt.« Unglaublich, dass ich das vergessen hatte. Gut, ich hatte viel um die Ohren, aber es war Joanies große Chance, und es war ungewiss, ob sie gefeiert, vernichtend kritisiert oder – was noch schlimmer wäre – ignoriert würde.

»In zwanzig Minuten geht es los«, sagte Sheila.

Sie erwartete mich, genau wie Joanie. Joanie, die an den Wochenenden meist bei mir zu Hause übernachtet hatte, als wir die Highschool besucht hatten. Joanie, die oft mitgekommen war, wenn meine Familie ins Restaurant gegangen war, und die meiner Mutter geholfen hatte, Eischnee zu schlagen, bis er fest gewesen war. Joanie, die neben mir auf meinem Bett gelegen hatte, während wir über Jungs sprachen und uns vor den Hausaufgaben drückten. Joanie, meine beste Freundin, die mich besser kannte als ich mich selbst.

»Bin unterwegs«, sagte ich und fuhr weiter.

Sheila wartete vor dem Geffen-Theater und war so nervös, als hätte ihre eigene Tochter gleich ihren großen Auftritt.

»Nun komm schon!« Sie scheuchte mich ins Gebäude, und wir fanden unsere Plätze wenige Sekunden, bevor das Licht gelöscht wurde.

Der Vorhang ging auf und gab den Blick auf das Wohnzimmer der Prosorows frei. Joanie spielte die Irina, die jüngste der *Drei Schwestern*.

Während Olga und Mascha sich mit Lesen und Hausarbeiten beschäftigten, saß Irina einfach nur gedankenverloren da. Joanie trug ein schlichtes weißes Kleid und schaute leeren Blicks ins Publikum. Olga hatte den ersten Text in dem Stück: *»Vater ist vor einem Jahr gestorben, genau an diesem Tag.«* Der Todestag des Vaters war auch Irinas Namenstag. Olga erklärte, wie sie innerhalb eines Jahres über einen Tod hinweggekommen waren, von dem sie zuerst gedacht hatten, dass sie ihn niemals verwinden würden. Sie fingen sogar schon an, von der Zukunft und einer Rückkehr nach Moskau zu träumen. Ich versuchte, mich auf Joanie zu konzentrieren – die wunderschöne junge Irina, die einzig Glückliche unter den Schwestern –, während sie über den Wert der Arbeit an sich räsonierte. Aber meine Gedanken schweiften ab zu meinem eigenen toten Vater, und ich versuchte, Momente zu identifizieren, in denen ich die Wahrheit hätte entdecken müssen.

Als meine Mutter und Billy an meinem zwölften Geburtstag miteinander stritten, vermutete ich zuerst, dass es um eine

Party ging, und das stimmte auch. Billy hatte versprochen, zu kommen. Und als mein Vater hätte er das wirklich tun sollen. Wenn er sonst nicht aufgetaucht war, hatte sich meine Mutter nie so darüber aufgeregt. Oder vielleicht doch. Vielleicht hatte sie es vor mir verborgen, damit ich nicht so enttäuscht wäre und womöglich hinter die Wahrheit käme. Ich dachte an die Nachmittage, an denen Billy mich zu Prospero Books mitgenommen hatte. Ich hatte immer das Gefühl gehabt, der Laden hätte nur auf mich gewartet, und das hatte er ja auch. Er hatte viel ungeduldiger auf mich gewartet, als mir bewusst gewesen war.

In der Schlussszene des Stücks lagen sich die drei Schwestern in den Armen und vertrauten einander ihre unerfüllten Sehnsüchte und Illusionen bezüglich Moskau an. Joanie umarmte die anderen beiden Schauspielerinnen. Sie erschienen mir wie richtige Schwestern. Ich hatte Joanie immer als meine Schwester betrachtet, aber sie hatte selbst zwei Schwestern – eine Verbindung, die wir nie haben würden, egal wie nahe wir uns standen. Sie hatte auch eine Mutter. Eine, die sich nicht kümmerte, aber immerhin war es ihre leibliche Mutter.

»Ich hätte den Schluss anders gestaltet«, sagte Sheila, als sich die Schauspielerinnen zum letzten Mal verbeugten. »Ich fand ihn schon immer furchtbar traurig. Er wirkt in sich geschlossen, aber nicht hoffnungsvoll. Vielleicht brauchen wir aber einen hoffnungsvollen Schluss. Vielleicht brauchen wir den Glauben daran, dass sich im Leben am Ende alles ins Gute wendet.« Ich lachte bitter auf, als ich das hörte, und Sheila musterte mich argwöhnisch.

Wir gingen auf die Gartenterrasse, wo sich die Zuschauer um einen Brunnen gruppierten und an Weingläsern nippten, während sie auf die Schauspielerinnen warteten.

»Wie war dein Ausflug?« Sheila schnappte sich ein Glas Weißwein von einem Tablett und fragte, ob ich auch eins haben wollte. Ich schüttelte den Kopf.

»Hast du es gewusst?« Ich sah Sheila aufmerksam an, um zu erkennen, ob hinter ihrer Gelassenheit eine Lüge schlummerte.

»Habe ich was gewusst?«, fragte Sheila ganz aufgeregt und erwartete offenbar irgendwelchen Klatsch und Tratsch.

»Du hast gesagt, dass du bei uns zu Besuch warst, als ich noch ein Baby war. Erinnerst du dich?« Ich schaute genau hin, bereit, mich auf Sheila zu stürzen, sobald sie zuckte oder zu stottern begann oder sonst etwas Verräterisches tat.

Sie legte mir eine Hand auf die Schulter. »Miranda, ich weiß, dass ich in deinen Augen eine alte Frau bin, aber senil bin ich nicht. Natürlich erinnere ich mich daran.«

»Du sagtest, meine Mom hat mich an der Brust gesäugt«, sagte ich.

»Und?«

»Bist du dir sicher?«

»Ich glaube schon«, sagte sie verständnislos.

»Meine Mom konnte mich nicht stillen.«

Sheila kreuzte nachdenklich die Arme. Ich hoffte, sie würde fragen, warum das so wichtig war, und war mir nicht sicher, ob ich schon bereit war, meine verkorkste Familiengeschichte zu erzählen, insbesondere einer Autorin, die darin womöglich eher eine Story als ein Leben sah.

Sie schnippte mit den Fingern. »Weißt du, was? Nach Billy hatte ich einen Freund, dessen Schwester auch ein Baby hatte. Vielleicht war sie diejenige, die Susans Baby die Brust gab. Ich kann mich nicht genau erinnern.«

Ich wollte Sheilas Erinnerung an den Abend in meinem Elternhaus auf die Sprünge helfen, sie auf irgendetwas bringen, das nicht gestimmt hatte, vielleicht die Art, wie Billy mich angesehen, oder etwas Unpassendes, das meine Mutter gesagt hatte. Doch bevor ich etwas sagen konnte, brach auf der Terrasse plötzlich Applaus aus. Joanie und zwei Fernsehschauspielerinnen gingen Arm in Arm durch die Menge. Joanie strahlte, wie sie noch nie gestrahlt hatte. Ich wollte mich für sie freuen, aber meine Gefühlslage ließ das kaum zu, zumal ich wusste, dass ich Joanie hier nicht beiseitenehmen und ihr alles erzählen konnte. Es war ihr großer Moment, und ich durfte ihn ihr nicht stehlen.

Sheila reihte sich in die Schlange derer ein, die Joanie persönlich begrüßen, ihr die Hand schütteln und sich mit ihr fotografieren lassen wollten. Joanie nahm sich Zeit für ihre Fans. Als Sheila dran war, reichte sie Joanie ein Programmheft und bat sie, es »für die Lieblingsfrau unter all ihren mittelalten Bekannten« zu signieren.

Joanie umarmte uns beide, bevor sie von einem älteren Anzugträger angesprochen wurde, der sie einer Gruppe anderer älterer Anzugträger vorstellte. Irgendjemand erkannte Sheila und lud sie auf einen Drink ein. Bevor sie mitging, fragte sie mich, ob es mir etwas ausmache, doch Joanie kam ohnehin wieder zu mir, und wir beobachteten, wie Sheila und ihr neuer Freund in die Le Conte Avenue verschwanden.

»So möchte ich auch sein, wenn ich in ihr Alter komme«, sagte Joanie sehnsüchtig. Ich behielt für mich, dass Sheilas Mann Selbstmord begangen hatte und ihr selbstsicheres Auftreten eine Show war, mit der sie ihre Trauer zu bewältigen versuchte.

»Du warst großartig«, sagte ich stattdessen.

»Danke«, sagte sie auf die gleiche einstudierte Weise, wie sie sich bei jedem auf der Terrasse bedankt hatte. Dann lachte sie über sich selbst, weil sie mir gegenüber den Profi herausgekehrt hatte. »Ich war so nervös, dass ich mich an nichts erinnern kann. Aber ich glaube, ich habe keinen Teil von meinem Text vergessen.«

»Falls doch, hat es niemand gemerkt.« Ich drückte ihre Hand, und Joanie erwiderte die Geste. Wir schauten uns auf der Terrasse um. »Wer sind hier die wichtigen Leute?«

Joanie erklärte, dass der Anzugträger ein Produzent war, als eine Frau von hinten an sie herantrat und ihr die Hände vor die Augen hielt. Sie hatte blond gefärbte Haare und war dick geschminkt. Joanie schob die Handgelenke der Frau zur Seite und drehte sich um, um sie zu umarmen.

»Jacks!« Es war Jackie, Joanies älteste Schwester. Neben ihr standen ihre Mutter und ihre Schwester Jenny. Alle umarmten einander gleichzeitig, und es war wie ein exklusives Familientreffen, das ich nur von außen betrachten konnte.

Joanies Mutter strich ihrer Tochter übers Haar. Ich versuchte, mich daran zu erinnern, wann sie das letzte Mal gekommen war, um ihre Tochter zu unterstützen. Sie hatte sämtliche Schulaufführungen verpasst und Joanie nie in Hauptrollen auf den winzigen Theaterbühnen des Santa Monica Boulevards erlebt. Immer noch streichelte sie Joanie und gab Wörter wie »talentiert«, »Star«, »berühmt«, »wunderbar« und »meine Tochter« von sich. *Meine Tochter.* Am liebsten hätte ich ihre streichelnde Hand von Joanie weggerissen und geschrien, dass man nicht einfach auftauchen konnte, sobald jemand Erfolg hatte, sondern seinen ganzen Weg begleiten musste. Aber Joanie sonnte sich im Lob ihrer Mutter. Ihre Kommentare bedeuteten Joanie mehr als die ihrer Kollegen, Produzenten oder Regisseure – Leute, die das Stück gesehen hatten und für ihre Karriere entscheidend sein konnten.

Joanies Familie wollte in eine Bar am Westwood Boulevard gehen. »Kommst du mit?«, fragte Joanie mich und stand Arm in Arm mit ihren Schwestern da.

Ich sagte, ich sei müde.

»Lass uns morgen zusammen Mittag essen, bevor ich wieder auf die Bühne muss. Nein, warte mal! Chris' Eltern kommen morgen. Danach kommt sein Bruder mit seiner ganzen Familie. Wie sieht es nächste Woche aus? Oh, Mist! Da kommen ja Lonnie und Sarah für ein paar Tage eingeflogen, um sich das

Stück anzusehen.« Ich wusste nicht, wer Lonnie und Sarah waren. »Das Stück läuft bis zur ersten Septemberwoche. Danach könnten wir uns doch ein schönes Wochenende in Ojai oder so machen.« Genervt verzog Joanie das Gesicht. »Dann bist du ja schon weg.«

»Ist schon in Ordnung, Joanie.« Das war es wirklich. In meinem Leben passierte gerade eine Menge, aber das Gleiche galt für Joanies Leben. Ich wollte ihr den Erfolg nicht vermiesen, aber teilhaben konnte ich daran auch nicht.

»Wir sollten dann mal los«, sagte ihre Mutter.

»Du warst großartig heute Abend«, sagte ich zu Joanie.

»Im Ernst?«, fragte sie kleinmädchenhaft.

»Vergiss mich nicht, wenn du reich und berühmt bist.« Ich tat mein Bestes, um gut gelaunt zu wirken.

»Ich werde dir die Welt zeigen, Baby.« Sie warf mir einen Luftkuss zu, als ihre Schwestern sie zum Gartentor führten. Ich sah den vieren nach, wie sie Arm in Arm auf die Straße traten und ein Bollwerk gegen die Kühle der Nacht bildeten.

Zurück in der Buchhandlung googelte ich Lee Williams und schloss mehrere Lee Annes und Mary Lees aus, einen Football-Star sowie eine Glasbläserin in Detroit. Trotzdem gab es Tausende Lee Williams in den USA. Der Gesuchte hatte kein Profil auf Facebook. Er benutzte kein Twitter oder Instagram. Sein Foto tauchte nicht einmal bei einer Bildersuche auf. Dann googelte ich meine Mutter. Ihre Konterfeis füllten den ganzen Bildschirm aus. Am Arm meines Vaters bei einem formellen Fest, ihr hübsches, vom Wein gerötetes Gesicht. Dann das offizielle Foto ihrer Webseite, eine Hand auf die Hüfte gestemmt, glatte Haare, geschäftsmäßiger Blick. Meine Mutter mit einer Kundin, die ich wegen ihrer extravaganten Kleidung und ihrer offensichtlichen Vertrautheit mit der Kamera für eine Schauspielerin hielt. Seitenweise schaute ich mir Fotos meiner Mutter an und fand keins von uns beiden. Ich konnte mich auch nicht daran erinnern, wann wir zuletzt zusammen abgelichtet worden waren. Meine Eltern fotografierten nicht viel und gehörten nicht zu denen, die jeden Moment ihres Lebens und alle Menschen, die sie kannten, festhalten mussten, und ich hatte immer angenommen, der Grund dafür sei ihr ausgeprägter Sinn für Privatsphäre. In Wahrheit musste es aber daran gelegen haben, dass mir auf den Fotos nichts auffallen sollte, das ich im echten Leben womöglich übersah. Vielleicht diente alles, was sie taten, allein dem Zweck, ihr Geheimnis zu bewahren.

Am nächsten Morgen roch der ganze Laden nach einem verbrannten Bagel, den Lucia im Toaster vergessen hatte. Sie rannte zwischen den Tischen herum, knallte den Gästen ihr Essen vor die Nase. Dr. Howard klatschte im Takt ihrer eiligen Schritte, bis sie ihm einen bösen Blick zuwarf.

Als ich sie fragte, was denn los sei, sagte sie: »Das fragst du nicht im Ernst, oder?« Ich folgte ihr in die Küche und schaute zu, wie sie einen großen Löffel voll Frischkäse zwischen zwei Bagelhälften klatschte. »Wo, zum Teufel, hast du gesteckt?« Ungeduldig und angriffslustig sah Lucia mich an.

»Das ist mir jetzt zu viel«, sagte ich und wollte aus der Küche gehen, aber Lucia verstellte mir den Weg und rammte mir den Teller mit dem Bagel in die Rippen. »Sollte der Bagel nicht getoastet werden?«

»Bist du hier plötzlich die Expertin?« Lucia stellte den Teller auf den Tresen und tigerte auf und ab. »Du kreuzt hier auf und verlangst von uns, alles auf den Kopf zu stellen, und dann hältst du es nicht mal mehr für nötig, dich im Laden blicken zu lassen.« Sie reckte den Kopf wie ein Pfau, der wilde Farben und Emotionen um sich verbreitete. »Malcolm musste ganz allein mit dem Rohrbruch klarkommen. Kannst du dir vorstellen, wie widerlich das war? Dann ignorierst du meine Häkelgruppe nicht nur ein-, sondern zweimal. Auch zu deinem Lesezirkel für klassische Literatur trittst du nicht an. Jetzt hat auch noch Alec abgesagt, und ungefähr die Hälfte der Leute, die zu unserer Gala kommen wollten, verlangen ihr Geld zurück.« Als ich sie fragend ansah – *Wer ist Alec*? –, riss sie entnervt die Augen auf. »Der DJ?«

»Dann holen wir uns eben einen anderen DJ.« Momentan waren mir DJs, Lesezirkel und Rohre vollkommen egal.

»Offenbar kennst du einen anderen Star-DJ, der ohne Gage bei unserer Gala einspringt?«

»Was soll das sein: ein Star-DJ?«

Sie schnappte sich den Teller mit dem ungetoasteten Bagel, aus dem der Frischkäse quoll. »Ich weiß, dass du nur vorübergehend hier bist, aber wir zählen auf dich.« Sie stürmte aus der Küche. Nur vorübergehend? Das brachte mich und mein Leben auf den Punkt. Hier bei Prospero Books und überhaupt.

Malcolm prüfte die Bestände in der Literaturabteilung und machte sich Notizen auf einem Klemmbrett. Wir hatten fast Mitte August und kaum Kundschaft. Außer Dr. Howard, Ray, dem Drehbuchautor, und dem mir unbekannten Unglücksraben, der einen Bagel bestellt hatte, hatte kein anderer Stammkunde sein Lager im Café aufgeschlagen, nicht einmal Sheila war gekommen. Zwei Mädels mit Rucksäcken und langen braunen Haaren schauten sich in der Literaturabteilung um und wetteiferten darum, wer von ihnen mehr gelesen hatte. Dass sie auf die Bücher nur zeigten, ohne sie aus den Regalen zu holen, verriet, dass sie keines kaufen wollten.

»Jemand hat Didion geklaut«, sagte Malcolm. Er drehte die oberste Seite auf dem Klemmbrett um, sah sich die nächste Liste des Bücherverzeichnisses an und hakte die vorhandenen Titel ab. Lucia rammte einen Stuhl unter einen Tisch. Tassen klirrten, als sie die Geschirrwanne hochhob. »Kümmere dich nicht um sie«, sagte Malcolm. »Ungefähr zwanzig Tickets sind zurückgegeben worden. Außerdem führt sie gerade wieder ihren monatlichen Streit mit ihrem Freund. Sie braucht das Gefühl, von allen im Stich gelassen zu werden, weil er so ein Arsch ist. Wenn sie sich nicht innerhalb der nächsten Minuten beruhigt, sage ich ihr, dass sie sich den Tag freinehmen soll.« Dann prüfte er weiter die Bestände. »Ich habe ein paar Musiker angerufen, die ich kenne. Ich finde schon jemanden, der auf der Gala spielen kann. Außerdem wollen wir doch sowieso nicht von einer Horde Millenials gerettet werden, die sich nichts Schöneres vorstellen kann, als zu Elektropop zu tanzen.« Wieder drehte er eine Seite um und wandte sich dem nächsten Regal zu.

»Tut mir leid.« Alle Gefühle, die mein Ausflug in mir hätte auslösen sollen, brachen auf einmal über mich herein. Meine Beine wollten mich nicht mehr tragen, und ich musste mich an ein Regal lehnen, um nicht zusammenzusacken. Ich bekam dröhnende Kopfschmerzen und konnte nicht mehr richtig sehen. In meinen Ohren rauschte es. Besorgt schaute Malcolm zu mir herüber, das heißt: die zwei Malcolms, die ich gerade sah. Er legte das Klemmbrett in ein Regal, kam auf mich zu und umfasste meine Schultern.

»Alles in Ordnung?«, fragte er. Ich schnappte nach Luft, aber meine Lunge wollte keine aufnehmen. »Hey, hey! Ist ja gut. Komm, setzen wir uns.« Er legte sich meinen Arm um die Schulter und half mir zum Schreibtisch.

Ich setzte mich, und er holte mir ein Glas Wasser. Ich beugte mich hinunter, steckte den Kopf zwischen die Knie und versuchte zu atmen. Würde ich sterben? Hatte ich eine Panikattacke? Malcolm kam mit einem Glas Wasser zurück und streichelte mir über den Rücken, während ich ein paar Schlucke trank. Das Wasser schien meinen Hals zu öffnen, denn ich konnte wieder atmen. Mein Kopf dröhnte zwar immer noch, aber das Rauschen in den Ohren verschwand, und mein Blick wurde wieder klarer, bis nur noch ein Malcolm neben mir stand, der aber genauso besorgt dreinblickte wie die beiden vorher. Plötzlich hatte ich das Bedürfnis, ihm zu sagen, was ich so gern von meiner Mutter gehört hätte. »Es tut mir so leid. Ich weiß, dass Billy dein Freund war. Ich habe mir lange nicht klargemacht, was all dies für dich bedeutet. Es tut mir leid, dich nicht verstanden zu haben. Es tut mir leid, dass …«

»Schsch!«, machte er. Ich spürte seine Hand noch immer auf meinem Rücken. »Ist ja gut. Ist schon gut.« Ich atmete weiter, und Malcolm sah mich aufmerksam an. Er blieb so ruhig, dass ich mir blöd vorkam. Aber er sah mich an, als hätte er das alles schon einmal erlebt und als sei es keine große Sache.

»Es tut mir wirklich leid«, sagte ich.

Malcolm nickte. »Ist schon in Ordnung. Ich weiß, dass Billys Tod auch für dich schwer war. Mir tut es auch leid.« Er lehnte sich an den Schreibtisch, und ich spürte, dass er noch etwas sagen wollte. »Billy und ich haben Jahreskarten für die Dodgers. Morgen ist das nächste Spiel. Du kommst doch mit?« Er sprach so gedämpft, dass ich nicht heraushören konnte, ob es eine Frage oder ein Befehl sein sollte.

»Das wäre schön«, sagte ich, und er nickte, als sei die Angelegenheit damit erledigt. Ich sah ihm nach, als er wieder zu seinem Klemmbrett ging und weiter die Bestände prüfte. Ich hatte nicht gerade Herzrasen, spürte aber meinen Puls, und das gab mir Hoffnung, innerlich nicht tot zu sein und mich noch über Dinge freuen zu können. Die anderen ganz normalen, weniger aufregenden Gefühle würden sich früher oder später auch wieder einstellen.

Ich trank das restliche Wasser und ging zum Café hinüber, um das Glas in die Geschirrwanne zu stellen. Malcolm lächelte mich beruhigend an, als ich an ihm vorbeikam, und ich bezweifelte, dass ich mich je an seine Augen gewöhnen würde, dass sie je aufhören würden, mich zu faszinieren.

Im Café war es so still, dass ich Dr. Howards Stift über seinen Notizblock kratzen hören konnte. Ich fand meine Tasche, die ich am Tisch ganz hinten vergessen hatte, nachdem Lucia mich angeschrien hatte. *Brücke nach Terabithia* lag über meinem Portemonnaie. Ich zog das Buch aus der Tasche, legte es auf den Tisch und drehte das Lesezeichen in meiner Hand. *Lee Williams.* Lee war immer im Laden gewesen, wenn Billy nachmittags mit mir hergekommen war. Ich hatte nie das Gefühl gehabt, dass die beiden sich besonders nahestanden. Trotzdem musste Lee gewusst haben, warum ich von meiner Tante und meinem Onkel aufgezogen wurde. Billy musste ihm etwas erzählt haben, das mir verstehen helfen würde, was ich ohne Vater und Mutter tun sollte, jetzt, da Billy meine Welt in Luft aufgelöst hatte, ohne eine neue für mich zu erschaffen.

Lucia ging, ohne sich zu verabschieden. Selbst Charlie begrüßte sie nicht, als er für sie übernahm, sondern rauschte wortlos an ihm vorbei. Er verdrehte die Augen und sah mich vielsagend an, nachdem sie die Tür hinter sich zugeknallt hatte. Ihre Wut war fehlgeleitet, denn eigentlich richtete sie sich gegen die Tatsache, dass es mit Prospero Books nicht so gut lief, wie wir gehofft hatten. Und das war eine gesunde Wut, eine, die unseren Kampf zur Rettung des Ladens befeuern würde.

Charlie setzte sich zu mir an den Tisch und blätterte in *Brücke nach Terabithia.* »Der arme Jess Aarons.«

»Die arme Leslie«, sagte ich.

Charlie legte das Buch so vorsichtig auf den Tisch, als sei es ein wertvolles antikes Exemplar, das nicht beschädigt werden durfte. »Ich glaube nicht, dass der Leser Leslie bedauern soll. Sie musste zwar sterben, aber sie war mutig. Und sie hat auch Jess beigebracht, mutig zu sein.«

»Warum tut dir Jess dann leid?«

Charlie dachte nach. »Vielleicht nicht mehr am Ende, aber solange er ihren Tod leugnet, fühlt er sich schuldig, weil er sie an dem Tag allein gelassen hat, und da tut er mir wirklich leid. Was er durchmacht, ist so real.«

Beinahe liebevoll strich Charlie über das Buch, bevor er aufsprang, um nachzusehen, ob genug Kaffee in den Thermoskannen war. *Er rannte, bis er ins Stolpern kam, aber er rannte weiter und fürchtete sich davor, was passieren würde, wenn er stehen blieb.* Jess versuchte, vor Leslies Tod davonzulaufen. Er war nie schneller als sie gewesen, als sie sich während ihrer Schulzeit Wettrennen geliefert hatten. Und auch jetzt war er nicht schneller als ihr Tod. Erst, als er aufhörte zu rennen, lernte er, die Erinnerung an seine Freundin zu würdigen, ihre Magie am Leben zu erhalten und durch den Zauber von Terabithia zu bewahren.

Das Stadion der Dodgers lag vier Kilometer vom Laden entfernt, der Weg führte durch den Elysian Park, hauptsächlich bergauf. Ich ging zu Fuß. Unterwegs dachte ich daran, was Malcolm gesagt hatte, und probierte verschiedene Betonungen aus. Einmal fragte er hoffnungsvoll: *Morgen ist das nächste Spiel. Du kommst doch mit?* Ein anderes Mal hörte ich seine Worte in einem Befehlston: *Du kommst doch mit?* Oder sie klangen flehend: *Du kommst doch mit?* Schließlich stellte ich mir seine Stimme in einem arroganten Tonfall vor, mit dem er mich von oben herab behandelte und mir keine Wahl ließ: *Du kommst doch mit?*

Keine dieser Varianten fühlte sich richtig an. Ich probierte noch ein paar andere aus, weil es mich davon ablenkte, dass ich Lee Williams immer noch nicht gefunden und nichts von meiner Mutter gehört hatte.

Obwohl es frisch war, schwitzte ich, als ich den Parkplatz erreichte. Unsere Plätze lagen im zweitobersten Rang oberhalb des Schlagmals, wo man die beste Sicht hatte. Durch die Reihen blauer Sitze ging ich auf einen vertrauten Haarschopf zu. Dass ich den Atem angehalten hatte, merkte ich erst, als ich tief ausatmete. Obwohl ich Malcolm fast täglich sah, waren wir noch nie außerhalb des Ladens zusammen gewesen.

Er sprang auf, als er mich sah, und verschüttete die Hälfte seiner Erdnüsse. Ich zwängte mich durch die Reihe zum Sitz neben ihm. Er zögerte, dann umarmte er mich, ließ mich aber sofort wieder los.

»Da bist du ja«, sagte er.

»Dachtest du, ich würde nicht kommen?«

»Bei dir weiß man ja nie«, sagte er, als sei ich ein wandelndes Rätsel, ein schwieriges Puzzle, das er nicht zusammensetzen konnte. Ich setzte mich neben ihn. Unsere Knie berührten sich.

Malcolm warf sich Erdnüsse in den Mund und knackte die Schale mit den Zähnen. Der Werfer der Dodgers warf den ersten Strike. Malcolm klatschte, als der Schlagmann den Ball verpasste. Der zweite Schlagmann beförderte den Ball in die Mitte des Spielfelds. Als alle Bases besetzt waren, traf der Schlagmann wieder, und die Dodgers kehrten auf die Spielerbank zurück.

Malcolm stand auf. »Willst du ein Bier? Ich hole welches.«

Während ich auf seine Rückkehr wartete, schaute ich zu, wie sich das Auswärtsteam vor dem zweiten Inning aufwärmte. Seit der Mittelschule, als mein Vater uns Logenplätze besorgt hatte, hatte ich kein Match mehr live gesehen. Das ganze Spiel über saß ich damals wie gebannt ganz vorne in der Loge, einen Fanghandschuh an der linken Hand, und wartete auf einen weiten Flugball ins Aus, obwohl der Ball eigentlich nicht so weit fliegen konnte. Mein Vater saß weiter hinten auf einer Couch und plauderte mit seinen Kollegen. Oft war ich das einzige Kind in der Loge. Statt mich einsam zu fühlen, trug ich es mit Stolz. Es war ein Treffen von Geschäftsleuten, und dennoch brachte mein Vater mich mit. Fast bei jedem Inning setzte er sich eine Weile zu mir und fachsimpelte über die Form des Schlagmanns oder die verräterischen Anzeichen dafür, dass der Werfer den

Ball versenken würde. »Wenn du als Schlagmann das Schlagmal betrittst«, sagte er, »musst du dem Werfer genau in die Augen schauen. Siehst du, dass er das gerade getan hat? So weiß der Werfer, dass du keine Angst hast. Insofern ist Baseball genau wie das Leben. Es liegt an dir, wie du es angehen willst.«

Malcolm kam mit zwei Bechern Bier zurück. Wir nippten daran und sahen einem Dodger zu, der seine Position als Schlagmann einnahm. Immer noch dachte ich an meinen Vater. Meine Mutter musste ihm inzwischen erzählt haben, dass ich bei ihr gewesen war. Er hatte mich aber nicht angerufen und mir auch keinen seiner Befehle geschickt. Mit verstohlenen Seitenblicken schaute ich ab und zu nach Malcolm und sah, wie er sich auf das Spiel konzentrierte. Ich wusste immer noch nicht, warum er mich mitgenommen hatte. Vielleicht hatte er eine Offerte in petto und wollte mir den Laden abkaufen oder er wollte über die Zeit nach meinem Fortgang sprechen. Bis jetzt hatte er Prospero Books mit keinem Wort erwähnt, und je länger wir dasaßen, desto mehr hatte ich das Gefühl, dass wir einfach nur zwei Freunde waren, die sich gemeinsam ein Spiel anschauten.

»Kommst du oft hierher?«, fragte ich.

»Billy und ich sind meist zu den Heimspielen gegangen. Billy konnte es nicht ausstehen, auch nur ein Spiel der Saison zu verpassen. Allein bei dem Gedanken daran brach ihm der kalte Schweiß aus.«

»Ich wusste gar nicht, dass er ein großer Sportfan war.«

»Nur Baseball.« Malcolm stand auf, als ein Ball ins Außenfeld flog. »Go, go, go!« Er verdrehte den Körper wie ein Neuling beim Bowling, der hoffte, die Bowlingkugel auf diese Weise von ihrer natürlichen Rollbahn ablenken und ins Ziel steuern zu können. Doch dann fiel der Ball ins Aus. »Verdammt!« Malcolm setzte sich und warf sich die nächste Erdnuss in den Mund. »Es ist das letzte Heimspiel, für das wir

Karten haben. Keine Ahnung, ob ich ohne ihn für die nächste Saison Jahreskarten kaufen soll.«

Ich legte ihm eine Hand auf den Rücken und kam mir dabei ganz merkwürdig vor. Dann nahm ich eine von Malcolms Erdnüssen, knackte sie mit den Fingern und pulte die Nüsse aus der Schale.

»Das ist geschummelt. Du musst sie mit den Zähnen knacken und die Schale ausspucken.« Er machte ein klickendes Geräusch, und ein Stück Schale flog in hohem Bogen aus seinem Mund.

Die Dodgers lagen 2:3 zurück. Malcolm begann, an seinen Nägeln zu kauen. Ich begriff, dass dieses Spiel für ihn eine größere Rolle spielte als für die Gesamtbilanz der Dodgers. Ein Schlagmann ging aufs Schlagmal zu, als hätte er den nächsten Ball bereits gemeistert.

Ich stand auf und klatschte. »Komm schon, den triffst du.«

Ich gab Malcolm ein Zeichen, dass er die Dodgers mit anfeuern sollte, und wir brüllten, als befänden wir uns bereits am Ende des neunten Innings. Unsere Energie war ansteckend. Ein Mann mit üppiger Nackenrolle trampelte mit den Füßen. Eine blonde Frau im Alter meiner Mutter führte einen wilden Tanz auf. Der Schlagmann sah zwei Strikes an sich vorbeizischen.

»Schlag zu, verdammt!«, brüllte Malcolm. Der Schlagmann traf den nächsten Ball tatsächlich, zögerte aber, bevor er zur ersten Base losrannte.

»Danke!« Malcolm gab mir ein High five.

Alle standen auf, als der letzte Schlagmann antrat. Die Dodgers hatten die Chance zum Ausgleich. Unisono feuerten alle um uns herum ihre Mannschaft an, und die Rufe der Fans bildeten einen Kokon um uns, in dem Malcolm und ich wie in einer eigenen kleinen Welt eingeschlossen waren. Er legte einen Arm um mich, und wir schunkelten im Rhythmus der Fanchöre.

Ich spürte, wie warm seine Brust war, und dachte, dass es mehr war als ein Stadionbesuch mit irgendeinem Freund. Zumindest wünschte ich das. Erinnerungen an Spiele der Phillies, die ich mit Jay besucht hatte, kamen in mir hoch, aber ich schüttelte sie so schnell ab, wie ich konnte. Es fühlte sich nicht richtig an, mit Malcolm hier zu sein, wenn noch ungewiss war, wie es eigentlich um Jay und mich stand, aber falsch fühlte es sich auch nicht an. Der letzte Schlagmann holte aus. Malcolm murmelte ein paar Flüche und setzte sich.

Die Musik wurde lauter, als die Dodgers von der Spielerbank zurück aufs Feld kamen. Der Bildschirm über der Spielstandanzeige wurde schwarz und der Schriftzug *Kussfoto* erschien in einem pinkfarbenen Herzen. Dann wurde der Schriftzug vom Bild eines älteren Paares ersetzt. Als sich die Betreffenden auf dem riesigen Bildschirm erkannten, beugten sie sich zueinander vor. Malcolm und ich beobachteten den Werfer beim Warmmachen und taten so, als verfolgten wir das Geschehen auf dem Bildschirm nicht.

»Wann fliegst du eigentlich nach Philadelphia zurück?«

»In ungefähr zwei Wochen. Die Schule fängt in der ersten Septemberwoche wieder an.«

»Freust du dich auf die Arbeit?«

Das ältere Paar verschwand, stattdessen wurde eine Mutter mit ihrem Sohn gezeigt. Der Junge wand sich, als sie ihn zu küssen versuchte.

»Ich weiß nicht, ob sich irgendjemand auf die Arbeit freut.« Mein Sarkasmus überraschte mich. Der Beginn eines neuen Schuljahrs hatte mich nie genervt. Wenn der Sommer vorbei war – lange Tage, die ich mit Lesen und Schlafen und irgendeiner neuen und schnell wieder aufgegebenen sportlichen Betätigung verbrachte –, juckte es mich, endlich wieder etwas Nützliches zu tun. Gut, wenn mein Wecker zum ersten Mal wieder um 5:15 Uhr klingelte, fragte ich mich schon, ob ich mir das ein weiteres Schuljahr lang antun wollte, aber ich hatte mich nie negativ über meinen Beruf geäußert.

»Ich«, sagte Malcolm. »Immer.«

Neue Paare erschienen auf dem Bildschirm, die zuerst erschraken und dann mitspielten, und jedes Mal war ich ein wenig enttäuscht, dass Malcolm und ich von den Kameras nicht erfasst wurden. Malcolms Lippen waren voll und sahen aus, als könne er gut küssen. In einem kurzen Anfall von schlechtem Gewissen dachte ich an Jays Lippen und dass ich mir noch vor wenigen Monaten gewünscht hatte, nie wieder einen anderen Mann zu küssen.

»Sobald ich wieder im Klassenzimmer stehe, werde ich merken, wie sehr ich es vermisst habe. Aber im Moment kommt es mir ganz unwirklich vor, von hier wegzugehen«, sagte ich.

Am Ende des neunten Innings erreichte ein Schlagmann die zweite Base, und ein anderer legte einen Homerun hin, der den Dodgers den Sieg sicherte.

Wir waren in Feierlaune, und es zog uns in eine Bar, in der früher Polizeirazzien an der Tagesordnung gewesen waren und in der jetzt Studenten verkehrten. Angesichts der neuen Klientel hatte der Besitzer seine ganz normale Nachbarschaftskneipe in einen Nachtclub umgewandelt, inklusive Tanzfläche und Fotoecke. Heute Abend spielte es aber keine Rolle, ob man ein Vertreter des alten oder neuen Echo Parks war, denn Dodgerfans waren sie alle. Sogar ich trug eine Dodgerskappe, die Malcolm auf einem seiner Toilettengänge gekauft hatte.

Nach zwei Bieren nahm er meine Hand, und wir tanzten unter einer glitzernden Discokugel zu Michael Jackson. Der Rhythmus des Songs verlangte vollen Körpereinsatz. Ganz wohl war mir nicht, aber meine Bewegungen waren flüssig und natürlich. Malcolm war ein fürchterlicher Tänzer, aber das hinderte ihn nicht daran, alle Moves auszupacken, die er aus seiner Schulzeit kannte.

Als es in der Dodgers-Bar zu voll wurde, taumelten wir den Sunset Boulevard in Richtung Prospero Books hinunter. Es waren über drei Kilometer, und unser trunkenes Geschwätz wurde schweigsamer, je mehr die kalte Nachtluft uns ausnüchterte. An einer roten Ampel blieben wir stehen.

»Sollen wir uns ein Taxi rufen?«, fragte Malcolm.

»Den halben Weg haben wir doch schon geschafft.«

»Aber du zitterst am ganzen Körper.« Er zog seine Jacke aus. »Nimm wenigstens die.«

Die Ampel wechselte auf Grün, und ich zog mir seine Jacke eng um die Schultern. Sie roch nach Malcolm. Zimt, etwas salzig verschwitzt. Mir war gar nicht bewusst, wie gut ich diesen Geruch schon kannte. Ich atmete ihn tief ein, um ihn tief in meinem Gedächtnis zu speichern, damit er mir zur Verfügung stand, wenn ich an Malcolm dachte. Am anderen Ende des Kontinents würde er mir helfen, mich an diesen Abend zu erinnern.

Zurück bei Prospero Books führte Malcolm mich durch den Laden, als sei ich noch nie da gewesen, und zeigte mir seine und Billys Lieblingsbücher. Ich reichte ihm meine, Biografien über Washington, Jefferson und Lincoln, und erzählte, dass Thomas Jefferson Bücher geliebt und sich manchmal wochenlang zurückgezogen hatte, um zu lesen und Passagen umzuschreiben, die ihm nicht gefielen. Er redigierte sogar Shakespeare. Shakespeare!

»An Miranda hat er bestimmt nichts verändert«, sagte Malcolm. »›Du jedoch, oh du, perfekt und unvergleichlich, bist erschaffen vom Besten jeder Kreatur.‹« Es überraschte mich, dass er diese Zeile auswendig kannte. *»Der Sturm«*, erklärte er und grinste von einem Ohr bis zum anderen.

»Ich kenne das Stück«, sagte ich abwehrend und fühlte mich von seiner Textsicherheit überrumpelt.

Er schob die von den Mitarbeitern empfohlenen Bücher

auf dem Tisch in der Mitte des Ladens zusammen, um Platz für meine Buchtipps zu machen, schrieb meinen Namen auf eine Karte und zeichnete eine Karikatur von mir. Meine Augen waren größer als in Wirklichkeit, und ich hatte einen Schmollmund. Ich holte die neueste Biografie von Paul Revere, in der seine Rolle im Revolutionskrieg herausgearbeitet und mit Longfellows Mythisierung des Mannes aufgeräumt wurde, und stellte sie an eine leere Buchstütze. Ich spürte, wie Malcolm mich beobachtete. Wie er sich mir näherte, bis sein Gesicht ganz dicht an meinem war, und er mich küsste, erst zögerlich, als erwartete er, dass ich ihn zurückwies. Doch als ich das nicht tat, vertiefte er den Kuss.

Sein Mund wanderte zu meiner Schulter und streifte mein Schlüsselbein. Plötzlich sah ich Jay vor mir, aber Malcolms Lippen auf meiner Haut fühlten sich hinreißend an. Außerdem hatte ich seit einem Monat nicht mit Jay gesprochen. Musste ich wirklich ein schlechtes Gewissen gegenüber jemandem haben, mit dem ich seit einem Monat keinen Kontakt hatte? Ging ich überhaupt fremd? Malcolm zog meine Hüften an seinen Körper, bis unsere Bäuche sich trafen, unsere Schenkel, unsere Schultern, und ich vergaß Jay. Ich vergaß alles, was nicht Malcolm war, obwohl ich nicht wusste, wie es dazu gekommen war, dass wir taten, was wir taten, warum wir es nicht früher getan hatten und ob wir es jetzt wirklich taten. Ich wusste noch, wie ruhig er an dem Nachmittag geblieben war, als ich zusammengeklappt war, und dass er mich dafür nicht verurteilt hatte. Jetzt küsste er meinen Brustkorb, und ich dachte daran, wie schön er aus *Der Sturm* zitiert hatte. *Du jedoch, oh du, perfekt und unvergleichlich, bist erschaffen vom Besten jeder Kreatur*. Seine Stimme war so ruhig und fest gewesen, als hätte er schon seit unserem Kennenlernen darauf gewartet, dieses Zitat anzubringen. Und plötzlich wurde mir klar, dass genau das der Fall gewesen war.

Ich schob ihn ein Stück von mir. »Billy hat dir erzählt, dass ich nach *Der Sturm* benannt worden bin.«

»Was?« Er wollte mich wieder an sich ziehen, und dieses Mal schob ich ihn nachdrücklicher fort.

»Du hast mir das Buch nach Philadelphia geschickt.« Ich hatte gedacht, es sei Elijah gewesen, aber er hatte von einem Brief gesprochen, nicht von einem Päckchen. Von einem Brief, den er nach Billys Tod geschrieben hatte und der erst nach der Nachricht von Billys Tod in Philadelphia angekommen sein konnte, nachdem ich die Stadt bereits verlassen hatte. »Du hast mich angelogen.«

Malcolm lehnte sich an den Küchenherd und fuhr sich mit der Hand durch die Haare. »Ich wollte es dir längst sagen.«

Diese Worte von ihm zu hören war kein bisschen besser als von meiner Mutter.

»Du hast gesagt, du seist in Trauer«, schrie ich ihn an.

»War ich auch«, schrie er zurück.

»Deinetwegen habe ich mich wie ein unsensibles Arschloch gefühlt, dabei hast du mich angelogen. Ist dir eigentlich klar, wie krank das ist?« Ich benahm mich wie ein Werwolf bei Vollmond, wie ein freigelassenes Raubtier, und hatte keine Ahnung, was ich Malcolm alles an den Kopf warf. Jedenfalls kamen Wörter wie *Scheiße* und *Arsch* darin vor, *Lügner*, *manipulatives Schwein* und alles Verletzende, was mir einfiel. Und diese Wut war das Erste seit Langem, was sich gut anfühlte, abgesehen von Malcolms Kuss, der aber gegenüber meiner unkontrollierten Raserei in den Hintergrund geriet. »Hältst du mich für eine Idiotin, eine Marionette, die du beliebig steuern kannst? Was, verdammt, ist nur in dich gefahren?«

»Hör auf, Miranda.« Er packte mich an den Schultern. »Hör auf zu schreien.«

Ich atmete tief durch. »Du hast gesagt, du seist in Trauer, dabei hast du lediglich den Tod meines Onkels gegen mich ausgespielt.«

»Ich weiß«, sagte er. »Ich weiß, dass ich das getan habe. Und ich trauere tatsächlich um Billy.«

»Und du hast mich belogen.«

»Ich wollte Billy helfen.«

»Indem du mich *anlügst*?« Und dann sprach ich etwas aus, was ihn so hammerhart traf, dass er ganz blass wurde und aufhörte, mich beruhigen zu wollen. »Du wusstest, dass Billy mein Vater war.«

»Er sagte, du seist seine Nichte.«

»Trotzdem wusstest du es.«

Malcolm wandte sich von mir ab. »Du siehst ihm sehr ähnlich.«

»Aber du hast es vorgezogen, nichts zu sagen? Du warst nicht der Meinung, dass ich ein Recht hatte, es zu erfahren?«

Auch in Malcolm steckte ein Raubtier, eins, das ich gereizt hatte, bis es nicht mehr zu zügeln war. »Was sollte ich denn sagen?«, schrie er. *»Hallo, ich weiß, dass wir uns nicht kennen, aber dein Onkel, dem diese Buchhandlung gehört hat – Überraschung! – ist in Wahrheit dein Vater.* Kannst du mir einmal erklären, wie ich das hätte tun sollen?«

»Du hättest mir von der Schatzsuche erzählen können.« Ich fuhr mir mit der Hand durch die Haare. »Und du hättest auf der Beerdigung zugeben können, dass du wusstest, wer ich war. Du hättest mir alles Mögliche sagen können, wenn du mich nur nicht wie der letzte Schwachkopf hättest dastehen lassen.«

»Ich habe dich nicht gern angelogen.« Malcolm strich durch meine Haare.

»Dafür sollte man dir einen Orden verleihen.«

Seine Berührungen fühlten sich wie Wasser an, das mir auf den Kopf tröpfelte, und es wäre leicht gewesen, nach seiner Hand zu greifen, ihn an mich zu ziehen und an den Teil des Abends anzuknüpfen, an dem wir uns so gut gefühlt hatten.

»Du hast alles Recht der Welt, auf mich wütend zu sein, das verstehe ich ja.« Seine Stimme holte mich in die Gegenwart zurück und weckte mich aus der Trance, in die mich seine Berührung versetzt hatte, zurück zu seinen Worten, zu seinen Lügen.

»Wie nobel von dir. Herrgott, was für ein arroganter Schnösel du bist.« Ich schüttelte meine Haare und entzog sie seiner Reichweite.

Er verschränkte seine Hände und schien nicht recht zu wissen, wohin mit seiner überschüssigen Energie. »Ich habe versucht, Billy ein guter Freund zu sein.«

»Indem du so getan hast, als wüsstest du nicht, wer ich bin?«

»Welchen Unterschied hätte es denn gemacht? Wenn ich dir von Evelyn erzählt hätte …«

»Über Evelyn weißt du auch Bescheid?« Ich hatte das Gefühl, mich gleich übergeben zu müssen.

»Billy wollte es dir auf diese Weise mitteilen.« Malcolm beobachtete mich aus traurigen Augen, die mir blauer denn je vorkamen. »Ich wollte ihm einfach nur ein guter Freund sein. Ich weiß nicht, welche Bekenntnisse du sonst noch von mir erwartest.«

Dass es dir leidtut. Dass du mich schon das erste Mal, als du mich sahst, küssen wolltest. Dass ich mir nicht vorstellen kann, wie schwierig es die ganze Zeit über für dich war. Irgendetwas Tröstliches.

Stattdessen wiederholte er genau die Worte, die ich nicht hören wollte. »Billy hat es so gewollt.«

Ich setzte mich auf den Fußboden und lehnte mich an den Herd. »Du warst der Einzige, der Billy dazu hätte bringen können, mit seiner Tochter in Kontakt zu treten.« Vom Alkohol und der Wahrheit und der Sehnsucht nach Malcolm war mir ganz schwindelig. Er beugte sich herunter, um mich zu besänftigen, doch ich verbarg das Gesicht vor ihm und zog mich in ein Schneckenhaus zurück, in dem er mich hoffentlich nicht finden konnte.

»Ich weiß, dass es nicht viel zu bedeuten hat, aber es tut mir wirklich leid.« Malcolm sprach von oben zu mir herab, und ich vergrub das Gesicht noch tiefer in den Händen.

»Ich gehe jetzt«, sagte er. Als ich nichts unternahm, um ihn davon abzuhalten, hörte ich, dass er sich Richtung Café in Bewegung setzte. Ein Stuhl schabte über den Boden, als er seine Jacke von der Lehne nahm. »Tut mir wirklich leid«, sagte er noch einmal leise. Dann verschwand er ebenso leise durch die Hintertür.

Ich ließ mich auf den Fußboden sinken und blieb noch eine Weile dort sitzen. Wie oft hatte ich ihn gebeten, mir die Wahrheit zu sagen? Wie oft hatte er mich angelogen und manipuliert? Ich kam mir furchtbar dumm vor. Absurd. Naiv. Ich glaubte Malcolm, dass es ihm leidtat, dass es ihm schwergefallen war, das Geheimnis zu bewahren, und dass er Billy helfen wollte. Er hatte aber nicht geholfen. Eher hätte er Billy dazu zwingen sollen, das Gespräch mit mir zu suchen. Und Billy hätte sich auch aus eigenem Antrieb um mich bemühen sollen. Er hätte sich eine Beziehung mit mir wünschen sollen, als ich noch eine Chance gehabt hatte, ihn kennenzulernen, und als er noch die Chance gehabt hatte, mein Vater zu sein.

ACHTZEHN

Irgendwann stand ich auf. Ich ging nach oben und wusch mir die Schande von der Haut. Als ich in Billys Bett lag, im Bett meines Vaters, konnte ich nicht einschlafen. Ich dachte wieder an *Brücke nach Terabithia*, an Lee und den Rest von Billys Rätsel, das ich immer noch nicht vollständig gelöst hatte. Als ich Lee zum letzten Mal gesehen hatte, hatte er meine Mutter angerufen, und sie war gekommen, um mich von Prospero Books abzuholen. Wusste er, dass es das Ende meiner Beziehung zu Billy gewesen war? Hatte er Schuldgefühle gehabt?

Ich hatte zu Malcolm gesagt, er sei der Einzige, der Billy dazu hätte bringen können, den Kontakt zu mir wieder aufzunehmen, aber das stimmte nicht. Lee hätte es genauso gut tun können. Er hätte Billy auch daran hindern können, überhaupt abzutauchen.

Ich fuhr fort, ihn im Internet zu suchen, und fügte meinem Suchbegriff alle Wörter hinzu, die ich mit ihm in Verbindung brachte: Buchhandlung, Geschäftsführer, Bücher, Lesung, Silver Lake, Nancy Drew, Kaffee, Literatur, Buchtipps. Ich hatte ihn nie etwas Persönliches gefragt. Ich wusste auch nicht, ob er verheiratet war. Dass er schwul war, wurde mir erst klar, als ich einen kurzen Artikel im *LA Weekly* fand: *Viertel verabschiedet beliebten Geschäftsführer von Buchhandlung*. Der Artikel stammte von 2001 und erklärte, dass Lee mit seinem Partner Paul nach Santa Barbara umziehen wollte.

Es war ein wunderbarer südkalifornischer Morgen, als ich nach Santa Barbara fuhr. Klarer blauer Himmel, salzige Meeresluft. In Malibu glitten Surfer über die bescheidenen Wellen neben dem Highway 1. Ich hatte Telefonnummern und Adressen von neun Personen mit dem Namen Lee Williams, die im Santa Barbara County registriert waren, darunter ein Thomas Lee und ein Joseph Lee. Ich wusste nicht, ob Lee nur den einen Vornamen hatte, und neun waren ohnehin nicht allzu viele. Mein Plan war simpel: Ich würde einen nach dem anderen aufsuchen, bis ich den Richtigen gefunden hatte. Ich hätte sie vorher anrufen können, aber ich wollte einfach losfahren. Ich brauchte frische Luft, Tapetenwechsel, Abstand von Malcolm und unserem Streit. Auch Abstand von meiner Mutter und diesem Streit.

Ich fuhr an immer weniger Ampeln vorbei, und bald gab es gar keine mehr. Große Häuser klammerten sich an die Steilklippen und drohten jeden Moment auf die Straße zu stürzen. Um halb acht dachte ich wieder an Malcolm, der inzwischen im Laden sein musste. Würde er den Mut aufbringen, die Treppe zur Wohnung hinaufzugehen, wenn ich nicht herunterkam? Würde er an meine Tür klopfen? Und würde er annehmen, ich sei für immer verschwunden, wenn er erkannte, dass ich nicht da war? Ich schaute auf mein Telefon. Keine Nachricht, kein verpasster Anruf. Dann fiel mir ein, dass Malcolm meine Nummer nicht hatte. Ich wusste, wie sein Atem schmeckte und wie sich seine Brust an meiner anfühlte, aber ich kannte nicht einmal seine Vorwahl.

Ich wählte die ersten Ziffern der Nummer des Ladens, doch dann rief ich lieber Joanie an. Als ihre Mailbox ansprang, sammelte sich alles, was ich ihr noch nicht erzählt hatte, auf meiner Zunge. Es war zu viel für eine Nachricht dieser Art, zu viel für die wenigen Stunden bis zu Joanies nächstem Auftritt. Ich legte wieder auf, hatte aber noch immer das Bedürfnis zu reden und wollte nicht allein sein. Ich klickte mich zu Jays Nummer durch und hätte sie beinahe gewählt. Bestimmt hätte er sich geduldig angehört, was hier alles passiert war, aber sobald ich diesen Gedanken gefasst hatte, bekam ich meine Zweifel. Im Übrigen war der Mensch, mit dem ich eigentlich sprechen wollte, meine Mutter. Ich legte das Telefon wieder weg und fuhr weiter nach Santa Barbara und zu den neun Lees, die dort wohnten.

Der erste Lee Williams arbeitete als Makler und hatte sein Büro in der Altstadt. Es war geöffnet, und das im spanischen Stil erbaute Haus entpuppte sich als ein Labyrinth, in dem man flugs die Orientierung verlor, bis man sich plötzlich an der Tür wiederfand, von der aus man gestartet war. Lee residierte im hinteren Teil des Gebäudes. Sie sah aus wie eine Barbiepuppe mit langen roten Haaren.

Ein Anwalt namens Lee Williams war der Nächste auf meiner Liste. Ich rief ihn an. Immerhin hatte er das richtige Geschlecht. Als ich ihm von meiner Suche nach dem Buchhändler Lee Williams erzählte, sagte er nur feindselig: »Ich weiß nicht, welchen Schabernack Sie da treiben, aber es interessiert mich auch nicht.« Dann legte er auf.

Blieben also sieben Lee Williams. Der Zahnarzt war in den 80ern in die USA eingewandert und sprach mit leichtem, aber unverkennbar ausländischem Akzent. Der Lee, den ich kannte, hatte in meiner Erinnerung einen amerikanischen Akzent, vielleicht aus dem Mittleren Westen – falls ich als Zwölfjährige schon gewusst haben sollte, wie sich das anhörte.

Auch die nächsten fünf Lee Williams führten in Sackgassen. Der Klempner war ein Schwarzer. Sein Sohn, Lee Williams Junior war Quarterback und der Star seiner Schulmannschaft. Joseph Lee Williams, ein Fahrzeugmechaniker, war zu jung. Thomas Lee Williams, ein pensionierter Polizist, zu alt. Ein Sommelier namens Lee Williams hatte das richtige Alter, Geschlecht und Hautfarbe, aber als ich ihn in seinem Restaurant aufsuchte, erwies er sich als zu groß und dünn.

Der letzte Lee Williams auf meiner Liste hatte sich in Luft aufgelöst. Als ich die Nummer wählte, die ich im Telefonbuch gefunden hatte, ertönte nur ein »Kein Anschluss unter dieser Nummer«. Ich versuchte, seinen Partner Paul ausfindig zu machen, und fand nach einigen Recherchen ein Foto der beiden, auf dem sie bei einer Benefizveranstaltung zugunsten einer

LGBT-Hilfsorganisation tanzten. Die Organisation hatte ihren Hauptsitz im Zentrum von Santa Barbara.

Das Büro befand sich auf der anderen Seite des Highways 101. Ich kreuzte die Micheltorena Street und bog in die Figueroa Street ein – alles Straßennamen, die es auch in Los Angeles gab. Sie gingen auf historische Persönlichkeiten zurück. General Figueroa. General Micheltorena. Als ich auf das Gebäude zuging, dachte ich darüber nach, dass ich – würde ich in Los Angeles oder Santa Barbara unterrichten – meinen Schülern Stadtpläne ausdrucken könnte, auf denen sie die historisch bedeutsamen Straßennamen identifizieren sollten, sodass die Stadt selbst sie in die Geschichte und zum Mexikanisch-Amerikanischen Krieg führen würde. Relikte des mexikanischen Erbes waren in diesem Teil Kaliforniens überall zu finden wie die Hinweise bei einer Schnitzeljagd, genau wie Spuren des Revolutionskriegs und der Gründerjahre der Republik sich in Philadelphia zeigten, nur war ich dort nie auf die Idee gekommen, Stadtgeschichte auf diese Weise zu unterrichten.

Das Büro befand sich in einem beigefarbenen Flachbau zwischen einem Tattoo-Studio und einem Laden, in dem alles einen Dollar kostete. Der Mann am Empfangstresen lächelte, als ich ihn fragte, ob er Lee kannte. »Wir geben keine Auskünfte über unsere Mitglieder«, sagte er herzlich.

»Können Sie ihn anrufen? Er war ein Freund meines kürzlich verstorbenen Onkels.«

Der Mann sah mich an wie jemand, der schon viele hatte sterben sehen, ohne dem Sterben gegenüber gleichgültig geworden zu sein, und versprach mir, seinen Vorgesetzten zu fragen.

Während ich auf seine Rückkehr wartete, sah ich mir noch einmal das Foto von ihm und Paul in meinem Handy an. Beim Tanzen schauten sie sich so tief in die Augen, als bräuchten sie nichts als einander. Meine Eltern tanzten auch so. Wahrscheinlich hatten auch Billy und Evelyn so getanzt.

Ich konnte das Foto nicht länger ertragen und rief die Webseite von Prospero Books auf. Malcolm hatte die Sonderangebote des Tages hochgeladen, eine signierte Erstausgabe von *Jesus' Son* und *Die Selbstmord-Schwestern*. In seinem Noir-Blog stellte er verschiedene Titel aus dem Neo-Noir-Genre vor, die seiner Meinung nach nicht vollkommen missraten waren. Der untere Bereich der Homepage zeigte eine Slideshow aus verschiedenen Fotos. Eins zeigte Charlies neuesten Lesezirkel, eine Mutter-und-Kind-Gruppe, die sich mit *Oliver Twist* beschäftigte. Charlie trug das gleiche Käppi und die gleiche Weste wie die Jungen, die bei ihren Müttern auf dem Schoß saßen. Zwischen ihnen lag eine Ausgabe des Romans in übergroßer Schrift. Auf einem anderen Foto hielten Lucia und vier blasse junge Frauen Häkelnadeln in die Kamera, bunte Wollknäuel lagen auf ihren Knien. Oben auf der Homepage klickte ich den Tab für die Gala an. Es gab einen Link zum Kartenverkauf, eine Beschreibung des geplanten Abends, eine Liste der bei der Stillen Auktion zu ersteigernden Dinge und der Programmpunkte des Abends. Malcolm hatte den Eintrag für den musikalischen Beitrag geändert. Jetzt sollte eine Band namens Raw Cow Hide spielen, deren Sound Malcolm als moderne Version von Velvet Underground beschrieb. Ich wusste noch gar nicht, dass er Ersatz für Lucias DJ gefunden hatte. Er traf Entscheidungen, ohne mich zu fragen, als sei ich bereits Vergangenheit.

Ich klickte den Reiter *Über uns* an und erwartete, mehr über Malcolm, Lucia und Charlie zu erfahren, vielleicht sogar über Billy, über mich jedenfalls nicht. Unter einer länglichen Beschreibung von Prospero Books, in der Malcolm das ausgewogene Verhältnis von neuen und gebrauchten Büchern und die Tatsache erklärte, dass es bei uns Bücher gab, die man in keiner Filiale der großen Bücherketten finden konnte, befand sich ein Foto von uns vieren, das am Nationalfeiertag entstanden war.

Für den Shoot hatten wir die leeren Bierflaschen und den Tequila extra beiseitegeräumt. Malcolm hatte die Arme um Lucia und mich gelegt. Charlie saß Lucia gegenüber und streichelte ihr die Hand. Malcoms Bildunterschrift lautete: *Die Prospero-Familie*.

»Sie haben Glück«, sagte der Mann vom Empfang, als er zurückkam, und gab mir eine Adresse. »Er ist zu Hause und sagt, dass er sich freut, Sie wiederzusehen.«

Lee wohnte in einem Apartmenthaus nahe dem City College, wo Paul Statistik lehrte.

»Du darfst ihm kein Wort glauben«, sagte Lee, als er mich in die Wohnung führte. »Statistik ist vollkommen öde.«

»Unsinn!«, rief Paul aus der Küche. »Es ist eine Sprache wie jede andere. Du hast sie bloß immer noch nicht gelernt.«

Lee zwinkerte mir zu. Sein Bauch sah aus, als hätte er einen Ballon verschluckt, während seine Beine nur noch Haut und Knochen waren. Spuren des Mannes, den ich gekannt hatte, waren immer noch in seinem Gesicht zu finden. Seine Augenbrauen waren noch buschig, inzwischen allerdings weiß. Seine vollen Wangen waren von Rosazea überzogen.

»Lass dich anschauen!«, sagte er staunend. »Ich kann gar nicht glauben, dass du da bist. Wann haben wir uns zuletzt gesehen?« Er wusste genau, wann wir uns zuletzt gesehen hatten. Wir beide wussten es. »Du bist erwachsen geworden. Du siehst ...« Ich wartete darauf, dass er sagen würde, ich sähe meiner Mutter sehr ähnlich. »Ich sehe so viel von Billy in dir«, sagte er stattdessen und nahm meine Hand.

Paul brachte ein Tablett mit einem Krug Limonade und einem Teller Kekse herein.

»Ich trinke nicht mehr«, sagte Lee, nahm einen Schluck Limonade und seufzte. »Es ist kein kaltes Bier, aber auch gut.« Paul gab ihm einen neckenden Klaps aufs Bein und spielte damit offensichtlich eine Geschichte herunter, die sehr zäh und schmerzhaft für die beiden gewesen sein musste.

Paul sagte, er müsse Klausuren benoten, und ließ uns im Wohnzimmer allein.

»Haben Sie einen neuen Job?«, fragte ich Lee.

»Einen ehrenamtlichen«, sagte er. »Als ich hierhergezogen bin, wollte ich wieder in einer Buchhandlung arbeiten oder vielleicht sogar eine eigene eröffnen. Aber natürlich wäre es nicht Prospero Books gewesen, und ich wusste, dass ich hier nicht glücklich werden könnte, wenn ich versuchen würde, mein früheres Leben nachzubauen.«

»Warum sind Sie überhaupt hergezogen?«

»Pauls Mom war krank geworden. Er wollte in ihrer Nähe sein. Ich hatte keine Lust umzuziehen, aber einen Rat kann ich dir geben. Im Leben zählen drei Dinge: der Partner, der Job, der Wohnort. Eins davon muss die Nummer eins sein. Die anderen beiden kommen an zweiter Stelle. Für mich war Paul das Wichtigste. Ich habe L. A. geliebt. Ich habe Prospero Books geliebt. Aber Paul war *numero uno*.«

»Und die Familie? Welche Rolle spielt die Familie?«, fragte ich.

Lee schaute an die Decke, während er über den Stellenwert der Familie nachdachte. »Ich weiß nicht. Ich hatte nie ein enges Verhältnis zu meiner Familie. Vielleicht zählen im Leben vier Dinge – Liebe, Job, Wohnort, Familie.«

»Vielleicht ist die Familie ja auch Teil des Wohnorts.«

»Stimmt.« Für Paul waren Familie und Wohnort *numero uno* gewesen, denn er war wieder hergezogen, um sich um seine Mutter zu kümmern. »Ich habe ihm das nie übel genommen, denn es bedeutete nicht, dass er mich weniger liebte.« Unter Liebe, Job und Wohnort wählte ein Partner die Liebe und der andere etwas anderes, das ihr gemeinsames Leben formte. Ich überlegte, was mir das Wichtigste wäre. Mein Freund war vielleicht mein Ex, und einen anderen Mann hatte ich nach unserem Kuss als verdammten Lügner bezeichnet. Ich hatte zwei Jobs, die mir auf unterschiedliche Weise wichtig waren. Ich hatte auch zwei Wohnorte und wusste nicht, welcher mir lieber war. Das Gleiche galt für meine Familie.

»Dann haben Sie also bei Prospero Books gearbeitet, bis Sie aus L. A. weggezogen sind?« Ich nahm mir einen Keks und dachte plötzlich an den Keks, den ich bei meinem letzten Treffen mit Lee bekommen hatte, der Keks, den ich in immer kleinere Stücke gebrochen hatte, weil ich keinen Bissen herunterbekommen hätte. Ich legte den Keks aufs Tablett zurück.

»Ich sagte damals zu Paul, dass ich nicht umziehen könnte, bis ich einen Plan hätte. Billy war mal im Laden, dann mal wieder nicht, und er hatte nicht die geringste Ahnung, wie man so ein Unternehmen führte. Es war eine schwierige Zeit. Paul war hier, ich dort. Ich schuldete es Evelyn, Prospero Books nicht im Stich zu lassen. Außerdem war es mein Zuhause. Dass ich mich für die Liebe entschieden habe, bedeutet nicht, dass mir der Laden egal geworden ist.«

»Sie schuldeten es Evelyn? Waren Sie denn mit ihr befreundet?« Kein Wunder, dass ich nie das Gefühl gehabt hatte, Billy und Lee stünden sich besonders nahe.

Lee stellte sein leeres Glas auf den Tisch und setzte sich bequem zurecht. »Evelyn und ich haben in einer Buchhandlung in Pasadena gearbeitet. Ein kleiner Laden, das Sortiment bestand hauptsächlich aus politischen Büchern. Ich war schon fünf Jahre da, als sie anfing. Sie war freundlich und wunderschön und führte damit alle an der Nase herum.«

Seiner Erzählung nach bestand die Kundschaft aus Kommunisten, Anarchisten und allen, die sich als Rebellen betrachteten. Evelyn war aber keine Rebellin. Sie las gern, genau wie Lee. Die erste Gemeinsamkeit, die sie bemerkten, war ihre

Liebe zu *Der Sturm*. Evelyn liebte Miranda, ihre Reinheit, ihre Bereitschaft, zu vertrauen und zu lieben. Lee dagegen liebte Ariel und Caliban, weil sie nach der Freiheit drängten. Als Evelyn in der Buchhandlung in Pasadena in den späten 70ern anfing, war *Der Sturm* dort nicht im Sortiment. Auch kein anderes Werk von Shakespeare. Keine Jane Eyre. Nichts von Jane Austen, Henry James, Virginia Woolf, Nathaniel Hawthorne. Nichts aus der Rabbit-Reihe von Updike. Es gab eine kleine Abteilung mit politischer Belletristik, wie *Catch-22, 1984, Fahrenheit 451* und *Dr. Schiwago*. Aber kein *Im Westen nichts Neues, In einem anderen Land, Der Weiblichkeitswahn, Die Glasglocke*. Dieses Ungleichgewicht störte Evelyn. Was war der Krieg ohne die Liebe? Was sollten abschreckende Beispiele ohne Geschichten, die das Leben feierten? Was war eine politische Bewegung ohne den Kampf der Individuen? Evelyn fand mehr Wahrheit in dem Aufbegehren einer Emma Bovary, Anna Karenina oder Edna Pontellier als in allen Pamphleten und Manifesten, die der Laden vorrätig hielt. Lee stimmte ihr zu, dass sie Bücher verkaufen sollten, die nicht gleich auf den ersten Blick politischer Art waren. Er stimmte ihr zu, dass die Aktivisten vom Rhythmus eines Flaubert, Tolstoi, Chopin noch etwas lernen könnten. Lee war es immer um Sprache gegangen. All die wunderbaren Sätze, die er niemals zu Papier bringen würde. Wenn es eine Kunst des Bewunderns gab, war Lee ein Meister darin.

Evelyn tat immer so, als sei sie sich ihrer Wirkung auf andere nicht bewusst. Wenn sie einen ansah, hatte man das Gefühl, sie verstehe einen. Und sie erinnerte sich an jeden. Begrüßte alle mit Namen und fragte nach der Familie, nach Haustieren, Jobs. Lauter Fragen, die man bei jemand anderem als einstudiert und aufgesetzt empfunden hätte. Von ihr aber fühlte man sich so ernst genommen, dass man ihr nur das Beste wünschte. Auch Lee war dagegen nicht immun. Wann immer sie den Laden betrat, wurde ihm ganz warm und weich ums Herz. Ein Kribbeln wie bei Verliebten.

Als Erstes kam Evelyn mit *Meister und Margarita* an. Sie überreichte dem linkslastigen Buchhändler ihr zerfleddertes Exemplar, als sei es ein Teil von ihr.

»Ich glaube, es wird Ihnen gefallen.« Sie lächelte ihn an, als sei Bulgakow von jetzt an ihr gemeinsam gehütetes Geheimnis. Und welcher sich als Kommunist verstehende Intellektuelle würde nicht davon profitieren, Bulgakows Kritik am stalinistischen Russland zu lesen, seine Allegorie auf Gut und Böse? Dann überreichte sie dem Buchhändler ihre Exemplare von Graham Greenes *Der stille Amerikaner*, als Nächstes *Atlas wirft die Welt ab*, dann *Früchte des Zorns*, *Orlando* und *Sehr blaue Augen*. Schließlich wies er ihr eine Ecke in seinem Laden zu, in der sie alles anbieten durfte, was sie wollte.

»Wir sollten Lesungen veranstalten.« Evelyn drehte an ihren Smaragd-Ohrringen und ließ die Lider flattern, als sei es seine Idee gewesen, und es dauerte nicht lange, bis sie tatsächlich Lesungen veranstaltete und die Aktivisten auch Belletristik lasen.

»So war Evelyn. Eine Heilerin, immer großzügig, mir gegenüber sogar unfassbar großzügig.«

Lee wusste nicht mehr, wie es angefangen hatte. In dem Laden in Pasadena debattierten sie stundenlang über Bücher, die sie kürzlich gelesen hatten. *Mitternachtskinder* und *Garp und wie er die Welt sah*. Sie liebten dieselben Bücher, aber aus unterschiedlichen Gründen. Lee gefiel Jenny Fields und ihr Individualismus, während Evelyn den patriarchalen sogenannten Feminismus im Werk von John Irving verurteilte. Sie konnten fürchterlich darüber streiten, ob Mr. Rochester ein Soziopath war. Lee beharrte darauf, dass er in eine verheerende Ehe gezwungen worden war, und Evelyn ereiferte sich darüber, wie er nur einen Mann verteidigen konnte, der seine Frau in einer

Dachkammer wegsperrte. Nur von der Hälfte seiner Argumente war Lee wirklich überzeugt, aber er genoss es, wenn Evelyn puterrot wurde und sich aufregte. Über ein Werk waren sie sich jedoch immer einig. *Der Sturm* war das perfekte Theaterstück, Prospero der perfekte Protagonist.

»Einmal sagte ich ihr, wenn wir unsere eigene Buchhandlung hätten, würden wir sie nach Prospero benennen, und das wurde zu einem Running Gag, den wir immer weiter ausbauten. Wenn wir unsere eigene Buchhandlung hätten, würden wir eine ganze Abteilung für Literaturkritik einrichten und kein einziges politisches Buch anbieten. Wenn wir unsere eigene Buchhandlung hätten, gäbe es regelmäßig einen Tag, der *Romeo und Julia* gewidmet war. Wir würden Feste zu Ehren berühmter Liebender aus der Literatur veranstalten. Und eines Tages sagte Evelyn: ›Warum eigentlich nicht? Warum haben wir keine eigene Buchhandlung?‹«

Für die meisten wäre die Antwort einfach gewesen: Startkapital. Aber Evelyn hatte Zugriff auf einen Teil des Familienvermögens. Keinen großen Teil, aber immerhin.

»Im Ernst, warum eigentlich nicht?«, fragte Evelyn mit glitzernden Augen. Wie konnte er da widerstehen?

Sie überließ ihm fast alle Entscheidungen. Er war länger in der Branche tätig als sie. Er konnte einschätzen, welche potenziellen Läden zu groß oder zu klein waren und wie weit sich die Bewohner des zunehmend gentrifizierten Viertels Silver Lake den Sunset Boulevard hinuntertrauen würden. Nur ein paar Dinge mussten ihren eigenen Vorstellungen entsprechen: Die Wände trugen eine so kräftige hellgrüne Farbe, dass es einen fast blendete. Außerdem bestand sie auf einer Trennung von literarischen, historischen und Künstlerbiografien, einer Trennung von Essays und Memoiren sowie auf einem Tisch mit Erstlingswerken direkt neben der Kasse.

»Ich wünschte, sie hätte mehr Zeit dort verbringen können«, sagte Lee. »Der Laden existierte noch kein ganzes Jahr, als es passierte.« Lee versank in sich selbst und schien von etwas gequält zu werden, das er dort fand, etwas, das er nicht vergessen konnte. Ich hatte gedacht, dass Billy über die Figur Jess seinen Verlust hatte beschreiben wollen, aber in Wahrheit war es Lees Schmerz, seine Verbindung mit Terabithia, die Billy mir hatte nahebringen wollen.

»Sie haben sie gefunden?«, fragte ich.

»Ich habe nie jemandem erzählt, was an diesem Tag passiert ist.« Lee schlug die Beine übereinander, dann stellte er sie wieder nebeneinander. »Paul war dabei, und Billy wollte nicht darüber reden. Ich konnte aber mit niemand anders darüber sprechen. Als Vince heute Morgen anrief und sagte, dass du mich suchst, wusste ich gleich, ich würde es dir erzählen. Weil ich es wollte.«

»Das bedeutet mir sehr viel. Ich weiß, dass es schwierig sein muss. Umso mehr weiß ich zu schätzen, wenn Sie noch einmal in die Vergangenheit zurückkehren möchten.«

»Ich bin immer dort gewesen«, sagte er. »Rückblickend war es verantwortungslos. Evelyn war im neunten Monat schwanger. Sie hätten gar nicht in dieser Hütte sein sollen.«

Lee erzählte, dass Evelyn darauf bestanden hätte. Seit sie die Blockhütte drei Jahre zuvor gekauft hatten, seien sie zu Silvester immer dort gewesen, und Evelyn wollte eine Familientradition begründen, da es in ihrem Elternhaus keine gegeben habe.

In diesem Moment wünschte ich mir, dass Lee alles abstritt. Ich war nicht das Baby, um das es hier ging. Ein winziger Teil von mir hoffte immer noch, das alte Gerüst meiner Familie erhalten zu können.

»Es war das Letzte, was sie vor deiner Geburt unternehmen wollten«, sagte Lee. Er versuchte gar nicht erst, meine Herkunft zu leugnen. Und ich versuchte nicht, ihn dazu zu bringen. »Nach deiner Geburt wollten sie die Hütte kindersicher machen.«

Lee sah mich aufmerksam an, um meine Reaktion mitzubekommen. Ich blieb ganz ruhig oder saß zumindest ganz still da, obwohl mich jeder Herzschlag erschütterte und ich fürchtete, gleich wieder doppelt zu sehen. Aber ich konnte atmen, also atmete ich, ein und aus, gleichmäßig, unverkrampft. Ich nickte Lee zu, um ihm zu signalisieren, dass er weitererzählen sollte und ich aushalten würde, was immer noch kommen mochte. Bestimmt konnte ich es. Ich musste. Das hier war der Moment, zu dem Billy mich geführt hatte. Die Nacht, in der meine Mutter gestorben war.

»Zu allererst brauchte das Haus ein neues Dach«, fuhr Lee fort. Die Lüftungsgitter waren verrostet und mussten durch neue ersetzt werden. »Wie aus dem Vorspann eines Horrorfilms«, hatte Paul es formuliert, als er die Hütte zum ersten Mal sah – ein Kommentar, den er in den Folgejahren bereuen sollte. Dennoch machte die Schäbigkeit des Hauses seinen Charme aus. Hellblaue Farbe, die von den Holzbalken blätterte, eine Latte, die aus dem Verandageländer gebrochen war. Kein Fernseher. Keine Stereoanlage. Nur ein Telefon, das auf Lees Drängen installiert worden war, als er Evelyn nach einer Verwechslung bei der Bank nicht hatte erreichen und ohne ihre Unterschrift nichts hatte unternehmen können.

»Evelyn hatte Billy seit Monaten in den Ohren gelegen, endlich das Dach zu reparieren. Billy war handwerklich recht geschickt und betrachtete das Haus als seine Sixtinische Kapelle.«

Billy hatte versprochen, sich im Sommer um das Dach zu kümmern, aber daraufhin hatte es in seinem Labor viel zu tun gegeben. Als die Arbeit ihm mehr Zeit ließ, hatte es schon geschneit, sodass sie bis zum nächsten Sommer warten mussten.

»Siehst du das?«, fragte Evelyn und zeigte auf das durchhängende Teil. »Wenn viel Schnee auf einmal kommt, stürzt es ein.«

»Wenn überhaupt fängt es nach und nach an zu lecken. Das ganze Ding bricht nicht am Stück weg«, räsonierte Billy.

»Und das da?« Evelyn zeigte auf ein Lüftungsgitter am Dach. »Ist das Blei? Und was, wenn ein Eichhörnchen dadurch ins Haus kriecht?«

»Dann beißt es uns, und wir bekommen die Tollwut.« Billy knabberte an ihrem Hals. Sie kicherte und erlaubte sich, den Moment zu genießen, das glückliche Paar, das bald Eltern sein würde. Evelyns Ängste entsprangen einfach nur der Nervosität werdender Mütter und zeigten nur, wie viel sie für das Kind und alles, was es mit sich brachte, zu tun bereit war.

»Am besten folgst du der Statistik«, sagte Billy. »Die statistische Wahrscheinlichkeit, dass ein Dach einstürzt, ist geringer, als in einen Autounfall verwickelt oder von einem Bären zerfleischt zu werden. Genau genommen ist es noch unwahrscheinlicher, als an einem Ort namens Big Bear von einem Bären zerfleischt zu werden.« Evelyn liebte seine Art zu argumentieren, Emotionen wegzuwischen und sich auf Fakten und Logik zu verlassen. Aber der Haken an der Statistik war nun einmal, dass auch etwas Unwahrscheinliches passieren konnte.

Lee und Paul wollten am Nachmittag des 29. Dezember in der Hütte eintreffen, nachdem Lee die Buchhandlung für die Feiertage geschlossen hätte. Einige Kunden blieben aber länger, und ein Mitarbeiter hatte Probleme mit dem Lesegerät für Kreditkarten. Bis Lee dann endlich das zuständige Unternehmen erreichen konnte, hatte es in Big Bear bereits heftig zu schneien begonnen.

»Ihr wartet besser bis morgen«, sagte Evelyn, als Lee sie anrief, um ihr zu sagen, dass sie endlich losfahren konnten. »Wir sind vollkommen eingeschneit.«

Paul wollte den ersten Skilift erwischen, deswegen scheuchte er am nächsten Morgen einen verschlafenen Lee aus der gemeinsamen Wohnung und in den Wagen. Sie waren schon auf der 210, als die Sonnenstrahlen die San Gabriel Mountains erreichten.

»Wochenlang habe ich mich gefragt, was wir hätten anders machen können«, sagte Lee. »Wenn wir an diesem Morgen eher da gewesen wären. Wenn ich darauf bestanden hätte, bei Prospero Books zu feiern statt in der Hütte. Wären wir allerdings am Vorabend angekommen, wären wir alle gestorben.«

Lee schaute auf den Berg mit den Skipisten, als Paul den Wagen über die Straße am Seeufer lenkte. Um sieben war der Aufstieg zum Berg noch geschlossen. Schneebedeckte Bäume trennten die Pisten voneinander, die wie unbemalte Leinwände dalagen. Hier und da lugten grüne Zweige aus dem Schnee, wie Farbspritzer, die wahllos auf den Berghang gekleckst worden waren.

Von der nördlichen Uferstraße bogen sie nach Fawnskin mit seinen kleinen alten Häusern ab. Lee hatte die Adresse vergessen, also versuchten sie es in der ersten Straße und schauten auf den Veranden nach dem Windspiel, das Lee Evelyn zur Hauseinweihung geschenkt hatte.

»Es wäre hilfreich gewesen, wenn du die Adresse mitgebracht hättest«, sagte Paul, der bereits seine Skihose trug. Jedes Mal wenn er die Kupplung trat, machte ihr Kunststoff schmatzende Geräusche.

»Ach was! So wird ein Abenteuer daraus.«

»Skifahren finde ich abenteuerlich genug.«

Sie suchten in der nächsten Straße weiter. Lee wusste, dass es nicht besonders effizient war, so lange umherzufahren, bis sie das richtige Haus fanden. Trotzdem machte ihm die Suche in dieser charmanten Kleinstadt Spaß.

Kein Windspiel in der zweiten Straße. Also fuhr Paul in die dritte hinein.

»Das ist doch lächerlich«, sagte er.

Lee legte ihm eine Hand auf den Nacken. »Die Pisten sind noch nicht mal geöffnet. Gönn mir doch den Spaß.«

Paul fuhr weiter durch die Straßen und konnte nicht verstehen, was daran Spaß machen sollte.

»Warte mal. Da.« Lee zeigte auf ein Haus drei Türen weiter, und Paul bremste. Schnee bedeckte das kaputte Verandageländer und das alte Dach, aber Lee entdeckte im Vorbeifahren das Windspiel aus grünem Kupfer und Mahagoni.

Paul stellte den Wagen ab, und sie folgten dem Pfad, der zum Haus führte. Er war nicht geräumt, und bei jedem Schritt versanken ihre Waden im Schnee. Lee lachte, als er beinahe hinfiel, und kickte Schnee in Pauls Richtung, der aber so tat, als sei er immer noch sauer. Sie klopften an die Tür. Als niemand antwortete, klopften sie noch einmal. Es gab keine Klingel. Lee dachte, Billy und Evelyn seien in der Küche beim Frühstück und könnten das Klopfen dort nicht hören. Vorsichtig öffnete er die Tür.

»Evelyn?« Als keiner antwortete, ging er ins Haus. Paul folgte ihm. Es roch nach Knoblauch und verbranntem Toast. Die Bodenbretter knirschten unter ihren Schritten. Lee ertastete den Lichtschalter neben der Tür.

»Als Erstes sah ich Billys Füße von der Couch baumeln.«

Billys Beine waren an den Knöcheln gekreuzt, und als Lee sie da so hängen sah, wusste er, dass etwas nicht stimmte.

»Bill?« Lee rüttelte ihn. Mit dem Gesicht nach unten lag er auf der Couch und schien zu schlafen. Lee rüttelte stärker an ihm. »Evelyn? Ev?«

Paul eilte herbei und stieß Lee zur Seite.

»Billy«, sagte er und packte seine Schultern. »Ist er betrunken?« Paul beugte sich hinunter, roch an Billys Atem und schüttelte dann den Kopf. »Er atmet.«

»Was ist denn mit ihm los?«

»Keine Ahnung.« Paul schüttelte weiter an Billy, beatmete ihn von Mund zu Mund und stieß ihn wieder und wieder an, während Lee die Treppe hinauflief.

»Evelyn«, rief er. »Evelyn«, brüllte er dann.

Die Schlafzimmertür war geschlossen. Er zögerte, bevor er sie öffnete.

Evelyn lag im Bett und schlief. Zwei Kissen lagen unter ihrem Kopf. Die langen blonden Haare bedeckten ihre Schultern. Sie sah friedlich und wunderschön aus. Zu friedlich. Zu schön. Lee schüttelte ihre Schultern, zuerst sanft, dann immer stärker. Doch ihre Augen blieben geschlossen. Lee fühlte sich so benommen, als hätte ihm jemand einen Hammer auf den Kopf gehauen.

»Paul«, rief er. »Komm schnell.«

Paul eilte hinauf.

»Sie wacht auch nicht auf.«

Paul fühlte ihren Puls. »Wir müssen sie hier rausholen.« Er hob sie aus dem Bett. Ihr Kopf und ihre Füße hingen leblos von seinen Armen, ihr riesiger Babybauch lag in seinen Händen. »Ruf 9-1-1 an. Sofort.«

Lee sprintete in die Küche und fand das alte Wandtelefon mit Wählscheibe.

»Das dauert zu lange«, rief er Paul zu, während er auf die Leitstelle des Notrufs wartete. Er hörte seinen Freund die Treppe herunterkommen, eine Stufe nach der anderen, die Schritte schwer vom Gewicht der schwangeren Evelyn. »Hallo? … Hier stimmt etwas nicht. Sie wachen nicht auf … Was? … Das weiß ich nicht … Ja, sie atmen … Nein. Keine Ahnung, was passiert ist … Die Adresse? Ich weiß nicht. Wir haben es irgendwie gefunden … Nein, ich kenne die Adresse nicht.« Paul kam in die Küche und durchsuchte eine Schublade, dann reichte er Lee einen Briefumschlag, damit sie dem Mann von der Leitstelle die Adresse durchgeben konnten. Dann legte er auf. »Sie sind unterwegs.«

Im Wohnzimmer hatte Paul Evelyn neben Billy auf die Couch gesetzt. Billys Körperhaltung war unnatürlich verkrampft, als hätte er Schmerzen. Aber falls er welche hatte, schien er sie nicht wahrzunehmen. Evelyn saß aufrecht, ehe ihr Kopf nach hinten fiel wie bei einer Betrunkenen. Lee dröhnte der Kopf. Er massierte sich die Schläfen, aber das Hämmern ließ nicht nach.

»Wir sollten sie aus dem Haus schaffen«, sagte Paul.

Lee fand ihre Jacken im Wandschrank. Er lehnte im Türrahmen, schwindelig und außer Atem. Er zwang sich, sich zu konzentrieren, und warf Paul die Jacken zu. *Ich muss den Fokus bewahren.*

Lee lief nach draußen. Die kalte Luft drang stechend in seine Lunge und in die Haut seiner Wangen. Ihm war so schwindelig, dass er hinzufallen fürchtete. Er nestelte an den Schlüsseln, als er die Autotür zu öffnen versuchte. *Fokus bewahren.* Warum hatte Paul die Tür überhaupt zugeschlossen? Lee stieg ein und startete den Motor. Er stellte die Heizung auf Maximaltemperatur und eilte ins Haus zurück, um Paul zu helfen.

»Aus dem Weg!«, schrie Paul und schwankte ihm mit Evelyn in den Armen entgegen. »Herrgott, Lee. Aus dem Weg. Die Tür. Schließ den Wagen auf.«

Lee lief zum Wagen zurück, öffnete die Tür und half Paul, Evelyn hineinzusetzen.

»Tut mir leid«, sagte Paul, als sie Evelyn in den Wagen bugsiert hatten, und strich sanft über Lees Gesicht.

»Schon gut. Lass uns Bill holen.«

Lee folgte Paul zur Außentreppe. »Warte hier«, sagte Paul. »Ich will nicht, dass du ins Haus zurückgehst.«

»Wieso nicht? Was soll damit nicht in Ordnung sein?«

»Keine Ahnung.« Paul drückte sich einen Ärmel auf Mund

und Nase, als er ins Haus zurückging, aber es gab nichts, wovor er sich schützen musste. Verbrannter Toast und Knoblauch. Das war alles. Kein Gas. Kein Gift.

Als der Krankenwagen kam, stellten die Rettungssanitäter einige Fragen, und Lee konnte sich später nicht daran erinnern, sie beantwortet zu haben. Sie schnallten Evelyn und Billy auf Tragen fest und setzten ihnen Sauerstoffmasken auf.

»Konnten Sie schon feststellen, was ihnen fehlt?«, fragte Lee einen Sanitäter, der seine Vitalfunktionen prüfte.

»Im Krankenhaus werden sie die beiden durchchecken. Die Ärzte können Ihnen dann sagen, was passiert ist.«

Lee war übel, und er wehrte sich nicht, als ein Sanitäter auch ihm eine Sauerstoffmaske aufsetzte. Später erinnerte er sich, dass der Mann kalte und raue Hände gehabt hatte. Paul erklärte, es gehe ihm gut, bevor er sich kurz darauf im weißen Schnee erbrach.

Im Krankenhaus wurden Lee und Paul in die eine Richtung geschoben, Billy und Evelyn in die andere. Dann saßen Lee und Paul in einem sterilen Zimmer auf Plastikstühlen fest, da sie den Raum wegen ihrer Sauerstofftanks nicht verlassen durften. Die Masken schotteten sie vom Rest der Welt ab. Lee konnte nichts als sein eigenes, sich langsam stabilisierendes Ein- und Ausatmen hören. Er sah zu Paul hinüber, der ihm mit feuchten Augen zuzwinkerte. Er streckte den Arm aus und nahm Pauls Hand, und so saßen sie da, Hand in Hand, und sahen einander an, bis die Ärzte zu ihnen kamen.

Lee lernte das Wort *Carboxyhämoglobin* von ihnen. Sie machten ernste Gesichter, als sie sagten, Evelyns und Billys Carboxyhämoglobinwerte seien astronomisch hoch. Lee wusste nicht, was das bedeutete, aber er begriff, dass es etwas Schlimmes war. Und dann benutzten sie ein Wort, das er kannte.

Kohlenmonoxid.

»Hatten sie denn keinen Rauchmelder?«, fragte ich Lee.

»Ich glaube, die gab es damals noch gar nicht.«

»Wo ist das Kohlenmonoxid denn hergekommen?«

»Die ganze Geschichte habe ich nie erfahren. Angeblich hatte es mit dem Lüftungsgitter auf dem Dach zu tun, das vom Schnee verstopft war.«

»Sie haben nie die ganze Geschichte erfahren?«

»Die Ärzte im Krankenhaus haben uns nur gesagt, dass Evelyn operiert werden würde. Billys Zustand war stabil. Paul und ich sind ja keine Familienmitglieder, deswegen haben sie uns nicht mehr anvertraut. Die Polizei hat uns noch ein paar Fragen gestellt, bevor man uns heimgeschickt hat. Wir sind in ein nahes Motel gefahren. Am nächsten Morgen waren deine Eltern da.«

Lee hatte Suzy und ihren Mann als Erster erkannt.

»David«, sagte ich.

Es war nur das eine Mal, dass Lee ihn im Wartezimmer des Krankenhauses getroffen hatte, und in der Zwischenzeit hatte er seinen Namen vergessen. Er schilderte, wie Suzy an Davids Schulter gelehnt dastand und weinte.

»Ist das Billys Schwester?«, fragte Paul. »Willst du dich nicht zu ihr setzen?« Als Lee zögerte, sagte Paul: »Geh und setz dich zu ihr.«

Lee war sich nicht sicher, ob Suzy ihn wiedererkennen würde. Wenn sie in die Buchhandlung kam, begrüßte sie ihn immer mit einem unverbindlichen Hallo und schien zu überlegen, wer er war, obwohl es bei Prospero Books nur drei Mitarbeiter gab und er seit Jahren mit Evelyn befreundet war. Als er sich neben sie setzte, rief Suzy aber sofort seinen Namen und umarmte ihn.

»Da wusste ich es. Wenn es Billy getroffen hätte, hätte sie mich nicht umarmt. Ich wusste sofort, dass es Evelyn war.«

»Das Baby liegt auf der Intensivstation, aber Evelyn …« Suzy konnte nicht weitersprechen. Lee drückte ihr die Hand und signalisierte ihr, dass er verstanden hatte.

Er saß neben Suzy und hielt ihre rechte Hand, David ihre linke. Als die Ärzte sagten, Suzy dürfe das Kind sehen, dankte sie Lee, dass er gekommen war.

»Miranda«, sagte Lee zu ihr. »Evelyn wollte sie Miranda nennen.«

Suzy nickte. Lee konnte ihr nicht ansehen, ob sie wusste, woher dieser Name stammte. Er sah ihr nach, als sie den Ärzten auf die Intensivstation folgte. Ein Zitat aus *Der Sturm* fiel ihm ein. *Deine Mutter war ein Muster der Tugend.* Damit war Mirandas Mutter gemeint, und es war das einzige Mal, dass sie erwähnt wurde. Ansonsten tauchte sie weder in dem Stück noch in Mirandas Leben oder ihrer Erinnerung auf.

NEUNZEHN

Ich verlagerte mein Gewicht und setzte mich bequemer auf der Couch zurecht, während Lee weiter von Evelyns Tod erzählte. Das Polster war ziemlich hart, aber dass sich meine Arme und mein Rücken verkrampften, lag vielmehr an der Wirkung der Geschichte auf mich. Natürlich konnte ich mich nicht erinnern, aber ich dachte, dass sie mir wenigstens vertraut vorkommen müsste, denn sie war ja ein Teil von mir.

»Nach Evs Tod habe ich Billy ein halbes Jahr oder so nicht gesehen«, sagte Lee. »Es gab eine Beerdigung, aber es tobte ein heftiger Streit zwischen Evelyns Vater und Billy, deswegen fand sie nur im engsten Familienkreis statt.«

Lee war in Trauer. Alle, die Prospero Books liebten, waren in Trauer. Also beschlossen sie, eine eigene Gedenkfeier auszurichten. Im Laden lasen Mitarbeiter und Stammkunden aus Büchern vor, die sie an Evelyn erinnerten. Lee hatte niemandem erzählt, was Evelyn zugestoßen war, aber Tragödien wie diese verbreiten sich unter den Menschen.

Zunächst blieb Evelyn an allen Ecken und Enden des Ladens präsent. Bücher, die sie bestellt hatte, wurden Tag für Tag angeliefert. Lee musste weinen, als das Paket mit *Der Report der Magd* eintraf und er das Cover sah. Graue Mauern. Purpurrote Stoffe. Evelyn war von dem Buch ganz begeistert gewesen. Die Schilder mit den Empfehlungen an den Regalen mit Klassikern und literarischen Korrespondenzen trugen immer noch ihre Handschrift. Lee wusste, dass er sie irgendwann abnehmen musste. Irgendwann musste man neue Empfehlungen für neue Bücher aussprechen. Aber er ließ sie so lange hängen, bis sie vergilbten oder verknickten.

»Billy hat Sie also ein halbes Jahr lang nicht kontaktiert?«, fragte ich Lee. »Fanden Sie das nicht merkwürdig?«

»Wie soll sich jemand benehmen, der einen geliebten Menschen verloren hat? Vieles fühlt sich dann falsch an. Und nichts richtig. Ich glaube, für Billy hätte es sich falsch angefühlt, in den Laden zu kommen, bis dann der Tag kam, an dem es sich falsch anfühlte, nicht in den Laden zu kommen.«

Lee schilderte den Schreck, der ihn erfasst hatte, als er Billy an der Tür stehen sah. Er hatte stark abgenommen, seit Lee ihn zum letzten Mal getroffen hatte.

»Als Evelyn noch lebte, standen Billy und ich uns nicht besonders nahe. Wir waren öfter zu viert zusammen. Dann unterhielten sich Evelyn und ich meist über eine Sache und Billy und Paul über eine andere, gern über Mathematisches. Jedem, der Billy und Evelyn zusammen sah, war klar, wie sehr Billy sie liebte. Dafür habe ich ihn immer respektiert, aber eine eigenständige Verbindung hatten wir eigentlich nicht.«

Nach seiner Rückkehr zu Prospero Books kam Billy wieder regelmäßig. Lee und er haben aber nie über das Unglück gesprochen. Billy fragte nach den Verkaufszahlen und ob Lee etwas von ihm brauchte. Lee versicherte ihm dann, alles sei in Ordnung.

»Damals lief der Laden ja gut. Wir waren die einzige Buchhandlung weit und breit. Es war die Zeit vor den großen Ladenketten und dem Internet, vor Videorekordern und Büchern, die erst auf Nachfrage gedruckt wurden. Damals war eine Buchhandlung noch ein rentables Unternehmen.«

Billy brauchte nichts zu tun, und das schien er als tröstlich zu empfinden.

»Und ich?«, fragte ich. »Hat Billy Ihnen erzählt, wie es dazu kam, dass ich bei meinen Eltern aufwuchs?«

»Nicht direkt.« Lee sah mich schweigend an. Ich blieb ganz ruhig, äußerlich zumindest. »Bist du dir sicher, dass du es hören willst? Ich kann nicht erklären, warum Billy getan hat, was er getan hat. Ich will es aber auch nicht rechtfertigen.«

»Das sollen Sie auch gar nicht. Ich will nur die Wahrheit erfahren. Ich glaube, deswegen wollte Billy, dass ich mit Ihnen spreche. Er wusste, dass Sie mir die Wahrheit sagen würden.«

»Ich weiß nicht, ob ich die Wahrheit kenne. Ich weiß nur, was ich gesehen habe.«

»Dann erzählen Sie mir Ihre Wahrheit.«

»Nun«, begann er und schien zu überlegen, wie ehrlich er sein sollte. »Wahr ist, dass er dich nicht erwähnt hat, als er zum ersten Mal wieder im Laden auftauchte. Deswegen dachte ich, du seist auch gestorben.«

Billy sagte, er wohne bei seiner Schwester. Er sagte: *Ich wohne bei meiner Schwester.* Nicht: *Wir wohnen bei meiner Schwester.* »Dann erzählte er eines Tages von seiner Nichte Miranda, und da wusste ich natürlich Bescheid.«

Schon seit etlichen Monaten war Billy wieder regelmäßig in die Buchhandlung gekommen. Nach Ladenschluss setzten sie sich im Café an einen der Tische, tranken Whisky, und Billy unterhielt Lee mit amüsanten Geschichten über seine neuesten Erlebnisse im Ausland. Billy behandelte seinen Körper wie eine Rüstung, die benutzt werden wollte. Aus Taiwan kehrte er mit einem bandagierten Arm zurück, weil er im Geröll des Bergrutsches am Tsaoling gestolpert war. In Tehuacán wurde er von einem Schwarm Bienen angegriffen. Seine Beine und sein Hals waren stark angeschwollen. Lee ließ Billy erzählen. Bei seinen Geschichten ging es immer um seine Reisen. Nie um Evelyn. Oder um mich.

Dann sagte Billy beiläufig etwas, das Lee im ersten Moment gar nicht als das verstand, was es bedeutete.

»Welches Buch schenkt man einem einjährigen Kind? Meine Nichte Miranda hat ihren ersten Geburtstag.« Mein erster Geburtstag und Evelyns erster Todestag.

Lee wollte fragen: »Miranda? Du meinst deine Tochter. Sie lebt also noch?« Er wollte fragen, warum er seine Tochter noch nie erwähnt hatte. Er wollte fragen, wie aus seiner Tochter seine Nichte geworden war. Billy fingerte an seinem Whiskyglas herum und mied Lees Blick. Da begriff Lee, dass es Billys Art war, zu gestehen, dass er nicht in der Lage war, sich um mich zu kümmern. Lee war sprachlos. Am liebsten hätte er Billy geschüttelt und geschrien: »Es ist Evelyns Tochter! Du kannst sie doch nicht einfach abschieben!« Aber er sah, wie nervös und abweisend Billy war und dass er sich alles, was Lee ihm vorwerfen wollte, schon selbst vorgeworfen hatte.

»Bestimmt finden wir etwas für deine Nichte«, sagte Lee. Billy war sichtlich erleichtert, als Lee ihm *Gute Nacht, lieber Mond* heraussuchte.

»Von da an warst du Billys Nichte. Ich weiß nicht, was passiert wäre, wenn ich etwas gesagt hätte.«

»Wahrscheinlich wäre er nicht mehr gekommen«, sagte ich und meinte es ernst.

»Wahrscheinlich.« Von da an war ich also Billys Nichte, und es funktionierte, weil ich meiner Mutter so ähnlich sah. Ich wurde ihre Tochter.

»Nicht dass du nichts von Evelyn hättest. Du hast beispielsweise ihre Energie. Ihre Ruhe. Das liebten die Menschen an Evelyn. Ihre Haltung, ihre Gelassenheit, all das machte sie zu mehr als einer einfachen schönen Frau. Und das sehe ich auch in dir.«

»Das müssen Sie jetzt nicht sagen.«

»Ich habe es schon das erste Mal bemerkt, als du in den Laden kamst.«

Als Billy mich zum ersten Mal mit zu Prospero Books genommen hatte, hatte er mich an der Hand in den Laden geführt. Lee beobachtete, wie mein Blick durch den Laden wanderte und alles auf einmal aufnahm. Gleichzeitig kicherte ich wie über einen Insiderwitz, der mich mit dem Laden und den Büchern verband. Lee erkannte sofort, dass ich Evelyns Tochter war.

»Ob wir wohl etwas ganz Besonderes für meine Lieblingsnichte finden?«, fragte Billy, als er mir Lee vorstellte.

All die Jahre hatte Lee gewusst, dass ich als Billys Nichte aufgezogen wurde, aber als ich bei Prospero Books zu Billy sagte: »Ich bin deine einzige Nichte«, spürte Lee mehr denn je, dass Evelyn tot war.

Ich zupfte damals an meinen Zöpfen und wippte in Erwartung des perfekten Geschenks von einem Fuß auf den anderen. Lee hatte keine Ahnung, welches Buch er Evelyns Tochter geben sollte, welches Buch besonders genug war. Keines schien ihm gut genug zu sein, weder E. B. White, Roald Dahl noch Frances Hodgson Burnett. Lee schaute in mein sommersprossiges, gespanntes Gesicht und suchte nach Spuren von Traurigkeit, die er aber nicht fand, und nach jener unheimlichen Hellsichtigkeit, die Kinder manchmal haben. Mit meinen Zöpfen, den Sommersprossen und meinem gestreiften T-Shirt erinnerte ich ihn an Pippi Langstrumpf. Da ihm nichts Besseres einfiel, führte er mich zu den Kinderbüchern und gab mir alle vorrätigen Pippi-Langstrumpf-Bücher.

Lee merkte sofort, dass es ein Fehler war. Er schaute zu, als Billy mir vorzulesen begann, von Pippis Mutter, die gestorben war, als Pippi noch klein war, von ihrem Vater, den es aufs Meer gezogen hatte. Lee erwartete, dass Billy vorwurfsvoll zu ihm aufschauen würde, aber Billy las ganz ruhig weiter vor und konzentrierte sich auf mich.

»Gefällt dir die Geschichte?«, fragte er mich.

Ich zeigte auf die aufgeschlagene Seite. »Lies weiter!«, sagte ich, und Billy las vor, dass Pippi nie geglaubt hatte, ihr Vater sei tot, sondern auf seine Rückkehr wartete. Lee fragte sich, ob er das Buch unbewusst ausgewählt hatte, um Billy dazu zu bringen, mir die Wahrheit zu sagen. Tatsächlich hatte er sich aber nicht an die Details aus *Pippi Langstrumpf* erinnert. Er wusste nur, dass sie Zöpfe und Sommersprossen hatte. Und dann hatte er mich gesehen. Es war einfach nur ein unbeabsichtigtes Missgeschick.

Als wir den Laden verließen, nahm Lee Billys Arm. »Es tut mir leid, Bill. Ich hatte vergessen, worum es in der Geschichte geht.«

»Schon gut. Sie liebt das Buch.« Lee schaute Billy aufmerksam an. Der schien vollkommen zufrieden zu sein. Glücklich, weil er Zeit mit seiner Nichte verbrachte. Glücklich, weil er ihr ein Buch geschenkt hatte, das sie liebte. Lee schaute Billy und mir nach, als wir Hand in Hand hinausgingen, und vermisste Evelyn ganz schrecklich.

»Seitdem kam Billy mit dir alle paar Monate in den Laden, und je mehr Jahre vergingen, desto weniger Menschen erinnerten sich an Evelyn.« Plötzlich lachte Lee leise. »Du kamst immer hereinstolziert, als gehörte dir der Laden.« Lee erinnerte sich, wie ich die anderen Kinder angesprochen und stolz verkündet hatte, es sei mein Laden und dass ich entscheiden könne, ob sie hier Bücher bekommen könnten oder nicht. Billy hätte mich ausschimpfen oder mir eine Predigt über den Wert des Teilens halten sollen, doch stattdessen verwuschelte er mir die Haare und lockte mich mit einem heißen Kakao von den anderen Kindern und den Regalen weg.

»Die Schattenseite eines Einzelkinds«, sagte ich. »Man lernt einfach nicht zu teilen.«

»Aber die Bücher gehörten ja dir. Der Laden war immer deiner.«

»Erinnern Sie sich an das letzte Mal, als ich da war? Als ich Billy suchte?« Meine Stimme war ganz dünn. Ich wünschte mir so sehr, dass er sich erinnerte. Und gleichzeitig wollte ich auf keinen Fall, dass er sich erinnerte. Ich wusste nicht, was ich wollte.

Lee nickte. »Erst als ich dein Gesicht sah, begriff ich, dass es ein Fehler war, deine Mom anzurufen.«

Denn ihm war klar, dass Susan nicht wusste, wo ich war.

Als Susan ankam, riss sie die Ladentür auf und schaute sich wild um, bis sie Lee entdeckte. »Wo ist sie?« Sie war außer sich, und Lee begriff, dass sie meine Mutter war, auch wenn sie mich nicht geboren hatte. Er zeigte auf den hinteren Teil der Regale. »Danke, Lee. Danke für alles.«

»Du musst wissen …«, sagte Lee jetzt zu mir und massierte seine Hände. Seine Finger waren dick angeschwollen. »Billy sprach noch jahrelang von dir. Es hat eine Weile gedauert, bis ich begriff, dass er nie wieder mit dir zusammen war. Natürlich habe ich registriert, dass er dich nicht mehr mit in den Laden gebracht hat, aber ich dachte, nachdem du einmal heimlich hergekommen warst, durftest du es nicht mehr, weil du lernen solltest, was passiert, wenn du nicht gehorchst.«

Billy setzte seine Besuche im Laden fort, wenn er zwischen verheerenden Erdbeben zu Hause war. Dann schilderte er das jüngste Desaster in der Türkei mit Tausenden Todesopfern, zigtausend Schwerverletzten und Hunderttausenden Menschen, die ihr Zuhause verloren hatten, aber im Zentrum seiner Schilderung stand ich. *Miranda würde sagen, Hummus klingt eklig, aber in Wahrheit schmeckt es sehr gut.* Er sagte, die Blaue Moschee würde mir gefallen. Das Baseballstadion in Tokio. Die Puppenspiele in China. *Es würde ihr gefallen.* Konjunktiv. Nie sagte er: Es *wird* ihr gefallen. Niemals sprach er über die Zukunft.

»Wie haben Sie darauf reagiert?«, fragte ich.

»Ich habe ihn einfach reden lassen.«

»Und nachdem Sie weggezogen waren, hat Billy den Laden übernommen?«

»Dann willst du also nach Santa Barbara zurück?«, fragte Lee, als Paul eines Abends beim Essen darüber sprach.

»Das wollte ich doch immer«, erinnerte Paul ihn.

»Wer soll dann den Laden führen?«, fragte Lee, und Paul begriff, dass es keine rhetorische Frage war.

»Es ist fünfzehn Jahre her. Du musst sie endlich loslassen.«

Liebe. Job. Ort. Es gab nur einen Menschen, ohne den Lee nicht leben konnte, egal wie sehr er Prospero Books liebte und Evelyn vermisste.

Sie trafen eine Übereinkunft. Lee würde L. A. nicht verlassen, bis er wusste, dass Prospero Books in gute Hände käme. Er wusste nicht, wie lange es dauern würde, bis er jemanden fand, der die Veränderungen des Viertels verstand, die Lesegewohnheiten der Stammkunden. Jemanden, der mit Billy zurechtkommen würde. Jemanden, der einen Überschuss erwirtschaften konnte, obwohl der Laden schon seit Jahren nicht mehr profitabel war.

»Es war die Zeit von *E-Mail für dich*, als kleine Läden gegen die neuen großen Ketten kämpften.« Falls Billy je bemerkte, wie wenig Menschen noch Bücher lasen, dass die Steuern erhöht oder wie viele Cafés rund um Sunset Junction eröffnet wurden und Kaffeetrinker von Prospero Books abwarben, ließ er sich nichts anmerken. Jeden Monat ließ er sich beziehungsweise seinem Anwalt die Bilanzen vorlegen; Lee wusste nicht, wer sich darum kümmerte. Er wusste nur, dass jede finanzielle Schieflage sofort mit frischem Geld auf dem Geschäftskonto ausgeglichen wurde. Lee verstand nicht, wie Billy sich das leisten konnte, aber Geld gehörte zu den vielen Themen, über die er mit Billy nie sprach.

Lee wartete auf den rechten Zeitpunkt, um Billy zu sagen, dass er kündigen würde, obwohl Paul meinte, dieser Zeitpunkt würde nie kommen. In den Monaten, als Lee einen würdigen Nachfolger suchte, war die Erde besonders aktiv, oder vielleicht war Billy in dieser Zeit bloß besonders nervös oder Paul hatte recht und Lee drückte sich.

Als Billy dann eines Tages aus Taiwan zurückkehrte, wollte Lee keinesfalls eine weitere seiner Erdbebengeschichten hören.

Sie waren immer gleich. Der Ort des Epizentrums variierte, die Heftigkeit auf der Richterskala, die Opferzahlen, aber es waren allesamt Tragödien, die nicht Billys Tragödie waren. Ganz plötzlich war Lee es leid, dass es wichtige Dinge gab, die sie einander nicht erzählten. Oder vielleicht war er nur schlecht gelaunt, denn das Pendeln zwischen L. A. und Santa Barbara kostete ihn viel Zeit und Kraft.

»Wir ziehen nach Santa Barbara«, sagte er zu Billy und erklärte, dass Pauls Mutter krank war und Paul sie pflegen wollte.

Lee erwartete Widerstand und dass Billy, wie üblich, die Wünsche und Bedürfnisse anderer nicht verstand, schon gar nicht, wenn sie seinen eigenen zuwiderliefen.

Stattdessen sagte Billy: »Natürlich. Man muss sich um die Familie kümmern.«

»Ich warte noch, bis wir einen Ersatz für mich finden«, sagte Lee.

»Wem können wir vertrauen?« Lee sah Billy mitleidsvoll an. Sein Laden gehörte einer sterbenden Branche an. Vielleicht nicht einer aussterbenden, aber einer ermüdeten. Billys Geld steckte in einem trägen Unternehmen, und Lee hatte keine Ahnung, wie sie jemanden finden sollten, der im nötigen Maße um den Laden kämpfen würde. Es war ein Job für Romantiker, und wie alle Jobs für Romantiker war er schlecht bezahlt. Plötzlich strahlte Billy. »Mir! Mir können wir vertrauen.«

»Ich bitte dich, Bill! Du bist doch andauernd unterwegs.«

»Das kann sich ändern.« So motiviert hatte Lee ihn lange nicht mehr erlebt.

»Du liebst deinen Job«, sagte er.

»Nicht so sehr wie das hier. Ich meine es ernst.« In diesem Moment, den sie im geschlossenen Laden teilten, ein Glas Scotch in der Hand, zweifelte Lee nicht an Billys Entschlossenheit. Aber was, wenn ein Dorf in Italien oder Indonesien nächste Woche von einem Erdbeben zerstört würde? Würde

Billy die Sache mit seinem neuen Job bei Prospero Books dann immer noch ernst meinen? Oder wenn er eine Einladung zu einem Vortrag in Osaka oder Buenos Aires erhielt – würde er sie ablehnen? »Du glaubst nicht, dass ich es hinkriege.«

»Das ist ein gesetztes Leben, Bill. Kein Abenteuer weit und breit.«

»Hier wimmelt es nur so von Abenteuern.« Das stimmte. Verstopfte Toiletten, schwierige Kunden, verzögerte Lieferungen – nicht gerade die Sorte Abenteuer, die Billy vorschwebte.

»Tag ein, Tag aus das Gleiche«, sagte Lee.

»Vielleicht will ich genau das«, sagte Billy.

»Es ist nicht so romantisch, wie es scheint.« Lee war sich nicht sicher, ob er den Job meinte oder die Tatsache, dass der Laden Evelyns Reich gewesen war, den ganzen Tag, jeden Tag, und sie jetzt nicht mehr da war.

»Für Billy war es vielleicht das größte Abenteuer seines Lebens, einmal innezuhalten und sich der Vergangenheit zu stellen, endlich zu lernen, wie er ohne Evelyn zurechtkommen sollte. Ich habe nicht gleich zugestimmt, aber es war ja ohnehin nicht meine Entscheidung. Erst nach dem Erdbeben in Indien war ich bereit, loszulassen.«

26. Januar 2001. Das Erdbeben von Gujarat. Tag der Republik. Mit einer Stärke von 7,7 auf der Richterskala war das Beben von Bangladesch bis Pakistan zu spüren gewesen. Über zwanzigtausend Tote. Seismologen, Ingenieure und Soziologen aus aller Welt waren herbeigeeilt, um die Schäden zu untersuchen, bevor die Bergungsarbeiten starten konnten. Lee erzählte mir, dass Billy um zehn Uhr an diesem Morgen wie an jedem anderen Tag in die Buchhandlung kam. Er bestellte seinen Kaffee, setzte sich an seinen Stammplatz in das Café und informierte sich aus der Zeitung über das Beben. Das war der Moment, als Lee glaubte, dass Billy bleiben würde, wo er war.

26. Januar 2001. Ich war das erste Jahr an der Highschool und kürzlich fünfzehn geworden, folgte Joanie durch die Schulflure und versuchte, ihre Gelassenheit und Gleichgültigkeit zu imitieren, wenn wir älteren Schülern begegneten, vor allem Jungs. In die Pubertät kam ich erst ein Jahr später, und abgesehen davon, dass die Jungs mich komplett übersahen, hatte ich nichts von ihnen zu befürchten. Inzwischen wollte ich keinen Hund mehr haben. Mein großes Thema waren die Brüste, die ich nicht hatte, die weiblichen Kurven, die ich nicht bekam. Es machte mich verrückt, dass ich neben Joanie wie ihre jüngere Cousine aussah und nicht wie ihre beste Freundin. An Billy dachte ich nicht mehr. Ob er immer noch durch die Welt reiste oder sich in L. A. niedergelassen hatte, wusste ich nicht, und es war mir egal. Ich war ein Teenager und mit Erwachsenwerden beschäftigt. Ich hatte sogar einen guten Grund, nicht mehr an ihn zu denken, oder wenigstens eine Ausrede. Mein Onkel dachte ja auch nicht an mich. Jetzt erfuhr ich, dass er beschlossen hatte, nicht mehr durch die Welt zu reisen. Er hatte beschlossen, sich seinen größten Ängsten zu stellen. Aber das bedeutete nicht, dass er wieder Kontakt zu mir aufnehmen wollte.

Lee stand abrupt auf und ging an einen Schrank in der Ecke des Wohnzimmers. Er zog eine Schublade heraus und reichte mir einen wattierten Umschlag. »Vor etwa einem Jahr hat Billy das hier für dich hinterlegt. Er hat nichts davon gesagt, dass er krank war, aber ich wusste es.«

Obwohl Billy dünn und erschöpft wirkte, hatte er nicht an seiner körperlichen Verfassung erkannt, dass er im Sterben lag, sondern an ihrem letzten Gespräch.

Billy und Lee saßen auf Lees Balkon und schauten auf das Meer und die Wellen, die eine nach der anderen über den Sandstrand schwappten.

»Bist du hier glücklich?«, fragte Billy ihn. »Ist es das, was du wolltest?«

Lee wusste nicht recht, was er antworten sollte. Er vermisste das Treppauf und Treppab von Silver Lake, die Abende am Observatorium, das Essen von Thai Town. Er vermisste seine Freunde, die Stammkunden von Prospero Books, aber Paul wohnte nun einmal hier. Also sagte er zu Billy, dass er zum Golfen ging, wenn ihm danach war, nachmittags gern auf seinem Balkon saß und aufs Meer schaute. Er sagte Billy, dass er glücklich sei.

»Das ist die Hauptsache«, antwortete er.

Langsam wurde es zu frisch, um länger draußen zu sitzen, und Billy sagte, er solle jetzt wohl besser gehen. Bevor er sich verabschiedete, gab er Lee einen Luftpolsterumschlag. »Bitte gib ihr das, wenn sie kommt.«

Lee fragte nicht, wen er meinte. Er schüttelte Lee die Hand, und es hatte etwas merkwürdig Formelles. Lee wusste, dass er ihn nie wiedersehen würde.

Ich hielt den Umschlag in der Hand. Er war hart und eckig. Wieder ein Buch. Ich wollte ihn nicht öffnen, weil ich wusste, dass es das Letzte war, was Billy mir geben würde.

»Wie haben Sie von seinem Tod erfahren?«, fragte ich.

»Durch Malcolm.«

Natürlich! Malcolm wusste, wo Lee steckte, genau wie er all die anderen Dinge über mich wusste. Ich rutschte auf meinem Stuhl herum und fühlte mich wieder einmal unwohl in meiner Haut.

»Du darfst es dem Jungen nicht übel nehmen.« Lee machte ein gequältes Gesicht. »Billy hat ihn in eine schwierige Situation gebracht.«

Ich wollte widersprechen, aber dann stellte ich mir Malcolm und Billy am Ladentresen von Prospero Books vor, wie Malcolm an seinem Daumen pulte, während Billy ihm erzählte, was nach seinem Tod passieren sollte. Auch das hatte Malcolm mir verheimlicht. Nicht einmal als wir uns gestritten hatten, wollte er mir die Erinnerung an den Moment zumuten, in dem er erfahren hatte, dass sein bester Freund im Sterben lag.

»Der Laden kann dich nicht reich machen«, sagte Lee, als er mich zur Tür begleitete. »Aber wenn du die Finanzen vernünftig führst und mehr Käufer gewinnst, gibt er dir etwas viel Wertvolleres als Geld. Das garantiere ich dir.«

Ich umarmte Lee, und er zögerte, bevor er seine Arme um mich legte. Näher konnte ich an eine Umarmung mit Billy nicht herankommen. Auch nicht an eine Umarmung mit Evelyn.

Den Umschlag in der rechten Hand ging ich an den Strand und versuchte mir vorzustellen, wie es für Lee gewesen sein musste, nie über jenen Morgen in Big Bear gesprochen zu haben, und ob er jedes Mal wenn er an Evelyn dachte, ihren leblosen Körper vor Augen hatte und ob dieses Bild alle anderen Erinnerungen an sie auslöschte, Erinnerungen an eine lächelnde oder lachende Evelyn. Ich hoffte, es hatte ihm gutgetan, mit mir darüber zu sprechen. Ich fragte mich auch, wie es für Billy gewesen sein musste, wenn er von seinen Auslandsreisen zurückkehrte, die Tür von Prospero Books öffnete und einen Moment lang glaubte, Evelyn zu sehen. Jeder andere hätte den Laden wohl verkauft. Stattdessen gab Billy seine berufliche Karriere auf und versagte sich ein Leben jenseits von Prospero Books, wo Job, Wohnort und Liebe an einem Fleck vereint gewesen waren. Wo alles Evelyn war.

In meinem Telefon öffnete ich das Foto von meiner Mutter und Evelyn aus dem Jahrbuch. Kopf an Kopf. Die herausgestreckte Zunge meiner Mutter. Evelyn lachend, selbstsicher und zurückhaltend zugleich. Von Joanie und mir gab es ähnliche Fotos. Vor einer Kamera tat sie immer etwas Theatralisches,

Ausgelassenes, während ich still an ihrer Seite vor mich hin lächelte und ihren Solo-Auftritt quasi erdete. Lee hatte recht. Ich besaß Eigenschaften von Evelyn, die genauso Teil von mir waren wie meine lockigen Haare, meine braunen Augen und meine Gesichtszüge, die Billy und meiner Mutter ähnelten.

Vom Strand aus konnte ich Lees schmuddeliges Apartmentgebäude sehen. Die Stühle auf den Balkonen waren alle frei. Ich behielt sie im Auge, als könnten Billy und Lee jeden Moment die Balkontür öffnen und sich ins Freie setzen, über das Glück sprechen und zuschauen, wie die Wellen an den Strand rollten.

Ich ging nah an der Uferlinie entlang, wo der Sand hart und kalt unter meinen Füßen war. Die Küste sah in Santa Barbara anders aus als in Los Angeles. Mehr Segelboote schaukelten auf den Wellen, der Sand war heller, das Wasser blauer. Ich stellte mir meine Mutter bei ihren Spaziergängen nach Santa Monica vor, in ihrem Kapuzenpullover von der Schule, an der ich unterrichtet hatte. Wie muss es gewesen sein, mit einem so großen Geheimnis zu leben? Hatte sie jeden Tag daran gedacht, wenn sie stundenlang allein Richtung Malibu spazierte und in den endlosen Pazifik starrte? Hatte sie es so weit verdrängt, dass sie es vergessen hatte? Oder war es wie eine bleibende Narbe, die sie nicht mehr spürte und daher ignorierte, von der sie aber immer gezeichnet war? Ich hatte ihr Geheimnis gelüftet, wusste aber immer noch nichts über den Streit, der meinen biologischen Vater aus meinem Leben vertrieben hatte.

Ich öffnete den Umschlag, den er mir hinterlassen hatte.

Das Abenteuer schien wieder am Ausgangspunkt angekommen zu sein. Das gleiche Cover. Das gleiche aufgewühlte Meer. Das dem Untergang geweihte Schiff. Der gleiche Verrat. Dieses Mal ging es aber um eine andere Passage aus *Der Sturm*. Im fünften Akt steckte ein Umschlag an der Stelle, wo Prospero zu Ariel sagt, er würde seinen Zauberbüchern abschwören, seinen

Rachedurst herunterschlucken und seinem Bruder vergeben, auch wenn Antonio nicht bedauerte, was er Prospero angetan hatte. Prosperos berühmte Worte waren angestrichen.

Ein höh'res Tun ist Tugend als die Rache.

Ich öffnete den Umschlag mit dem Fingernagel und holte einen Brief heraus.

1. August 2012

Miranda,

Hin sind meine Zauberei'n,
Was von Kraft mir bleibt, ist mein,
Und das ist wenig.

Wie Prospero habe ich das Ende meiner Geschichte erreicht, stehe allein auf der Bühne und bitte dich um Vergebung. Du hast alles Recht der Welt, wütend zu sein. Vielleicht bist du so wütend, dass du das Rätsel nicht weiterverfolgt hast, sobald du meine Lüge erkannt hast. Aber ich halte die Hoffnung aufrecht, dass ich dich nach all den Jahren noch kenne. Du wirst diese Suche bis zum Ende verfolgen, selbst wenn ein Verrat dich an ihrem Ende erwartet.

Vor einem Jahr, als ich krank wurde, habe ich selbst erfahren, wovon die Leute immer reden: Das ganze Leben zieht im Schnelldurchlauf an dir vorüber. Aber das Leben, das mir in diesem Augenblick vor Augen kam, war nicht das, das ich mir ausgesucht hatte, sondern das, das ich ruiniert habe. Klar und deutlich sah ich vor mir, wie ich Evelyn aus dem Krankenhaus schob, wie sie ihre neugeborene

Tochter, unsere neugeborene Tochter, in den Armen hielt. Dich, Miranda. Ich sah uns dich abends zu Bett bringen, erst in deine Wiege, dann in dein Bett. Ich hörte dich in unserer Hütte in Big Bear die Treppe herunterspringen, wenn du schnell zum See laufen und baden wolltest. Evelyn ermahnte dich, vorsichtig zu sein, und sorgte sich um dich, bis du wieder heil zu Hause warst. Sie machte sich andauernd Sorgen. Sogar als ich mir das gemeinsame Leben vorstellte, das wir hätten haben können, musste ich daran denken, wie viele Sorgen sie sich immer gemacht hat. Und wie ich immer darüber hinweggegangen bin. Manchmal war es vielleicht richtig, sie zu beruhigen. Einmal war es jedoch mit Sicherheit falsch. Und dieses eine Mal kann ich nicht ungeschehen machen.

Ich habe niemandem gesagt, dass ich krank bin. Auch jetzt, da ich dieses schreibe, weiß keiner, wie wenig Zeit mir noch bleibt. Ich will kein Mitleid. Vor allem aber will ich vor mir selbst nicht zugeben, dass ich bald sterben werde, dass meine Wut bis zum Ende meines Lebens über meine Liebe gesiegt hat – so sehr, dass ich keinen Kontakt zu meiner Familie mehr habe, nicht einmal zu meiner eigenen Tochter.

Ich war so wütend. Vor allem auf deine Mutter. Ich dachte, genau wie Prospero sei ich das Opfer eines Geschwisterkinds, das mich hintergangen hat. Das mein Königreich übernommen und mich verbannt hat. Es war ganz leicht, diese Wut zu kultivieren, und das tat ich jahrelang, denn es erlaubte mir, zu ignorieren, was ich getan hatte. Dabei war es meine Entscheidung, dich wegzugeben. Nicht die deiner Mutter.

Ich werde mich immer für Evelyns Tod verantwortlich fühlen. Egal wie viele Menschen sagen, es sei ein Unfall gewesen, weiß ich, dass es meine Schuld war. Ich habe meiner großen Liebe versagt, was sie sich am meisten wünschte. In ihrer Kindheit und Jugend kannte sie keine Familiendinner, keine gemeinsamen Ferien, keine gemeinsamen Kinobesuche. Und ich habe ihr diese Freuden genommen, als ich mich nicht darum kümmerte, unser Haus sicher zu machen. Als ich mich nicht um ihre Sicherheit kümmerte. Und dann redete ich mir ein, dass ich mich auch nicht um dich kümmern könnte und dass ich es nicht verdiente, ohne Evelyn eine Familie zu haben. In Wahrheit fürchtete ich die tausend Momente, in denen du mich an Evelyn erinnern würdest, und die tausend Momente, in denen du es nicht tun würdest. Es entsetzte mich, dass du sie nie kennenlernen würdest. Ich hatte Angst, dass wir nie eine richtige Familie sein könnten. Also sagte ich mir, dass wenigstens du eine haben solltest. Dein Leben sollte nicht von den tragischen Umständen deiner Geburt überschattet sein. Du solltest Vater und Mutter und ein stabiles Umfeld haben, das ich dir nicht bieten konnte. Ich hielt es für eine noble Geste, für einen mutigen Schritt.

Als mir klar wurde, dass es feige und alles andere als mutig war, dich wegzugeben, versuchte ich, meinen Fehler zu korrigieren. Es war aber zu spät. Dafür gab ich deiner Mutter die Schuld, aber es war meine. Ich hatte zu lange gewartet. Deinen Onkel konnte ich aber auch nicht mehr spielen, also verschwand ich aus deinem Leben. Mit Mut hatte das nichts zu tun, und dafür kann ich mich nur entschuldigen.

Deine Mutter hatte keine Schuld daran. Ich habe sie in eine unmögliche Situation gebracht. Sie hatte gelernt, dich als ihr eigen Fleisch und Blut zu betrachten. Sie liebte dich wie eine Mutter. Sie ist deine Mutter. Es war unfair von mir, sie erst dazu zu machen und dich ihr dann wieder nehmen zu wollen. Vielleicht hätte sie sich von Anfang an

nicht darauf einlassen sollen, aber im Grunde habe ich ihr keine Wahl gelassen. Erst als ich von meiner Wut abließ, erkannte ich meinen Fehler. Obwohl ich ihr vergab, wollte ich mich nicht entschuldigen. Ich wusste nicht, wie. Aber bei dir möchte ich mich entschuldigen. Ich weiß auch, wie.
Also, in Prosperos Worten:
Wo ihr begnadigt wünscht zu sein,
Lasst eure Nachsicht mich befrein.
Billy

Ich saß am Strand, las den Brief, während die Wellen auf mich zurollten und mit ihrer kalten Zunge an meinen Zehen leckten. Im Sommer nach meinem ersten Schuljahr waren wir fast jeden Nachmittag am Strand gewesen, meine Mutter, Billy und ich. Meine Mutter hatte immer eine Kühltasche mit Erdnussbutter-Sandwiches und Safttüten dabei gehabt. Eine Strandtasche mit einem Eimer und einer Schaufel. Jeder, der uns sah, musste uns für eine Familie gehalten haben. Billy und meine Mutter hielten mich an den Händen und schwangen mich bei drei in die Luft. Dachten sie dabei an Evelyn und dass sie anstelle meiner Mutter meine Hand halten sollte? Wenn meine Mutter sich von uns im Sand verbuddeln ließ und wir eine Meerjungfrau aus ihr machten, wenn sie dann aus ihrer Sandhülle ausbrach, mich in die sandigen Arme nahm und ins Meer trug – versuchte sie dann zu tun, was Evelyn ihrer Meinung nach getan hätte? Und wenn Billy ins Wasser stürmte, mich hoch über die Wellen hielt und meine Mutter mich im Auge behielt, damit mir nichts passierte, dachte er dann daran, dass Evelyn mich genauso im Auge behalten hätte und dass sie allen Grund der Welt hatte, sich Sorgen zu machen? Ich sah noch vor mir, wie er zu mir aufschaute, wenn er mich hoch über seinen Kopf hielt, als sei alles in schönster Ordnung, aber das war es nicht. Das konnte es gar nicht sein. Es war also kein Wunder, dass meine Mutter und

Billy sich zerstritten. Eigentlich war es unfassbar, dass sie die Fassade so lange hatte aufrechterhalten können.

Ich steckte den Brief in meine Hosentasche und beobachtete die älteren Männer, die am Pier angelten. Einige warfen ihre Leinen in die ruhige See. Andere schleppten Eimer voller Seetang und Fische. Sie sortierten die kleineren Fische aus und warfen sie ins Meer zurück, aber dieselben Fische wurden dann gleich wieder von den anderen Männern geangelt. Ein endloser Kreislauf von Gefangen- und Befreitwerden, bei dem die kleinen Fische keine Chance hatte. Trotzdem maßen die Männer sie und hofften offensichtlich, dass sie in der Zwischenzeit gewachsen waren. Ich wollte in keinem endlosen Kreislauf feststecken, den Brief immer wieder lesen und hoffen, dass Billy mir mehr verriet. Ich wollte verstehen, warum er und meine Mutter eines Tages aufgehört hatten, die Fassade zu wahren. Ich wollte verstehen, was ihren lebensverändernden Streit ausgelöst hatte.

Ich krempelte meine Jeans hoch und ging ein paar Schritte ins Meer. Die Wellen umspülten meine Knöchel und zogen sich dann wieder zurück. *Lasst eure Nachsicht mich befrein.* Billy bat mich, ihn zu befreien, während ich ihn immer noch festhalten wollte. Ich holte den Brief aus der Hosentasche, und der Wind drohte ihn mir aus der Hand zu reißen, aber ich hielt ihn fest. Ich war bereit, ihn freizugeben.

Was hatte es überhaupt zu bedeuten, Billy zu befreien, wenn er doch schon fort war? Wollte er, dass ich ihm verzieh? Wollte er, dass ich Prospero Books aufgab? Lee hatte gesagt, er und Evelyn hätten den Laden so genannt, weil sie Prospero liebten. Vielleicht wäre alles anders gekommen, wenn sie dem Laden einen anderen Namen gegeben hätten, *Büchersturm* oder *Der Bücherbarde*. Vielleicht wäre Billy dann nicht zu Prospero geworden. Vielleicht hätte er dann keiner Vergebung bedurft. Vielleicht wäre ich dann nicht Miranda. Vielleicht hätte ich meine Mutter dann gekannt, *ein Muster der Tugend*.

Prospero Books. Ich vermisste den Laden mehr, als ich gedacht hätte. Ich vermisste die Zeit nach Ladenschluss, wenn ich ihn ganz für mich allein hatte. Ich vermisste die Öffnungszeiten, wenn die Leute aus dem Viertel ihn ganz in Beschlag nahmen, die wenigen Stunden, wenn viel Kundschaft da war, die Vormittage, wenn nur die Stammkunden an den Mosaiktischen des Cafés saßen. Ich vermisste Dr. Howard, der mich über Annabel Lee und den Spontanfick aufklärte. Ich vermisste Ray, den Drehbuchautor, der nervös zu den anderen Autoren hinüberlugte, als könnten sie seinen Stoff klauen. Ich vermisste Sheila, die ständig darauf zu warten schien, von jemandem erkannt zu werden. Ich vermisste Lucia und ihre Tattoos, Charlie und seine Tattoos. Ich vermisste Malcolm. Vor allem aber vermisste ich Prospero Books, das für mich Liebe, Job, Wohnort und – meine Ergänzung zu Lees Liste – Familie war.

Was dachte ich da gerade? Konnte ich hierbleiben? Wollte ich das? Das Schuljahr begann in drei Wochen. Nein, nach fünf Jahren konnte ich das meiner Schulleiterin, meinen Kollegen, meinen Schülern nicht antun. Außerdem liebte ich Geschichte. Ich liebte es, unterschiedliche Interpretationen der Vergangenheit zu diskutieren, obwohl nur wenige Schüler begriffen, was ich ihnen nahezubringen versuchte.

Aber das war der Punkt. Ich liebte nicht das Unterrichten, sondern die Geschichte. Die Vergangenheit.

ZWANZIG

Das Telefon in der Hand starrte ich auf die Nummer meiner Schulleiterin und versuchte, mich dazu zu bringen, sie zu wählen. Sie hätte allen Grund, auf mich wütend zu werden, und sie wurde leicht wütend. Dank der Schüler hatte sie genug Übung darin. Sie würde mir ein furchtbar schlechtes Gewissen machen, aber ein schlechtes Gewissen war besser als Reue.

»Miranda, ich will gerade essen. Ist alles in Ordnung?«, fragte sie.

»Alles bestens.« Ich bohrte den großen Zeh meines rechten Fußes in den kalten, nassen Sand. Er war weich wie Lehm.

»Was gibt es denn?«

Mein Herz raste. »Mein Onkel ist gestorben.«

»Das tut mir leid.«

»Ich musste nach Hause fliegen und seinen Nachlass regeln.« Hör auf, dich zu drücken, schalt ich mich. *Du machst es nur noch schlimmer.* »Dieser Sommer hat mir einige Überraschungen geboten. Es gibt keine schonende Art, es zu sagen. Ich fürchte, ich kann im Herbst nicht an die Schule zurück.«

»Was soll das heißen? Der Unterricht beginnt in drei Wochen.«

»Ich weiß. Das ist sehr schlechtes Timing.«

»Es könnte nicht schlechter sein.«

»Sie wissen, wie sehr ich unsere Schule liebe. Sie ist ein wichtiger Teil von mir.« Eine Welle begrub meine Füße unter einer weißen Schaumkrone. Ihre Bläschen kitzelten meine Wade.

»So wichtig kann sie ja wohl nicht sein, wenn Sie mich drei Wochen vor Unterrichtsbeginn informieren.«

»Ich habe eine Verantwortung gegenüber meiner Familie«, sagte ich.

»Sie haben eine Verantwortung gegenüber uns.« Offenbar wartete sie auf eine Entschuldigung. »Was soll ich dazu sagen,

Miranda? Dass es in Ordnung ist? Das ist es nicht. Was Sie hier tun, ist vollkommen rücksichtslos. Ich bin furchtbar enttäuscht von Ihnen.«

»Ich weiß.« Als sich die Welle ins Meer zurückzog, ging ich ein Stück mit.

»Gut, das war's dann. Rufen Sie mich morgen nicht an, um zu sagen, dass Sie einen Fehler gemacht haben.«

»Ich mache keinen Fehler«, sagte ich und legte auf.

Das Wasser war schneidend kalt, aber sobald sich meine Beine daran gewöhnten, ging ich ein Stück tiefer hinein und forderte es heraus, mich noch einmal zu bestrafen. Ich musste noch einen Anruf tätigen. Einen, der seit Wochen überfällig war.

»Hey«, sagte Jay distanziert, als er sich meldete. »Ich hatte mich schon gefragt, ob ich jemals wieder etwas von dir hören würde.«

»Ja, ich hätte eher anrufen sollen.« Das Wasser spritzte an meinen Jeans hoch und drohte, mich bis auf die Unterwäsche zu durchnässen, aber ich wich nicht zurück. Mit beiden Füßen stand ich fest auf dem Meeresboden. Ich hatte nicht die Absicht, ins Trockene zurückzukehren.

»Alles in Ordnung?«, fragte Jay.

»Ich habe gerade gekündigt«, sagte ich wie in Trance.

»Bei der Schule? Scheiße. Das ist ja ein Ding.« Er zögerte kurz, dann fragte er: »Doch nicht meinetwegen, oder?«

Seine Worte holten mich schlagartig ins Hier und Jetzt zurück. Natürlich war das sein erster Gedanke. »Nein, meinetwegen. Ich bleibe hier.«

Jay sagte so lange nichts, dass ich mich schon fragte, ob er aufgelegt hatte oder eingeschlafen war.

»Was soll ich mit deinen Klamotten machen?«, fragte er dann gleichgültig.

Seine Apathie machte es mir leicht, aber ich wollte es nicht leicht haben. Ich wollte allerdings auch keinen Widerspruch. Ein wenig Gefühl wäre schön gewesen, etwas, das der Tatsache Rechnung getragen hätte, dass es uns einmal gegeben hatte und unsere Beziehung einmal wichtig gewesen war. Aber es gab wohl einen Grund, warum Jay und ich nicht füreinander bestimmt waren. Es war nicht Prospero Books. Es war nicht mein Onkel. Es war nicht einmal Malcolm.

»Keine Ahnung. Ich schicke jemanden vorbei, der die Sachen abholt«, sagte ich.

»Das war's dann?«, fragte er mit der Effizienz eines Kellners, der meine Bestellung aufgenommen hatte und schnell die Gäste am nächsten Tisch bedienen wollte.

»Ja«, sagte ich. »Das war's.«

Nachdem wir aufgelegt hatten, blieb ich noch eine Weile stehen und sah zu, wie die Wellen an meine Beine schlugen. Ich erwartete, jeden Moment von einer Panik erfasst zu werden. Ich hatte meinen Job gekündigt. Mit meinem Freund Schluss gemacht. Mein Leben aufgegeben, ein angenehmes und einfaches Leben. Und wofür? Prospero Books machte immer noch Verluste. Selbst wenn wir bei unserer Gala genug einnahmen, um einen weiteren Monat zu überstehen, konnten wir ja nicht jedes Mal eine Party schmeißen, wenn das Geld für die Hypothek knapp wurde. Und was sollte aus mir werden, wenn der Laden schließen musste? Aber ich bekam keine Panik. Ich war einfach nur wahnsinnig erleichtert. Ich ging einen Schritt weiter ins Meer. Das eiskalte Wasser schwappte an meine Knie, zog sich dann zurück und trug mein altes Leben mit sich ins Meer hinaus. Es würde nicht einfach werden, aber ich war kampfbereit. Und es war nicht nur Prospero Books, worum ich kämpfen musste.

Wo ihr begnadigt wünscht zu sein, lasst eure Nachsicht mich befrein. Billy hatte seinen Brief mit Prosperos abschließendem Appell an die Zuschauer beendet, mit dem er sie aufforderte, an ihre eigenen Sünden zu denken und ihm genauso bereitwillig zu vergeben, wie sie selbst auf Vergebung hofften. Ich musste auch mir selbst vergeben. Billy war nicht der Einzige, der meiner Mutter die Rolle des Bösewichts zugewiesen hatte. Sie war in eine unmögliche Situation gebracht worden. Sie liebte mich wie ihre eigene Tochter, und ich sollte sie mich wie eine Mutter lieben lassen.

Ein Schrei riss mich aus den Gedanken. Ein Mädchen kreischte vor gespielter Empörung, als ihr Freund sie ins Wasser zog. Ihre Spritzer klatschten an meine Arme. Inzwischen waren meine Füße taub vor Kälte. Wenn ich sie bewegte, zog mir ein stechender Schmerz in die Waden. Langsam ging ich strandwärts. Ich ahnte, wie ich aussah: eine Frau mit durchnässten Jeans und T-Shirt, die aus dem Meer stieg. Billy mochte unfähig gewesen sein, sich bei meiner Mutter zu entschuldigen, ich war es nicht. Ich fand, es war Zeit, heimzugehen.

In der Diele duftete es nach Rosmarin und Knoblauch, und die Hitze des Backofens war bis dorthin zu spüren. Meine Mutter lehnte an der geöffneten Haustür und sah mich an. Ich wartete darauf, was sie sagen würde. Aber offenbar wartete auch sie darauf, dass ich etwas sagte. Ich wusste genau, was ich ihr sagen wollte, aber der Mut, den ich gegenüber meiner Schulleiterin und Jay aufgebracht hatte, war wie weggeblasen. Ich hoffte, sie würde es mir nicht schwer machen. Am liebsten hätte ich sie gefragt, was ich tun sollte.

Sie sah meine Jeans an, die bis zum Hintern durchnässt war. »Du bist ganz sandig.«

»Ich war am Strand«, sagte ich, als erklärte das alles.

»Warte mal.« Sie ließ die Tür offen und lief nach oben. In der Küche spielte Musik, aber ich konnte den Song nicht identifizieren. Ich blieb draußen stehen, bis meine Mutter zurückkam, ein Badelaken auf den Fußboden legte und mich hineinwinkte.

Ein zweites Badelaken hielt sie mir entgegen und drehte sich um, als ich meine Jeans auszog. Ich wickelte mir das Laken um, und meine Mutter bückte sich, um meine Füße mit dem zweiten Laken zu säubern, wobei sie vorsichtig den Sand abstreifte. Geduldig kümmerte sie sich um mich. Und ich ließ sie.

»So«, sagte sie, drückte mir den Arm und benutzte ihn als Stütze zum Aufstehen. »Alles wieder in Ordnung.«

»Das trifft auf uns aber nicht zu«, sagte ich.

Meine Mutter setzte sich auf die unterste Stufe und rang die Hände. »Ich hätte es dir vor Jahren sagen sollen.«

»Was soll ich jetzt tun?«

»Ich weiß es nicht«, sagte sie. »Ich weiß, was ich von dir möchte, aber was du tun solltest, weiß ich nicht.« Es war so still in der Diele, dass ich trotz der Musik aus der Küche hören konnte, wie meine Mutter die Hände aneinanderrieb. »Ich habe immer gewusst, dass die Wahrheit eines Tages herauskommen würde.«

Ich setzte mich auf das Badelaken, das sie auf den Boden gelegt hatte. Ich war bereit zu bleiben und zuzuhören. Mich neben sie auf die Treppe zu setzen, dazu war ich noch nicht bereit.

»Ich hätte dir alles sagen sollen, als du zwölf warst. Du hättest es verstanden.« Sie wagte es, mir einen Blick zuzuwerfen. Ich war mir nicht sicher, was sie sah und wie ich sie ansah, aber langsam entkrampfte sie die Hände und legte sie in den Schoß. »Als du zu Billys Beerdigung gegangen bist. Als du mir von Evelyns Grab erzählt hast. Ich dachte, du hättest es herausgefunden. Aber als ich merkte, dass das nicht der Fall war, hat mich wieder der Mut verlassen.« Sie streckte die Beine und schüttelte sie, als wollte sie die Vergangenheit aus den angespannten Muskeln vertreiben. »Es war mein Fehler. Ich wusste, was ich tat. Billy hat dich geliebt, aber er konnte kein Vater sein. Nicht ohne Evelyn. Alles war so kompliziert. Ich hätte es dir erzählen sollen, als Billy und ich diesen fürchterlichen Streit hatten. Aber wie sagt man einer Zwölfjährigen, dass ihr ganzes Leben eine Lüge war? Vielleicht ging es mir gar nicht um Billy. Vielleicht wollte ich nur nicht, dass du mich hasst.«

»Ich hasse dich nicht.«

»Billy hat mich gehasst. Er tut es immer noch.« Kaum hatte sie das gesagt, strömten Tränen über ihre Wangen. Sie versteckte das Gesicht hinter ihren Händen. Ihre Schultern bebten. So hatte ich sie noch nie erlebt. Es war wunderschön und verwirrend und brutal, wie es aus ihr herausbrach und sich etwas in ihr löste, das einen Blick in ihr Innerstes eröffnete.

»Es ist egoistisch von mir, zu weinen, obwohl du diejenige bist, deren Leben auf den Kopf gestellt wurde.«

»Dann hör auf«, sagte ich kühl, und vor Schreck über meine Herzlosigkeit hörte sie tatsächlich auf. Dass ich nicht weinte, bedeutete nicht, dass sie jetzt an der Reihe war. Meine Augen brannten nicht. Ich spürte auch nicht dieses Kribbeln, das man kurz vorm Niesen hatte. Ich war gefühlsmäßig erschöpft und wollte endlich die Wahrheit wissen. Trost brauchte ich nicht, jedenfalls nicht von ihr. Sie sollte mir nur endlich alles erzählen.

Ich ging zum Bücherregal im Wohnzimmer, holte *Der Sturm* heraus und setzte mich zu ihr auf die Treppe. Ich blätterte zur zweiten Szene, wo Prospero Miranda alles erklärt, die Szene mit Billys erstem Hinweis.

»Kurz vor seinem Tod hat Billy mir eine Ausgabe dieses Stücks geschickt. Es war das erste Rätsel unserer letzten Schnitzeljagd.« Ich dachte, sie würde nach Luft schnappen und mich fragen, warum ich ihr nicht davon erzählt hatte. Stattdessen nahm sie mir das Buch aus der Hand und las. »Zuerst hält man es für ein Stück über Rache, aber in Wahrheit geht es um Vergebung. Siehst du das hier?« Ich zeigte auf Prosperos Worte. »Sogar als er erzählt, wie er von seinem Bruder verraten wird, sagt er: ›Da ich nun alle weltlichen Dinge so beiseitesetzte, widmete ich mich ganz der Einsamkeit und der Verbesserung meines Gemüts.‹ Prospero hat die Verantwortung für seine Güter seinem Bruder übertragen, während er sich seinen Studien widmete. Billy hat dich nicht gehasst. Er wusste, dass er genauso viel Anteil an der ganzen Sache hatte wie du.«

Davon ausgehend schilderte ich ihr die nächsten Stationen der Suche und bezog die jeweiligen Inhalte auf unsere Familiengeschichte und Billys Versuch, sich bei ihr zu entschuldigen. Bei *Jane Eyre* ging es darum, dass er sein Bedauern über ihre Entfremdung zum Ausdruck bringen wollte. »Das ist kein Vorwurf. Janes Onkel hat immer ein schlechtes Gewissen wegen seines Streits mit Janes Vater gehabt, der starb, bevor sie sich versöhnen konnten. Das war Billys Sicht auf den Streit mit dir.« Mit *Alice im Wunderland* hatte Billy meine Reise in die fantastische Welt der Vergangenheit eingeleitet. *Frankenstein* stand für John Cooks Kritik an Billys fehlgeleiteter Trauer und dem Eingeständnis, dass Billy Evelyn nicht wieder lebendig machen konnte. Er wusste nicht, wie er ohne sie weiterleben sollte, also lief er vor den Realitäten weg und erschuf lieber seine eigenen Dämonen. *Angst vorm Fliegen* hatte mich auf Billys und Sheilas Versuch geführt, ihre Trauer durch körperliche Lust zu vertreiben. *Überredung* bedeutete, dass Burt nicht eitel und oberflächlich, sondern vor Reue senil geworden war. *Früchte des Zorns* hatte mich dann nach Big Bear und zu Billys und Evelyns Haus geführt.

»Du warst dort?«, fragte meine Mutter. Sie sah ganz jung aus, als wäre sie wieder ein Teenager, der an der Seite der besten Freunde durch die Schulflure flanierte.

Ich holte mein Telefon aus der Tasche und zeigte ihr das Foto von dem kaputten Verandageländer. »Ihre Initiale stehen noch auf dem Geländer.« Sie strich mit dem Finger über das Display, als könnte sie das geschnitzte Holz ertasten. »Erinnerst du dich an Lee?«

»Lee aus dem Laden?«, fragte sie.

Ich erzählte ihr, dass *Brücke nach Terabithia* mich zu ihm geführt hatte und er mir wunderbare Geschichten über Evelyn erzählt hatte, und er hatte mir von Billys Schuld berichtet. Dann blätterte ich zum Epilog von *Der Sturm* und zeigte meiner Mutter, wo Billy seinen Brief zwischen die Seiten gesteckt hatte, seine Bitte an uns, ihm zu vergeben. »Er möchte, dass du mir alles erzählst. Er möchte, dass ich auch dir vergebe.« Als ich es aussprach, erkannte ich, wie sehr er es sich gewünscht hatte. Er wollte, dass ich ihn freigab. Er wollte auch, dass ich die Geheimnisse enthüllte und den Verwerfungen ein Ende machte, die er verursacht hatte.

»Ich weiß immer noch nicht, worüber ihr an meinem Geburtstag gestritten habt«, sagte ich. »Ich weiß, dass es etwas damit zu tun hatte, dass Billy mein Vater war, aber er hat mir nicht gesagt, was passiert war. Er will, dass du mich darüber aufklärst, damit ich es aus deiner Perspektive sehen kann.«

Keiner, mit dem ich hier gesprochen hatte – Sheila, Lee, Burt –, wusste, was zwischen Billy und meiner Mutter vorgefallen war. Keinem hatte er etwas von diesem Streit erzählt. In seinem Entschuldigungsbrief hatte er es mir auch nicht verraten. Er hatte geschrieben, er wisse nicht, wie er sich bei meiner Mutter entschuldigen sollte, aber das stimmte nicht. Schließlich überließ er es ihr, mir die einzige Version des Geschehens zu schildern, die ich je zu hören bekommen würde.

Meine Mutter schlug das Buch zu und legte es auf ihren Schoß. »Wo soll ich anfangen?«

»Das verstehe ich nicht«, sagte sie, als die Ärzte im Wartezimmer mit ihr und meinem Vater sprachen. »Kohlenmonoxid?«

»Die Polizei ermittelt noch, wie Kohlenmonoxid ins Haus gelangen konnte«, sagte einer der Ärzte, der viel Übung im Überbringen schlechter Nachrichten hatte. »Es muss wohl etwas mit dem Sturm zu tun gehabt haben.«

»Geht es ihnen gut?« Jedes Mal wenn sie diese Frage bislang gestellt hatte, wusste sie die Antwort schon.

Der Arzt begann mit der guten Nachricht: Billy musste noch Sauerstoff zugeführt werden, aber sein Zustand war stabil. Sein Blutsauerstoff wurde genauestens überwacht, denn zu viel Sauerstoff wäre ebenfalls problematisch. Billy komme zwischendurch immer wieder zu Bewusstsein, und man habe angefangen, ihm abschwellende Mittel zu geben, um seine durch den Überdruck im Haus angeschlagenen Luftwege und seine Nebenhöhlen zu befreien. »Er hat so etwas wie die Taucherkrankheit.«

Billy müsse noch einige Tage unter Beobachtung bleiben, aber bleibende Schäden seien nicht zu erwarten.

»Und Evelyn?«, fragte meine Mutter.

Niemand wusste vorher, wie man in Extremsituationen reagieren würde. Meine Mutter hatte gedacht, sie würde außer sich geraten, auf die Knie fallen und den kalten Linoleumboden mit den Fäusten traktieren. Aber jetzt weinte sie nicht einmal. Jedenfalls nicht bis zur Beerdigung, als Evelyns Sarg langsam in ihr Grab hinuntergelassen wurde. Evelyns Vater hatte auf ein katholisches Begräbnis bestanden. Evelyn war Atheistin gewesen, und meine Mutter war froh, dass sie vor Trauer nicht zu gelähmt war, um sich Burts Wünschen zu widersetzen. Billy war keine Hilfe gewesen. Er brachte kaum einen vollständigen Satz zustande, und an eine Auseinandersetzung mit seinem Schwiegervater war schon gar nicht zu denken gewesen.

Im Wartezimmer der Notaufnahme hatten sie meiner Mutter von dem Kaiserschnitt erzählt, der umgehend vorgenommen worden war. Meine Herztöne waren schon ganz schwach gewesen. Ich musste in den Brutkasten, bis sich mein Zustand stabilisierte, und etwa eine Woche im Krankenhaus bleiben.

Es war ein Wunder, dass ich überlebt hatte.

Evelyn hatte mich bis zum Schluss beschützt und war so lange am Leben geblieben, bis ich von ihr getrennt wurde.

»Wie geht es Evelyn?«, stellte meine Mutter die Frage erneut, auf die sie keine Antwort erhalten hatte. Sie brauchte Gewissheit und musste alles ganz genau erklärt bekommen, denn sie ahnte, dass sie diejenige sein würde, die es Billy sagen musste.

»Es gab Komplikationen beim Kaiserschnitt.« Man hatte ihren Blutsauerstoff und Herzschlag sorgsam überwacht, aber als die Krämpfe einsetzten, konnten sie nichts mehr für sie tun.

»Krämpfe?«, fragte meine Mutter. »Was für Krämpfe?«

Sie hatte eine Fruchtwasserembolie, und die hatte die Krämpfe ausgelöst.

»Es tut uns sehr leid«, sagten die Ärzte auf ihre gewohnt ruhige Art.

Meine Mutter sagte immer wieder, dass sie das nicht verstehe. »Eine Embolie? Krämpfe?« Bis mein Vater, der die ganze Zeit bei ihr war, sie an seine Brust zog.

»Dürfen wir das Kind sehen?«, fragte mein Vater.

Evelyn hatte unbedingt Mutter werden wollen. Von dem Moment an, als sie und Billy verheiratet waren, begann sie mit der Familienplanung. Drei Kinder wollte sie haben und einen Hund. Ein Golden Retriever sollte es sein, weil die perfekte Familie in Film und Fernsehen nun einmal einen Golden Retriever besaß, und so eine Familie würden sie sein, perfekt, beinahe schauerlich perfekt. Vier Jahre lang führte Evelyn über ihren Menstruationszyklus und ihren Eisprung Buch. Als dann aber Monat für Monat ihre Menstruation eingesetzt hatte, konsultierte sie Fachärzte, drei verschiedene. Sie hatte alles versucht. Samenübertragung, fruchtbarkeitsfördernde Medikamente, aber nichts funktionierte. Sie hatte schon die Hoffnung aufgegeben. Und dann eines Tages … Eines Tages …

Meine Mutter wartete in der Nische eines kleinen Restaurants auf Evelyn, wo sie sich oft trafen. Sobald Evelyn das

Restaurant betrat, spürte meine Mutter, dass etwas anders war. Nichts Offensichtliches. Sie war bloß seit sechs Wochen schwanger. Ihre Wangen waren rosiger als sonst, und sie schien jeden Moment laut singen zu wollen.

»Meine Güte, du sprühst ja vor Leben.« Sie umarmte ihre beste Freundin und sagte alles, was bei so einer Gelegenheit von einem erwartet wird. »Herzlichen Glückwunsch! Ich freue mich so für dich. Du wirst eine wunderbare Mutter.« All das stimmte. Sie freute sich für Evelyn. Evelyn würde eine tolle Mutter sein. Aber von jetzt an würde alles anders werden. Meine Mutter wusste, dass es unschön von ihr war, so etwas zu denken, aber sie spürte schon jetzt die Enttäuschung darüber, dass ihre Freundschaft – eine Freundschaft zwischen kinderlosen Frauen – in dieser Form beendet war.

»Hinterher bedauerte ich das am meisten. Die ganze Zeit, während ihr Bauch wuchs und wuchs, wünschte ich, sie wäre nicht schwanger, sie würde nicht Mutter werden.« Meine Mutter weinte immer heftiger, und ich bekämpfte den Impuls, sie zu trösten. Ich war nicht bereit, sie zu bemitleiden oder ihr zu helfen, mit sich ins Reine zu kommen.

»Ich wollte nie ein Kind haben«, sagte sie, als sie sich ein wenig beruhigt hatte. Auch in ihren Dreißigern hatte sie noch an ihrem Traum vom Bühnenerfolg festgehalten, an der Hoffnung, das Telefon könnte klingeln und sie bekäme ein Angebot, worauf sie sich auf den Weg machen würde, ohne zu zögern. Natürlich ging das schon gar nicht mehr. Sie hatte meinen Vater, und abgesehen davon kam dieser mysteriöse Anruf nie. »Ich wollte keine Kinder. Ich wollte nur dich.«

Sie erzählte mir, noch nie so viele Schläuche an einem winzigen Baby gesehen zu haben. Und wie sie augenblicklich Muttergefühle für mich entwickelte.

»Du warst ganz blau«, sagte sie. Die Krankenschwester hatte

ihr erlaubt, mich zu berühren, und sie umfasste meinen kleinen Kopf mit beiden Händen, bläuliche Stellen, die wie kleine Blutergüsse zwischen dem schwarzen Haarflaum lagen. Evelyn würde mich nie so berühren können, dachte meine Mutter damals. Sie würde mich überhaupt nie berühren können.

Meine Mutter wusste nicht, wie Burt erfahren hatte, dass Evelyn ins Krankenhaus gebracht worden war. Irgendwie hatte er es immer geschafft, über sie Bescheid zu wissen, als beschäftigte er Privatdetektive, die jeden ihrer Schritte beobachteten. Jedenfalls kam er ins Krankenhaus gepoltert und verlangte, seine Tochter zu sehen.

»Bringen Sie mich sofort zu ihr«, bellte er die Schwester an, die das Pech hatte, ihm bei seinem Auftritt als Erste über den Weg zu laufen.

Meine Mutter legte ihm die Hand auf die Schulter. Er sah sie an und schien sie nicht zu erkennen.

»Suzy«, stellte sie sich vor. »Billys Schwester. Kommen Sie, setzen Sie sich.« Sie führte ihn ins Wartezimmer.

Nachdem sie ihm das Wenige berichtet hatte, was sie selbst wusste, fragte Burt, ob sie wisse, wer die polizeilichen Ermittlungen leitete. Waren sie schon im Haus gewesen? Hatten sie mit der Leitstelle gesprochen, die den Notruf entgegengenommen hatte? Wie lange hatten Evelyns Krampfanfälle gedauert, bevor sie verstarb? Es war ihm anzusehen, dass er eine Theorie ausbrütete.

»Billy«, sagte er. »Billy steckt dahinter.«

Als Evelyn noch die Highschool besucht hatte, war Burt dagegen gewesen, dass ihr Freund schon aufs College ging, obwohl sie sich bereits länger kannten. Als sie nach ihrer Trennung wieder zusammenkamen, brachte Evelyn Billy zum monatlichen Familiendinner mit, aber Burt ignorierte Billys Fragen über neue Düngemethoden und die Baumzucht. Jeden Monat saß eine andere Frau an Burts Seite, während Evelyn immer mit Billy kam. Evelyn behandelte Burts rotierende Freundinnen stets höflich, fragte nach ihren hoffnungsvollen Schauspielkarrieren oder ihrem wohltätigen Engagement. Burt dagegen tat immer so, als wüsste er nicht, was Billy tat oder woher er stammte. Dass Billy – wenn auch nur auf dem Papier – Jude war, wurde zum Streitthema, als Evelyn und Billy sich verlobten.

»Was würde deine Mutter dazu sagen?«, sagte Burt zu Evelyn und machte sie damit so wütend, dass sie drei Monate lang nicht mehr mit ihrem Vater sprach, bis Billy sie dazu überredete, ihn zum Hochzeitsempfang einzuladen.

Insofern hätte es meine Mutter nicht überraschen sollen, als Burt Billy für Evelyns Tod verantwortlich machte.

Billy blieb noch eine Woche im Krankenhaus. In dieser Woche war es in der Region so kalt wie nie zuvor. Der Schnee schmolz nicht, sondern verhärtete sich, bis er wie Glas war und unter den Füßen krachte, wenn man darüberging. Das Wetter hat der Polizeiarbeit allerdings Glück gebracht, die sonst vielleicht nicht herausgefunden hätte, was passiert war. Oder vielleicht Pech. Hätte die Polizei das von Schnee verstopfte Lüftungsgitter auf dem Dach nicht gefunden, hätte Billy sich vielleicht nicht die Schuld an dem Geschehen gegeben. Vielleicht hätte nicht einmal Burt ihm die Schuld gegeben.

Burt blieb in Big Bear, bis der Schnee geschmolzen war und er genug Ärger gemacht hatte. Er schaute sich das Haus an. Er sprach mit den Ermittlern. Er bestand auf seiner Version, dass jemand das Unglück willentlich herbeigeführt hatte, aber die Beamten sahen das anders und stachelten Burt damit nur noch mehr an.

»Von den parallelen Ermittlungen, die er aus eigener Tasche finanzierte, erfuhren wir erst, als er anfing, Billys Erbe und sein Sorgerecht für dich anzufechten.«

»Sein Sorgerecht für mich?« Ich versuchte, mir vorzustellen, wie mein Leben verlaufen wäre, hätte ich in Burts Riesenhaus mit lauter Angestellten anstelle einer Familie gelebt, mit Massen an Mobiliar anstelle von Freunden, mit den wechselnden Partnerinnen meines Großvaters anstelle einer Mutter.

»Es war furchtbar und zog sich über zwei Jahre hin. Burt hat sich geweigert, die Klage zurückzuziehen. Billy meinte nur: ›Soll er doch alles nehmen. Ich habe es sowieso nicht verdient. Ich habe sie getötet.‹ Deswegen konnten wir nicht zulassen, dass Burts Anwälte ihn kontaktierten. Dein Dad hat sich um alles gekümmert. Es war schrecklich, was Burt Billy in dieser Zeit angetan hat.«

Als ich zehn Tage alt war, wurde ich aus dem Krankenhaus entlassen. Billy und ich zogen bei meiner Mutter und meinem Vater ein.

Sie stellten eine Wiege in das Zimmer, wo Billy schlafen sollte, doch er warf nur einen kurzen Blick auf die Wiege, dann schüttelte er den Kopf.

»Ich kann nicht. Bringt sie in das andere Zimmer.«

»Billy, ein Neugeborenes sollte nicht allein schlafen«, sagte meine Mutter.

»Passt ihr auf sie auf?« Billy sah erst sie, dann meinen Vater an.

»Das ist, glaube ich, keine gute Idee«, sagte mein Vater.

»Du musst dich an sie gewöhnen«, sagte meine Mutter.

»Ich kann mir selbst nicht trauen. Bitte, Suze. Bitte zwing mich nicht dazu.« Billy sah so verzweifelt aus, dass mein Vater die Wiege in ihr gemeinsames Schlafzimmer stellte – nicht ohne Billy zu versichern, dass es nur vorübergehend war.

In den ersten Wochen wollte Billy mich nicht einmal halten. Obwohl alle jungen Väter sich vor ihren Babys fürchten, als könnten sie sie zerbrechen, war es bei Billy etwas anderes. Er schaute nur zu, wenn meine Mutter mich in den Armen wiegte und mir Schlaflieder vorsang.

»Du bist die geborene Mutter. Sieh nur, wie sie auf deine Stimme reagiert.«

»Auf dich wird sie auch reagieren«, sagte sie und hielt mich Billy hin. Er schüttelte den Kopf. »Es war nicht deine Schuld. Es war ein schrecklicher Unfall. So kann es doch nicht weitergehen.«

Billy nickte dann abwesend und ging aus dem Zimmer. Irgendwann hörte meine Mutter auf, ihn zu fragen, ob er mich halten wollte. Sie hörte auch auf zu sagen, dass Unfälle nun einmal passierten. Und sie flehte ihn nicht mehr an, sich selbst nicht die Schuld zu geben.

Als ich sechs Wochen alt war, verschwand Billy. *Ich besuche einen guten Freund*, stand auf dem Zettel, den er auf dem Wohnzimmertisch hinterlassen hatte.

Komme in einigen Tagen zurück, B.

Kein: *Danke.* Kein: *Bitte kümmert euch um meine Tochter.*

Nur: *Komme in einigen Tagen zurück, B.*

Vater sah den Zettel als Erster. Meine Mutter lag noch im Bett, da sie in der Nacht zuvor dreimal mit mir durchs Haus gelaufen war, damit ich wieder einschlief. Mein Vater stürmte ins Schlafzimmer und drückte mich an seine Brust, während er mit dem Zettel in der Hand meiner Mutter zuwedelte. Sie war vollkommen verblüfft, mit welcher Selbstverständlichkeit mein Vater mich hielt.

»Hast du etwas davon gewusst?«, schrie er. Ich fing an zu weinen, und mein Vater schaukelte mich, machte beruhigende Geräusche und küsste mich auf die Stirn.

»Natürlich nicht.« Meine Mutter griff nach dem Zettel.

Sie las, was Billy geschrieben hatte. »In ein paar Tagen kommt er ja wieder.«

»Und bis dahin kümmern wir uns um Miranda?« Mein Vater

war wütend, aber als er meinen Namen aussprach, wurde seine Stimme heller. Die Aussicht, die volle Verantwortung für mich zu übernehmen, schien ihm zu gefallen.

»Das tun wir doch ohnehin schon. Und ich tue es gern.«

»Darum geht es nicht«, sagte mein Vater und stürmte wieder, mit mir im Arm, aus dem Schlafzimmer.

Meine Mutter blieb müde liegen und versuchte zu verstehen, was passiert war. Wo war Billy? Warum hatte er keine Telefonnummer hinterlassen? Keinen Namen. Wollte er sich aus dem Staub machen? Nein, dachte sie, das würde er nicht tun. Niemals würde Billy Evelyns Tochter verlassen.

Mein Vater saß am Tisch, trank eine Tasse Kaffee und schaukelte meine Wiege. Er zog komische Grimassen, um mich zu amüsieren, und meine Mutter beobachtete ihn, wohl wissend, dass er nie komische Grimassen zog, sondern immer ernst war. Es war schön, ihn mit eingerollter Zunge und Schielaugen zu sehen. Es war schön zu sehen, wie entspannt er war.

»Tut mir leid«, sagte er, als meine Mutter sich neben ihn setzte. »Es ist ja nicht deine Schuld. Es ist nur … Je länger wir dieses Spiel mitmachen, desto schwerer wird es für Billy.« Meine Mutter begriff, was er eigentlich meinte. Je länger sie sich um mich kümmerten, desto schwerer würde es für sie sein, mich abzugeben.

Sie wussten nicht, wo Billy an diesen Tagen war. Aber es veränderte sich etwas, denn danach fing er eine Gruppentherapie an. Kurz darauf begann er, mich zu halten. Sobald ich anfing zu weinen, gab er mich meinem Vater oder meiner Mutter zurück, aber immerhin nahm er Kontakt mit mir auf. Das Arrangement war nicht für die Ewigkeit gedacht, und meine Eltern setzten alles daran, dass sich der Zustand normalisierte. Das neue Normal war jedoch nicht das, was sie sich vorgestellt hatten.

Trotzdem sollte Billy es versuchen.

Nach einem halben Jahr hatte mein Vater die Nase voll. »So kann es nicht weitergehen.« Er saß mit meiner Mutter in der Küche, und sie unterhielten sich flüsternd. Billy war oben und schlief im Gästezimmer. Ich schlief im Schlafzimmer meiner Eltern. »Das geht jetzt schon seit einem halben Jahr so.«

»Ich weiß.«

»Und du findest es in Ordnung? Er ist noch nie mit Miranda allein gewesen. Er wechselt ihr nicht einmal die Windeln.«

»Was soll ich denn tun, David? Er ist in Trauer.«

»Er kann nicht ewig bei uns wohnen.«

»Wer spricht denn von ewig? Er braucht noch ein wenig Zeit. Willst du etwa, dass ich Miranda mit ihm allein lasse, solange er in diesem Zustand ist?«

Sie starrten einander an, bis der Blick meines Vaters weiterwanderte. Meine Mutter folgte seinem Blick und sah Billy. Er lehnte am Küchentresen, sein Blick wirkte verschlafen und wirr von den Beruhigungsmitteln, die er nahm.

»Ich wollte mir nur ein Glas Wasser holen«, sagte er und ging an ihnen vorbei zum Spülbecken. Sie sahen zu, wie er sich ein Glas Wasser einschenkte und dann die Küche verließ. Sie hörten seine schnellen Schritte die Treppe hinauf und die Tür des Gästezimmers leise zugehen.

»Meinst du, er hat unser Gespräch mit angehört?«, fragte meine Mutter.

»Mit Sicherheit.«

Vielleicht hatte er das gebraucht, denn als meine Mutter am nächsten Morgen mit mir auf ihrer Hüfte nach unten kam, fand sie Billy in der Küche vor, ordentlich gekleidet, wie er eine Schüssel und einen Becher in die Spülmaschine stellte.

»Ich habe ein Bewerbungsgespräch«, sagte er und band sich vor dem Spiegel die Krawatte.

»Das gestern Abend«, begann meine Mutter, und ihre Blicke trafen sich im Spiegel.

»Schon gut«, sagte Billy.

»Du und Miranda könnt so lange bei uns bleiben, wie du möchtest.«

»David hat recht. Ich kann hier nicht ewig bleiben.« Er schob seinen Krawattenknoten zum Kragen hoch.

Meine Mutter hatte gleich ein komisches Gefühl, als er das sagte: *Ich* kann hier nicht ewig bleiben. Sie hätte sofort erkennen können, dass er nie die Absicht hatte, mich mitzunehmen. Sie war sich nicht einmal sicher, ob ihm selbst klar war, was er da sagte.

Um sechs Uhr an diesem Abend war Billy noch nicht zurück. Meine Mutter rief in seinem Haus in Pasadena an. Wahrscheinlich war er nicht dort, aber es war die einzige Möglichkeit, ihn zu erreichen. Als er nicht antwortete, hinterließ sie eine Nachricht. »Billy, hier ist Susan. Ich weiß nicht, wann du zurückkommst. Wenn du das hier hörst, ruf mich bitte an und sag mir, was los ist.«

Um sieben rief sie bei Prospero Books an. Lee meldete sich. Sie sagte, wer sie war, und fragte nach Billy.

Lee antwortete nicht gleich. Dann sagte er: »Wir dachten, Billy wohnt bei euch. Hier hat er sich seit Monaten nicht blicken lassen.«

»Ja, er wohnt bei uns. Ich dachte nur, ich könnte ihn im Laden erwischen. Bestimmt ist er bald zurück.«

»Kannst du ihm sagen, dass er uns anrufen soll? Wir machen uns Sorgen um ihn.«

Meine Mutter versprach es und behielt für sich, dass auch sie sich um Billy Sorgen machte.

Um halb acht kam mein Vater von der Arbeit und sah, dass der Tisch für zwei gedeckt war. Ich spielte in einem Laufgitter neben dem Tisch.

»Keine Ahnung, wo er steckt.« Meine Mutter stellte einen Teller mit Hähnchen und Röstkartoffeln vor meinen Vater hin.

»Er wird schon wiederkommen«, versicherte er ihr. Er hob mich aus dem Laufstall und ließ mich auf seinen Knien wippen. Auch als er zu essen anfing, behielt er mich auf dem Schoß. Meine Mutter erwartete, er würde an das Gespräch vom Vorabend anknüpfen, und war bereit, ihm recht zu geben. So konnte es nicht weitergehen. Billy konnte nicht nach Belieben kommen und gehen. Meine Wiege konnte nicht auf Dauer in ihrem Schlafzimmer stehen. Sie konnten nicht mehr und mehr die Elternrolle einnehmen. »Er wird schon wiederkommen«, wiederholte er.

Meine Mutter wollte die Polizei anrufen, aber der Erbschaftsprozess war in vollem Gang, und mein Vater meinte, es könnte Billy schaden, wenn Burts Anwälte dahinterkämen, dass er verschwunden war. Komischerweise machte meine Mutter sich immer weniger Sorgen um ihn, je länger er fortblieb. Sie sagte sich, wenn er gestorben wäre, hätten sie es erfahren.

Jeder Tag, den er nicht zurückkehrte, verwandelte ihre Sorgen mehr zu Wut. Sie versuchte, daran zu denken, dass er in Trauer war, aber das war sie ja auch. Sie trauerte um Evelyn und stand trotzdem mitten in der Nacht auf, um mich zu füttern. Trotzdem ging sie einkaufen, kochte Essen, vereinbarte Arzttermine und wechselte Windeln.

Billy dagegen war einfach abgetaucht.

Was meine Mutter am meisten irritierte, war die Tatsache, dass sie ihr Dasein als Mutter genoss. Sie musste zwei Auftritte absagen, weil mein Vater an diesen Tagen länger arbeiten musste und sie mich niemandem anvertrauen wollte, der nicht zur Familie gehörte. Es machte ihr aber nichts aus. Sie liebte die Tatsache, dass ich ihre Stimme, ihren Duft, ihr Gesicht erkannte. Sie liebte die Tatsache, dass andere Frauen mich tätschelten und ihr zu ihrer hübschen Tochter gratulierten, wenn sie mich mit zum Einkaufen nahm. Sie liebte die Nachmittage im Park, wo sie mit mir auf dem Schoß zuschaute, wie die größeren Kinder auf dem Spielplatz herumtobten. Sie liebte es, wenn andere Mütter ihr zulächelten. Dann lächelte sie zurück und fühlte sich als vollwertiges Mitglied eines Mütterclubs, bis ihr wieder einfiel, wie sich die Dinge in Wahrheit verhielten. Ich war nicht ihr Kind. Billy würde zurückkommen, und wenn er mich haben wollte, müsste sie mich gehen lassen.

EINUNDZWANZIG

»Hast du deswegen mit dem Singen aufgehört?«, fragte ich. Immer noch am Fuß der Treppe. Ich lehnte mich zurück und unternahm nichts dagegen, dass mein Knie das meiner Mutter streifte. »War es meinetwegen?«

Sie schüttelte den Kopf. »Es war längst überfällig. Du hast mir Lust gemacht, etwas anderes mit meinem Leben anzustellen.« Ich war mir nicht sicher, ob ich ihr das glauben sollte. An ihrem Blick sah ich, dass sie sich selbst nicht ganz sicher war. Aber sie wollte glauben, von mir gerettet worden zu sein.

»Wann ist Billy dann zurückgekommen?«, fragte ich.

»Er blieb über eine Woche weg.« Sie lachte ungläubig. »Und gerade als ich dachte, wir würden ihn nie wiedersehen, kam er angetanzt, als sei nichts gewesen.«

Das Gästezimmer war geputzt, die Fenster offen, um frische Luft hereinzulassen. Meine Mutter hatte ein Kinderbett gekauft und das Arbeitszimmer in ein provisorisches Kinderzimmer verwandelt. Es war ein Sonntag. Sie bereitete Hähnchenfleisch fürs Grillen vor, als es an der Tür klingelte und mein Vater mit mir auf dem Arm aufmachte. In der Küche hörte sie ihn sagen: »Schau mal, wer da ist, Miranda. Das ist Billy.«

Meine Mutter registrierte, dass er Billy sagte, nicht »dein Vater«. Sie fragte sich, ob Billy es auch registriert hatte.

Sie umarmte ihn nicht. Sie wollte ihn nicht umarmen, ihm nicht so schnell verzeihen. Er überreichte ihr eine Schachtel. Darin lagen vier emaillierte Teller, schwarz mit goldenen Vögeln.

»Die habe ich in Peking gekauft«, sagte er.

»Peking?«, fragte sie.

»Da hat eine Konferenz stattgefunden.«

»Das kann doch nicht wahr sein, Billy.«

»Ich weiß. Ich musste mal raus.«

Meine Mutter hätte am liebsten geschrien. Vor lauter Sorge um ihn hatte sie die ganze Woche kaum geschlafen. Er konnte doch nicht einfach in der Welt herumjetten, ohne jemandem etwas davon zu sagen. Es war egoistisch. Mehr als egoistisch. Er konnte seine Tochter doch nicht einfach verlassen und nach Peking fliegen. Was wollte er überhaupt in Peking? Er war noch nie irgendwohin gereist, sondern hatte immer gesagt, Kalifornien sei seismologisch ein so ergiebiges Gebiet, dass es für ein ganzes Berufsleben reichte. War ausgerechnet jetzt der richtige Zeitpunkt, zum Weltreisenden zu werden? All das und noch viel mehr hätte sie ihm gerne an den Kopf geworfen. Wie ein kleiner Junge, der ausgeschimpft werden wollte, stand er vor ihr.

Stattdessen sagte sie, die Teller seien wunderschön.

Beim Essen unterhielt Billy meine Eltern mit Geschichten von seiner Chinareise. Er war in Dawu, Yecheng, Tangshan und anderen Provinzen, die er nicht aussprechen konnte. In vielen ländlichen Gegenden waren noch Erdspalten und Verwerfungen von Beben aus vergangenen Jahren zu sehen. Meine Mutter und mein Vater hörten geduldig zu und warteten darauf, dass Billy auf seine Tochter zu sprechen käme, dass er sich erkundigen würde, wie es ihr in dieser Woche ergangen und ob sie gewachsen war. Aber Billy erwähnte mich mit keinem Wort. Er entschuldigte sich auch nicht oder bedankte sich dafür, dass sie sich um mich gekümmert hatten.

Nach dem Essen half er meiner Mutter, das Geschirr in die Küche zu bringen. Als ich zu weinen begann, holte sie mich aus dem Laufstall.

»Bettzeit.« Sie küsste mich und ging zur Treppe, als sie Billy hinter sich hörte.

»Schläft sie jetzt allein?«, fragte er im provisorischen Kinderzimmer.

»Sie ist aus der Wiege herausgewachsen, deswegen haben

wir ihr das Kinderbett besorgt.« Ein Kinderbett, einen Wickeltisch und ein Regal mit Kinderbüchern, aus denen sie mir jeden Abend vorlas.

Sie zog mir den Spielanzug aus und wollte mir gerade einen Pyjama anziehen.

»Darf ich?«, fragte Billy und griff nach mir.

»Sei vorsichtig, wenn du ihr das Oberteil anziehst.« Aber da hatte Billy meinen Kopf schon darin vergraben, und ich begann zu schreien. Erschrocken entfernte er sich vom Wickeltisch. Meine Mutter kam schnell zu mir und zog mir das Oberteil richtig an.

»Sie mag es nicht, wenn ihr Gesicht bedeckt ist. Dann weint sie immer.«

Billy stand an der am weitesten entfernten Wand und sah zu, wie meine Mutter mich ins Kinderbett legte.

Sie und Billy setzten sich zu meinem Vater ins Wohnzimmer. Sie nahm an, dass sie jetzt das Gespräch führen würden, das sie bis jetzt vermieden hatten. Als sie Billy eine Tasse Tee anbot, sagte er, er müsse jetzt gehen.

»Gehen? Wohin denn?«, fragte meine Mutter.

»Nach Hause«, sagte Billy.

»Und Miranda?«

»Herrgott, Billy, du kannst sie doch nicht einfach hierlassen«, sagte mein Vater hoffnungsvoll.

»Ich komme morgen wieder vorbei und spiele ein wenig mit ihr«, sagte Billy im Hinausgehen.

Meine Eltern sahen ihm nach, wie er rückwärts aus der Einfahrt setzte.

»Du weißt, dass er morgen nicht kommt, oder?«, sagte mein Vater. »Das ist unverzeihlich.« Er klang nicht mehr hoffnungsvoll.

In dieser Nacht konnte meine Mutter nicht schlafen. Was war passiert? War das Billys Art, ihnen endgültig die volle

Verantwortung für mich zu übertragen? Und durften sie die überhaupt übernehmen? Was war mit Burt? Stünde ihm das Sorgerecht nicht eher zu als ihnen? Und was, wenn Billy doch am nächsten Tag wiederkam? Was, wenn er doch noch beschloss, mich zu sich zu nehmen? Konnten sie mich überhaupt noch weggeben?

Nach der Rundreise durch Erdbebengebiete in China war Billy nonstop unterwegs. Er schloss sich einem Forscherteam an, das die ganze Welt nach schweren Erdbeben bereiste. Und wenn es gerade mal kein Erdbeben gegeben hatte, nahm er an Konferenzen und Delegationen teil oder besuchte Hilfsorganisationen. Zwischen seinen Reisen kam er uns besuchen und blieb, bis ich eingeschlafen war. Er kam aber so selten, dass ich ihn bald nicht mehr erkannte. Wenn er aus Mexiko oder Neuseeland kam, schnitt er komische Grimassen, um mich zum Lachen zu bringen. Stattdessen weinte ich. Dann gingen Billys Mundwinkel nach unten, und er gab mich meiner Mutter zurück.

»Gib ihr ein paar Minuten, um sich an dich zu gewöhnen«, sagte sie, aber Billy nahm mich nicht mehr auf den Schoß, bis er das nächste Mal wieder zu Besuch kam. Dann weinte ich wieder, und er gab mich wieder meiner Mutter zurück.

Und dann lernte ich, zu sprechen. Meine Mutter hatte immer gehört, dass das Lautwort *Dada* am leichtesten auszusprechen war und ich sicher zuerst das Wort *Dad* lernte, aber dann war sie es, die ich zuerst gerufen hatte. Eines Tages arbeitete sie an der Wohnzimmerrenovierung, die ein hohes Tier aus der Kanzlei meines Vaters in Auftrag gegeben hatte. Das hohe Tier und seine Frau hatten sich auf das Thema »Jagd« geeinigt, obwohl ihr Haus in Pacific Palisades ein Kasten aus Glas und Beton war. Es war nicht die Aufgabe meiner Mutter, den Geschmack ihrer Klienten zu kritisieren, sondern das Passende für sie zu finden. Zudem waren es ihre ersten Klienten, und sie arbeitete quasi gratis für sie. Sie legte Farb- und Ledermuster auf den Esstisch und versuchte, das Gebrabbel zu überhören, das aus meinem Laufstall kam, und sich stattdessen auf die Arbeit zu konzentrieren.

»Mama«, rief ich. »Mama.«

Sie holte mich aus dem Laufstall und hielt mich dicht vor ihr Gesicht. »Nein, Miranda. Ich bin deine Tante. Tante Susan.«

»Mama.« Meine Mutter sah Evelyns Augen aus meinem Gesicht auf sich blicken, aber das konnte ihre Freude über die zwei Silben nicht schmälern, mit denen ich sie ansprach. Ma-ma.

»Wir müssen es Billy erzählen«, war das Erste, was mein Vater sagte, als meine Mutter es ihm abends nach der Arbeit erzählt hatte.

»Natürlich«, sagte meine Mutter etwas pikiert.

Mein Vater hob mich aus dem Laufstall und wirbelte mich durch die Luft. »Wir hätten es nicht so weit kommen lassen dürfen.«

In dem Jahr, als sie sich um mich gekümmert hatten, war meine Mutter nicht mehr zum Vorsingen gegangen. Stattdessen hatte sie Kurse für Inneneinrichtung belegt, weil es wie etwas klang, das ihr gefallen und das sie in Teilzeit erledigen könnte. Mein Vater hatte recht. Viel zu lange hatte sie sich dazu hinreißen lassen, ihren Träumen nachzuhängen.

Billy war gerade nicht in der Stadt, und meine Mutter wusste nicht, wo er steckte. Er reiste immer unvermittelt ab und behauptete, keine Zeit zu haben, sie jedes Mal zu informieren. Aber wie viel Zeit kostete ein Anruf? Meine Mutter schaute in die Zeitung und fand einen Artikel über zwei Erdbeben, die im Laufe weniger Stunden in Taiwan stattgefunden hatten. Sie versuchte, sich Billy in Taipeh vorzustellen. Sie hatte sich schon immer gefragt, was für ein Mensch er im Kreis der anderen Wissenschaftler, Ingenieure und Soziologen war. Wussten sie, dass er die Welt zu retten versuchte, weil er Schuldgefühle hatte? Vielleicht hatten auch die anderen Schuldgefühle, und zusammen bildeten sie eine Gemeinschaft der Reumütigen. Warum sonst sollten sie sich permanent mit so viel Elend und Tod umgeben?

Einige Tage darauf meldete Billy sich. Er war gerade aus Taipeh zurückgekommen, wo er eine eingestürzte zweistöckige Markthalle inspiziert hatte. Ob er Miranda besuchen dürfe? Argwöhnisch stimmte meine Mutter zu.

Als Billys Scheinwerfer die Einfahrt fluteten, brachte mein Vater mich in mein Zimmer und ging dann wieder hinunter. Es war zu spät für einen Mittagsschlaf und zu früh für den Nachtschlaf, aber sie wollten nicht, dass Billy mich *Mama* sagen hörte, bevor sie es ihm erzählen konnten.

Mit einer Schachtel losen Tees kam er an die Tür und grinste breit, bis er sah, wie besorgt meine Mutter dreinblickte.

»Wo ist Miranda? Geht es ihr gut?«, fragte Billy.

»Sie ist oben«, sagte mein Vater.

Meine Mutter nahm den Tee entgegen und gab Billy mit einer Geste zu verstehen, dass er sich ins Wohnzimmer setzen sollte. Eine Flasche Wein stand auf dem Couchtisch, obwohl meine Eltern der Trinkerei, mit der Billy seit Evelyns Tod angefangen hatte, nicht gern Vorschub leisteten. Aber wenn je ein Glas Wein gebraucht wurde, dann jetzt.

»Langsam bekomme ich Angst«, sagte Billy mit Blick auf den Wein.

»Miranda hat ihr erstes Wort gesagt«, sagte meine Mutter.

»Das ist doch altersgerecht, oder? Großartig!«

»Sie hat mich Mama genannt, Billy.«

Billy strahlte immer noch übers ganze Gesicht, bis er begriff, was es bedeutete.

»Susan und ich finden, es ist an der Zeit, unser Arrangement zu überdenken.« Mein Vater sprach mit seiner Anwaltsstimme.

Obwohl meine Mutter es hasste, wenn er so mit ihr sprach, war sie in diesem Moment dankbar, dass er so mühelos in sein berufliches Ego schlüpfen konnte. »Miranda ist uns sehr ans Herz gewachsen, aber wir fürchten, wir fangen an, sie zu verwirren.«

»Sie kann psychische Schäden davontragen, wenn sie sich nicht sicher sein kann, wer ihre Eltern sind«, fügte meine Mutter hinzu.

»Würde es sie denn nicht traumatisieren, wenn ich sie jetzt in eine neue Umgebung verpflanze?«, fragte Billy.

»Ich könnte bei dir wohnen, bis sie sich an ihr neues Zuhause gewöhnt hat. Sie ist noch so klein, dass sie sich schnell umgewöhnen wird«, sagte meine Mutter.

»Und wenn ich beruflich verreise, ist sie bei euch?«

»Billy, diese Reiserei muss aufhören. Bestimmt nimmt dich dein altes Labor mit Kusshand wieder auf«, sagte mein Vater.

»Vielleicht kannst du ja wieder reisen, wenn Miranda größer ist«, ergänzte meine Mutter.

»Ich kann nicht kündigen«, sagte Billy.

Mein Vater wurde unruhig, und meine Mutter merkte, dass er die Geduld verlor.

»Du bist Vater, Billy. Diese Verantwortung muss für dich an erster Stelle stehen«, sagte sie.

»Ich weiß doch gar nicht, was ein Baby braucht.«

»Weil du dich nie damit beschäftigt hast«, sagte mein Vater. »Du hast uns die Verantwortung aufgehalst und dich aus allem herausgehalten.«

»Wir wissen, dass sie dir fehlt, Billy. Uns fehlt Evelyn auch. Aber deine Tochter braucht dich.« Sie rückte näher an ihren Bruder heran und nahm seine Hand. Sie konnte sich nicht erinnern, wann sie das zuletzt getan hatte. »Du musst mit dir ins Reine kommen.«

»Darum geht es nicht. Jedes Mal wenn ich sie halte, habe ich

Angst, sie fallen zu lassen und dass sie sich den Kopf verletzt. Wenn ich ihre Gehversuche sehe, habe ich Angst, dass sie stolpert und unglücklich fällt.«

»Das ist vollkommen normal. Kinder fallen nun einmal hin. Und wenn es tatsächlich passiert, begreifst du, dass du dir keine übertriebenen Sorgen zu machen brauchst.«

»Alles, was sie betrifft, macht mir Angst. Sie braucht eine normale Kindheit. Das hätte auch Evelyn gewollt.«

»Billy ...«

»Ihr müsst sie behalten.«

»Billy...«, sagte meine Mutter wieder.

»Es ist die einzige Möglichkeit.«

»Was wird sie eines Tages denken, wenn sie erfährt, dass sie von ihrer Tante und ihrem Onkel aufgezogen wurde, während ihr Vater in der Welt umherschwirrte, ohne sich um sie zu kümmern?«, fragte mein Vater. »Glaubst du, sie wird das normal finden? Glaubst du, Evelyn hätte das gewollt?« Meine Mutter versuchte, ihm zu signalisieren, dass er zu weit gegangen war, aber er hatte nur Augen für Billy und versuchte, ihn mit seinem Blick zum Nachgeben zu bewegen.

»Warum muss sie überhaupt wissen, dass ich ihr Vater bin?«

»Billy ...«, sagte meine Mutter wieder.

»Hör auf, so anklagend meinen Namen zu sagen.«

»Wir werden Miranda nicht anlügen«, sagte mein Vater. »Ist dir eigentlich klar, was du da sagst?«

Plötzlich sprudelte es aus Billy nur so heraus. Er sprach über Evelyn. Wir sehr sie sich Kinder gewünscht hatte. Dass sie alles schon geplant hatte. Erst Miranda, dann in zwei Jahren Pip, dann so bald wie möglich Sylvia. Deswegen hätten sie sich so ein großes Haus gekauft, weil das Kinderlachen von allen Wänden widerhallen sollte. Billy ging im Wohnzimmer auf und ab und raufte sich die Haare. Wie oft hatte sie ihn gebeten, das Dach zu reparieren? Sie wollte doch bloß, dass das Haus kindersicher war. Sicher für Miranda. Dann sicher für Pip. Und schließlich für Sylvia. Warum hatte er ihr das alles genommen? Wie konnte er Mirandas Vater sein, wenn er ihre Mutter getötet hatte?

»Billy, du hast Evelyn nicht getötet«, versuchte meine Mutter ihm zu versichern.

Doch, das hatte er. Unfall oder nicht – er hatte das Dach nicht repariert, als sie ihn darum bat. Stattdessen hatte er sie davon zu überzeugen versucht, dass sie statistisch gesehen in Sicherheit waren. Er war nachlässig gewesen. Er war immer nachlässig. Und er würde es sich niemals verzeihen, wenn mir etwas passierte.

Meine Mutter konnte sich nicht erinnern, wann sie ihre Zustimmung gegeben hatte. Irgendwann musste sie sie wohl gegeben haben. Genau wie mein Vater. Billy hatte immer weitergeredet, und was er sagte, war so verrückt, dass es ihnen schon wieder sinnvoll erschien. Natürlich sollten sie mich aufnehmen. Natürlich sollten sie mich aufziehen wie ihr eigenes Fleisch und Blut. Natürlich sollte ich nicht erfahren, dass Billy mein Vater war, wo ihm doch die Rolle des abenteuerlustigen Onkels wie auf den Leib geschneidert war.

Sie warteten, bis der Rechtsstreit mit Burt entschieden war, bevor sie die Adoption beantragten. Meine Mutter konnte es kaum fassen, als es so weit war. Nach zweijährigen Debatten hatte endlich ein Schlichter entschieden, dass Burt keine Rechtsgrundlage hatte, den ehelichen Besitz von Evelyn und Billy infrage zu stellen oder sich auf ein Gesetz zu berufen, nach dem ein Ehepartner nicht erbberechtigt war, wenn er den Tod des Partners verschuldet hatte. Zwei Jahre – und dann war es eines Nachmittags plötzlich vorbei.

»Hältst du es wirklich für eine gute Idee, ihr nicht die Wahrheit zu sagen?«, fragte mein Vater meine Mutter, als sie die Adoptionspapiere unterschrieben.

»Was sollen wir denn sonst tun?«

»Wenn wir es ihr sagen, solange sie noch klein ist, wird es später etwas ganz Selbstverständliches für sie sein. Es wird ihr normal vorkommen.«

»Wenn der eigene Vater lieber am anderen Ende der Welt ist als bei seinem Kind, dann kann einem das nicht normal vorkommen. Ich möchte nicht, dass sie Billy hasst.«

»Vielleicht hasst sie stattdessen eines Tages uns.«

»Ich wusste, dass er die Wahrheit gesprochen hatte. Ich wusste, du würdest es eines Tages herausfinden und mir die Schuld geben. Aber ich sagte mir, das sei besser, als wenn du Billy die Schuld gibst. Ich glaubte wirklich, es wäre die einzige Möglichkeit, zu verhindern, dass du dich nicht von ihm verstoßen fühlst. Die einzige Möglichkeit für uns alle, eine Familie zu sein. Ich dachte, ich täte das Richtige.« Sie legte mir eine Hand aufs Knie, und ich rückte ein Stück von ihr ab, weil ich ihr in diesem Moment keine Stütze sein wollte.

»Das kannst du nicht wirklich geglaubt haben. Ich verstehe nicht, warum du dir nicht mehr Mühe gegeben hast. Schließlich war er mein Vater.« All die Sonntage fielen mir ein, an denen ich an die Tür gerast war und *Onkel Billy!* geschrien hatte. All die Male, wenn er meine Mutter gefragt hatte, wann er mich zurückbringen sollte. Alle Rätsel, die er für mich erfunden hatte, oft in einer Geheimsprache, die nur wir verstanden. Während der ganzen Zeit hatte er gewusst, dass er mein Vater war. Auch meine Mutter hatte es gewusst. »Du hättest dir mehr Mühe geben müssen.«

»Ich weiß«, stimmte sie mir zu. Sie weinte nicht mehr. Ihre Stimme war fest. »Je länger wir gewartet hatten, desto unmöglicher wurde es, dir die Wahrheit zu sagen. Den Gedanken, dich dann womöglich zu verlieren, konnte ich nicht ertragen.«

Kaum waren die Adoptionspapiere unterzeichnet und der Erbschaftsstreit beigelegt, gehörte ich meiner Mutter. Ich lernte neue Wörter – *Dada, zu Hause, Familie, Onkel.* Billy besuchte uns, wann immer er in L.A. war, aber von da an war die Atmosphäre vergiftet. Wenn Billy sonntagabends mit einem Geschenk für mich kam und ich *Mami* rief und zu ihr rannte, um ihr die Glasperlenkette oder das Holzspielzeug zu zeigen, fühlte Billy sich zurückgesetzt, und man konnte es ihm ansehen. Und meine Mutter konnte ihre Schuldgefühle nicht verbergen. Trotzig erinnerte sie sich daran, dass es Billys Idee gewesen war. Und dennoch. Wenn ich in seiner Gegenwart *Mami* sagte, wünschte sie sich jedes Mal, ich spräche sie anders an.

Weil sie die Spannungen niemals thematisierten, verstärkten sie sich. Auch mein Vater spürte es. Beim Sonntagsessen stellte er Billy jede Menge Fragen über das Essen in fernen Ländern, über Erdrutsche, seismische Aktivitäten – seine Taktik zum Spannungsabbau. Billy redete und redete. Das Sushi schmecke nicht annähernd so fischig, wie er gedacht habe. In Quebec esse man Pommes frites mit Bratensoße und Quark. Das Nationalgericht von Peru seien Meerschweinchen. »Meerschweinchen«, sagte ich angewidert. Ich ging in die zweite Klasse, und wir hatten zwei Meerschweinchen im Klassenzimmer. Billy versprach, dass unsere Meerschweinchen bestimmt niemand essen würde.

Er ordnete sich unter. Wenn er fragte, ob er mich nach einem Erdbeben mit nach San Francisco nehmen dürfe, schlug meine Mutter vor, alle zusammen hinzufahren, und wir beluden ihren Kombi für die sechsstündige Fahrt. Als er mich zu einem Spiel der Padres mit nach San Diego nehmen wollte, riet meine Mutter dazu, lieber ein Spiel der Dodgers anzuschauen. Autoscooter statt Gokart fahren. Wakeboard statt Surfboard. Schnorcheln statt Tauchen. Billy widersprach nie, machte nie geltend, dass es seine Entscheidung sein sollte. Stattdessen sagte er immer nur: »Du hast recht, so ist es besser.« Und er akzeptierte die Vorschläge meiner Mutter, als wären es seine eigenen gewesen.

So ging es jahrelang. Sie haben nie über ihr Arrangement gesprochen. Nicht einmal über Evelyn. Manchmal vergaß meine Mutter beinahe, dass er nicht mein Onkel war. Sie vergaß aber nie, dass ich Evelyns Tochter war.

Auch Billy hatte es nie vergessen.

Und dann war da die Sache mit dem Wodka.

Meine Mutter wusste nicht, wann er zu Billys Lieblingsgetränk geworden war. Sie konnte sich nicht daran erinnern, dass er ihn schon vor Evelyns Tod getrunken hätte. Sie konnte sich nicht daran erinnern, dass er – außer einem gelegentlichen Bier – überhaupt Alkohol getrunken hätte. Wenn Billy zu Besuch kam, hielt sie eine Flasche teuren russischen Wodka bereit. Je teurer die Flasche, desto schneller kippte Billy sie herunter. Also hörte sie auf, ihm Wodka anzubieten, und ließ seine Kritik an sich abperlen, indem sie sagte, sie hätten keinen im Haus. Billy zuckte nur mit den Schultern und holte zwei kleine Flaschen aus seiner Sportjacke, die er vom letzten Rückflug nach L. A. aufbewahrt hatte.

»Das gefällt mir nicht«, sagte mein Vater, als er die kleinen Flaschen in den Mülleimer warf.

»Er ist erwachsen, David. Er darf trinken, wann und was er will.« Mein Vater trank fast nie. Er glaubte, regelmäßiger Alkoholkonsum führe zu Abhängigkeit, und jede Art von Abhängigkeit ließ einen Menschen krank werden. Aber dass der Alkoholkonsum seines Vaters zur Krankheit geworden war, bedeutete nicht, dass es Billy genauso ergehen müsste.

»Dads Vater war Alkoholiker?«

Meine Mutter nickte traurig.

»Deswegen der Autounfall?«

»Ich dachte, das wüsstest du.«

»Nein!« Mir war immer erzählt worden, dass die Familie spätabends unterwegs gewesen war und mein Großvater den Wagen gegen einen Baum gelenkt hatte, als er einem Reh ausweichen wollte. Ich hatte meinem Vater nie genug Fragen über seine Familie gestellt, um zu merken, dass er die Wahrheit über ihren Tod verheimlichte.

»Normalerweise hatte Billy seine Trinkerei unter Kontrolle, aber ein paarmal liefen die Dinge aus dem Ruder.«

Sie erzählte, dass Billy am Abend meines zwölften Geburtstags nicht zum ersten Mal mit einer Wodkafahne aufgetaucht war. Es war jedoch das erste Mal, dass er mitten in der Nacht vor unserer Tür stand.

»Dein Geburtstag war immer schwierig für Billy.« Meine Mutter wusste nie, wo er an diesen Tagen steckte, und sie wusste, dass es klüger wäre, ihn nicht danach zu fragen. »Aus irgendeinem Grund wollte er in diesem Jahr aber unbedingt zu deinem Geburtstag kommen.« Er behauptete, diese Mini-Bowlingbahnen zu vergöttern und mich unbedingt einmal Baseball spielen sehen zu müssen. Sie dachte, für Billy habe eine neue Phase begonnen. Er hatte sogar angeboten, den Geburtstagskuchen mitzubringen. Glücklicherweise hatte sie sich darauf nicht verlassen.

»Ich war gar nicht mal böse, dass er deine Party verpasst hatte. Du hattest Spaß mit deinen Freundinnen, und es ist dir gar nicht aufgefallen, dass er nicht da war. Es war keine große Sache, jedenfalls nicht, bis er plötzlich mitten in der Nacht aufgekreuzt war.«

Meine Mutter hatte immer einen leichten Schlaf. Sie hörte Billys Wagen die Einfahrt heraufkommen, stand sofort auf und lief die Treppe hinunter, bevor er klingeln konnte.

»Ist sie noch wach?« Billy versuchte, sich an ihr vorbeizuquetschen, doch sie versperrte ihm den Weg. Er roch nach

Alkohol, als hätte er darin gebadet. Auf die Zehenspitzen gestellt versuchte er, hinter ihr ins Haus zu blicken. »Miranda?«

»Pst. Sie schläft.«

»Oh, Suze. Ich weiß nicht, wie das passieren konnte. Das habe ich nicht gewollt. Heute Mittag wollte ich herkommen, aber dann …« Er schaute auf sein Handgelenk, obwohl er nie eine Armbanduhr getragen hatte. »Oh, Suze. Ich wollte ihren Geburtstag nicht verpassen.«

Suze. Meine Mutter versuchte, sich zu erinnern, wann er sie das letzte Mal so genannt hatte.

Sie machte die Tür ganz auf. »Komm, ich richte dir das Gästezimmer her. Du kannst Miranda zum Frühstück ausführen.«

Er griff in seine Jackentasche und holte ein Paar Smaragdohrringe heraus. Meine Mutter hielt den Atem an, als sie den Schmuck näher betrachtete. Die Ohrringe hatten die Form von Tränen und waren in echtes Gold gefasst. Vollkommen unpassend für eine Zwölfjährige.

»Glaubst du, die gefallen ihr?«

»Das ist nicht dein Ernst.«

»Sie soll sie haben.«

»Billy, das ist nichts für ein Mädchen in ihrem Alter.« Sie bekam Herzrasen. Tränen schossen ihr in die Augen, und die erste, die ihr übers Unterlid lief, wischte sie schnell ab.

»Die gehörten Evelyn.«

»Ich weiß, wem die gehört haben.« Meine Mutter war dabei gewesen, als Evelyn sie in einem Antiquitätengeschäft in Beverly Hills entdeckt hatte. Evelyn war stehen geblieben, als sie sie im Schaufenster gesehen hatte, und ist ganz blass geworden. Dann hatte sie meiner Mutter erzählt, dass sie ihrer Mutter gehört hatten.

»Komm rein, Billy.« Meine Mutter machte eine einladende Geste. »Wir sprechen morgen früh darüber.«

»Lass das. Es ist immer dasselbe mit dir«, sagte Billy.

»Was denn?«

»Du behandelst mich wie ein Kind.«

»Das stimmt doch gar nicht. Ich behandele dich wie einen betrunkenen Mann mittleren Alters, der um Mitleid bettelt, weil er den Geburtstag seiner Nichte vergessen hat.«

Dann schwiegen beide. Aus glasigen Augen schaute er an ihr vorbei. Sie folgte seinem Blick und sah mich oben am Treppengeländer stehen.

»Geh wieder zu Bett, Miranda.« Als ich zögerte, fügte sie hinzu: »Und zwar sofort!« Schnell lief ich in mein Zimmer.

»Bravo«, sagte Billy.

»Wie bitte?«

»Du solltest sie nicht anschreien.« Noch immer hatte Billy die Ohrringe in der Hand. Sie waren aus einem dunklen, undurchsichtigen Grün. Evelyn hatte sie fast täglich getragen. Meine Mutter hatte angenommen, dass sie mit ihr begraben worden waren.

»Sag du mir nicht, wie ich meine Tochter zu erziehen habe«, sagte meine Mutter.

»Du meinst *meine* Tochter.«

Sie hätte einfach wieder zu Bett gehen sollen, aber der Streit war überfällig. Er lauerte schon lange unter der Oberfläche. Meine Mutter wollte ihn genauso wie er.

Billy begann zu schreien und zu fluchen. Er sprach schnell und undeutlich. »Lügnerin ... Evelyn ... Miranda ... Geheimnisse. Du hast es so gewollt. Du hast sie mir weggenommen.«

»Du hast vielleicht Nerven, hier mitten in der Nacht aufzukreuzen und mir die Schuld zu geben«, sagte meine Mutter, als sie einmal zu Worte kam. »Eine Frechheit.«

Billy zeigte meiner Mutter den Mittelfinger. »Du bist mir in den Rücken gefallen, als es mir schlecht ging.«

»Ach! So drehst du es jetzt?« Sie versuchte, ihre Stimme unter Kontrolle zu halten. Wie bittere Galle stieg Wut in ihrem

Hals auf, und sie trat auf die Veranda und schloss die Haustür hinter sich. »Die Wahrheit ist: Du wolltest sie nicht haben. Die Wahrheit ist: Wir haben alles getan, was wir konnten, damit du sie annimmst.«

»Du wusstest, dass ich in Trauer war, und das hast du ausgenutzt.«

»Ich war auch in Trauer«, schrie meine Mutter. Die Wut hatte sie jetzt ganz im Griff und verlieh ihr ein Gefühl von Lebendigkeit und Stärke. »Aber ich habe mich zusammengerissen, Billy. Ich habe meine beste Freundin verloren, aber ich habe ihrer Tochter die Windeln gewechselt. Ich bin mitten in der Nacht aufgestanden, um sie zu füttern. Sie ist nicht deine Tochter. Sie war nie deine Tochter.«

»Sie wird immer meine Tochter sein.« Billy sah meine Mutter so böse an, dass sie diesen Blick nie vergaß. Obwohl seine Augen vom Alkohol gezeichnet waren, zwang er ihr seinen Blick auf. Und er schnaubte überlegen. Er biss die Zähne so stark zusammen, bis seine Kinnlade hervortrat, und wirkte dabei beinahe tollwütig. »Du hast sie mir weggenommen.«

»Du hast uns vor vollendete Tatsachen gestellt.« Meine Mutter sprach wieder leiser und hoffte, ich würde nicht herunterkommen, die Tür aufmachen und fragen, warum sie auf der Veranda waren. »Hörst du, Billy? Es war deine Entscheidung. Wage ja nicht, mir die Schuld in die Schuhe zu schieben.«

Sie bekam zittrige Knie. Das bildete sie sich nicht ein. Sie machten sogar knirschende Geräusche.

Billy schloss die Faust um die Ohrringe und steckte sie sich wieder in die Tasche. »Du solltest dich schämen. Du hast uns immer um unser Glück beneidet. Du hast dich nie für uns gefreut.« Nach diesen Worten rannte er davon.

Meine Mutter wusste, dass sie ihn aufhalten sollte, bevor er in seinen Wagen stieg und womöglich jemanden verletzte, wenn er in diesem Zustand fuhr. Sie war aber zu schockiert, um reagieren zu können, zu schockiert, um ins Haus zurückgehen zu können. Sie starrte noch auf die Einfahrt, als Billy längst weggefahren war, und ihr wurde klar, dass Billy recht hatte, wenn er sagte, sie hätte sich nie für Evelyn und ihn gefreut. Ihr Bruder hatte es immer gewusst. Auch Evelyn hatte es womöglich gewusst.

Am nächsten Morgen bewachte sie das Telefon und wartete auf Billys Anruf. Es hätte ihr klar sein müssen, dass es zu dieser Zuspitzung kommen würde, denn sie wusste, wie sehr es Billy wehtat, mich an ihrer Seite zu sehen, aber sie hatte es ignoriert. Zuerst dachte sie, es hätte sich etwas zwischen ihnen gelöst. Sie mussten ehrlich über alles reden, und sie dachte, Billy würde anrufen – oder ignorieren, was passiert war, und einen alkoholbedingten Filmriss vortäuschen.

Stattdessen fuhr sie zu ihm. Sein BMW stand in der Einfahrt, so verrostet und verkratzt wie eh und je, aber ohne Spuren eines frischen Unfalls. Sie blieb in ihrem Wagen sitzen und beobachtete die dunklen Fenster von Billys Wohnzimmer. Die Rosen am Haus waren zurückgeschnitten. Ob er bemerkt hatte, dass der Rasen immer gemäht war? Sie hatte einen Gärtner beauftragt, das Grundstück in Ordnung zu halten. Ob er bemerkte, dass seine Fußböden immer gewischt waren, das Geschirr immer sauber im Küchenschrank stand? Denn außer dem Gärtner hatte meine Mutter auch eine Haushälterin eingestellt. Sie hatte so viel getan, um ihm das Leben zu erleichtern, so viel, was er nie bemerkte – von Dank ganz zu schweigen. Jemand ging von der Küche ins Wohnzimmer und schaltete dort das Licht an. Meine Mutter stieg aus und schwor sich, ruhig zu bleiben.

Er wurde blass, als er sie auf seiner Veranda stehen sah. Ihm fiel die Kinnlade herunter. Meine Mutter dachte, wenn sie noch einen Schritt auf ihn zu machte, würde sie wieder seine Alkoholfahne riechen. Also blieb sie lieber auf Distanz.

Sie sahen einander an und warteten darauf, dass der jeweils

andere das Gespräch eröffnen würde. Natürlich würde meine Mutter diejenige sein. Sie war es ja immer.

»Lässt du mich rein?«, fragte sie.

Er öffnete die Tür und folgte ihr ins Wohnzimmer. Sie setzte sich auf die Ledercouch. Billy blieb ganz hinten im Zimmer stehen. Er hatte ein Glas in der Hand und schwenkte die farblose Flüssigkeit darin. Ihr bot er nichts zu trinken an.

»Wir haben uns gestern Nacht in etwas verrannt«, begann sie.

»Alles, was ich gesagt habe, meine ich auch so.«

»Ich weiß. Ich wünschte nur, du hättest keine zwölf Jahre und einen Liter Wodka gebraucht, um mir zu sagen, wie du die Dinge siehst.« Immer wieder befahl sie sich, ruhig zu bleiben.

»Mit Wodka hatte es nichts zu tun.«

»Was willst du jetzt tun?«

»Wir können nichts tun.«

»Wenn du es Miranda sagen oder unser Arrangement ändern willst, kriegen wir das hin. Wir können uns schlaumachen und Rat einholen, wie man so etwas am besten angeht.«

»Dafür ist es zu spät.« Billy drehte ihr den Rücken zu und starrte in den gepflegten Hinterhof.

Meine Mutter ging zu ihm und hob eine Hand, um ihn zu trösten. »Wir kriegen das hin, Billy.«

»Fass mich bitte nicht an.«

Sie ließ ihre Hand hinter seinem Kopf in der Luft stehen. Billy hatte immer noch dichte rotbraune Haare. Sie selbst fand jeden Morgen ein neues weißes Haar zwischen ihren kastanienbraunen Locken. Ob es an ihrem Alter oder der Sonne lag, wusste sie nicht. Billys Haare sahen noch genauso aus wie in der Zeit, als sie Teenager gewesen waren und Evelyn zum ersten Mal erwähnt hatte, dass seine Haare in der Sonne wie Kupfer leuchteten. Damals hatte alles mit einer ebenso simplen wie unerwarteten Schwärmerei angefangen.

»Ja, ich habe euch beneidet, aber ich habe euch immer das Beste gewünscht.« Als Billy nicht reagierte, sagte sie: »Ich finde den Weg nach draußen.«

Während des wochenlangen Schweigens verfolgten Billys Worte meine Mutter beim Geschirrspülen und wenn sie mich zur Schule fuhr. Sie musste sich zum Lächeln zwingen, wenn ein Lächeln gefragt war. *Wir können nichts tun.* Glaubte Billy das wirklich? Sie hätte ihn drängen sollen, seine Therapie fortzusetzen. Er hatte die Gruppe nach wenigen Wochen verlassen. Eine Einzeltherapie wäre besser gewesen. Oder sie hätten eine Paartherapie machen sollen, denn durch eine unauflösliche Verbindung waren sie ja ein Paar. Meine Mutter glaubte an diese Verbindung. Sie waren eine Familie. Man musste seine Familie nicht mögen, aber lieben. Und sie liebte ihren Bruder. Sie zog es vor, ihn als sensibel zu betrachten, nicht als egoistisch, als abenteuerlustig, nicht als unzuverlässig. Doch Billy selbst betrachtete sich als trauernden Witwer, der zudem noch von seiner missgünstigen Schwester hintergangen wurde. Und dass Billy sie so sah, kränkte sie am meisten.

Wir können nichts tun. Billy hatte recht. Nur dass es statt *wir ich* heißen müsste. Schon an der Highschool hatte sie nichts tun können, als sie schon geahnt hatte, dass Evelyn ihrem Bruder das Herz brechen würde. Auch nicht in ihren Zwanzigern, als Billy und Evelyn ihre Beziehung wieder aufleben ließen und meine Mutter wusste, dass es ein Fehler war. Natürlich wusste sie nicht, dass dieser Fehler tödlich sein würde. Und sie konnte nichts tun, um Billy davon zu überzeugen, dass ich der Wahrheit gewachsen wäre und sie gemeinsam eine Lösung finden könnten.

Sie wusste, dass er nicht anrufen würde. Trotzdem wurde sie jedes Mal nervös, wenn das Telefon klingelte. Und als Billy dann doch anrief, wollte er nicht sie, sondern mich sprechen.

»Billy kam immer herein, wenn er dich abholte«, fuhr meine Mutter fort. »An diesem Tag blieb er aber in der Einfahrt in seinem Wagen sitzen. Ich war mir sicher, dass er dir alles erzählen würde und dass du mich hassen würdest, wenn du lediglich seine Version zu hören bekämst.«

Trotzdem ließ sie mich gehen. *Ich kann nichts tun*, sagte sie sich. Wenn er es mir erzählen wollte, würde sie ihn nicht daran hindern. Stattdessen beschloss sie, mir zu vertrauen, unserer Beziehung. Von ihrem Schlafzimmerfenster aus schaute sie auf Billys wartenden Wagen. Sie sah mich hineinhüpfen und den Wagen fortfahren, und in diesem Moment resignierte sie, aber sie fühlte sich auch befreit.

Wenigstens wäre es jetzt vorbei.

»Ich hätte nie gedacht, dass er … Ich wusste, dass er unfair sein würde, aber ich konnte mir nicht vorstellen, dass er gemein sein würde.«

Einige Stunden, nachdem er mich abgeholt hatte, kam ich mit einem Karton ins Haus gelaufen. Meine Mutter war in der Küche und trug noch ihren Morgenmantel. Wäre mein Vater zu Hause gewesen, hätte er längst dafür gesorgt, dass sie sich umzog.

»Mom«, schrie ich, obwohl sie keine sechs Meter von mir entfernt saß. Ich nannte sie noch Mom. Das war ein gutes Zeichen. Vielleicht könnten wir zur Normalität zurückkehren. Dann holte ich einen Golden-Retriever-Welpen aus dem Karton. Ein Golden Retriever. Meine Mutter dachte an Evelyns Pläne für ihre beinahe unanständig perfekte Familie. Sie wusste, dass auch Billy daran gedacht hatte. »Guck mal! Billy hat mir einen kleinen Hund geschenkt!«

»Den kannst du nicht behalten.« Sie ging zur Treppe, um sich oben umzuziehen. »Wir bringen ihn auf der Stelle zurück.«

Ich folgte ihr nach oben. Der Welpe wand sich in meinen Händen und knabberte an meinem Zeigefinger.

»Aber du kennst die Kleine doch noch gar nicht.«

»Wir haben das gründlich besprochen, Miranda. Wie kannst du es nur wagen, einen Hund nach Hause zu bringen?« Sie merkte, dass sie immer lauter wurde, und dann machte sie sich klar, dass ich nicht die Einzige war, die sie verärgert hatte.

Ich setzte mich aufs Bett und streichelte dem Hündchen den Kopf. »Ich dachte, du würdest es dir anders überlegen, wenn du sie erst mal gesehen hast.«

Meine Mutter setzte sich neben mich und ließ den Hund an ihrem Handballen knabbern. »Darum geht es nicht.«

Bevor meine Mutter sich auf den Weg machte, rief sie Billy an. »Was, zum Teufel, fällt dir eigentlich ein?«, schrie sie auf seinen Anrufbeantworter. »Willst du mich verarschen? Ich weiß, was du damit bezweckst. Wie kannst du es wagen, uns auseinanderzubringen?« Sie war sich nicht sicher, ob sie Evelyn oder mich meinte, die er von ihr trennen wollte.

Sie zwang mich nicht, sie zu der Zoohandlung zu begleiten. Doch als sie zurückkam, war ich in meinem Zimmer und hatte die Zimmertür geschlossen. Sie beschloss, mich bis zum Abendessen schmollen zu lassen. Sie versuchte noch einmal, Billy zu erreichen. Inzwischen müsste er zu Hause sein. »Du kannst mich nicht einfach ignorieren, Billy«, schrie sie wieder auf seinen Anrufbeantworter. »Wie kannst du es wagen, sie zu manipulieren?« Sie knallte den Hörer auf. Anschließend fühlte sie sich nicht besser, also raffte sie sich zu einem Spaziergang am Strand auf

Die kühle Meeresbrise half aber auch nicht, ihren Zorn wegzublasen. Sie versuchte es mit einer anderen Taktik. »Billy«, sagte sie ganz ruhig, als sein Anrufbeantworter ansprang. »Es tut mir leid, dass ich so wütend geworden bin. Es war eine nette Geste von dir, aber du kannst Miranda keinen Hund kaufen, ohne erst mit mir zu sprechen. Lass uns reden. Offenbar funktioniert die ganze Sache nicht mehr im Selbstlauf. Wir müssen einen Weg finden, alles in Ordnung zu bringen.«

Er rief nicht zurück, also versuchte sie es erneut und flehte ihn an. »Bitte, Bill, schließ mich nicht aus. Lass uns reden.« Und als er wieder nicht zurückrief, hinterließ sie ihm die nächste Nachricht. »Bill, wir müssen eine Regelung finden. Wir sind eine Familie. Den jetzigen Zustand hätte Evelyn nicht gewollt. Hörst du mich, Billy? Ruf zurück!«

Nachdem sie zwei Wochen lang immer wieder vergeblich angerufen hatte, sprach sie ihm wieder in Rage aufs Band. »Es ist aus, Billy. Ich meine es ernst. Wenn du mich nicht zurückrufst, sind wir miteinander fertig. Das gilt auch für Miranda. Hörst du? Es ist deine letzte Chance, Teil unserer Familie zu sein.«

»Eigentlich habe ich es gar nicht ernst gemeint«, erklärte mir meine Mutter. »Ich wollte ihn nur aufrütteln.« Sie stand auf und signalisierte mir, dass ich auch aufstehen sollte. »Komm mit, ich will dir etwas zeigen.«

Ich folgte ihr die Treppe hinauf in ihr Schlafzimmer. Sie holte einen Schuhkarton von ganz hinten aus ihrem Schrank und reichte mir einen Umschlag, den sie an Billy adressiert hatte. Eine Briefmarke klebte darauf, aber sie war nicht abgestempelt.

Ursprünglich war der Umschlag zugeklebt gewesen, aber im Laufe der Jahre war die Klebe eingetrocknet, sodass sich der Umschlag wie von selbst öffnete.

Bill,
wenn du das hier liest, verstehe ich es als Zeichen, dass du an einer Einigung interessiert bist. Was ich dir alles auf den Anrufbeantworter gesprochen habe, tut mir leid. Wenn ich meine Nachrichten löschen könnte, würde ich es tun. Viel-

leicht ist es aber auch ganz gut, wenn du weißt, wie sehr mir diese Sache wehtut. Es tut mir nur leid, dass sich mein Schmerz in Wut verwandelt hat.

Meinst du wirklich, dass wir sie dir weggenommen haben? Ich glaube, das hast du gesagt, weil auch dein Schmerz sich in Wut verwandelt hat. Ich kann ja verstehen, dass du unglücklich bist. Ich kann mir nicht einmal vorstellen, wie schwer es ist, die eigene Tochter bei anderen Leuten aufwachsen zu sehen, selbst wenn diese anderen Leute zur eigenen Familie gehören. Es muss schwer sein, zu wissen, dass Miranda Evelyn nie kennenlernen wird. Wir hätten öfter über sie sprechen sollen. Wir hätten es ermöglichen sollen, dass Evelyn in Miranda weiterlebt.

Was ich gesagt habe, tut mir leid, und ich weiß, dass das auch für dich gilt. Aber hier geht es nicht um uns. Weißt du eigentlich, wie sehr Miranda dich vermisst?

Bitte brich den Kontakt mit uns nicht ab, Billy. Lass mich wissen, wie wir alles in Ordnung bringen können.
Susan

Meine Mutter wühlte in dem Schuhkarton herum, bis sie einen Bericht fand, den Billy und zwei andere Wissenschaftler über ein Erdbeben geschrieben hatten. *Das Erdbeben von Antofagasta am 30. Januar 1998.* In der Einleitung hieß es, das Beben vor der Küste Chiles erreichte eine 7,1 auf der Richterskala. Es hatte ein Todesopfer und Schäden an alten Gebäuden gegeben.

»Ich habe diesen Brief geschrieben, nachdem ich dich von der Buchhandlung abgeholt hatte.« An dem Morgen hatte sie, bevor sie den Brief abschicken wollte, in den Nachrichten eine Familie gesehen, die bei dem Erdbeben getrennt worden war und sich gerade erst wiedergefunden hatte. »Ich weiß nicht, warum ich Berichte über dieses Erdbeben in der Zeitung übersehen hatte. Es war ein schweres, also muss in der Zeitung etwas darüber gestanden haben. Ich hatte angenommen, dass Billy die ganze Zeit über zu Hause gewesen war und alle meine Nachrichten gehört und schnell gelöscht hatte. In Wahrheit war er aber gar nicht da gewesen.«

Auch ich hatte angenommen, dass Billy zu Hause war, meine Nachrichten gehört und schnell gelöscht hatte. Nach meinem Ausflug in die Buchhandlung war ich überzeugt, er hätte mich verraten. Ich dachte, *er* hätte Lee gesagt, dass er meine Mutter anrufen sollte. Stattdessen musste er bei seiner Rückkehr aus Chile einen Anrufbeantworter voller Nachrichten vorgefunden haben, meine und die meiner Mutter.

»Als ich diese Familie im Fernsehen gesehen hatte …«, sagte meine Mutter. »Erinnerst du dich, dass ich auf der Heimfahrt im Wagen zu dir gesagt habe, es würde alles wieder gut werden?«

Ich hatte etwas anderes gehört. Meiner Meinung nach hatte sie gesagt, sie sei sich nicht sicher, ob alles wieder gut würde. Unsere Erinnerungen standen im Wettstreit miteinander, aber das hieß nicht, dass eine richtig war und die andere falsch.

»Als ich im Fernsehen von dieser Familie gehört hatte, erkannte ich, dass mein Brief nichts hätte ausrichten können. Wir würden es nicht hinkriegen, niemals.«

In den nächsten Monaten trauerte meine Mutter um Billy. Sie begann eine Therapie bei einem Psychologen, der annahm, ihr Bruder sei gestorben, und sie korrigierte ihn nicht. Nach einigen Sitzungen wurde ihm klar, dass Billy nicht tot war, und er drängte meine Mutter, ihm zu sagen, warum sie ihn getäuscht hatte. Daraufhin brach sie die Therapie ab. Zu dem Zeitpunkt hatte sie seit einem halben Jahr nicht mit Billy gesprochen. Früher hatten sie manchmal zwei oder sogar drei Monate keinen Kontakt gehalten, aber ein halbes Jahr lang noch nie. Als aus den sechs Monaten sieben, acht, ein Jahr wurden, hörte sie auf, die Zeitungen nach Erdbeben zu durchforsten, die sich irgendwo auf der Welt ereignet hatten.

Ich hörte den Kies in unserer Einfahrt knirschen, als mein Vater nach Hause kam. Meine Mutter legte den Deckel auf den Schuhkarton und stellte ihn wieder in den Schrank. Aus dem Fenster sah ich meinen Vater aus dem Wagen steigen. Er ging zum Kofferraum und hievte einen großen Stapel Feuerholz heraus. Dass meine Mutter sich mir von hinten näherte, merkte ich erst, als sie mir die Hand auf die Schulter legte.

»Und Dad?« Ich konnte mir nicht vorstellen, was das alles für ihn bedeutet hatte.

»Du kennst ihn ja. Erzähle ihm etwas von einer historischen Figur, die adoptiert wurde, und er versteht alles.«

Eleanor Roosevelt war ein Adoptivkind. Genau wie Nelson Mandela. Gerald Ford, Bill Clinton, John Lennon. Mein Vater und ich verständigten uns oft über den Umweg der Geschichte. Als ich aufs College kam, erinnerte er mich an Lincolns Arbeitsethik. Als ich zum ersten Mal einen Korb bekam, erzählte er mir von Thomas Jeffersons Liebeskummer als junger Mann. Aber ob Rockstars, First Ladys oder politische Gefangene – keine Adoption war mit meiner zu vergleichen.

»Soll ich ihn direkt darauf ansprechen?«

»Tu das«, bestärkte sie mich. »Das ist eine gute Idee.« Wir beobachteten ihn, wie er das Holz an die Hauswand stützte, während er den Schlüssel ins Türschloss zu stecken versuchte. Dann stieß er die Tür auf und verschwand im Haus.

Ich spürte die Hand meiner Mutter schwer auf meiner Schulter wiegen, doch ich schüttelte sie nicht ab. Ich ließ sie dort liegen und fühlte mich mit meiner Mutter verbunden, verwurzelt.

ZWEIUNDZWANZIG

Es war schon dunkel, als ich nach Silver Lake zurückkam. Das Türgitter des Ladens war heruntergezogen worden, wahrscheinlich von Malcolm. Ich tastete nach dem Lichtschalter und ging durch den hell erleuchteten, stillen Laden.

Meinen hell erleuchteten, stillen Laden.

Die Karikatur, die Malcolm von mir gezeichnet hatte, lag neben den von mir empfohlenen Büchern auf dem Tisch. Die in schwarzer Tinte gezeichneten Linien gaben mir ein Selbstvertrauen, das ich nie empfunden hatte. Ich konnte mich nicht daran erinnern, all die Bücher ausgesucht zu haben, die dort lagen. Ich war betrunken gewesen, nervös und ganz aus dem Häuschen wegen der Sache mit Malcolm, die sich gerade zu entwickeln begann. Ich hatte einfach nach irgendwelchen Büchern gegriffen, die meinem Interesse an Geschichte Rechnung trugen. Die amerikanische Geschichte hatte ich immer als meine ganz persönliche Geschichte betrachtet, aber zugleich war sie eine Leidenschaft, hinter der ich mich versteckte. Eine, die mein weitgehendes Desinteresse an individueller Geschichte verbarg, an jener individuellen Geschichte, die mir hätte bekannt sein sollen. Die Bücher auf diesem Tisch spiegelten mich nicht wider. Inzwischen gab es andere, die das taten.

Ich nahm die Bücher vom Tisch und stellte sie in die Abteilungen für amerikanische Geschichte und Biografien zurück. Dann schaute ich mich in den Regalen für feministische Literatur und Jugendbücher um. Schließlich holte ich *Jane Eyre*, *Alice im Wunderland*, *Frankenstein*, *Angst vorm Fliegen*, *Überredung*, *Früchte des Zorns* und *Brücke nach Terabithia* heraus. Den Kunden würde es wie eine zufällige Auswahl vorkommen, selbst den Stammkunden. Aber für mich war es keine Willkür.

Auch für Malcolm würde es keine sein.

Am Verkaufstresen fand ich den Ordner mit der Bilanz für die erste Augusthälfte. Die Zahlen waren schlechter als erwartet. Wir verkauften pro Tag, was wir binnen einer Stunde verkaufen sollten. Ich stellte mir vor, wie Malcolm diese Zahlen ausgedruckt und gesehen hatte, wie sie kleiner und kleiner wurden. Er musste ganz panisch geworden sein, selbst wenn er diese Panik vor anderen verbarg. Er musste bezweifelt haben, dass wir den Laden retten könnten. Er musste Angst gehabt haben, dass bald alles anders würde. Tatsächlich würde sich etwas ändern, aber nicht nur zum Schlechteren. Ich legte einen Zettel auf die Computertastatur, den er am Morgen finden würde. Darauf stand nichts weiter als: *Es tut mir leid.*

Am nächsten Morgen klopfte Malcolm an meine Wohnungstür und brachte zwei Becher Kaffee mit. Er reichte mir einen, und ich bat ihn herein. Wir setzten uns auf die Couch, tranken unseren Kaffee und warteten darauf, dass der jeweils andere den Ton für das anstehende Gespräch anschlug – einen versöhnlichen oder weiterhin streitbaren.

Malcolm stellte seinen Becher auf die Truhe, die als Couchtisch diente. »Es ist das erste Mal, dass wir hier oben zusammensitzen. Ich bin zum ersten Mal wieder hier, seit …« Er faltete die Hände und legte sie in den Schoß.

»Du hast ihn gefunden?«

Ich folgte Malcolms Blick zu einem Fleck auf dem Fußboden gleich vor der Tür. »Ich hatte ein Poltern gehört und bin schnell hochgekommen.«

»Das wusste ich nicht.« Ich hätte ihn gern umarmt, seine Hand gedrückt oder ihn sonst wie getröstet, aber ich wusste nicht, ob er es zulassen würde. Unsere Blicke streiften durchs Wohnzimmer. »Ich habe nicht viel verändert. Ich glaube, ich habe mich davor gescheut. Aber jetzt werde ich es tun müssen, denn ich werde hierbleiben.«

Malcom verschluckte sich. »Du bleibst hier?«

»Du brauchst keine Angst zu haben, dass ich dir den Job wegnehme.«

»Tu ich gar nicht.« Er rückte mir ein winziges Stück näher und dachte wohl, dass ich es nicht merkte.

»Ich kann einfach nicht wieder weg.« Er kam mir immer näher, bis sich unsere Beine berührten. Er fasste mich aber nicht an, und gerade deswegen war ich mir sicher, dass er es früher oder später tun würde.

»Nach und nach wird es sich in ein Zuhause verwandeln.« Er fuhr mir mit den Fingern über die Wange, und es war eine so unschuldige Geste, dass ich zitterte, so zärtlich, dass ich beinahe verrückt wurde.

»Es tut mir leid.« Sein Gesicht war so nah vor meinem, dass wir dieselbe Luft zu atmen schienen.

»Mir auch.« Ich dachte, er würde mich fragen, was ich über Billy herausgefunden hatte und ob mit meiner Familie alles in Ordnung war. Stattdessen küsste er mich. So leidenschaftlich, als wollte er nachholen, was wir durch unseren Streit verpasst hatten.

»Ich bin froh, dass du hierbleibst«, sagte er, nachdem er sich von mir gelöst hatte.

»Ich auch. Und was machen wir nun mit dem Laden?«

»Uns wird schon etwas einfallen«, sagte er, und ich verließ mich darauf, dass *uns* etwas einfallen würde. *Wir* würden es zusammen versuchen.

Die letzten beiden Augustwochen glichen einem Wirbelwind. Malcolm und ich kauften neue Tickets für Spiele der Dodgers und gingen in Echo Park spazieren, wo er mir die mexikanischen Bäckereien zeigte, die inzwischen geschlossen wurden, die übermalten Wandgemälde, die neuen Graffitis, die er als Kunst einstufte. Das sonntägliche Grillen in meinem Elternhaus war grandioser als in meiner Jugend. Meine Mutter servierte selbst gemachte Chutneys und Dips für einen Zwischengang mit verschiedenen Käsesorten und ihr eigenes Eis zum Nachtisch. Bei gegrilltem Hummer und ganzen Fischen sprach sie über Bücher, die Evelyn ihr zu lesen gegeben hatte. Nicht nur *Angst vorm Fliegen* und *Jane Eyre*, sondern auch Titel von Umberto Eco oder Milan Kundera. Mein Vater erinnerte sich daran, dass Evelyn einmal einen Autor zu ihnen mitgebracht hatte, der für seine Trinkerei genauso berühmt war wie für seine Bücher. Er war in einen Spiegel gewankt, der daraufhin in tausend Stücke zersprungen war und den Autor an der Schulter verletzte, sodass er sein Hemd vollblutete. Sie mussten ihn in die Notaufnahme bringen, wo die Schwestern dann für Fotos mit ihm posierten. Als er wieder nüchtern war, verkündete er meinem Vater, dass er eine Idee für seinen nächsten Roman habe. Später hatte er dafür den Pulitzerpreis bekommen.

Auch im September blieben die Tage lang und heiß. Die Leute aus der Nachbarschaft kehrten aus dem Urlaub, vom Zelten oder von Musikfestivals zurück. Nachdem sie wochenlang zu viel Alkohol getrunken hatten und von kreischenden Kindern umgeben gewesen waren, versuchten viele von ihnen, mithilfe unserer Webseite, unserer Sonderangebote und Lesezirkel ihre grauen Zellen zu reaktivieren. Als Malcolms Führungen zur Literaturstadt L. A. immer mehr Zulauf bekamen, wurde der *LA Weekly* darauf aufmerksam und listete sie unter den Top Ten der Dinge, die man in diesem Herbst tun sollte, auf. Malcolm führte Massen blasser, unterernährt wirkender Männer zu den Bars, in denen Charles Bukowski Schlägereien angezettelt hatte, und zu Raymond Chandlers Lieblingskneipen in Koreatown. Lucia betreute unseren Instagram-Account mit einem Enthusiasmus, der selbst für ihre Verhältnisse extrem war. Sie verbrachte Stunden damit, Skulpturen aus Bücherstapeln zu schaffen und das perfekte Herz mit Pfeil in den Kaffeeschaum zu malen, das sie als ihr Markenzeichen bezeichnete. Charlie organisierte mehrere Buchmessen für den Herbst, die in Schulen überall in der Stadt stattfinden würden. Ich bot einen Lesezirkel für amerikanische Geschichte an, und es stellte sich heraus, dass ich das Unterrichten an der Schule nicht vermisste, solange ich mit ein paar Erwachsenen – die alt genug waren, um ein Interesse an Geschichte zu haben und zu wissen, dass Entscheidungen der Vergangenheit die Gegenwart prägten – um einen der Mosaiktische unseres Cafés sitzen konnte.

Ich bekam nicht einmal mit, dass das lange Wochenende mit dem Labor Day Anfang September vorbei war und die Schule im ganzen Land wieder angefangen hatte, bis Malcolm und ich Charlie halfen, seinen verbeulten Wagen mit Kisten voller Schulbücher zu beladen. Als wir ihm wie stolze Eltern nachwinkten, wurde mir plötzlich klar, dass auch in Philadelphia die Ferien vorbei waren. Ich stellte mir vor, wie meine Schulleiterin meine Nachfolgerin über den Campus führte und ihr erzählte, was für ein Albtraum es war, dass eine ehemalige Kollegin sie in letzter Minute im Stich gelassen hatte. Diese Nachfolgerin stellte ich mir wie eine jüngere Version von mir selbst vor, mit mehr Enthusiasmus und einer ordentlichen Frisur. Ich stellte mir auch Jay vor, der jetzt ihr Ansprechpartner war und sie anleitete, sie vor bestimmten Schülern warnte, ihr sagte, welchen Eltern sie Honig um den Bart schmieren sollte und welche zu keinem Elternabend kommen würden. Sie würde lachen, wenn er ihr erzählte, welche Schüler in der Nase bohrten, welche übereifrig waren, welche die Schule nicht ernst nahmen und welche sich renitent verhielten. Ein Vertrauensverhältnis würde sich zwischen ihnen aufbauen, und bald würde es zu mehr führen.

Malcolm übergab mir eigene Verantwortungsbereiche für den Laden. So wurde ich zur Chefeinkäuferin von historischen, politischen und soziologischen Büchern und zur Cheforganisatorin der Gala. Fast täglich riefen Leute an, die Eintrittskarten kaufen wollten, auch noch, als es längst keine mehr gab. Fast genauso oft riefen Spender an, die uns Drei-Gänge-Menüs, Weinverkostungen, Massagen und kosmetische Behandlungen oder Gutscheine für einen Brotbackkurs zur Verfügung stellen wollten. Alles zusammengenommen kam nicht so viel Geld zusammen, wie wir brauchten, um unsere Schulden zu begleichen, nicht einmal nach dem Kartenverkauf. Doch auf einer Stillen Auktion wurden begehrte Objekte häufig über Wert verkauft. Darauf mussten wir hoffen. Unsere Gäste wären unsere letzte Chance.

Obwohl meine Eltern jetzt über Evelyn sprachen, waren sie noch nicht zu Prospero Books gekommen. Ich hatte sie zu Lesungen, Lesezirkeln und sogar zu Lucias Häkelgruppe eingeladen. Meinen Vater hatte ich gebeten, mich für meinen neuen Lesezirkel für historische Bücher zu beraten. Er mailte mir zwar Buchkritiken, die er für meine Zwecke relevant fand, aber in den Laden kam auch er nicht.

Meine Mutter war ständig unterwegs. Von Häusern, die sie einrichten sollte, zu Antiquitätenläden, zu Lampengeschäften. *Sobald dieser Auftrag erledigt ist, komme ich vorbei*, versprach sie, dann nahm sie den nächsten an, bevor der letzte erledigt war, weil sie fürchtete, eine Phase der Beschäftigungslosigkeit könnte übergangslos in einen unfreiwilligen Ruhestand führen. Sie beteuerte, dass sie sich noch nicht blicken ließ, läge nur an ihrem Arbeitspensum, aber ich merkte, dass sie den Laden mied, weil sie fürchtete, er könnte zu viele Erinnerungen an Evelyn auslösen – oder zu wenige. Unsere Gala jedoch galt nicht Evelyn und auch nicht Billy, sie galt nicht einmal mir, sondern allen, die den Laden nicht untergehen lassen wollten.

Endlich war es so weit. Der Duft von Zimt und Schokolade zog durchs Café, während Charlie und Lucia die Tische eindeckten und Teller mit Trüffelpralinen und kleinen Apfeltörtchen darauf verteilten, die eine Bäckerei gespendet hatte. Zwar fehlten uns für die im Oktober fälligen Zahlungen noch ein paar Tausend Dollar, aber immerhin hatte das mexikanische Restaurant ein Stück die Straße hinunter die gefüllten Tortillarollen gespendet, die wir anboten, ein Blumenladen die Tischdekorationen. Ein Künstler aus der Nachbarschaft hatte unser Schaufenster mit einem literarischen Stadtplan von L. A. ausgestattet, in dem Prospero Books als Epizentrum eingezeichnet war. Es schien, als hätte jeder, der etwas anzubieten hatte, einen Beitrag geleistet. Die ganze Nachbarschaft hatte sich an der Aktion beteiligt und unsere kühnsten Erwartungen übertroffen, was der beste Garant dafür war, dass der Abend ein Erfolg sein würde.

Als Charlie mich die Treppe herunterkommen sah, nahm er den Zylinder vom Kopf und verbeugte sich. Ich lüpfte den hauchdünnen Stoff des weißen Kleids, das ich in einem Ramschladen gefunden hatte und das Mirandas weißem Nachthemd ähnelte, das die Figur in praktisch jeder Inszenierung von *Der Sturm* trug, und neigte den Kopf, auf den ich einen Blütenkranz gesetzt hatte. Lucias schlichtes weißes Kleid ähnelte meinem, aber sie trug keinen Haarschmuck, dafür hatte sie ein Kochbuch bei sich. Tattoos lugten wie Unterwäsche aus ihren Ärmeln. Sie sagte, sie gehe als Tita aus *Bittersüße Schokolade*. Tita konnte die Gefühle der Menschen durch das Essen, das sie ihnen kochte, beeinflussen.

Malcolm trat mit einem Tablett voller Pasteten aus der Küche. Seine Haare waren unter einem Cowboyhut versteckt. Eine Pilotenbrille mit gelben Gläsern ließ seine Augen türkis aussehen. In seinem Mundwinkel steckte eine unangezündete Zigarette.

»Was ist?«, fragte er, als er meinen ungläubigen Blick sah. »Du hast mir verboten, als Philip Marlowe zu kommen.« Steif- und breitbeinig wie John Wayne stakste er davon und murmelte

Dinge vor sich hin, die dieser womöglich von sich gegeben hätte.

Innerhalb der ersten Stunde bewegten sich unsere Gäste in ihren Kostümen durch den Laden, tranken, knabberten die süßen Sachen und schrieben ihre Gebote für die Stille Auktion nieder.

Joanie und Chris waren als Hermione Granger und Harry Potter gekommen, von denen Joanie immer schon fand, sie hätten ein Paar werden sollen.

»Hoffentlich betrinken sich die Leute heute so sehr, dass sie sich an Halloween nicht mehr an unsere Kostüme von heute erinnern«, sagte Chris.

Joanie stieß ihm scherzhaft in die Seite. »Du brauchst es ihnen ja nicht auf die Nase zu binden.«

Chris zuckte mit den Schultern und ging ein Stück weiter, um sich mit Malcolm und Ray, dem Drehbuchautor, zu unterhalten, der als Sherlock Holmes erschienen war.

Joanie und ich standen an der Tür und blickten in die wachsende Menge. Wir hatten uns ein paar Wochen lang nicht gesehen. Seit die Spielzeit ihres Stücks beendet war, hatte sie zahllose Castings mitgemacht und eine kleine Rolle in einer Studioproduktion ergattert. Ich war mir nicht sicher gewesen, ob sie es zu unserer Gala schaffen würde, aber es war mein großer Abend. Sie würde mich unterstützen, wie ich sie unterstützt hatte, beständig, aber aus der Ferne. Wir beobachteten, wie sich eine als Edgar Allan Poe verkleidete Frau an eine andere heranpirschte, die als Jack Kerouac gekommen war. Ein Lorax futterte ein Apfeltörtchen nach dem anderen, bis ein ganzer Teller leer war. Dorothy aus dem *Zauberer von Oz* unterhielt sich mit Dorothy Parker.

Mit Blick auf die Leute sagte Joanie: »Es sind wirklich viele gekommen.«

»Lass uns hoffen, dass es genug sind.«

»Hast du Billys Rätsel gelöst?«

»Hab ich.«

»Und?«

»Es hat mich hierhergeführt.« Ich wartete auf Joanies Fragen, doch stattdessen drückte sie mir die Hand.

Sheila war in einem voluminösen Kleid mit weißem Hut und Schirm erschienen. Sie verkörperte Caroline de Winter nach dem Porträt in der Ahnengalerie von Manderley. »Vielleicht bin ich aber auch die zweite Mrs. de Winter oder *Rebecca*. Oder alle zusammen«, sagte sie. »Glücklicherweise erkennt mich keiner, sonst würde ich mich lächerlich machen, weil ich versuche, so jung auszusehen.«

Alle verstummten, als Sheila das Podium betrat. Es gab nicht genügend Stühle, deswegen drängten sich viele auf dem Fußboden zusammen und bedeckten jeden Quadratzentimeter der Ladenfläche.

»Das hier ist etwas ganz Neues. Ich weiß noch nicht, wohin es führen wird, aber es ist von diesem Laden inspiriert.« Sheila räusperte sich und ordnete die Blätter vor sich. »Vom Altern spricht man als von etwas Würdevollem. Da sich der Prozess langsam vollzieht, finden wir den Mut, ihn willkommen zu heißen wie eine Arie. Man kann dem Alter mit Würde und Haltung begegnen, dabei steckt in seinen täglichen Demütigungen nur wenig Musik.« Sie fuhr fort, die ungeschminkte Wahrheit zu beschreiben – das Keuchen beim Treppensteigen, den Kater nach nur einem Glas Wein. Die Leute lachten über ihre selbstironischen Bekenntnisse, und nach und nach ersetzte sie den hohen Begriff der Würde durch Menschlichkeit. Nach einer Weile änderte sich das Thema ihrer Lesung, und plötzlich merkte ich, dass ich einem Essay über mich lauschte. Sheila hatte meinen Namen geändert und Billy und den Laden ganz weggelassen. In dem Text ging es darum, wie es ist, wenn man sich mit jemandem befreundet, der dreißig Jahre jünger ist. Ich sah zu Joanie hinüber, die mir zuzwinkerte. Ich schaute mich um und merkte, dass kaum jemand Sheilas Text mit Prospero Books in Verbindung brachte. Malcolm stand hinter mir und hatte seine Hände auf meine Schultern gelegt.

»Du bist ja eine richtige Muse«, flüsterte er mir zu.

Sheila las weiter, bis die Ladenglocke ihre Gedanken über *Drei Schwestern* unterbrach. Unsicher standen meine Eltern im Eingang und blickten in den überfüllten Laden. Meine Mutter in einer pinkfarbenen Bluse, die in einer Khakihose steckte. Mein Vater in einem blauweiß gestreiften Polohemd. Sie hätten Eltern in einer Geschichte von Updike oder Cheever sein können. Die Augen meiner Mutter blitzten auf, als sie mich entdeckte, und ein vertrautes Kribbeln erfasste mich. Am liebsten wäre ich ihr in die Arme gelaufen wie ein kleines Mädchen, aber zu viele Menschen saßen zwischen uns. Mein Vater gestikulierte mir, dass sie mich finden würden, wenn Sheilas Lesung vorbei sei.

Ihr Essay spannte am Ende einen Bogen zum Anfang zurück, indem sie über die Dummheit derer sprach, die sagten, das Altsein sei lediglich eine Geisteshaltung. »Du bist so alt, wie du dich fühlst, sagen sie zwischen Kortisonspritzen und einer Handvoll Aspirin. Ich fühle mich alt, und ich bin es ja auch. Ihr aber seid jung, und das trage ich euch nicht nach. Und ich werde so tun, als würde ich mit euch tauschen wollen.« Sheila nahm die Brille ab und nahm ihren Applaus entgegen. »Am Schluss arbeite ich noch.«

Malcolm sprang als Auktionator auf die Bühne und heizte der Menge ein, um sie in Bieterlaune zu bringen. Das erste Gebot für ein Dinner mit Sheila betrug fünfzig Dollar.

»Ich wusste gar nicht, dass ich so billig zu haben bin«, sagte sie. Es wurden neue Gebote abgegeben, aber Dr. Howard stach alle aus. Er trottete auf die Bühne und zwirbelte den Bart, den er sich für seine Kostümierung als Shakespeare hatte wachsen lassen. Triumphierend hob er die Arme, nahm Sheila bei der Hand und wirbelte sie herum, bevor er sie zu einer eindrucksvollen Schlusspose nach hinten beugte. Tosender Applaus.

Immer neue Gesprächsgrüppchen bildeten sich. Meine Eltern standen immer noch an der Tür und beobachteten das wie choreografiert wirkende Hin und Her der Menge. Meine Mutter nippte an ihrem Rotwein, während ihre Blicke pfeilschnell durch den Raum schossen. Ich ging auf sie zu.

Mit dem Kinn deutete sie auf die grüne Wand. »Das war Evelyns Lieblingsfarbe. Je leuchtender das Grün, desto besser.« Ich umarmte sie so fest, wie sie mich immer umarmte, als wollte ich sie nie wieder loslassen.

Später am Abend waren drei weitere Lesungen geplant, bis sich um elf Malcolms Musikerfreunde für ihren Auftritt bereit machten. Als Raw Cow Hide auf die Bühne traten, lagen überall auf dem Fußboden Servietten herum, leere Plastikbecher bedeckten die Tische. Malcolm und ich lehnten an einer Wand und schauten in die tanzende Menge. Meine Eltern mittendrin. Die Bluse meiner Mutter war aus der Hose gerutscht, das Polohemd meines Vaters so durchgeschwitzt, dass es ein paar Nuancen dunkler geworden war. Joanie tanzte sich an meine Mutter heran, dann nahmen sie sich bei den Händen und stampften mit den Füßen, als tanzten sie einen Hora. Malcolm fragte, ob ich tanzen wolle, und zusammen mit meiner Mutter, meinem Vater, Joanie und Chris bildeten wir einen Kreis auf der Tanzfläche. Als der Song endete, tanzten wir im Takt des trunkenen Geplappers um uns herum weiter, bis der nächste anfing. Dieses Mal war es ein langsames Cover von Fleetwood Mac.

»Ich liebe diesen Song.« Meine Mutter schloss die Augen und wiegte sich im Rhythmus der Musik. Ihr Gesicht war von der Hitze des Raums und zwei Bechern Wein gerötet. Kraftvolle Gitarrenklänge übertönten ihre Stimme, aber ich sah, wie sich ihre Lippen bewegten, sich ihre Gesichtszüge glätteten und wie sie sich immer noch in einem Song verlieren konnte, weil sie das nicht hatte verhärten lassen.

Ich flüsterte Malcolm etwas zu, und er ging nach dem Song auf die Bühne, um es dem Gitarristen zu sagen. Sein Freund nickte und begann ein Zwischenspiel.

»Mom? Hast du Lust, mit der Band zu singen?«

Sie schlug die Augen auf und hörte auf zu tanzen. Panik breitete sich auf ihrem Gesicht aus, als der Leadsänger ihr zuwinkte. Mit großen Augen sahen wir einander an. Ich hatte gedacht, es würde ihr gefallen, wieder im Scheinwerferlicht zu stehen und das Alter auf die Art zu besiegen, zu der Sheila aufgerufen hatte. Die Angst stand ihr ins Gesicht geschrieben. Die Musiker zogen das Zwischenspiel vor dem nächsten Song in die Länge, aber ewig würden sie nicht warten.

Immer noch sahen wir einander an und nahmen nichts anderes um uns herum wahr. Es gab nur noch meine Mutter und mich mit Gitarrenbegleitung. Plötzlich schlich sich ein Lächeln in ihr Gesicht, sie nahm die Hand vorm Mund weg, und da waren nur noch ihre vor Glück in die Breite gezogenen Lippen.

Zuerst sang sie so schüchtern, dass sie vom Schlagzeug übertönt wurde. Dann wurde ihre Stimme lauter, und irgendwann warf sie den Kopf zurück und begann, den Text von »Landslide« herauszuschmettern.

Als der Song zu Ende war, flüsterte sie dem Leadsänger etwas ins Ohr. Er gab der Band ein Zeichen, und sie stimmten einen Song der Rolling Stones an. Meine Mutter stolzierte über die Bühne, ließ sich die kurzen, lockigen Haare ins Gesicht fallen, was nicht ganz so eindrucksvoll war wie zu der Zeit, als ihre Haare noch lang und glatt gewesen waren, aber ich konnte die Suzy von damals in ihrem knalligen Minirock sehen. Diese Suzy steckte immer noch in ihr.

Mein Vater und ich sahen zu, wie sie auf uns zu stampfte, ausgelassen und ziemlich verschwitzt. »Ist sie nicht wunderbar?«, sagte mein Vater, ohne sie aus den Augen zu lassen.

»Und wie!«, konnte ich ihm nur zustimmen.

Raw Cow Hide war mit dem vorgesehenen Programm halb durch, als die Polizei anrückte. Obwohl vor den Bars den ganzen Sunset Boulevard hoch und runter die Gäste auf dem Bürgersteig standen und sich lauthals vergnügten, hatte sich ein Nachbar über die Ruhestörung beschwert. Malcolm sprach mit den Beamten, bis die unseren Wein entdeckten und fragten, ob Malcolm auf eine Feststellung der Personalien unserer Gäste Wert legte. Schnell dünnte die Menge sich aus.

Meine Mutter saß an einem Ecktisch und wischte sich den verschwitzten Hals und Nacken. Mein Vater flüsterte ihr etwas ins Ohr, und sie lachte mit offenem Mund. Dann sammelten sie ihre Sachen zusammen und kamen zu mir, um sich zu verabschieden.

»Normalerweise wären wir vor drei Stunden zu Bett gegangen«, sagte mein Vater.

»Du vielleicht«, sagte meine Mutter. Wir warteten, während mein Vater den Wagen holte. »Ich weiß gar nicht, wann ich zuletzt so viel Spaß hatte«, sagte sie, als er vorfuhr. Sie nahm meine Hände. »Evelyn hätte es großartig gefunden.« Sie drückte meine Hände und lief nach draußen. Mein Vater winkte mir zu, bevor sie in ihr Leben im Westen der Stadt zurückkehrten. Ich schaute ihnen nach. Meiner Mutter war anzusehen, dass sie sich endlich frei fühlte. Ihr Bruder war jedoch noch in Prospero Books gefangen. Genau wie Evelyn.

Malcolm fand mich an der Tür stehend. »Es scheint ihnen gefallen zu haben.«

»Ja, scheint so«, sagte ich, in Gedanken ganz woanders.

»Stimmt etwas nicht?«, fragte Malcolm.

»Es ist vorbei«, sagte ich. »Billys Rätsel ist gelöst.«

»Jetzt beginnt deine eigene Reise.« Malcolm legte einen Arm um mich. »Oder klingt das kitschig?«

»Ein bisschen.« Ich stieß ihn mit dem Ellenbogen an. »Aber es gefällt mir.«

Als die letzten Gäste gegangen waren, setzte sich Lucia an den Schreibtisch und zählte unsere Einnahmen. Joanie und ich räumten die Tische ab, während Charlie den Fußboden fegte. Sheila und Dr. Howard saßen in einer Ecke, rauchten eine Zigarre und schauten uns bei der Arbeit zu.

»Du hast eine Stelle vergessen«, sagte Sheila und zeigte mit der Zigarre auf einen Plastikbecher, den Charlie vor lauter Eile übersehen hatte.

Wir hörten Chris und Malcolm vor der Tür bei einem Joint lachen. In einem Bundesstaat, dessen Ärzte wegen Angstzuständen oder Rückenschmerzen eine bunte Mischung aus Keksen, Lutschstangen und Popcorn mit Cannabis verschrieben, hätte mich das nicht überraschen sollen, aber ich hatte Malcolm bislang nur Zigaretten rauchen gesehen.

»Morgen wird es hier ziemlich müffeln«, rief Malcolm, als er durch die Hintertür wieder hereinkam.

»Im Gegenteil«, sagte Dr. Howard. »Wir reinigen die Luft. Oder riecht ihr lieber abgestandenes Bier als die beste Havanna?«

»Keins von beidem!«

Sheila blies Rauch aus und reichte Dr. Howard die Zigarre. Dann ging sie zu Malcolm und legte ihm die Hände an die Wangen. Er versuchte, sich aus ihrem Griff zu befreien.

»Das war ein schöner Abend.« Sie küsste ihn auf die Wange. »Genießt euren Erfolg.«

Malcolm holte den Rest von Billys Whisky aus der Küche und schenkte jedem ein Glas ein – Sheila, Dr. Howard, Joanie und Chris, Lucia, Charlie, mir. Wir rückten um einen der Mosaiktische zusammen.

»Die letzten Tropfen aus Billys Flasche«, sagte Malcolm, und alle hoben die Gläser.

»›Ich wollte meinen ganzen Ruhm für einen Krug Bier und Sicherheit geben‹«, zitierte Dr. Howard aus *Heinrich V.* und trank seinen Scotch auf Ex.

»›Der feine Mensch hat sich von allen seinen fünf Sinnen getrunken‹«, konterte Sheila kopfschüttelnd.

»Die lustigen Weiber von Windsor«, sagte Dr. Howard. »Ich bin beeindruckt, *My Fair Lady*.«

»›Wo ihr begnadigt wünscht zu sein, lasst eure Nachsicht mich befrein.‹« Alle hörten auf zu reden und sahen mich an. Einige erkannten Prosperos berühmte Zeilen, andere nicht. Aber alle erwarteten eine Erklärung. »Am Ende des Stücks bittet Prospero das Publikum, ihn zu entlassen.«

»Na ja, eigentlich ist es hier Shakespeare, der durch Prospero spricht. Es war sein letztes Stück«, erklärte Dr. Howard, und Sheila haute ihm in die Seite, damit er den Mund hielt.

»Du musst nicht immer und überall dozieren«, sagte sie.

»Wir müssen den Namen ändern«, sagte ich. Am Schluss von *Der Sturm* verlässt Prospero seine verzauberte Insel. Und auch für Billy war es Zeit, seine zu verlassen. Seine Macht war gebrochen, und wir mussten ihm seine Freiheit geben.

»Von Prospero Books?« Charlie schien unsicher, ob er beleidigt oder verletzt reagieren sollte.

Ich schaute Malcolm an und erwartete seine Unterstützung. Er schien tief in Gedanken versunken zu sein. Vielleicht war er aber auch nur high. Es war das erste Mal, dass ich mich von ihm enttäuscht fühlte, und es war nicht mehr als eine willkommene Irritation, denn ich wusste, dass es uns nicht belasten würde.

»Miranda hat recht«, sagte er nach einer Weile. »Der Laden hat sich verändert. Wenn er überleben soll, darf er nicht in der Vergangenheit stecken bleiben.«

Lucia schien es den Atem zu verschlagen. »Sprach der Mann, der jedem verschwundenen Waschsalon im Viertel hinterhergeweint hat«, sagte sie.

»Ich will Prospero Books ja nicht abschaffen«, sagte er, als hätte er es mit lauter Idioten zu tun. »Aber der Laden hat sich wirklich verändert, und wenn er bleiben soll, was er ist, muss er sich weiter verändern.«

»Das kann nur verstehen, wer einen im Tee hat«, sagte Lucia.

Dr. Howard zupfte an seinem Spitzbart. Sheila tippte sich mit dem Zeigefinger auf die Nasenspitze. Lucia stieß Malcolm mit dem Fuß an und versuchte, ihn zu ihrem Vergnügen auf die Palme zu treiben, während Joanie sich mit geschlossenen Augen zu einer Melodie wiegte, die nur sie hören konnte, und Chris eingeschlafen zu sein schien. Nur Charlie war auf der Suche nach einem Verbündeten, der genauso entsetzt war wie er.

»Yesterday's Bookshop«, sagte ich. »Darin kommt die Vergangenheit zum Ausdruck, und gleichzeitig zeigt es, dass wir nicht mehr in ihr leben.«

»Jedes Heute hat ein Gestern«, sagte Dr. Howard und zupfte immer noch an seinem Bart. »Sie sind unauflöslich miteinander verbunden.«

»Und jeder Tag hat ein Morgen«, stimmte Sheila zu.

»Yesterday's Bookshop«, sagte Malcolm. »Nicht schlecht.«

Dr. Howard und Sheila philosophierten noch eine Weile über Vergangenheit und Gegenwart. Malcolm setzte eine Liste mit Dingen auf, die der neu benannte Laden brauchen könnte, wie etwa alte Fotos von Silver Lake an den Wänden des Cafés und die Umgestaltung der Eingangstür im Look einer alten Apotheke. Als er über die anderen Wände zu sprechen begann, unterbrach ich ihn.

»Die bleiben grün«, sagte ich, und er stimmte zu, weil er wusste, warum sie grün waren und wessen Lieblingsfarbe es war. Er legte mir eine Hand auf die Schulter, beugte sich vor und küsste mich auf die Stirn. Es war das erste Mal, dass er mich in der Öffentlichkeit küsste, und ich brauchte mich nicht erst umzuschauen, um die Reaktion der anderen zu ermessen. Ich musste mich auch nicht erst daran gewöhnen, unsere Beziehung publik zu machen. Es fühlte sich einfach nur richtig an.

Lucia und Charlie starteten eine Debatte, wer am nächsten Morgen den schlimmeren Kater haben würde, und Joanie unterhielt sich mit Malcolm, der seine Hand immer noch auf meine Schulter gelegt hatte und mich unbewusst streichelte. Ich beobachtete meine älteste Freundin und meine neuen Freunde, Menschen, die mich kannten, bevor ich mich kennengelernt hatte. *Yesterday's Bookshop*. Der Buchladen gehörte ihnen genauso wie mir, während Prospero Books allein Billy und Evelyn gehört hatte. Wir gaben dem Laden die Chance zu überleben. Und mir selbst musste ich auch eine Chance geben. Es war, was Prospero seiner Miranda gewünscht hat: Die Vergangenheit sollte keine Last für sie sein, vielmehr ein Wissen, das sie für die Zukunft rüstete.

DANKSAGUNG

In all den Jahren, in denen ich davon geträumt habe, einen Roman zu veröffentlichen, war der Gedanke an die Danksagung einer der aufregendsten. Immer wenn ich ein neues Buch zu lesen beginne, blättere ich als Erstes zur Danksagung. Ich liebe es, zu erfahren, in welchem Umfeld sich ein Autor bewegt, denn es macht mir bewusst, dass zwar nur der Name des Autors auf den Titelseiten erscheint, aber viele Menschen den Schreibprozess mit Ermutigung, klugem Input, beinharter Arbeit und unerschütterlichem Zutrauen begleitet haben. Für mich war die Arbeit an diesem Roman eine Mischung aus Liebesakt und Geburtswehen, und ich hätte es ohne das Wissen und den Enthusiasmus meiner Lehrer, Freunde und Familie und ohne die wunderbaren Menschen, die ich während der Arbeit daran kennengelernt habe, nicht geschafft.

Ich danke meiner fantastischen Agentin, Stephanie Cabot, ihrer ebenso fantastischen Assistentin, Ellen Goodson Coughtrey, und allen von der Gernert Company. Dem großartigen Trio von Park Row Books: Erika Imranyi, die mir eine Chance gab, und meinen unermüdlichen Lektorinnen, Liz Stein und Natalie Hallak. Worte können nicht ausdrücken, wie glücklich ich mich schätze, dass ich bei diesem Projekt mit so klugen und einfühlsamen Frauen zusammenarbeiten durfte.

Ich danke meinen aufgeweckten Lesern und talentierten Kollegen, die mir durch die ersten konfusen Fassungen geholfen haben: Lynn Elias, Alexandria D'Italia, April Dávila, Corey Madden, Erin La Rosa, Jackie Stowers, Kelly Morr, Will Frank, Yance Wyatt, Tatiana Uschakow, Mary Menzel, Lauren Herstik, Taiwo Whetstone und Jessica Cantiello. Der talentierten Amanda Treyz für großartige Fotos und viele Gespräche bei vielen gemeinsamen Essen. Katie Frichtel und Troy Farmer vom Studio raven + crow für eine fantastische Webseite und ihre fantastische Art im Allgemeinen. Kevin Doughten für den Röntgenblick eines Lektors und für die Unterstützung ab dem ersten Tag, möglicherweise schon vor dem ersten Tag.

All meinen wunderbaren Informanten und Mentoren von der University of Southern California, vor allem Judith Freeman, die als Erste das Potenzial meiner Idee erkannte, und Aimee Bender, die mich auf mehr Ebenen ermutigte, als sie ahnt. Meinen Kollegen vom Writing Program – durch euch habe ich in der USC ein inspirierendes und fürsorgliches Zuhause gefunden.

Ich danke Steve Salardino von Skylight Books für Einblicke in die Existenzbedingungen und Arbeitsweisen unabhängiger Buchhandlungen sowie Eoghan O'Donnell für Geschichten über den Secondhand-Buchladen seines Vaters. Kleine Buchhandlungen waren und sind ein wesentlicher Bestandteil meines Lebens als Leserin und Autorin. Wenn ich auf Reisen bin, plane ich einen ordentlichen Batzen Zeit – und Stauraum in meinem Gepäck – fürs Herumstöbern in den örtlichen Buchhandlungen ein. Wo Bücher gewürdigt und Ideen in die Welt gesetzt werden, die durch das Wirken dieser Buchhandlungen in unsere Köpfe dringen, fühle ich mich immer wieder inspiriert. Dieser Roman über Prospero Books ist meine Ode an euch und eure übervollen Regale.

Ich danke meiner Familie: den Meyersons, den Perrottas und Chans. Besonderer Dank gilt meinen Eltern, die mich ermutigten, ohne je eine Seite zu Gesicht zu bekommen (das hier ist eure Chance!). Meinem Bruder, Jeff, für Ratschläge und Unterstützung während der ganzen Zeit. Lindsay und Jan Perrotta für ihre Begeisterungsfähigkeit. Jessica Chan für medizinische Beratung und ihr Händchen im Umgang mit sozialen

Netzwerken. Meinen wunderbaren Freunden; ich habe großes Glück, einen so lebendigen und inspirierenden Freundeskreis zu haben.

Schließlich danke ich Adam, der immer an mich glaubt, auch wenn ich es manchmal selbst nicht tue.